KNAUR

BORIS KOCH

DORNEN-THRON

ROMAN

KNAUR

Besuchen Sie uns im Internet:
www.knaur.de
Facebook: https://www.facebook.com/KnaurFantasy/
Instagram: @KnaurFantasy

Aus Verantwortung für die Umwelt hat sich die Verlagsgruppe Droemer Knaur zu einer nachhaltigen Buchproduktion verpflichtet. Der bewusste Umgang mit unseren Ressourcen, der Schutz unseres Klimas und der Natur gehören zu unseren obersten Unternehmenszielen.
Gemeinsam mit unseren Partnern und Lieferanten setzen wir uns für eine klimaneutrale Buchproduktion ein, die den Erwerb von Klimazertifikaten zur Kompensation des CO_2-Ausstoßes einschließt.
Weitere Informationen finden Sie unter: www.klimaneutralerverlag.de

MIX
Papier aus verantwortungsvollen Quellen
FSC® C083411
FSC www.fsc.org

Originalausgabe April 2020
Knaur Taschenbuch

Redaktion: Susanne Wallbaum
Covergestaltung: Guter Punkt, München
Coverabbildung: Guter Punkt, Christl Glatz unter Verwendung von Motiven von Getty Images und iStock
Dornen im Innenteil: ArtHeart / Shutterstock.com
Satz: Adobe InDesign im Verlag
Druck und Bindung: CPI books GmbH, Leck
ISBN 978-3-426-52494-7

2 4 5 3 1

Für Elli
Das ist ein Versprechen.

PROLOG

1

Als die brennende Fackel auf den Boden des Schachts prallte, landete sie zwischen dürren Zweigen und faustgroßen Steinen. Funken stoben auf, die Flamme schrumpfte zusammen, und das Geröll warf zitternde Schatten an die Wände. Trotzdem reichte das Licht aus, um in der Ostwand einen mannshohen Durchgang zu erkennen.

Gahadh Durnis, der sich oben über die Brüstung beugte, lächelte. Im Osten lag der eingestürzte Tempel der dreigesichtigen Suula, der alten Göttin der Winde, die seit Jahrhunderten nur noch in Kylokien und von Seeleuten verehrt wurde.

Die kleine Straßenratte hatte also nicht gelogen. Endlich zahlte es sich aus, dass er mit den Streunern sprach und ihnen ab und zu etwas Geld zusteckte. Den Ausreißern aus den nächsten Dörfern und den vom Bordell Ausgesetzten, die Tag und Nacht an den Ecken herumlungerten und alles sahen.

»Warum verrätst du mir das?«, hatte Gahadh den Kleinen gefragt. »Warum steigst du nicht selbst hinab?«

»Es ist tief, und da unten ist es dunkel«, hatte der Junge geantwortet. Er war höchstens acht gewesen, abgemagert und schmutzig. Gahadh hatte seine Angst deutlich gespürt.

Niemand hatte es bislang geschafft, durch die Tempelruine in die Gewölbe darunter zu gelangen, obwohl es über die Jahrhunderte hinweg Dutzende versucht haben mussten, vielleicht mehr.

Selbst eingestürzt ließ das Bauwerk seine einstige Pracht und Größe noch erahnen, nahm man die Dicke der Säulen, die drei Männer gemeinsam nicht umfassen konnten, und die Detailfülle des einstigen Deckenfrieses zum Maßstab. Im einstigen Kaiserreich waren die Tempelschätze oft in geschützten Kellerkammern aufbewahrt worden, und so würde das, was dort unten wartete, Gahadh zu einem reichen Mann machen.

Noch immer lächelnd knotete er das eine Ende seines Seils um einen Pfeiler vor dem Schacht, prüfte den Knoten drei Mal und warf dann das andere Ende in die Tiefe. Geschickt schwang er sich über den Rand und ließ sich hinabgleiten. Er war sicher, dort unten endlich die Schätze zu finden, für die er vor Monaten nach Ycena gekommen war, der untergegangenen Metropole, Kaisersitz, als es noch einen Kaiser gegeben hatte.

Vor Jahrhunderten von Hexerei zu Fall gebracht und verlassen, war sie nur noch eine schattenreiche Ruinenstadt, deren Mauern der Zeit und den Unwettern beharrlicher trotzten, als es Gebäude irgendwo sonst in den Königreichen taten, und in deren gewaltigen schlafenden und albträumenden Palast seit dem Fall niemand vorgedrungen war, zu fest hatten die alte Magie und die Dornen ihn noch immer im Griff. Ein Ort, an dem die Nächte dunkler waren als anderswo.

Hier wollte Gahadh sein Glück finden. Er war das Wandern und die Schicksalsschläge leid. Mit einundzwanzig hatte er seine Frau Myniam verloren, da war er fortgegangen, ein zornerfüllter Glücksritter ohne Glück. Er war Soldat geworden, ein Veteran von acht siegreichen Schlachten im Kylokischen Krieg, doch fette Beute hatte es nur nach der neunten gegeben, und da war er schon nicht mehr dabei gewesen. Ein Spieler, der nur ein einziges Mal viel gewonnen hatte, um dann mit dem Gewinn in den Taschen in die Fänge von Räubern zu geraten und wieder mit leeren Händen dazustehen. Getrieben von ständig wachsendem Zorn, hatte er zu viele Städte und Dörfer im Streit verlassen, hatte sich in Gasthäusern geprügelt und auf der Straße, wegen einer Frau, einer Beleidigung oder einer Bemerkung. Jede verlorene Prügelei hatte seinen Zorn noch weiter befeuert, keine gewonnene ihn verringert.

Doch er war müde geworden, er war das Blut an den Fäusten ebenso leid wie die blauen Flecken unter der Haut, die Armut ebenso wie die Einsamkeit, sein unstetes Leben von einem Tag zum nächsten.

Zeit, dass das Blatt sich wendet, dachte Gahadh und kletterte weiter hinab.

Als er den halben Weg zurückgelegt hatte, riss das Seil. Überrascht schrie er auf, seine Arme ruderten hilflos umher. Die rechte Hand erreichte die Schachtwand, doch sie fand keinen Halt. Es gab kein Sims, an dem er sich hätte festhalten können, keine Ritze, kein Loch, keinen Vorsprung. Die Fingerkuppen schrappten über den rauen Stein und rissen auf.

Und dann war es auch schon vorbei, er schlug auf und schrie erneut, diesmal vor Schmerz. Knackend brach sein Knöchel, und mit dem Gesicht landete er nur eine Handbreit vor der Fackel auf dem Boden. Die Schläfe schlug gegen einen Stein, und ihm schwindelte, die Flamme versengte seine Haarspitzen. Er zuckte zurück, es roch verschmort.

Keuchend starrte er hinauf zur überdachten Öffnung, die bestimmt ein Dutzend Schritt über ihm war. Ein Kreis aus gedämpftem Tageslicht, das nicht bis hier herunter reichte. Der Kopf pochte, stechender Schmerz fuhr vom Knöchel das ganze Bein hinauf. Fluchend setzte Gahadh sich auf, nahm den Rucksack ab und betastete den Fuß. Wenigstens war es kein offener Bruch.

Langsam sah er sich um und fluchte erneut. Der Gang vor seiner Nase schien nach wenigen Schritten zu enden.

Er packte die Fackel und leuchtete hinein. Tatsächlich, der Gang, der ihn zum Reichtum hatte führen sollen, war verschüttet. Teils mannsgroße Gesteinsbrocken und massives Geröll versperrten ihn vollständig, nicht die geringste Lücke war zu entdecken. Dort war kein Durchkommen. Die Luft roch abgestanden.

Und dann stellte Gahadh fest, dass das, was er von oben für Zweige gehalten hatte, Knochen waren. Die meisten schienen von kleineren Tieren zu stammen, manche von größeren und einige auch von Menschen. Sie lagen über den ganzen Schachtgrund verteilt, einige waren zerbrochen. Dazwischen wand sich das gerissene, nutzlose Seil.

Wütend packte Gahadh einen Steinbrocken und schleuderte ihn gegen die Schachtwand. Warum nur hatte er den Wurfhaken für das Seil nicht eingepackt?

»Mehr Platz für Schätze im Rucksack! Ha!«, schrie er und warf noch einen zweiten Stein. Welche Schätze? Die Wände von Schacht und Gang waren von schwarzen Flecken übersät.

Plötzlich durchfuhr ihn eine kalte Angst. Ohne Seil kam er den Schacht nicht wieder hinauf, ohne fremde Hilfe war er verloren.

»Hallo!«, brüllte er, weil er trotz allem zu stolz war, um »*Hilfe!*« zu schreien.

Niemand antwortete.

»Hallo!«

Stille.

»He! Hallo!« Noch einmal brüllte er, so laut er konnte.

Doch niemand kam – natürlich nicht.

Ycena war gewaltig, einst sollte hier eine unvorstellbare Million Menschen gelebt haben, jetzt gab es – abgesehen von wenigen hundert Suchern und den streunenden Kindern – niemanden mehr. Ycena war nur noch ein verblassender Traum von Macht, ein Begriff für vergangene Größe. Nach dem Sturz der Metropole war das alte Kaiserreich in dreizehn Königreiche zerfallen, und alle Versuche, sie wieder zu einen, waren gescheitert. Ycena war nur noch Ruinen und eine Idee.

Die meisten Sucher lebten in der Siedlung am schlafenden Palast, weit weg vom verschütteten Suulatempel und diesem Loch im Boden. Dort, im einstigen Kern der Stadt, suchten sie nach verschütteten Münzen, Schmuck, Kunstwerken, Gold, Steinfratzen und allem anderen, das sich zu Geld machen ließ – hierher verirrte sich kaum jemand. Und die von dicken Säulen getragene Kuppel über dem Schacht sorgte dafür, dass die Rufe nicht weit trugen. Im ganzen Umkreis gab es nur verlassene Gebäude, und Gahadh hatte der Straßenratte gesagt, sie solle in den nächsten Tagen niemanden hierher führen, weil er die Funde für sich allein wollte. Der Junge hatte es versprochen, und die wenigsten Sucher entfernten sich grundlos so weit von der Siedlung, Gahadh war ganz auf sich allein gestellt.

»Ist ja nicht das erste Mal«, murmelte er vor sich hin und richtete sich entschlossen auf. Als er auf den verletzten Fuß trat, durchfuhr ihn erneut ein stechender Schmerz. Zähneknirschend hüpfte er auf einem Bein in den Gang und zerrte ein paar Steine aus dem Geröll. Zwei Schritt entfernt baute er aus ihnen eine Halterung für die Fackel und stellte sie hinein. So brannte sie höher und heller als auf dem Boden.

Dann trug er mit bloßen Händen Geröll ab. Dahinter fand sich der einzig mögliche Weg hinaus, den vier Schritt durchmessenden Schacht hätte er ohne Seil nicht einmal unverletzt erklimmen können. Er grub auf den Knien, der Knöchel war dick geschwollen und schmerzte bei jeder Bewegung. Gahadh fluchte mit zusammengebissenen Zähnen, aber er schrie nicht mehr.

Immer wieder unterbrach er die Arbeit, um die wenigen Schritt zum Schacht zurückzukriechen und »Hallo!« zu rufen, doch nie antwortete jemand, kein Mensch, kein wildes Tier und zum Glück auch keine der Kreaturen, die irgendwo in den Ruinen hausten und erst nachts herauskamen.

Mühsam wühlte er sich durch das Geröll, doch er kam kaum voran. Die Steine hatten sich ineinander verkantet, Sand und Erde die Ritzen ausgefüllt. Schon bald waren Gahadhs Hände von Kratzern und Schürfungen übersät und die Nägel eingerissen. Er blutete und wühlte verbissen weiter, aber er rief nicht mehr; er sparte sich alle Kraft für das Graben auf. In den Schacht kroch er nicht mehr zurück.

2

Gahadh verlor jegliches Zeitgefühl, und die Hände waren längst taub, als plötzlich eine Stimme zu ihm herab tönte. »Hallo?«

Vertieft ins Graben, hätte er sie fast nicht gehört. Als sie in sein Bewusstsein drang, ließ er sofort vom Geröll ab und rief: »Hier!«

So schnell er konnte, kroch er zum Schacht zurück.

»Hier!«

Er fürchtete, er könnte sich die Stimme nur eingebildet haben oder ihr Besitzer könnte ihn nicht gehört haben und weitergegangen sein, doch als er nach oben sah, erkannte er erleichtert einen schlaksigen Mann, der rittlings auf der Brüstung des Schachts saß. Seine Beine steckten in einer weiten Hose, der Oberkörper war abgesehen von einer bunten Weste nackt. Um seinen Hals hing eine Kette, an den Handgelenken glänzten goldene und silberne Armreifen und auf dem Kopf trug er einen breitkrempigen Hut, wie ihn fahrende Schausteller trugen. Er erinnerte Gahadh an den pfeifenden Gaukler, der sein Dorf besucht hatte, als er noch ein Kind gewesen war. Als der Gaukler, brennende Fackeln jonglierend, über ein Seil getanzt war, hatte der junge Gahadh ihn bewundert wie nie zuvor einen Menschen. Noch tagelang hatte er das Lied von Freiheit und wilden Nächten gesummt, das der Gaukler gespielt und gesungen hatte. Er hatte es so lange gesummt, bis sein Vater ihn dafür verdroschen hatte, und dann hatte er monatelang davon geträumt, sich den Gauklern anzuschließen, wenn sie wiederkehrten, von ihrer Freiheit und den wilden Nächten. Doch sie waren nicht wiedergekehrt.

Der Mann da oben war dünner, seine Haare waren länger, und der Hut hatte eine breitere Krempe, aber Gahadh blieb bei seinem Vergleich. Das Gesicht konnte er nicht genau erkennen, doch es schien zu lächeln.

»Guter Mann, ich bin gestürzt«, rief er hinauf. »Könntest du mir ein Seil herunterwerfen?«

»Sicher«, antwortete der Gaukler freundlich und schwang auch das zweite Bein über die Brüstung. Er war barfuß.

»Danke.« Gahadh wartete.

Der Gaukler ließ die Beine baumeln und pfiff eine einfache Melodie. Einen Moment dachte Gahadh, es sei das Lied des anderen Gauklers, doch dann erkannte er ein Schlaflied aus seiner Kindheit. In Gedanken sang er die erste Strophe mit.

Schlaf, du Kinde, träume gut,
deine Mutter schenkt dir Mut,
Vater schlägt den Lindenwurm,
und die Hex verschlingt der Sturm.

Als der Gaukler sich danach immer noch nicht anschickte, das Seil herunterzuwerfen, fragte Gahadh: »Könntest du es auch jetzt tun?«

»Klar könnte ich.« Noch immer klang die Stimme freundlich, fast fröhlich. Aber der Gaukler blieb sitzen, holte eine Handvoll Münzen aus der Tasche und jonglierte mit ihnen.

Hält der dämliche Kerl sich für witzig?, dachte Gahadh. Der alte Zorn kochte in ihm hoch, doch er beherrschte sich. Er brauchte ihn, um hier herauszukommen, und so fragte er nur: »Tust du es auch?«

Der Gaukler, der Gahadh immer deutlicher an den aus seiner Kindheit erinnerte, fischte alle Münzen aus der Luft. »Kommt darauf an, was du mir dafür gibst.«

»Was?«, entfuhr es Gahadh.

»Genau, das: was. Was gibst du mir dafür?« Der Gaukler kicherte. »Ich habe ein Seil, du willst es. Also?«

Gahadh wollte aufbrausen, der Schmerz im Knöchel wuchs und wuchs, aber er riss sich zusammen. Sollte der Kerl doch seinen Spaß mit ihm haben, er wollte nur raus aus dem elenden Loch. »Ich kauf dir das Seil ab, wenn du willst. Und lade dich zum Dank auf einen Wein ein.«

»Wein?«, fragte der Gaukler gedehnt. »Einen ganzen Krug oder nur einen Becher?«

»Sauf, so viel du willst; ich bezahle. Nur hol mich hier raus!«

»Für ein bisschen Wein, ja?«, spottete er. »Das ist dir dein Leben also wert?«

»Was? Nein. Wieso mein Leben?«

»Wieso? Wieso *wieso?* Ohne mich steckst du hier fest, oder? Auch wenn wir über ein Seil reden, eigentlich verhandeln wir über dein Leben, oder nicht?« Er sprach wie ein Händler, der seinen Kunden auf die Einzigartigkeit einer bestimmten Ware hinwies. Spott und Fröhlichkeit waren verflogen.

»Ich habe nichts, verdammt!«, fuhr Gahadh auf. »Du kannst meine ewige Dankbarkeit haben, aber sonst habe ich nichts! Verstehst du? Wäre ich reich, wäre ich doch nicht hier.«

»Ich habe reiche Männer und Frauen schon an den seltsamsten Orten getroffen. Also?«

»Es kostet dich doch nichts, mir ein Seil runterzuwerfen! Was hättest du davon, wenn ich hier verrecke?«

»Vermutlich nichts. Doch die eigentliche Frage lautet: Was hättest du davon?«

Das war der Moment, in dem Gahadh begriff, dass der Kerl ihn ohne Gewissensbisse seinem Schicksal überlassen würde. »Ich … Meinen Dolch, du kannst meinen Dolch haben«, sagte er schnell. Es war das Erste, das ihm einfiel; das Wichtigste, das er bei sich trug. »Es ist ein Erbstück.«

»Ein Erbstück, soso.« Der Gaukler lächelte wieder. »Wir kommen der Sache näher.«

»Näher? Aber ich habe sonst nichts!«

»Bist du dir sicher?«

»Ja!«, stieß Gahadh hervor. »Und wenn du mir nicht glaubst, komm mit in meine Bleibe und such dir etwas aus. Egal, was!«

»Egal, was?«

»Ja.«

»Auch wenn es nicht in deiner Bleibe ist?«

»Ja!«

»Gut. Dann möchte ich dein erstgeborenes Kind. Ob Sohn oder Tochter, ist mir egal, ich mach da keine Unterschiede so wie andere.«

Gahadh verschlug es die Sprache. Er hatte kein Kind, Myniam war im Kindbett gestorben, das Kleine hatte keinen einzigen Atemzug getan. Wenn Gahadh davon träumte, träumte er von Unmengen roten Bluts, während alles andere immer grau blieb. Sollte er irgendwann einmal tatsächlich Vater werden, dann …

»Nein.«

»Wie bitte?«

»Nein!«

»Bist du sicher?«

»Natürlich! Was bildest du dir ein? Wer bist du?«

»Ich bin der mit dem Seil.« Der Gaukler schwang pfeifend die Beine aus dem Schacht, stand auf und trat zurück. Verschwand aus Gahadhs Blickfeld.

»He! Wohin gehst du?«, rief Gahadh. »Es muss doch etwas anderes geben! Schätze, die ich noch finde, oder meine Dienste als Söldner. Was?«

»Ich komme morgen wieder. Vielleicht hast du es dir bis dahin überlegt.«

»He!«, rief Gahadh noch einmal, doch es kam keine Antwort mehr. Er war wieder allein, der Gaukler war weg.

Wie damals in der Kindheit.

3

Noch eine ganze Weile starrte Gahadh hinauf, doch der Gaukler kehrte nicht zurück.

Elender Schwachkopf, dachte er und meinte sich selbst. *Hättest du es ihm doch einfach versprochen. Du hast doch gar kein Kind.*

Aber er wusste, dass es ihm damit nicht ernst war. Einen solchen Handel ging man nicht ein, niemals. Welcher Mensch forderte schon ungeborene Kinder? Noch konnte er sich vielleicht herausgraben. Noch konnte jemand anders kommen, der bereitwilliger half.

»Verdammte Hexerei«, brummte Gahadh, denn daran dachte er bei ungeborenen Kindern, und kroch zurück in den verschütteten Gang. Sein Knöchel pochte und stach; er war längst so dick geschwollen, dass Gahadh ihn nicht aus dem Schuh bekam, um ihn zu kühlen. Womit auch? Das wenige Wasser, das er besaß, brauchte er zum Trinken. Hier unter der Erde war es nicht ganz so heiß wie draußen, doch es hatte seit Wochen nicht geregnet, und der Sommer nahte.

Gahadh kroch über den knochenübersäten Boden zurück, und plötzlich fiel ihm auf, dass er nirgends einen Schädel sah, weder einen menschlichen noch einen von einem Tier. Mühsam richtete er sich auf und leuchtete mit der Fackel in alle Richtungen, ohne auch nur einen einzigen Schädel zu entdecken, nicht einmal den einer Maus oder eines kleinen Vogels.

Was hatte das zu bedeuten?

Hatte hier irgendwer lauter kopflose Leichen hinabgeworfen? Aber wozu? Oder hatte jemand die Köpfe später fortgeschafft? Hatte irgendwer sie gefressen und mitsamt den Knochen verdaut? Oder waren die Schädel zu unkenntlichem Staub zermahlen?

Alles Unsinn, dachte er, aber die Feststellung gefiel ihm nicht. Er steckte die Fackel zurück in die Halterung und löste den nächsten Stein aus dem Geröllhaufen. Mit Schwung warf er ihn in den Schacht hinaus und packte sofort den nächsten. Er musste den Gang freischaufeln, anders kam er hier nicht heraus.

Stein um Stein schleuderte er in den Schacht, aber es fanden sich nur immer neue Brocken, zerbrochene Ziegel und schwarze Erde; ein Ende war nicht auszumachen. Was, wenn der ganze Gang bis zum Tempel zugeschüttet war? Oder auch nur der halbe? So weit würde er es nie schaffen.

Wo sind die Schädel?

Einen kurzen Moment dachte er, er könnte mit all dem Geröll an der Schachtwand eine grobe Treppe aufschütten und über sie hinausklettern, aber natürlich war das Unsinn. Sie würde hundertmal einstürzen, bevor sie fertig wäre, und sowieso würde das viel zu lange dauern.

»Warum?«, brüllte er. »Ihr Götter, warum?«

Und damit meinte er alles zusammen. Warum hatte er den Wurfanker nicht eingesteckt? Warum war der Gang verschüttet? Warum war das elende Seil gerissen? Warum hatte nicht jemand mit klarem Verstand ihn schreien gehört, sondern der Gaukler?

»He!«, schrie er wieder. »Hallo?«

Nichts geschah.

Er dachte an den Gaukler und grub und grub und grub, bis seine Hände steif waren und jedes Stückchen Haut von Blut oder Schmutz bedeckt. Er grub mit steifen Fingern und zitternden Armen, bis er sie einfach nicht mehr heben konnte. Und noch immer war an ein Durchkommen nicht zu denken.

Die Sonne war untergegangen, der obere Schachtrand lag nun im Dunkeln, und das Licht der Fackel reichte nicht bis hinauf.

Leise löste Gahadh noch einen Stein aus dem Geröll, so leise wie möglich, denn in der Dunkelheit erwachten in Ycena Kreaturen, deren Aufmerksamkeit er nicht erregen wollte. Er konnte nur hoffen, dass sie sich woanders herumtrieben, dass sie ihn hier unten nicht entdecken würden – so wie niemand ihn entdeckte.

Den nächsten Brocken konnte er nicht mehr halten, er rutschte ihm aus den zitternden Händen und rollte einfach zu Boden. Dann erlosch die Fackel, und um Gahadh herrschte völlige Finsternis.

Erschöpft legte er sich hin, die Hände zitterten noch immer, der Mund war ausgedörrt. Er hatte nicht mehr genug Speichel, um den Staub von der Zunge zu spucken, aber den letzten Schluck im Wasserschlauch wollte er bis zum nächsten Morgen aufheben. Ausgelaugt tastete er nach dem Rucksack und bettete den Kopf darauf. Trotz seiner Schmerzen und obwohl er um die Kreaturen dort draußen wusste, schlief er beinahe sofort ein.

Er träumte von einem granitgrauen Lindwurm, dessen flackernder Schatten die Köpfe toter Menschen fraß. Auf seinem Rücken saß der Gaukler mit Gahadhs blutigem, totgeborenem Kind im Arm. Das Kind schrie und schrie, bis der Gaukler es lächelnd mit Wein aus einem riesigen Schlauch fütterte und gurrte: »Ruhig, Kleiner, ganz ruhig, dein Vater zahlt, er zahlt alles, was wir zu uns nehmen.« Knirschend knackte der Schatten des Lindwurms weitere Schädel, auch den von Gahadhs verstorbener Frau. Und Gahadh lag hilflos da und konnte nichts tun, denn er vermochte sich nicht zu rühren. Knochenstaub rieselte auf ihn herunter, das tote Kind rülpste und soff weiter, der Gaukler pfiff das Lied von Freiheit und wilden Nächten.

Zitternd erwachte Gahadh in der Dunkelheit, etwas Kleines kroch ihm übers Gesicht, größer als eine Fliege, vielleicht einer der zahlreichen Nachtsalamander, und er wischte es keuchend und fluchend fort.

»Nur ein Tier«, beruhigte er sich. Er sprach es aus, um sich in der Schwärze selbst zu hören, aber seine Zunge war so schwer und trocken, dass er sich nicht verstand. Die Luft schmeckte nach Staub.

Er tastete nach dem Wasserschlauch und nahm einen winzigen Schluck. Er dachte an das totgeborene Kind und Myniam und daran, dass er zuerst nicht begriffen hatte, dass das Blut ihres war, nicht das des Kindes. Er erinnerte sich, wie sie vor seinen Augen gestorben war, weinend und schreiend, weil ihr Kind tot war, weil nichts bleiben würde von ihr, und der Schmerz wallte mit solcher Heftigkeit in ihm auf, als sei das alles eben erst geschehen. Warum plagten ihn die Götter jetzt damit? War es nicht genug, ihn in ein Loch zu stürzen?

Er robbte in den Schacht hinaus, um zu sehen, ob die Sonne schon aufgegangen war, aber es herrschte Dunkelheit. Aufmerksam lauschte er in die Stille der Nacht, hörte jedoch nichts. Zu rufen wagte er nicht.

Entschlossen kroch er zurück, packte den Dolch und arbeitete im Dunkeln weiter. Schlafen wollte er nicht mehr, Schmerz und Müdigkeit waren weniger schlimm als seine Träume.

Er sehnte sich nach Wein.

Stein um Stein löste er aus dem Haufen und ließ die Brocken möglichst behutsam zu Boden gleiten, um so wenige Geräusche wie möglich zu machen. Er musste es allein schaffen. Er arbeitete wie in Trance, seine Gedanken kreisten.

Wo waren die verdammten Schädel?

Und wer war der Gaukler? Praktizierte er geächtete Hexerei, wie sie früher ausgeübt worden war? Hexerei wie die, die zum Ende des Kaiserreichs geführt hatte? Oder war er gar kein Mensch, sondern ein Geistwesen, ein Gott oder doch nur eine Einbildung? In Ycena, der hexereiverseuchten Ruinenstadt, war alles möglich. Vielleicht war er auch bloß ein gewöhnlicher Menschenhändler und wollte das Kind einfach weiterverkaufen?

Ein Kind, das es überhaupt nicht gibt!

Der Knöchel schmerzte bei jeder Bewegung mehr.

Gahadh wollte nicht hier unten zugrunde gehen, nicht unbestattet zwischen all den anderen Knochen zerfallen, bis niemand ihn mehr erkennen würde. Er wollte überhaupt nicht sterben, sondern leben.

Leben!

Doch das Geröll wollte kein Ende nehmen.

Gahadh ertappte sich dabei, dass er auf die Ankunft des Gauklers wartete. Natürlich war es verwerflich, sein erstgeborenes Kind zu verkaufen, aber er hatte doch überhaupt keines. Wen wollte er schützen? Warum sollte er für ein Kind sterben, das es überhaupt nicht gab?

Wer hatte etwas davon, wenn er hier verreckte? Wenn ihm die Bestattung verweigert wurde wie einem gehenkten Mörder?

Schmerz und Erschöpfung ließen ihn nicht klar denken, die Dunkelheit und die stickige Luft fraßen an ihm, er wollte nur noch hinaus und leben.

Leben! Immer wieder dachte er: *Leben!*, während er grub und grub.

Das tote Kind konnte nicht gemeint sein, und was interessierten den Gaukler seine Nachkommen? Gahadh war weder Fürst noch König, er war ein Niemand, über dessen Blutlinie sich niemand Gedanken machte.

Er hatte ja nicht einmal eine Frau, obwohl er fast dreißig Jahre zählte. Seit Myniam hatte es keine mehr mit ihm ausgehalten und er mit keiner. Nie wieder hatte er für irgendwen auch nur annähernd das empfunden, was er für sie empfunden hatte. Bis gestern hatte er nicht daran gedacht, Vater zu werden, und jetzt wollte er sich für ein Kind opfern, das es nicht gab. Warum?

Es ist eine Prüfung, dachte er plötzlich, *die Götter wollen mich prüfen, ob ich standhaft bleibe.* Aber warum sollten sie gerade ihn für diese Prüfung auswählen? Viel eher war der Gaukler ein Drecksack, der sich einen Scherz auf seine Kosten erlaubte. Es war bedeutend wahrscheinlicher, einem Drecksack zu begegnen als einem Gott.

Gahadh wühlte sich weiter und weiter, dachte an die Frauen, die er nicht geheiratet hatte, und sagte sich, er könne gut ohne Frau auskommen, wenn er nur weiterleben dürfe.

Keine Hochzeit, keine Kinder. Er würde nur noch zu Prostituierten gehen. Sollte eine von ihnen schwanger werden und das Kind tatsächlich austragen, würde niemand wissen, wer der Vater war. Ein solches Kind würde niemand anerkennen, auch Gahadh nicht, ein solches Kind war immer vaterlos, das konnte der Gaukler sich nicht holen. Nicht, wenn er Gahadhs Kind wollte.

Was, wenn er mittels Hexerei doch den Vater erkennen könnte?, flüsterte eine Stimme in ihm. *Wenn es ihm allein um Abstammung und nicht um Anerkennung geht?* Schnell unterdrückte er die Frage. Der Dolch rutschte ab, und Gahadh quetschte sich den Daumen der rechten Hand.

»Verflucht«, krächzte er und ließ den Dolch fallen. Stöhnend hob er ihn wieder auf und kämpfte weiter. Wenn er es durch das Geröll hindurch schaffte, bevor der Gaukler kam, war alles gut, dann musste er seinen ungeborenen Erstgeborenen nicht verraten.

Innerlich zerrissen grub er weiter. Irgendwann ging die Sonne auf und verdrängte die Finsternis aus dem Schacht. Auch in den Quergang fiel eine Ahnung von Licht. Die Kreaturen hatten ihn nicht gefunden.

Der neue Tag war gekommen, doch der Gaukler ließ sich nicht sehen.

»Hallo!«, krächzte Gahadh, dann trank er gierig den letzten Schluck Wasser. Seine Hände zitterten so stark, dass er ihn beinahe verschüttet hätte.

Tief holte er Luft und schrie, so laut er konnte, denn oft würde er das ohne Wasser nicht mehr können. Und diesmal schrie er: »Hilfe!«

Der Schrei endete in einem Krächzen, und wieder kam keine Antwort.

Draußen wurde es heller und heller, doch unten blieb es dunkel, wenn auch nicht völlig finster. Gahadh kroch zurück und grub, bis er zusammenbrach.

Mit letzter Kraft schleppte er sich in den Schacht vor, wo er sich auf den Rücken legte und in den Kreis Helligkeit sah, der den Ausgang aus dem Schacht markierte. Das Licht tat gut, und trotzdem schloss er die Augen. Nur für einen Moment – oder zwei.

Dann dämmerte er weg.

4

Als Gahadh die Augen wieder öffnete, saß der Gaukler auf der Brüstung, jonglierte mit Münzen und rief fröhlich: »Und, hast du dich entschieden?«

Gahadh, der wieder von Myniam und der Totgeburt geträumt hatte, fragte: »Meinst du das Kind, das nie gelebt hat? Das nie einen Namen bekommen hat?« Er sprach leise.

»Nein. Was sollte ich mit ihm?« Er fragte nicht, von welchem Kind Gahadh redete, er wusste es ganz selbstverständlich, so als wüsste er von allem auf der Welt, so wie er gewusst hatte, wo Gahadh zu finden war.

Gahadh dagegen wusste nur noch, dass er leben wollte. Dass er hier raus wollte und die Schmerzen enden sollten. Alles andere war unwichtig geworden. »Was hast du mit dem Kind vor?«

»Mich um es kümmern«, sagte der Gaukler leichthin. Im Gegenlicht konnte Gahadh sein Gesicht auch jetzt nicht richtig erkennen. »Ihm zu seinem Platz in der Welt verhelfen, ganz so, als wär's mein eigenes. Was sonst tut man mit Kindern?«

Gahadh nickte. »Aber was, wenn ich nie Vater werde? Was schulde ich dir dann?«

»Das Kind oder nichts, so lautet der Handel. Natürlich kannst du mir in jedem Fall einen Wein spendieren, wenn du magst.« Der Gaukler lachte.

Gahadh schnaubte und zögerte noch immer mit der Antwort. »Wirklich nur das Kind?«

»Ja. Dann ist es also abgemacht?«

»Was?«

»Ich werfe dir das Seil hinunter, und du überlässt mir dein erstgeborenes Kind.«

»Wirst du es herumerzählen, dass ich mein Kind verkauft habe?« Gahadh wollte das nicht, er schämte sich dafür, dass er auf den Handel einging, aber er würde es tun. Er wollte nur noch ein wenig so tun, als überlege er gründlich, als verhandle er, bevor er das Ja letztlich laut aussprach. Er konnte einfach nicht anders, er wollte leben.

»Herumerzählen? Wo denn?«

»In der Siedlung oder sonst wo in den Königreichen.«

»Weshalb sollte ich das tun? Ich glaube nicht, dass ich in der Geschichte besser wegkomme als du. Oder?«

Gahadh nickte. Er war nicht sicher, aber er wollte es glauben. Er war zu erschöpft, um klar zu denken. Irgendetwas an dem Handel war faul, aber er wusste nicht, was.

»Und?«, drängte der Gaukler.

Ich verkaufe mein Kind, das ist hier faul, dachte Gahadh bitter. Und dann wieder: *Nein, ich habe doch gar kein Kind!* Aber da war noch etwas, etwas anderes, etwas ganz Banales. Er musste nachdenken und Zeit gewinnen. »Wie heißt du eigentlich?«

»Hast du das schon wieder vergessen?« Der Gaukler klang amüsiert.

Hatte er? Er konnte sich nicht erinnern. Die Dunkelheit, die Müdigkeit, die Schmerzen, die Albträume, die Luft hier unten, das alles machte das Denken zäh.

»Was ist jetzt? Soll ich das Seil hinunterwerfen?«

Gahadh seufzte, er konnte nicht mehr. Es würde sonst niemand kommen, um ihn zu retten. »Also gut, abgemacht.«

Einen Augenblick später hing das Ende eines Seils in den Schacht hinab. Gahadh ließ alles liegen, den Rucksack und den leeren Wasserschlauch, er würde es später holen. Nur den Dolch steckte er in den Gürtel. Er packte das Seil, doch er konnte sich nicht hinaufziehen, die Hände wollten nicht mehr, die Finger waren ohne Kraft, die Haut hing in Fetzen, die Wunden brannten. Der rechte Fuß war ein einziger Klumpen dumpfen Schmerzes.

»Kannst du mich hochziehen?«

»Du wolltest ein Seil«, erinnerte ihn der Gaukler fröhlich. »Ein Seil für dein Kind, das war der Handel. Du musst lernen, genau auf die Worte zu achten.«

»Was?«

»Gestern wäre das Seil hilfreicher gewesen, was? Als deine Hände noch greifen konnten.« Der Gaukler kicherte. »Manchmal ist es auch wichtig, bei einem Handel nicht zu zögern.«

»Verreck, du Drecksack!«, krächzte Gahadh. »Verreck doch!«

»Ich glaube, du verwechselst, in welcher Lage wir jeweils sind.« Der Gaukler blickte noch einmal über den Rand, sein Gesicht lag wieder im Schatten.

»Bitte«, sagte Gahadh, »zieh mich hoch.«

»Das war nicht abgemacht.«

»Aber es war so gemeint! Das weißt du.«

»Mhm.«

»Du hast doch, was du willst! Also zieh mich hoch.«

»Kann ich nicht machen.« Er klang fast bedauernd. »Ich halte mich immer an eine Abmachung – zum Guten wie zum Schlechten. Aber ich will nicht so sein. Da. Damit du zu Kräften kommst.« Nachlässig warf er einen Apfel hinunter und verschwand.

Der Apfel zerplatzte auf dem Boden.

»Was?«, schrie Gahadh ihm hinterher. »Und wozu dann der ganze Handel, wenn du mich doch verrecken lässt? Wie soll ich hier unten ein Kind zeugen?«

War es letztlich doch kein Handel gewesen, sondern eine Prüfung der Götter, wie rechtschaffen er war? Oder ein einziger langer böser Scherz?

Der Kopf des Gauklers erschien wieder. »Wieso zeugen? Bist du dir sicher, dass du das nicht längst getan hast? Hast dich doch genug herumgetrieben. Ist es so schwer, sich vorzustellen, dass die Mutter dir einfach nichts gesagt hat?«

Gahadh erstarrte. Er war Vater?

»Hier«, rief der Gaukler noch und schnippte eine Münze hinunter. »Falls der Apfel nicht reicht, um zu Kräften zu kommen, iss das. Ich bestell der Mutter Grüße von dir.« Und damit verschwand er endgültig.

Vater, dachte Gahadh, noch immer völlig gefangen. Die Münze schlug vor ihm auf den Boden, sprang hoch, drehte sich und blieb vor seinen Füßen liegen. Er erkannte einen Drachmon, wie man ihn Toten für den Fährmann ins Jenseits unter die Zunge legte. Sein Obolus für die Überfahrt. Er fasste ihn nicht an, als wäre die Münze verhext.

Der Gedanke an seinen Tod riss ihn aus der Erstarrung. Was hatte er getan?

Voller Angst und Zorn packte er das Seil und versuchte zu klettern, aber er konnte nicht, sein zitternder Griff war zu schwach, er rutschte sofort wieder ab und landete auf dem gebrochenen Fuß. Stechender Schmerz jagte sein Bein hinauf, aber Gahadh blieb stehen. Er hielt sich am Seil, er würde nicht fallen. Er fluchte und tobte, alle dumpfen Überlegungen der Nacht waren hinfällig, wenn er doch Vater war.

Aber das habe ich nicht gewusst!

Und was nützte das? Er wusste, dass es ein Frevel war.

Aber nicht, dass ich Vater bin!

Wer sagte das?

Er! Er hat es gesagt!

Und er wusste alles.

Aber wer war die Mutter? Warum hatte sie ihm nichts erzählt? Das hätte doch alles geändert!

Vielleicht warst du schon gar nicht mehr in der Stadt, als sie es festgestellt hat? Du bist doch ständig weitergezogen!

Warum?

Oder hatte der Gaukler ihn doch belogen, den Scherz gnadenlos auf die Spitze getrieben?

Gahadh glaubte weder an einen Scherz noch eine göttliche Prüfung, das war so grausam, dass es die Wahrheit sein musste. So etwas dachte sich niemand aus!

Er musste den Gaukler aufhalten, bevor der sein Kind erreichte. Hastig sammelte er die Apfelbrocken auf und aß sie mit allem Staub. Er brauchte die Kraft, er musste hinauf. Er musste leben und den Kerl aufhalten.

Hastig schnitt er sich Stoff vom Hemd und umwickelte die offenen Hände. Er würde nur einen Versuch haben.

Dann wand er sich das Seil um die rechte Hand, damit er, wenn er abrutschte, nicht sofort fiel. Er atmete durch und kletterte. Keuchend kämpfte er sich hinauf, angetrieben vom Zorn, der ihn auch ein Jahrzehnt durch alle Kämpfe getragen hatte. Angetrieben von einer Angst, die neu war. Er durfte nicht scheitern. Er würde dem falschen Gaukler das Messer ins Herz stoßen, wenn er denn eines besaß.

Schritt um Schritt kämpfte er sich voran, mehrmals wäre er fast abgerutscht und fing sich wieder. Das Seil schnitt ihm ins Handgelenk, die Stofffetzen sogen sich voll mit Blut, der letzte Fetzen Haut löste sich vom Fleisch, aber er gab nicht auf.

Warum hat sie nichts gesagt?

Mit wem habe ich ein Kind?

Einen Jungen oder ein Mädchen?

Arme und Beine zitterten, sie wollten ihm nicht mehr gehorchen, und doch zwang er sie weiter. Weiter, nur weiter. Der Verband um die linke Hand löste sich, blieb aber im Blut kleben. Dann rutschte er doch.

Weiter, dachte Gahadh verzweifelt, und: *Ich bring ihn um.*

Zitternd und blutend erreichte er die Brüstung. Er streckte die Hände aus und hielt sich fest. Langsam zog er sich hoch, aber dann durchzuckte ihn ein stechender Schmerz, und er konnte nicht mehr. Die Hände wollten ihn einfach nicht mehr halten, sosehr er es auch versuchte, sosehr er es ihnen befahl, sie waren nur noch schmerzende Klumpen Fleisch, die Finger gekrümmt und steif. Sie rutschten ab, kraftlos und verkrampft, zerschunden und blutend, und Gahadh konnte sich nicht halten.

»Nein!«, schrie er, und beinahe hätte er lachen können über den Unsinn, dass er jetzt schon zum zweiten Mal in den Schacht stürzte, aber er lachte nicht.

Hart schlug er unten auf. Knochen brachen, Haut riss, und Blut quoll auf die Gebeine ringsum. Neuer Schmerz durchfuhr ihn, aber nur für einen Augenblick, dann versank Gahadh in Dunkelheit. Sein letzter Gedanke galt dem Gaukler, der kein Gaukler war und ihm nie seinen Namen genannt hatte. Den er nicht daran hindern würde, sein Kind zu holen, wie es auch immer heißen mochte. Den er nicht einholen würde.

Es tut mir leid, dachte er, und dann dachte er nichts mehr.

DER BASTARD DES KÖNIGS

1

Noch war der Sommer nicht gekommen, doch es war schon unerträglich heiß. Das ganze Frühjahr hindurch hatte es kaum geregnet, und seit vier Wochen zeigte sich nicht die kleinste Wolke am Himmel. Bereits am frühen Morgen flirrte die Luft über den ausgedörrten Wiesen. Die gepflasterten Straßen waren ebenso staubig wie die festgestampften Wege, durch die sich Risse zogen. Überall verkümmerten die angebauten Pflanzen, das Getreide ebenso wie das Gemüse. Sträucher und Bäume trugen nur wenige Früchte, selbst in Lathien, dem fruchtbarsten der dreizehn Königreiche. Käme jetzt endlich der Regen, wäre die zweite Ernte des Jahres noch zu retten, doch jeden Morgen war der Himmel aufs Neue klar und hell.

Auch das vergangene Jahr war ein mageres gewesen, die Speicher waren entsprechend leer, und schon begann der Hunger an den ersten Menschen zu nagen. An denen, die noch zu essen hatten, nagte die Angst. Die einen flehten zu den Göttern, die anderen verfluchten sie, und manch einer machte sich auf die Suche nach einer verborgenen Hexe, der er die Schuld an allem geben konnte.

Doch vergebens, denn Hexerei war seit dem Untergang des alten Kaiserreichs selten geworden und verpönt, und wenn es noch Hexen gab, hielten sie sich bedeckt.

Das Vieh wurde hager, die wilden Tiere wagemutiger. Fett und zahlreich waren nur die Fliegen, die schwarz-grün schillernd überall herumkrochen, summten und brummten.

Tief im Süden vertrockneten zahlreiche Brunnen, und verzweifelte Männer und Frauen schlossen sich zu Räuberbanden zusammen oder wanderten in die Städte ab, wo die meisten sich bettelnd durchschlugen und die Glücklicheren eine einfache Arbeit annahmen, deren Lohn gerade für die täglichen Mahlzeiten und nur manchmal für eine billige Unterkunft reichte. Viele schliefen im Freien, ein Auge stets offen und die Hand am Messer.

Hart traf es auch die Menschen in der fruchtbaren Ebene östlich des Wilden Walds, die als *Kornkammer der Kriege* bekannt war. Hier erstreckten sich in alle Richtungen Felder, auf denen Jahr um Jahr Hirse, Weizen und Gerste angebaut wurden, und große Mühlen säumten in kurzen Abständen das Ufer des ruhig fließenden Vardoy. Zwei Dutzend Mühlen waren es, die wie Soldaten in Reih und Glied standen und fast wie eine Einheit wirkten. Jede arbeitete für sich, und jede arbeitete für den König.

Hier wurde das Mehl für die Brote des königlichen Heeres gemahlen, und hier gedieh die Hirse für den Brei der Soldaten. Weil König Tiban von Lathien keine hungernden Soldaten gebrauchen konnte, verlangte er die gleiche Menge an Getreide wie in fruchtbaren Jahren, und so blieb den Bauern und Müllern nur wenig von dem, was sie ernteten und verarbeiteten. Zu wenig, um den kommenden Winter zu überstehen.

Hier wie überall sonst in den dreizehn Königreichen rumorte es.

2

Obwohl der Müllergehilfe Ukalion im nächsten Monat gerade erst zwanzig Jahre alt werden würde, zollten ihm alle Gehilfen in der Krampmühle Respekt. Nicht, weil er der Sohn der Müllerin war, sondern weil er geschickt war, hilfsbereit und findig. Im Winter hatte er eine neue Aufhängung für das Mühlrad entwickelt, die Kanten der Zahnräder sorgfältig geschliffen und die Mahlsteine ausgetauscht. Nun war ihre Mühle die schnellste am Fluss und ihr Mehl das feinste, und so kamen die meisten Bauern zuerst hierher, um ihr Getreide mahlen zu lassen.

»Geh angeln, Bursche«, weckte ihn noch vor Sonnenaufgang der Müller Gajus Kramp, der Mann seiner Mutter. Gajus hatte keine eigenen Kinder mit ihr, dennoch nannte er Ukalion nie *Sohn*, und auch seinen Familiennamen durfte Ukalion nicht führen.

»Es ist noch dunkel.« Ukalion rieb sich über das Gesicht. Vor dem Fenster raunte der Vardoy, ansonsten herrschte Stille.

»Wenn es hell ist, brauche ich dich in der Mühle. Also los.«

Ukalion kroch aus dem Bett, wie der Müller es befohlen hatte. Tag für Tag ließ Gajus ihn schuften wie keinen seiner anderen Gehilfen, und Ukalion schuftete ausdauernd und klaglos. Seine Mutter sagte, das sei nur, damit die anderen nicht auf die Idee kämen, Gajus würde ihn als ihren Sohn bevorzugen.

Nein, auf die Idee käme keiner, dachte Ukalion und hieß sich glücklich, dass Gajus nicht sein leiblicher Vater war, denn wie hätte der erst seinen eigenen Sohn schinden müssen, hätte er denn einen gehabt?

Verschlafen schlüpfte Ukalion in die abgetragene Hose und stopfte sich in der Küche einen frischen Kanten Brot und ein kleines Stück Käse in den Mund. Dann ging er hinter die Mühle, um sich kaltes Flusswasser ins Gesicht zu spritzen. Am Himmel verblassten die letzten Sterne, der Mond war bereits untergegangen, und die ersten Vögel begannen zu singen. Irgendwo schrie ein früher Hahn, und ein Hund antwortete mit Gebell.

Ukalion sprang über das träge laufende Mühlrad hinweg und hockte sich auf die äußere Aufhängung, einen breiten steinernen Pfeiler im Fluss. So saß er noch ein Stück weiter im Wasser, und die schmackhaften Silberbarsche und Riesenelritzen kamen nur selten in Ufernähe. Er warf die Angel weit aus und sah sich verschlafen um.

Neben der gemauerten Anlegestelle rechts von ihm, nicht weit von der Mühle, dort, wo seine Mutter ihm schon früh das Schwimmen beigebracht hatte, wo er sich dann jeden Tag ins Wasser geworfen hatte und wo er mit einem schlichten, selbstgebauten Floß zu immer neuen Abenteuerfahrten aufgebrochen war, nahm er jetzt menschliche Schemen wahr, die am flachen Ufer Wasser aus dem Fluss holten; ausgelaugte Bauern, die verzweifelt versuchten, die Felder mithilfe von Eimern und Bottichen zu wässern, bevor die Sonne zu hoch am Himmel stand. Manche Felder waren zwei oder mehr Meilen entfernt und der Kampf gegen die Trockenheit nicht zu gewinnen.

Als die Sonne über den Horizont stieg und die Welt langsam in helles Licht tauchte, erkannte er viele der Bauern und winkte ihnen knapp zu. Sie grüßten zurück, und der einäugige Orinth Quins rief: »Beißen die Fische?«

»Nicht bei mir.«

»Kurz vor dem Verhungern, aber noch immer wählerisch, diese Fische.« Orinth lachte, so wie er über alles lachte, was er schwer ertragen konnte. Die lustigen Geschichten über sein verlorenes Auge waren so zahlreich, dass niemand mehr wusste, welche davon die Wahrheit war und wie Orinth sein Augenlicht wirklich eingebüßt hatte.

»Oder es gibt keine mehr, weil sie sich aus Verzweiflung selbst aufgefressen haben«, rief die Bäuerin Dagha Kellhen, ohne eine Miene zu verziehen, und wuchtete einen zweiten Eimer auf ihren klapprigen Handkarren. »Immer einer den nächsten und der letzte sich selbst.«

Orinth lachte, andere fielen ein.

»Sie werden schon noch beißen.« Ukalion sah wieder auf den Fluss hinaus, hinter ihm drehte sich scheppernd das Mühlrad. Der Wasserspiegel war niedriger, als er zu dieser Jahreszeit sein sollte. Nahe am jenseitigen Ufer, an dem sich die lichten Ausläufer des Wilden Walds erstreckten, trieben zwei Regenbogenschwäne flussabwärts. Sie reckten die Hälse, berührten einander mit den Schnäbeln und umkreisten einander wie im langsamen Tanz. Ihren Tanz zu sehen verhieß in den alten Geschichten stets Glück, aber was sollte nicht alles Glück bringen?

Ukalion blickte den Schwänen nach, während sie kleiner und kleiner wurden, und fühlte einen inneren Frieden. Anmutig drehten die Tiere sich umeinander, es schien, als bekämen sie von der Welt um sie herum nichts mit. Sonnenstrahlen glitzerten auf dem türkisfarbenen Wasser des Vardoy, und leichter Wind kam auf, er schmeckte nach Staub und Ferne. Die Fische bissen immer noch nicht, und die Regenbogenschwäne trieben auf den Blutfelsen zu, den Ukalion in der nächsten großen Biegung gerade noch ausmachen konnte.

Der Blutfelsen hatte seinen Namen aus dem letzten Jahrhundert, als eine junge betrogene Frau sich auf ihm die Adern aufgeschnitten und den Stein mit ihrem Blut getränkt hatte. Sie wurde gefunden, bevor sie starb, und gerettet. Ihre Mutter ermahnte sie, sie dürfe sich wegen so etwas nicht das Leben nehmen, doch sie stritt es ab, sagte, das habe sie gar nicht gewollt. Bei diesen Worten blickte sie zu Boden, und niemand glaubte ihr. Als am nächsten Tag ihr Mann mit zwei weiteren Männern in einem Boot nah am Felsen vorbeifuhr, kenterten sie plötzlich in den harmlosen Stromschnellen und stürzten aus dem Boot. Zwei fielen ins Wasser, doch der Ehemann schlug mit dem Kopf auf den Fels und verlor das Bewusstsein. Blut quoll aus einer tiefen Wunde und sickerte in zahlreiche Felsritzen, und als seine Begleiter sich endlich gegen die Strömung zu ihm gekämpft hatten, war er tot und bleich, wie ausgeblutet.

Die beiden Überlebenden, sein Bruder und ein Freund, stürmten ins Dorf zurück, nannten die junge Frau eine Hexe und richteten sie, auch wenn sie nun laut beteuerte, sie habe sich nur umbringen wollen.

»Dann tun wir das jetzt für dich, und du bekommst deinen Willen«, riefen die beiden Männer zornig, und das waren die letzten Worte, die die Frau hörte.

Binnen eines Jahres starben auch der Bruder und der Freund im Fluss, und seitdem machten sämtliche Boote einen großen Bogen um den Felsen. Doch unglückliche Frauen, die einen Mann verfluchen wollten, gingen bei Nacht dorthin, um dem Felsen ihr Blut zu schenken.

Als Kind war Ukalion einmal mit zwei Freunden auf dem Floß ganz nah an dem Felsen vorbeigefahren, um seinen Mut zu beweisen. Er war sicher, dass ihn noch keine Frau verflucht hatte und dass ihm nichts passieren konnte, aber als er stolz und strahlend nach Hause kam, drohte seine Mutter, genau das werde sie tun, wenn er noch einmal so einfältig sei, keinen Bogen um den Blutfelsen zu machen. Dann hatte sie ihn fest umarmt, und bei der Erinnerung daran musste er lächeln.

»Weißt du, warum die Bauern alle zu euch kommen?«, erklang plötzlich Priams kratzige Stimme hinter ihm. Sie erklang laut und riss ihn aus allen Gedanken.

Priam Windan gehörte die Mühle gleich nebenan. Sie war die erste am Fluss gewesen, und dank verschiedener Anbauten war sie noch immer die größte, weshalb Priam sich als etwas Besseres wähnte. Doch inzwischen war das Mühlrad alt, einige der schwarzen Schaufelbretter waren morsch und die Mauern verwittert.

»Sie kommen, weil wir gut arbeiten und niemanden betrügen«, erwiderte Ukalion, ohne sich umzudrehen. Er konnte die Schwäne noch immer sehen, wie sie tanzend am hohen Blutfelsen vorbeitrieben.

»Sagst du, ich betrüge?«

»Nein, ich sage nur, dass wir es nicht tun.« Ukalion drehte sich noch immer nicht um.

»Sie kommen nur, weil du ein Bastard des Königs bist. Königliches Blut, pah!« Priam spuckte vernehmbar aus. Er war selbst in guten Zeiten streitlustig. »Dein hochgeborener Vater brockt uns den ganzen Ärger ein, aber du und deine feine Mutter, ihr hungert nicht.«

In aller Ruhe zog Ukalion die Angel aus dem Fluss und legte sie ab. Der Wurm war vom Haken verschwunden. Oder hatte er in seiner Müdigkeit tatsächlich vergessen, einen aufzuspießen?

Langsam drehte er sich um. Er wusste, dass Priam die hohen Abgaben meinte, und trotzdem sagte er: »Der König hat große Macht, aber nicht über das Wetter. Wie soll er uns also das Wetter einbrocken?« Und ohne Priam Zeit für eine Antwort zu lassen, fuhr er fort: »Doch wolltest du eben meiner Mutter etwas unterstellen?«

»Nein, Volera ist eine feine Frau, äußerst *fein*, etwas anderes werde ich nie sagen.« Priam war ein gewaltiger Mann mit kleinen Ohren, dünnem grauem Haar und einer mehrfach gebrochenen Nase. Er hatte die mächtigen Arme verschränkt und lehnte lächelnd an der Krampmühle.

»Gut.«

»Wie könnte ich es auch anders sehen? Ein König hat schließlich einen exquisiten Geschmack. Auch bei seinen feinen – du weißt schon.« Er verstummte und grinste anzüglich. Die Hitze und die Angst vor dem Hunger schürte selbst bei Friedfertigeren die Lust auf Prügeleien, bei Priam also erst recht. Und jemandes Mutter zu beleidigen, wenn auch nur andeutungsweise, war immer ein guter Anfang, solange die Andeutungen von allen verstanden wurden. Dann war eine Andeutung manchmal sogar wirkungsvoller als eine direkte Beschimpfung wie Königshure.

Eine Handvoll Bauern an der Anlegestelle stellten ihre Eimer ab und sahen neugierig herüber. Der Wind flaute ab, der Geschmack von Staub hing weiter in der Luft.

Ukalion würde nicht einfach klein beigeben, schon gar nicht vor Zeugen und wenn es um seine Mutter ging. In aller Ruhe stieg er über das Mühlrad zurück. Er hatte die ständigen Sticheleien Priams endgültig satt. »Und was hat ein exquisiter Geschmack mit dir zu tun?«

»Willst du Prügel, Junge?« Priam stieß sich von der Wand ab und knackte mit den Fingern. Es waren die stets gleichen Drohgebärden, wahrscheinlich wurden sie überall auf der Welt verstanden. An den Fingern glänzten schwere Ringe aus Eisen, die Priam sicher nicht zum Arbeiten übergestreift hatte. Ein Treffer damit wäre schmerzhaft.

Dennoch fragte Ukalion: »Willst du, alter Mann?«

Der nächste Bauer setzte seinen Eimer ab und sah erwartungsvoll herüber. Hoch über ihnen kreisten hungrige Flusskrähen und krächzten.

»Komm her!« Priam ballte die Hände zu Fäusten und wartete grinsend auf Ukalion. Sein Gesicht leuchtete vor Vorfreude, und er tänzelte auf der Stelle.

In dem Moment trat Gajus aus der Mühle, rein zufällig oder weil er das laute Rufen gehört hatte. Er ignorierte Priam und bellte Ukalion an: »Wie viele Fische hast du, Bursche?«

»Fische?«

»Ja, Fische. Ich hab dich zum Angeln geschickt, falls du dich erinnerst.«

»Keinen«, gestand Ukalion.

»Was schwätzt du dann mit den Nachbarn? Wenn ich angeln sage, dann meine ich auch angeln!«

»Der Junge ist eben unfähig«, sagte Priam, ließ aber die Hände sinken. Die Vorfreude war aus seiner Miene verschwunden.

»Um mir das zu sagen, musst du nicht extra vorbeikommen«, knurrte Gajus. »Also, was willst du?«

»Mutter eine *feine Frau* nennen«, sagte Ukalion.

»Noch was?« Gajus ließ Priam nicht aus den Augen, sein Blick war stechend wie der eines Bussards.

Priam zögerte kurz, dann sagte er: »Nein.« Mit Gajus wollte er sich anscheinend nicht anlegen.

»Gut.«

»Wir sehen uns wieder.« Priam nickte Ukalion zu und ging.

»Unter Nachbarn ist das leider unvermeidlich«, erwiderte Ukalion.

Sobald Priam außer Hörweite war, fragte Gajus: »Was sollte das?«

»Nichts.«

»Wenn du es sagst.« Er kratzte sich am Ohr. »Und warum hast du nichts gefangen?«

»Weil die Fische nicht beißen.« Von dem fehlenden Wurm auf dem Haken erzählte er nichts.

»Dann geh rein und fette das Gewinde ein, der erste Bauer ist da.«

Ukalion gehorchte.

3

Auch wenn Ukalion es nicht wollte, lagen ihm Priams Vorwürfe schwer im Magen. Nicht die Andeutungen zum Verhalten seiner Mutter, für sie hätte er sich, ohne mit der Wimper zu zucken, geprügelt. Denn was hätte seine Mutter damals anderes tun sollen?

König Tiban, der das hiesige Kastell Weißwasser inspiziert hatte, um den Krieg mit dem südlichen Gybthan vorzubereiten, dem Reich der spitzen Türme, treppenreichen Pyramiden, palmblattkauenden Läufer und kriechenden Sanddrachen, hatte sie auf den Feldern arbeiten gesehen und zu sich befohlen als Gespielin für eine Woche. Sie hatte ihm gesagt, dass sie einem anderen fest versprochen war, dass der Tag der Hochzeit schon feststand, aber das hatte Tiban nicht interessiert. Der König nahm, was er wollte, auch wenn man es ihm nicht freiwillig gab.

Besonders dann, behaupteten manche, aber andere sagten, Lathien sei eben sein Reich, darin gehöre ihm alles. Seine Mutter hatte befürchtet, König Tiban würde Gajus einfach das Leben nehmen, wenn sie sich weiter weigerte, denn damit wäre die Hochzeit vom Tisch gewesen. Sie war nur zum König gegangen, damit nicht alles noch viel schlimmer endete, davon war Ukalion überzeugt. Er glaubte nicht an das Gerede, sie sei innerlich lachend und stolz gegangen und mit der Hoffnung, irgendwann Königin oder zumindest Hofdame zu werden, etwas Besseres als Müllerin eben, dafür war sie zu intelligent.

Nach der Woche war sie aufrecht, aber mit versteinerter Miene ins Dorf zurückgekehrt. Nie hatte sie über die Zeit beim König geredet, sosehr die Leute auch fragten und spekulierten. Die Hochzeit war verschoben worden, doch sie hatte stattgefunden. Gajus liebte sie so sehr, dass er sie noch immer gewollt hatte, obwohl er wusste, dass sie keine Jungfrau mehr war, und obwohl er wusste, dass das auch alle anderen wussten. Selbst als klar wurde, dass sie schwanger war, hielt er an der Hochzeit fest. Er blockte alles Gerede ab, und irgendwann ließ es nach wie auch die Spekulationen und Fragen der Leute, ihre abschätzigen Blicke und das Flüstern. Doch konnte Gajus nicht dagegen an, dass es ihn an manchen Tagen wütend machte, dass ein anderer seine Frau vor ihm gehabt hatte, noch dazu der König, den er nicht zur Rechenschaft ziehen konnte.

Noch viel mehr wurmte es ihn trotz seiner Liebe jedoch, dass seine Frau ihm durch diese Woche vielleicht das Leben gerettet hatte. Er wollte ihr für diese Woche im Bett des Königs nicht dankbar sein müssen.

Natürlich hatte er das alles nicht vor Ukalion zugegeben, aber Ukalion hatte es sich schon als Kind aus den Streitereien zwischen Gajus und seiner Mutter zusammenreimen können.

Für ihn selbst bedeutete die Geschichte, dass es zwei Männer gab, die sich weigerten, sein Vater zu sein, und die dennoch das Bild prägten, das alle von ihm hatten. Er war entweder der ungewollte Sohn der Ehefrau oder der Bastard, er war ein Mann ohne Familiennamen.

Nein, was Ukalion im Magen lag, waren Priams Vorwürfe, die Bauern kämen nur zu ihm, weil er ein Bastard des Königs sei. Nicht weil die Krampmühle gut und ehrlich arbeitete, eine Mühle, die er mit eigenen Ideen und harter Arbeit verbessert hatte, sondern nur wegen eines Vaters, für den er ein Nichts war und der sich um ihn einen Dreck scherte – so wenig wie um die einstige Gespielin. Dessen Unerbittlichkeit bei den Abgaben Ukalion und die Krampmühle ebenso traf wie alle anderen. Diesem Vater, den er selbst niemals Vater genannt hatte und der seine Mutter in sein Bett gezwungen hatte, wollte er nichts verdanken.

Also fragte er Samu Kellhen, den ersten Bauern des Tages, gleich nach der knappen Begrüßung: »Warum kommst du zu uns? Warum gehst du nicht zu Priam?«

Irritiert sah Samu ihn an. »Was ist los? Willst du meine Lieferung nicht?«

Es roch nach Getreide, und überall schwirrten Fliegen. Ein streunender Hund sah zum offenen Tor herein und tappte dann weiter.

»Doch, natürlich. Ich will einfach nur wissen, warum du zu uns kommst.« Ukalion wuchtete den ersten Sack vom Wagen, um zu zeigen, dass er ihn ganz bestimmt annahm.

»Du willst, dass ich dir Honig ums Maul schmiere?«

»Nein, die Wahrheit.« Er stellte den Sack ab und sah den Bauern an.

»Also doch Honig.« Samu lachte und hieb ihm freundlich auf die Schulter, dann erschlug er eine Fliege. »Drecksviecher!« Er spuckte aus. »Du weißt selbst, dass ihr gut arbeitet, und ich weiß, dass ihr mich beim Messen nicht bescheißt. Außerdem ist da die Sache mit dem Wildern.«

Ukalion nickte. Dass er dem ganzen Dorf das Wildern ermöglichen konnte, verdankte er zwar der Tatsache, dass er der Bastard des Königs war, aber das war etwas anderes, weil das Wildern selbst sich gegen den König richtete.

»Schwätzt du schon wieder, statt zu arbeiten?«, knurrte Gajus, der eben die Mühle betreten hatte.

»Nein.« Rasch packte Ukalion den Sack, schleppte ihn die schmalen Stufen zum Trichter hinauf und schüttete die Körner hinein. Sie waren klein und fast gräulich in der Farbe, nicht so golden wie in guten Jahren. Knirschend malten die Steine die Körner zu Mehl, und Ukalion holte den nächsten Sack.

Sack um Sack schleppte er nach oben, Schweiß lief ihm herunter, und es juckte am ganzen Körper. Gajus stand unten und überwachte das herauskommende Mehl und ihn.

So wird es den ganzen Tag gehen, dachte er, doch dann hörte er, wie draußen sein Name gerufen wurde.

»Ja?«, antwortete er, und schon stürmte Mart herein, ein hochgeschossener blonder Bauernjunge von elf Jahren. Angst stand ihm im Gesicht, und er atmete schwer, obwohl er ein guter Läufer war; er musste den ganzen Weg vom Dorf hergerannt sein, fast eine Meile.

»Der Vogt …« Mehr brachte Mart nicht heraus, er stand vorgebeugt, die Hände auf die Knie gestützt.

»Ganz ruhig, Kleiner, verschluck dich nicht. Was ist mit dem Vogt?«

»Er … er …« Keuchend richtete Mart sich wieder auf. »Du musst sofort kommen … Er hat Ckarya mit einem Rehbock erwischt!«

Ukalions Herz krampfte sich zusammen. »Geht es ihr gut? Hat er ihr etwas getan?«

»Nein. Ja. Ja, nein.« Mart wirkte verwirrt. »Sie ist unverletzt, aber er hat sie gefangen genommen.«

»Gefangen?«

»Ja. Auf der Straße. Auf dem Weg nach Hause.«

Er packte den Jungen an der Schulter. »Hat sie gesagt, dass ich es war, der das Tier gejagt hat, und dass sie es nur für mich trägt?«

»Hat sie, aber der Vogt will sie trotzdem mitnehmen! Ich weiß nicht, wohin, zum Turm oder … Er hat gesagt, dass er die Lügen nicht mehr hören kann. Dass es Zeit wird, durchzugreifen.«

»Verflucht!« Natürlich wusste Vogt Farnoh, dass Ukalion den Rehbock nicht gejagt hatte, alle wussten das, aber bislang hatte diese Lüge Farnoh immer genügt. Seit der zweiten Reform des Jagdrechts durch König Tiban gehörten Rehe – so wie fast alle jagdbaren Tiere außer Kaninchen – zum Hochwild, das dem Adel vorbehalten war. Das Hochwild des Wilden Walds war sogar ausschließlich dem König, der königlichen Familie und dem für die Region verantwortlichen Beamten des Königs vorbehalten, dem Vogt.

Wie es sich mit Bastarden verhielt, war im Gesetz nicht geregelt. Auch wenn Ukalion keinerlei Anrecht auf den Thron oder irgendein anderes Erbe besaß, hatte ihn nie jemand dafür belangt, dass er eine Handvoll Tiere jagte, da niemand mit Bestimmtheit wusste, ob er in diesem Fall zur königlichen Familie gezählt wurde oder nicht. Eine Anklage hätte zu einer Gerichtsverhandlung geführt, die wiederum Ukalions Status und Stand genau feststellen musste, und das wollte niemand. Niemand am Hof wollte ihm irgendeinen Status einräumen, ebenso wenig aber wollte irgendein Richter einen Mann bestrafen, in dessen Adern königliches Blut floss. Wer wusste schon, wie der König das aufnahm oder was geschah, wenn er sich plötzlich doch entschloss, Ukalion offiziell anzuerkennen? Nichts deutete darauf hin, doch war es eine Möglichkeit, die jeder im Hinterkopf hatte.

Ukalion hatte sich diese Unsicherheit zunutze gemacht und jede Wilderei im Dorf auf sich genommen. Ihn ließ der Vogt in Ruhe, und die hungernden Bauern kamen so an frisches Fleisch.

Farnoh hatte das immer hingenommen, denn er wusste, dass die Bauern in mageren Jahren nur auf diese Weise genug zum Beißen bekamen, bedachte man die Höhe ihrer Abgaben. Das Fleisch hielt sie davon ab zu rebellieren, und der Wilde Wald beherbergte mehr Tiere, als der König je jagen konnte – selbst mit einer Hundertschaft an Jagdhelfern. Warum hatte Farnoh diese stillschweigende Übereinkunft aufgekündigt? Ausgerechnet jetzt, da es Ckarya traf.

»Ich muss ins Dorf!«, rief Ukalion Gajus zu.

»Ist das Wildern wieder wichtiger als deine Arbeit?«

»Ckarya ist es.«

»Soso«, knurrte Gajus. »Und warum stehst du dann hier noch faul herum? Geh!«

»Zeig's dem Vogt«, sagte Samu, und die anderen Müllergehilfen nickten, auch wenn das mehr Arbeit für sie bedeutete. Alle mochten Ckarya, und alle waren froh, wenn es im Dorf Fleisch gab.

»Wo ist sie?«, fragte Ukalion und zog Mart zur Tür hinaus.

»Ich weiß es nicht, ich bin sofort losgelaufen.« Der Junge sah ihn unglücklich an, abgekämpft und schuldbewusst. Doch zugleich lag eine verzweifelte Hoffnung in seinem Blick.

»Schon gut. Ich finde sie.«

»Ich komme mit.«

»Dann lauf!«, rief Ukalion und rannte los. Wenn der Vogt durchgreifen wollte, musste er sich beeilen. »Aber ich warte unterwegs nicht.«

4

Schon nach wenigen Schritten fiel Mart japsend zurück, Ukalion rannte weiter. Schwer schlugen seine Füße auf den gestampften Lehm der Straße auf, und die Sonne stand bereits mehrere Handbreit über dem Horizont. Fliegen, Schmetterlinge und Käfer flogen über den Feldern, weit oben kreisten zwei Bussarde. Unten kreisten Ukalions Gedanken um Ckarya, die zwei Jahre jünger war als er, wunderschön und ihm verboten.

Vier Jahre zuvor hatte sie ihren Vater verloren, ein Unfall im Kastell, als der König ihn eingezogen hatte. Ckaryas Mutter, die Kleinbäuerin Ylonia Lykhen, machte dafür den König verantwortlich, und weil der nicht zu greifen war, seinen Bastard.

Ckarya dagegen, die nach einer schelmischen Baumnymphe aus den alten Märchen benannt war, wilderte, wann immer sie konnte, und verdrehte wachhabenden Soldaten den Kopf, um Vorräte aus der

Garnison zu stibitzen. Sie glaubte weder an Regeln noch an Vorsicht, tanzte ausgelassen und mit jedem und lachte viel. Fast alle jungen Männer im Dorf begehrten sie, und die alten wahrscheinlich auch, aber sie traf sich allein mit Ukalion. Heimlich, denn ihre Mutter wollte nichts wissen von einem zukünftigen Ehemann, der keinen Vater hatte und dennoch der Sohn des Schuldigen am Tod ihres Mannes war.

»Was stört sie daran, dass ich keinen Vater habe? Du hast auch keinen«, hatte Ukalion einmal ausgestoßen, als sie im Wilden Wald nebeneinander auf der kleinen verborgenen Lichtung voller Nachtglockenblumen, Schlingrosen und Mondkelchen lagen, die sie für sich die Nymphenlichtung nannten. Durch Zufall hatten sie sie hinter dichtem Gestrüpp entdeckt, ganz am Rand des gewaltigen Walds, fern von den gefährlichen Hügeln und noch ferner vom finsteren felsigen Herz des Walds, in dem die schwarz geschuppten Lindwürmer hausen sollten und vielleicht sogar ein großer Drache.

»Ebendarum stört es sie«, hatte Ckarya geantwortet. »Außerdem hatte ich einen Vater und trage seinen Namen. Wenn dich einer deiner beiden anerkennt und du auch einen Familiennamen trägst, ist sie zufrieden. Am besten den des Müllers, der ist von hier, aber zur Not tut es auch der des Königs.« Sie hatte gelacht, und Ukalion hatte sie geküsst.

»Das wird niemals geschehen«, hatte er dann gesagt. »Also warum wählst du keinen anderen Verehrer?«

»Um meine Mutter zu ärgern.« Wieder hatte sie gelacht, aber leiser, und dann war sie ernst geworden. »Nein. Es ist einfach so, dass ich nur dich will. Du lässt uns wildern.«

»Deshalb?« Er hatte es nicht verstanden.

»Ich kann auch sagen, dass es daran liegt, dass ich dich liebe. Aber dann fragst du wieder, warum, als bräuchte es dafür einen Grund, einen einzigen, der klar zu benennen ist, und dann würde ich dir sagen: Weil du uns wildern lässt. Also habe ich das gleich als Grund genannt.« Sie hatte geschmunzelt.

»Aber jeder wildert selbst, ich tu nichts groß dafür.«

»Du hältst deinen Kopf hin.«

»Weil meinem nichts passiert. Das würde jeder tun.«

»Nein, eben nicht.« Sie hatte ihm durchs Haar gestrichen. »Aber auch weil du das glaubst, liebe ich dich.«

»Du liebst mich, weil ich mich irre?«

Wieder hatte sie gelacht. »Ich bin eben gern schlauer als meine Männer.«

»Männer? Mehr als einer, mehr als ich?«

»Das stört dich mehr, als dass ich schlauer bin?«

»Das bist du eben, das weiß ich.«

Sie hatten sich wieder geküsst, und dann hatten sie miteinander geschlafen. Und jetzt musste sie ihren Kopf doch selbst hinhalten, egal wie schlau der sonst war.

Ukalion rannte schneller, schluckte eine Fliege und spuckte sie wieder aus. Irgendwie würde er Ckarya rausholen, Farnoh musste mit sich reden lassen, er musste einfach. Und wenn Ukalion sie rettete, würde er in den Augen von Ckaryas Mutter anders dastehen, auch ohne Vater.

Er rannte und rannte, bis er kotzen wollte, und dann rannte er weiter und weiter und kotzte doch nicht.

Endlich erreichte er das Dorf Fünfsäulen, das nach den steinernen Überresten aus der Kaiserzeit benannt war, die noch immer am Rand der Siedlung standen. Vier standen in einer Linie, eine weiter weg, alle bleich wie Knochen, die vormals glatte Oberfläche von Rissen und kleinen Löchern durchzogen. Niemand wusste, um welches Gebäude es sich einst gehandelt hatte, die quadratischen Säulenfüße waren überwuchert, unter ihnen lebten Asseln. Die alten Steine, die zwischen ihnen gelegen hatten, ehemalige Mauern, Treppenstufen und das Dach, hatten die ersten Bewohner des Dorfes in ihren Häusern verbaut.

Die Säulen selbst, Überbleibsel einer untergegangenen Zeit, dienten nun als Säulen der Klage. Hier wurde der Verlust geliebter Menschen laut beklagt, aber auch Liebende, die nicht erhört oder verlassen wurden, schrien ihre Enttäuschung hier heraus. Es wurden Namen und Bilder der Toten in den Stein geritzt, Mörder und Nebenbuhler verflucht, Rache geschworen. Ein Ort, um Schmerz öffentlich zu machen, um das Leid ungehemmt auszuleben, und der Boden um die Säulen herum war getränkt von Tränen.

Als Ukalion an den Säulen vorbeistürmte, standen sie verlassen, die meisten Bauern waren um diese Zeit auf den Feldern, doch schon im Schatten des ersten Hauses entdeckte Ukalion drei spielende Mädchen mit offenen Haaren und sonnenverbrannten Gesichtern.

»Wo ist der Vogt?«, rief er ihnen zu.

»Im *Lindwurm*«, antwortete eine.

»Und Ckarya?«

»Auch.«

»Wie die anderen«, fügte eine zweite hinzu.

Andere waren Ukalion egal. Er rannte weiter bis zu dem kleinen zentralen Platz, an dem der Dorfbrunnen, der weiße Stacchostempel und das breite, gedrungene Wirtshaus *Zum toten Lindwurm* standen, das auch für Dorfversammlungen genutzt wurde. Vor dem Wirtshaus waren beinahe ein Dutzend Pferde angebunden, von denen nur die Hälfte an die schmale Tränke passte. Für die anderen waren Holzbottiche mit Wasser aufgestellt worden. Die meisten Tiere waren edel, die Sättel wirkten teuer, und in die Decken war das königliche Wappen eingestickt, wie es sich für den Beamten des Königs gehörte.

Mit wie viel Gefolge war der Vogt gekommen? Sonst hatte er selten mehr als drei oder vier Mann bei sich, jetzt drang das Lachen und Rufen vieler aus dem Haus.

Beunruhigt eilte Ukalion hinein und blinzelte einen Augenblick; in der Sonne war es viel heller gewesen. Gut gekleidete Männer mit Waffen saßen trinkend und lachend an den beiden größten Tischen im Eingangsbereich des Schankraums. Sie feierten lautstark und schauten nur kurz zu ihm herüber, ohne sich zu unterbrechen.

Hastig ließ Ukalion den Blick über die Gesichter schweifen, nur zwei oder drei waren ihm als Farnohs Gefolgsleute vertraut; helle Flecken tanzten vor seinen Augen. Drei alte Männer aus dem Dorf saßen stumm im rechten hinteren Eck, sonst war der Raum verlassen.

Dann entdeckte er den Vogt, der eben aus dem Hinterzimmer links kam, und eilte ihm entgegen. War Ckarya dort drin?

Ein Mann des Vogts trat hinter diesem heraus, schloss die Tür hinter sich und blieb, die Arme verschränkt, breitbeinig vor ihr stehen. An seinem Gürtel hing ein Schwert.

»Herr Farnoh«, begrüßte Ukalion den Vogt, deutete eine Verbeugung an und versuchte, ein höfliches Gesicht zu machen.

»Ukalion«, erwiderte der knapp. Sein Gesicht war faltig und das Haar silbern und dünn, aber er ging noch immer aufrecht und hatte ausgeprägte Muskeln und einen drahtigen Körper. Um den Hals trug er eine schwere Goldkette, ein Siegelring steckte an der rechten Hand, zwei auffällige Rubinringe prangten an der linken. »Was willst du?«

»Ich bin auf der Suche nach Ckarya.«

»Nach wem?«

Ukalion stutzte, dann zwang er sich, höflich zu bleiben. »Nach der jungen Frau, die wohl Ärger bekommen hat, weil sie mir einen Gefallen getan hat.«

»Dir? Einen Gefallen?«

»Ja.«

»Hat sie dir einen geblasen?« Vogt Farnoh grinste.

»Was?«

»Nun, wenn ich bei ihr einen Gefallen frei hätte, wäre mir das durchaus in den Sinn gekommen. Dir nicht?«

Ukalion riss sich zusammen und fragte sich, ob der Vogt etwas von ihren geheimen Treffen ahnte oder ob das nur das großmäulige Gerede vor einem anderen Mann war, denn der Vogt gab sich auch gegenüber Niederrangigen gern gesellig, ohne sie seine Position vergessen zu lassen.

»Oder hat sie dir beim Angeln hinter der Mühle geholfen? Vielleicht beim Streit mit dem Nachbarn?«

Farnoh wusste also, was Ukalion heute Morgen getan hatte und dass er nicht gewildert haben konnte. Irgendein Bauer musste gequatscht haben. Vielleicht auch Priam. Er verbarg seine Angst und fragte: »Können wir uns setzen?«

»Meinetwegen.« Farnoh sah in Richtung der besetzten Tische.

»Allein«, sagte Ukalion.

»Du bezahlst«, verlangte der Vogt, als würde er jemals selbst bezahlen. Er setzte sich an einen hinteren Tisch und winkte dem Wirt.

Ukalion nahm neben ihm Platz, und der Wirt brachte eilig zwei Bier. Die Krüge waren großzügig bis zum Rand gefüllt.

»Also?«, fragte Farnoh und trank, ohne mit Ukalion anzustoßen. Er sprach laut genug, um das Gejohle seiner Männer zu übertönen.

Ukalion nahm einen langen Zug, das Laufen hatte ihn durstig gemacht, der Mund war trocken, das Bier warm und stark. »Du bist ein vernünftiger Mann, oder?«

»Manche sagen das.« Vogt Farnoh nickte, dann grinste er wieder. »Andere behaupten das Gegenteil. Eins von beidem wird schon stimmen.«

Sie wusste beide, dass Farnoh nicht unbedingt für seine Vernunft bekannt war. Aber manchmal gewährte er einem die Möglichkeit zu reden, und wenn er in dem Vorgeschlagenen einen Vorteil für sich selbst sah, hörte er sogar zu. Er galt allgemein als bestechlich, aber kein Mann im Dorf besaß genug Geld, um das auszuprobieren – und von den Frauen wollte er keine Münzen.

»Was ist mit Ckarya?«, fragte Ukalion erneut. »Ich habe gehört, du hast sie eingesperrt.«

»Sie kam mit einem Rehbock über der Schulter aus dem Wald.«

»Mit meinem Bock«, behauptete Ukalion.

»Und den Bogen und das Jagdmesser hatte sie rein zufällig dabei?«, erwiderte Farnoh spöttisch.

»Vielleicht zum Schutz. Der Wald heißt nicht umsonst der Wilde.«

»Und das Tier ist noch warm, während du dich eine Meile entfernt vor Zeugen mit deinem Nachbarn streitest? Wenn ich also glaube, dass das dein Bock war, bin ich dann tatsächlich vernünftig oder eher blöde?«

Ukalion sah dem Vogt in die Augen. Er wusste, dass es keinen Zweck hatte, weiter zu lügen. »Vernünftig«, sagte er dennoch mit Nachdruck, »denn wäre es nicht für alle besser, wenn es meiner wäre?«

Am Tisch des Gefolges erklang ein Johlen und Klatschen, weil Sana, die Tochter des Wirts, gekommen war, um die Männer zu bedienen. Einer rief: »Endlich ein lohnender Anblick!«

Ein anderer grapschte nach ihrem Hintern.

»Für diese Ckarya auf jeden Fall«, sagte der Vogt und nahm noch einen Zug. »Aber es läuft eben nicht immer so, wie es das Beste für alle ist.«

»Und warum kann es nicht so laufen?« Ukalion überlegte fieberhaft, aber er besaß einfach nichts, womit er den Vogt hätte bestechen können. Alles, was er in der Hand hatte, waren sein inoffizieller Status als Bastard und die winzige Möglichkeit, dass der König ihn eines Tages doch noch anerkannte, warum auch immer. Würde das geschehen, stünde er plötzlich über Farnoh, und der würde dann nicht derjenige sein wollen, der Ukalion dumm gekommen war – nicht für so etwas Belangloses wie ein totes Tier.

»Weil nie alle dasselbe wollen. Ich würde der Kleinen gern meinen Schwanz reinstecken, aber sie will das nicht. Was wäre da also das Beste für alle?« Farnoh machte eine Pause und sah Ukalion an, als warte er darauf, dass Ukalion sagte: *Dann nimm sie doch einfach und lass ihr dafür den Rehbock.*

Aber Ukalion konnte das nicht, er brachte das nicht über die Lippen. Verzweifelt überlegte er, was er sonst sagen oder tun konnte, aber ihm fiel nichts ein. Betteln und Flehen würden nichts bringen, denn der König schätzte Stärke, und der Vogt schätzte, was der König schätzte.

Am Nachbartisch klatschte der Nächste der Wirtstochter auf den Hintern, und der Wirt blieb stumm hinter dem Tresen.

»Wenn es nur um mich und die Kleine ginge, hätten wir das sicher irgendwie geklärt.« Farnoh nickte versonnen. »Und der eine wäre sehr zufrieden, und die andere dürfte sich glücklich schätzen, weil die Zufriedenheit einen manchmal die Pflicht vergessen lässt. Aber wenn es Zeugen gibt, dann geht so etwas nicht. Zeugen machen das Leben kompliziert.«

»Die Zeugen sind Eure Männer.«

»Ha, Junge, bist du wirklich so blind?« Farnoh schien amüsiert.

»Die Satteldecken tragen das Wappen des Königs. Ihr seid sein Beamter, Ihr …« Ukalion verstummte und machte große Augen.

Farnoh nickte und trank noch einen Schluck.

»Der König?«, fragte er leise. »Der König ist hier?« Sein Herzschlag setzte für einen Moment aus. Er hatte den König noch nie gesehen.

»Nein. Sein Sohn Aurel. Sein richtiger Sohn.«

Ukalion blickte zu den Tischen, aber auch den Königssohn – seinen Halbbruder – hatte er noch nie gesehen. Welcher der Männer mochte es sein?

»Da wirst du ihn nicht finden«, sagte Farnoh. »Er ist im Hinterzimmer.«

»Was macht der Königssohn im Hinterzimmer?«

»Das, was er will.«

»Und …« Ukalion starrte Farnoh an. »Ckarya? Ist Ckarya da drin?«

Farnoh zuckte mit den Schultern. »Ist das nicht egal? Was willst du tun? Die Befragung unterbrechen?«

Obwohl er aufspringen und die Tür eintreten wollte, zwang sich Ukalion, sitzen zu bleiben. »Warum wird sie befragt, wenn Ihr sie mit dem Rehbock erwischt habt?«

»Weil Seine Königliche Hoheit es so möchte.«

Ukalions Hände zitterten, als er nach dem Bierkrug griff. Er wollte nichts trinken, er musste sich nur irgendwo festhalten. Warum konnten die verdammten Rattenrammler nicht aufhören zu grölen? Warum ließen sie nicht endlich die dreckigen Hände von Sana?

Und der Prinz seine von Ckarya!

Noch immer wollte er aufspringen und die verdammte Tür eintreten, aber das wäre sein Tod gewesen und genauso ihrer. *Mutter hat eine ganze Woche überstanden*, versuchte er sich zu beruhigen, doch der Gedanke half nicht. Wut und Hass tobten in ihm, und es kostete ihn alle Anstrengung, sie zurückzuhalten. Und obwohl er wusste, dass das das einzig Richtige war, verachtete er sich dafür.

Mit zitternder Stimme fragte er: »Wird er sie nach der Befragung gehen lassen?«

»Nein. Das kann er nicht, und ich glaube, er will es auch nicht. Sein Vater verlangt Gehorsam von allen, und das Wildern ist nun mal verboten.« Für einen kurzen Moment wirkte Farnoh müde, und etwas wie Mitleid huschte über seine Züge. »Warum musste sie das Tier auch so offen tragen? Könnt ihr nicht einfach im Geheimen wildern, so wie die Leute anderswo auch?«

Darauf ging Ukalion nicht ein. »Ohne das Fleisch hungern die Menschen. Das ist gefährlich.«

»Mag sein. Aber wenn sie auch mit dem Fleisch hungern und darüber hinaus den Königssohn für schwach halten, was machen sie dann?«

Ukalion schnaubte. »Nachsicht hat nichts mit Schwäche zu tun.«

»Ach nein? Und wenn er jetzt nachsichtig ist, hört dann das Wildern auf? Oder ermutigt das die Bauern nur, auch andere Gesetze zu übertreten?«

»Sie wildern, weil sie hungern, nicht weil sie Gesetze übertreten wollen. Ist es Euch egal, dass sie nichts zu essen haben? Es sind doch Eure Leute, Ihr seid ihr Vogt!«

»Nein, ich bin der Vogt des Königs, und die Leute sind seine Leute.« Farnoh kippte den Rest seines Biers hinunter und stand auf. »Er bestimmt, was mit ihnen geschieht. Und ich werde euretwegen in Zukunft stärker auf Wilderer achten müssen, hier und überall sonst. Das macht mir Arbeit und bringt euch Ärger. War es das wert?«

»Was ist mit Ckarya?«, platzte es aus Ukalion heraus. »Was geschieht mit ihr?«

»Das entscheidet der Prinz«, sagte Farnoh. Dann ging er und setzte sich zu den Männern des Königs. Ukalion blieb allein zurück.

Erfüllt von ohnmächtiger Wut, starrte er immer wieder auf die Tür zum Hinterzimmer, weil er sonst nichts tun konnte. Er fragte sich, ob Gajus ähnlich empfunden hatte, als seine Mutter eine Woche beim

König gewesen war, und wie er das ertragen hatte. Unaufhörlich lauschte er auf Geräusche, doch die Tür war massiv und der Lärm im Schankraum groß. Der Wächter vor der Tür rührte sich nicht vom Fleck.

5

Endlich öffnete sich die Tür, und es erschien ein Mann, bei dem es sich um Prinz Aurel handeln musste. Ukalion hatte von ihm nie als Halbbruder denken wollen, weil er den König, der ihn verleugnete, nicht als Vater sehen wollte, und so traf ihn Aurels Anblick unvorbereitet, die deutliche Ähnlichkeit, die gleiche breite Statur, die schmale Nase, das dichte, dunkel gelockte Haar. Nur war der Prinz etwas größer und trug den Kopf höher, sein Gesicht war leicht gerötet, und seine Kleidung saß tadellos.

Als sein Blick auf Ukalion fiel, wirkte der Prinz für einen Moment verblüfft, dann huschte ein Lächeln über sein Gesicht und er sah wieder weg. Nicht verlegen, sondern weil er gesehen hatte, was er sehen musste.

Kurz nach dem Prinzen wurde Ckarya von zwei Männern herausgeführt, und Ukalions Herz krampfte sich zusammen, es war, als würde es zerquetscht. Ckarya war vollkommen nackt und gefesselt, auf dem Kopf trug sie das Geweih des Rehbocks, den sie erlegt hatte, so wie man es mit Wilderern tat, um sie zu verspotten. Das Geweih war groß und prächtig und schwer, an ihm hing noch ein Fetzen Fell, aus dem Blut in Ckaryas Haar gelaufen und verkrustet war. Blut klebte ihr auch im schmalen Gesicht, auf den Schultern und an den Schenkeln. Fliegen krabbelten über ihren Kopf und umkreisten ihn, es roch nach Tod.

Der Lederriemen, mit dem das Geweih befestigt war, schnitt Ckarya sichtbar in die Haut, ihre Augen waren aufgequollen und rot, die Oberlippe aufgeplatzt, der ganze Körper von Kratzern und Striemen übersät. Sie hinkte, und das Gewicht des Geweihs drückte sie nieder, doch sie hielt sich aufrecht, und die trinkenden Männer des Vogts starrten ihr auf die Brüste und zwischen die Beine und johlten.

Der Anblick zerriss Ukalion, er ertrug es nicht, er ertrug nicht, dass andere sie so sahen, sie angafften, gierig statt mitfühlend. Er sah die Angst, den Schmerz und die Wut auf ihrem Gesicht und fühlte selbst Angst, Schmerz und Wut, und sie übermannten ihn, zerfetzten ihn. Er sprang auf, dass der Stuhl hinter ihm zu Boden polterte. Er wünschte, er hätte eine Waffe, und sei es nur ein Dolch oder wenigstens ein schweres, scharfes Werkzeug, um dem Prinzen den Schädel einzuschlagen. So packte er den Bierkrug, um ihn zu schleudern, und schrie: »Ckarya!«

Als sie seine Stimme hörte, zuckte sie zusammen. Ihre Blicke trafen sich, und sie sah zu Boden, sie, die nie zu Boden sah. »Nein, bitte …«

Das verstand er nicht, er verstand es einfach nicht, und er zögerte, den Krug zu schleudern, sich auf den Prinzen zu stürzen, ihm mit den Daumen die Augen in den Kopf zu pressen, bis sie platzten, und ihm die Nase abzubeißen, und plötzlich war der Vogt rechts neben ihm und links einer seiner Gefolgsleute.

»Bleib ruhig«, zischte Farnoh und legte ihm die Hand schwer auf die Schulter. Der Gefolgsmann entwand ihm den Krug.

»Lass das!« Ukalion schüttelte die Hand ab und wollte losstürmen.

»Mach keinen Unsinn!«, warnte der Vogt, packte ihn erneut und hielt ihn zurück. »Du willst doch kein Blutbad im Dorf, oder?«

Ukalion riss sich los, aber nun packten sie ihn zu zweit. Er wehrte sich gegen ihren Griff, bis das, was der Vogt gesagt hatte, bei ihm angekommen war. »Blutbad?«

»Was erwartest du, wie der Prinz mit einem aufständischen Dorf umgeht? Du rettest niemanden, tötest aber Dutzende.«

Noch immer bebend vor Wut, gab Ukalion seinen Kampf auf. In ihm war alles tot und dunkel. Leise fragte er: »Was geschieht mit ihr?«

»Das entscheidet …«

»… der Prinz, ich weiß.«

Ckarya wurde vor den Gasthof gezerrt, das Geweih schwankte, die Fliegen kreisten. Die Männer des Prinzen folgten in einer merkwürdigen Prozession, manche gafften, manche grinsten, und manche nahmen ihr Bier oder den Wein mit hinaus, um weiterzutrinken. Ukalion schlich hinterher, ihm war speiübel. Der Vogt und sein Mann blieben an seiner Seite. Die Alten aus der Ecke folgten zögernd, der Wirt und seine Tochter kamen ebenfalls bis an die Tür.

Vor dem Gasthof hatten sich ein knappes Dutzend Dörfler versammelt, Männer wie Frauen, all jene, die nicht oder nicht mehr auf den Feldern waren. Sie standen so unvermittelt da, als hätten sie hinter Türen oder in den Schatten darauf gewartet, dass etwas geschah. Auch drei Dutzend Kinder waren da, unter ihnen Mart, der erschöpft wirkte. Ein dürrer Hund streifte, die Schnauze zu Boden gerichtet, suchend zwischen den Menschen umher.

Mit aller Ruhe schwang Prinz Aurel sich in den Sattel seines Schimmels und rief: »Ihr braven Leute von Fünfsäulen, hört gut zu. Das gefesselte Mädchen ist eine elende Wilderin, sie ist verschlagen und widerspenstig. Nicht nur hat sie widerrechtlich das Hochwild eures Königs gejagt, sie hat auch sofort versucht, ihre Tat einem Unschuldigen in die Schuhe zu schieben. Erst als wir ihr die Wahrheit nachdrücklich auf den Kopf zu gesagt haben, hat sie ihre Lügen eingestanden! Dafür wird ihr jetzt der Prozess gemacht!«

Auf einen knappen Wink des Prinzen hin hoben zwei Männer Ckarya in den Sattel eines gescheckten Pferds und banden ihre Füße an die Steigbügel. Niemand aus dem Dorf rührte sich, niemand jubelte, niemand protestierte, die Gesichter waren versteinert. Ein paar Kinder weinten, ein kleiner Junge lachte über das Geweih und wurde dafür von dem Mädchen hinter ihm getreten, sodass er stürzte und ebenfalls zu weinen begann. Eine Frau wimmerte, aber es war nicht Ckaryas Mutter; die war noch auf dem Feld.

Prinz Aurel deutete auf Ckarya und rief: »Schaut sie euch an, schaut sie euch sehr gut an, nackt und gehörnt wie ein Tier. Das geschieht mit jedem, der beim Wildern erwischt wird! Denn nur Tiere befolgen die Gesetze ihres Königs nicht!«

Die Dörfler senkten den Kopf, schuldbewusst oder um die Wut im Blick zu verbergen, doch noch immer murrte keiner laut. Niemand schien sich zu fragen, ob es wirklich der Gehorsam war, der den Menschen vom Tier unterschied.

Die ersten Männer des Prinzen stiegen ebenfalls in die Sättel, zwei hielten noch immer die Zügel von Ckaryas Pferd, ein weiterer leerte hastig seinen Krug.

»Aber es war nicht ihr verfluchter Bock, es war meiner!«, rief Ukalion, weil er nicht anders konnte. Er war der Halbbruder des Prinzen, und auch wenn er das bis jetzt zu verdrängen versucht hatte, musste es doch etwas bedeuten. Sie waren durch Blut verbunden, legitim oder nicht, sollte Aurel da nicht auf seiner Seite sein? Sollte er nicht für ihn ein Auge zudrücken? Es ging doch nur um einen elenden Rehbock, wie sie zu Tausenden durch den Wilden Wald streiften!

»Es war der des Königs«, stellte Prinz Aurel ruhig fest.

»Aber ich war's, ich habe ihn erlegt!«

Prinz Aurel sah ihn kurz an, und wieder kräuselte ein Lächeln seine Lippen. Ukalion war überzeugt, er wusste längst, wer er war, allein wegen ihrer Ähnlichkeit, doch der Prinz fragte den Vogt: »Ist er das fragliche Subjekt?«

»Ja, Königliche Hoheit.«

»Dann war er es nicht. Meinst du, sie hat ihn verhext, das zu sagen?«

»Nein!«, rief Ukalion.

»Königliche Hoheit«, zischte Vogt Farnoh. »Auch du hast den Prinzen mit *Königliche Hoheit* anzureden, Bastard. Gerade du.«

»Nein, Königliche Hoheit«, knurrte Ukalion. »Niemand hat mich verhext.«

»Was ist es dann? Wir haben Zeugen, dass du zum Zeitpunkt des Geschehens beinahe die nicht vorhandene Ehre deiner Mutter verteidigt hättest, aber dann doch gekniffen hast. Also lüg uns nicht weiter an.«

»Königliche Hoheit, ich …« In dem Moment trat ihm der Vogt in die Kniekehlen, und Ukalion stürzte in den Staub. Er schmeckte Dreck und das Blut seiner aufgeplatzten Lippe, sah Pferdehufe und Stiefel vor sich und hörte das Lachen mehrerer Männer. Eine ferne Kinderstimme rief: »He!«

Farnoh beugte sich über ihn und knurrte: »Halt jetzt einfach die Fresse und bleib unten. Denk an deine Mutter und eure Mühle. Es ist vorbei.«

Ukalion stützte sich auf die Hände, um sich hochzudrücken, da erklang eine dünne Männerstimme.

»Ich war es, Königliche Hoheit«, sagte sie. Sie zitterte, aber sie wiederholte es. »Lasst sie gehen, ich war es.«

Ukalion blickte auf und erkannte Servijo Lykhen, Ckaryas Großvater, hager, unrasiert und ängstlich.

»Sieh an, sieh an.« Der Prinz lächelte. »Noch ein Wilderer und dazu ein geständiger. Ich wusste gleich, dass so ein hübsches Ding das nicht allein ausheckt. Nehmt sie beide mit.«

»Nein!«, rief Ckarya.

»Nein!«, schrie Servijo. »Ich war es allein! Ich!«

Ein paar Dörfler murrten, Füße scharrten unruhig, weiter hinten sammelte Mart Steine auf, und einige Jungen und Mädchen in seiner Nähe taten es ihm gleich. Doch als die ersten Männer des Prinzen nach den Schwertern griffen, erstarb das Murren, jeder trat einen Schritt zurück, und viele Steine wurden fallen gelassen, manche eingesteckt. Sie packten Servijo grob und rissen ihm das Hemd vom Körper. Er wurde an den Händen gefesselt und von einem Mann des Prinzen wie ein Sack Mehl vor dem Sattel über den Rücken seines Pferds geworfen.

Ukalion versuchte, sich aufzurichten, aber der Vogt beförderte ihn mit einem harten Fußtritt zurück auf den Boden, wo er japsend liegen blieb.

Auch Aurels letzte Männer stiegen auf die Pferde, und dann rief der Prinz: »Sollte sich herausstellen, dass die beiden noch mehr gewildert haben, wird es nicht bei einer Geldstrafe oder dem Schuldturm bleiben. Dann werden sie gehenkt!«

Damit galoppierte er los, und seine Männer folgten ihm, Ckaryas Pferd führten sie mit.

Ukalion rappelte sich auf und rannte ihnen hinterher, aber wie sollte er galoppierende Pferde einholen? Dennoch lief er und lief, solange er sie im Blick hatte, dann folgte er ihnen langsamer. Das Bild der geschundenen Ckarya hatte sich in ihm festgesetzt. Er war zu erschöpft zum Rennen, doch kannte er nun die Richtung und wusste, wohin sie sie brachten: in das Kastell Weißwasser.

6

Als Ukalion das Kastell gegen Mittag ausgelaugt erreichte, wurde er nicht eingelassen.

»Die Befragung läuft noch«, verkündete einer der wachhabenden Soldaten am Tor knapp. Ukalion bat, dennoch zu Ckarya gelassen zu werden, dann zum Vogt, schließlich zum Prinzen, aber die Antwort lautete jedes Mal: »Nein.«

Als er nach etwas Wasser fragte, weil er vollkommen ausgetrocknet war, erwiderte der Soldat: »Hol's dir selbst aus dem Fluss.«

Also schlich Ukalion zur Rückseite des Kastells, wo der Vardoy in einem weiten Bogen vorbeifloss.

Das Kastell war quadratisch angelegt, jede Seite maß hundert Schritt. Es beherbergte mehrere hundert Soldaten und zahlreiche Scheunen für das Getreide, Mehl und andere Vorräte, das wusste Ukalion von Gajus, doch selbst war er nie im Inneren gewesen. An der Rückseite gab es eine breite befestigte Anlegestelle, an der ein kleines Segelschiff vertäut lag, dazu mehrere Ruderboote und Lastkähne. Das Wasser hatte eine tiefblaue, fast türkise Färbung, und niemand wusste mehr, woher der Name des Kastells stammte, das hier schon zu Kaiserzeiten gestanden hatte. Weißwasser.

Ukalion kniete sich auf die heißen Steine und trank gierig. Er tauchte den Kopf unter, um sich abzukühlen. Neugierige Flusskrähen beobachteten, ob er etwas Essbares verlor, und zogen nach wenigen Augenblicken enttäuscht ab. Ukalion versuchte, auf der Hafenseite ins Kastell gelassen zu werden, doch die Soldaten hier waren ebenso abweisend und einsilbig wie die am Haupttor.

Die weiß verputzten Mauern waren gut dreimal so hoch wie er, mit grauen Granitzinnen bewehrt und mit insgesamt zehn bulligen, Tag und Nacht besetzten Wachtürmen ausgestattet. Unbemerkt einzusteigen war unmöglich, und so ging Ukalion zurück zur Vorderseite und setzte sich dort etwas abseits in den schmalen Schatten der Mauer. Der weiße Verputz in seinem Rücken war überraschend kühl, die reglose Luft dagegen drückend.

Er wartete, obwohl er keine Hoffnung hatte. In ihm waren nur brodelnde Schwärze und der Anblick Ckaryas mit dem Geweih. Was hatten sie ihr alles angetan? Was taten sie in diesem Moment? Er schlug mit der Faust gegen die Wand hinter sich, der Ellbogen knallte schmerzhaft gegen den Stein. Ukalion schlug noch einmal zu und noch einmal.

Warum?

Mit einem Tier hatte Farnoh sie noch nie zuvor erwischt, aber sie hatte schon Wildschwein im Dorf verteilt, und das würde Prinz Aurel genügen, wenn er sie hängen wollte. Nur warum wollte er das?

Und wenn nicht, wie hoch würde die Strafe sein? Ukalion wusste nicht, woher er das Geld nehmen sollte, um sie vor dem Turm zu bewahren, er wusste nur, dass sie nicht genug besaß.

Warum hatte Aurel ihren Großvater, dessen Geständnis offensichtlich eine Lüge gewesen war, sofort mitgenommen, Ukalions Geständnis aber einfach verlacht? Ukalion begriff es nicht. Ckarya hätte es verstanden, sie war schlau, doch er war einfach nur voller Zorn und Hass. Selbst wenn er an ihre Klugheit dachte, hatte er sie geschunden und mit dem blutigen Geweih vor Augen. So sah er sie die ganze Zeit, egal ob er die Augen offen hielt oder schloss. Er schlug den Hinterkopf gegen die Mauer, und stechender Schmerz durchfuhr ihn, aber das Bild von Ckarya wollte nicht weichen.

Warum nur war er der Bastard und Aurel der legitime Sohn? Warum konnte es nicht andersherum sein? Dann wäre Ckarya nicht dort drinnen, dann wäre sie frei.

Hatte Aurel ihn verschont, weil sie Halbbrüder waren? Weil auch durch seine Adern königliches Blut floss? Aber dazu passte nicht, wie er ihn behandelt hatte, herablassend und mit Spott.

Warum?

Vielleicht steckte gar nichts dahinter, vielleicht hatte er Ckarya einfach nur gesehen und begehrt, so wie Tiban einst seine Mutter. Hatte sie genommen, und sie hatte sich gewehrt, und dafür sollte sie hängen.

»Ein Rehbock!«, schrie Ukalion plötzlich auf. »Es war doch nur ein verdammter Rehbock!« Und wieder drosch er die Faust gegen die Mauer.

Warum?

Seine Gedanken drehten sich im Kreis. Die allgegenwärtigen Fliegen umschwirrten ihn, erste Bauern aus Fünfsäulen erschienen, darunter Ckaryas Mutter Ylonia, doch selbst sie wurde nicht eingelassen. Gemeinsam warteten sie alle direkt am Tor, nur Ukalion blieb allein, allein mit seinen Grübeleien, und das war ihm recht, er wollte mit niemandem reden. Manchmal sahen sie zu ihm herüber, aber keiner winkte, keiner kam. In diesem Moment war er wieder der Bastard.

Er fragte sich, ob er es seiner Abstammung verdankte, dass er geschont worden war. Aber warum konnte Prinz Aurel dann nicht auch die Frau verschonen, die er liebte und für die er sich einsetzte? Warum musste er gerade ihr mit aller Härte drohen? War in dem Hinterzimmer etwas vorgefallen, das ihn dazu trieb, hatte sie sich dem Prinzen verweigert, ihn geschlagen, ihm ins Gesicht gespuckt? Steckte hinter allem ein Plan, oder war alles Zufall? Die Hitze machte Ukalion zu schaffen, seine Gedanken kreisten und kreisten, der Durst kehrte zurück, er wurde immer hungriger, doch das war ihm egal, wenn nur Ckarya wieder aus dem Tor kam, frei und nicht noch weiter versehrt. Er dachte an das Blut in ihrem Gesicht und auf ihren Schenkeln, und ihm wurde schlecht.

Mehr und mehr Dörfler kamen herbei, doch sie alle hielten Abstand zu Ukalion, selbst Mart, und Ukalion ging nicht zu ihnen.

Schließlich, irgendwann am Nachmittag, als die Schatten länger wurden, öffnete sich das Tor, und der Vogt trat heraus. Schlagartig verstummten die Dörfler.

Farnoh rief: »Ukalion? Ist Ukalion noch hier?«

»Ja.« Er sprang auf.

»Komm rein.«

»Was ist mit …?«

Farnoh schnitt ihm das Wort ab. »Du wirst bei der Befragung benötigt.«

Die Dörfler murmelten durcheinander, und Ukalion schob sich an ihnen vorbei. In ihren Blicken lagen Misstrauen und Hoffnung, Aufmunterung und Verwirrung. Ukalion nickte einigen zu und trat ein. Sein Herz schlug schneller – wenn er aussagen durfte, bedeutete das vielleicht, dass es für Ckarya noch Rettung gab. Fast hätte er gelächelt. Hinter ihm wurde das Tor geschlossen, der schwere Riegel knirschte, als er vorgeschoben wurde.

Zwei Soldaten führten ihn schweigend über den Hof, auf dem exerziert und gewürfelt wurde, Schwerter wurden geschliffen, Rüstungen geputzt.

Auf dem kleinen Platz neben einer Scheune unterrichtete ein alter Soldat ein Dutzend Jungen ohne Uniform im Kampf mit dem Holzschwert. Das Tor der Scheune stand offen, sie war nur knapp zur Hälfte mit Getreide gefüllt, aber das war in diesen Zeiten schon viel. Die Wege im Kastell waren grau gepflastert, Hunde und Hühner liefen umher, eine Handvoll Pferde und Lastochsen standen vor den Ställen und schlugen mit Schweif und Schwanz nach den Fliegen. Zwei Soldaten mit einem stinkenden Holzkarren sammelten Pferdeäpfel und Kuhmist von den Wegen. Es wurde gerufen, geflucht, gewiehert, gebellt, gegackert und geblökt. Mancher Soldat drehte sich kurz nach Ukalion um, doch keiner sagte etwas.

Er wurde in ein großes Gebäude in der Mitte gebracht und dort in einen kleinen Raum mit zwei schmalen hohen Fenstern. Sie gaben ihm einen Krug Flusswasser und ein trockenes Stück Brot und befahlen ihm, an einem fleckigen Holztisch zu warten.

Während er wartete, überlegte er fieberhaft, was er sagen konnte, um Ckarya zu retten. Und er konnte vieles überlegen, denn er wartete lange, bis endlich Prinz Aurel sowie Vogt Farnoh und drei Gefolgsleute eintraten. Ukalion erhob sich, und der Prinz nahm Platz.

»Willst du noch immer das Leben dieser Frau retten, Müllerbursche?«, fragte Aurel übergangslos. Sein Gesicht war verschlossen, der Blick prüfend, der Tonfall nüchtern. Die Anrede machte deutlich, dass er in Ukalion keinen Halbbruder sah.

»Ja, natürlich«, antwortete Ukalion. »Königliche Hoheit.«

»Dann schwörst du, dass sie dich nicht verhext hat?«

»Ja, Königliche Hoheit.«

»Was war es dann? Bist du einfach nur ihrer Schönheit erlegen?«

»Nein, ich …« Obwohl er so vieles überlegt hatte, fühlte er sich überrumpelt. »Sie ist keine Wilderin, die den Tod verdient.«

»Warum trittst du für sie ein, während sie dich für alles verantwortlich macht?« Aurels Ton wurde schärfer.

»Weil ich es bin«, sagte er rasch, um ihr zu helfen. *Alles* klang nach mehr als einer einzigen Tat, *alles* klang bedrohlich, und er musste verhindern, dass sie gehängt wurde, er musste alles auf sich nehmen. Um sich und seine Freiheit konnte er sich anschließend kümmern. »Ich habe ihr gesagt, sie soll das tun.«

»Dann ist sie also eine Lügnerin?«, fragte der Prinz viel zu freundlich. »Interessant.«

Ukalion erstarrte. Was geschah hier? Dass er die Schuld auf sich nahm, schien nicht zu helfen, ihn wollte der Prinz nicht haben. Würde es helfen, Ckaryas Großvater Servijo zu beschuldigen? Das würde Ckarya ihm nie verzeihen, er sich selbst wohl auch nicht, aber irgendwer würde sterben, das war dem Prinzen anzusehen, und Ukalion durfte nicht zulassen, dass Ckarya diejenige war. Servijo hatte gestanden, um sie zu retten, das Leben lag hinter ihm, er würde Ukalion dankbar sein, wenn er durch seinen Tod die Enkelin retten konnte. Es war sein Leben und seine Entscheidung.

»Antworte, Bursche!«, drängte Prinz Aurel, und etwas in seiner Stimme ließ Ukalion endlich begreifen, dass er Ckarya nicht retten konnte, dass das niemals in seiner Macht gelegen hatte. In ihm krampfte sich alles zusammen.

»Nein, Königliche Hoheit«, sagte er trotz allem, weil er selbst ohne Hoffnung nicht aufhören konnte zu kämpfen. Weil er sich immer noch an die Möglichkeit klammerte, dass er sich irrte. »Sie ist keine hinterhältige Lügnerin. Ich vermute, sie hat das erlegte Tier im Wald gefunden und gedacht, es wäre meins. Ich hatte ihr gesagt, dass ich vielleicht in den Wald gehe und dass sie mich auf keinen Fall schützen soll. Sie nimmt nämlich gern die Schuld anderer auf sich, und wenn das eine Lüge ist, dann keine aus Selbstsucht. Und ich wollte nicht, dass sie das irgendwann auch für mich tut.«

»Soso.« Prinz Aurel lächelte. »Bedauerlich. Aber leider ganz und gar nicht glaubwürdig. Dann hätte das Reh sich ja selbst erlegt.« Er lächelte dünn und wandte sich an seine Männer: »Der ungewaschene Bursche bleibt hier, bis das Mädchen und der Alte gehenkt sind. Er hat selbst gesagt, dass er sie retten will, und wir können bei der Hinrichtung keine Störung gebrauchen.«

Bevor Ukalion reagieren konnte, wurde er auch schon gepackt. Kräftige Hände umschlossen seine Arme und bogen sie nach hinten. Er schrie: »Lasst sie gehen!«

Prinz Aurel erhob sich, ohne sich um seinen Protest zu scheren. »Herr Farnoh, Ihr könnt jetzt verkünden, dass die Befragung dank des redseligen Burschen hier beendet ist und dass das Mädchen und der Alte überführt sind. Sie werden beide hängen, dem hilfreichen Zeugen werden seine Taten vergeben, er kann in ein paar Tagen gehen.«

»Was?« Ukalion versuchte sich loszureißen, aber die Hände hielten ihn unerbittlich. »Das ist eine verdammte Lüge!«

»Ach ja?« Der Prinz hob eine Augenbraue, und wieder umspielte ein dünnes Lächeln seine Lippen. »Ich glaube, im Dorf wird es als Wahrheit durchgehen.«

»Du elendes Schwein!«, schrie Ukalion, jede Beherrschung war dahin. Er wollte dem Prinzen an die Kehle, wollte ihn würgen und seinen Schädel gegen die Wand schmettern. Sie hatten ihn nur gerufen, um den wartenden Bauern einen Schuldigen zu liefern. Hatte Aurel das alles eingefädelt, den Tod zweier Menschen, nur um ihn zu demütigen?

Ukalion versuchte, sich zu befreien, doch sofort traf ihn eine Faust im Gesicht, noch eine und noch eine, jeder Schlag begleitet von einem »Halt's Maul!«.

Sie ließen seine Arme los, aber er stürzte unter den schweren Schlägen zu Boden, und zahllose Tritte prasselten auf ihn ein. Er wollte sich hochkämpfen, doch die Tritte schickten ihn wieder zu Boden, wieder und wieder, bis er nicht mehr konnte. Stöhnend und schreiend schützte er den Kopf mit den Armen und wartete darauf, dass es aufhörte.

Als er nur noch ein Klumpen Schmerz war und sich nicht mehr rührte, wurde er gepackt und den Flur hinab geschleift. Ganz am Ende stießen sie ihn in eine Zelle und verriegelten die Tür hinter ihm. Er blieb liegen und weinte um Ckarya.

DIE, DIE EINST DUFTFINDERIN WAR

1

Das überquellende Tuch- und Parfümgeschäft gleich hinter dem Hafen der turmreichen Handelsstadt Myrthago gehörte – wie zwei Dutzend weitere – dem Händler Agion. Als erste Verkäuferin arbeitete dort Tyra Sedon, die einst als Duftfinderin durch die gesamte bekannte Welt gereist war, seit der Geburt ihres Sohnes jedoch die Stadt nicht verlassen hatte.

»Bis morgen, Schönheit«, rief der breite Wachmann Konnu ihr von drinnen hinterher, als Tyra am Abend aus dem Laden trat. Die Straßen lagen im Schatten, doch es war noch immer heiß.

»Bis morgen, Dünner.« Tyra hob im Gehen die Hand, drehte sich aber nicht um. Sie roch das nahe Meer, den Dreck auf der Straße, den Schweiß der Passanten, die Ausdünstungen streunender Hunde und Katzen. Dreimal sog sie die Luft tief ein, wie sie es nach jedem Arbeitstag tat, um die zahlreichen Parfümdüfte aus ihrer Nase zu vertreiben. Langsam schlenderte sie zum Haus ihrer Eltern, wo sie ihren sechsjährigen Sohn Dario abholte. Unterwegs zog sie die sieben silbernen Spangen aus dem Haar und löste damit den komplizierten und strengen Knoten, den sie während der Arbeit trug. Das Ziehen auf der Kopfhaut verschwand, und sie band das lange schwarze Haar zu einem lockeren Zopf zusammen.

»Gehen wir auf dem Heimweg noch in den Hafen?«, fragte Dario, als sie auf die Straße traten.

»Auf dem Heimweg?« Sie lachte und deutete auf das Haus nebenan. »Wir wohnen da.«

»Bitte!«, drängte er. »Machen wir einen Umweg.«

»Aber ich komme vom Hafen.«

»Nur aus der Nähe!«, berichtigte er sie und sah sie flehentlich an. Seine braunen Augen waren groß und noch dunkler als ihre. »Bitte!«

»Warst du nicht schon mit Opa?«

»Nein. Er sagt, das ist nichts für mich. Er hat mir erzählt, wie der wellentürmende Naidhon den … den … Ich weiß nicht mehr, wie er heißt, ein Seefahrer mit rotem Bart, und den hat Naidhon bestraft, weil er zu wenig Ehrfurcht vor den Göttern hatte. Mit einer riesigen Welle hat er das Schiff zerschmettert, und alle sind ersoffen. Nur nicht der Rotbart, der ist auf einer Insel gestrandet. Da ist er dann von wilden Hundemenschen aufgefressen worden.« In Darios Augen spiegelte sich ebenso viel Angst wie Begeisterung. »Wohnen die wilden Hundemenschen weit weg? Hast du sie schon mal gesehen?«

»Ich nicht.« Sie lächelte. Sie war müde von der Arbeit, aber sie würde nicht zulassen, dass ihr Vater Dario Angst vor dem Meer und der Ferne einjagte, nur weil er bis heute bereute, sie damals nicht aufgehalten zu haben. *Als hätte er das gekonnt*, dachte sie. »Also gut, dann gehen wir. Aber bleib bei mir, es wird spät, und je später der Abend, desto betrunkener die Seeleute.«

»Ich bin ein Seemann!« Lachend torkelte Dario neben ihr her, schlenkerte mit den dünnen Armen und sang:

»Die Segel, die rissen, im to-ho-benden Wind,
die Wellen, die spielten, wie ein wütendes Kind,
mit der Seemaid, dem stolzesten Schiff,
das trotz allem Stolz zerbarst an dem Riff.
Das Gold aus dem Rumpfe versank wie ein Stein,
und neben ihm lieget der Seeleut Gebein.
Nur Kapitän Lala fuhr mutig hinaus,
zu bergen das Gold und lalalalala …«

Als er nicht weiterwusste, sang Dario noch eine Weile *lalala* und verstummte schließlich. Er wankte nicht mehr und wandte sich ihr wieder ganz ernst zu. »Erzähl mir, wie du Vater kennengelernt hast.«

»Wenn du älter bist.«

»Das sagst du immer!«

»Weil du noch nicht älter bist.«

»Dann sag mir wenigstens, wo!«

»Im rhylenischen Hügelland, in einem kleinen Dorf am Fuße des schwarzen Berges.«

»Was habt ihr da gemacht?«

»Er war als Soldat dort, ich glaube, als reitender Bote, und ich war auf der Suche nach dem seltenen Himmelsweiß, einer Blume, die nur auf den Gipfeln dort wachsen sollte.«

»Und dann?«

»Habe ich das Himmelsweiß gefunden, in einer tiefen Spalte der Ostflanke, in der selbst mittags die Schatten herrschten und nachts der gefräßige Felswyrm, und Herr Agion hat die Blume als Zutat für das Parfüm …«

»Was war mit Vater?«, unterbrach Dario sie ungeduldig. »Das Parfüm ist langweilig.«

»Wenn du älter bist.« Sie seufzte.

»Mama!«, rief er und warf die Arme in die Höhe. »Warum immer alles, wenn ich älter bin?«

»Siehst du das Segel da vorn? Das rote mit dem schwarzen Löwenkopf?«, erwiderte sie und deutete zum Kai, der inzwischen in Sichtweite war.

»Ja.«

»Das ist die *Donnermöwe*, das Schiff von Kapitän Yphon. Und zufällig kenne ich ihn recht gut, vielleicht lässt er uns an Bord.«

Dario jubelte, und ihre Weigerung, über seinen Vater zu sprechen, war fürs Erste vergessen.

2

Tyra war einunddreißig Jahre zuvor mit einem außergewöhnlichen Geruchssinn zur Welt gekommen. Schon als Säugling erkannte sie Menschen am Geruch, bevor diese den Raum betraten, und so begrüßte sie ihre Mutter stets lachend, während sie zu quengeln begann, wenn sich jemand der Haustür näherte, den sie nicht leiden konnte.

Bald lernte sie nicht nur Menschen und Speisen, sondern auch Tiere und Pflanzen am Geruch zu unterscheiden, und als sie später mit anderen Kindern loszog, um wilde Beeren zu suchen, fand sie immer die meisten, sogar mit verbundenen Augen. Sie roch es, wenn sich Wölfe näherten, und warnte die anderen. Blumenketten stellte sie nicht nach Farben zusammen, sondern nach Gerüchen. Steckte sie abends die Nase aus dem Fenster, wusste sie stets, was es in der halben Straße zu essen gab, und den Morgen erkannte sie ebenso am Duft der sich öffnenden Blüten wie am Gesang der ersten Vögel. Waren die Straßen nicht allzu belebt, konnte sie der frischen Fährte eines Menschen durch die Stadt folgen. Einige Kinder nannten sie deshalb einen Hund, manche ehrfürchtig, manche abschätzig.

Lange Zeit wusste sie nicht, ob dieser Geruchssinn eine Gabe war oder ein Fluch, und ihre Eltern wussten es auch nicht. Was auch immer es war, ihr war der Sinn selbstverständlich und allen anderen fremd.

Als sie sechzehn Jahre zählte, kam der erfolgreiche Händler Agion Gordos zu ihr, um mit ihr zu reden. Seine Schiffe fuhren durch die ganze bekannte Welt und manchmal auch weiter. Tyras Mutter war sehr aufgeregt, denn sie dachte, Agion wolle um sie werben. Was sollte ein Mann sonst bei einer jungen Frau?

»Er ist schon verheiratet«, sagte Tyras Vater.

»Vielleicht lässt er sich scheiden?«, hielt ihre Mutter dagegen.

Aber Tyra wusste, dass sie mit der großen Nase und den schmalen Lippen dafür weder schön genug war noch insgesamt hoch genug geboren, und sie behielt recht. Agion wollte sie als Duftfinderin anstellen, und er bot ihr dafür sehr viel Geld.

Ihre Eltern waren dagegen, denn es schickte sich nicht für eine junge Frau, mit einem Schiff voller Männer um die Welt zu segeln. Doch Tyra nahm an und suchte fortan in fremden Ländern nach außergewöhnlichen und seltenen Gerüchen, die sich für Parfüms, Seifen und Duftwasser eigneten. Denn sie verfügte nicht nur über ihren besonderen Geruchssinn, sie konnte sich auch die Verbindungen der verschiedensten Gerüche genau vorstellen, ohne sie auszuprobieren. Sie vermochte sie in Gedanken zu kombinieren, so wie Musiker Töne zu

Melodien zusammenfügten oder Köche die Zutaten zu einem Gericht.

Siebeneinhalb Jahre reiste sie durch alle dreizehn Königreiche und zahlreiche weitere Länder, sie erkundete menschenleere Inseln, die wandernde Wüste, wuchernde Regenwälder und im Schnee versunkene Berggipfel. Sie sah die seltsamsten Tiere und vieles mehr, wenn auch keine Hundemenschen. Entbehrungen ertrug sie, ohne zu jammern, auf Festen feierte sie ausschweifend. Sie lernte ebenso, sich zu verteidigen, wie sich in fremden Sprachen zu verständigen.

Tyra suchte und fand alle Arten von Düften, manchmal kaufte sie sie, und manchmal musste sie sie stehlen. Sie erschuf Parfüms, die in allen dreizehn Königreichen gerühmt wurden und darüber hinaus. Ihre Arbeit machte den reichen Agion noch reicher, und er ließ sie an dem Reichtum teilhaben. Drei seiner Konkurrenten versuchten, Tyra zu ermorden, doch alle Anschläge gingen schief, und Agion schlug zurück. Andere Konkurrenten versuchten, sie mit gewaltigen Summen abzuwerben, doch sie blieb bei Agion.

Von dem Geld kaufte sie zwei benachbarte Häuser in einem guten Viertel, eines für ihre Eltern, eines für sich. Vater und Mutter waren dankbar, trotzdem störten sie sich an ihrem abenteuerlichen Leben. Jedes Mal, wenn sie nach Hause kam, baten sie sie, nicht mehr hinauszufahren; sie wollten sie in ihrer Nähe haben und mit einem anständigen Mann mit ehrbarem Beruf verheiratet wissen.

Tyra blieb ungebunden und schlief mit einem Mann, wenn sie Lust dazu hatte, doch niemals mit einem von ihrem Schiff, das hätte nur Ärger gebracht, spätestens auf hoher See. So schlief sie auch mit Darios Vater und wurde schwanger, obwohl es eigentlich nicht ihre Zeit zu empfangen war. Als sie es bemerkte, war sie längst wieder an Bord des Schiffs, und auch der fremde Soldat und Bote war weitergezogen.

Bei Darios Geburt jedoch geschah etwas, das niemand vorhergesehen hatte: Tyra verlor ihren übermenschlichen Geruchssinn. Noch immer konnte sie besser riechen als die meisten, aber weder konnte sie Fährten folgen, noch vermochte sie sonst etwas Außergewöhnliches. Sie schnupperte an Blumen und Gewürzen, an allen Düften

Agions und an ihrem Sohn, als könnte sie ihren Geruchssinn so zurückgewinnen, doch es geschah nicht.

Sie war verzweifelt, aber ihre Eltern schienen erleichtert, bis ein Priester der feuerbewahrenden Haspor den Verlust ihres Geruchssinns eine Strafe der Götter nannte, dafür, dass ihr Kind außerhalb einer Ehe und mit einem Fremden gezeugt worden war. Ihre Mutter schämte sich so sehr, dass sie wochenlang öffentlich in Lumpen ging, und ihr Vater weigerte sich, Dario auf den Arm zu nehmen.

Tyra wollte sich nicht schämen und trug die bunten Tücher und Kleider, die Agion ihr zu Darios Geburt geschenkt hatte. Auch wenn sie unter dem Verlust des Geruchssinns litt, weil nun alles so plump roch, so nuancenlos grau wie ein Brei, liebte sie Dario. Sie liebte ihn mit einer Macht, die sie zuvor nicht gekannt und vermutet hatte. Er gehörte zu ihr, und er roch besser als alle Parfüms, die sie hergestellt, besser als jeder Duft, den sie je gefunden hatte.

Nach ein paar Tagen kam Agion sie besuchen, und sie fürchtete, er werde wütend sein, weil ihr der Geruchssinn, den er so gut bezahlt hatte, verloren gegangen war. Aber er brachte weitere Geschenke.

»Bist du nicht wütend auf mich?«, fragte sie und bot ihm einen Stuhl und gewässerten Wein an. Dario schlief im Raum nebenan.

»Nein«, erwiderte er überrascht und setzte sich. »Natürlich war ich wütend, sehr sogar, und bin es vielleicht noch immer, aber doch nicht auf dich. Einfach auf das Pech, dass wir beide deinen großartigen Geruchssinn verloren haben.«

»Pech?«, fragte sie. »Dann glaubst du nicht, dass es eine Strafe der Götter ist, die ich mit dem vaterlosen Kind selbst auf mich gebracht habe? Dass ich von den Göttern verflucht bin?«

Langsam schüttelte er den Kopf und trank mit ihr. Dann fragte er: »Würdest du den Jungen eintauschen gegen deinen alten Geruchssinn?«

»Nein!«, sagte sie, ohne nachzudenken, obwohl sie viele Gerüche vermisste, ihre Intensität und die Orientierung, die sie ihr gegeben hatten. Sie hatte etwas verloren, das andere nie gekannt hatten, weshalb niemand sie vollständig verstehen konnte, nicht einmal Agion.

»Bist du sicher?«

»Ja!« Wie konnte er das gleich zweimal fragen? Aber weil Agion nicht gekommen war, um sie zu beleidigen oder zu verurteilen, dachte sie ernsthaft darüber nach und sagte noch einmal: »Ja, ich bin sicher.«

»Wie kann es dann eine Strafe sein?«

»Wieso kann ich nicht einen Sohn bekommen und meinen Geruchssinn behalten? Hat deine Frau verlernt zu rechnen, als deine erste Tochter kam? Nein.«

»Du hast recht.« Er nickte. »Aber du hast die Welt bereist, so wie ich auch. Wir haben von unzähligen Göttern gehört, haben ihre Tempel und Statuen gesehen, und sie alle sind verschieden. Meinst du, es gibt tatsächlich eine Strafe aller Götter? Meinst du, sie sind sich in einem einzigen Punkt so einig und dann ausgerechnet in deinem Fall? Wir haben unzählige Menschen getroffen, die weit Schlimmeres getan haben.«

»Du glaubst also doch, ich habe etwas Schlimmes getan?«

»Ich? Nein.«

»Warum sagst du das dann? Schlimmeres heißt ...«

»Ich weiß«, unterbrach er sie verärgert, »aber ich habe über den Maßstab des Priesters geredet, nicht über meinen! Und selbst für den Priester gibt es weit Schlimmeres. Was mich betrifft, so glaube ich, dass du einfach dein Leben genossen hast und dass das nicht verwerflich ist, sondern die einzige Art, glücklich zu leben.«

»Aber was, wenn es nicht alle Götter waren?«, fragte sie, als könne sie nicht hinnehmen, dass es keine Strafe war. »Was, wenn ein einziger Gott mich gestraft hat?«

Draußen schrie ein Höckerochse. Sie hörte ihn deutlich, konnte ihn aber nicht riechen. Trotz des lauten Schreis erwachte Dario nicht.

»Das hieße, dass alle anderen es nicht getan haben und auf deiner Seite sind. Oder nicht?« Agion zeigte sein Lausbubenlächeln, das zu dem erfolgreichen Geschäftsmann, der er war, nicht recht zu passen schien. Wenn man aber wusste, wie er seine Geschäfte betrieb, passte es doch.

»Nimm mich ernst!«, verlangte sie. »Der Priester hat es gesagt, meine Mutter glaubt ihm, mein Vater auch, und die Nachbarn sagen nichts, das ist deutlich. Und ihre Blicke sind …«

»Ich nehme dich ernst. Dich schon, nur nicht den Priester. Du kannst noch immer besser riechen als viele, und dein Junge ist prächtig und gesund. Meinst du nicht, dass einem Gott etwas Besseres eingefallen wäre, wenn er dich wirklich hätte strafen wollen?«

Endlich lächelte auch sie. »Aber was ist es dann, wenn es keine Strafe ist?«

»Pech. Habe ich das nicht schon gesagt?«

»Einfach nur Pech?«

»Ja. Ich glaube nicht daran, dass die Götter alles bewirken, jeden Würfelwurf im Spiel, jeden tödlichen Schwerthieb, jeden unglücklichen Sturz, jede Krankheit, jeden schiffeversenkenden Sturm. Und wenn sie es doch tun, dann nicht aus moralischen oder erzieherischen Gründen oder um zu strafen. Warum hätten sie sonst gerade mir so viel Erfolg gönnen sollen? Ich habe ihnen viel weniger geopfert als Konkurrenten, die längst tot sind oder ruiniert.«

Ganz hatten diese Worte sie nicht beruhigt, aber beinahe. Nur manchmal, wenn sie nachts wach lag, fragte sie sich, ob sie nicht doch irgendwo einen einzigen Gott verärgert hatte und von ihm bestraft worden war. Und sie fragte sich, ob es Haspor war, die feuerbewahrende Göttin der Ehe, der Treue und des heimischen Herds, oder doch ein anderer.

Aber im Grunde hatte sie sich damit abgefunden, Pech gehabt zu haben. Gelegentlich schloss sie die Augen und schnupperte, doch ihr Geruchssinn kehrte nicht wieder, nur schmerzhafte Erinnerungen an die Jahre als Duftfinderin. Es war, als fehle ein Teil von ihr, und jeder Blick in die Welt war ohne die kleinen Düfte unvollständig.

Mit Dario und ohne ihren besonderen Geruchssinn fuhr sie nicht mehr durch die Welt, und ihr Vater nahm den Jungen endlich auf den Arm und ihre Mutter die Lumpen ab.

Agion gab ihr mit Freude Arbeit als Verkäuferin und vertraute ihr den wichtigen Laden beim Hafen an. Bis zu diesem Tag fragte er sie manchmal um Rat, wenn es um ein neues Parfüm ging, doch inzwischen musste sie die Düfte mischen, um sicherzugehen, wie es roch. Ihre Vorstellungskraft hatte ebenso gelitten wie der Sinn selbst.

Nicht ein einziges Mal hatte sie gedacht, dass es besser gewesen wäre, den Geruchssinn statt Dario zu haben. Sie schämte sich noch immer nicht dafür, wie sie ihn bekommen hatte. Trotzdem wollte sie ihm das alles erst später erzählen, wenn er so verständig war, dass sie ihm erklären konnte, warum sie sich nicht schämte, obwohl das von ihr erwartet worden war. Auch wollte sie nicht, dass er auf die Idee kam, sich für sich selbst zu schämen – oder für seine Großeltern.

3

»Komm, Mama, komm«, drängte Dario, und sie beeilte sich, in den Hafen zu gelangen. Doch als sie die *Donnermöwe* mit dem roten Segel erreichten, standen nur zwei Männer Wache, die Tyra nicht kannten, die Ladung war längst gelöscht, das Schiff leer.

»Ist Kapitän Yphon da?«, fragte sie dennoch.

»Nein, er säuft gerade«, sagte der Größere der beiden.

»Und vögelt sich den Schwanz wund«, sagte der andere.

Dario kicherte albern wie manchmal, wenn er etwas nicht verstand, dann fragte er: »Können wir aufs Schiff? Mama kennt den Kapitän … Kapitän … Wie heißt der noch mal?«

»Yphon«, sagte Tyra.

»Wenn deine Mama will, kann sie gern mit mir aufs Schiff.« Der kleinere Mann grinste anzüglich. »Ich zeig ihr auch die Kapitänskajüte, und vielleicht will sie ja auch mich kennenlernen.«

»Nein, will sie nicht«, erwiderte Tyra eisig.

»Aber ich will!«, rief Dario.

»Ein andermal.«

»Aber, Mama …«

»Komm jetzt«, sagte sie nachdrücklich, und Dario blinzelte sie an, folgte dann aber ohne weitere Proteste.

»Wenn du es dir überlegst, schöne Mama, wir sind die ganze Nacht hier!«, tönte es ihr hinterher.

Tyra und Dario gingen weiter und setzten sich auf die Kaimauer, von wo sie das Beladen der Schiffe beobachteten. Zahllose Masten erhoben sich in den wolkenfreien Himmel, die meisten Segel gerefft. Seeleute keuchten, fluchten, riefen Anweisungen und lachten, Möwen kreischten, und sanft schwappten die Wellen gegen den Kai. Es roch nach Salzwasser, angeschwemmtem Tang und vielerlei Gewürzen, nach vermodertem Obst und frischem Gemüse, nach dem Dung der Lastochsen, dem Dreck der Hunde und der Pisse betrunkener Seeleute. Es roch verbrannt und nach köstlichem Eintopf, nach verschüttetem Most, nach Schweiß und nach Ärger.

Myrthago auf Chyprya war der größte Hafen der dreizehn Königreiche, keine Stadt der bekannten Welt verfügte über mehr Handelsschiffe. Schon die Kaiser der alten Zeit hatten ihre Schiffe hier in der Werft bauen lassen, sie hatten die gewaltige weiße Wehrmauer und die vier hohen Leuchttürme am Rand der Bucht errichtet. Ein fünfter Turm auf einem vorgelagerten Felsen war inzwischen eingestürzt, seine Ruinen dienten nun Nachtmöwen als Brutplatz, auch den Gesang einer Sirene wollten manche Seefahrer dort schon gehört haben.

Die Sonne hing tief über dem Meer, und Dario sah zu, wie die Möwen sich in die Winde warfen. Immer wieder sprang er auf und rannte unermüdlich hierhin und dorthin, um Steine aufzuheben, die er so weit wie möglich hinaus aufs Wasser warf. Tyra sah ihm zu und war froh, dass sie hergekommen waren.

Mitten in seiner Suche nach Steinen stolperte er und schürfte sich die Hand auf. Doch statt zu jammern, stieß er einen Freudenschrei aus und klaubte etwas Glitzerndes vom grauen Bodenpflaster auf.

»Was hast du?«, fragte Tyra.

Den Blick auf den Fund gerichtet, kam er zu ihr. »Eine Münze.«

»Was für eine?«

»Ich weiß es nicht.« Er wischte sie an seinem Hemd sauber und hielt sie ihr hin. Das Blut in seiner Hand trocknete schon wieder. »Eine mit einem Einhorn.«

»Silber«, stellte sie fest, und dass sie ganz rund schien, ein perfekter Kreis. Sie glänzte hell in der Sonne und war kaum abgegriffen, die Prägungen waren deutlich zu erkennen. Die eine Seite zeigte einen Kopf im Profil, Hakennase und Krone, auf der anderen war ein steigendes Einhorn mit wehender Mähne abgebildet. Es wirkte kräftig, nicht so schlank, wie Tyra sich Einhörner immer vorgestellt hatte. Weder auf ihren Reisen noch im Geschäft hatte sie je eine solche Münze gesehen. Am Rand klebte noch etwas Blut. Im Augenwinkel sah sie ein Boot vorbeigleiten, und für einen Moment dachte sie an den Fährmann, obwohl die Münze kein Drachmon war. Sie fröstelte trotz der Hitze.

»Ist sie viel wert?« Hoffnungsvoll sah er sie an, und das Frösteln verschwand.

»Ja«, sagte sie, weil es für einen Sechsjährigen in jedem Fall stimmte.

»Glaubst du, es ist eine Glücksmünze? Weil da ein Einhorn drauf ist?«

»Was ist eine Glücksmünze?«

»Mama!«, stieß er vorwurfsvoll aus. »Eine Münze, die Glück bringt. Was denn sonst?«

»Vielleicht ist es eine.« Sie lächelte.

»Bestimmt ist es eine.« Stolz steckte er die Münze ein. »Ich hatte Glück, dass ich sie gefunden habe, also muss es eine sein. Ich sage, sie bringt uns noch viel Glück.«

»Sie hatte Glück, dass gerade du sie gefunden hast. Nicht viele andere hätten gewusst, dass sie eine Glücksmünze ist, und sie entsprechend behandelt.«

Sie lachten beide.

»Mama«, sagte Dario, wieder ernst. »Ich will auch mal zur See fahren wie du. Aber ich möchte richtige Schätze finden und nicht nur Düfte.«

Tyra fuhr ihm durchs Haar. »Ja, finde Schätze, mach uns reich. Immerhin hast du schon eine Glücksmünze, und ohne Glück findet man keine Schätze.«

Sie schlenderten bis ans Ende des Anlegestegs, weil Dario immer so weit wie möglich aufs Meer hinaus wollte. Gemeinsam sahen sie hinüber zu den Felsen, die die natürliche Bucht formten und den Hafen vor großen Wellen schützten. Am Horizont näherte sich ein Schiff mit grün-weiß gestreiften Segeln, wie sie weit im Westen verwendet wurden.

»Können wir das noch abwarten?«, rief Dario.

»Nein. Wir sollten bei Dunkelheit nicht mehr im Hafen sein.«

»Warum?«

»Weil es dann gefährlich ist.« Sie sagte es ihm jedes Mal, aber er konnte es nicht glauben. Er glaubte weder an Sklavenhändler, die Kinder entführten, noch an betrunkene Seeleute, die sich über Frauen ohne Begleitung freuten. Er dachte nur an Abenteuer, sah das allgegenwärtige Leben, roch die Gewürze und bewunderte die Unmengen Waren. Er staunte darüber, wie verschieden die Menschen gekleidet waren, staunte über ihre unterschiedliche Hautfarbe und die langen, perlendurchflochtenen Haare der Ostmänner. Immer, wenn ein Schiff den Hafen verließ, fragte er: »Was meinst du, wohin es fährt?«

Und stets nannte sie ihm irgendwelche weit entfernten Länder, nur um ihm eine Freude zu machen. Sie erzählte, was sie in diesen Ländern erlebt oder was sie über sie gehört hatte, und jedes Mal glomm in seinen Augen die Sehnsucht nach der Ferne.

Und je mehr sie ihm erzählte, desto mehr teilte sie seine Sehnsucht. Es drängte sie dort hinaus, sie wollte wieder unterwegs sein. Noch war Dario viel zu jung, doch irgendwann würden sie gemeinsam ein Schiff besteigen, und sie würde ihm alles Schöne, das sie gesehen hatte, zeigen, und gemeinsam würden sie Neues entdecken.

Versunken in Geschichten von der Ferne, schlenderten sie nach Hause, während hinter ihnen die Dämmerung über den Hafen hereinbrach.

4

Weit nach dem Abendessen, als Dario, die Einhornmünze neben dem Bett, schlief und Tyra noch allein einen Wein trank, weil sie nicht mit ihren Eltern reden wollte, pochte es an der Tür. Es pochte dreimal, und ohne groß zu überlegen, öffnete sie. Ein Fremder stand davor. Er war hochgewachsen und schlank und trug einen breitkrempigen Hut wie der Puppenspieler, dessen Vorführungen ihr als Kind das Liebste gewesen waren. Sie hatten sie von der Ferne träumen lassen, davon, die schrecklichsten Ungeheuer selbst zu besiegen, ohne die Hilfe der Götter aus Papas Geschichten.

Obwohl das Gesicht des Fremden im Schatten lag, nahm diese Ähnlichkeit sie sofort für ihn ein. Sie dachte nicht daran, wie spät es war, sondern fragte freundlich: »Ja, bitte?«

»Ich wollte etwas abholen, das ich gekauft habe.«

»Tut mir leid, ich weiß jetzt nicht, wer du bist.« Sie versuchte sich zu erinnern, ob der Mann in letzter Zeit im Laden gewesen war, glaubte es aber nicht. An ihn hätte sie sich bestimmt erinnert. Er trug ein teures, herbstliches Parfüm aus Meereskakteen, Himmelsweiß und einem Duft, den sie nicht sofort zuordnen konnte. Doch auch sein Geruch ähnelte dem des Puppenspielers.

»Nun, ich weiß, wer du bist«, erwiderte der Fremde leichthin.

»Ich mache zu Hause keine Geschäfte«, sagte Tyra. Die angenehmen Erinnerungen an ihre Kindheit verblassten, und mit ihnen das Gefühl der Vertrautheit. »Und ich erinnere mich nicht, dir etwas verkauft zu haben.«

»Das warst auch nicht du«, sagte der Fremde und trat ein. Es geschah so schnell, dass sie nicht einmal wusste, wie er an ihr vorbeigekommen war, plötzlich stand er hinter ihr im Raum.

»He! Raus!«, verlangte sie, aber er blieb, und sie fühlte sich auf einmal schwach und müde, unfähig, etwas zu tun. Wie gelähmt von viel zu viel Wein, Rauschkraut und Müdigkeit, obwohl sie noch beim ersten Becher war und schon lange nicht mehr geraucht hatte.

»Es geht um den Jungen, der im Hafen meine Münze aufgehoben hat. Wo ist er?«

»Deine Münze?«

Er nickte.

Ich müsste zornig sein, dachte sie dumpf, *zornig, dass er nicht verschwindet*, doch sie spürte einfach Erleichterung, dass es nur um die Münze ging, lähmende, einlullende Erleichterung. »Er wusste nicht, wem sie gehört. Er gibt sie natürlich zurück.«

Der Fremde lächelte, das sah sie genau, auch wenn sie sein Gesicht noch immer nicht richtig wahrnahm. Sie konnte nicht sagen, ob es breit war oder schmal, hellhäutig oder dunkel, ja nicht einmal, ob er einen Bart trug. »Die Münze darfst du gern behalten. Ich habe sie nur gebraucht, um ihn zu finden. Nun ist sie wertlos für mich. Aber dir fällt sicher etwas ein, wofür du sie verwenden kannst.«

Sie blinzelte und verstand kein Wort. Nur dass sie – und damit Dario – die Glücksmünze behalten durfte, und so hörte sie sich sagen: »Danke.« Obwohl er in ihr Haus eingedrungen war.

Wo war ihr Zorn, ihre Bereitschaft, ihr Haus zu verteidigen? Was geschah hier?

»Keine Ursache. Ich nehme dann jetzt den Jungen mit.«

Tyra erstarrte. Sie wollte protestieren, aber ihr Brustkasten war wie zugeschnürt. Innerlich schrie und tobte sie, sie schlug und kämpfte, doch ihr Körper stand unbeteiligt da. Alles, was aus ihrem Mund kam, war ein dünnes »Ich habe ihn nicht verkauft«.

»Natürlich nicht«, sagte der Fremde. »Das war sein Vater. Er hat ihn verkauft, um sein eigenes Leben zu retten.« Er seufzte. »Dabei hat er nicht einmal einen besonders guten Handel abgeschlossen. Er wollte eben nicht sterben, da überlegen die wenigsten richtig.«

»Das kann er nicht tun! Er hat keine Rechte an Dario!«

»Nun ja, mir zumindest genügen seine Rechte.«

Sie wollte nach ihren Eltern schreien, nach jedem einzelnen Nachbarn, nach heimkehrenden Zechern auf der Straße, nach irgendwem. Sie wollte den schlafenden Dario warnen, doch sie japste nur kläglich; irgendetwas schnürte ihr die Luft ab, ihre Brust fühlte sich an wie im

Würgegriff einer Schlange oder von den Ranken einer gewaltigen Schlingpflanze umfangen. Sie wollte sich auf den Fremden stürzen, wollte die Fäuste hochreißen, wollte schlagen und treten, aber sie sank einfach zu Boden wie eine Marionette, die der Spieler losgelassen hat. Verrenkt lag sie da wie achtlos fallen gelassen, verfluchte den Spieler stumm und verlor das Bewusstsein.

5

Tyra träumte von völliger Finsternis, und sie träumte von großen kratzenden Klauen, die sich tief in ihre Brust gruben, durch Haut und Muskeln und knackende Rippen hindurch. In der Dunkelheit konnte sie nichts erkennen, und doch wusste sie, dass die Klauen schwarz geschuppt waren, die Krallen dagegen wie klarer Kristall. Sie roch nichts, sie hörte nichts, sie fühlte nur den Schmerz, als ihr etwas aus der Brust gerissen wurde.

Aber was?

Meins!, dachte sie. *Meins!*

Aber was?

Das Herz schlug noch immer in ihr, es schlug schnell und laut, und plötzlich hörte sie es, hämmernde Trommelschläge in der Nacht, ein blutiges Ritual. Irgendwo kratzten die Klauen knirschend über Stein.

Sie schrie und schrie, weil sie zurückhaben wollte, was ihr gestohlen worden war; sie schrie, weil die Leere in ihr sie zu verschlucken drohte, ein gieriges Nichts. Lange nachdem die Klauen verschwunden waren, schrie sie noch immer, denn sie wusste nicht, wie sie hätte aufhören können.

Die Finsternis hielt sie gefangen, und die hungrige Leere fraß an ihr.

Und fraß.

Und fraß.

6

Als Tyra erwachte, war es spät in der Nacht und die merkwürdige Lähmung war von ihr abgefallen. Nur die gefräßige Leere in der Brust spürte sie noch immer.

Sie sprang auf und rannte in Darios Zimmer, das Bett war verlassen und zerwühlt. Auf dem Kopfkissen lag die glänzende Einhornmünze wie eine Bezahlung. Tyra schrie auf und schleuderte das Kissen und die dünne Decke zu Boden, als könnte Dario irgendwo darunter zum Vorschein kommen. Klirrend fiel die Münze herunter.

Tyra ging auf die Knie und spähte unter das Bett, doch auch dort war Dario nicht.

Er war fort, tatsächlich fort.

»Ich hole dich zurück«, sagte sie keuchend und kroch hinüber zur Münze, um sie aufzuheben. Die Münze des Entführers. Sie wollte sie nicht anfassen, sie ekelte sich davor, es war nie eine Glücksmünze gewesen, nur eine verfluchte Falle.

»Halte durch, Dario, halte durch. Ich finde dich.«

Dafür musste sie herausfinden, wer der falsche Puppenspieler war und woher er kam. Vielleicht erinnerte sich im Hafen jemand an ihn, jeder Fremde kam dort an, und sie hatte noch immer Freunde dort. Bei anderen konnte ihr vielleicht Agion helfen, der kannte überall jemanden. Ihre Eltern würde sie nicht fragen, sie kannten niemanden, der jetzt von Nutzen gewesen wäre, sie würden nur sich selbst Sorgen und ihr Vorwürfe machen.

Was wollte der falsche Puppenspieler nur mit ihrem Kind?

Wenn niemand ihn gesehen hatte, kam sie vielleicht über die seltsame Münze weiter. Vielleicht konnte sie beim Zahlmeister herausfinden, woher sie stammte, er bekam Münzen aus der ganzen Welt zu sehen. Dann hätte sie zumindest einen winzigen Anhaltspunkt, wo sie nach dem Fremden und ihrem Sohn suchen musste.

Schwer lag die Münze in Tyras Hand, und die Leere griff nach ihr, aber Tyra ließ nicht zu, dass die Verzweiflung sie übermannte.

Sie durfte nicht zögern, jede Stunde, die verstrich, ließ die Spur erkalten. Wie im Fieber holte sie die Ersparnisse aus dem doppelten Boden im Küchenschrank und suchte Reisekleidung zusammen. Sie packte Proviant und schnallte das Jagdmesser und das schmale Schwert mit dem Krakengriff um, das sie lange nicht mehr benutzt hatte. Es lag noch immer gut in der Hand, und Tyra hatte es regelmäßig herausgeholt und gereinigt und sich dabei einsamen Erinnerungen an früher hingegeben.

Bebend vor Zorn besah sie sich die Münze, die keine Glücksmünze sein konnte, ein weiteres Mal. Sie wirkte fremd, wo mochte sie als Zahlungsmittel benutzt werden? Tyra steckte sie in das eingenähte Geheimfach ihres breiten Gürtels. Sie würde sich bei der Armee erkundigen, in welcher Einheit Gahadh inzwischen diente und wo diese stationiert war. Er hatte ihren Sohn verraten, er musste wissen, an wen.

Wie hatte er überhaupt von ihm erfahren? Sie stutzte, aber das war jetzt nicht wichtig, wichtig war allein Dario. Sie würde ihn zurückholen, egal, was es kostete.

Dass der Fremde irgendwelche Zauber beherrschte, spielte keine Rolle, sie würde sich nicht noch einmal überrumpeln lassen. Wenn er kein Gott war, konnte man ihn besiegen. Und wenn er ein Gott war, konnte man ihm opfern. Für Dario würde sie das eine ebenso wie das andere tun.

Sie hinterließ ihren Eltern eine kurze, hastig hingekritzelte Nachricht und machte sich auf in Richtung Hafen. Auch wenn sie nicht mehr wittern konnte wie früher, diese Spur würde sie finden. Sie würde ihr folgen wie ein Bluthund.

DER NAME
DES BASTARDS

1

Ukalions Körper war von blauen Flecken übersät, die Haut an mehreren Stellen aufgeplatzt, und schillernde Fliegen krabbelten über die Wunden. Wieder und wieder scheuchte Ukalion sie fort. Trotz der Schmerzen humpelte er durch die kahle Zelle, vom vergitterten Fenster zur Gittertür und von da zum Fenster zurück, immer Ckarya mit dem Geweih vor Augen. Wieder und wieder schrie er: »Lasst sie gehen! Ckarya ist unschuldig!«

Er schrie, bis drei Soldaten in seine Zelle traten und ihn stumm mit hölzernen Übungsschwertern für Kinder verprügelten, sodass seine Wunden erneut aufbrachen. Nach einem Kopftreffer brach er zusammen und verlor das Bewusstsein.

Als er erwachte, waren seine Wunden frisch verkrustet und wiederum voller Fliegen. Mit geschlossenen Augen blieb er auf dem steinernen Boden liegen, unten gehalten vom Schmerz und einem Schwindelgefühl. Gebrochen schien nichts, stellte er tastend fest, doch er verscheuchte die Fliegen nicht mehr, rief nicht mehr und weinte auch nicht. Verzweifelt klammerte er sich an die verrückte Hoffnung, Ckarya könnte doch noch begnadigt werden. Er dachte an das Blut in ihren Haaren und fragte sich, ob es ihres gewesen war oder das des Bocks.

Die Schmerzen ließen ihn die ganze Nacht nicht schlafen. Der Boden war hart, eine Pritsche gab es nicht und ein Bett schon gar nicht. Die Wunden brannten, die Fliegen summten, und er ertrug es kaum. Das und die Gefangenschaft, die Unfähigkeit, etwas zu tun, auch wenn er nicht gewusst hätte, was. Er wünschte, ein anderer würde Ckarya helfen, ihre Mutter oder sonst wer, und er flehte zu allen Göttern, von denen er je gehört hatte.

Immer wieder sah er durch das Gitterfenster zu den Sternen hinauf. Sie leuchteten hell und kalt am schwarzen Himmel und ließen ihn hoffen, weil er hoffen musste, um nicht zu schreien, bis sie ihn mit den Holzschwertern totprügelten.

Am Morgen schob ihm ein Soldat einen Becher Wasser und verschimmeltes Brot durch die Gittertür und musterte ihn mitleidig. »Von Kinderschwertern niedergestreckt, erbärmlich.«

Ukalion schleuderte das Brot nach ihm, verfehlte ihn aber.

Der Soldat lachte. »Er wird sie das Geweih auch bei der Hinrichtung tragen lassen.«

»Warum?«

»Um sie zu demütigen. Warum sonst?«

»Was hat sie denn getan?«

Der Soldat ging, ohne zu antworten.

»Warum?«, schrie Ukalion ihm hinterher, weil er es einfach nicht begreifen konnte. Der Soldat kehrte nicht zurück, und Ukalion trank gierig. Dann flehte er weiter zu den Göttern, versprach jedem von ihnen alles, und hoffte auf einen Retter für Ckarya. Er bat die Götter, dass Prinz Aurel Ckarya begnadigen möge. Aurel war sein Halbbruder, warum konnte er das nicht für ihn tun?

Ein anderer Soldat, ein bärtiger Mann mit einer Narbe auf dem linken Unterarm, brachte eine juckende Salbe für die Wunden. Er hob auch das Brot auf, das im Gang lag, und gab es Ukalion, der es hungrig aß.

»Kannst du Ckarya etwas von mir ausrichten?«, fragte Ukalion.

Es dauerte einige Augenblicke, bis der Wächter murrte: »Was?«

»Dass es mir leidtut.«

Der Mann nickte.

»Und dass ich sie liebe.«

Der Soldat nickte noch einmal und ging. Ukalion konnte nur hoffen, dass er es wirklich ausrichtete.

Mittags hörte er von draußen, wie sich Menschen versammelten, wie die Hörner geblasen wurden, wie die Menschen laut riefen, wie eine kurze Ansprache gehalten wurde, die er nicht verstand, weil der Wind die Worte zerriss, bevor sie die Zelle erreichten.

Er rappelte sich auf und schleppte sich zum Fenster. »Nein!«, schrie er. »Ihr Götter, holt mich, nicht sie! Holt mich!«

Aber es holte ihn niemand. Die Hörner verstummten, die Menge hielt die Luft an, nur einen Augenblick und doch scheinbar ewig. Dann japste und dann jubelte sie.

Ukalion fiel auf die Knie und schlug mit dem Kopf gegen die raue Wand. Blut floss ihm über die Stirn, alles war Schmerz, der winzige Rest Hoffnung war zerbrochen, alles in ihm schwarz, eine Nacht ohne Sterne. Schuldgefühle nagten an ihm, denn ohne ihn, seine Selbstüberschätzung, seinen Irrglauben, alles Wildern auf sich nehmen zu können, wäre sie vorsichtiger gewesen und noch am Leben.

Erneut schlug er den Kopf gegen die Wand, härter diesmal und mit Absicht. Er zitterte wie im Fieber, doch in ihm war alles kalt. Er war nicht mehr er selbst, er würde es nie wieder sein, das wusste er. Ckaryas Gesicht stand ihm vor Augen, er wollte sich an den Tag auf der Nymphenlichtung erinnern, aber alles, was er sich vorstellen konnte, war ein Galgen, an dem sie baumelte, das blutige Geweih auf dem Kopf, von schillernden Fliegen umkreist.

Fliegen, überall Fliegen.

»Es tut mir leid«, flüsterte er, doch Ckarya antwortete nicht.

Die Hörner erschallten, und er dachte an Prinz Aurel und sein dünnes, herablassendes Lächeln.

Hass wallte in ihm auf, ein Hass, wie er ihn noch nie empfunden hatte, nicht einmal in den dunkelsten Nächten auf König Tiban. Der Hass verschlang alles andere, sogar die Schuldgefühle. Der Hass fraß die Selbstvorwürfe und die Frage, ob er Ckarya hätte retten können, fraß das, was ihn hatte das Wildern auf sich nehmen lassen.

Aurel!

Dieser Halbbruder, der ihm noch weniger ein Bruder war, als seine Väter ihm Väter waren. Ukalion erschlug eine Fliege, die über die Wand kroch, und malte sich aus, wie er Aurel tötete. Wieder und wieder und wieder, jedes Mal auf eine andere Art, eine schmerzhafter als die vorherige. Eine Fliege nach der anderen erschlug er, doch nie war es die letzte. Die Hitze schien endlose Mengen von ihnen auszubrüten, und er lauerte ihnen auf.

Am Abend stand irgendwann ein Becher in seiner Zelle; er hatte nicht bemerkt, wie das Wasser gebracht worden war. Er fieberte, und in dieser Nacht schlief er trotz der Schmerzen. Doch er schlief unruhig.

Am nächsten Morgen kam wieder der Bärtige und brachte Wasser, Brot und Salbe. Das Fieber war zurückgegangen.

»Hast du es ihr ausgerichtet?«, fragte Ukalion, und seine eigene Stimme klang ihm fremd in den Ohren, dünn und zittrig.

»Ja.« Der Bärtige nickte. »Sie hat gesagt, sie liebt dich auch. Und ihr tut es auch leid.«

Ukalion schloss die brennenden Augen. Er fragte: »Lasst ihr mich jetzt gehen? Ich kann die Hinrichtung nicht mehr stören.«

»Das nicht«, sagte der Soldat. »Aber Prinz Aurel hat befohlen, dich noch zu behalten.«

Aurel!

»Er hat gesagt, ich dürfe in ein paar Tagen gehen«, beharrte Ukalion.

»Dann wirst du das auch dürfen«, erwiderte der Soldat. »Aber noch nicht jetzt.«

Der Soldat ging, und Ukalion gab sich seinen Rachefantasien hin. Hundertfach tötete er Aurel in Gedanken. Er verfluchte die Götter, weil sie Ckarya nicht gerettet und einen einfachen Müllergehilfen nicht erhört hatten. »Wen haben wir denn sonst? Wer außer euch steht uns gegenüber einem Tyrannen bei?«

Die Salbe juckte und stank, aber sie half, und ihr Geruch vertrieb sogar die Fliegen. Niemand aus dem Dorf kam ihn besuchen, nicht einmal seine Mutter. Er vermutete, dass man sie nicht einließ.

Später brachte ihm ein alter Soldat eine Nachricht von Ckaryas Mutter. »Sie sagt, das werde sie dir niemals verzeihen und dass der hohläugige Aidines dich verfluchen möge.«

»Mich, wieso mich?«, fragte Ukalion.

»Hat sie nicht gesagt.«

»Kannst du ihr etwas ausrichten?«

»Nein.« Der Soldat wandte sich zum Gehen, drehte sich aber, Abscheu im Blick, noch mal um. »Hätten deine Beschuldigungen meine Tochter an den Galgen gebracht, ich hätte dir gleich ein Messer geschickt, keine Warnung.«

»Ich habe sie nicht beschuldigt!«

»Willst du sagen, der Prinz lügt?« Der Alte griff nach dem Schwert an seiner Seite; es war nicht aus Holz.

Ukalion öffnete den Mund und schloss ihn wieder. Es hatte keinen Sinn. Er murmelte: »Nein.«

Am nächsten Morgen fragte er den Bärtigen, der ihm wieder Brot, Wasser und Salbe brachte: »Weißt du, wie es im Dorf steht? Geben mir dort alle die Schuld an Ckaryas Tod?«

»Viele.«

Ukalion nickte, er spürte keine Enttäuschung, er fühlte nichts mehr außer Trauer und Hass. »Hätte der Prinz nicht Gnade walten lassen können? Sie war fast noch ein Kind.«

»Ja, jung war sie.« Der Bärtige zuckte mit den Schultern. »Es tut mir ja auch leid, aber ich bin froh, dass wir einen starken König haben und dass der Prinz nach ihm kommt. Würdest du gern einem Schwächling folgen?«

»Gnade und Schwäche sind nicht dasselbe«, erwiderte Ukalion und fühlte sich an das Gespräch mit Farnoh im *toten Lindwurm* erinnert.

»Wilderei ist Wilderei, das Mädchen wusste das. Und sie ist nicht die Einzige, die hungert, warum sollte der Prinz für sie eine Ausnahme machen, nur weil sie niedlich ist? Nein, Gesetz ist Gesetz, Prinz Aurel konnte nicht anders.«

»Es war ein Reh, ein einziger Bock!« Ukalion schlug mit der Faust auf den Boden.

»Es waren mehrere. Und weißt du, wie viele von uns sich einen solchen Bock verkneifen?«

»Eure Scheunen sind voll!«, stieß Ukalion hervor. »Ihr holt doch alles von uns.«

»Um es zu lagern. Unsere Rationen werden uns zugeteilt, und die sind klein.« Der Soldat wandte sich ab.

»Wie heißt du eigentlich?«, fragte Ukalion rasch.

Der Mann zögerte einen Moment, dann sagte er: »Borra.«

»Weißt du, wie lange ich noch bleiben muss, Borra?«

»Nein.«

»Was sagt der Prinz?« Ukalion wischte sich den Schweiß von der Stirn. Jeder Tag schien heißer als der davor.

»Er ist gestern weitergezogen.«

»Und Vogt Farnoh?« Wenn Farnoh über ihn entschied, dann …

»Auch«, antwortete Borra. »Nur in die andere Richtung.«

»Aber, ich …?«

Borra zuckte noch einmal mit den Schultern. »Der Kommandant wird es wissen.« Dann ging er.

»Wie lange noch?«, fragte Ukalion auch den fremden Soldaten, der ihm am nächsten Morgen das Essen brachte.

»Bis du gehen darfst«, antwortete der und verschüttete Ukalions Wasser. Es floss in die staubigen Ritzen zwischen den Steinen am Boden. »Wenn der Durst groß genug wird, leckst du es auf.« Damit ging er lachend davon.

Ukalion rührte das Wasser nicht an.

2

Die Tage verstrichen. Die Salbe tat ihre Arbeit, und langsam wurde Ukalion die Schmerzen los. Er bekam Wasser und Brot, sonst blieb er allein. Mit einem Steinchen kratzte er Bilder von Ckarya an die Wand, aber es wurden nur hässliche Kritzeleien. Die Fingernägel rissen ihm ein und brachen ab.

Drei Abende lang verschüttete der Soldat das Wasser, dann schluckte Ukalion seinen Stolz hinunter und schlürfte das Wasser vom Boden auf. In ihm wuchs der Hass, und er versprach Ckarya: »Ich werde ihn töten.«

Sie antwortete nicht, aber in seiner Vorstellung lächelte sie kurz.

Manchmal sah er aus dem Fenster, und manchmal warf ein schmächtiger Junge mit Sommersprossen einen Stein nach ihm. Er kannte ihn nicht und wusste nicht, ob der Junge hier war, um Soldat zu werden, oder was er sonst tat. Die meiste Zeit starrte Ukalion vor sich hin und hegte seinen Hass auf Prinz Aurel und die Wut auf die untätigen Götter. Warum hatten sie Ckarya nicht gerettet? Wer sollte denn einem König und seinem Sohn Einhalt gebieten, wenn nicht die Götter? Kein Mensch stand über dem König.

»Doch«, widersprach er sich selbst. »Der Kaiser.«

Der Kaiser, den es seit Jahrhunderten nicht mehr gab, dessen Reich in die dreizehn Königreiche zerfallen war. Der Kaiser, der nur noch eine Erinnerung war, eine Gestalt aus der vergangenen Zeit der Größe.

Wie alle kannte Ukalion das Märchen vom letzten Kaiser gut, vielleicht sogar besser als viele, denn als Kind hatte er es wieder und wieder hören wollen, öfter als jedes andere Märchen, obwohl es kein richtiges Ende besaß. Gerade das hatte ihm – wie auch Ckarya – gefallen, denn es bedeutete, dass alles nur ein Anfang war, dass die eigentliche Geschichte noch immer darauf wartete zu geschehen. Und in diese Geschichte hatte er sich oft hineingeträumt.

3

Es war in der alten Zeit, als die Hexerei noch mächtig und nicht verpönt war, so hatte seine Mutter immer begonnen. Kaiser Cletian herrschte weise in der prächtigen Hauptstadt Ycena, und im gesamten Reich herrschte Frieden, niemand litt Hunger. Die Menschen priesen und verehrten den Kaiser. Er hatte eine Tochter, die ihn liebte und die er seinerseits vergötterte, denn sie war nicht nur schön, sondern auch freundlich und klug.

Sie war so klug, dass sie ihn schon als Kind beriet und der Kaiser beschloss, sie zu seiner Nachfolgerin und damit zur ersten Kaiserin des Reichs zu ernennen. Doch das passte den dreizehn Hexen in den dreizehn Provinzen nicht, denn die sahen sich selbst als die mächtigsten und wichtigsten Frauen des Reichs. Brennende Eifersucht erwachte in ihnen, und eine jede versuchte, dem Mädchen zu schaden.

Die schöne Hexe aus Gybthan schickte der Kaisertochter an deren fünfzehntem Geburtstag einen vergifteten Apfel, der so wunderschön rot war, dass jeder, der ihn sah, sofort hineinbeißen wollte. Doch niemand wagte es, den Apfel der künftigen Kaiserin zu essen, und so gelangte er auf schnellstem Weg zu ihr.

Als sie den Apfel sah, lief ihr das Wasser im Mund zusammen und sie wollte sogleich in die schöne Frucht hineinbeißen. Doch es war ein kleiner Junge bei ihr, der jüngste der sieben Söhne eines braven Jägers, kaum größer als ein Zwerg. Der Junge sollte Diener am Hof werden, und er war da, um den wahrheitsliebenden Spiegel der Kaisertochter blank zu putzen. Während er putzte, fiel sein Blick auch auf das Spiegelbild des Apfels, und das zeigte die Frucht faulig, matschig braun und voller schwarzer Würmer. Schnell rief der Junge der Kaisertochter eine Warnung zu. Sie hörte auf den einfachen Jungen und verharrte, den Apfel schon im geöffneten Mund, und das rettete ihr das Leben.

Einen Monat später sandte ihr die hinterlistige Hexe aus Chyprya eine goldene Kugel, die strahlte hell wie die Sonne und war so makellos rund, dass jedermann am Kaiserhof darüber staunte. Und die Kaisertochter drückte sie voller Freude und Besitzerstolz fest an sich.

»Bist du nicht ein wenig zu alt für ein solches Spielwerk?«, fragte der Kaiser.

»Das ist kein Spielwerk«, erwiderte sie. »Das ist Vollkommenheit.«

Dagegen wusste der Kaiser nichts zu sagen, denn er hatte selbst kaum je ein schöneres Ding gesehen im Leben.

Die Kaisertochter nahm die Kugel mit auf ihr Zimmer und legte sie auf ein samtenes Kissen auf dem Kästchen neben ihrem Bett. Sie war so von der goldenen Schönheit gefangen, dass sie ganz vergaß, die Kugel in ihrem wahrheitsliebenden Spiegel zu betrachten. Stattdessen spiegelte sie sich selbst selig in der goldenen Kugel, bis sie eingeschlafen war.

Da öffnete sich die Kugel leise, und aus ihrem Inneren quoll grüner Rauch, der sich rasch zu einem giftigen Frosch formte. Sein Spiegelbild war eine nachtschwarze Schlange, von deren Zähnen froschgrünes Gift troff. Eine Maus, die dieses Spiegelbild sah, quiekte vor Angst, und von diesem Quieken erwachte die Kaisertochter.

Dank ihrer Klugheit erkannte sie die Gefahr sofort und packte den Frosch blitzschnell. Entschlossen schleuderte sie ihn gegen die Wand, sodass er in hundertundeinen Fetzen zerplatzte. Die Kugel bekam einen hässlichen Riss, ihr Strahlen verblasste, und ihre Oberfläche wurde fleckig. Die Kaisertochter weckte ihren Vater und ihre Mutter und den halben Hof und verkündete, dass sie nicht mehr an die Vollkommenheit glaube – so etwas gebe es nicht.

Die Eltern widersprachen ihr nicht, sie waren nur froh, dass ihre Tochter noch lebte.

Wieder einen Monat später kam, verkleidet als ein einfacher Schuster, die grausame Hexe von Allya an den Hof. Sie brachte der Kaisertochter Tanzschuhe, die aussahen wie aus reinstem Diamant und doch leicht waren wie Taubenfedern. Es waren Schuhe, in denen flog man nur so über die Tanzfläche, so schnell und elegant, dass man nie wieder etwas anderes tun wollte. Doch zog man die Schuhe aus, schrumpften sie ein wenig, sodass man am nächsten Tag nicht mehr hineinkam, es sei denn, man schnitt sich ein Stück von der Ferse oder den Zehen ab.

Wer einmal in diesen Schuhen getanzt hatte, konnte nie wieder davon lassen, und so wollte die Hexe, dass die Kaisertochter sich Tag für Tag und Stück für Stück selbst verstümmelte, bis sie nach dreizehn Tagen blutend und erschöpft im Tanze tot zusammenbrechen würde.

Lange hatte die grausame Hexe über den Plan gegrübelt, und kaum hatte sie gesehen, dass die Kaisertochter in die Schuhe geschlüpft war, verließ sie den Hof unter falschen Verbeugungen,.

»Ach«, seufzte die freundlichste unter den Zofen vor Begeisterung, »ach, Eure Hoheit müsste sich sehen können!«

»Aber das kann ich doch«, rief die Kaisertochter und eilte vor ihren wahrheitsliebenden Spiegel. Dort erkannte sie, dass sie keine Schuhe, sondern zwei Wolfsmäuler mit spitzen Zähnen an den Füßen trug, und schleuderte sie von sich, noch bevor sie einen einzigen Tanzschritt getan hatte. Sie verbrannte die Schuhe und ließ nach dem Schuster rufen, doch der war nicht aufzufinden.

So ging es Monat für Monat, eine Hexe nach der anderen scheiterte daran, der Kaisertochter zu schaden.

Es nahte der sechzehnte Geburtstag des Mädchens, der mit einer großen Feier begangen werden wollte. Zahlreiche Gäste waren geladen, und nur noch die dreizehnte Hexe war übrig, ihren Schadenszauber zu wirken.

Und die dreizehnte Hexe erkannte, dass sie allein nicht die Macht haben würde, der Kaisertochter zu schaden. Also bat sie ihre zwölf Hexenschwestern um Hilfe. Und erstmalig taten sie sich für einen schrecklichen Hexenspruch zusammen, denn ihr Neid und ihre Eifersucht waren grenzenlos.

Gemeinsam wirkten sie einen Zauber, der nicht nur das Mädchen in einen ewigen Schlaf sandte, sondern auch den Kaiser und seine Frau, die Bediensteten im Palast, die Gäste der großen Feier und die Boten, die mit Glückwünschen aus anderen Ländern kamen, die Tiere in den Ställen und die Vögel, die daraufhin schlafend von den Dächern fielen und sich das Genick brachen. Der Zauber sandte die Mäuse in ihren Löchern in den Schlaf und die Tiere aus allen dreizehn Provinzen, die herausgeputzt im Hof des Palasts darauf warteten, der Kaisertochter vorgeführt zu werden; sogar ein Einhorn und ein Drache sollten dort gewesen sein. Der Zauber legte die Darsteller einer Theateraufführung schlafen, die Stallburschen und Stallmädchen, die zahlreichen Jagdhunde des Kaisers und sämtliche Wächter an den Toren.

Und jedem Schlafenden schickten die dreizehn Hexen dreizehn stets wiederkehrende Albträume.

Allein der Kaiser konnte dem Schlaf einen Moment lang entgehen, und er versprach lautstark demjenigen die Hand seiner Tochter, der sie mit einem einfachen Kuss aus dem Schlaf zu erwecken vermochte, und mit ihr das halbe Kaiserreich. Dreimal drang seine Stimme weit über die Palastmauern hinaus, doch dann schlief auch der Kaiser.

Die Hexen aber lachten über ihn und ließen um den Palast eine undurchdringliche Hecke wachsen, die innerhalb weniger Augenblicke die hohen Mauern überwuchert hatte und bis hinauf zu den höchsten Dächern reichte. Jeder, der in den nächsten Wochen, Monaten und Jahren versuchte, sie zu durchqueren und die Kaisertochter zu retten, blieb in ihr hängen.

Und die Schwerter und Messer der tapferen Recken, ihre Zähne und zersplitterten Knochen wurden zu tödlichen Dornen in der Hecke, die weitere Recken erlegten, aus denen wiederum Dornen wurden. Und auch über den verlassenen Kaiserthron wuchsen die Dornen, bis sie ihn völlig bedeckten. Niemand konnte das Mädchen retten, niemand bestieg den leeren Dornenthron, niemand wurde zum neuen Kaiser ernannt, und das Reich zerfiel in seine dreizehn Provinzen, in dreizehn, einander stetig bekämpfende Königreiche.

Doch die Tochter des letzten Kaisers wartete noch immer – schlafend und keinen Tag älter als sechzehn Jahre – auf den Retter, der an ihrer Seite zum neuen Kaiser werden sollte.

4

Neun Tage und Nächte lang träumte Ukalion von einem Kaiser, der dem König und seinem Sohn Einhalt gebot, und während sein Körper langsam heilte, träumte er davon, selbst dieser Kaiser zu sein.

»Sie wartet«, sagte er zu Ckarya, und sie antwortete: »Ich weiß.«

Er verbiss sich in diesen Gedanken, um die Trauer um Ckarya und die in ihm tobende Wut zu ertragen; auf die Götter vertraute er nicht mehr.

Dann kam Borra in seine Zelle und sagte ihm, er könne noch am selben Tage gehen.

»Heute?«, fragte Ukalion ungläubig. »Einfach so?«

»Ja. Der Kommandant sagt, der Prinz hat es so befohlen.«

»Endlich.« Sein Körper schmerzte noch, doch er hinkte nicht mehr.

Borra, der sich schon halb abgewandt hatte, sah ihn noch einmal an. »Ich hole dich nachher ab und bringe dich hinten beim Hafen raus. Vorn am Tor warten sie mit Knüppeln und Messern auf dich.«

»Wer?«

»Die Mutter des Mädchens ist bei ihnen. Sie gibt dir die Schuld an allem. Und der gehenkte Mann war wohl ihr Vater.«

Ukalion nickte. Er fühlte kaum Groll gegen sie, selbst der wurde von dem brennenden Verlangen überdeckt, den König und den Prinzen für das, was sie Ckarya und seiner Mutter angetan hatten, bezahlen zu lassen.

Aber es bedeutete, er musste Fünfsäulen und die Krampmühle verlassen. Solange das halbe Dorf Jagd auf ihn machte, waren seine Mutter und Gajus ohne ihn besser dran. Er würde sich auf die Suche nach Ycena und dem Palast mit der schlafenden Kaisertochter machen. Er würde Kaiser werden.

Am späten Nachmittag kehrte Borra zurück und holte ihn aus der Zelle. Er ging mit ihm quer durch das Kastell zur Rückseite, sie liefen nebeneinander her wie zwei freie und gleichberechtigte Männer. Die Soldaten, denen sie begegneten, beachteten sie kaum, nur hier und da wurde Borra gegrüßt. Niemand schien Ukalion zu erkennen, er hatte nun einen ungepflegten Bart und war dünner geworden. Zum ersten Mal seit fast zwei Wochen sah er die Welt nicht durch ein Gitter.

»Warum tust du das?«, fragte er, als sie das Tor erreichten.

»Weil ich weiß, dass du das Mädchen retten wolltest. Dafür sollte man nicht erschlagen werden.«

»Danke.«

Borra zuckte mit den Schultern. »Und du bist der Bastard des Königs, und ihm und seinem Blut habe ich Treue geschworen.«

Ukalion nickte nur, darauf wusste er nichts zu erwidern.

Ein großer Frachtsegler lag im Hafen vertäut und wurde eben mit

Fässern, Kisten und großen Säcken beladen. Vögel kreisten kreischend über dem Schiff, wohl weil sie auf abfallende Körner hofften.

»Weißt du, was mit meiner Mutter ist?«, fragte Ukalion. Er hatte nicht fragen wollen, musste es aber doch wissen. »Lassen sie sie in Ruhe?«

Wieder zuckte Borra mit den Schultern. »Ich weiß es nicht. Aber nimm das Schiff flussaufwärts, da bist du sicher, der Lotse und ich waren in Kylokien in einer Einheit.«

»Was sagst du den Leuten vor dem Tor?«

»Dass du weg bist, schon seit heute Morgen. Mit einem Schiff flussabwärts.«

Sie verabschiedeten sich voneinander, und Ukalion ging an Bord. Er wartete, bis Borra fort war und niemand auf ihn achtete, dann ließ er sich in den Vardoy fallen. Das kühle Wasser schlug über ihm zusammen, und er stieß sich vom Schiffsrumpf ab. Trotz der Gefahr konnte er nicht einfach verschwinden, solange er nicht wusste, wie es um seine Mutter und Gajus stand.

Er war ein guter Schwimmer und brachte sich rasch und mit kräftigen Zügen ans jenseitige Ufer. Dort schlich er durch das dichte Gestrüpp in Richtung der Mühlen. Wieder und wieder reckte er den Kopf heraus und warf einen Blick über den Fluss, doch drüben am Ufer schien ihm niemand zu folgen. Hatten sie Borra geglaubt, dass er fort war? Dann wären sie nun auf dem Heimweg, auf der Straße ins Dorf, die weiter im Landesinneren lag und die er nicht einsehen konnte. Vorsichtig kroch er ans Ufer und trank ausgiebig. Erfrischt schlich er weiter, sorgsam auf der Hut vor den Menschen, die ihn schon sein Leben lang kannten, mit denen und mit deren Kindern er früher gespielt und deren Korn er später gemahlen hatte.

Er passierte den Blutfelsen und erreichte die Höhe der Mühlen vor Sonnenuntergang. Die Krampmühle schien verlassen, nur Gajus hockte gebeugt auf der äußeren Befestigung des Mühlrads und angelte, wie es Ukalion so oft für ihn getan hatte. Das Wasser glitzerte in der tiefstehenden Sonne, und die Fische bissen nicht.

Vor Priams Mühle stand der große Wagen eines Bauern, das schwere Mühlrad knirschte bis über den Vardoy, und feines Mehl staubte aus den Fenstern heraus. An der Anlegestelle neben der Krampmühle holte eine Handvoll gebeugter Bauern Wasser für die Felder. Keiner von ihnen rief Gajus ein freundliches Wort zu, und Gajus beachtete sie nicht.

Ukalion legte sich in Deckung und wartete auf die Dunkelheit, in deren Schutz er den Fluss überqueren wollte. Immer wieder drehte er sich kurz um und horchte auf die Geräusche aus dem Wilden Wald in seinem Rücken, um nicht von einem Tier überrascht zu werden.

5

Als die Nacht hereinbrach, schwamm er hinüber, der Bauer mit seinem Wagen vor Priams Mühle war verschwunden. Der Wind wehte vom Dorf herüber, und Ukalion bildete sich ein, in ihm ferne Klageschreie zu vernehmen.

Die vorderen Wände der Mühle waren mit Dreck beworfen, das konnte Ukalion selbst im schwachen Mondlicht erkennen. Es roch nach Kuhmist und Schweinedung. Die verschmierte Tür war verschlossen, Ukalion klopfte. Nichts rührte sich. Er klopfte lauter.

»Verzieht euch!«, drang Gajus' Stimme heraus.

»Ich bin's«, zischte Ukalion. Er wollte nicht, dass Priam ihn hörte.

Die Tür flog auf, und Gajus starrte ihn ungläubig an. Sein Gesicht war unrasiert und schmal, er hatte dunkle Augenringe. »Du musst verschwinden!«, stieß er hervor. »Sie suchen dich, und sie werden dich hier suchen!«

»Wie geht's Mutter?«, fragte Ukalion und drängte sich an Gajus vorbei ins Innere.

Gajus machte ihm Platz. »Sie ist in der Küche.«

Auf dem Küchentisch brannte eine einsame Kerze, in deren Licht seine Mutter alt und grau aussah. Sie saß gebeugt und umklammerte mit der Rechten einen Becher. Vor ihr stand ein Weinkrug, weiter weg der Becher für Gajus.

»Ukalion!« Sie sprang auf. Die Kerze flackerte, und die Züge seiner Mutter wurden lebendig. Sie warf sich in seine Arme und hielt ihn fest an sich gedrückt. Es war, als wollte sie ihn nie wieder loslassen, und er erwiderte die Umarmung, obwohl jeder Knochen schmerzte.

»Mutter …«, sagte er irgendwann. Sie quetschte seine Prellungen, blauen Flecken und Schürfwunden.

»Du musst fort!«, brach es aus ihr hervor, und sie schob ihn von sich. »Auf der Stelle. Sie suchen dich!«

»Ich weiß«, sagte er. »Aber ich musste erst sehen, wie es euch geht.«

»Uns?« Sie winkte ab. »Gut. Wir haben uns nur Sorgen um dich gemacht.«

»Und der Dreck an der Wand?«

»Ach, der.« Sie sah ihn nicht an. »Das ist nichts. Das ist vorbei.«

Einen Moment lang standen sie zu dritt um den Tisch, schwiegen und mieden den Blick der jeweils anderen.

»Ich habe sie nicht verraten«, sagte Ukalion unvermittelt, und in dem Moment wurde ihm bewusst, dass er auch gekommen war, um ihnen das zu sagen. Weil er sicher sein wollte, dass wenigstens sie die Wahrheit kannten und glaubten. Er spürte, wie ihm Tränen über die Wangen liefen, und ließ sie laufen; hier sahen ihn weder Soldaten noch Fremde.

»Ich weiß«, sagte seine Mutter.

Gajus nickte und brummte: »Natürlich hast du das nicht.«

»Aber im Dorf glauben sie es, sagen die Soldaten.«

»Viele«, bestätigte seine Mutter leise. »Ylonia hetzt sie auf. Mart hat versucht, es ihnen auszureden, aber er ist nur ein Junge. Und seit ein paar Ältere ihn deswegen verdroschen haben, schweigt er; aber er weigert sich zu sagen, du wärst schuldig.«

»Sie wollen dich hängen«, sagte Gajus eindringlich und knetete seine Hände, weil er nicht wusste, wohin mit ihnen. »Du musst …«

»Ich habe sie geliebt«, fiel Ukalion ihm ins Wort, weil sie die ganze

Wahrheit wissen sollten. »Und sie mich. Ich hätte ihr nie etwas getan. Es war der elende Prinz, der sie hat hinrichten lassen!«

Gajus schnaubte. »Das ist ihnen egal. Sie wollen einen Schuldigen, der nicht der Prinz ist; einen, der für sie greifbar ist.«

»Ihr habt euch geliebt?«, fragte seine Mutter. Ihr Gesichtsausdruck war nicht zu deuten.

»Ja.« Ukalion wusste nicht mehr zu sagen, weil das *Ja* alles umfasste und weil es mit Ckaryas Tod bedeutungslos geworden war. Stattdessen fragte er: »Was ist mit euch? Wie viele Bauern waren seit der Hinrichtung hier?«

Seine Mutter sah Gajus an, der zuckte mit den Schultern.

»Wie viele?«, drängte Ukalion. »Wegen der Mühle, nicht um euch zu drohen.«

»Keiner.«

»Keiner?«

»Nicht einer.«

»Dann sagt euch von mir los!«, verlangte Ukalion. »Ich verschwinde sowieso, und ihr müsst sagen, dass ich enterbt bin, dass ihr nichts mit meinem Verrat zu tun habt, dass ihr sogar helfen wollt, mich zu fangen. Sagt, was immer ihr sagen müsst!«

»Sie werden sich schon wieder beruhigen«, erwiderte seine Mutter und versuchte zu lächeln. »Es wird nicht ewig dauern.«

»Lange genug. Dafür wird schon allein Priam sorgen.«

Gajus schnaubte grimmig und nickte.

»Aber …« Ukalions Mutter hob die Hände und ließ sie wieder fallen. »Du bist mein Sohn! Wie kann ich da …?«

»Damit du überlebst! Ich muss wissen, dass du nicht verhungerst! Dass dir auch sonst nichts passiert!«

Traurig und zugleich stolz sah sie ihn an. Sie musste das in den letzten Tagen alles selbst durchdacht und mit Gajus wieder und wieder beredet haben. Sie mussten es erwogen haben.

»Sagt euch von mir los«, verlangte Ukalion noch einmal. »Sagt es auch Mart. Sagt, was immer ihr sagen müsst!«

Seine Mutter nickte, aber er bezweifelte, dass er ihr glauben konnte.

Er hoffte nur, dass sie irgendwann einsah, wie entscheidend das war, und dass sie dann bereit sein würde, ihn zu verleugnen, weil er es ihr jetzt erlaubt hatte.

Leise fragte sie: »Wann willst du los?«

»So schnell wie möglich. Wenn die Sonne aufgeht, möchte ich nicht mehr in der Nähe sein.«

»Wenn du gehst, dann nicht ohne meinen Namen«, sagte Gajus unvermittelt und legte ihm die Hände auf die Schultern. »Wenn wir dich hier verleugnen sollen, dann musst du es in der Fremde nicht auch tun. Also heißt du, wenn du möchtest, ab heute Kramp.«

»Ich …« Überrascht starrte Ukalion ihn an und wusste nicht, was er sagen sollte.

Seine Mutter sah aus, als würde sie gleich weinen, riss sich aber zusammen.

»Überleg es dir in Ruhe«, brummte Gajus mit rauer Stimme. In seinen Augen glänzte es. »Mich würde es stolz machen, dich zum Sohn zu haben.« Nickend ließ er die Hände sinken und wandte sich ab. »Ich pack dir mal Kleidung, den Bogen, ein scharfes Beil und etwas Geld und lass euch beiden Zeit, euch zu verabschieden.« Und ohne auf eine Antwort zu warten, zog er sich zurück.

Ukalion brachte noch immer kein Wort heraus. Er starrte auf die zufallende Tür, sein Kinn zitterte.

»Setz dich, Junge«, sagte seine Mutter. »Ich muss dir etwas erzählen.«

Noch immer viel zu verdattert, um Fragen zu stellen, setzte Ukalion sich. Ganz beiläufig, genau in dem Moment, in dem er alle verließ, hieß Gajus ihn in der Familie willkommen? Nach all den Jahren als Bastard ohne Familiennamen, nach den Hänseleien als Kind und der Ablehnung durch Ckaryas Mutter, nach den endlosen Jahren vergeblichen Hoffens, bekam er nun plötzlich einen Familiennamen? Jetzt, da er Gajus verließ, sollte er auf einmal zu ihm gehören? Ukalion wusste nicht, ob er gerührt oder wütend war oder beides.

»Du musst hungrig sein«, sagte seine Mutter und stellte ihm frisches Brot und etwas Käse hin.

»Erzähl«, drängte Ukalion und langte gierig zu. Sein Magen knurrte. Kauend füllte er sich Gajus' Becher und seiner Mutter den ihren. Die Kerzenflamme flackerte kurz im Luftzug, dann brannte sie wieder hoch und hell.

»Als mich der König damals zu sich befohlen hat, fühlte ich mich schrecklich«, fing sie ohne Umschweife an. Ohne Ukalion anzusehen und ohne zu trinken. »Ich hatte Angst vor dem, was geschehen würde, doch ein winziger Teil von mir war stolz. Stolz darauf, vom König erwählt zu sein. Konnte er nicht jede haben, verheiratet oder frei, jung oder alt? Hieß das nicht, ich war die Schönste im Dorf? Welches Urteil galt denn mehr als das eines Königs?« Nun blickte sie ihn an, unsicher und trotzig, und er hätte am liebsten weggesehen. Das wollte er nicht hören, aber wenn nicht jetzt, wann dann? Also schwieg er, erwiderte ihren Blick und trank.

»Ich wollte diesen Stolz nicht fühlen, glaub mir«, fuhr sie fort, »ich habe ihn verabscheut und ich habe mich dafür geschämt, aber er war da. Ich habe ihn unterdrückt, so gut es ging, aber als der König am ersten Abend zu mir kam, in das Schlafzimmer, in dem ich Tag und Nacht auf ihn warten musste, hat sich in meine Angst auch Aufregung gemischt – immerhin war er der König, und er war ein beeindruckender Mann. Nicht außergewöhnlich schön, aber groß und stark, und diese Stärke und Größe hat er auch ausgestrahlt. Neben ihm sind die Könige aus den Märchen, die ich mir als Mädchen vorgestellt hatte, schnell verblasst. Die Selbstverständlichkeit, mit der König Tiban Befehle gab und Gehorsam erwartete, war in jedem Augenblick greifbar, und sie hat mich überwältigt. Als er vor mir stand, war ich plötzlich bereit, mich ihm hinzugeben. In diesem Moment wollte ich von ihm genommen werden, und zugleich wollte ich es nicht und schämte mich und dachte nur: *Nein. Nein. Nein.*« Sie errötete. »Sag nichts dazu, bitte, und sprich nicht zu Gajus davon. Ich wollte es nie jemandem erzählen, aber ich glaube, du solltest es wissen. Und zwar alles, auch wenn ich nicht weiß, ob ich die richtigen Worte finde.«

Ukalion nickte, sah sie aber nur kurz an. Er schenkte sich nach, um eine Ausrede dafür zu haben, dass er den Blick abwendete.

»Den ganzen Tag hatte er mit seinen Männern über den Krieg gesprochen und nachgedacht, und genauso fiel er auch über mich her. Er … ich … ich kann's dir nicht erzählen, es ist auch nicht wichtig, nur dass ich vom ersten Moment an nur noch die Scham fühlte und Schmerzen, das Begehren war längst vergangen. Alles brannte und tat weh, und mit einem Mal wollte ich ihn töten. Der Gedanke überkam mich einfach, und dann packte mich Angst, weil ich so etwas überhaupt gedacht hatte. Er war der König – mein König. Das war Verrat, doch am nächsten Tag war der Drang noch immer da. Er hatte mich erniedrigt und den Mann, den ich liebte, entehrt. Und er würde es die ganze Woche lang wieder und wieder tun.

Ich war überzeugt, Gajus würde mir diese Woche nicht verzeihen, wie konnte er? Ich dachte, es wäre vielleicht am besten, mich zu töten. Also behielt ich ein Messer vom Essen ein und versteckte es, aber ich schnitt mir die Adern doch nicht auf. Als die Klinge meine Haut berührte, begriff ich, dass ich um alles in der Welt leben wollte. Und so zog ich es auch am Abend nicht, um den König zu erstechen, denn – egal, ob es geglückt wäre oder nicht – das wäre mein Tod gewesen. Wieder und wieder habe ich mir gesagt, die Woche würde vergehen, die Schmerzen auch, die Wunden würden heilen, und irgendwann würde sogar die Erinnerung verblassen, ich müsste nur durchhalten.« Sie stieß ein leises Schnauben aus. »Und die Woche ist vorbeigegangen, die Schmerzen sind verschwunden, die Wunden haben sich geschlossen, nur die Erinnerung ist mir geblieben, auch wenn sie langsam schwächer wird mit jeder Woche, die vergeht.« Wieder sah sie ihn direkt an, und diesmal wich er dem Blick nicht aus. »Ich wollte dir das längst erzählen, nur wusste ich nicht, wie. Und verstehst du, was ich dir jetzt damit sagen will?«

»Ich soll nicht versuchen, den Prinzen zu töten, sondern leben.« Er lächelte. Das hätte sie ihm auch einfach sagen können, aber er vermutete, dass sie ihm mehr geben wollte als einen guten Rat. Sie wollte ihm ihre Liebe beweisen, indem sie sich ihm anvertraute, und sie hatte es jetzt tun müssen, weil es vielleicht kein Später gab; niemand wusste, ob er je zurückkehren würde. Alles, was irgendwann gesagt oder getan werden wollte, musste jetzt gesagt und getan werden – ganz egal, wie er mit diesem Wissen zurechtkam.

»Du kannst die Toten nicht wieder lebendig machen«, betonte sie.

»Das weiß ich. Und ich will den Prinzen auch nicht einfach töten, ich will viel mehr.«

Sie erbleichte und packte seine Hand. »Den König? Willst du den König töten?«

Er lächelte über den erschrockenen Ausdruck auf ihrem Gesicht. »Erst einmal will ich einem König, der meine Mutter in sein Bett zwingt, der sein Volk hungern und ein Mädchen für harmloses Wildern hinrichten lässt, nicht dienen. Einem König, dessen Blut ich in mir trage, der mich aber seit zwanzig Jahren verleugnet. Und mein Halbbruder lässt mich in eine Zelle werfen und sorgt dafür, dass ich von Menschen, die mich schon immer kennen, gejagt werde. Ich bin es leid. Das ist kein König, das ist ein Tyrann! Ich werde die schlafende Tochter des letzten Kaisers von Ycena wecken und sie heiraten, wie es ihrem Retter versprochen ist. Ich werde der Bastard auf dem Thron sein, höher im Rang als mein legitimer Halbbruder, höher als der König, der nicht mein Vater sein wollte. Und dann werden wir sehen, ob ich den Prinzen und den König töte oder nicht.«

»Aber … das ist nur eine alte Geschichte. Ein Märchen!«

»Es ist mehr! Alle sagen, dass es mehr ist.«

»Ein Märchen …« Wieder ergriff sie seine Hand, weil sie ihn über den Tisch hinweg nicht in die Arme schließen konnte, und hielt sie fest. Tränen liefen ihr über die Wangen, das alles war zu viel. »Was haben sie dir angetan?«

»Es ist mehr als ein Märchen«, wiederholte er ruhig und drückte sanft ihre Hand. »Ich weiß es. Das alte Kaiserreich hat es schließlich gegeben, Kaiser Cletian hat es gegeben, anders als die namenlosen Könige in anderen Märchen, die in namenlosen Ländern spielen.«

»Aber das Kaiserreich ist längst vergangen! Wir wissen nichts darüber. Wir kennen doch nur Ruinen wie die Säulen am Dorfrand und eine Handvoll Geschichten. Und die müssen doch nicht stimmen, nur weil in ihnen ein wahrer Name vorkommt.«

»Aber wo die Ruinen sind, waren einst Gebäude! Große, prächtige, du kannst sie in den Ruinen erahnen. Genauso kann man in den Geschichten die Wahrheit über das Kaiserreich finden. Der Kern ist wahr, glaubst du das nicht?«

»Der Kern? Was ist der Kern?« Sie schüttelte den Kopf. »Vielleicht ist der einzig wahre Kern der, dass das Kaiserreich von Hexerei besiegt worden ist. Hexerei war damals mächtig, und sie ist immer ein Übel, so viel glaube ich ohne Weiteres. Aber dass eine Prinzessin jahrhundertelang schlafend auf ihre Erlösung wartet? Wie glaubhaft ist das?«

Er zuckte mit den Schultern. »Wenn die Hexerei damals wirklich so mächtig war, kann es dann nicht doch stimmen? Und wenn es möglich ist, warum soll ich es dann nicht versuchen? Was habe ich schon zu verlieren?«

»Dein Leben.« Sie lächelte traurig und umklammerte seine Hand fester.

»Welches Leben?«, stieß er hervor. »Vertrieben und in der Fremde?«

»Such dir irgendwo eine Mühle, biete dich als Gehilfe an. Du bist ein guter Müller, du bist fleißig, du wirst ein neues Leben finden.«

»Ich werde Kaiser«, beharrte er.

»Und wenn?«, brach es aus ihr hervor. »Willst du Kaiser einer toten Stadt sein? Wer wird deinen Anspruch akzeptieren und dir folgen?«

Er wusste es nicht, aber er war lieber ein Kaiser von Ruinen als ein Bastard auf der Flucht. Wenn er erst Kaiser war, würde ihm etwas einfallen. »Das sehen wir dann.«

»Und was ist mit den anderen Geschichten, den Geschichten von heute, nicht von früher? Dass sich niemand nach Ycena hineinwagt? Jeder fahrende Händler wird dir sagen, dass er um die Ruinenstadt einen großen Bogen macht. Sie ist verflucht, überall lauern Ungeheuer und Überreste der alten Hexerei. Die ganze Stadt ist von Hexerei verseucht und wird von albtraumhaften Kreaturen geplagt. Wenn es so leicht wäre, die Kaisertochter zu retten, hätte dann nicht längst ein wirklicher Königssohn das Mädchen befreit?«

»Nein.« Grimmig schüttelte er den Kopf. »Prinzen müssen nicht nach Ycena hinein, um eine Krone zu erhalten. Das müssen nur Bastarde und normale Menschen auf sich nehmen.«

»Aber hätte es dann nicht in all den Jahrhunderten einer schaffen müssen?«

»Vielleicht.« Er zog ihre Hand an seine Lippen und drückte einen Kuss darauf. Die Hand war voller Schwielen, die Adern traten deutlich hervor. Dann sah er seine Mutter lächelnd an. »Vielleicht hat es überhaupt noch nie einer versucht, weil sie sich alle zu viel Angst haben einjagen lassen – von den alten Märchen und einer besorgten Mutter.«

Und gegen ihren Willen lächelte nun auch sie für einen Moment. Sie stand auf, zog ihn ebenfalls vom Stuhl hoch und umarmte ihn. Nicht so ungestüm wie zur Begrüßung, sondern zugleich zärtlich und fest. Dann strich sie ihm durchs Haar und flüsterte: »Du sturer Esel. Pass auf dich auf und bleib am Leben. Du bist mein einziger Sohn.«

»Das werde ich«, versprach er leise. »Und ihr tut das Gleiche. Du bist meine einzige Mutter. Und er der einzige Vater, der zählt.«

DER NARR, DER IN DIE HÖHE STREBT

1

Die Hinrichtung des Räubers Grigo Blutmond erfolgte am letzten Markttag des Frühjahrs zur Mittagszeit. Bis zur Herrschaft von König Tiban waren die meisten Verbrecher auf dem alten Richtberg gehenkt worden, mehr als eine halbe Meile vor dem Westtor der Königsstadt Freybruck.

Es war ein felsiger Hügel von überschaubarer Größe, direkt an der mit behauenen Steinen gepflasterten Königsstraße, über die seit Jahrhunderten Händler und Reisende nach Freybruck kamen. Dort, am Rand der bedeutendsten Fernstraße des Reichs, waren Mörder und Vergewaltiger, Räuber und Königsfeinde an einfachen Holzgalgen aufgeknüpft worden und gut sichtbar hängen geblieben, während sie langsam verfaulten oder von Tieren gefressen wurden. Die baumelnden Toten waren eine deutliche Mahnung an alle gewesen, sich in der Stadt an die Gesetze zu halten; ein Hinweis für alle Fremden, dass in Freybruck hart durchgegriffen wurde.

Nach der Hinrichtung hatten sich Aasfresser der Leichen angenommen, schwarze Moderkäfer, Krähen und rattengroße Totenhörnchen, die am Strick zu den Leichen hinab huschten. Kreuzwespen hatten ihre Eier im Fleisch abgelegt, und Unwetter hatten die langsam zerfallende Kleidung in Fetzen gerissen. Sosehr die Freybrucker das Spektakel der Hinrichtung auch genossen, den schaurigen Anblick der baumelnden Toten hatten sie vermieden.

Nur manchmal hatte ein Mutiger den kleinen Finger eines Erhängten gestohlen, weil der angeblich Glück brachte, oder die Zehennägel, um daraus einen Fruchtbarkeitstrank zu brauen. Hin und wieder hatte ein Verzweifelter nachts den Boden nach weißen Drachenpilzen abgesucht, die aus dem letzten Ejakulat eines Verurteilten wuchsen und Fruchtbarkeit und Manneskraft versprachen, sofern sie bei Mondschein geerntet wurden. Doch meist war der Ort gemieden worden aus Angst vor den ewig umgehenden Seelen der baumelnden Toten, die nie eine richtige Bestattung bekommen hatten.

Noch dieser Tage wagte sich kaum jemand nachts zum Richtberg – und warum auch? Die letzte Hinrichtung dort lag mehr als neunzehn Jahre zurück, die Leichen waren längst gefressen oder verfault, die Knochen von Gras oder Moosen bedeckt, Drachenpilze wuchsen nicht mehr. Nur die ruhelosen Seelen der Unbestatteten waren, wie man wusste, noch an den Ort gekettet, und sie würden es in alle Ewigkeit sein.

Mit der Krönung Tibans dreiundzwanzig Jahre zuvor hatte sich das Ende des Richtbergs angekündigt. Denn wie es für Könige in Lathien Tradition war, hatte auch Tiban in den ersten Wochen seiner Herrschaft mit den Planungen für ein neues Bauwerk begonnen. Dieses Bauwerk zu errichten war ein symbolischer Akt; es würde für immer mit dem Namen des Königs verbunden sein, wie viele andere Bauten er später auch errichten mochte. Es entstand als Zeichen der kommenden Herrschaft, als ein Geschenk an das Volk und zugleich für den Nachruhm, denn es sollte die Lebensspanne seiner Baumeister lange überdauern. Und so galt Freybruck als die architektonisch beeindruckendste Stadt der dreizehn Königreiche. Sie war voller hoher Tempel und goldverzierter Schreine, es gab drei säulenreiche Theater, ein weitläufiges öffentliches Bad und zwei kleinere aus älteren Zeiten, eine Arena mit einer Grube für Gladiatorenkämpfe und ein Stadion für Pferderennen. Auf den wichtigsten Plätzen standen kunstvoll verzierte Brunnen und prächtige Standbilder der ersten Könige und frühen Helden, mehrere Prunkbrücken überspannten den Vardoy, und eine gewaltige Sonnenuhr schmückte den roten Drachenfelsen, auf dem die weitläufige Königsburg über der Stadt thronte.

Tiban, in dessen Verständnis die wichtigsten Merkmale eines Königs Stärke und Macht waren, hatte sich schon lange vor der Krönung gegen Brücken, Tempel oder Theater entschieden. Seit er sechzehn war, seit er das weiße, schwarzäugige Einhorn mit ruhiger Hand und scharfer Klinge getötet hatte, hatte er wieder und wieder Baupläne für einen gewaltigen Richtturm gezeichnet, der weit mehr war als ein einfacher Galgen.

Jeden Tag hatte er die Pläne verbessert und verfeinert, jeden Tag war der Turm in seiner Vorstellung gewachsen. Der Turm stand symbolisch für das Recht des Königs, über Leben und Tod seiner Untertanen zu entscheiden, und hier zeigte sich in Tibans Vorstellung die Macht eines Königs am deutlichsten. Diese Macht verantwortungsvoll und ohne Zögern durchzusetzen – das bewies für ihn Stärke.

Damit sein Symbol der Macht und Stärke nicht nur von Reisenden und Fremden gesehen wurde, sondern in erster Linie von seinen Untertanen, hatte er den Turm gleich vor der Stadt errichten lassen, nur wenige Schritt jenseits der Mauer und unweit des Königstors.

Den Bau selbst hatte der berühmte Steinmetz Fran übernommen, der kurz zuvor den Eberfurter Tempel der Haspor vollendet hatte. Nach den Skizzen und Vorstellungen des Königs hatte er eine gewaltige Basis mit Eckpfeilern aus schwarzem und blutrotem Stein errichtet, hoch wie die Stadtmauer selbst. Eine Basis so groß wie ein Theater oder ein Tempel. In den Wänden wurden zahlreiche Fundstücke aus der alten Zeit verarbeitet, denn selbst beschädigt zeugten sie von einer Kunstfertigkeit, wie sie von lebenden Bildhauern nicht mehr erreicht wurde.

Dafür hatte Fran die Bruchstücke alter Statuen in allen dreizehn Königreichen zusammengesucht, in erster Linie Köpfe mit schreienden, weinenden, klagenden oder schmerzverzerrten Gesichtern. Unter diese leiderfüllten menschlichen Mienen hatte er dämonische Fratzen mit spitzen Zähnen, gierig ausgestreckte Klauen und monströse Schlünde gemischt und so ein Angst einflößendes Relief von Schmerz, Leid und Verdammnis zusammengesetzt.

Auf dieser steinernen Basis erhoben sich vier massive Pfeiler, die die Eckpunkte eines exakten Quadrats bildeten. Dass es vier waren wie die Himmelsrichtungen und Jahreszeiten, sollte die Gesamtheit von Raum und Zeit symbolisieren. Hier, auf dem Richtturm, kamen sie zusammen, denn der Tod konnte einen an jedem Ort und zu jeder Zeit treffen. Der Tod, der von einem starken und mächtigen König und Richter befohlen wurde.

Oben waren die Pfeiler über vier mächtige, fratzenverzierte Eichenbalken miteinander verbunden, jeder gut acht Schritt lang und dicker, als dass drei Männer zusammen ihn hätten umfassen können. In der Mitte eines jeden war unten ein großer stählerner Haken für einen Strick angebracht, und darüber erhob sich ein hölzerner Pfeiler. Diese vier Pfeiler bildeten zusammen ein weiteres Galgenquadrat, streng symmetrisch versetzt zu dem unteren.

Auf dieser zweiten Ebene thronten wiederum zwei Pfeiler, die durch einen weiteren Balken verbunden waren. Hier war Platz für einen einzigen Strick, den neunten des Turms, den höchsten, der den schlimmsten Verbrechern vorbehalten war.

Ob Grigo dort baumeln würde oder weiter unten mit seinen Spießgesellen, war zweifelhaft. Viele wetteten nicht darauf, die meisten Freybrucker erwarteten ihn auf der mittleren Ebene und seine drei Spießgesellen darunter. Alle rechneten mit einer ganz gewöhnlichen Hinrichtung.

Doch auch eine gewöhnliche Hinrichtung war ein Ereignis, und so pilgerten schon bei Sonnenaufgang die ersten Schaulustigen aus der Stadt. Sie kamen aus allen Vierteln, aus den kleinsten Häusern wie aus den Dienstbotenquartieren der Königsburg. Der König selbst und sein Gefolge würden erst zur Mittagszeit eintreffen.

Die Menschen hatten sich herausgeputzt, und auch wenn die wenigsten von Grigo selbst beraubt worden waren, zeigte sich auf vielen Gesichtern Genugtuung, auf anderen Neugier und Vorfreude auf das Spektakel. Ein Spektakel, das die Dürre und täglichen Ängste vergessen machen würde, den drohenden Hunger und die langsam wachsende Wut auf jene, die reichlich zu essen hatten.

Noch lagen die Straßen und Gassen im Schatten, doch die Hitze war bereits überall zu spüren. Drückend lag sie auf den spitzen Giebeln der blau und dottergelb gedeckten Häuser, auf den Dächern der bunten Tempel, den Türmen der Stadtmauer und der hoch gelegenen granitgrauen Burg. Der Himmel war klar, die Luft stand still, und die Sturmschwalben kreisten hoch oben in der Luft. Der Platz vor dem Richtturm lag noch im Schatten der Mauer, doch das würde sich schon bald ändern.

Langsam stieg die Sonne höher, und die Wartenden drängten in die wenigen Schattenplätze. Sie sprachen über Grigos Taten, die Dürre, vergangene Kriege, steigende Preise oder alltägliche Gebrechen. Als die Schatten kleiner wurden und die Menge größer, machte sich Unmut breit; die Leute waren gekommen, um den Tod zu sehen. Der Ton wurde rauer, hier und da fielen Beleidigungen, doch noch kam es nicht zu Kämpfen.

2

In der Burg ließ König Tiban den Narren Arlac zu sich rufen, und Arlac eilte in den Thronsaal. Seine Beine waren unterschiedlich lang und krumm; das rechte Knie zeigte nach innen, das linke nach außen. Trotzdem war er schnell und ein geschickter Kletterer, wie das Königreich selten einen gesehen hatte.

Als er ein Junge gewesen war, hatten die anderen ihn jeden Tag johlend durch die Stadt gejagt, und er war davongerannt, doch oft war unter den Jägern ein Älterer, Größerer, Schnellerer gewesen. Weil Arlac ihnen auf den Straßen nicht entkommen konnte, war er eines Tages an einem alten, rissigen Haus in die Höhe geklettert. Er stieg in Fensterleibungen, krallte sich in Mauerritzen und hangelte sich mit letzter Kraft am Dach hinauf. Seine Finger verkrampften und das Herz schlug wild. Er hatte Angst zu stürzen, doch die Angst vor den anderen war in dem Moment größer.

»Der Krüppel klettert wie ein Totenhörnchen«, hatten sie gerufen. »Hosenkacker!«, »Pissgesicht!«, »Fleckenfratze!« Aber sie waren ihm nicht hinterhergekommen, denn auch sie hatten Angst zu fallen, und die war größer als die Lust, den Krüppel zu hänseln. Den Krüppel, der eigentlich keiner war, weil er trotz seiner krummen Beine und der seltsam schiefen Kopfhaltung beweglich war; der nur als kleines Kind gehinkt hatte, dem die Bezeichnung Krüppel aber geblieben war.

Nach diesem Tag hatte er jeden freien Moment klettern geübt und die Stadt nach Haken, Mauerlöchern, Vorsprüngen, herabhängenden Seilen und Ketten erkundet, die ihm einen Weg auf die Dächer boten. Dort oben über der Stadt hatte er Frieden gefunden und war frei gewesen. Sie hatten ihn von unten beschimpft und Steine nach ihm geschmissen, während er sie von oben verhöhnt hatte. Seine Worte waren schärfer, härter und raffinierter als ihre gewesen, hintergründiger und variantenreicher, während sie stets nur dumpf und blindwütig gedroht hatten: »Wir schlagen dich tot! Wir zertreten dein Gesicht, dass niemand mehr die hässliche Visage ertragen muss! Wir brechen dir die Finger, sodass du nie wieder klettern kannst!«

So hätte wohl sein ganzes Leben ausgesehen, bis sie ihn eines Tages erwischt und ihre Drohungen umgesetzt hätten.

Aber einmal, als er wieder seine Peiniger von hoch oben verhöhnt hatte, lautstark und bissig und mit einem Trommelwirbel von Schimpfworten, war zufällig König Tiban vorbeigekommen und hatte gelacht. Arlac wusste nicht mehr, über was genau der König so gelacht hatte, doch er hatte ihn, den Gejagten, vom Dach heruntergerufen und als neuen Narren in seinen Dienst genommen. Der alte war, nun ja, eben alt geworden, der Kopf langsamer und die Gelenke steif vor Gicht. Dafür war Arlac König Tiban auf ewig dankbar, auch wenn er nie vergaß, ihn angemessen zu verspotten.

»Eure eiliggeborene Drängelheit.« Arlac verbeugte sich schwungvoll, als er den Thronsaal betrat, sodass die beiden Messingglocken an seiner blau-grünen Kappe bimmelten.

Der Thronsaal lag im neuen Hauptgebäude, das knapp dreihundert Jahre zuvor von König Harlan, dem Lindwurmschlächter, errichtet worden war. Drei hohe weiße Sterngewölbe mit rostroten Rippen überspannten den langgestreckten Saal, gestützt von bunt bemalten Säulen, deren Kapitelle im verschnörkelten Stil der späten Kaiserzeit gehalten waren. Der Boden bestand aus achteckigen roten, gelben und schwarzen Marmorplatten, und an den hellen Wänden hingen die getrockneten Häute zweier Lindwürmer, eine grün, eine schwarz, eine sechs, die andere mehr als acht Schritt lang von der Schnauze bis zur Schwanzspitze. Einige der fingerlangen Zähne waren herausgebrochen, die Augen durch geschliffene gelbe Feueropale ersetzt. An den Abenden, wenn sich das Licht der Wandfackeln in ihnen spiegelte, wirkten sie fast lebendig, doch jetzt waren sie kalt und tot.

Unter dem letzten Sterngewölbe erhob sich auf einem siebenstufigen Podest aus weißem Marmor der Königsthron. Gefertigt war er aus dunklem Walnussholz, das aus der alten Kaiserstadt Ycena stammte, und schon der erste König Lathiens war auf ihm gekrönt worden. Die Lehne ragte weit hinauf und endete in einer aus Lindwurmknochen geschnitzten Krone, deren Zacken spitz wie Dornen waren.

Als Arlac den Saal betrat, war der Thron leer. König Tiban, gekleidet in Purpur und Weiß, stand unten inmitten der Höflinge und gab sich nahbar. Trotz seiner fünfzig Jahre war er eine beeindruckende Erscheinung, groß und mit breiten Schultern ausgestattet, das Haar noch immer dicht und schwarz, nur in den sorgsam gestutzten Bart und die buschigen Brauen mischten sich graue Haare, die er silbern nennen ließ. Über den rechten Unterarm zog sich eine verblasste Narbe, die er davongetragen hatte, als er im Kampf einem seiner Leibwächter das Leben rettete. Er zeigte sie gern, weil er wusste, dass er für diese Tat bewundert wurde, vielleicht sogar geliebt.

Und um ihn herum wieselten die Höflinge und adligen Gäste, Ritter und Junkfrauen, Barone und Baroninnen, Grafen wie Komtessen. Sie buckelten hierhin und spreizten sich dorthin wie Pfaue, sie nickten, scherzten, suchten die Aufmerksamkeit der Höhergestellten und wahrten Abstand zu den hierarchisch Niederen. Sie alle hatten sich herausgeputzt für die Hinrichtung und die anschließende Beratung, zu der der König gerufen hatte. In den Ecken warteten die Diener auf einen Wink.

»Narr! Lauf zum Richtturm und unterhalte das wartende Volk«, befahl der König, als Arlac sich ihm bis auf wenige Schritte genähert hat. »Bei der Hitze schlagen sich die Leute sonst noch aus Langeweile gegenseitig tot.«

Arlac bemühte sich um ein verwirrtes Gesicht und kratzte sich grob am Hintern. Dann strahlte er, als sei ihm eben ein Einfall gekommen, ein außerordentlicher noch dazu. »Soll ich nicht ein wenig warten und sie mit dem Totschlagen anfangen lassen? Es herrscht Dürre und das Essen ist knapp, dann bliebe wenigstens für die Überlebenden genug. Und weil es beim Totschlagen zuerst meist die Schwachen und Ungeliebten erwischt, würdet Ihr die nützlicheren und geliebteren Untertanen vor dem Hungertot retten, eure brotbringende Fürsorglichkeit.« Er war es leid, den König mit diesen ständig wechselnden und albernen Titeln zu bezeichnen, aber er hatte vor Jahren damit angefangen, und jetzt wurde es von ihm erwartet. Das Leben am königlichen Hof war geprägt von Ritualen, und sein Spotten darüber war längst selbst zum Ritual geworden, es war erbärmlich. Aber ebenso war es einfach und sicherte ihm seinen Platz als Narr. Die Herde der Höflinge war dankbar für die vertrauten Scherze, und mit ihnen nahm sie auch die Bosheiten, Narreteien und Albernheiten hin, die sie nicht sofort durchschaute, die Arlac manchmal selbst nicht verstand, die einfach nur aus ihm herausbrachen.

Der König lachte, und die Höflinge taten es ihm gleich. »Ein interessanter Vorschlag, aber ich denke, die Schwachen würden davonlaufen und die Starken sich gegenseitig erschlagen. Meinst du nicht?«

»Oh, ich Narr! Was Weisheit in Sachen Totschlag und Stärke anbelangt, kann euch einfach niemand den Weinkrug reichen, eure wissensdurstige Trunkenheit.« Diesmal verbeugte Arlac sich so tief, dass er mit der Stirn gegen den Boden schlug. »Ich werde sogleich eilen und die sonniglich Schwitzenden mit meiner Schönheit verzaubern.«

Wieder lachten die Höflinge, und diesmal lachten sie von sich aus und laut, denn Arlac war hässlich, unübersehbar hässlich. Nicht nur wegen der krummen Beine, auch war seine Nase riesig, die Ohren standen ab, und das rechte Auge saß höher im Gesicht als das linke. Zudem musste er, wollte er geradeaus schauen, den Kopf nach links drehen. Und seine linke Gesichtshälfte war völlig weiß, die Haut dort wollte keine Farbe annehmen, egal wie lange sie der Sonne ausgesetzt war.

Als Arlac rückwärts buckelnd die Tür erreichte, wurde diese vom sich verbeugenden Türdiener aufgerissen, und Prinz Aurel trat ein. Er trug verdreckte Reisekleidung und machte so lange Schritte, wie es mit der Würde seines Rangs gerade noch zu vereinbaren war.

»Weg da, Schielender«, stieß der Prinz hervor, doch Arlac war schon ausgewichen. Er ließ sich auf den Hintern plumpsen, was eine Handvoll Höflinge zum Lachen reizte und es ihm selbst ersparte, sich vor dem Prinzen zu verbeugen.

»Eure herzhafte Freundlichkeit,« rief er ihm hinterher, doch Prinz Aurel reagierte nicht. Er ging schnurstracks zu seinem Vater, und die Höflinge machten ihm Platz, ohne zu fallen. Sie senkten die Häupter.

»Endlich!«, rief König Tiban. »Was hat dich aufgehalten, dass du so knapp zur Hinrichtung kommst?«

»Nun, es mag seltsam klingen, aber es war eine andere Hinrichtung«, erwiderte Aurel. »Und dabei wurde ich Zeuge, was sich ein gewisser Müllersgehilfe erdreistet zu …«

Mehr konnte Arlac nicht hören, denn die Tür wurde hinter ihm geschlossen.

3

Kaum den Blicken der Höflinge entronnen, richtete Arlac sich auf und eilte in den massiven Turm neben den Stallungen, der vor beinahe zweihundert Jahren vom wahnsinnigen König Olfmark errichtet worden war. Den Plänen nach hatte es der höchste Turm Lathiens werden sollen, vielleicht sogar der gesamten Welt, und Olfmark hatte in ihm Einhörner züchten und Lindwürmer abrichten wollen, doch er war im ersten Jahr seiner Herrschaft an einem Fieber oder Gift gestorben, und so war der Turm nie richtig fertiggestellt worden. König Ugias, Olfmarks Sohn und Nachfolger, hatte lediglich das letzte begonnene Stockwerk fertigstellen und ein Dach draufsetzen lassen, damit es nicht hineinregnete. Er hatte es so eilig gehabt, mit dem Vermächtnis seines verhassten Vaters abzuschließen, dass das oberste

Stockwerk deutlich niedriger ausgefallen war als die anderen und manchmal spöttisch *das halbe Stockwerk* genannt wurde.

Dort oben, im halben Stockwerk, bewohnte Arlac ein Zimmer, und es gefiel ihm, denn er konnte sich keinen besseren Ort für einen Narren vorstellen. Außerdem mochte er die Höhe, seit er die Freiheit auf den Dächern erfahren hatte.

Arlac setzte sich vor den polierten Bronzespiegel auf der Kommode und malte sich mit schnellen, geübten Fingern das Gesicht totenweiß. Dann strich er sich schwarze Farbe um Augen und Mund herum und auf die Nase und war fertig. Ein Totenschädel zu einer Hinrichtung erschien ihm zwar nicht besonders raffiniert, aber doch angemessen. Auch wurde Raffinesse von ihm nur selten erwartet und an diesem Tag schon gar nicht.

Er stieg die Treppe wieder hinunter und ging in den Stall zu seinem kurzbeinigen struppigen Rappen mit den schielenden Augen, den er in seiner ersten Woche am Hof vom König geschenkt bekommen hatte. Im ersten Moment hatte Arlac das Tier Kaiser nennen wollen, dann Schönheit, weil ihm dies eine Reihe von Scherzen erlaubt hätte, über das Besteigen der Schönheit oder darüber, ob ein anderer sie bestiegen habe oder ob jemand seine Schönheit gesehen habe. Aber er hatte sich dem hässlichen Tier zu verbunden gefühlt und es Trottel getauft, um dieser Verbindung Ausdruck zu verleihen. Nun waren sie der Narr und sein Trottel.

»Es geht wieder los, alter Junge«, sagte Arlac, während er Trottel hinter den Ohren kraulte. »Wir beide müssen närrisch sein.«

Der Rappe schnaubte, und Arlac tätschelte ihm den Hals. Dann legte er ihm den Sattel auf, den er eigens für ihre Narreteien angefertigt hatte. Pfeifend schwang er sich verkehrt herum aufs Pferd, und Trottel stapfte aus dem Stall. Auf der Straße wurde er schneller und verfiel bald in einen langsamen Galopp, während Arlac auf seinem Rücken das Spiel begann und wild fluchte und tobte.

»Hohlköpfiger Trottel, halt an!«, schrie er, doch Trottel wusste, dass er weiterlaufen sollte. Raus aus der Burg, hinab vom Drachenfels und durch die Stadt.

»Ihr Götter, warum habt ihr mir ein Pferd gegeben, das vorn und hinten vertauscht hat?«, jammerte Arlac laut, und die Menschen am Straßenrand lachten und johlten.

»Du galoppierende Ungemach, du Eselsgleicher!«, schimpfte Arlac. »Halt an, oder ich brate mir deine Eier morgen zum Frühstück!«

Trottel schnaubte, es klang wie ein Lachen.

»Du bist Wurst, unverschämte Bestie. Schinken bist du, Ungehorsamer!«

Trottel drehte eine elegante Runde um den Brunnen von König Menjos, und Arlac wankte fluchend und schimpfend hin und her, vor und zurück. Seit ein paar Jahren begaben sie sich auf diese Weise zu jedem größeren öffentlichen Auftritt, ein Narr, der nicht einmal Herr seines eigenen Tiers war. Alles, was Arlac außerhalb seines Zimmers tat, war ein Auftritt, die ganze Welt seine Bühne, sein Leben eine schrille, laute Rolle. Er war der Narr, den alle verlachten und der seinerseits alle verlachte. Der sich immer spielte und manchmal nicht mehr wusste, wer er eigentlich außerhalb des Spiels war, ob er dort überhaupt existierte oder für immer der Junge bleiben würde, der gejagt wurde und auf die Dächer floh.

Am Stadttor mussten Narr und Trottel abbremsen, die Straße hinaus war voller Menschen, die alle zur Hinrichtung strebten. Kinder zeigten mit den Fingern auf ihn und streckten ihm die Zunge heraus, und er streckte ihnen die seine heraus.

»Der König kommt!«, schrie Arlac, als sie sich dem Richtturm näherten und die Menge zu dicht stand. Erschrocken machten die Leute Platz, er kam voran und rief: »Später! Der König kommt später!« Lachend drängte er sich bis zum Galgen vor. Köpfe wurden gedreht, hier und da jubelte ihm einer zu, ein Mädchen rief glücklich: »Der Narr! Es geht los!«

Es roch nach Schweiß, Krähen hockten krächzend auf den Mauerzinnen. Arlac grinste breit, winkte und sprang, als er die Absperrung vor dem Richtturm erreicht hatte, von Trottel herunter. Er packte Trottels Schweif und drückte ihn einem Wächter in die Hand: »Kannst du das Vieh wegführen? Aber pass auf, es läuft immer verkehrt herum.«

Der Wächter sah Arlac mit hochgezogenen Brauen an, ließ den Schweif los und nahm den Rappen am Zügel. Trottel lief nun tatsächlich rückwärts und zog den überraschten Wächter mit. Die Leute grölten vor Freude, und Arlac wandte sich ihnen schulterzuckend zu. »Ich habe ihn gewarnt, oder nicht?«

Dann kletterte er flink den Richtturm hinauf und weiter über die Leiter des Henkers bis auf einen der unteren Galgen. Die Menge jubelte, sie hatte das Warten satt und wollte unterhalten werden.

Arlac ließ sich kopfüber vom Balken hängen, einfach nur, weil ihm danach war. Er schaukelte hin und her, wobei ihn die grelle Sonne blendete. Als er in die andere Richtung schaute, meinte er für einen Augenblick eine Wolke zu sehen, aber das hatte er sich nur eingebildet. Kreischend schwang er sich wieder hinauf und lief mit grimmiger Miene über die Balken; die Narrenglöckchen bimmelten, Schweiß sammelte sich unter der Kappe, die Haare juckten. Arlac kämpfte gegen die heiße Luft und erstach eingebildete Menschen, er sackte ihren Besitz ein und schleppte ihn laut lachend davon. Er gab den Räuber und Mörder Grigo, und die Menge erkannte es und jubelte und buhte. Als er ihr daraufhin die Zunge herausstreckte, wurde das Buhen lauter.

»Mörder!«, schrie irgendwer.

Lachend reckte er den Wartenden den Hintern entgegen. Dies tat er als Räuber und Narr, und zugleich tat er es aus seinem tiefsten Inneren heraus, denn er hatte nie vergessen, wie er durch die Straßen gejagt worden war. Der Narr liebte den Jubel der Menschen, er sog ihr Lachen gierig auf, er brauchte es, um zu vergessen, wer er einst gewesen war. Doch zugleich konnte er das nicht vergessen, die alte Angst und der Hass steckten zu tief. Die, die ihn gejagt und verspottet hatten, die ihn verlacht und bedroht hatten, standen – wenn sie nicht gestorben waren – dort unten und waren Teil der jubelnden Menge. Er selbst hatte damals nicht zu ihnen gehört und tat es auch jetzt nicht. Niemand von denen hatte damals seinen Verfolgern Einhalt geboten, er war nur ein hässlicher Krüppel gewesen, und jetzt war er ihr Narr. Mochten sie in der Dürre auch hungern und er seit Jahren im Schloss leben, das Geräusch der trampelnden Füße hinter ihm und die Schreie von damals waren noch immer in seinem Kopf.

Wilde Grimassen schneidend spielte Arlac den blutdürstigen Räuber, tötete immer neue Menschen aus Luft und wurde schließlich nach Kämpfen über alle Ebenen des Galgens hinweg vom Königsorden aus Luft gefasst. Laut heulte er und flehte erbärmlich um Gnade, doch die Menge schrie: »Nein! Hängt ihn! Hängt ihn! Hängt ihn!«

Innerhalb weniger Augenblicke hatten sie einen gemeinsamen Rhythmus gefunden, und aus den einzelnen Rufen wurde ein Chor.

»Hängt ihn!«

»Hängt ihn!«

Arlac war wie im Rausch. Er, der Narr, lenkte die Menge und brachte sie dazu, ihn, den Räuber, zu hassen, so wie er sie dazu bringen konnte, mit ihm über andere zu lachen.

Jammernd ließ er sich, die Füße voraus, vom Balken fallen und packte im Sturz das baumelnde Seil knapp über der Schlinge und hielt sich fest. Er steckte den Kopf durch die Schlinge, verdrehte die Augen und ließ die Zunge aus dem Mund hängen. Die Handflächen waren feucht vor Schweiß, er konnte sich kaum halten, und doch spielte er seinen Tod, Grigos Tod, und die Menge schrie vor Begeisterung.

4

Direkt gegenüber dem Galgen war in die Stadtmauer eine kleine Plattform eingefügt, die im Falle einer Belagerung als Zwischenlager dienen sollte, auf der in erster Linie jedoch bei Hinrichtungen eine hölzerne Tribüne mit Sitzen für den König und die Königin sowie den Prinzen und die bedeutendsten Höflinge und Gäste errichtet wurde. Weniger wichtige Höflinge fanden daneben Stehplätze auf der Mauer und blickten durch die Freiräume zwischen den hohen Zinnen oder mischten sich sogar unters Volk.

Noch war es zu früh für die Höflinge, sie würden mit dem König kommen oder knapp vor ihm. Bewaffnete Mitglieder des Königsordens standen auf der Mauer und sorgten dafür, dass niemand sonst heraufkam, nur den Schreiber aus der Schwebenden Bibliothek von den Teorafelsen hatten sie durchgelassen. Es war die bedeutendste Bibliothek Lathiens, sie lag nur knapp drei Wegstunden entfernt, und dort entstand auch die Chronik von Freybruck.

Da die Hinrichtung des Grigo Blutmond kein außergewöhnliches Ereignis zu werden versprach, dafür war Grigo trotz seiner schrecklichen Taten zu unbedeutend, hatten die höheren und wichtigeren Bibliothekare bei der Hitze den Weg gescheut und den vergleichsweise jungen Schreiber Inrico Gathos gesandt, einen hageren dunkelblonden Mann von fünfundzwanzig Jahren, der bislang vorwiegend alte Schriften aus der Kaiserzeit kopiert hatte, bevor sie zerfielen und unlesbar wurden.

»Mach uns keine Schande«, hatten sie gesagt, und nun stand Inrico seit dem Morgen hier und beobachtete alles sorgfältig. Er verfügte über scharfe Augen, einen klaren Verstand, ein außergewöhnliches Gedächtnis und große Geduld. Auch wenn er wusste, dass er nur wegen der Faulheit der Alten hier war, nahm er es als Gelegenheit, sie zu beeindrucken. Es war das erste Mal, dass er einen Beitrag zur Chronik verfassen durfte, denn er hatte in den oberen Rängen der Bibliothek nur wenige Fürsprecher. Da es unter den anderen Schreibern bessere Schmeichler und Mitglieder besserer Familien gab, drohte ihm noch eine lange Zeit als einfacher Schreiber, bevor er zum Bibliothekar ernannt wurde. Wenn er die Aufgabe hier aber gut erfüllte, konnte er die Aufmerksamkeit der obersten Bibliothekare vielleicht doch erringen.

Er hatte eine hölzerne Unterlage zwischen zwei Zinnen geklemmt und darauf ein leeres Pergament. Mit feinem Strich zeichnete er den Galgen und die begeisterte Menge. Alle Mienen versuchte er sich einzuprägen, das Wogen der Masse und Details wie das hässliche Pferd des Narren. Nur den Narren zeichnete er nicht, den Platz am Galgen ließ er frei für den echten Grigo Blutmond. Auch den Himmel ließ er frei, denn Farben würde er erst nach seiner Rückkehr in die Schwebende Bibliothek einfügen. Auch wenn der Himmel ihm nicht so strahlend blau erschien wie noch am Morgen, gab es doch keine Wolken, die er hätte vorzeichnen können. Nur drei Krähen skizzierte er, denn Krähen wurden bei einem Hinrichtungsbild erwartet, und sie waren auch tatsächlich hier.

In die Notizen, die er später in die Chronik übertragen wollte, schrieb er: »Kurz vor Mittag ist der König noch nicht da, und der wie der Tod geschminkte Narr tobt über den Richtturm und mit ihm alle Bewohner der Stadt.«

5

Hier irrte der Schreiber Inrico. Oder eigentlich irrte er nicht, er ignorierte nur abweichende Details, die den Gesamteindruck der Situation störten, denn viel Platz war für die Hinrichtung in der Chronik nicht eingeplant. Und so hatte er die etwas abseits stehende Frau mit dem verhüllten Gesicht zwar gesehen, hatte auch gesehen, dass sie keineswegs mit dem Narren und den anderen getobt hatte, aber dieser Beobachtung hatte er in seinen Betrachtungen keinen Raum gegeben, dabei hatte er sie sogar gezeichnet. Er wusste nicht, wer sie war und weshalb sie bei der Hitze ein Tuch so um den Kopf geschlungen hatte, dass es aussah wie eine Kapuze. Er dachte, sie könne auf manchen wirken wie der leibhaftige Tod, der gekommen war, um Grigo zu holen, und dass dieses Detail sich in dem Bild hübsch und dramatisch machen würde.

Doch sie war nicht der Tod, sie war nicht einmal gekommen, um Grigos Tod zu feiern wie die anderen. Es war Grigos jüngere Schwester Anthia, die ihm das letzte Geleit geben wollte, ohne von irgendjemanden erkannt zu werden.

Grigo hatte in der Trockenheit des vergangenen Jahres mit dem

Rauben begonnen, als drei Alte in ihrem Dorf verhungert waren und die Babys die ganze Nacht hindurch vor Hunger geschrien hatten. In den ersten Wochen war Anthia mit ihrem Bruder und seinen Gefährten ausgezogen, denn wie diese hatte sie geglaubt, dass Tiban ein herzloser Tyrann sei und man die Reichen berauben solle, um es den Hungernden zu geben. Aber die Gelder der meisten Reichen waren gut bewacht, und so hatte Grigo schon bald die weniger Reichen beraubt und alle, die im Dienst der Reichen standen. Dazu hatte er nur einen kleinen Teil des Geldes den Armen gegeben.

»Warum geben wir ihnen nicht mehr?«, hatte Anthia gefragt.

»Weil es genug ist, dass sie die Schnauze halten«, hatte Grigo geantwortet. »Genug, dass sie uns feiern und nicht verpfeifen.«

Als der Herbst kam, hatte Grigo begonnen zu morden, und er hatte es mit Vergnügen getan, und da hatte Anthia sich von ihm losgesagt und die Gefährten verlassen. Dennoch war sie jetzt hier, um Abschied zu nehmen, er war trotz allem ihr Bruder. Über den Tod hinaus wollte sie ihm nicht grollen.

Weil sie nicht wusste, wie viele seiner Gefährten im Kampf mit dem Königsorden erschlagen worden und wie viele entkommen waren, schaute sie immer wieder herum, ob sich einer von ihnen unter die Leute gemischt hatte wie sie, doch sie erkannte niemanden.

Sie wusste noch nicht, ob sie sich Grigo zu erkennen geben würde, aber weinen würde sie nicht. Mit versteinerter Miene beobachtete sie den tobenden Narren, der ihren Bruder lächerlich machte, las in den Gesichtern der Menge Wut, Abneigung und die Gier, Grigo sterben zu sehen. Sie fragte sich, wie es so weit hatte kommen können. Grigo war zum Räuber geworden, um Menschen wie jenen zu helfen, die nun darauf lauerten, seine Hinrichtung zu feiern.

Nicht alle feiern, dachte sie, *draußen in den Dörfern trauern auch manche.* Aber eben nur manche, und sie, seine eigene Schwester, hatte sich schließlich auch von ihm abgewandt.

Grübelnd wartete sie auf Grigo und König Tiban. Auch wenn sie nicht mehr an Grigos Taten geglaubt hatte, davon, dass Tiban ein Tyrann war, war sie noch immer überzeugt.

6

Als die Sonne den Zenit erreichte, erklangen Posaunen, und der König kam mit seinem Gefolge und begab sich auf seinen Platz auf der Tribüne. Prinz Aurel hatte die Reisekleidung gegen etwas Festliches getauscht, und Königin Grenjada trug ein blendend weißes Kleid, in dem blaue Edelsteine glitzerten. Die Haare hatte sie hoch aufgetürmt, doch auf die von ihr so geliebten dicken Halsketten hatte sie verzichtet.

Der König winkte ins Volk, und es jubelte ihm zu, als hätte er Grigo und seine Spießgesellen selbst gefangen. Die Mitglieder des Königsordens, die den Hinweisen aus verschiedenen Dörfern gefolgt waren und Grigo erwischt hatten, standen reglos auf der Mauer und winkten nicht. Aus den Dörfern war niemand auf der Tribüne.

Der Narr Arlac, der eben noch über den höchsten Balken gesprungen war, riss sich die bimmelnde Kappe vom Kopf und winkte fröhlich zurück.

Und dann kam der Henker mit einem Gitterwagen und brachte Grigo und drei seiner Gefährten, die Einzigen, die den Kampf überlebt hatten. Sie waren gefesselt und sahen erbärmlich aus, schmutzig, ausgehungert und verschorft, und einem fehlte der linke Unterarm, einem anderen ein Ohr. Die Menge machte dem Wagen Platz, bespuckte die Gefangenen und warf mit Erde nach ihnen.

Während der Henker sowie Grigo und seine Gefährten von Männern des Königsordens auf den Richtturm geführt wurden, kletterte Arlac zur zweiten Galgenebene hinab und hüpfte dort über die Balken. Dann sah er ins Publikum und zog Grimassen. Er streckte die Zunge weit heraus und gab noch einmal den Erhängten.

»Hängt ihn!«, schrien sofort die Ersten.

»Hängt ihn!«, fielen die Nächsten mit ein.

»Hängt ihn! Hängt ihn! Hängt ihn!«, skandierten sie alle zusammen im Takt. Arlac lächelte, er hatte sie abgerichtet.

Der Henker erreichte den Fuß der Galgen auf dem Richtturm als

Erster. Er war ein untersetzter Mann, der allein am Stadtrand lebte und auf dem Richtplatz keinen Namen führte, weil er dort nicht er selbst war, sondern nur sein Amt. Doch auch wer ihn in seinem Haus aufsuchte, redete ihn selten mit Namen an, und die meisten kamen in der Dämmerung oder nachts, um ihm die wunderkräftigen Zehennägel oder kleine Fingerknochen von den Erhängten abzukaufen oder auch manchmal einen weißen Drachenpilz. Arlac vermutete, dass er auch seine eigenen Zehennägel verkaufte, wenn es nur selten Hinrichtungen, aber eine große Nachfrage nach Fruchtbarkeitstränken gab.

Es hieß, seine Hosen und Hemden zu Hause seien bunt, doch bei der Ausübung seiner Tätigkeit trug er stets das gleiche schwarze Hemd, eine schwarze Hose und die spitze schwarze Henkerskapuze mit zwei Augenlöchern. Er trug das alles winters wie sommers und somit auch an diesem Tag.

»Mann, musst du schwitzen!«, schrie Arlac. »Zieh doch besser alles aus, bis auf die Kapuze! Am Schwengel wird dich schon keiner erkennen!«

Die Leute lachten, der Henker hob den Kopf, sagte jedoch nichts. Ein Henker sprach nicht.

Als Nächster betrat der weiß gekleidete Gerichtssprecher, der das Urteil verkünden würde, den Richtturm, hinter ihm folgten die Männer des Königsordens mit den Verurteilten.

Arlac deutete auf die Gefesselten und schrie mit gespielter Enttäuschung: »Nur vier? Vier so mickrige Gestalten? Da lohnt der ganze Aufwand doch nicht!« Er sah in die Menge. »Will nicht noch einer von euch mitmachen? Wir haben noch freie Galgen!«

Das Lachen kam zögernd, doch einige Zuschauer brüllten vor Vergnügen.

»Traut euch, los! Die Räuber sind so dünn, da gehen sogar zwei in eine Schlinge. Wir haben Unmengen freie Plätze!«

Nun lachten schon mehr, aber keiner meldete sich.

»Will nicht wenigstens irgendwer seinen Schwiegervater loswerden? Oder die Stiefmutter vielleicht? Nein?«

Hier und da wurde gelacht und auf Menschen gedeutet, doch laut wurde kein Name genannt.

Arlac wandte sich der Tribüne zu. »Eure hitzige Königlichkeit, vielleicht Ihr? Der Platz ganz oben wäre noch günstig zu haben. Ihr müsstet nur rasch die Dame zu Eurer Rechten ausrauben.«

»Meine Frau?«

»Das ist Eure Frau? Oh. Wer ist dann die junge Schönheit zu Eurer Linken?«

»Mein Sohn.« König Tiban lachte und mit ihm alle.

Das Lachen des Prinzen war gequält. »Wie steht es denn mit dir, Narr?«, rief er bissig. »Willst du es nicht selbst versuchen? Du bist schon oben.«

»Das bin ich, weil ich es vorhin schon versucht habe, Eure Freundlichkeit. Bedauerlicherweise hat es nicht geklappt. Außerdem kann ich es den Frauen von Freybruck nicht antun, schon aus dem Leben zu scheiden. Von wem sollen sie denn träumen, wenn meine Schönheit nicht mehr ist?«

Wie immer, wenn er sich als schön bezeichnete, hatte er die Leute auf seiner Seite. Sie lachten.

»Hat wirklich niemand Lust auf ein wenig Hängen?« In gespielter Enttäuschung warf Arlac die Arme in die Höhe. »Ist doch sowieso zu heiß zum Leben.«

Aber niemand meldete sich freiwillig für die Schlinge, niemand wusste, wie weit der Narr seine Scherze trieb.

»Schade, Räuber, aber ihr scheint hier keine Freunde zu haben! Ihr werdet ganz ohne Gesellschaft hängen müssen«, rief Arlac zu Grigo hinunter. Der König hatte ihn aufgefordert, die Verurteilten lächerlich zu machen, weil Grigo kein einfacher Räuber gewesen war, sondern sich als Freund der Armen inszeniert hatte. Jetzt sollte sein Tod weder besonders qualvoll noch anderswie außergewöhnlich sein, um ihn nicht zum Märtyrer zu stilisieren. Doch weil ein Mensch auch bei einem banalen Tod Würde bewahren oder erlangen konnte, musste Arlac auch das noch verhindern. Diese Würde gönnte Tiban einem Räuber, der ihn Tyrann genannt hatte, nicht, aber als König durfte er sie ihm nicht selbst nehmen, sonst hätte er seine verloren. Nur Arlac durfte alles, er lebte außerhalb jeder Vorstellung von Würde und Anstand, von ihm wurde weder Verstand noch moralisches Verhalten erwartet.

»Über wessen Sterben gelacht wird, wessen Leben in der Lächerlichkeit endet, der kann nicht zum Märtyrer und Volkshelden gemacht werden«, hatte Tiban gesagt. »Das ist deine Waffe, die Macht des Gelächters.«

Arlac zog die Hose herunter und setzte sich auf den Balken, als müsse er mal. Dann machte er laute Furzgeräusche.

Grigo sah zu ihm herauf. Sein Gesicht war verdreckt und geschunden, und doch ließen sich die ebenmäßigen Züge noch ahnen, die ihn einst zu einem schönen Mann gemacht haben mussten. Ein Gesicht, um Menschen zu verführen. »Ich fühle mich besser ohne den König an meiner Seite. Nicht, dass er mir in seiner Gier auch mein letztes Hemd nimmt.«

Arlac guckte verdutzt, mit solcher Gegenwehr hatte er nicht mehr gerechnet. Doch schon im nächsten Moment übertrieb er die verdutzte Miene. »Dein letztes Hemd? Deines? Soweit ich weiß, hast du das an deinem Leib von unser aller galgenbauenden Majestät bekommen; dein wahrhaft letztes liegt vor Angst vollgeschissen und vollgepisst auf dem Müll.«

»Lüge!«, schrie Grigo wutentbrannt.

Übertrieben schlug sich Arlac die Hand vor den Mund. »Oh, du hast natürlich recht. Es ist nicht nur vollgepisst und -geschissen, sondern auch vollgekotzt, wie konnte ich das vergessen? Und es ist nicht einfach im Müll gelandet. Du wolltest, dass man es deiner letzten Geliebten hinterlässt, der fetten Sau, die immer den Müll aus unseren Straßen frisst. Das habe ich durcheinandergebracht, weil ich nur halb so klug wie schön bin. Aber so träumen wenigstens die Frauen von mir und nicht die Schweine! Oink, oink!«

Grunzend ging Arlac auf alle viere und reckte seinen Hintern geil in die Höhe. *Grobheit siegt*, dachte er, und so war es. Die Menge lachte und johlte und riss die wenigen Zweifelnden mit – oder übertönte sie wenigstens.

Grigo japste vor Wut, wusste aber nichts zu erwidern als erneut: »Lüge! Lüge! Lüge!«

Und dann sah Arlac etwas, das alles änderte. Er sah eine Wolke, die hinter der Menge über den Himmel zog. Es war die erste Wolke seit Wochen. Vielleicht würde sie sich wieder auflösen oder weiterziehen, vielleicht bedeutete sie gar nichts, aber Arlac konnte sie nicht ignorieren. Weil ihm aber nicht sofort der passende Scherz einfiel, rief er erst einmal dem Henker zu: »Wo willst du sie hängen? Die drei Lumpen unten und Grigo darüber? Er ist schließlich was Besseres, wie er seiner geliebten Sau anvertraut hat, die es wiederum meinem Trottel verraten hat und …«

»Ich bin nichts Besseres!«, schrie Grigo.

»Keine Angst, wir wissen das!«, rief Arlac lachend hinunter. »Das glauben nur liebestolle Schweine.« Stöhnend und grunzend rammelte er die Luft unter sich.

Die Menge lachte, und Arlac sah wieder zur Wolke hinauf. Sie würde wachsen, sie musste einfach. Bevor noch ein anderer sie entdecken konnte, sprang er auf und deutete nach oben. Jetzt hatte er seinen Scherz. »Die Götter dagegen freuen sich über deine Hinrichtung; immerhin schicken sie uns zum Dank eine Wolke. Klein, aber dein Schwengel ist ja auch …«

Weiter kam er nicht, alles andere ging im aufbrandenden Getöse unter. Menschen wirbelten herum und schrien, deuteten in den Himmel, lachten, sanken auf die Knie oder flehten. Manche weinten, und Fremde lagen einander in den Armen. Für einen kurzen Moment war die Hinrichtung vergessen, dann rief irgendwer: »Hängt ihn!«

Und dann noch einer: »Hängt ihn!«

»Hängt ihn!«, riefen rasch immer mehr, bis es schließlich der ganze Platz schrie.

»Hängt ihn!«

Lauter und lauter.

»Hängt ihn!«

Die Rufe kamen mit ungeahnter Wucht, voll Begeisterung und

Freude wurden sie ausgestoßen, voller Hoffnung, Gier und Hunger. Die Wolke, egal wie klein, versprach Rettung vor der Dürre, und sie kam zu Grigos Hinrichtung, die Verbindung schien offensichtlich. Niemand dachte daran, dass es der spottende Narr gewesen war, der diese Verbindung behauptet hatte, sie alle wurden mitgerissen von der Hoffnung auf Regen, von der Einfachheit der Verbindung und von dem hundertfach wiederholten Schrei: »Hängt ihn!«

In der Haltung eines betenden Priesters stand Arlac auf dem Balken und lachte. Er genoss das Toben dort unten.

»Hängt ihn!«, donnerte die Menge.

Da stand der König auf und hob die Arme. Er wusste, dass er diesen Moment nicht dem Narren überlassen durfte, wie eigentlich geplant, denn die Wolke hatte alles geändert. Und Arlac wusste, dass er jetzt schweigen musste. Auch die Menge schwieg.

»Ihr treuen Menschen aus Freybruck«, rief der König. »Ihr tapferen Leute aus Lathien! Es ist gut, dass die Götter uns ein solch deutliches Zeichen schicken, jetzt, da wir alle hier gemeinsam versammelt sind. Der Regen wird kommen, wenn wir nur die dreckigen Räuber und verdammten Mörder, die Verräter und elenden Lügner ausmerzen, die Feinde aus dem Inneren! Lasst diese vier Lumpen hier unser Opfer an die Götter sein und lasst uns das den Göttern zeigen!« Er wandte sich Richtung Galgen. »Häng den Lump hoch für die Götter, Henker, häng ihn nach ganz oben! Lass ihn baumeln im Wind!« Und dann sah er wieder auf die Menge und intonierte mit erhobenen Armen: »Hängt ihn!«

Und die Menge antwortete: »Hängt ihn!«

Sie tobte, und Arlac sprang lachend auf dem Balken auf und ab. Das war mehr, als er erwartet hatte, viel mehr, der Narr hatte über den Verstand von Hunderten triumphiert. Die Raserei der Menge versetzte ihn in einen Rausch, und er tanzte auf dem Balken.

Nur der Henker blieb ruhig. Mit sicherer Hand überprüfte er die lange Leiter, die weiter hinauf führte, und versetzte die Stricke nach oben.

Die Wolke wuchs, und leichter Wind kam auf. Warm strich er über die Menschen hinweg, und Arlac glaubte in ihm das Meer zu schmecken. Trotz der Hitze überlief ihn ein Schauer.

»Ihr seid wahnsinnig!«, rief Grigo. »Wahnsinnig!«

»Hängt ihn!«, schrie die Menge wieder und wieder, und der Gerichtsdiener kam nicht zu Wort. Schließlich erklang eine Posaune und verschaffte ihm Aufmerksamkeit. Arlac setzte sich auf den Balken und ließ gemütlich die Beine baumeln, als säße er irgendwo auf einem Mäuerchen, nicht in gut dreißig Schritt Höhe.

Mit dröhnender Stimme verkündete der Gerichtsdiener, was alle wussten, was aber ausgesprochen werden musste: »Grigo Blutmond, Tukka Silvan, Jon Silvan und Gouliee Rosen sind des mehrfachen Mordes und Raubes überführt, ihre Schuld ist zweifelsfrei erwiesen, und sie werden dafür am Galgen sterben.«

Die Menge, müde von all der Raserei, nahm die Worte nun ruhig hin, es folgten keine weiteren Schreie. Es war eine erwartungsvolle Stille, wie man sie manchmal vor größeren Tieropfern oder bei einer rituellen Zukunftsdeutung aus den Gedärmen eines schwarzen Stieres erlebte.

»Ich verfluche dich, Tiban!«, schrie plötzlich Grigo in diese Stille hinein. »Wenn die Götter dich nicht strafen, dann wird ein Kaiser kommen und dich in die Schranken weisen. Du bist nur ein König, ein Tyrann, und ich prophezeie dir, dass noch zu deinen Lebzeiten die Kaisertochter geweckt werden und der neue Kaiser dich und die anderen Tyrannen aus den dreizehn Königreichen vertreiben wird! Dein Ende ist nah!«

Niemand rührte sich, alle kannten das Märchen vom letzten Kaiser. Viele sahen zu Grigo hinauf, manche zum König, doch es war Arlac, der als Erster etwas erwiderte.

Er lachte, klatschte und rief: »Du wärst ein großer Narr geworden, Grigo! Zeig mir den Mann, der auszieht, eine vierhundert Jahre alte Frau zu heiraten, und wir sind schon drei Narren! Wahrscheinlich verläuft er sich in ihren Falten, die nach so langer Zeit tief wie Schluchten sein müssen!«

»Der Kaiser wird kommen!«, schrie Grigo.

»Aber nur, wenn sich jemand findet, der eine Tote heiratet. Ich fürchte, das Mädchen ist längst im Schlaf verhungert.«

Ein paar Leute lachten, auch König Tiban. Er lachte besonders laut und ansteckend, und die feierliche Stille war verflogen. Dann erhob sich der König und deutete auf die wachsende Wolke. »Die Götter sind auf unserer Seite, Räuber. Es wird kein Kaiser aus einem alten Märchen kommen. Wenn es wieder einen Kaiser geben sollte, dann wird es ein neuer sein. Niemand aus der alten Zeit der Hexerei, sondern einer wie mein Sohn Aurel, ein geborener Herrscher aus dem prächtigsten Land der dreizehn Königreiche. Aus Lathien!«

Prinz Aurel hob stolz den Kopf, einige jubelten und brüllten: »Lathien!« Sie brüllten es durcheinander, und Arlac grinste.

Der Königsorden geleitete die Verurteilten Sprosse um Sprosse nach oben, und Grigo sagte nichts mehr; auch seine Gefährten schwiegen. Sie ließen sich die Schlingen um den Hals legen, dann warteten sie. Die Posaunen spielten einen langen, klagenden Ton, und als der verklang, stieß der Henker den ersten der Räuber hinab und er starb zappelnd. Auch den zweiten und dritten sandte er in den Tod, und dann stellte er sich hinter Grigo.

Der Wind wurde stärker, und niemand rief mehr: »Hängt ihn!« Alle warteten gespannt, sahen von Grigo zum Himmel, wo die Wolken wuchsen, und wieder zurück. Der Henker zögerte und hielt Grigo fest, damit er nicht von selbst sprang, bevor die ersten Tropfen fielen. Erst als der Wind noch kräftiger wurde, stieß er ihn hinab.

Arlac brüllte: »Ein Tropfen! Ich habe einen Tropfen gespürt!« Natürlich war da kein Tropfen gewesen, aber es war zu schön, um es nicht zu brüllen.

»Ich auch!«, schrie ein Kind in der Menge.

»Ich auch!«, schrie eine Frau und dann ein Mann.

Arlac lachte.

Alle schrien durcheinander, reckten die Hände Richtung Himmel und lachten. Irgendwer rief: »Wo? Wo? Ich spür nichts.«

»Ich auch nicht!«

»Ich schon!«

Dann endlich fiel der Regen, und die Menschen aus Freybruck tanzten ausgelassen vor ihrer Stadt, während über ihnen die vier Räuber im Wind baumelten und der Narr ganz oben saß und die Füße baumeln ließ.

7

Als die ersten Tropfen fielen, rollte der Schreiber Inrico hastig das Pergament zusammen und stopfte es in sein Hemd. Er würde den Himmel doch anders malen müssen, und er würde doch mehr Platz in der Chronik benötigen, um diesem Ereignis gerecht zu werden. Wenn das überhaupt möglich war. Er warf einen letzten Blick auf die Tanzenden, dann machte er sich aufgewühlt auf den Weg zurück in die Bibliothek, um den Alten zu erzählen, was er gesehen hatte.

Unterwegs dachte er an den letzten Kaiser und seine schlafende Tochter, an die verehrte Kultur von Ycena.

8

Anthia stand im Regen und weinte. Sie flüsterte den Namen ihres Bruders und verfluchte König Tiban und den Narren, dessen Namen sie nicht kannte und der noch immer auf dem Galgen saß. Warum hatten sie Grigo nicht wenigstens im Tod ein wenig Würde gelassen?

»Dafür werdet ihr büßen«, murmelte sie. Angewidert beobachtete sie die Menschen, die unter dem Leichnam ihres Bruders tanzten. Auch sie hatte den Regen herbeigesehnt wie jeder andere, doch nicht so.

Sie dachte an das Märchen vom letzten Kaiser, dass Grigo ihr während ihrer Kindheit wieder und wieder erzählt hatte und das sie wieder und wieder mit ihren Freunden nachgespielt hatten. Sie hatten gespielt, dass sie die Kaisertochter aufweckten, und manchmal hatten sie in alberner Laune auch bloß die Schätze aus dem Palast geraubt und die Tochter einfach schlafen lassen.

»Gut, wenn das dein letzter Wunsch und Wille ist«, sagte sie und sah zu Grigo hinauf, »dann nehme ich Kaiser Cletian beim Wort. Dann werde ich versuchen, die Kaisertochter zu küssen.«

Und sie machte sich auf den Weg, um die erste Kaiserin von Ycena zu werden.

UNTERWEGS

1

Das Meer erstreckte sich in alle Richtungen, und die Luft stand heiß und still. Winzige Wellen plätscherten gegen den Rumpf. Seit zwei Tagen hing das Segel schlaff vom Mast, und die *Nachtigall* war nur mit einer einzigen Ruderreihe ausgestattet, sodass sie bei der ungünstigen Strömung kaum vorankamen. Die Männer ruderten abwechselnd oder lungerten erschöpft herum. Es wurde geflucht und gewürfelt, gedöst und geangelt. Immer wieder warfen die Seeleute Tyra Blicke zu, manche begehrend, andere misstrauisch.

Tyra hatte mehrmals angeboten, beim Rudern zu helfen, doch davon wollte Kapitän Trian nichts wissen, sie sei zu unerfahren, sagte er, außerdem sei es besser, sich nicht mit den Männern zu verbrüdern, sie kämen dann nur auf falsche Gedanken. Und so hatte sie kaum mehr zu tun, als über die Reling zu starren und zu grübeln.

Den ganzen Tag stand sie am Bug und spähte nach einer Küstenlinie am Horizont und einem kleinen Segelboot, in dem Dario entführt worden sein konnte. Doch sie entdeckte weder die Küste noch das Boot, nur einen großen weißen Delfin, der mit fröhlichen Sprüngen ihren Weg kreuzte, wobei ihm ein Dutzend silbergrauer folgte. Wenn das ein Zeichen sein sollte, verstand sie es nicht. Sie blickte ihnen nach und dachte weiter an Dario, so wie sie es die ganze Zeit tat. Sie erinnerte sich, wie er sich einmal in einem leeren Weinfass im Hafen versteckt hatte, an ihre Sorge, an die fieberhafte Suche und daran, wie er vergnügt gelacht hatte, als er wieder herausgesprungen war. Drei Tage hatte er gestunken wie betrunken. Manchmal dachte sie auch an seinen Entführer und wie der sie allein mit seinem Willen zur Untätigkeit verdammt hatte, und das machte ihr noch immer Angst.

Niemand im Hafen von Myrthago hatte sich an den Fremden erinnern können, weder der Zahlmeister noch Agion noch sonst jemand. Und sie hatte jeden gefragt, der ihr begegnet war. Erst am späten Vormittag hatte sie einen Seemann getroffen, der schwor, er habe in der Nacht mit einem Mann getrunken, der wiederum behauptet habe, einen hageren Mann mit breitkrempigem Hut gesehen zu haben, der mit einem schlafenden Jungen über der Schulter ein kleines Segelboot bestieg. »Er hat den Jungen auf dem Boden abgelegt und ist pfeifend rausgefahren und in der Dunkelheit verschwunden.«

»Und der Junge hat sicher geschlafen? Er war nicht …«

»Hat er gesagt, ja«, hatte der Seemann geantwortet. »Er ist ein paar Schritte hingegangen, weil er dachte, nicht dass das ein Mörder ist und der Junge tot, aber der Junge hat sich umgedreht und irgendwas gemurmelt.«

»Wo finde ich den Mann?«, hatte Tyra gefragt.

»Ich weiß es nicht. Wir haben weit nach Mitternacht zusammen getrunken, weil sonst niemand mehr aufrecht saß. Kurz vor Morgengrauen ist er gegangen, sein Schiff sollte auslaufen.«

»Welches Schiff? Wie hieß er?«

Doch das hatte der Seemann nicht gewusst. Alles, was sie im Hafen noch hatte erfahren können, war, dass am Morgen drei Schiffe rausgefahren waren, alle in unterschiedliche Richtungen.

Tyra dachte an Dario, daran, wie er das Meer liebte und dass er mit ihr hätte hinausfahren sollen und nicht als Gefangener des falschen Puppenspielers. Sie hoffte, dass er Dario am Leben ließ und gut behandelte. Auch wenn sie noch immer hoffte, ihn auf dem Meer einzuholen, im tiefsten Inneren glaubte sie nicht daran.

Auch er sitzt in der Flaute fest, machte sie sich Mut, aber sie wusste nicht, wo und hoffte nur, dass ihr Junge nicht irgendwo auf dem Meer verdursten musste. Hoffen, das war im Moment alles, was sie für Dario tun konnte, und sie verabscheute diese Hilflosigkeit. Wenn sie wenigstens hätte rudern dürfen!

Ich finde dich, schwor sie Dario stumm wieder und wieder. *Ich finde dich, egal, wie lange es dauert, egal, wohin er dich schleppt.*

Der Zahlmeister hatte unwirsch reagiert, als sie ihn geweckt hatte, um ihn nach der Münze zu fragen. »Hat das nicht Zeit bis morgen?«

»Nein. Dario ist geraubt worden.«

»Geraubt? Zeig her.« Er hatte ihr die Münze aus der Hand gerissen, denn er mochte Dario, er hatte ihn oft im Hafen spielen sehen.

»Eine solche Münze ist mir noch nie untergekommen«, gestand er und rieb sich die müden Augen. »Sie ist ungewöhnlich groß, und den Kopf kenne ich nicht, aber bei der Krone handelt es sich um die Kaiserkrone von Ycena. Das Einhorn ist das Einhorn von Ycena, da bin ich sicher. Die Münze stammt aus dem alten Kaiserreich.«

»Das Kaiserreich war überall.« Tyra stöhnte. »Wie soll ich jetzt wissen, woher sie kommt?«

»Wie willst du das überhaupt bei einer Münze? Das Wandern ist das Wesensmerkmal von Münzen, sie werden hergestellt, um weitergegeben zu werden. Und viele von ihnen legen lange Wege zurück, besonders wenn sie so alt sind.«

»Oft legen sie diese Strecken in den Taschen von Menschen zurück. Und die tragen – wenn man von einigen Seeleuten absieht – meist Münzen aus ihrer Heimat mit sich herum. Oder nicht?« Sie hatte *Menschen* gesagt, obwohl sie nicht wusste, ob der falsche Puppenspieler überhaupt ein Mensch war.

Der Zahlmeister schüttelte den Kopf. »Aber die Heimat dieser Münze existiert nicht mehr.«

»Sie könnte überall sein, überall, wo …«

»Nein«, unterbrach er sie. »Die Einhornmünzen sind – wie die weit häufigeren Drachenmünzen – immer in Ycena geprägt worden, nirgendwo sonst im Reich. Hier in Myrthago war es schon damals ein Schiff, manchmal auch ein springender Delphin oder eine Krake. Aber das Einhorn war der Hauptstadt vorbehalten.«

»Aus Ycena selbst?«

»Dem Ycena vor gut vierhundert Jahren.«

»Vierhundert«, wiederholte Tyra matt.

»Mindestens.« Der Zahlmeister drehte die Münze hin und her, dann schüttelte er den Kopf. »Es muss so sein, aber … sie ist kaum abgegriffen. Ich bekomme Münzen in die Hand, noch keine hundert Jahre alt, und ich erkenne sie kaum, ich muss sie wiegen, um ihren Wert zu erfassen. Die hier ist viel besser erhalten.«

»Heißt das, irgendwo werden solche Münzen heute wieder hergestellt?«

»Ich wüsste nicht, wo, aber ich kann es auch nicht ausschließen. Oder sie ist einfach nur durch wenige Hände gegangen. Ist vor langer Zeit verloren gegangen und erst kürzlich wiedergefunden worden.«

Sie hatte die Münze, die keine Glücksmünze war, wieder an sich genommen und war gegangen.

Ycena. Was hatte das zu bedeuten? Obwohl die alte Kaiserstadt nur noch aus Ruinen bestehen konnte, hatte ihr Name einen fast magischen Klang. Auf ihren Reisen war Tyra nie in ihre Nähe gekommen, die wichtigste Handelsstraße durch den östlichen Rand von Lathien, wo Ycena nun lag, führte weit nördlich an der Ruinenstadt vorbei. Was einst als Herz des großen Reichs gegolten hatte, war nun verlassenes Grenzgebiet. Manchmal hatte sie davon geträumt, dort nach Düften zu suchen, war jedoch stets vor den noch immer herrschenden Auswirkungen der alten Hexerei gewarnt worden.

»Ycena?«, hatte Agion gefragt, den sie nach dem Zahlmeister aufgesucht hatte. »Bist du sicher?«

»Nein.«

»Aber du willst trotzdem hin?«

»So oder so muss ich nach Lathien. Gahadh stammt von dort, er war dort Soldat, und er ist neben der Münze mein einziger Anhaltspunkt. Vielleicht finde ich heraus, wo er gerade stationiert ist, dann sehe ich weiter.«

Agion hatte genickt. »Mein nächstes Schiff nach Lathien fährt erst in einem Monat, aber morgen früh legt die *Nachtigall* von Kapitän Trian mit Waren für Freybruck ab. Trian ist ein alter Freund, ich kann ihn bitten, dich mitzunehmen.«

»Danke.« Sie hatte ihn umarmt, und er hatte sie fest an sich gedrückt. Er hatte nach seiner Frau gerochen.

»Brauchst du sonst noch etwas?«

»Nein«, hatte sie gesagt, obwohl sie sich allein fühlte. Aber sie konnte niemanden bitten, sie ins Ungewisse zu begleiten, vielleicht sogar ins Verderben.

»Warte, ich gebe dir trotzdem etwas.« Er hatte eine schwere Börse aus dem Nebenraum geholt und sie ihr in die Hand gedrückt. »Für Bestechungen, Söldner oder so.«

Dankbar hatte sie ihn noch einmal umarmt, ohne in die Börse hineinzusehen. Dann war sie gegangen, um weiter nach dem falschen Puppenspieler zu suchen. Wenn sie ihn fand, würde sie wahrscheinlich Unterstützung benötigen, und die konnte sie mit dem Geld kaufen. Wenn sich überhaupt jemand fand, der bereit war, für sie, eine Fremde, sein Leben zu riskieren.

Bis jetzt hatte sie nicht in die Börse gesehen, sie wusste, darin war mehr, als sie erwartete, so war es mit Agion immer gewesen. Unverwandt starrte sie auf den Horizont und wartete darauf, endlich die Küste zu erspähen. Der Trommler im Heck schlug die Trommel langsam und gleichmäßig, und die Ruder klatschten im Takt aufs Wasser. Irgendwer fluchte, irgendwer lachte, irgendwer spuckte aus. Ein großer Vogel flog hoch über ihnen dahin, vielleicht ein Meeresgeier.

Wieder und wieder bat Tyra die dreigesichtige Suula um Wind, bis sich vor ihnen langsam Wolken zusammenbrauten und eine leichte Brise aufkam. Die Ruderer jubelten, aber weil der Wind von vorn kam und alle Versuche, zu kreuzen, kläglich scheiterten, befahl Kapitän Trian, weiterzurudern.

Später, kurz bevor die Sonne unterging, glaubte Tyra einen Küstenstreifen auszumachen, doch dann frischte der Wind auf und wurde rasch stärker und stärker. Die Seeleute fluchten.

»Ein Sturm«, knurrte Kapitän Trian. »Zwei Tage nichts und dann ein Sturm in der Nacht!«

Und mit der Dunkelheit brach das Unwetter los und trieb sie mit aller Gewalt fort von der Küste. Wellen türmten sich höher und höher, die *Nachtigall* krängte bedrohlich, und Tyra klammerte sich fest, dachte an Dario und flehte zu Naidhon und Suula, sie möchten das kleine Boot nicht versenken, in dem irgendwo dort draußen ihr Sohn saß.

»Lasst ihn leben!«, schrie sie gegen den Wind und die grollende Dunkelheit, und der Sturm tobte weiter, schleuderte ihr Salzwasser ins Gesicht, und sie spuckte, hustete und rotzte es hinaus. Die *Nachtigall* wurde über die wachsenden Wellen geworfen, bis der Mast barst und über Bord ging. Tyra hörte Seeleute schreien, aber im Tosen des Unwetters waren die Schreie nur ein Piepsen von Ratten. Sie selbst lag unter einer Ruderbank, klammerte sich fest, japste nach Luft und schluckte Wasser, das auf sie hinabstürzte. Es war so dunkel, dass sie fast nichts sah, nur manchmal Schemen, die sie nicht deuten konnte.

Der Mann neben ihr wurde von etwas getroffen und verstummte.

Die Ruderbank splitterte, Tyra hatte keinen Halt mehr. Wasser war in ihren Augen, in der Nase, den Ohren, der Lunge und im Mund. Sie schmeckte Salz und Blut und spuckte aus, während sie blind um sich griff, um etwas zu finden, das Halt versprach. Sie bekam einen leblosen Arm zu fassen, dann ein Tau, aber das war lose, und als die nächste Welle über das Deck fegte und das Schiff beinahe kippte, wurde Tyra über Bord geschleudert. Sie prallte auf die Wellen, das wertlose Tau noch in der Hand, und dann stieß sie gegen eine Planke und klammerte sich daran fest. Im ersten Moment versuchte sie, in Richtung der *Nachtigall* zu paddeln, die sie als schwarzen Fleck in der Dunkelheit ausmachte, doch es war ein lächerliches Unterfangen. Stattdessen sparte sie ihre Kraft, hievte sich auf das Holz, hielt sich fest und ließ sich treiben.

Mit einem lauten Krachen brach die Schwärze, die die *Nachtigall* war, entzwei, und Tyra war froh, nicht in der Nähe zu sein und mit in die Tiefe gerissen zu werden. Sie wurde gehoben und stürzte in Wellentäler hinab, wurde wieder gehoben und stürzte.

»Hilfe!«, hörte sie plötzlich ganz in der Nähe, irgendwo zwischen dem Heulen des Winds und dem Tosen der Wellen, und sie rief: »Hier!«, und tastete in die Dunkelheit, bis sie auf einen erschöpften Seemann traf. Mit letzter Kraft und ihrer Unterstützung zog er seinen Oberkörper zu ihr auf die Planke. Mit dem Seil, das ihre Hand noch immer umklammerte, banden sie sich fest und überließen sich der tobenden Nacht, der Gnade der Götter und dem Glück.

2

Cornella war fern von Ycena, als sie ihr Kind gebar. Sie befand sich nicht einmal mehr in Lathien, sie war von Ycena bis ins nördliche Königreich Allya gewandert. Die Füße blutig-wund, lag sie in einem Stall in einem Dorf, das zu winzig und zu abgelegen war, um über einen Gasthof zu verfügen. Es klebte an der grünen Flanke eine gewaltigen Bergmassivs, und die schneebedeckten Gipfel vor dem Fenster schimmerten in der untergehenden Sonne. Cornella hatte so etwas noch nie gesehen, sie wollte gern einmal dort hinauf.

»Pressen«, sagte die Bäuerin, die mit ihrer Tochter bei ihr war, um ihr durch die Wehen zu helfen. Beide hatten Cornella ihren Namen genannt, aber es waren unvertraute Namen, und sie hatte sie vergessen.

»Wo ist der Vater?«, fragte die Bauerstochter.

»Weit weg«, stieß Cornella hervor. »Und da soll er auch bleiben.«

Sie hatte nur die eine Nacht mit ihm verbracht, die sie im Spiel an ihn verloren hatte, als sie kein Geld mehr zum Setzen gehabt hatte, aber das erzählte sie nicht. In Ycena hatte sie Reichtümer gesucht und Kleinigkeiten aus der Kaiserzeit gefunden. Sie hatte sie verkauft und gespielt, hatte mal gewonnen und mal verloren, sie war kurz reich gewesen und nicht gegangen, und sie war verschuldet gewesen und nicht geflohen.

Zum Schluss war sie so verschuldet gewesen, dass es keinen Ausweg gab. Beinahe hätte sie gewonnen, beinahe wäre sie wieder reich gewesen, aber so saß sie in einem Loch und wartete darauf, am nächsten Tag meistbietend verkauft zu werden. Und mit ihr sollte ihr Kind verkauft werden, denn sie war schwanger. Sie saß am Boden, streichelte ihren Bauch und entschuldigte sich bei dem Kind, dass es als Leibeigener geboren werden würde, dass sein Leib und Tun von Anfang an einem anderen gehören würde, dass es durch Geburt unfrei sein würde.

»Bei mir wäre es frei«, sagte da plötzlich ein hagerer Fremder, der an ihrem Loch erschienen war. Er erinnerte sie an ihren Onkel, der immer fröhlich gewesen war und gestorben, als sie sieben war. Der Fremde, der nicht ihr Onkel war, hatte ihr angeboten, die Schulden zu übernehmen, wenn er ihr Kind dafür bekäme. »Und du wärst es dann auch.«

»Was?«

»Frei.«

»Aber mein Kind?«

»Dein Erstgeborenes.« Nichts anderes hatte ihn interessiert, was auch immer sie sagte, aber sie besaß ja auch nichts anderes. Er hatte versprochen, sich gut um das Kind zu kümmern, und da war sie im Schein auf den Handel eingegangen. Sie hatte sich aus dem Loch holen lassen und war noch am selben Tag aus Ycena geflohen. Durch drei Königreiche war sie gekommen, bis ihre Sohlen durchgelaufen waren, so weit würde er ihr nicht folgen können. Würde es nicht tun, nicht für ein Neugeborenes, das doch nur für sie als Mutter so wertvoll war, das ihm nichts bedeuten konnte. Er würde sich irgendwo ein anderes Kind holen, irgendein anderes, nur nicht ihres.

»Pressen«, ermahnte die Bäuerin sie.

Cornella presste und schrie, sie schrie und presste, sie fluchte und betete. Die Sonne verschwand, es wurde dunkel, und der Mond erschien, groß und bleich und voll.

Und dann endlich kam ihr Kind.

»Halt still«, sagte die Bäuerin und durchtrennte die Nabelschnur mit einem Messer.

»Es ist ein Mädchen«, sagte die Tochter und putzte das Kind zärtlich sauber. »Wie soll sie heißen?«

»Zeig sie mir.« Cornella streckte die Arme aus. Sie war erschöpft und glücklich.

Das Mädchen schrie.

Die Nachgeburt kam schnell, und Cornella wollte ihr Kind gar nicht mehr loslassen. Sie hielt es lachend und weinend für eine Stunde oder zwei. Die Bäuerin und ihre Tochter gingen und kamen wieder, brachten Wasser, Milch und etwas zu essen.

Plötzlich erschien in der offenen Tür ein hagerer Mann mit einem breitkrempigen Hut. Er lächelte. »Soso, ein Mädchen.«

»Wer bist du?«, knurrte die Bäuerin.

Cornella schrie. »Nein!« Das konnte nicht sein! Wie hatte er sie gefunden? Genau jetzt? »Nein! Geh weg!«

Doch der Mann trat ein. »Du hast es versprochen.«

Er näherte sich dem Stroh, auf dem Cornella lag, und nahm ihr das Mädchen aus den Armen. Sie war plötzlich so schwach, dass sie ihr Kind nicht festzuhalten vermochte. Ihre Muskeln zitterten, und sie konnte die Arme einfach nicht um das Kind schließen, konnte nicht aufspringen, konnte nichts tun.

»Bitte«, flehte sie. »Bitte.«

»Keine Angst«, sagte er und drückte ihr eine Münze in die Hand. »Nimm das, wofür du willst. Ich gebe ihr einen schönen Namen. Und einen schönen Platz.«

Das Mädchen in seinem Arm hörte auf zu schreien, die Bauerstochter begann zu weinen. Die Bäuerin sah einfach zu. Pfeifend verließ der Mann, das Baby auf dem Arm, den Stall, und niemand hinderte ihn daran.

Cornella schrie noch immer, die Münze in ihrer Hand schien zu brennen. Als die Schwäche endlich von ihr wich, kämpfte sie sich auf die Füße und taumelte in die Nacht.

»Komm zurück!« Mit unsicherem Tritt folgte sie dem Weg, den sie gekommen war, gekrümmt vor Schmerz und Erschöpfung, doch der Mann war mit ihrer Tochter verschwunden.

Verzweifelt fiel sie auf die Knie und schluchzte, die Münze rollte ihr aus der Hand. Sie hatte endgültig begriffen, dass der Mann, der wie ihr fröhlicher Onkel aussah, kein Mensch war, und dass sie ihr Kind für immer verloren hatte. Ihr verschleierter Blick fiel auf die Münze, die im Mondlicht kalt blinkte, und sie wusste, sie würde wenigstens den Fährmann bezahlen können.

3

Zwei Tage und die anschließende Nacht bewegte Ukalion sich viel in der Dunkelheit und immer ein Stück abseits der Straßen, doch er bemerkte keine Verfolger. Er glaubte auch nicht, dass Ylonia und die anderen ihn jagten, sie waren einfache Bauern, Knechte und Handwerker, nicht erfahren darin, einem Menschen zu folgen. Zudem wähnten sie ihn – sofern der Soldat Barro nicht gelogen hatte – auf einem Schiff, während er den Vardoy verlassen hatte.

Ukalion war nun weiter weg von zu Hause, als er es je gewesen war. Den Entschluss, aufzubrechen, hatte er leicht gefasst, getrieben von Hass und der Angst um seine Mutter und Gajus, aber nun war er tatsächlich allein in der Fremde. Er kannte die ungefähre Richtung, in der Ycena lag, aber er wusste nicht, was ihn auf dem Weg sonst noch erwartete. So mied er alle Menschen, weil er nicht wusste, wem er trauen konnte, und er war einsam und ständig auf der Hut. Schlaf fand er nur wenig, und wenn, war es ein leichter, unruhiger Schlaf. Und mit jeder Stunde wurde ihm deutlicher bewusst, dass er nun kein Müllergehilfe mehr war, sondern heimatlos.

Viel dachte er an seine Mutter und an Gajus, von dem er noch immer nicht wusste, ob er ihn als seinen Vater denken konnte, und hoffte, es ging ihnen gut. Öfter noch dachte er an Ckarya und daran, wie sie gestorben war, und jedes Mal packte ihn der Hass auf Prinz Aurel, und er verfluchte ihn, Vogt Farnoh und König Tiban. Immer wieder schlug er mit dem Beil tiefe Kerben in Bäume und stellte sich vor, es wären ihre Köpfe. Der Hass hielt ihn aufrecht und verhinderte, dass er am Schmerz über Ckaryas Tod zerbrach.

»Er wird dafür bezahlen«, versprach er Ckarya, und sie lächelte traurig, er sah es genau vor sich. Wieder und wieder führte er in Gedanken Gespräche mit ihr, aber er wusste nicht, was sie geantwortet hätte, und so schwieg sie, und das zerriss ihn. Er vermisste sie, wie er noch nie jemanden vermisst hatte.

»Ich liebe dich«, sagte er, und sie antwortete: »Ich dich auch.« So viel wusste er, obwohl er nicht mehr der war, in den sie sich verliebt hatte.

Inzwischen gelang es ihm manchmal, sie sich unversehrt vorzustellen, ohne Geweih auf dem Kopf und in glücklichen Momenten, und dann trauerte er, ohne sofort von Hass übermannt zu werden.

In der dritten Nacht stieß Ukalion auf einen umgestürzten Wagen am Wegrand. Er war leer geräumt worden, ein Hinterrad war gebrochen, die Plane lag zerfetzt daneben. Als er sich vorsichtig näherte, huschten kleine Tiere davon, er hörte es im Unterholz rascheln. Neben dem Wagen lagen reglos drei Männer im Mondlicht, ausgeplündert bis auf die Hosen, von Tieren angefressen. Fliegen summten um sie herum und krabbelten über die klaffenden Wunden in Brust und Gesicht. Es roch stechend nach Tod.

Ukalion griff zum Beil und sah sich schnell um. Den Männern war nicht mehr zu helfen, sie waren tot, wenn auch noch nicht lange. Ihre Mörder konnten nicht weit sein. Er lauschte auf verdächtige Geräusche, hörte jedoch nichts. Leise zog er sich zurück und eilte weiter. Einen Kampf gegen mehrere Räuber konnte er nicht gewinnen, und er wollte auch von niemandem sonst erwischt werden, der möglicherweise ihn für einen der Räuber hielt und kurzerhand erschlug.

Von nun an blieb er auf der Straße, reiste tagsüber und versuchte, sich in der Nähe anderer Reisenden zu halten, um nicht allein und damit eine einfache Beute für Räuber zu sein. Doch er sprach nicht mehr als nötig. Den Hass auf den Prinzen verbarg er ebenso gründlich wie seine Trauer um Ckarya, das ging niemanden etwas an. Und alles andere schien ihm belanglos und keiner Worte wert.

»Erinnerst du dich noch an die Nymphenlichtung?«, fragte er Ckarya, wenn der Schmerz übermächtig wurde. Und sie antwortete: »Natürlich.«

Dadurch wurde der Schmerz zwar noch größer, war aber auch leichter zu ertragen.

Am vierten Tag erreichte er ein Wirtshaus namens *Am Olivengrund*, das über massive Mauern verfügte und mit den Gittern vor den unteren Fenstern an eine Festung oder ein Gefängnis erinnerte.

Es stand an der Kreuzung zweier Handelsstraßen, und hier, fern jeder Siedlung, mussten der Wirt und seine Leute selbst für ihren Schutz sorgen. Reitende Boten, Abenteurer, Bauern auf dem Weg zu einem Markt, Spielleute und fahrende Händler kehrten hier ein, und Ukalion fragte jeden der Anwesenden, ob er wohl nach Ycena reise. Alle verneinten. Also blieb er über Nacht, um am nächsten Tag sein Glück erneut zu versuchen; der Anblick der angefressenen Toten hatte ihn vorsichtig gemacht.

»Ycena?«, fragte am nächsten Mittag ein großer, leicht gebeugter Händler, der Ukalion mit seinem langen Hals an einen Reiher erinnerte. Er fuhr einen hohen geschlossenen Wagen und war in Begleitung von fünf Bewaffneten. »Was willst du dort? Niemand mit klarem Verstand geht ins hexereiverseuchte Ycena.«

»Mein Onkel lebt in einem Dorf ganz in der Nähe«, behauptete Ukalion. »Da das Dorf keiner kennt, frage ich nach Ycena.«

»Warst du schon einmal dort?«, wollte der Händler wissen, während die Bewaffneten Ukalion misstrauisch musterten.

»Nein. Aber meine Mutter ist letzten Monat gestorben, nun habe ich keine andere Familie mehr. Ich weiß nur, es liegt am Südrand von Ycena.«

»Mein Beileid«, sagte der Händler, und es klang aufrichtig.

»Danke.«

»Kannst du mit dem Bogen auf deinem Rücken auch umgehen?«

»Leidlich. Ich schieße Kaninchen.« Er lächelte kurz, Kaninchen waren die Tiere des armen Mannes, sie waren kein Hochwild und jedem stand offen, sie zu jagen.

»Kannst du dich auch gegen größere Tiere und Räuber verteidigen?«, fragte der Händler weiter. Er hatte sein Mahl beendet und bestellte noch einen zweiten gewässerten Wein.

»Ich denke schon.«

»Dann kannst du ein Stück mit uns kommen und auch uns verteidigen. Die Räuber werden immer mehr, und je größer unsere Gruppe, desto besser. Wir fahren aber nur in die Nähe von Ycena, unser Weg führt uns ein gutes Dutzend Meilen weiter westlich daran vorbei. Aber wenn du mir versichern kannst, dass ich in dem Dorf gute Geschäfte mache, bringen wir dich sogar bis dorthin.« Er lachte und hob den Becher.

»Ich fürchte, das kann ich nicht versprechen. Es ist kein Jahr, das Bauern reich werden lässt.«

»Es macht niemanden reich«, erwiderte der Händler.

Sie gaben einander die Hand, und er stellte sich als Ragost Taubentod vor.

»Ukalion«, sagte Ukalion. So fern von Fünfsäulen würde er keinen falschen Namen brauchen. »Ukalion Kramp«, ergänzte er rasch. Ein Familienname weckte mehr Vertrauen als der eines Bastards, und so nahm er den Namen des Müllers an, ohne groß darüber nachzudenken.

Nach dem Essen reisten sie gemeinsam weiter. Mit knappen Worten berichtete Ukalion, dass er nie aus seinem Dorf herausgekommen sei, und dann schwieg er die meiste Zeit. Er hörte zu, wie Ragost von seinen vergangenen Reisen erzählte, oder hing seinen Gedanken nach. Ragost hatte grobe Stoffe und Messinggeschirr geladen, gutes Lampenöl, scharfe Messer und ein paar einfache Gewürze, vorwiegend Salz von der Küste.

Am nächsten Abend schliefen sie im Freien, doch Ukalion tat nur schwer ein Auge zu; ein Rehbock hatte kurz zuvor ihren Weg gekreuzt, er wollte nicht von Ckarya träumen. Vielmehr sah er hinauf in den Himmel und suchte das Sternbild des großen Jägers, weil sie das immer getan hatte. Er fand den Bogen, den Kopf und die Brust, doch die Beine waren von Bäumen verborgen.

Eine Wurzel drückte Ukalion ins Kreuz, und er drehte sich auf die Seite. Plötzlich fragte er sich, ob Ragost oder einer seiner Männer ihn, sobald er schlief, einfach erschlagen und ausrauben würde. Er kannte sie nicht, er wusste nicht, ob er ihnen trauen konnte, und ließ die Hand auf dem Messer an seiner Seite, damit war er schneller als mit dem Beil. Aber wahrscheinlich wäre es im Falle eines Angriffs vernünftiger zu fliehen, als zu kämpfen, allein konnte er nicht gewinnen.

Er lauschte auf die Atemgeräusche des Händlers, und auch der schien wach zu sein. Belauerte er ihn? Wartete, bis er eingeschlafen war? Einer der Männer schnarchte, bei den anderen wusste Ukalion nicht, ob sie nicht auch wach waren. Er rückte zurück auf die stechende Wurzel und verdrehte den Arm, sodass er unbequem lag und nicht aus Versehen einschlief. Sollte er sich gleich davonschleichen oder erst fliehen, wenn ein Angriff kam? Oder war es dann zu spät? Lange lauerte und grübelte er, während der große Jäger über den Himmel wanderte. Irgendwann verstummte das Schnarchen, Ragost schien noch immer wach zu sein. Und dann begriff er.

»Angst vor Verrat?«, fragte Ukalion plötzlich in die Stille hinein.

»Und du?«, erwiderte Ragost.

»Keine Angst, aber …«

»Dann haben wir beide keine Angst.«

Beide lachten, und zwei der Männer fielen ein, einer brummte: »Ruhe.«

Ukalion schloss die Augen und schlief. Als er bei Sonnenaufgang erwachte, hatte ihn niemand ausgeraubt und er hatte nicht von Ckarya geträumt. Sie frühstückten und brachen auf.

Fast zwei Wochen waren sie unterwegs, und Ukalion fügte sich immer mehr in dieses Leben auf Wanderschaft ein. In immer neuen Dörfern und kleineren Städten hielten sie, um etwas zu verkaufen, und anfangs musste Ukalion seine Ungeduld zügeln, den Drang, sofort weiterzuziehen. Aber er wusste, es war besser, in Gesellschaft zu reisen, und die Gesellschaft von Ragost und seinen Männern war angenehm.

In jedem Dorf wurden sie von jubelnden, neugierigen Kindern begrüßt, aber viele Männer und Frauen hatten kein Geld, sodass sie nur nach Geschichten aus der Ferne verlangten und nicht nach Waren.

Eines Tages erblickte Ukalion zum ersten Mal das Meer. Es erstreckte sich bis zum Horizont, so wie es der Wilde Wald vor seinem Zuhause getan hatte, doch wo der Wald aus einzelnen Bäumen bestand, war das Meer eine einzige, scheinbar endlose Fläche. Die Sonne glitzerte auf dem Wasser, schäumende Wellen rollten an Land, und am Himmel schrien Möwen. Ukalion wünschte, Ckarya wäre bei ihm und könnte es sehen.

In der verwinkelten Fischerstadt Schwanklipp kaufte Ragost von einer Gruppe ernster Mädchen mehrere Amphoren mit Schwarzsandraupen, aus denen man ein mattes Purpur herstellen konnte. Schmale Häuser wuchsen auf der Rückseite einer hohen weißen Klippe empor, und als Ukalion sich auf dem überfüllten Markt am Meer durch die Menge drängte, sagte er bewundernd, er habe nie eine größere Stadt gesehen. Ragost lachte und nannte sie klein. Auf dem Meer schaukelten drei Dutzend Boote, und Ukalion schaute lange hinaus, weil er sich am Meer noch immer nicht sattgesehen hatte, und als sie wieder Richtung Landesinneres gingen, drehte er sich noch mehrmals um.

Hier und da hörten sie von Räubern, aber sie trafen auf keine, dafür mehrfach auf Bettler und Hungernde, die ihre Heimat verlassen hatten. Die Dürre und Tibans Beharren auf den Abgaben ließen das vertraute Lathien auseinanderbrechen.

Ukalion empfand Wut und Mitleid und murmelte: »Siehst du, Ckarya, es ist richtig, ihn zu stürzen.«

Als sie einer ausgemergelten Familie begegneten, die in der Stadt ihr Glück versuchen wollte, fragte Ragost: »In welcher?«

»In der nächsten«, sagte der Vater müde. Er war unrasiert und hatte tiefe Augenringe. Ein Junge hustete ununterbrochen, das Mädchen hielt sich mit dünnen Armen an der Mutter fest. Keiner von ihnen besaß Schuhe.

Ragost gab ihnen ein wenig von den Vorräten, weil es ihm schwerfiel, die Kinder anzusehen, und Ukalion gab noch etwas dazu. Die Leute fielen auf die Knie, aber Ragost schnauzte sie an: »Macht, dass ihr weiterkommt! Und kein Wort davon, zu niemandem.«

Sie gingen, und Ukalion fragte: »Warum?«

Ragost brummte: »Wie soll ich denn noch verhandeln, wenn die Leute mich für weichherzig halten?«

Nichts von dem, was Ukalion sah, minderte den Hass auf Prinz Aurel noch die Trauer um Ckarya, aber manches lenkte ihn ab. Er achtete auf jede Ruine aus der Kaiserzeit, und als sie an drei fünfzehn Schritt hohen Bögen aus Stein vorbeikamen, deren Sinn sich ihm nicht erschloss, musste er stehen bleiben und sie berühren. Ihre Größe und schlichte Schönheit flößten ihm ein Gefühl von Ehrfurcht ein, und für eine Weile waren Hass, Trauer und die Angst um seine Mutter vergessen.

»Es sieht aus wie eine Brücke«, sagte er. »Aber was soll sie hier in der Ebene?«

»Ich habe gehört, hier sei mal ein Fluss gewesen«, behauptete einer der Männer.

»Ich habe gehört, die Brücke sei viele Meilen lang und selbst der Fluss gewesen«, entgegnete ein anderer.

»Ich habe beides gehört und noch mehr«, sagte Ragost, und alle lachten. »In der Tat war es wohl ein Aquädukt, durch das Wasser in trockene Regionen transportiert werden konnte.«

Sie gingen weiter, und Ukalion dachte viel an die drei Bögen, dieses Aquädukt. Wenn die Menschen damals so etwas Schönes mitten ins Nichts gestellt hatten, wie musste dann einst Ycena ausgesehen haben? Und wie sah es jetzt aus?

Und dann, eines Tages, geschah das Unerwartete. Es regnete.

Ukalion hielt das Gesicht in die fallenden Tropfen und ließ sie auf seine Haut prasseln. Ragost schrie seine Freude hinaus, und die Männer taten es ihm gleich und jubelten wie kleine Kinder. Es regnete an drei aufeinanderfolgenden Tagen, und es regnete große schwere Tropfen. Gierig sog die Erde das Wasser auf, braune Pflanzen wurden wieder grün, hängende Blüten richteten sich auf. Auf den Gesichtern der Bauern überall zeigte sich Erleichterung, viele weinten vor Glück. Am zweiten Tag wuchs die Hoffnung, das Jahr könnte noch zu retten sein, und Kinder sprangen ausgelassen durch Pfützen, während andere das Wasser mühsam mit Eimern schöpften, um es in Tonnen zu sammeln. Die Hoffnung ließ sie sogar kaufen und verkaufen. Doch am vierten Tag kehrte die Hitze zurück.

Ukalion fragte sich, wie es um die Krampmühle stand, ob die Bauern wieder ihr Korn brachten, wen Gajus jetzt am meisten schinden mochte, ob seine Mutter sich von ihm losgesagt hatte und wer sich im Winter um die Reparaturarbeiten kümmern würde. Währenddessen half er Ragost, wo er konnte, und lernte. Er redete noch immer wenig, aber niemand schien ihm das vorzuhalten. Auch wenn er es sich nicht eingestehen wollte, genoss er die Tätigkeit, er mochte Ragost, und auch mit den anderen Männern kam er klar. Ihm gefiel ihr Leben, das Reisen gefiel ihm sogar besser als das Müllern, nur das Tüfteln am Räderwerk vermisste er. Aber auch wenn er mit Ragost lachte, dachte er an Ckarya, wieder und wieder, und die Trauer wollte das Lachen ersticken. Er dachte an Aurel und daran, dass er Ycena immer näher kam, dass er bald feststellen würde, wie viel Wahrheit in dem alten Märchen steckte. Dass er bald feststellen würde, ob er in der Lage war, in den Palast zu gelangen. Oder ob er bei dem Versuch starb.

Irgendwann begegnete ihnen ein sechsköpfiger Trupp des Königsordens mit einem Gitterwagen, in dem drei übel zugerichtete Männer und eine alte Frau kauerten. Fliegen kreisten um ihre Wunden. Der Wagen hielt, und einer der Ordensmänner fragte: »Seid ihr Wegelagerern begegnet?«

»Zum Glück nicht«, erwiderte Ragost.

Ukalion versuchte, niemanden direkt anzusehen, obwohl er nicht glaubte, dass irgendwer ihn erkennen würde.

»Habt ihr von welchen gehört?«, hakte der Mann nach. »Wir suchen das Gesindel. Und es muss doch mehr geben als die drei.«

»So haben wir es auch gehört.«

»Wo?«

»Überall.«

»Was führt ihr bei euch, Händler? Wein?«

»Nein.«

»Schade, dann werden wir wohl nichts beschlagnahmen.« Der Ordensmann lachte, als sei das ein Scherz gewesen. »Noch eine gute Reise.«

»Euch auch. Und habt Dank, dass ihr die Straßen sicherer macht.«

Als der Wagen sich wieder in Bewegung setzte, starrten die Gefangenen weiter dumpf vor sich hin. Ukalion sah ihnen kurz nach, dann drehte er sich wieder nach vorn.

»Ich hoffe, sie fangen auch die gefährlichen Räuber«, brummte Ragost.

Anderthalb Tage später erreichten sie eine Abzweigung. Die gepflasterte Handelsstraße machte hier einen Bogen nach links, doch eine alte, ungepflegte Straße führte weiter geradeaus und schon bald eine Bodenwelle hinauf, über die man nicht hinwegsehen konnte. Ein großer steinerner Wegweiser am Rand war verwittert und unlesbar, der Boden war nichts als festgetretene Erde.

»Da wären wir«, sagte Ragost und hielt den Wagen an. »Wir folgen weiter der Straße, aber dieser traurige Weg hier führt nach Ycena. Es müssten noch gute zehn, höchstens zwanzig Meilen sein. Nur wo das Dorf liegt, kann ich dir nicht sagen.«

»Danke«, erwiderte Ukalion schlicht. Dieser plötzliche Abschied hatte ihn überrumpelt, mehr wusste er nicht zu sagen.

»Bist du sicher, dass du zu deiner Familie willst? Sie kennen dich nicht besser als ich, und du könntest für mich arbeiten. Auch wenn du wenig redest, hast du Talent zum Händler, du kannst mit den Menschen.«

Die Männer nickten und brummten zustimmend. Nach den wenigen Wochen vertrauten sie ihm mehr als die meisten Menschen in seinem Heimatdorf, und das versetzte ihm einen Stich.

Er sah Ragost an. Er mochte ihn, und es war bestimmt kein schlechtes Leben, das er ihm bot, aber er konnte nicht, dafür hätte er seine Rache aufgeben müssen. Wäre er wirklich der Bauernsohn gewesen, den er für den Händler erfunden hatte, er hätte sich Ragost, ohne zu zögern, angeschlossen, aber der war er nicht. Er war ein Mann, der sich geschworen hatte, Kaiser zu werden; er war aufgebrochen, um den König zu stürzen und den Prinzen zu töten. Er war überzeugt, Ckarya das schuldig zu sein – und sich selbst. Gab er jetzt auf, würde sein Hass sich auf ihn selbst richten.

»Danke«, sagte er noch einmal, und einen Augenblick dachte er daran, Ragost zu bitten, ihn zu begleiten, aber dann verwarf er den

Gedanken. Nur einer konnte Kaiser werden. »Ich kann nicht, aber das Angebot ehrt mich. Es ehrt mich mehr, als du denkst, mehr, als ich dir sagen kann. Viel Glück, und mögen die Götter bei euch sein.«

»Und bei dir.«

Sie verabschiedeten sich, und Ukalion war wieder allein. Ohne sich umzudrehen, ging er weiter in Richtung Ycena. Der Weg war holprig und verlassen, die Fliegen allgegenwärtig.

VOR DEM SONNENFEST

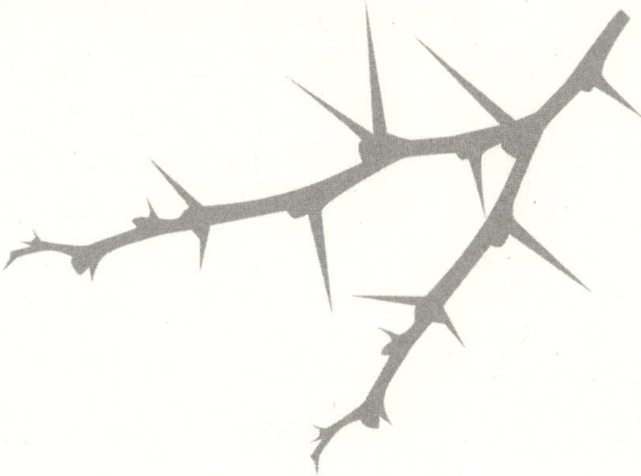

1

Seit Tagen gab es Gerüchte, es hätte in Freybruck geregnet, doch in Greiffensturz herrschten noch immer die Hitze und die Fliegen. Da das Dorf am Ufer des Greiffenbachs lag, direkt am westlichen Rand des Wilden Walds, war es hier nicht so schlimm wie in manchen Regionen im Süden. Der Bach führte noch immer Wasser, die Brunnen waren tief, und die Erzählungen von Regen in der Königsstadt gaben Hoffnung. Es hieß, König Tiban selbst habe den Regen mit einem Opfer herbeigerufen, Näheres wusste niemand. Viele hofften, es würde ein weiteres Opfer geben, eines für sie hier.

Im letzten Haus des Dorfes, jenseits des Greiffenbachs und näher an den ersten Bäumen des Walds als an den vorletzten Häusern des Dorfes, lag Perle Umbrenis wach und sah wieder und wieder zum neuen Sonnenfestkleid hinüber, das an der Wand zu ihrem Fußende hing. In der Dunkelheit erkannte sie kaum mehr als den Umriss, und doch machte der Anblick sie glücklich. Morgen, am ersten Tag des Sommers und nach der kürzesten Nacht des Jahres, würde sie es zum ersten Mal tragen. Morgen, zum Sonnenfest der Haspor, der feuerbewahrenden Göttin der Treue und des heimischen Herds, knapp drei Wochen nach ihrem fünfzehnten Geburtstag, würde sie zur Frau erklärt werden und kein Mädchen mehr sein.

Die ganze Woche hatte sie mit ihrer Stiefmutter Ophilia an dem Kleid gearbeitet, hatte Verzierung um Verzierung angebracht, Borten, Holzperlen und gestickte Blüten, hatte sich in den Finger gestochen und sich von Ophilia anfauchen lassen, sie solle bloß kein Blut auf den Stoff bringen. Bei der Anprobe hatte sie sich ermahnen lassen, aufrechter zu stehen, und ein Dutzend Male hatte sie die Frisur geändert, bis Ophilia in ihrer harschen Art abgewinkt hatte. »Lass gut sein, besser wird es mit deinem strohigen Haar nicht. Es ist ein Jammer.«

Jeden Knopf und jede Öse am Kleid hatte sie dreimal poliert, und auch wenn ihr ein blaues lieber gewesen wäre, hatte sie nicht gegen den Wunsch ihres Vaters protestiert.

»Grün«, hatte er gesagt, »Grün ist meine Farbe als Waldläufer.« Und damit war es entschieden, er war das Familienoberhaupt und Perle eine gute Tochter.

Sie hatte die Schuhe geputzt, bis Ophilia gerufen hatte: »Das reicht! Du reibst ja noch ein Loch in den Lappen!«

Jetzt lag Perle im Bett und konnte trotz aller Erschöpfung nicht schlafen vor Aufregung – und Angst. Sechs Mädchen würden morgen feierlich ihre Kindheit hinter sich lassen – unter den wohlmeinenden Augen Haspors und des ganzen Dorfes. Sie würden von Verwandten, Freunden und Nachbarn beschenkt werden – und vielleicht auch von beinahe Fremden. Bei den Geschenken handelte es sich um symbolische Gaben, mit denen Wünsche fürs Leben verknüpft waren. Viele sahen in ihnen sogar so etwas wie Omen, denn alles geschah nicht nur unter Haspors Augen, sondern unter den Augen aller Götter, und warum sollten die einem Sterblichen Gutes tun, wenn nicht einmal seine Familie und die Nachbarn es taten?

Perle behagte dieser Gedanke nicht. Was konnte sie dafür, dass sie in Zeiten der Dürre zur Frau wurde? In guten Zeiten beschenkte einen das halbe Dorf, aber jetzt? Jetzt fürchteten viele, bald nichts mehr zum Beißen zu haben. Wer in diesen Zeiten etwas verschenkte, gab es der Tochter eines großen Bauern und bestimmt nicht ihr, der Tochter des letzten Waldläufers, der sich gerade noch so über Wasser hielt. Dabei wollte sie doch stolz vor das Dorf treten, nicht mit leeren Händen. Einmal wollte sie das Gefühl haben, nicht einfach arm zu sein, sondern geschätzt und beschenkt. Sie wollte die Armut abschütteln, und sei es nur für einen Tag.

»Du wirst die besten Geschenke von allen bekommen«, hatte ihr Vater fünf Tage zuvor versprochen, »so wahr ich Ebor Umbrenis heiße.«

Sie war ihm glücklich um den Hals gefallen und hatte ihn geküsst. Lachend hatte er es sich gefallen lassen, dann war er in den Wald gegangen. Doch bis jetzt war er nicht zurückgekehrt.

Eine Fliege landete auf Perles Stirn, angelockt vom Schweiß auf ihrer Haut. Die Luft war auch nachts noch drückend, kein Windhauch regte sich. Perle ließ die Fliege krabbeln. Ihr Bruder Ion atmete gleichmäßig in seinem Bett an der gegenüberliegenden Wand. Draußen schrie eine Eule, dann herrschte wieder nächtliche Stille.

Wo blieb ihr Vater? Er hatte schon an diesem Morgen zurück sein wollen, spätestens, das hatte er versprochen.

Die Fliege setzte sich auf ihr Kinn, und plötzlich waren es zwei. Perle scheuchte sie mit einem Kopfschütteln davon. Ion atmete gleichmäßig, Perle grübelte.

»Jag aber kein Hochwild«, hatte sie beim Abschied zu ihrem Vater gesagt. »Der Vogt inspiziert gerade hier.«

»Mir passiert nichts.« Er hatte gelächelt und nichts versprochen. Im Wald kannte er keine Angst. »Manchmal muss man sich einfach auf sein Glück verlassen.«

Glück, darauf vertraute er stets, denn er war überzeugt, dass alles im Leben davon abhing. Er hielt sich für vom Glück begünstigt, obwohl es viele Jahre her war, dass er tief im Wald über eine glücksbringende Nachtbirke gestolpert war. Das war noch vor Perles Geburt gewesen, und seitdem hatte sich viel geändert.

Damals hatte er einen langen, oberschenkeldicken Ast der Nachtbirke abgehackt, so groß, dass er ihn kaum hatte tragen können. Mühsam hatte er ihn nach Hause geschleppt, was ihn drei lange Tage gekostet hatte. Jeder Versuch, noch einmal zur Nachtbirke zurückzukehren, war gescheitert, so wie er hatte scheitern müssen. Denn Nachtbirken waren magische Bäume, die dort wuchsen, wo ein Einhorn bei Vollmond geboren wurde, und zu ihrem Zauber gehörte es, dass niemand, der ein Stück von einer Nachtbirke genommen hatte, je zu dieser zurückfand.

Aus dem Holz hatte ihr Vater kleine wirkmächtige Anhänger geschnitzt, die er überall für gutes Geld verkaufte. Bald hatte er eine freundliche, fleißige und schöne Frau geheiratet, Perles Mutter, und war zweimal Vater geworden. Dann hatte er Perle und Ion auch je einen Anhänger geschnitzt, Perle ein Einhorn und Ion, der unbedingt ein furchterregendes Geschöpf wollte, einen Lindwurm. Für diesen hatte er sich auf seine Vorstellungskraft verlassen müssen, denn bis ins felsige Herz des Wilden Walds, wo die Lindwürmer hausten, hatte selbst er sich noch nicht gewagt.

Mochten beide Anhänger auch Glück gebracht haben, inzwischen waren sie verschwunden. Ion hatte seinen verloren, aber Perle war sicher, dass ihrer gestohlen worden war, sie wusste nur nicht, von wem – jeder war auf der Suche nach Glück. Nie hatte sie das Einhorn mit nach draußen genommen, und wenn Besuch kam, hatte sie es stets unter einer lockeren Fußbodendiele in ihrem Zimmer versteckt. Auch ihr Vater hatte keinen Glücksbringer mehr, das letzte Stück Holz von der Nachtbirke hatte er im Spiel an den Großbauern Hernoth verloren.

»Hätte ihm vor dem Spiel wohl doch keinen Glücksbringer verkaufen sollen«, hatte ihr Vater gesagt und gelacht, aber es war kein fröhliches Lachen gewesen.

Perles Mutter war damals schon tot gewesen, sie war am Beulenfieber gestorben, als alle drei ihre Glücksbringer noch gehabt hatten, und das hatte Perle nicht begriffen, sie war neun gewesen.

»Wenn das Einhorn mir Glück bringt, wie kann das sein?«, hatte sie gefragt.

»Vielleicht hätten wir alle krank werden sollen, und unsere Glücksbringer haben uns beschützt?«, hatte ihr Vater geantwortet. Er hatte kaum reden können vor Trauer.

»Warum hast du ihr keinen gemacht?«

»Sie wollte keinen. Sie wollte einfach keinen.« Er hatte geweint, und Perle hatte nicht weiter gefragt. Sie hätte gern gewusst, was das für ein Glück sein sollte, das nicht die Familie einschloss.

Ihr Vater hatte eine neue Frau geheiratet, ihre Stiefmutter Ophilia, und Perle fand, an ihr sah man, dass sie alle kein Glück mehr hatten, denn sie war mit jedem Monat strenger und missmutiger geworden, sie lachte kaum noch und meckerte viel mit ihrem Mann, und er ging häufiger in den Wald und blieb länger dort. Perle weigerte sich, Ophilia Mutter zu nennen.

Die Fliegen summten und brummten, und Perle hätte sie am liebsten erschlagen, aber sie wollte Ion nicht wecken. Sie wollte nicht, dass er fragte, ob ihr Vater schon zurück sei.

Ein leichter Wind kam auf und ließ die Blätter rascheln. In Perles Ohren klang es unheimlich, obwohl sie den Wald liebte.

Ihr Vater hatte sie oft mitgenommen, hatte ihr das Spurenlesen beigebracht, ihr die unterschiedlichsten Bäume gezeigt, die Form ihrer Blätter und Farbe der Rinde. Er hatte ihr erklärt, welche Beeren man essen konnte und welche nicht, und ihr gezeigt, wie man Feuer machte und auf Bäume stieg, aber Letzteres hatte sie schon gekonnt.

Sie war so oft im Wald gewesen und träumte davon, Waldläuferin zu werden, aber so würde es nicht kommen. Ion war der Junge, er würde ihren Vater beerben, obwohl er der Zweitgeborene war und viel mehr als den Wald den Bach liebte, in dem er Fische fing, Steine sammelte und Dämme baute. Sogar ein Floß hatte er sich schon gezimmert und war damit meilenweit gefahren, meist am Rand des Walds entlang und nie tief hinein.

»Ich kann es auch nicht ändern«, hatte ihr Vater bedauernd gesagt. »Ich kann dich nur mitnehmen, solange du bei uns wohnst.«

Ion würde nach ihrem Vater der letzte Waldläufer werden, und sie würde heiraten und ihrem Mann in seinem Beruf helfen, weil sie das Mädchen war. Und das nahm sie Ion übel, sie war eifersüchtig, obwohl sie wusste, dass er nichts dafür konnte. Deshalb und weil sie ihren Bruder liebte, vergrub sie die Eifersucht tief in sich; doch sie war da, jeden Tag und jede Nacht, und lauerte.

Wo bleibst du nur, Papa?

Die Angst um ihren Vater wuchs mit jedem Atemzug. Er hätte längst zurück sein sollen, das Sonnenfest begann in wenigen Stunden, und sie dachte wieder und wieder daran, dass er gesagt hatte: »Am Morgen davor bin ich zurück. Spätestens.«

Wie tief war er in den Wilden Wald vorgedrungen, um ihr ein Geschenk zu bringen? Plötzlich fürchtete sie, er könnte sich bis ins felsige Herz gewagt haben, wo es neben den Lindwürmern auch allerlei Wunder geben sollte, und das nur, weil sie ein besonderes Geschenk wollte. Hatte sie ihn in Gefahr gebracht mit ihrem selbstsüchtigen Wunsch, einmal gut dazustehen?

Ion drehte sich auf die andere Seite, und Perle hielt den Atem an, aber Ion schlief weiter.

Der Wind ebbte ab, und draußen herrschte wieder Stille. Perle dachte an den Tod, dann an ihren Vater, und biss sich auf die Lippe. Eine Fliege summte um ihr Ohr, wieder und wieder. Perle lauschte in die Nacht, und in ihr wuchsen das schlechte Gewissen und die Furcht, ihren Vater zu etwas Unbedachtem getrieben zu haben.

2

Es war spät in der Nacht, als Perle endlich polternde Schritte hörte. Vater! Erleichterung durchströmte sie, das schlechte Gewissen und alle Ängste waren fortgespült, und sie fühlte nur noch Dankbarkeit. Und so, wie es polterte, schien er etwas Schweres zu tragen, etwas Großes – ihr Geschenk.

Lächelnd kroch sie unter dem dünnen Schlaflaken hervor und schlich zur Tür. Vorsichtig öffnete sie sie einen Spaltbreit. Sie wollte einen heimlichen Blick auf das Geschenk werfen, bevor er es verpacken konnte. Dann würde sie hinausstürmen und ihrem Vater um den Hals fallen. Heute war sie noch Kind, heute durfte sie noch neugierig sein und ihre Freude zeigen.

Tatsächlich war es ihr Vater, der heimgekehrt war, doch bei seinem Anblick gefror ihr Lächeln. Schwerfällig ließ er sich auf einen der Stühle am Tisch in der Wohnstube fallen. Sein Gesicht war gerötet, und er roch durchdringend nach Wirtshaus, nicht nach Wald. Er vergrub die Hände in den Haaren und fluchte leise vor sich hin. Auf dem blumengeschmückten Tisch lag ein kleines helles Kästchen, aber das war schon dort gewesen, als er sich setzte; es stammte vermutlich von Ophilia.

Bevor Perle die Tür öffnen und ihn fragen konnte, was geschehen war, kam Ophilia aus dem Schlafzimmer. Sie trug nur ein dünnes, verschwitztes Hemd, das lange Haar war durcheinander, aber sie schien nicht geschlafen zu haben.

»Endlich«, sagte sie erleichtert, und dann naserümpfend: »Du stinkst.«

Langsam hob er den Kopf, das Gesicht war eingefallen, er schien betrunken. »Heute bin ich zu weit gegangen, viel zu weit.« Er sagte es, ohne seine Frau nach fünf Tagen Abwesenheit zu begrüßen. In seiner Stimme lag zum einen Entsetzen, zum anderen ein jammernder Ton, den Perle von ihm nicht kannte.

»Wie weit?«, fragte Ophilia scharf und starrte ihn an. Perle mochte es nicht, wenn sie so mit ihrem Vater sprach, aber sie wollte genauso wissen, was los war, also blieb sie in ihrem Versteck.

Er wich dem Blick seiner Frau aus. »Schlafen die Kinder?«

»Ja.« Sie nickte. »Wie weit?«

Perle versuchte, leise zu atmen. Was hatte ihr Vater getan? Hatte er sich für ihr Geschenk mit dem Vogt angelegt? Kurz fühlte sie so etwas wie Stolz, dann Sorge und wieder etwas von dem schlechten Gewissen. Sie war überzeugt, dass er alles riskiert hatte, um ihr ein so prächtiges Geschenk zu machen, wie es arme Leute eigentlich nicht konnten. Sie wollte ihn umarmen und trösten, ihm danken und ihn begrüßen, aber sie rührte sich nicht, weil sie erst wissen wollte, wobei er zu weit gegangen war.

Für einen kurzen Moment sah er Ophilia flehend an, dann senkte er sofort den Blick. Plötzlich begriff Perle, dass er sich schämte, und all ihr Stolz fiel in sich zusammen.

»Was hast du getan? Mit wem hast du es getrieben?«

»Was?«

»Welche Wirtshaushure war es?« Sie atmete schwer. »Oder warst du am Baum der Nymphe und …«

»Nein!«

»Was ist es dann? Verspielt hast du doch schon alles und mehr. Was kann es sonst noch sein?«

»Hernoth!«, stieß er hervor, während Perle noch immer zu begreifen versuchte, dass ihr Vater irgendetwas verspielt zu haben schien. »Es ist immer Hernoth!«

»Du hast mir versprochen, nicht mehr mit ihm zu spielen, nicht vor Perles Geburtstag.«

»Das wollte ich auch nicht! Nein, ich habe es zuerst auch nicht«, rechtfertigte sich ihr Vater, und zu dem Jammerton gesellte sich kindlicher Trotz. »Ich habe mit Herfe und Yagon gewürfelt, und ich habe gewonnen, genug, um Perle ein großes Geschenk zu holen, so wie sie es verdient. Und ich musste spielen, denn im Wald habe ich nichts gefunden. Ich bin der Fährte eines Einhorns gefolgt und habe auf ein paar Haare aus dem Schweif oder gar ein Horn gehofft, aber nichts. Auch kein besonderes Holz, keine Lindwurmkralle, keine goldene Adlerfeder, nichts. Auch nichts, das sich zu Geld machen ließe. Nur ein paar Pilze und Beeren und zwei magere Kaninchen, das hilft gerade mal gegen den eigenen Hunger. Ein Kaninchenfell ist doch nichts, das man einem Mädchen zur Frauwerdung schenken kann! Was soll das für ein Omen sein? Etwas anderes jagen konnte ich nicht, ich bin Farnohs Männern über den Weg gelaufen.«

»Und?«

»Und nichts. Wir haben uns gegrüßt. Ich hatte nur Kaninchen …«

»Das Geschenk«, sagte Ophilia kalt. »Du hattest genug Geld für ein Geschenk.«

»Ja. Aber da kam Hernoth an unseren Tisch, reckte seinen fetten Bauch heraus, die Hände am Gürtel, und wollte sein Geld. Mein Geld – unseres. Und er wollte es sofort. Plötzlich wollte er es mir nicht weiter stunden. Ich habe ihm das frisch gewonnene Geld als Anzahlung angeboten, aber das reichte ihm nicht. Ich habe gefleht, weil Perle doch zur Frau wird und Geschenke braucht, aber er ist hart geblieben. *Ich will es jetzt, oder ich gehe zum Vogt*, hat er gedroht. Zum Vogt, das hat er wirklich gesagt, und da wusste ich, dass ich keine Wahl hatte. Aber weil ich gerade einen Lauf hatte, habe ich ihn gebeten, alles zurückgewinnen zu dürfen. Was hätte ich denn tun sollen? Es konnte doch nur besser werden, oder?« Er suchte den Blick seiner Frau, als erwarte er dort Verständnis, doch sie sah ihn nur versteinert an.

Perle biss sich auf die zitternde Lippe, und nun wurde sie von Scham gepackt. Sie schämte sich für ihren Vater, für sein Jammern, für seine Schulden, von denen sie nichts gewusst hatte, und dafür, dass er am Abend im Wirtshaus noch immer kein Geschenk für sie gehabt hatte. Wie hatte er das Omen für ihre Zukunft dem Glück beim Würfeln überlassen können? Zur Scham gesellte sich Wut, und plötzlich verstand sie Andeutungen und Bemerkungen, die andere Mädchen gemacht hatten und die sie immer nur für Neid gehalten hatte, weil ihr Vater als Waldläufer frei war. Das hatte er ihr immer versichert, dass sie trotz aller Armut frei seien, freier als die meisten.

Ion tauchte an ihrer Seite auf, und sie zuckte kurz zusammen. War er aufgewacht oder hatte er so wenig geschlafen wie sie? Wie viel von dem Gespräch hatte er gehört? Es war zu dunkel, um in seinem Gesicht zu lesen.

»Hernoth hat sich zu uns gesetzt und mich spielen lassen«, erzählte ihr Vater. »Ich hatte weiter Glück, aber nicht so viel Glück wie er. Alle anderen habe ich besiegt, aber gegen ihn ging alles schief. Wir haben mit Karten gespielt, und wir haben gewürfelt, und es war wie verflucht. Jedes Mal hat er den Kaiser gezogen.« Er senkte den Kopf. »Jedes verdammte Spiel …«

»Wie viel hast du verloren?«

»Noch einmal so viel, wie ich ihm schuldig war.«

»Noch einmal …«

»Ja. Aber das Schlimme ist, dass er das Geld wirklich wollte. Alles und sofort.«

Für einen Moment herrschte Stille, nur eine Fliege kreiste und landete auf dem Tisch. Perles Vater hob die Hand, um sie zu erschlagen, aber Ophilia hielt ihn davon ab. »Leise, die Kinder.«

»Haben einen tiefen Schlaf«, brummte er, ließ die Hand aber sinken.

Sie fragte leise: »Heißt das, du musst in den Turm?«

Perle spürte, wie sich Ions Hand in ihren Arm krallte, und trotz aller Scham und Wut dachte sie sofort: *Nicht in den Turm!* Als drei Jahre zuvor der Bauer Danjak dorthin gebracht worden war, hatte jeder im Dorf eine Schauergeschichte zu erzählen gewusst. Dass der Turm, der gleich hinter der Burg des Vogts stand, keine Fenster habe und die Dunkelheit den Gefangenen in die Seele kröche, sodass sie schwarze Augen bekämen. Andere wussten, dass die Haut der Gefangenen sich grau wie der Mauerstein färbte oder dass man in den Ker-

kerlöchern noch den Nachhall des Ächzens und Klagens der dort Verreckten hörte, einen flüsternden Todeschor, der niemanden ohne Albträume schlafen ließ. Es gab prosaischere Geschichten über den Gestank von Pisse und Scheiße, über Kämpfe unter den Gefangenen, über verseuchtes Trinkwasser und mehr. Und heraus durften die Häftlinge nur kurzfristig und in Ketten, um zur Zwangsarbeit herangezogen zu werden, falls nötig. Der Turm war hoch und dick, und unter ihm erstreckten sich gewaltige Keller, sodass er notfalls Hunderte beherbergen konnte.

Sie alle hatten geschworen, Danjak würde genau ihre Geschichte bestätigen, wenn er nach zwei Jahren zurückkehre. Doch er war nicht zurückgekehrt. Vogt Farnoh versicherte, er habe ihn freigelassen, aber nicht alle glaubten ihm, vielmehr vermuteten sie, Danjak sei von einem Wächter erschlagen worden. Die ihm glaubten, vermuteten dagegen, Danjak habe sich nur nicht mehr nach Hause getraut – sein Hof war sowieso versteigert worden, um seine Gläubiger zu bezahlen, und befand sich jetzt im Besitz von Hernoth. Nein, in den Turm durfte ihr Vater nicht kommen, das würde Perle nicht zulassen. Tröstend legte sie Ion die Hand auf den Arm.

»Nein«, sagte ihr Vater mit brüchiger Stimme. »Er hat mir einen anderen Ausweg geboten.«

Perle wurde von Erleichterung gepackt, und Ion atmete neben ihr auf, aber Ophilia fragte nur: »Welchen?«

Ihr Vater sah weg und murmelte etwas, das Perle nicht verstand.

»Du dreckiger Feigling!«, stieß Ophilia hervor. »Was bist du nur …?«

Er sprang auf und hob die Faust, aber dann ließ er sie wieder sinken. »Was hätte ich denn tun sollen?«, fragte er verzweifelt. »Was?«

»Du hättest in den Turm gehen können. Du warst es doch auch, der alles verspielt hat. Seit Jahren!«

»Ich weiß! Aber …« Er schüttelte den Kopf. »Für sie allein hätte ich das hundertmal gemacht, da hätten sie mich auspeitschen, verbannen oder sogar hängen können, das wäre mir doch egal gewesen. Aber was wird dann aus dir und Ion? Was? Ich will sie genauso wenig verlieren wie du.«

Wen verlieren? Perle wollte nicht glauben, was sie dachte, wollte, dass das alles nicht geschah, wollte nichts von Würfeln und Schulden wissen, wollte nie an die verdammte Tür geschlichen sein, doch dann spürte sie erneut Ions Hand, die sich an sie klammerte, und wollte schreien, konnte aber nicht. Fliegen krabbelten über ihr Gesicht, und wider besseres Wissen hoffte sie, dass das alles nicht stimmte, dass er nur betrunken war und irgendwas daherredete, aber dafür sprach er noch zu deutlich. Er lallte kaum, und die Sätze waren klar.

Nun schlug ihr Vater sich mit der flachen Hand gegen die Brust, sein Gesicht war verquollen. »Ich bin der Einzige von uns, der das Geld zurückholen kann. Was soll sie denn tun mit ihren fünfzehn Jahren? Sie kann nicht anpacken wie ich. Wenn ich eingesperrt werde, sind wir alle verloren, ihr ebenso wie ich, ihr würdet verhungern. Niemand würde dir Geld leihen, nicht in diesen Zeiten! Ich musste darauf eingehen – für dich und Ion. Perle konnte ich nicht mehr schützen, aber euch. Hernoth und der Vogt sind alte Freunde, was sollte ich da tun? Yagon hat gesagt, ich könne sie bei der Dürre doch sowieso nicht durchfüttern, und dafür habe ich ihm in die Fresse geschlagen, bis er es zurückgenommen hat. Aber dann habe ich die Urkunde unterzeichnet, es ist nicht zu ändern. Ab morgen ist sie Hernoths Leibeigene. Sie wird schuften müssen von früh bis spät, aber es ist nicht der Turm. Und ich werde nicht ruhen, solange ich nicht genug Geld verdient habe, um sie wieder freizukaufen. Ich werde einen Weg finden, das schwöre ich.« Fast klang es, als sei er stolz auf dieses Versprechen.

Perle war trotz der Hitze kalt, sie konnte sich nicht rühren. Alles war eingestürzt, ihre Freiheit verspielt, die Zukunft vorbei, die Vergangenheit zerbrochen. Alles, was sie über ihren Vater zu wissen geglaubt hatte, konnte eine Lüge sein, seine Liebe hatte es nie gegeben. Sie erinnerte sich an Andeutungen von Freunden über die Schulden, die sie ignoriert hatte; an ihren kurzzeitig gehegten Verdacht, er sei es gewesen, der ihr Einhorn gestohlen habe, den sie aber rasch verworfen hatte. An Auseinandersetzungen zwischen ihm und Ophilia, bei denen sie stets seine Partei ergriffen hatte, weil er ihr leiblicher Vater war und sie die falsche Mutter. Alles Lüge, alles dahin. Die Kälte in ihr breitete sich aus.

»Sie wird nicht nur schuften«, sagte Ophilia. »Sie ist zwar keine Schönheit, aber jung. Ihre Nase ist gerade und die Brüste sind schon deutlich zu sehen. Du …«

»Ich weiß, aber …« Er klang wieder jämmerlich, und mit einem Mal ekelte Perle sich vor ihm. Der Mann dort drüben am Tisch hatte nichts gemein mit dem, der ihr das Einhorn geschnitzt und den Wald gezeigt hatte, der ihr das Flötenspiel beigebracht und erzählt hatte, was eine Hirschfährte von der eines Einhorns unterschied. Wie hatte die Kreatur dort drüben sich so lange vor ihr verbergen können? War der Vater, den sie gekannt hatte, nur eine Maske gewesen? »Sie ist mein Fleisch und Blut, aber …« Wieder machte er eine Pause, dann: »Meinst du, sie wird mir irgendwann verzeihen können? Es verstehen? Dann, wenn ich sie zurückgeholt habe?«

Perle spürte nur noch Verachtung. Ions Hand auf ihrer Schulter zitterte vor Wut.

Ophilia schnaubte laut. »Verstehen wird sie manches, wenn du es ihr mit den richtigen Worten erklärst. Du bist ihr Vater, sie war immer gehorsam, und sie wird es auch diesmal sein. Aber verzeihen wird sie dir niemals. Wie kannst du auch nur einen Moment lang glauben, dass sie das tut?«

Hilflos zuckte er mit den Schultern. »Und du?«

»Ich?«

»Ja.« Flehend sah er sie an.

»Was spielt das für eine Rolle?«

»Eine große! Wenn sie mir nicht verzeiht und du es nicht tust, dann …«

Sie zögerte einen Moment, dann sagte sie: »Ich tu es, wenn du etwas für mich tust.« Mit einem Mal klang sie viel kälter, als Perle sie je gehört hatte.

»Alles«, versprach er. »Alles.«

»Es wird dir nicht gefallen.«

»Alles«, wiederholte er noch einmal.

»Gut.« Sie nickte. »Dann biete Hernoth morgen auch noch Ion an – im Tausch gegen dein elendes Stück Nachtbirke.«

Perle erstarrte. Sie spürte, wie Ion neben ihr zusammenzuckte. »Was?«, murmelte er und wollte aufspringen. »Du dreckige …«

»Halt.« Perle packte ihn und hielt ihn zurück.

»Aber sie …« Er schüttelte ihre Hand ab.

»Psst. Warte, was Vater sagt.«

Niemand hatte ihr Flüstern gehört, denn ihr Vater war selbst aufgesprungen. Er stand vorgebeugt am Tisch, die Fäuste auf die Platte gedrückt, und bellte wie ein Hofhund. »Was willst du? Bist du verrückt? Ich soll meinen Sohn verkaufen? Für wen hältst du mich?«

»Für einen Mann, der gerade eben seine Tochter verspielt hat.«

»Ich habe nicht sie verspielt, ich habe …« Er verstummte.

»Hör zu«, sagte sie. »Biete ihm Ion an, dann können wenigstens wir beide in Ruhe leben. Seit Jahren versuchst du vergebens, das verdammte Stück Holz zurückzugewinnen. Wenn du es anders bekommen kannst, dann lass dich darauf ein. Und wenn es so viel Glück bringt, wie du glaubst, können wir noch mehr Kinder bekommen, und wir können Perle und Ion schnell zurückkaufen, denn mit Glück kommen wir schneller an das nötige Geld als ohne. Ohne Glück schaffen wir es nicht.«

»Nein, ich werde ihn nicht verkaufen!«

»Willst du lieber spielen, bis du so viele Schulden angehäuft hast, dass du auch ihn fortgibst, ohne etwas dafür zu bekommen? Du bist besessen von dem Stück Holz, du wirst nicht aufhören zu spielen, egal, was du mir versprichst. Egal, dass du Perle zurückkaufen willst. Solange Hernoth die Nachtbirke hat, wirst du jede verfluchte Münze gegen ihn setzen, und du wirst sie verlieren, weil der Bauer das Glück besitzt. Verstehst du das nicht?«

»Er ist mein Sohn!«

»Und Perle deine Tochter! Was hat ihr das gebracht?«

»Sie … Ich … Ich kann nicht Ion auch noch …« Seine Stimme wurde brüchig.

»Tu es«, beschwor ihn seine Frau und nahm zärtlich sein Gesicht in beide Hände. »Tu es für uns, uns alle. Wenn du es nicht tust, wirst du alles verlieren, nach Perle auch Ion, dann mich und dann deine Freiheit.«

Perle wartete darauf, dass er widersprach, dass er dem Würfelspiel abschwor, wie ein richtiger Vater es getan hätte, aber er tat es nicht. Im Kerzenlicht wirkte es fast, als husche etwas wie Erleichterung über sein Gesicht. Glaubte er wirklich daran, dass alles gut würde, wenn er auch Ion verkaufte, oder war er nur froh, dass sie ihm sagte, was er zu tun hatte? Ihm, dem letzten Waldläufer, der immer so stolz verkündete, dass er keinem Herren diene, nicht direkt. Der nicht wie die anderen Waldläufer zu einem Knecht geworden war, als der König das Jagdrecht eingeschränkt hatte, und der Ion und Perle eingeschärft hatte, wie wichtig die eigene Freiheit sei. Perle fühlte nur noch Abscheu, ihre Hände zitterten, sie wollte irgendetwas zerstören, aber sie durfte keinen Lärm machen, und so biss sie sich selbst in die Hand, um die Wut und den Schmerz loszuwerden. Es half, aber es half nur ein wenig.

»Aber … aber warum sollte Hernoth sich darauf einlassen?«, fragte ihr Vater.

»Weil er Perle schon hat. Weil er denkt, dass er dich gebrochen hat. Er wird der Chance, dir beide Kinder zu nehmen, nicht widerstehen, weil er nicht begreift, dass das deine Chancen erhöht, beide zurückzugewinnen. Er weiß, dass Ion alles ist, was dir geblieben ist, mehr wird er nie von dir bekommen können. Also wird er zugreifen.«

»Ist mir schlecht.« Er krümmte sich am Tisch, dann stürzte er aus dem Haus und erbrach sich in der Dunkelheit. Langsam kam er wieder hereingewankt. »Ich muss ins Bett.«

»Aber wirst du es tun? Wirst du ihm Ion anbieten?«

»Wenn es das ist, was du willst.«

»Das ist es. Es ist das Beste für uns alle. Im Süden setzen die Ersten ihre Kinder im Wald aus, heißt es überall, aber ist es nicht besser, bei Hernoth zu schuften, als allein im Wald zu sein?«

»Also gut.« Er klang müde, aber er sagte es noch einmal. »Also gut.«

»Dann komm mit.« Sie blies die Kerzen aus und führte ihn zum Schlafzimmer, und er folgte ihr wie ein alter Hund. Als die Tür hinter ihnen zuschlug, flossen Tränen über Perles Wangen, und sie wischte sie zornig fort. Leise murmelte sie: »Ich hoffe, du kotzt noch mal und erstickst daran.«

Ion verschluckte ein verzweifeltes Lachen.

3

Langsam richtete Perle sich auf und stieg zitternd zurück ins Bett. Ion legte sich stumm zu ihr, und sie hielten sich gegenseitig. Perle bekam die Gedanken an den groben, lauten Großbauern Hernoth nicht aus den Kopf. Sie war ihrem Vater Gehorsam schuldig, er war das Familienoberhaupt, sie das Kind.

Sie hatte es ihrer sterbenden Mutter versprochen, die, geschwächt vom Fieber, das Krankenbett nicht verlassen konnte, die Augen matt, die Wangen eingefallen, das schwarze Haar ein einziges wirres Knäuel auf dem Kissen und überall der Geruch von altem Schweiß. Wieder und wieder hatte Perle ihrer Mutter versprochen, dem Vater zu gehorchen, weil die es wieder und wieder verlangt hatte, zu erschöpft und ausgelaugt, um ihr mehr mit auf den Weg zu geben als die Forderung nach Gehorsamkeit.

»Gutes Mädchen«, hatte sie dann immer lächelnd gesagt, »gutes Mädchen.«

Und Perle hatte das Versprechen wieder und wieder gegeben, nur um noch einmal dieses Lächeln zu sehen. Sie war neun gewesen, und Gehorsam zu versprechen, war ihr selbstverständlich erschienen. Aber was galt das jetzt noch? Sie war kein Kind mehr, und ihr Vater hatte ebenso versprochen, für Ion und sie zu sorgen, mehrmals hatte er das, und doch hatte er sie jetzt verraten. Warum sollte sie noch an ihr Versprechen gebunden sein? Aber es saß tief und ließ sich nicht einfach abschütteln. Was, wenn ihr Gehorsam wirklich der einzige Weg war, die Familie zu retten?

»Ich will nicht verkauft werden«, flüsterte Ion; er klang, als unterdrücke er ein Schluchzen.

»Ich weiß.« Sie fuhr ihm durchs Haar, und er ließ es geschehen.

»Können wir das blöde Holz nicht einfach für ihn stehlen?«

»Weißt du, wo es ist?«

»Irgendwo bei Hernoth.«

»Er hat Hunde und Knechte und Leibeigene. Nein, das klappt nicht.« Sie schüttelte den Kopf. »Und ich bin schon verkauft.« Sie hatte gesehen, wie Hernoth seinen Sohn an den Haaren nach Hause geschleift hatte, wie er ein Schwein vor der Schlachtung gepackt hatte, wie er die Schankmaid hinter dem Wirtshaus gegen die Wand gedrängt hatte, und all die Bilder waren wieder in ihrem Kopf. Das alles vermischte sich zu der Vorstellung, wie er sie packte, sie gegen die Wand drückte und sie nahm. Wie niemand ihr half, weil es rechtens war, weil ihr Leib nun ihm gehörte, genauso wie seine Schweine, Hühner, Kühe und Hunde ihm gehörten. Nicht einen Tag ihres Lebens würde sie eine freie Frau sein.

»Was tun wir dann?«, fragte Ion.

»Tun? Wir können nichts tun«, sagte sie. »Vater hat entschieden.« Sie würde es irgendwie überleben, bis ihr Vater sie wieder freikaufte, und dann würde sie ihm ins Gesicht spucken und gehen, nur fort von hier.

Als sie daran dachte, fragte sie sich, warum sie ihm nicht sofort ins Gesicht spuckte. Es war ein neuer, fremder Gedanke, aber der Vater von heute war auch ein fremder Mann. Ihre Mutter hätte nicht gewollt, dass sie verkauft würde, diesen Gehorsam konnte sie nicht gemeint haben. Ruckartig stand sie auf und sagte: »Ich gehe.«

»Was?«

»Ich gehe.« Ohne den Entschluss zu hinterfragen, zog sie sich im Dunkeln an und packte das neue Kleid und einen zweiten Satz Kleidung zusammen.

»Wohin?«, fragte Ion. Er saß auf ihrer Bettkante und beobachtete ihr Tun.

»Ich weiß es nicht. Aber ich muss weg sein, bevor die Sonne aufgeht. Bevor Hernoth kommt, um mich zu holen.«

»Ich gehe mit dir.« Ion sprang auf. »Ich will nicht verkauft werden, und schon gar nicht, wenn du weg bist. Hernoth wird mir die Schuld an deinem Verschwinden geben und mich von früh bis spät prügeln. Du darfst mich nicht allein lassen!«

»Was, wenn Vater es sich noch einmal überlegt? Wenn er dich doch nicht verkaufen will, wenn er den Rausch ausgeschlafen hat? Dann bist du hier besser dran als mit mir auf der Flucht.«

»Er hat dich verkauft, seinen Liebling. Warum also mich nicht?« Er schlüpfte in seine Kleider und suchte alles zusammen, was ihm nützlich erschien.

»Ich bin nicht sein Liebling«, zischte Perle.

»Ich auch nicht«, gab Ion zurück. »Lass uns in eine Stadt gehen, da gibt es immer Arbeit. Oder wir fahren zur See.«

»Nein.« Perle würde ihn mitnehmen, aber sich nicht vorschreiben lassen, wohin sie gingen. Er war ihr kleiner Bruder, und von Gehorsam hatte sie genug. »Auf der Straße erwischen sie uns sofort, der Vogt hat Pferde und Hunde. Wir gehen in den Wald, da können wir uns fürs Erste verstecken.«

»Aber der Wald ist …«

»Du kannst ja bleiben, wenn du Angst hast«, sagte Perle.

»Ich hab keine Angst«, protestierte Ion, aber sie wussten beide, dass das gelogen war. Sie hatten beide Angst, aber ihre Furcht vor der Leibeigenschaft und Hernoth war größer. Entschlossen steckten sie ihre Steinschleudern in den Gürtel, schlichen in den Wohnraum hinaus, und Perle packte so viel von den spärlichen Essensvorräten in einen Beutel, wie sie tragen konnte. Dann nahm sie den Wasserschlauch und den Jagddolch ihres Vaters an sich, während Ion das Beil fürs Feuerholz holte.

Aus dem Zimmer der Eltern drang Schnarchen, und der Dolch wog plötzlich schwer, der Griff juckte in ihrer Hand, und die Wut wallte in ihr auf. Wenn sie jetzt hineinginge und ihn erstach, würde er sich nicht wehren; er war betrunken und schlief tief. Aber sie tat es nicht, sie konnte es nicht, wollte es nicht, und es hätte nichts geändert, sie war längst verkauft. Sie würde nicht zur Mörderin werden, aber sie würde ihm auch nie wieder gehorchen. *Es tut mir leid, Mutter.*

Ion wollte das Kästchen vom Tisch für sie einstecken, aber sie schüttelte den Kopf. »Ich will das nicht, ich will nie wieder etwas von ihnen annehmen.«

»Aber das Essen und …«

»Das nehmen wir nicht an, das nehmen wir ihnen weg.«

»Was?«

»Wir nehmen, wir lassen uns nichts geben.«

»Wenn du meinst.« Ion zuckte mit den Schultern und griff sich noch einen Topf vom Herd. Zusammen verließen sie das Haus.

Draußen drehten sie sich noch einmal um und spuckten gegen die Tür. Sie taten es gleichzeitig wie abgesprochen, und da musste Perle lächeln. Noch immer lächelnd, ritzte sie ein altes Fluchzeichen in die Tür, ein Zeichen, das dem Opfer das Herz verdorren ließ, auch wenn Perle natürlich nicht wusste, wie man wirklich zauberte. Aber ihre Eltern würden verstehen, was sie ihnen damit wünschte, und auch jeder sonst, der es sah, und das war fast so gut wie ein richtiger Fluch. Sie grub das Zeichen tief ins Holz.

Kurz sahen sie die Straße hinunter zu Hernoths Hof, wo in einem Stallfenster noch Fackeln brannten. Eine Sau quiekte laut, vielleicht warf sie gleich oder sie wurde geschlachtet. Dann wandten sie sich zum Wald, der gleich hinter ihrem Haus begann. Er war wie eine schwarze Wand, die sich hoch vor ihnen auftürmte. Und dennoch schien ihr der Wald eine bessere Wahl als Hernoth.

»Los«, sagte Perle leise, und sie machten sich auf den Weg.

Der Mond war nicht einmal halb voll, und sein Licht drang nur schwach durch das dichte Laub, doch den Boden vor ihren Füßen konnten sie erkennen. Sie folgten dem vertrauten Trampelpfad vom Dorf, der bis zum Baum der Nymphe führte, einer großen, hohlen Weißen Kastanie. Unter ihrer Krone lagen eine Handvoll umgestürzter und längst überwucherter Säulen, dazwischen fanden sich letzte Überreste ehemaliger Mauern, viele davon tief in den Boden gedrückt. Manche sagten, es sei ein Heiligtum aus der alten Zeit, doch

Perle wusste nicht, ob damals, in der Zeit von Kaiser und Hexen, wirklich Nymphen wie Götter verehrt worden waren. Denn um eine Nymphe handelte es sich bei der einzigen Statue, die zu den Überresten gehörte, das war sicher, auch wenn sie nur noch einen Arm hatte und keinen Kopf mehr. Sie wurde von den oberen Wurzeln der mächtigen Kastanie fest umschlungen.

Was auch immer die Menschen damals dort getan hatten, heute kamen die Kinderlosen aus dem Dorf hierher und baten am Fuß des uralten Baums um Fruchtbarkeit. Sie rieben sich an der kopflosen Statue und warfen sich flehend zu Boden. Sie sammelten die weißen Kastanien ein, um sie daheim zu rösten, Früchte eines scheinbar ewigen Baums.

Auch die Mädchen und Jungen aus dem Dorf schlichen sich zum Baum der Nymphe, doch aus anderen Gründen. Sie trafen sich dort, um sich im Geheimen zu küssen, anzufassen und mehr, denn was unter der Kastanie geschah, da drückten die meisten Eltern ein Auge zu. Was dort geschah, musste nichts bedeuten, und darum bedeutete der Ort den Heranwachsenden aus Greiffensturz alles.

Auch Perle hatte hier zum ersten Mal einen Jungen geküsst, Oren, einen von Hernoths Neffen, und es war schön und aufregend gewesen, doch es war nicht nur der Kuss gewesen. Für einen kurzen Moment hatte sie gemeint, die Anwesenheit der Nymphe zu spüren, etwas Fremdes, ebenso mächtig wie luftig, ebenso jung wie alt. Sie hatte sich beobachtet gefühlt und zugleich erregt. Rasch hatte sie sich stärker an Oren gedrängt, hatte die Zunge tiefer in seinen Mund gesteckt und sich dabei aus dem Augenwinkel umgesehen. Doch da war niemand gewesen außer der kopflosen Statue.

»Was ist?«, hatte Oren gefragt, als er ihren umherirrenden Blick bemerkte.

»Spürst du das auch?«, hatte sie gefragt.

»Was? Deine Zunge, deine Hände, deine …«

»Nein. Der Ort. Er ist anders.«

Er hatte sie angesehen. »Klar ist er das. Hier ist man ungestört.«

»Das meine ich nicht. Spürst du nicht die … Nymphe?«

»Die Nymphe?« Unruhig hatte er sich umgesehen. Sie waren nur am Waldrand, doch es war der Wilde Wald, und er trug seinen Namen zu Recht. »Bist du sicher?«

»Ich weiß nicht«, hatte sie gesagt, weil sie nichts mehr spürte. Also hatten sie gelacht und sich wieder geküsst, wild und eng umschlungen.

Sie waren getrennt nach Hause gegangen, um im Dorf nicht zusammen gesehen zu werden. Er war zuerst aufgebrochen, und sie waren nie wieder gemeinsam hierhergekommen und hatten kaum noch miteinander geredet. Er hatte andere Mädchen geküsst und sie andere Jungen, sie hatte sich anfassen lassen und hatte manchen angefasst, aber nicht mehr. Und keinen weiteren Jungen hatte sie gefragt, ob er etwas spüre. Sie selbst hatte die Nymphe nie wieder so deutlich wahrgenommen wie an jenem Tag.

Wenige Schritt vor dem Heiligtum packte Perle ihren Bruder an der Schulter. »Halt.«

»Warum?«

»Vielleicht ist dort jemand.« Dabei dachte sie eher an Menschen als an die Nymphe.

Sie verließen den Pfad und stapften quer durch den Wald. Je weiter sie sich vom Dorf entfernten, desto hügeliger wurde es. Mal stiegen sie aufwärts, mal wieder hinab, mal ging es zwischen zwei Erhebungen hindurch oder an einer Felsformation vorbei. Sie passierten große Himmelszypressen und Blaubuchen, Herzpappeln und Espen, Mondkiefern und allerlei andere Bäume und Sträucher. Ohne Pause stapften sie durch die Dunkelheit, dorthin, wo Perle die Gleiße vermutete, einen Fluss, den ihr Vater ihr gezeigt hatte.

»Auf der anderen Seite wird es gefährlich«, hatte er gesagt und ihr verboten, die Gleiße zu überqueren. »Dem, was dort lebt, verdankt der Wilde Wald seinen Namen.«

Sie wollte auch jetzt nicht hinüber, sie war nur auf der Suche nach einem Versteck in der Nähe von Wasser und weit weg vom Dorf. Aber vielleicht gingen sie doch hinüber, nur ein Stück weit, denn die wenigsten überquerten den Fluss ohne Grund, und das hieß, sie wären dort vor den meisten menschlichen Verfolgern sicher.

»Meinst du, das ist weit genug, dass sie uns nicht finden?«, fragte Ion. »Dass wir nicht weiter hinein müssen?«

»Ich hoffe es.«

»Hernoth wird nach dir suchen, du bist sein Besitz. Er wird nicht wollen, dass man über ihn lacht, weil seine neue Leibeigene abhaut.«

»Ich weiß.« Ihr war klar, dass eine erfolgreiche Flucht andere Leibeigene ermutigen konnte. Hernoth musste sie zurückbringen und hart bestrafen. »Also weiter.«

In der Ferne schrie ein Tier, und Ion zuckte zusammen. »Was war das?«

»Weiter«, drängte Perle, die es nicht wusste. Im Laufen zog sie den Dolch. Ion folgte ihr, das Beil in der Hand. Der Wald wurde immer undurchdringlicher. Als sie durch dichtes Unterholz stiegen, riss Perle sich die Hand an einem Dornenstrauch blutig.

»Zeig«, verlangte Ion.

»Ist nichts.« Sie trieb ihn weiter. Irgendwo raschelte es, etwas huschte vor ihnen davon, irgendwas flog über sie hinweg. Sie sahen nichts davon, hörten es nur. Irgendwann knackten größere Äste, das Fauchen erklang erneut, und Perle und Ion schlugen sich weiter durchs Unterholz. Sie hielt das Messer fest umklammert, ihr Mund war trocken, und sie atmete schwer. Ion zuckte bei jedem Geräusch zusammen.

Die Dunkelheit machte ihnen zu schaffen; sie waren noch nie allein so tief im Wald gewesen, schon gar nicht nachts. Auch wenn der König ihn für sich und seine Männer beanspruchte, der Wilde Wald war das Reich der Bären, Hirsche und Wildschweine, Füchse, Fleckenkatzen, Stachelhunde und Einhörner. Er gehörte den Dachsen, Luchsen und Schlangen – und den Lindwürmern, die in seinem Herzen leben sollten. Vereinzelte Gesetzlose versteckten sich hier, Räuber, Mörder und geflohene Leibeigene wie Perle. Und was war mit der Nymphe, deren Präsenz Perle gespürt hatte? Was mochte noch alles in dem Wald leben?

Bis zum Morgengrauen irrten sie umher, bis sie endlich auf die Gleiße stießen. Hastig tranken sie und kühlten ihre erhitzten Gesichter. Im schwachen Licht des Morgens wirkten die moosbewachsenen Ufer fast schwarz, doch das Wasser und die Kronen der kleinen Wellen glitzerten hell. Bei diesem Anblick wusste Perle, woher der Fluss seinen Namen hatte.

Als sie ihren Durst gelöscht hatten, füllten sie den Wasserschlauch bis zum Rand. Dann stiegen sie in die Gleiße und wateten knietief im Wasser flussabwärts, um mögliche Spürhunde zu verwirren. Hernoth hatte mehrere bissige Hofhunde, aber es waren die Jagdhunde des Vogts, die sie fürchteten. Die waren dazu ausgebildet, einer Spur zu folgen und ein Wild bis zur Erschöpfung zu hetzen, und der Vogt war Hernoths Freund.

Sie wateten, bis sie sich einem kleinen Wasserfall näherten und die Strömung stärker wurde. Bevor sie mitgerissen werden konnten, durchquerten sie den Fluss ganz und näherten sich dem anderen Ufer. Dort packten sie herabhängende Äste und hangelten sich hoch in die Bäume. Perles Muskeln waren so müde, dass sie zitterten, und die Knie waren vom kühlen Wasser ganz steif, aber sie zog sich mit letzter Kraft hinauf. Hunde, die am Boden nach einer Spur suchten, würden sie in der Höhe nicht finden.

Sie kletterten weiter von Baum zu Baum, bis sie bestimmt dreißig, vierzig Schritt vom Ufer entfernt waren. Einmal wäre Ion fast abgestürzt, und auch Perle konnte nicht mehr weiter. Langsam ließen sie sich zu Boden gleiten und schleppten sich noch ein Stück weiter. Zwischen zwei Hügeln stießen sie auf unübersichtliches Unterholz und versteckten sich auf einer winzigen Lichtung darin. Schweigend aßen sie von ihren Vorräten, dann legte Perle sich hin. Sie mussten beide etwas schlafen, wenigstens zwei Stunden, und Ion wollte unbedingt die erste Wache übernehmen.

Perle schloss die Augen und versuchte, nicht daran zu denken, dass sie jenseits der Gleiße waren und Ion erst zehn Jahre alt, nicht daran, dass Hernoth sie jagen musste, und nicht an den Verrat ihres Vaters. Einen Moment lang fragte sie sich, ob sie heute auch zur Frau wurde, wenn sie nicht an der Feier teilnahm. Eine Frau ohne jedes Geschenk, was war das für ein Omen? Hieß das, sie hatte keine Zukunft?

Was würden die Leute im Dorf sagen und denken? Würden alle sie verfluchen, weil sie und Ion nicht gehorsam gewesen waren? Beinahe rührten sich Gewissensbisse in ihr, aber die unterdrückte sie sofort.

Das kannst du doch nicht verlangt haben, Mutter, das nicht!, dachte sie, als könnte die Tote sie hören. Sie bekam keine Antwort und kratzte den Schorf auf ihrer Hand auf und spürte, wie frisches Blut aus der Wunde rann. Aber nicht viel. Sie dachte, dass sie besser an etwas Schönes denken sollte, ihr wollte nur nichts einfallen. Und dann war sie vor Erschöpfung eingeschlafen. Glücklicherweise träumte sie nichts.

4

Als Perle von Ion wachgerüttelt wurde, hatte er ihr aus einem Stück Zeder einen faustgroßen Lindwurm geschnitzt.

»Alles Gute zum Sonnenfest«, sagte er. »Ein Einhorn kann ich nicht, aber vielleicht bringt er auch Glück. Und seine Stärke kannst du bestimmt brauchen.« Er lächelte vorsichtig, und sie war so überrascht, dass sie nichts erwidern konnte.

»Und das hier hatte ich schon.« Er holte eine Kette aus grünen Quarzen aus der Tasche. Die schimmernden Steine waren manchmal im Greiffenbach zu finden, aber nur selten. Es musste ihn über viele Wochen hinweg viele Stunden gekostet haben, sie zu sammeln.

Perle umarmte ihn, klammerte sich an ihn und weinte vor Glück und Erleichterung. Sie war nicht allein, und er hatte das schlimmste Omen von ihr abgewendet. Die Kette war wunderschön, doch der Lindwurm rührte sie noch mehr. Er hatte ihn jetzt gemacht, trotz aller Müdigkeit und allem, was ihm durch den Kopf gehen musste. »Das ist …«

Doch bevor sie weiterreden konnte, hörten sie ein Quieken und

Keuchen, Äste schlugen aneinander, irgendwas kam durch das Unterholz auf sie zugestürmt.

»Auf den Baum«, rief Perle, aber es war zu spät. Sie konnte gerade noch den Dolch packen, da brach eine verletzte Blaue Wildsau aus dem Unterholz und hielt auf sie zu. Rötlicher Schaum tropfte von ihrem Maul, und die ganze linke Seite war aufgeschlitzt, als sei sie an einem scharfkantigen Felsen entlanggeschrappt oder in einen gesplitterten Baumstamm gestürzt. Blut quoll aus der Wunde, und die Wildsau knickte kurz ein, doch sie rappelte sich sofort wieder auf, blind vor Wut und Schmerz. Quiekend griff sie an, den Kopf gesenkt, und die dicken Hauer ragten weit aus dem Maul.

Ion warf sich schreiend zur Seite und versuchte zugleich, mit dem Beil nach dem Tier zu schlagen. Er verfehlte es weit und wurde von seinem eigenen Schwung umgerissen. Perle drückte sich ins Unterholz und wirbelte sofort herum. Mit aller Kraft stieß sie dem Tier den Dolch in die Flanke. Er blieb stecken und wurde ihr aus der Hand gerissen. Sie stürzte, die harten Borsten stachen in ihren Arm.

Die Wildsau warf sich herum, dann sackten ihre Vorderbeine ein. Mühsam richtete sie sich wieder auf, aber Ion war schon da. Er schlug ihr das Beil auf den Schädel, und sie knickte erneut ein. Er schlug zu, als würde er Feuerholz spalten, und es knirschte. Die Wildsau schrie und kroch immer weiter auf Ion zu. Wieder holte er aus, und Perle packte den nächstbesten dicken Ast vom Boden. Wie von Sinnen droschen sie auf das Tier ein, legten all ihre Wut und alle Ängste in die Schläge, schrien und fluchten, bis die Sau endlich zuckend und röchelnd starb.

Schwer atmend fielen Perle und Ion neben ihr auf die Knie; Perle hatte blaue Flecken und eine lange, tiefe Schramme am linken Arm; ihr Handgelenk schmerzte. Ion blutete aus einem Riss auf der Stirn. Aber das alles war egal, sie hatten gekämpft und gewonnen.

»Jetzt bist du wirklich kein Kind mehr«, sagte er und lachte.

»Nein, jetzt bin ich eine Waldläuferin.« Sie grinste, euphorisch angesichts des gewonnenen Kampfes. »Eine freie Waldläuferin.«

»Vater sagt, es gibt kei…«

»Was der Mann sagt, interessiert mich nicht mehr. Wir haben frisches Fleisch!« Entschlossen zog Perle den Dolch aus der Flanke und schnitt damit ein großes Stück aus dem toten Tier. So leicht würden sie nicht wieder an etwas zu essen kommen.

»Weißt du, wie das schmeckt?«, fragte Ion.

»Es ist Schwein, so anders wird es nicht sein.« Mit der bloßen Hand wischte sie das meiste Blut vom Fleisch und steckte das Stück in ihren Vorratsbeutel. Das restliche Blut würde dort Flecken hinterlassen, aber das spielte keine Rolle; sie hatten nichts anderes. Anschließend tastete sie nach dem Bauch der Sau. Es gab Geschichten, eine Blaue Wildsau trüge immer einen Edelstein im Bauch, einen durchscheinend blauen Bakorz, der über Heilkräfte verfügte. Deshalb war die seltene Blaue Wildsau bei Jägern so begehrt. »Hilf mir, sie auf die andere Seite zu drehen.«

Sie rollten die Sau herum und entdeckten das Ende eines abgebrochenen Pfeils, der aus der Schulter ragte. Perle fluchte. Wenn das ein Pfeil war, stammte die Verletzung an der Flanke von einem Spieß, nicht von einer scharfen Felskante.

Da hörten sie auch schon Schreie von Menschen und das Wiehern von Pferden, und zwar immer lauter. Schnell ließen sie von der Sau ab.

»Wilderer! Weg!«

»Wohin?«

Perle war nicht sicher, woher die Geräusche kamen. Es konnte von überall her sein, und mit Wilderern war nicht zu spaßen. Sie rafften ihre Sachen zusammen und kletterten auf den nächsten Baum. Fort, nur fort, dahin, von wo niemand kam. Höher und höher kletterten sie, bis sie tief im Laub verborgen waren.

Unten trafen atemlose Männer ein, Pferde wieherten, aber kein Hund war zu hören. Warum sie keine Hunde dabeihatten, verstand Perle nicht, aber sie war froh über so viel Glück.

»Sie ist tot; ich habe sie also doch richtig erwischt«, triumphierte eine Stimme, in der Perle die des Vogts erkannte. Ihr Herz schlug schneller vor Angst, denn dem Vogt in die Hände zu fallen war noch schlimmer, als Wilderern zu begegnen.

»Hier fehlt ein Stück Fleisch«, sagte ein anderer.

»Was?«

»Und da sind noch andere Wunden.«

»Wilderer!«, stieß ein dritter hervor.

»Vergreifen sich an meiner Sau!«, schimpfte der Vogt.

»Weit können sie nicht sein.«

»Los! Sucht alles ab!«

Die Männer stoben in unterschiedliche Richtungen davon, den Stimmen nach waren es etwa ein halbes Dutzend.

»Hilf mir«, sagte der Vogt noch immer unter ihnen, und es gab verschiedene Geräusche, die Perle nicht zuordnen konnte. Dann stieg ein furchtbarer Gestank zu ihnen auf, und Perle war überzeugt, dass der Vogt und sein Helfer die Gedärme der Sau nach dem Bakorz durchwühlten.

»Nichts«, sagte der Vogt enttäuscht nach einer Weile. Dann kamen seine Männer zurück und sagten ebenfalls: »Nichts.«

»Nach Greiffensturz«, befahl der Vogt. »Das liegt am nächsten. Wenn die Wilderer nicht für sich selbst gejagt haben, versuchen sie, das Fleisch dort zu verkaufen. Ist überall dasselbe. Dort finden wir sie oder ihre Spur.«

»Und die Sau?«

»Wir jagen eine neue, soll die doch verrotten. Ich mag keine, die ich nicht allein getötet habe.«

Als die Gruppe verschwunden war, kletterten Perle und Ion in den nächsten Baum und dann weiter von Wipfel zu Wipfel. Es war klar, auf wen der Verdacht der Wilderei fallen würde, wenn der Vogt erst von ihrer Flucht erfuhr. Jetzt war sie nicht nur die flüchtige Leibeigene eines angesehenen Bauern, sie waren auch Wilderer und damit Feinde des Königs. Als solche würden sie gehenkt werden.

»Du hättest das Fleisch nicht nehmen dürfen«, klagte Ion. »Dann wäre ihnen nichts aufgefallen.«

»Ich weiß«, stieß Perle hervor und schlug wütend gegen den nächsten Stamm. »Ich weiß.«

Sie kletterten in den Bäumen bis zum Fluss, wo sie im Wasser weiterwateten. Spätestens im Dorf würde der Vogt sich Hunde besorgen, und sicher würde Hernoth ihn mit seinen Hunden begleiten. Er würde die Jagd auf sie genießen, das wusste sie, und der Vogt schien nicht anders zu sein.

Erschöpft folgten sie dem Fluss bis zu einer Stelle, an der die Äste einer Eisenespe tief über das Wasser hingen. Daran hangelten sie sich hoch, um wiederum von Baumkrone zu Baumkrone zu klettern. Schließlich ließen sie sich zu Boden gleiten und rannten, um ein gutes Stück Weg zwischen sich und die tote Sau zu bringen.

Tiefer und tiefer rannten sie in den Wilden Wald hinein. Was auch immer dort lauern mochte, es erschien ihnen weniger schlimm als die Männer des Vogts, ihre Hunde und der Galgen, der nun auf sie wartete.

NACH DEM STURM

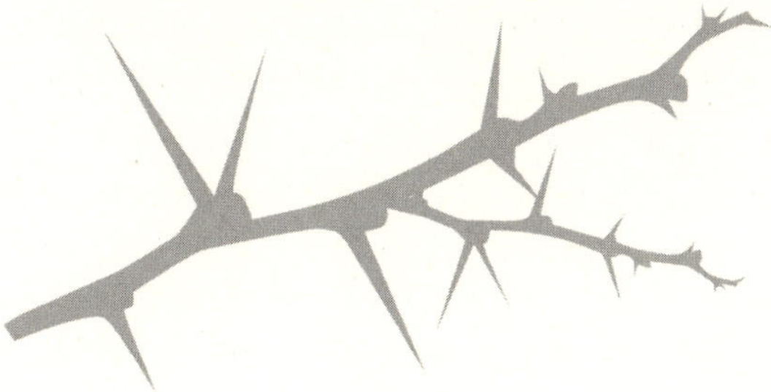

1

Als die Sonne aufging, trieben Tyra und der Ruderer Belizar noch immer auf ihrer Planke über das Meer. Der Sturm war weitergezogen, und unter einem blauen Himmel erstreckte sich das Wasser glitzernd und ruhig in alle Richtungen. Leise, fast freundlich plätscherte es an das Holz und schwappte gegen die durchgefrorenen Beine der beiden.

»Wir hatten verdammtes Glück«, sagte Belizar. Auf seiner hohen Stirn zeigte sich eine dicke Beule, und über die linke Brust zog sich eine frisch verheilte Wunde. Drei alte, fingerlange Narben verliefen parallel über den rechten Oberarm. Er war sehnig und, soweit sie das in ihrer Lage einschätzen konnte, normal groß gebaut.

»Glück?« Tyra schnaubte, sie hatte nur Kratzer und kleinere Beulen abbekommen. Ihr Hemd war eingerissen, aber ihr Gürtel mit Agions Börse daran war erstaunlicherweise unversehrt. Auch das Schwert mit dem Krakengriff war noch immer da. »Einen solchen Sturm nennst du Glück?«

»Ihn zu überleben, nenne ich Glück.« Er sah sie an, seine Augen waren eine Mischung aus Braun und dunklem Grün. »Hättest du mich nicht aus dem Wasser gefischt, wäre ich ersoffen wie alle. Und hättest du die Planke nicht gefunden, wärst auch du ersoffen. Aber das bist du nicht, du hast nicht einmal dein Schwert verloren.«

»Ich denke, wir haben recht unterschiedliche Auffassungen von Glück.«

Belizar lächelte. »Ja. Du lebst an Land, und ich fahre zur See.«

»Daran liegt es nicht«, widersprach Tyra. »Das bin ich früher auch.«

»Mit wem?«

»Agion.«

»Mhm.« Belizar klang beeindruckt. Nach einem Moment huschte ein Erkennen über sein Gesicht. »Dann bist du die Duftfinderin?«

»Ich war es. Ich habe meinen Geruchssinn verloren.« So schnell erzählte Tyra das selten, aber schiffbrüchig auf dem offenen Meer war alles anders. Der drohende Tod schwamm mit ihnen, das war keine Situation für Lügen oder Ausweichen.

»Und jetzt?«, fragte er.

»Verkaufe ich Düfte.« Sie schaute sich um, aber es war nichts zu sehen außer Wasser bis zum Horizont. Die Strahlen der erwachenden Sonne wärmten ihren durchgefrorenen Leib und trockneten das Hemd, das klamm an ihrem Körper klebte. Sie saß auf der Planke, nur die Füße baumelten rechts und links ins Wasser, um das Gleichgewicht zu halten. Ohne Belizar anzusehen, sagte sie: »Ich habe Suula um schnellen Wind gebeten.«

»Das haben wir alle, deswegen sind wir aber nicht schuld.« Belizar winkte ab. »Die Götter machen, was sie wollen, erinner dich an deine Zeit auf See. Nimm einfach hin, dass du Glück hattest. Alles andere wäre eine Beleidigung für die, die dieses Glück nicht hatten und ertrunken sind.«

Tyra nickte. So hatte sie das noch nicht gesehen.

»Es sind keine Haie da«, sagte Belizar nach einer Weile. »Auch das ist Glück.«

Tyra zog die Füße aus dem Wasser, die Planke schwankte. »Gibt es hier viele?«

»Nur manchmal.«

Schweigend trieben sie weiter, und Tyra spähte in alle Richtungen, ob irgendwo eine Haiflosse aus dem Meer ragte.

»Auf der *Nachtigall* wolltest du keine Düfte verkaufen«, stellte Belizar fest.

»Nein. Ich suche meinen Sohn, der entführt worden ist, vermutlich nach Lathien. Und vermutlich von einem …« Sie zögerte, dann sagte sie: »… einem Hexer.«

Belizar fluchte. »Das ist … Warum?«

»Er behauptet, sein Vater hätte ihm den Jungen verkauft.«

»Sein Vater?« Belizar verzog das Gesicht und spuckte aus. »Das ist kein Vater.«

»Er hat den Jungen nie gesehen«, sagte Tyra. Es klang fast wie eine

Entschuldigung, doch Gahadh zu entschuldigen war das Letzte, was sie wollte.

»Kein Vater«, bekräftigte Belizar.

»Hast du Kinder?«, fragte Tyra.

»Noch nicht.«

»Eine Frau?«

»Auch noch nicht, das ist das Problem.« Er lächelte, dann wurde er wieder ernst. »Wenn wir gerettet werden, helfe ich dir, deinen Jungen zu finden.«

»Warum?«

»Warum?« Er wirkte verärgert. »Du hast mir das Leben gerettet. Da sollte ich doch helfen, seins zu retten. Ich stehe in deiner Schuld, und ich werde sie tilgen.«

Tyra kannte diese Überzeugung gut, aber sie kannte wenige Menschen, die sie so getreu lebten. Sie hätte nie gedacht, dass sie so schnell Hilfe bekommen würde, ohne auf Agions Geld zurückzugreifen. »Danke.«

»Wie heißt er?«

»Dario.«

»Gut.« Er reichte ihr die Hand. »Dann bin ich also an deiner Seite, bis wir Dario befreit haben.«

Schweigend trieben sie weiter, das Wichtigste war gesagt. Während die Sonne höher und höher stieg, hielt Tyra nach Haiflossen Ausschau. Es wurde heiß, aber sie hatten nichts, um sich einen schattenspendenden Schirm zu bauen. Die Lippen wurden trocken und platzten auf, die unbedeckte Haut von Gesicht und Nacken spannte. Belizars frische Wunde musste brennen, aber er beschwerte sich nicht. Haie kamen nicht, dafür aber der Hunger und der Durst. Tyras Zunge schwoll an, und noch immer ließ sich keine Insel sehen. Sie wusste nicht, wie lange sie durchhalten würden.

Am Nachmittag entdeckte Belizar ein Schiff, das ungefähr in ihre Richtung segelte. Er lachte und rief: »Ich sagte doch: Glück!«

»Wenn sie uns sehen.« Sie riss sich das Hemd vom Leib und stellte die Füße auf die Planke. Langsam richtete sie sich auf, hielt mühsam das Gleichgewicht und winkte mit dem hellen Stoff. Belizar starrte sie an, sie schnauzte: »Los! Mach mit!«

Doch als er sich ebenfalls hinstellte, schwankte die schmale Planke zu stark, und sie stürzten beide ins Wasser. Rasch kletterten sie wieder hinauf, spuckten das salzige Wasser aus, und Tyra winkte wieder allein, denn sie war es, die ein Hemd hatte.

Der Kurs des Schiffs führte ein gutes Stück an ihnen vorbei, und niemand änderte ihn. Ganz leise hörten sie das Schlagen der Rudertrommel und das Eintauchen der Ruderblätter.

»Sie sehen uns nicht!«, stieß Tyra verzweifelt hervor.

»Sie müssen«, sagte Belizar, und schrie aus Leibeskräften: »Hier!«

Tyra winkte, wankte und schrie ebenfalls: »Hier!«

Sie schrien und schrien, und endlich wurden sie bemerkt. Ob es die Schreie waren oder das Winken, wussten sie nicht, doch das Schiff änderte seinen Kurs und kam direkt auf sie zu.

»Glück! Ich hab es doch gesagt, wir haben Glück!« Belizar lachte und lachte. Er lachte so laut, dass Tyra merkte, wie wenig er an das Glück geglaubt hatte.

»Glück«, sagte sie leise und lächelte. Dabei zog sie rasch das Hemd wieder an, um ihre Brüste zu bedecken, bevor sie sich einer ganzen Horde Männer gegenübersah.

Als sie an Bord des Schiffs gehievt wurden, starrten die Seeleute sie trotzdem unverhohlen an. Kapitän des Schiffs war der Abenteurer und Händler Menhet Punt aus Gybthan, von dem Agion ihr mehrfach erzählt hatte. Ein vertrauter und geschätzter Geschäftspartner, der vor allem Weihrauch, Krokodilleder, etwas Getreide und Palmblätter geladen hatte. Er war auf dem Weg nach Khulanehus in Lathien, wo er auf neue Handelspartner hoffte, die er mit dem Getreide ködern wollte.

Er ließ sich von ihrem Unglück erzählen, bedauerte die *Nachtigall* und sagte zu Tyra: »Du musst ein Liebling der Götter sein, wenn du nicht einmal dein Schwert verloren hast.«

Belizar nickte nur, aber Tyra entgegnete: »So wurde ich selten bezeichnet, seit ich meinen Geruchssinn verloren habe.«

»Du riechst nichts mehr?«

»Nur wie normale Menschen. Ich war Agions Duftfinderin, jetzt leite ich für ihn ein Geschäft.« Das war übertrieben, aber sie wollte ihre Verbindung zu einem Geschäftsfreund des Kapitäns herausstreichen. Und es wirkte.

»Agion?« Auf Menhets Gesicht zeigte sich ein Lächeln. »Wie geht es ihm?«

»Gut.«

»Stärkt euch, aber dann erzählt mir bitte von ihm. Was machen die Düfte im Norden? Braucht er guten Weihrauch? Ich habe eine neue Quelle.«

Sie bekamen Wasser und einen schweren süßen Brei, und Tyra erzählte. Einige der Seeleute starrten sie noch immer an, aber nur wenige, und alle hielten Abstand.

Als Menhet genug gehört und Tyra noch einmal auf seinen neuen Weihrauch hingewiesen hatte, wurde Belizar und ihr ein Platz im Bug zugewiesen, wo sie niemandem im Weg waren und sich im Schatten der Reling vor der Sonne verkriechen konnten.

In dem Geheimfach in Tyras Gürtel befand sich noch immer die Einhornmünze, die Dario eine Glücksmünze genannt hatte.

»Glück«, murmelte Tyra und fragte sich, ob das wirklich sein konnte. Erschöpft schloss sie die Augen.

2

Zwei Tage später erreichten sie den Hafen von Khulanehus, dessen Einfahrt von einer Festung mit schwarzen Mauern beherrscht wurde. Südlich der Stadt erhob sich der große Vulkan Lyphem, von dessen Flanke der schwarze Stein der Mauern stammte. Tyra und Belizar dankten Menhet Punt und wünschten ihm gute Geschäfte. Er gab ihnen Grüße für Agion mit. »Denk daran, ihm von dem neuen Weihrauch zu berichten!«

Tyra lachte und versprach es. Dann gingen sie von Bord. Der Hafen war weniger belebt, als Tyra ihn in Erinnerung hatte. Wie eh und je fuhren Fischer mit Netz und langem Dreizack hinaus, um die beliebten Riesenkrebse vom Meeresgrund jenseits des Feuerriffs zu jagen, doch fremde Schiffe waren selten. Die Dürre in den Königreichen schlug sich überall auf den Handel nieder.

Kinder liefen zusammen, um zuzusehen, wie das gybthische Schiff entladen wurde, und um schnelle Arbeit zu betteln. In Tyra kamen Erinnerungen an den letzten Abend mit Dario hoch, und sie spürte einen Stich in der Brust.

»Bist du eine Seefrau?«, fragte ein kleines Mädchen, das plötzlich vor ihr stand und sie hoffnungsvoll ansah.

»Nein.«

»Schade.« Das Mädchen ging zu den anderen zurück.

»Sie war es aber mal!«, rief Belizar ihr hinterher. »Und eine berühmte dazu!«

Das Mädchen drehte sie kurz um und strahlte, dann sprang es weiter. Tyra und Belizar gingen wie jeder Neuankömmling als Erstes zum Zahlmeister des Hafens. Er thronte auf einer breiten gepolsterten Bank vor seinem Amtssitz aus schwarzem Basalt, und über ihm war ein großes leuchtend buntes Tuch aufgespannt und spendete Schatten. Über das Tuch krochen zahlreiche Fliegen, neben dem Zahlmeister standen zwei bewaffnete Hafenwächter und beobachteten alles. In dem Zahlmeister erkannte sie Kajethan Dorso, der schon zu ihrer Zeit als Duftfinderin die Finanzen des Hafens überwacht hatte. Er hatte zugenommen seit damals, und die Falten um Mund und Augen waren tiefer geworden. An den Fingern trug er goldene Ringe mit großen Edelsteinen, und um seinen Hals baumelte eine schwere Kette. Vor ihm stand ein Mann, der sich kurz verbeugte und dann ging.

»Du bist noch immer nicht gern drinnen, wie ich sehe«, begrüßte Tyra ihn und lächelte.

Kajethan musterte sie einen Moment misstrauisch, dann erhob er sich. Seine Augen funkelten lustig, und er rief: »Tyra Sedon! Bist das wirklich du?«

»Ja.« Sie lächelte und deutete neben sich. »Und das ist Belizar.«

»Dein Mann? Hast du endlich geheiratet? Und dann einen Ruderer, und Agion erzählt nichts?« Er breitete die Arme aus, als wolle er sie umarmen, und lachte.

»Nein. Wir haben zusammen Schiffbruch erlitten. Die *Nachtigall* ist in einen Sturm geraten.«

»Schiffbruch?« Augenblicklich verschwand das Lachen aus Kajethans Gesicht. »Wo ist Kapitän Tian?«

Sie schüttelte den Kopf. »Es war Nacht, wir haben nichts gesehen, wir konnten uns nur an eine Planke klammern und sind von den Wellen fortgerissen worden. Aber ich glaube, alles ist zerbrochen.«

»Wo?«

Tyra sah Belizar an, und er sagte: »Nicht weit vor Qystia, das war unser Ziel.«

»Ich sage es den Kapitänen, die in die Richtung aufbrechen«, versprach Kajethan. »Vielleicht finden sie noch Überlebende.«

»Danke.«

»Kann ich sonst noch etwas tun?« Er lächelte wieder, und eine Möwe landete auf dem Schatten spendenden Tuch.

»Vielleicht. Hast du einen Mann gesehen, groß und schlank, gekleidet wie ein Gaukler und in Begleitung eines Sechsjährigen? Er soll mit einem kleinen Boot nach Lathien unterwegs gewesen sein, der Junge ist vielleicht gefesselt.«

»Dein Junge?«

Sie nickte, und die Möwe flog wieder davon.

»Wann war das?«

»Irgendwann in den letzten Tagen.«

»Nein.« Nachdenklich schüttelte er den Kopf. »Aber ich kann mich umhören.«

»Danke«, wiederholte Tyra, und Belizar sagte noch immer nichts. Sie wollte sich zum Gehen wenden, aber Kajethan hob die Hand.

»Ich sehe, du hast dein Schwert noch«, sagte er. »Eine ausgezeichnete Klinge.«

»Das ist es.«

»Aber nachdem du Schiffbruch erlitten hast, musst du sie vielleicht verkaufen, um dir die Rückfahrt oder neue Kleidung zu leisten. Und wenn du sie verkaufst, dann ist sie Handelsgut, und ich muss dich bitten, sie ordnungsgemäß zu verzollen.« Er lächelte listig. »Andernfalls müsste ich sie beschlagnahmen.«

»Beschlagnahmen.«

»Bedauerlicherweise.« Er lächelte noch immer, scheinbar genauso erfreut wie bei ihrer Begrüßung.

»Ich habe Geld«, erwiderte Tyra. »Ich muss sie nicht verkaufen. Sie ist kein Handelsgut.«

Das Lächeln verschwand von Kajethans Zügen, und sie erinnerte sich, dass er das schon früher gemacht hatte, dieses unvermittelte Wechseln zwischen Lächeln und Ernst, und dass sie niemanden kannte, nicht einmal einen Schauspieler, der das so beherrschte. »Du könntest sie trotzdem verkaufen. Und wenn du Geld hast, kannst du den Zoll ja entrichten.«

»Wie viel?«, fragte sie kalt.

»Sieben Drachmon«, sagte Kajethan. »Und fünf Prozent von allem Geld, dass dir dann noch bleibt. Auch Geld ist gewissermaßen Handelsware, oder nicht?«

Sie bezahlte. »Willst du, dass ich das Hemd auch noch verzolle? Falls ich die Fetzen einem Bettler schenke?«

»Sei nicht albern.« Milde lächelnd schüttelte Kajethan den Kopf. »Und ich bin es nicht, der den Zoll verlangt. Das ist König Tiban.«

»Ich sehe hier nur dich.«

»Richtig. Der König sitzt nicht auf Stühlen in seinen Häfen herum.«

»Das Polster ist eines Königs würdig.«

»Das macht mich noch lange nicht zu einem Herrscher.« Er lächelte unverwandt. »Ich setze nur die Zollbestimmungen um. Die sind aufgrund der Dürre härter geworden, aber die Not verlangt Maßnahmen.«

Ohne einen weiteren Gruß wandte Tyra sich ab, und Belizar folgte ihr. Im Gehen hörte sie, wie Kajethan zwei Laufburschen zu sich rief und beauftragte, die Kapitäne über das Unglück der *Nachtigall* zu informieren.

Sobald sie außer Hörweite waren, fluchte sie: »Verdammter gieriger, lächelnder Drecksack! Mögen dir die Finger abfaulen und die dicken Ringe in die Gosse fallen, wo sie von Straßenkötern und Ratten gefressen und dann auf deinen elenden Kopf ausgeschissen werden!«

Belizar starrte sie an.

»Was bildet der sich ein! Wir kennen uns ewig, und wir zwei sind Schiffbrüchige, und da lächelt er uns an und verlangt Zoll für die Dinge, die wir am Leib tragen?«

»Und wenn es wirklich der König ist?«, fragte Belizar ruhig.

»Dann sollen eben dem die Finger abfaulen! Aber die Straßenköter sollen trotzdem Kajethan auf den Kopf kacken!«

Belizar grinste, und ein vorbeikommender Seemann lachte laut.

»Was?«, motzte Tyra ihn an, aber dann musste sie selbst lachen.

Belizar zog sie an den Straßenrand. »War es eine gute Idee, ihn nach dem Entführer zu fragen?«

»Immerhin hat er die Frage nicht verzollt.«

»Nein, ich meine …« Er wich ihrem Blick aus, sah zu Boden, dann hinter sie. »Glaubst du, ein Hexer legt ganz normal in einem Hafen an?«

»Wahrscheinlich nicht. Aber für den Fall, dass doch, wollte ich gefragt haben.«

»Und wenn er Spione hat und so erfährt, dass wir auf seiner Fährte sind?«

»Das weiß er, er hat mein Kind.« Tyra schnaubte. »Er kann nicht erwarten, dass ich ihm Dario einfach überlasse.«

»Wenn er weiß, dass du hinter ihm her bist, dann … Hast du schon überlegt, ob er den Sturm geschickt haben könnte?«

»Er? Geschickt?« Tyra schüttelte den Kopf. Der Gedanke war ihr nie gekommen. Ihr Mund wurde trocken. Wenn der falsche Gaukler das tatsächlich konnte, dann war er mächtig wie die dreizehn Hexen der alten Zeit.

»Wenn ja, dann denkt er, du bist mit der *Nachtigall* ertrunken und keine Gefahr mehr. In dem Glauben sollten wir ihn dann auch besser belassen.«

»Das sind eine Menge *Wenn* und *Dann*.«

Er zuckte mit den Schultern, sagte aber nichts. Zwei Fischer schleppten die rote Schere eines Riesenkrebses vorbei, ein Mädchen warf mit Steinen nach Möwen. Der Lyphem im Süden thronte groß und schwarz über allem.

»Hast du Angst?«, fragte Tyra.

»Vor einem Hexer, der Stürme herbeirufen und ganze Schiffe zerschmettern kann? Natürlich habe ich Angst.«

»Willst du aufgeben?«

Belizar fuhr auf: »Willst du mich beleidigen? Ich soll kneifen, nur weil ich Angst habe?«

»Schon gut, ich …«

»Nein! Nichts ist gut! Ich habe es dir versprochen, und meine Versprechen halte ich! Muss ich erst schwören, dass du mir glaubst?«

»Nein.«

»Dann frag mich das nie wieder! Niemals!«

»Ich dachte nur, weil es nicht dein Sohn …«

»Niemals!« In seinen Augen funkelte Wut. Seeleute starrten sie im Vorbeigehen an, manche neugierig, andere belustigt. Niemand mischte sich ein, ein Hund bellte irgendwo, der Wind trug den süßlichen Geruch eines aufgebrochenen Riesenkrebses herbei.

»Gut«, sagte sie, »es tut mir leid. Niemals wieder.«

»Gut.« Er atmete schwer, dann schlug er die Faust gegen die nächste Wand. Und noch mal. Zischend sog er die Luft zwischen den Zähnen ein. »Gut.«

Schweigend verließen sie den Hafen. Tyra erinnerte sich an ihren letzten Aufenthalt vor knapp zehn Jahren, als sie auf dem Lyphem vergeblich nach der sagenhaften schwarzen Feuerrose gesucht hatte. Sie erinnerte sich an einen Fischer, der aus den Schalen der Riesenkrebse Rüstungen herstellen wollte, und an eine Felsgrube, in der Männer gegen die gewaltigen Krebse im Kampf angetreten waren. Den Fischer hätte sie gern gefragt, ob er Erfolg gehabt hatte, aber vermutlich hätte sie dann die Krebsrüstungen irgendwo auf der Straße gesehen, doch das tat sie nicht.

In der Stadt fragte Tyra nach einem Schneider und wurde zu einer kleinen Frau aus Allya geschickt, die rasch die Risse in ihrer Kleidung ausbesserte. Tyra kaufte sich ein zweites Hemd und für Belizar auch ein Hemd und eine richtige Hose, damit er das Rudertuch loswerden konnte, das er um die Lenden geschlungen hatte. Die Schneiderin gab ihm zudem einen länglichen Streifen Leinen, mit dem er seine blutende Hand verbinden konnte. Tyra kaufte noch eine Nadel und Faden für Ausbesserungsarbeiten unterwegs.

Dann gingen sie etwas essen und erkundigten sich bei der Wirtin nach dem nächsten großen Kastell.

»Immer der Küste nach«, sagte sie, »etwa eine Tagesreise entfernt liegt das Kastell Wellenbruch, in dem die Flotte stationiert ist. Was wollt ihr dort? Eine anständige Arbeit findet sich für Frauen dort nicht.«

»Ich suche keine Arbeit, nur eine Auskunft.«

»Und du?« Sie musterte Belizar. »Willst du Soldat werden?«

»Ich helfe ihr.«

Die Wirtin schüttelte den Kopf und ging zum nächsten Gast.

Nach dem Essen kauften sie noch einen Rucksack und Proviant, ein Messer und einen langen Dolch für Belizar, Schuhe und anderes mehr. Dann schluckte Tyra um Darios willen ihren Stolz herunter, und sie kehrten in den Hafen zurück.

»Hast du etwas erfahren?«, fragte sie Kajethan.

»Du warst einkaufen«, sagte er.

»Ohne mein Schwert zu verkaufen. Hast du?«

»Leider nein.« Kajethan hob bedauernd die Hände. »Ich hätte dir gern geholfen.«

Sie nickte und wandte sich zum Gehen.

»Was hast du jetzt vor?«

»Ihn trotzdem finden.«

»Viel Glück!«, rief er ihr hinterher, und es klang aufrichtig. Aber wissen konnte man das nicht.

3

Tyra und Belizar folgten der unbefestigten Küstenstraße Richtung Kastell Wellenbruch. Die Küste war felsig und steil, das Meer unruhig, und die Möwen waren hier groß und laut. Die Straße führte oben auf den Klippen entlang; kleine Wolken zogen am Himmel dahin, aber es regnete nicht.

Streckenweise wurde die Straße von Felsen oder Gesträuch gesäumt, und sie passierten ein verlassenes, eingefallenes Gehöft. Mittags stürmte ein berittener Bote an ihnen vorbei; Staub wirbelte unter den Hufen seines Pferds hoch. Später kam ihnen ein rotgesichtiger Händler mit seinem Wagen und drei Bewaffneten entgegengezuckelt, und hin und wieder trafen sie auf Bauern oder Fischer aus der Umgebung. Doch diese verließen die Straße meist nach kurzer Zeit wieder, und Tyra und Belizar waren wieder die einzigen Menschen weit und breit.

Als sie ein kleines Wäldchen durchquerten, flog plötzlich ein faustgroßer Stein auf Belizars Kopf zu. Er kam so schnell, dass Belizar den Kopf kaum zur Seite werfen konnte. Der Stein streifte ihn an der Schläfe, Haut riss auf, und Blut quoll heraus, spritzte auf Boden und Hemd. Belizar schrie und geriet ins Taumeln.

Zugleich brachen drei abgemagerte Jungen aus dem Unterholz, kaum älter als zwölf oder dreizehn Jahre. Sie brüllten und schwangen schwere Holzknüppel. Der erste stürmte auf Tyra zu und schlug nach ihr, doch sie sprang zur Seite und riss das Schwert aus der Scheide. Sie hatte keine Zeit nachzudenken, doch sie reagierte fast so schnell wie früher.

»Feige Ärsche!« Belizar hatte sich gefangen, er hielt seinen neuen Dolch in der Hand. Blutüberströmt und fluchend warf er sich dem nächstbesten Angreifer entgegen. »Du hässliche Rotzfresse, ich schlitz dich auf!«

Er stach dem Jungen in den Arm, und der heulte. Tyra hieb nach dem dritten, der noch immer brüllte, aber in seinem Gesicht stand ebenso viel Angst wie Wut. Verzweifelt hielt er den Knüppel dem Schwert entgegen, und jede Bewegung verriet, dass er vom Kämpfen wenig Ahnung hatte. Splitter spritzten aus dem Holz, und Tyra schlug erneut zu, wieder und wieder. Sie trieb ihn zurück.

»Greif an!«, kreischte irgendwer. »Das ist nur eine Frau!«

Das Heulen des anderen dauerte fort.

»Elende Hundeschwänze! Ihr Krötenklöten!«, brüllte Belizar.

Tyra schlug zu, der Junge vor ihr stolperte über die eigenen Beine und stürzte.

»Nein!« Er schrie erschrocken auf und verlor seinen Knüppel.

»Pass auf!«, rief Belizar, und Tyra wirbelte herum. Der Junge mit dem blutenden Arm floh, der andere schleuderte gerade den Knüppel nach Tyra, als wollte er seinem Freund helfen. Aber dann floh auch er zurück in den Wald, floh wie sein Kamerad, obwohl der Knüppel Tyra hart an der Schulter traf. Sie stieß einen Fluch aus, ließ aber das Schwert nicht fallen.

»Bitte!« Der Junge am Boden kroch rückwärts, und Tyra konnte ihm nichts tun, er war zu jung. Sie knurrte: »Verpiss dich!«

Er sah sie ungläubig an, dann tauchte auch er ins Unterholz und verschwand.

»Dreckige Kothaufen!«, brüllte Belizar ihnen hinterher.

»Ist alles in Ordnung?«, fragte sie.

»Ja.« Er atmete heftig, dann schüttelte er schnaubend den Kopf. »Was für hinterhältige kleine Hosenscheißer.« Er betastete die Wunde an seiner Schläfe. Sie blutete noch immer, und das Hemd war an der Schulter von Blut durchtränkt. »War es schlau, sie gehen zu lassen?«

»Wolltest du drei Kinder erschlagen?«

»Sie hatten das mit uns jedenfalls vor. Was, wenn sie uns folgen?«

»Werden sie nicht.« Tyra holte ein Tuch aus dem Rucksack und band es Belizar um den Kopf. Trotz ihrer Aussage warf sie dabei immer wieder einen Blick in Richtung Unterholz, um nicht noch einmal überrascht zu werden. Belizar ließ ein kurzes Zischen hören.

»Kämpfst du immer so?«, fragte sie.

»Wie?«

»So … laut. Fluchend, schimpfend.«

»Nein. Manchmal.« Er zuckte mit den Schultern. »Der feige Hinterhalt hat mich wütend gemacht. Und wenn ich wütend bin, bin ich wütend. Der Stein hat verdammt wehgetan.«

»Und jetzt?«

»Nicht mehr.« Er sah sie an. »Du kämpfst gut.«

»Habe es anscheinend nicht verlernt«, erwiderte sie, zufrieden mit sich selbst. Ihr Atem ging wieder gleichmäßig, der Herzschlag hatte sich beruhigt, aber sie spürte noch immer die Aufregung des Kampfes, die Unruhe und die Freude, gewonnen zu haben, überlebt zu haben. Auch wenn es nur drei Kinder gewesen waren, hätte es anders ausgehen können. Sie verspürte Lust auf Wein, aber weil sie nur Wasser bei sich hatten, trank sie davon.

Dann gingen sie weiter.

Während der nächsten Stunde sahen sie sich immer wieder um, bemerkten die drei aber nicht mehr. Als sie schließlich offenes Gelände überquerten, konnten sie sehen, dass ihnen tatsächlich niemand folgte.

An einem Abzweig fragte ein dürrer Mann sie mit gesenktem Kopf nach dem Weg nach Khulanehus, und sie deuteten hinter sich.

»Aber pass in dem kleinen Wald auf, dort gibt es Wegelagerer.«

Sie redeten wenig, und Tyra grübelte viel. Manchmal dachte sie an das erschrockene Gesicht des gestürzten Jungen, meistens aber an Dario und den Entführer und daran, wie sie die beiden finden wollte. Ihre Schulter schmerzte noch immer.

Belizar fragte: »Wie willst du für die Auskunft bezahlen? Ich glaube nicht, dass die Armee uns Zivilisten einfach so etwas verrät.«

»Ich habe noch Geld.«

Er verzog das Gesicht.

»Was?«

»Ich weiß nicht, ob das reicht. Ich habe gehört, der Kommandant ist ein … Frauenheld.«

»Ach?« Tyra schnaubte. »Welcher Kommandant ist das nicht?«

Belizar grinste. »Das schon, aber …«

»Aber?«

»Der Kommandant von Wellenbruch – ich hab seinen elenden Namen vergessen – sammelt Locken von allen Frauen, die er gehabt hat. Er hat eine ganze Wand mit Locken geschmückt, so wie Jäger Trophäen ausstellen. Damit beeindruckt er ausgewählte Besucher, Freunde, Offiziere und Adlige. Doch wenn keine neuen Locken hinzukommen, spotten die Gäste, habe ich gehört, und so nimmt er jede Frau, derer er irgendwie habhaft werden kann, am liebsten welche mit auffälligem Haar, damit er immer neue Trophäen zum Vorzeigen hat.«

»Er könnte irgendwelche Locken aufhängen, und niemand weiß, ob er mit den Frauen geschlafen hat.«

»Das wäre gegen die Ehre.«

»Gegen die Ehre? Was hat eine solche Wand mit Ehre zu tun?«

»Nichts. Aber er sieht das anders.«

Sie warf Belizar einen kurzen Blick zu. »Und wenn ich mit einer Bitte zu ihm komme, dann …?«

»Die Wand ist ihm wichtiger als alles Geld. Er wird von dir keine Münzen nehmen.«

Sie nickte. Nach einer Weile fragte sie: »Und was, wenn wir dich als meinen Mann ausgeben? Würde ihn das abhalten?«

»Vielleicht. Aber ich glaube es nicht.« Belizar schüttelte den Kopf. »Einmal soll er eine geheime Verbindung mit einer verheirateten Adligen gehabt haben, die wollte ihm keine Locke geben, weil ihr Mann den Kommandanten und seine Wand kannte. Aber er hat sich die Locke mit Gewalt geholt, und sie hat sich eine wilde Geschichte von einem Überfall einfallen lassen und sämtliches Haar abgeschnitten, um das Fehlen der einen Locke zu verschleiern. Der Kommandant hat die Locke zum nächsten Besuch des betrogenen Ehemannes aufgehängt, und der hat sie wie alle Locken lachend betrachtet, beeindruckt genickt und dem Kommandanten auf die Schulter geklopft.«

»Und das soll wahr sein?«

»Wer weiß? Wichtig ist nur, dass er besessen ist von seiner Wand.«

»Aber wenn du als mein Mann bei mir bist? Wie will er da eine heimliche Verbindung beginnen?«

»Indem er mich aus dem Zimmer schickt, bevor er dir den Vorschlag macht.«

Stumm gingen sie weiter, und die Straße erreichte eine Anhöhe über dem Meer. Weit die Küste hinunter sahen sie eine befestigte Bucht, die auf der Seeseite mit drei Türmen bewacht wurde. An Land war der Hafen auf allen Seiten von hohen weißen Mauern mit bunten Zinnen umgeben, und oben auf den Klippen thronte eine Burg mit zwei mächtigen Türmen. Von da, wo sie standen, sah alles winzig aus, aber die Anlage musste gewaltig sein.

»In einer Stunde geht die Sonne unter«, sagte Belizar. »Das schaffen wir heute nicht mehr.«

»Aber ein Stück noch«, erwiderte Tyra und ging weiter.

Er folgte ihr. »Was, wenn ich allein hingehe? Ich bin keine Frau.«

»Du kennst Gahadh nicht. Wenn dort Veteranen aus dem Kylokischen Krieg sind, die mit Gahadh gekämpft, aber seinen Namen vergessen haben, dann bekomme ich das im Gespräch vielleicht raus, du aber nicht.«

Dem hatte er nichts entgegenzusetzen.

Nach einer Weile entdeckten sie unten am Meer eine kleine Sandbucht, in der es eine Höhle zu geben schien. Sie verließen die Straße und kletterten hinab, und tatsächlich führte eine schmale Grotte wenige Schritt in den Fels hinein. Dort würden ihnen keine Wegelagerer auflauern. Belizar wusch sein Hemd in den Wellen aus und flickte einen Riss aus dem Kampf, und Tyra kühlte ihre pochende Schulter. Dann fingen sie Fische, aßen sie und warteten auf den Sonnenuntergang.

»Wir wissen ja nicht einmal, ob die Armee solche Listen führt«, hob Belizar an. »Das könnten wir bei dem Soldaten am Tor erfragen, bevor du dich an den Kommandanten wendest.«

»Du sagst doch, wir haben Glück. Dann wird es diese Listen schon geben.« Tyra holte die Einhornmünze aus dem Gürtel und drehte sie in der Hand. Was, wenn Dario recht gehabt hatte und es wirklich eine Glücksmünze war?

Nein, dachte sie gleich darauf. Das konnte nicht sein, denn dann hätte der falsche Gaukler sie ihr bestimmt nicht gelassen. Warum hatte er das überhaupt getan? War es Nachlässigkeit gewesen, hatte er sie verhöhnen wollen, oder gehörte das zu seiner Magie?

Hexer, dachte sie, obwohl sie nicht überzeugt war, dass er ein Mensch war. Aber was konnte er dann sein? Dass er ein Gott war, glaubte sie nicht, also wollte sie von ihm weiter als Hexer oder falschem Puppenspieler denken. Oder als dem Namenlosen.

»Weißt du, wie der Hexer heißt?«, fragte Belizar plötzlich, als hätte er ihre Gedanken gelesen. Oder hatte sie sie ausgesprochen?

»Nein.« Sie sah ihn an. »Wieso?«

»Ich musste gerade an eine alte Frau in unserem Dorf denken, die lebte ganz am Rand und züchtete Kaninchen. Sie hatte sternenweißes Haar bis zum Hintern hinab, immer zu einem Zopf gebunden, und sie konnte die Augen weiter verdrehen als jeder andere Mensch. Sie konnte nach innen und außen schielen, nach oben und unten, und sie konnte die Augen so weit nach oben drehen, dass nur noch das Weiße zu sehen war. Das war uns Kindern unheimlich, und trotzdem wollten wir jedes Mal, dass sie es uns zeigte. Sie hat uns auch Puppen gemacht, und alle Puppen hatten einen echten Kaninchenkopf mit Augen aus weißen Steinen. Sie hat uns Kaninchensoldaten gemacht, Kaninchenräuber, Kaninchenbäuerinnen und sogar eine Kaninchenkaninchenzüchterin, und so waren wir Kinder oft bei ihr. Eines Tages hat sie uns verschwörerisch angesehen und uns eingeschärft, ja unseren Namen für uns zu behalten, weil es der Name sei, der einer Hexe die Macht über einen verleihe. Einer meinte, es gebe doch gar keine Hexen mehr, aber sie hat gesagt, das wollten die Hexen uns glauben machen, und dazu hat sie gelacht und gehustet, die Augen verdreht und dann gesagt, wenn wir sicher sein wollten, dass wir nie verhext werden, sollten wir uns im Stillen umbenennen, den neuen Namen geheim halten und nur noch auf *Junge* oder *Mädchen* oder *He du* reagieren. Hätte Ycena keinen Namen gehabt, sagte sie, wäre der große Schlaf nie gekommen, dann würde das prächtige Kaiserreich noch existieren! Namen würden alles verderben. *Aber das geht doch nicht*, habe ich gesagt, *wenn alle gleich genannt würden, wäre das doch ein Riesendurcheinander, dann wüsste keiner, wann er gemeint ist.* Sie hat gelächelt und geantwortet, sie hätte sieben geheime Namen und niemand würde auch nur einen davon kennen. Wir haben uns angesehen, und tatsächlich wusste keiner von uns ihren Namen, wir haben sie immer nur Großtante genannt, so hatte sie es sich von Anfang an gewünscht.« Belizar lächelte. »Also haben wir getan, was sie uns vorgeschlagen hatte, und haben auch die anderen Kinder gewarnt. Natürlich ergab das das befürchtete Durcheinander, vor allem unter uns Kindern. Manche Eltern haben nur den Kopf geschüttelt, aber meine und ein paar andere haben uns so fest durchgehauen, dass wir wieder auf unseren alten Namen gehört haben. Meinen Geheimnamen habe ich inzwischen vergessen, er war frei erfunden und furchtbar kompliziert, weil ich nicht wollte, dass irgendwer ihn errät. Die Alte hat sich köstlich über das Durcheinander amüsiert, aber ich habe ihr die Prügel von meinen Eltern nicht nachgetragen, das kannte ich schließlich. Die einzige Hexe in unserem Dorf sei die Alte, hat mein Vater gesagt, und gefragt, woher sie das mit dem Namen überhaupt wisse. Später habe ich noch andere sagen hören, sie sei eine Hexe, aber bis ich fortgelaufen bin, um zur See zu fahren, hat es ihr niemand ins Gesicht gesagt.« So beendete Belizar seine Geschichte. Dämmerung senkte sich über das Meer. »Wenn sie wirklich eine Hexe war, dann war das vielleicht nicht nur ein Spaß von ihr, sondern zugleich die Wahrheit. Und wenn auch alle anderen Hexen ihren Namen verschweigen, könnte das ein Hinweis darauf sein, dass er wirklich ein Hexer ist.«

Tyra nickte, aber natürlich verschwiegen nicht nur Hexen ihre Namen. Sie nahm an, dass Belizar die Geschichte einfach nur erzählt hatte, weil sie ihm in den Kopf gekommen war und er manchmal eben gern redete. »Lass uns schlafen. Ich übernehme die erste Wache. Falls es hier noch mehr Gesindel gibt.«

»Weck mich um Mitternacht«, sagte Belizar und legte sich auf den Sand in der Höhle.

Tyra sah in die Nacht hinaus und zu den Sternen hinauf. Sie fragte sich, was Dario jetzt tat und wo er war und ob sie mit dem Kommandanten schlafen würde, wenn sie Dario dadurch retten konnte. Aber natürlich war Letzteres keine Frage. Um Dario zu retten, würde sie sich von jedem vögeln lassen, egal, was für ein Arschloch er war, selbst von einem Hengst wie die Nymphe Saryana, die den Schaum der Wellen geboren hatte. Sie würde sich die Hand abhacken lassen oder den Fuß oder auch beides. Sie würde lügen, bestechen, stehlen und sogar töten. Sie würde sich auf der Stelle töten lassen, wenn Dario dadurch am Leben bliebe und freikäme. Aber darum ging es hier nicht, noch nicht, es ging nur darum, Gahadh, den Verräter, zu finden, um ihn zu zwingen, ihr bei der Suche nach dem Hexer zu helfen. Und dafür würde sie sich weder töten noch verstümmeln lassen, denn sie musste ihre Suche fortsetzen, und das konnte sie weder tot noch verstümmelt.

Aber gevögelt ginge es, dachte sie und biss sich auf die Lippe bei dem Gedanken, dass eine Locke von ihr an der Wand des Kommandanten hängen würde. Sie hatte sich die Männer in ihrem Bett immer frei ausgesucht; jetzt zur Trophäe eines Drecksacks zu werden machte sie wütend.

Aber hatte sie eine Wahl? Sie wusste nicht, wo Dario war und was der Hexer von ihm wollte und wann er es wollte. Sie musste ihn so schnell wie möglich finden. Wenn sie zu spät käme, wie sollte sie sich das je verzeihen?

Wenn sie Belizar vorschickte und der nichts erfuhr, würde sie sich immer fragen, ob er etwas übersehen hatte, ob sie Darios Fährte verloren hatte, weil sie nicht bereit gewesen war, etwas zu opfern.

Sie hatte Sex immer mit Freiheit verbunden, mit Abenteuer und Stolz. Jetzt würde sie daraus ein Zahlungsmittel machen, und das tat weh.

Aber darauf konnte sie keine Rücksicht nehmen. *Alles für Dario!* In ihr wuchs der Groll auf den Kommandanten, der sie dazu gebracht hatte, sich schon in Gedanken so weit zu verraten. Sich auf einen Mann einzulassen, der sie nur als Beute betrachtete, war demütigend, das war schlimmer, als der Sex selbst es wahrscheinlich sein würde. Aber ihr wollte nicht einfallen, wie sie dem entkommen konnte. Wie die Wellen wieder und wieder heranrollten, suchte sie wieder und wieder vergebens nach einem Ausweg. Sie sah hinauf zu den Sternen und lauschte auf das Meer. Erst weit nach Mitternacht weckte sie Belizar.

4

Am späten Vormittag erreichten sie das Kastell Wellenbruch. Die massiven Mauern waren mehr als drei Mann hoch und mit bulligen Wachtürmen ausgestattet. Von oben hatten sie am Vortag gesehen, dass das Meer in der Bucht ruhig war und mehrere Schiffe dort vor Anker lagen, die Segel gerefft. Hier unten sahen sie nur eine Handvoll Mastspitzen über die Mauerkrone ragen. Ein doppelflügeliges Tor führte hinein, es war groß und mit Eisen beschlagen.

Belizar fragte: »Soll ich nicht doch allein gehen?«

»Nein.« Tyra fürchtete noch immer, er könnte etwas übersehen, und sie fürchtete, dass ein zweites Nachfragen Misstrauen wecken würde.

Gemeinsam näherten sie sich dem Tor. Tyra hoffte inständig, dass es im Kastell eine Liste aller Soldaten gab und sie sie zu sehen bekam, egal, was sie dafür tun musste. Gahadh hatte immer gesagt, die Bürokratie in der Armee sei gewaltig.

Der Wind frischte auf, und unwillkürlich hob sie den Blick, doch es waren keine Wolken am Himmel. Möwen kreisten und klagten.

Tyra pochte gegen das Tor, und eine Klappe wurde geöffnet. Ein schmales Gesicht mit kleinen Augen erschien. »Was wollt ihr?«

»Eine Auskunft«, sagte Tyra.

»Aha.« Das Gesicht wirkte belustigt. »Über den Kommandanten vielleicht? Ob es wahr ist, dass sein Schwanz einen gewaltigen Kopf hat, groß wie eine Faust? Das wollte die letzte Dirne wissen.«

»Ich interessiere mich mehr für die Köpfe auf Hälsen. Und hoffe, dass sie größer und schlauer sind als eine Faust.«

»Schade.« Er grinste. »Das wird den Kommandanten sehr enttäuschen.«

»Ich suche einen Soldaten, mit dem ich ein Kind habe und …«

Der Mann hinter der Klappe lachte auf. »Da hast du dich wohl doch für Schwänze interessiert.«

»Für diesen einen schon«, sagte Tyra und lächelte. Dieses Lächeln hatte sie in tausend Gesprächen mit Kunden im Laden geübt, sie hatte gelernt, sich auf ihr Gegenüber einzustellen und ihm etwas zu verkaufen. »Jetzt möchte mein Junge seinen Vater treffen.«

»Und da hast du dich ganz allein auf den Weg gemacht? Ohne den Jungen? Mir scheint, du bist diejenige, die ihn und seinen Schwanz wiedersehen will.«

»Mein Junge ist bei meinen Eltern, ich wollte ihm die Strapazen der Reise nicht zumuten.«

»Und der Soldat ist hier?«

»Das weiß ich nicht, darum suche ich ihn ja.« Wieder lächelte Tyra. »Vor ein paar Jahren war er als Bote im rhylenischen Hügelland, und er sprach davon, nach Kylokien versetzt zu werden. Ich dachte, ihr würdet vielleicht Listen führen, wo man sehen kann, welcher Soldat wo stationiert ist. Er hat ständig über die Bürokratie der Armee geflucht. Aber wenn er mit ihrer Hilfe seinen Sohn kennenlernt, ist die Bürokratie vielleicht nicht so schlecht, wie er denkt.«

»Solche Listen gibt es wohl in der Hauptstadt, aber ich weiß nicht, ob die vollständig sind. Im Krieg geht immer viel verloren. In unserer Liste stehen nur die Namen der hiesigen Besatzung.«

»Wenn ich jetzt also nach Freybruck reise, dann …«

»… wird dir dort jemand mitteilen, dass du keinen Blick in die Listen werfen kannst, weil die geheim sind. Und dass niemand sie für dich durchsehen kann, weil das viel zu lange dauern würde.« Der Soldat grinste erneut. »Du siehst, dein Soldat hatte recht, was den Nutzen der Bürokratie betrifft. Niemand kontrolliert je diese Listen, sie werden nur immer weiter geführt, wie sie schon unter den Kaisern geführt worden sind.« Plötzlich senkte er die Stimme. »Nun, mit Bestechung klappt es manchmal, aber sag nicht, dass du das von mir hast. Bei Tausenden von Namen wird das allerdings teuer. Und wenn du an einen Unbestechlichen gerätst, landest du im Loch. Kann alles passieren. Wie hieß dein Freund denn? Ich war auch in Kylokien und kannte da einen, der hat ständig gemeckert.«

»Gahadh«, antwortete Tyra, während sie schon darüber nachdachte, wie sie von hier aus am geschicktesten nach Freybruck käme.

»Gahadh? Das gibt es doch nicht! Doch nicht Gahadh Durnis?«

»Was?«, stieß Tyra hervor.

»Durnis. Grimmiger Bursche, aber eigentlich kein schlechter Kerl. Hat früh seine Frau und das Kind verloren.«

»Das …« Tyra erbleichte. »Das ist er.« Ihr schwindelte, doch schnell hatte sie sich wieder gefasst. »Weißt du, wo er jetzt ist?«

»Er hat die Armee verlassen. Hat immer gesagt, dass er nach Ycena will, um dort nach Schätzen zu suchen, von der Idee war er richtig besessen. Und als wir an seinem letzten Abend gesoffen haben, hat er uns bei jedem Becher versichert, dass er das jetzt macht. Ob er es wirklich getan hat, weiß ich nicht, ich habe nichts mehr von ihm gehört.«

»Verrückt.« Tyra sah den Soldaten ungläubig an, und ein Schauer überlief sie. Aus Ycena stammte die Einhornmünze.

»Das habe ich auch gesagt. Aber er wollte es unbedingt.«

»Du bist dir sicher?«

»Ja. Später haben wir über ihn gelacht, weil er gegangen ist, um Schätze zu suchen, und es für uns kurz darauf reiche Beute gab.«

»Und denkst du, er ist wirklich nach Ycena gegangen?«

»Gahadh ist wirklich Vater?«, fragte der Soldat. »Wenn er das gewusst hätte …«

»Was dann?«

»Ich weiß nicht. Dann wäre er wohl nicht nach Ycena gegangen.«

»Aber er ist hin?«

»Ich denke, ja. Wahrscheinlich hat er drei Umwege genommen und sich ein paarmal beim Spielen ausnehmen lassen, er war keiner für den direkten Weg, aber du kennst ihn ja. Letztlich ist er bestimmt dorthin, so oft, wie er davon geredet hat. Ob er noch immer dort ist, wer weiß, das ist eine Weile her.«

»Danke.« Tyra sah ihn an. »Danke.«

»Richte ihm Grüße aus«, sagte der Soldat, »von Gnaeo. Und sag ihm, wir haben gelacht.« Das Fenster schloss sich wieder, und Tyra sah Belizar an.

»Glück«, sagte er.

Tyra nickte. Es war nicht mehr zu leugnen. So dankbar sie auch für dieses Glück war, es war ihr unheimlich. Ihr war, als spüre sie die Münze durch den Gürtel auf der Haut, warm, fast brennend heiß. War das Hexerei? Doch schon im nächsten Moment überwog die Erleichterung; sie hatte eine Spur. Alt und vage zwar, aber es war eine Spur.

Sie kehrten um und machten sich auf den Weg nach Ycena.

5

Dario wusste nicht, wo er war. Er wusste auch nicht, dass er träumte, er wusste nur, dass er rennen musste, weil sie hinter ihm her waren, hungrig und geifernd, kreischend, kriechend, fliegend, keuchend, giggelnd, wimmernd, wühlend, schnüffelnd, sich windend und giftschnaubend, schnappend und zähnefletschend, gurgelnd und tapsend, Schwärze speiend und unerbittlich. Dario rannte und rannte mit brennender Lunge. Und er schrie, aber er erwachte nicht.

DAS WISSEN DER SCHWEBENDEN BIBLIOTHEK

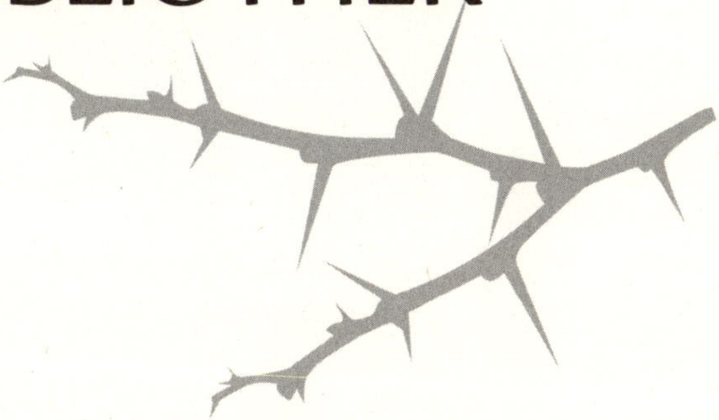

1

Wie die Türme von Riesen erhoben sich die gewaltigen rötlichen Sandsteinfelsen von Teora aus der kargen Hügellandschaft. Sie standen nah beieinander, und Regen und Winde hatten ihre Kanten rund geschliffen. Hier und da zeigten sich tiefe Risse in der Oberfläche, und weiter oben führten sogar Höhlen ins Gestein. Der kleinste der sieben Felsen war knapp hundert Schritt hoch, der höchste maß über zweihundert.

Auf ihnen und in den Höhlen und Rissen standen und hingen Häuser aus rotem Sandstein, die wirkten, als wüchsen sie direkt aus dem Felsen. Verbunden waren sie durch Hängebrücken aus dicken Tauen und schmalen Trittbrettern, die sich an manchen Stellen in der Luft kreuzten, überwiegend jedoch in unterschiedlichen Höhen angebracht waren und übereinander hinweg führten. Gemeinsam bildeten die Gebäude und Brücken die Schwebende Bibliothek von den Teorafelsen. Ihren Namen hatte sie nicht nur von den Hängebrücken, sondern auch von den Tagen, an denen dichter Morgennebel um die Felsen hing und manche Bauten aussahen, als würden sie auf einer tief hängendenen Wolke sitzen und somit schweben.

Steinerne Treppen führten nur knapp vierzig Schritt weit nach oben, bis zu einer ummauerten Plattform, die einen Blick über die nächsten Hügel ins Vardoytal gewährte. Hier waren Bänke aus dem Fels gehauen und die Wände mit Bildern bemalt, die große Ereignisse vergangener Zeiten zeigten, die Gründung Ycenas, König Harlans dreitägigen Kampf gegen den Lindwurm aus dem Wilden Wald, die Hochzeit der Hundert, den Flug der Iphrygischen Schwestern und mehr. Wann immer die Farbe verblasste, wurde sie von einem jungen Schreiber, einem Bibliotheksschüler oder Adlatus neu aufgetragen. Es war ein Ort, an dem man gut warten konnte, und manchmal musste man das hier auch.

Weiter hinauf zur Schwebenden Bibliothek gelangte man nur mit einem Korb, der über zwei große Winden in der Bibliothek hinaufgezogen werden musste. Er fasste höchstens drei Menschen auf einmal, und so war die Schwebende Bibliothek noch nie erobert worden.

Wozu die Gebäude in der Kaiserzeit gedient hatten, wusste niemand mehr mit Sicherheit zu sagen, doch im dunklen Jahrhundert, in den kriegerischen Jahren nach dem Sturz von Ycena, als Künste und Wissen nicht so gefragt waren wie das Kriegshandwerk und bedeutende Philosophen, Dichter, Mathematiker, Architekten, Astronomen und sonstige Gelehrte als Gäste im Kaiserpalast in den ewigen Schlaf gefallen waren, als vieles im Verdacht der Hexerei stand und von aufgestachelten, zornigen Horden verfolgt wurde, als die Provinzen sich nur auf sie selbst besannen und gegeneinander um den Grenzverlauf Krieg führten, als die neuen Herrscher Tag und Nacht ihre Macht und die ihrer Familie mit Gewalt zu etablieren suchten und manchmal doch gestürzt wurden, als die Pest wütete und das ganze ehemalige Kaiserreich in Trümmern zu versinken drohte und nur noch ein Drittel der ehemaligen Bevölkerung am Leben war, da hatte eine wachsende Gruppe von neugierigen Männern und Frauen wahllos gebundene Bücher und lose Aufzeichnungen, Briefe und Notizen gesammelt und an diesen Ort gebracht. Sie hatten die alten Gebäude verlassen gefunden, sie für ihre Zwecke hergerichtet und den Orden der Buchbewahrer gegründet.

Einige von ihnen hatten sich gar kurz nach dem Sturz ins verlassene und hexereiverseuchte Ycena hineingewagt, um dort nach Schriften zu suchen, aber sie waren nicht bis ins Herz der Metropole gelangt, zu sehr hatten dort noch der Schlaf und dunkle, dämonische Kreaturen gewütet. Doch allein das, was sie in den Außenbezirken fanden, hatte den späteren Ruhm der Schwebenden Bibliothek begründet.

Nach dem dunklen Jahrhundert begaben sich die Ordensbibliothekare nur noch selten auf abenteuerliche Büchersuche. Längst wurden ihnen regelmäßig Bücher oder auch einzelne Seiten aus zerstörten und teils verschollen geglaubten Werken zum Kauf angeboten, ebenso Landkarten oder alte, verblasste Briefe, deren Pergamentseiten man nach dem Abkratzen der Schrift erneut beschreiben konnte. Die

Buchbewahrer tauschten Abschriften wichtiger Werke mit Abschriften aus anderen Bibliotheken, und manchmal reisten Bibliothekare in andere Länder, um dort Bücher zu erwerben; doch nach Ycena hinein wagte sich keiner mehr.

Manch einer mochte davon träumen, dass ein fremder Prinz die Dornenhecke zum Palast von Ycena überwand, die Bücher aus der legendären Bibliothek das Kaisers barg und sie der Schwebenden Bibliothek vermachte, doch niemand erwartete wirklich, dass dies geschah. Die Hecke hatte sich jahrhundertelang als unüberwindbar erwiesen, sie hatte zahlreichen Menschen das Leben gekostet, und auch wenn die Bücher aus gutem Pergament noch immer intakt sein mochten, kein Mensch überlebte einen vierhundertjährigen Schlaf. Warum also hätte jemand, zumal ein Prinz, sein Leben für eine Tote riskieren sollen? Solange niemand an eine lebende Kaisertochter glaubte, waren auch die Buchschätze verloren.

2

»Besuch für dich«, sagte der junge Adlatus Anodikt, und der Schreiber Inrico blickte von seiner Arbeit auf.

»Wer ist es?«, fragte er unwirsch. In Gedanken war er noch immer bei der Hinrichtung des Grigo Blutmond, deren Darstellung er eben in die Chronik von Freybruck übertrug. Sosehr er sich auch mühte, es wollte ihm nicht gelingen, die Farbe für den Himmel zu mischen. Ihm schwebten viele ineinandergreifende Grautöne vor, um die Bedeutung der Wolken und des Regens vor zwei Tagen um die Mittagszeit einzufangen, in den Wolken sollten sich die Ereignisse auf dem Boden spiegeln, die nur verständlich waren, wenn man um die wochenlange Dürre wusste. Aber wie zeigte man Dürre anhand von Wolken? Er hätte jemanden, der besser mit Farben umzugehen verstand als er, bitten können, ihm das Grau zu mischen, aber er wusste, dass ihm das nicht geholfen hätte, denn er hatte noch immer nicht ganz verstanden, was geschehen war. Die Vorzeichnung war ihm passabel gelungen, nur die Farben, die elenden Farben, wollten nicht. Vielleicht lag es auch nur an seiner Unfähigkeit, sich zu entscheiden, warum also malte er die Wolken nicht einfach so, wie sie zu König Tibans Worten und der rasenden Menge passten? Und wer bei allen Göttern störte ihn bei seinen Entscheidungen?

»Eine Frau.« Anodikt lächelte verschmitzt. »Eine hübsche Frau.«

»Was interessiert mich, ob sie hübsch ist?«, fuhr Inrico ihn an, obwohl ihn so etwas manchmal sehr wohl interessierte. Nur jetzt wollte er einfach in Ruhe weiterarbeiten. »Sag mir lieber, was sie möchte.«

»Die Cellerarin sagt, sie möchte zu jemandem, der sich mit dem Kaiserreich auskennt. Und da hat sie an dich gedacht.«

»Die Cellerarin hat an mich gedach?« Inrico fühlte sich geschmeichelt, und sein Ärger war verraucht. Wenn die Cellerarin an ihn dachte, konnte das Bild warten. »Und wo ist unser Gast jetzt?«

»Sie wartet im Außenhof.«

»Sag ihr, ich komme gleich.« Inrico verschloss die Tiegel sorgfältig, damit die Farben nicht austrockneten, und wusch die Feder aus. Dann verließ er das Skriptorium.

Er trat auf den schmalen Hof, der vor dem gesamten Gebäudekomplex lag. Die Sonne stand hinter ihm, und seine Besucherin wartete im Schatten an der äußeren Hofmauer, direkt neben der Hängebrücke, die zum höchsten Felsen hinaufführte, zur eigentlichen Bibliothek. Hier auf dem zweithöchsten Felsen befand sich das Skriptorium, und weiter unten lagen die Wirtschaftsgebäude und Stallungen, die Taubenschläge der Brieftauben und die Hütte des Falkenjägers Oryhn, eines begnadeten Bogenschützen, der mit seinen Pfeilen sämtliche Raubvögel von den Tauben und ihren Nachrichten fernhielt. Ferner beherbergten die fünf tiefer gelegenen Felsen die Küchen, den aufgeschütteten Gemüsegarten, zahlreiche Fensterbeete und die hängenden Kräutertöpfe, die beiden Zisternen, mehrere Vorratshöhlen und die verschlungene Höhle zur Zucht von Speisepilzen, die gemeinschaftlichen Essenssäle, die Schlafzellen und die Gästekammern.

Wie jeder, der zum ersten Mal hier oben war, blickte die Besucherin hinaus aufs Land, das sich tief unter ihr erstreckte, und er sah nur ihren Rücken. Sie war groß und schlank und stand nah an der Mauer, die Höhe schien ihr nichts auszumachen. Das schwarze Haar war zu einem schlichten Hochzopf gebunden, der ihr weit über die Schultern fiel, und ihre Haltung schien Inrico vertraut. Er hatte das sichere Gefühl, sie zu kennen.

»Einen schönen Tag wünsche ich«, sagte er und näherte sich ihr.

Sie drehte sich um, und er erkannte sie nicht. Ihre Gesichtszüge erinnerten ihn an jemanden, doch er wusste nicht, an wen. Dennoch musste er Anodikt recht geben, sie war hübsch, vielleicht sogar schön, so ebenmäßig war ihr Gesicht. Nur lagen unter den klaren blauen Augen dunkle Ringe, als hätte sie wenig geschlafen, und um die Augen und im Mundwinkel zeigten sich erste Falten.

»Den wünsche ich dir auch«, erwiderte sie und kam ihm entgegen. »Bist du der Schreiber? Es tut mir leid, ich habe deinen Namen vergessen.«

»Inrico. Einst Inrico Gathos, aber meist unterschlage ich den alten Familiennamen, denn längst bin ich mehr ein Buchbewahrer als ein Gathos, auch wenn mein Vater das anders sehen mag.« Er schüttelte ihr die Hand und fragte sich, weshalb er das alles geplappert hatte. Fehlte nur noch, dass er erzählte, wie er als Junge dreimal von zu Hause fortgelaufen war, um hierherzukommen. Wie sein Vater – ein im Grunde gutherziger, aber sturer Steinmetz – ihn dreimal zurückgeholt hatte, bis er schließlich doch nachgegeben hatte und ihn gehen ließ.

»Anthia«, antwortete sie schlicht. »Nur Anthia.«

»Und du interessierst dich fürs Kaiserreich, wurde mir gesagt?«

Sie nickte. »Für sein Ende.«

»Also beschäftigen wir uns mit dem Ende. Wie viel Zeit hast du?«, fragte er. »Damit ich weiß, wie weit ich ausholen darf.«

»So weit wie nötig. Ich bleibe über Nacht.«

»Dann bringe ich dich erst einmal in die Bibliothek.«

»Ich ...« Sie wich seinem Blick aus, sah ihn aber gleich darauf wieder an. »Ich kann nicht lesen.«

Inrico nickte. »Lass uns trotzdem hinaufgehen. Viele der Bücher haben Bilder, die alles veranschaulichen, was ich dir sonst nur erzählen könnte. Und manchmal ist es besser, wenn ich eine Kleinigkeit selbst noch einmal nachschlage.« Er lächelte, sie tat es nicht.

Er trat auf die Hängebrücke, und sie folgte ihm, ohne zu zögern. Durch die Lücken zwischen den Trittbrettern konnte man zweihundert Schritt in die Tiefe sehen, aber sie zeigte keine Angst. Sie bewegte sich geschmeidig und sicher. Er fragte sich, was sie wohl arbeiten mochte, sprach die Frage aber nicht aus. Stattdessen fragte er: »Kennen wir uns?«

»Nein«, sagte sie knapp. Mehr sagte sie nicht, und er dachte, dass es nicht leicht werden würde, mit ihr ein Gespräch zu führen.

Ein Dutzend Tauben flogen unter ihnen hindurch und landeten auf ihrem Verschlag. Oben am Himmel stand eine helle Wolke, die nicht viel Regen versprach, doch immerhin eine Wolke.

»Gut, dass es geregnet hat«, versuchte Inrico erneut, ein Gespräch zu beginnen. Es schien ein sicheres Thema, der Regen, die Hinrichtung, das Hoffen auf ein Ende der Dürre.

»Ja«, sagte sie wieder nur knapp, nichts weiter.

Inrico gab auf und ging schweigend weiter voran. Er dachte an seine Farben, das Grau des Himmels, und dann wieder an König Tiban, der wie ein Priester vor der Menge gestanden und die Hinrichtung zu einem rituellen Opfer umgedeutet hatte. Wie besessen hatte Inrico gezeichnet, um den Jubel der Menge einzufangen, jeden Augenblick hatte er aufgesogen, die Raserei gespürt, die die Menge erfasst hatte, aber als Beobachter war er nicht Teil von ihr gewesen. Und als er sich wieder Tiban zugewandt und das dünne Lächeln gesehen hatte, das Strahlen in den Augen der Königin und den Stolz auf Prinz Aurels Gesicht, da war es ihm trotz der Hitze kalt über den Rücken gelaufen. Die Wolke war schon da gewesen, bevor irgendwer an eine Opferung gedacht hatte, jeder musste wissen, dass es hier keinen Zusammenhang gab, doch sie hatten das Opfer und ihren König gefeiert, während der Narr grinsend auf dem Galgen gehockt hatte, hoch über allen und der Ausgangspunkt von allem.

So hätte er die Hinrichtung auch zeichnen können, der Narr im Zentrum, doch das hatte er nicht getan. War der König auf einem Bild zu sehen, hatte er auch das Zentrum zu sein, das hatten ihm die Bibliothekare eingebläut. Es war die Chronik der Königsstadt, es war Tibans Geschichte. Und so hatte er den Narren aus dem Bild herausgelassen und lediglich geschrieben, dass der schreckliche Räuber Grigo hingerichtet worden war und dass es dank der Götter nach einer langen Zeit der Dürre Regen gegeben hatte und dass so zwei glückliche Ereignisse an einem Tag zusammengekommen waren. Von einem rituellen Opfer hatte er nichts geschrieben. Grigo und die anderen mochten Räuber gewesen sein, die den Tod verdienten, aber Menschenopfer wurden in Lathien nicht praktiziert, und das war den Leuten nach ihrer Raserei sicher bewusst geworden. Was sollte er also diese Worte des Königs für immer festhalten, wenn sie doch nur für einen Nachmittag im Rausch gegolten hatten?

So gesehen war der erlösende Regen vielleicht doch kein so unverfängliches Thema, wenn man die Hinrichtung und ihre Umstände bedachte. Vielleicht hatte Anthia deshalb nichts gesagt, aber ihre bisherigen Antworten konnten auch einfach darauf hindeuten, dass sie nicht sehr gesprächig war.

Die Bibliothek auf der höchsten Felsspitze bestand aus mehr als einem Dutzend unterschiedlicher Häuser; die meisten hatten zwei Stockwerke, die Hälfte einen quadratischen Grundriss, doch auch fünfeckige und sechseckige waren dabei. Ausgehend vom Rand des Felsens wurden sie mit der Steigung höher und höher, bis zum Zentrum, in dem ein bulliger achteckiger Turm mit fünf Ebenen stand. Die meisten Fenster waren schmal wie Schießscharten, die rot gedeckten Dächer beinahe flach und die einzelnen Gebäude untereinander mit steinernen Treppen und Stegen verbunden. Eben scheuchte ein Schreiber zwei lachende Bibliothekarsschülerinnen eine schmale, gewundene Treppe am Abgrund hinauf, und der Adlatus Aster trug aus dem untersten Eingang der Abteilung für Geografie, Reiseberichte und Landkarten einen schweren Büchersack auf dem Rücken heraus und kam damit auf Inrico und Anthia zu. Vermutlich war der Sack für das Skriptorium gedacht, wo Kopien und Korrekturen ausgeführt wurden.

Adlatus Aster grüßte Inrico keuchend, und Inrico grüßte zurück. Dann führte er Anthia hinauf in den Turm, wo sich die ältesten Bücher befanden.

»Was genau willst du über das Ende der Kaiserzeit wissen?«, fragte er unterwegs und erwartete wieder eine knappe Antwort, so etwas wie: »Alles.«

Aber sie sagte: »Wie konnte es dazu kommen? Wie konnten diese dreizehn Frauen allein ein so großes Reich stürzen?«

Überrascht blieb er stehen und musterte sie. Eine Brise wehte über die Felsen und bewegte ihr weites Hemd und eine Haarsträhne, die sich aus dem Zopf gelöst hatte. »Es waren keine normalen Frauen, es waren Hexen. Die dreizehn mächtigsten Hexen der damaligen Zeit, vielleicht aller Zeiten, denn sie haben länger gelebt als normale Menschen, manche sagen: viel länger. Einzelne Schriften behaupten, sie seien bereits seit den ersten Tagen Ycenas hier gewesen und unsterblich, aber das glaube ich nicht. Hätten sie als Unsterbliche und damit Göttergleiche nicht sofort die Macht im Kaiserreich an sich gerissen, nachdem sie alle Würdenträger in Schlaf versetzt hatten? Wären sie dann nicht von Anfang an die Herrscher im Reich gewesen? Nach dem Ende von Ycena haben sie aber keine Rolle mehr gespielt, und das deutet darauf hin, dass sie gestorben sind, was wiederum der Beweis dafür ist, dass sie nicht unsterblich gewesen sein können. Natürlich sind die Zeugnisse aus dem dunklen Jahrhundert nur spärlich und nicht immer glaubwürdig, aber …« Er sah sie entschuldigend an. »Doch ich schweife wieder einmal ab, verzeih. Unsterblich oder nicht, einig sind sich alle Gelehrten, dass die dreizehn über mehr Hexenmacht verfügt haben als jemals irgendwer zuvor oder danach, auch wenn es heute keine vertrauenswürdigen Schriften über die Natur und Wirkungsweise dieser Macht mehr gibt. Vereint hat diese Macht aber ausgereicht, um die gewaltigste Stadt aller Zeiten für immer zu verfluchen.«

»Die dreizehn hat es also wirklich gegeben?«

»Das Märchen vom letzten Kaiser ist mehr als ein Märchen. Und sie werden auch an anderer Stelle erwähnt.« Er wischte sich den Schweiß von der Stirn, trotz der Brise war es heiß. Die Wolke war nur klein, und die Sonne wanderte höher und höher. »Lass uns hineingehen, bevor wir weiterreden.«

Sie nickte, und die lachenden Schülerinnen, die dem Schreiber entkommen waren, stürmten ihnen entgegen.

»Halt!«, befahl Inrico, und sie blieben stehen. Die größere hieß Saskhya, den Namen der kleineren wusste er nicht. »Tut was Nützliches, und bringt unserem Gast und mir Wasser in den unteren Lesesaal des Turms.«

»Sehr wohl, Schreiber Inrico.« Damit eilten sie in Richtung des kleinen Vorratsraums, der in der schmalen Felsenhöhle am Nordende der Bibliothek lag. Zum Mittagsmahl ging nicht jeder Bibliothekar hinab in die Speisesäle, insbesondere die Alten nicht. Auch diejenigen, die lesend oder als Wächter über Nacht auf dem hohen Felsen blieben, konnten sich in den Kellern versorgen, und bei Unwettern schwankten die Hängebrücken so sehr, dass man auf seinem Felsen festsaß, bis es vorbei war. Gerade im Frühjahr und im Herbst konnten hier scharfe Stürme vom Meer her toben, und zu Beginn des Winters fiel der Dracostral ein, ein beißend kalter trockener Wind, der in früheren Jahrhunderten noch junge Drachen mitgebracht hatte, jetzt aber einfach nur so wütete.

Der untere Lesesaal führte wie ein Schlauch zwischen der Außenwand des Turms und der Wand des in der Mitte gelegenen Bibliotheksmagazins entlang und umrundete so das gesamte Gebäude. Direkt unter den Fenstern standen kleine Tische, auf die genau das Tageslicht fiel. Bei Dunkelheit konnten die Öllampen aus Zinn und Kupfer entzündet werden, die jeweils in einer runden Vertiefung in der oberen Ecke der Tischplatten Platz fanden.

Die Bücher selbst lagerten im Herzen des Turms, geschützt vor Regen, Hagel und allem, was die Winde sonst noch hereintragen mochten. Dort wand sich auch die Treppe nach oben, die alle Stockwerke miteinander verband.

Inrico führte Anthia zu einem Platz ein Stück abseits der Tür und setzte sich zu ihr.

»Wenn es dir recht ist, fahre ich mit meiner Erzählung fort und suche dir die Bücher mit den passenden Bildern später heraus?«

Sie nickte und betrachtete die kahlen Wände und die Tische und Stühle aus Zypressenholz, die mühsam über die Winde und Hängebrücken hier heraufgeschafft worden waren.

»Du sagst mir dann, worüber du mehr wissen willst, und ich weiß, welches Buch ich suchen muss.«

Sie fragte: »Habt ihr auch Landkarten?«

»Ja, aber nicht hier, sondern im Kartenraum zwei Gebäude weiter.«

»Gut.«

Die Mädchen kamen und brachten das Wasser. Neugierig starrten sie Anthia an, und sie sagte schlicht: »Danke.«

»Wie gesagt«, nahm Inrico den Faden wieder auf, nachdem die Mädchen zögernd gegangen waren, »die dreizehn Hexen werden auch in verschiedenen anderen Schriften aus dem Kaiserreich erwähnt, in Briefen ebenso wie in offiziellen Chroniken oder philosophischen Abhandlungen. Diesen Texten kann man entnehmen, dass jede Hexe einer Provinz zugeordnet war, als Beraterin für die häufig wechselnden Verwalter und um mit ihrer Magie in bestimmten Situationen auszuhelfen. Dabei entsteht tatsächlich der Eindruck, dass sie jahrhundertelang gewirkt haben, für jede Provinz taucht immer nur derselbe Name auf, egal, zu welcher Zeit, aber ich gehe – wie viele andere – davon aus, dass diese Namen identisch mit einem Titel waren, sodass sich hinter einem Namen jeweils eine ganze Reihe von Frauen verbarg.«

Sie sah ihn zweifelnd an, und er grübelte, woher er sie kennen konnte. Ihm war, als müsste es etwas Leidvolles sein, und tatsächlich wirkte sie unglücklich, selbst wenn sie lächelte. Aber es waren harte Zeiten, es gab viele, die nicht glücklich waren. Sie sagte: »Wenn sie den ganzen Palast in ewigen Schlaf schicken konnten, konnten sie vielleicht auch ihr eigenes Leben verlängern.«

»Vielleicht.« Inrico zuckte mit den Schultern. »Aber in den Büchern finde ich keinen Beleg für einen solchen Zauber.«

»Nicht alles steht in Büchern.«

»Richtig. Aber du bist wegen dem hergekommen, was in den Büchern steht, oder nicht?«

Sie nickte, und ein kurzes Lächeln huschte über ihr Gesicht. »Gibt es wirklich keine Hinweise darauf, was nach dem Ende Ycenas aus ihnen geworden ist?«

»Aus der Zeit der Dunkelheit gibt es nur wenige Aufzeichnungen, und die sind nicht sehr vertrauenswürdig. Viele sind erst später angefertigt worden und berufen sich auf das, was über Jahre oder Jahrzehnte mündlich weitergegeben worden war. Aber es haben sich wohl einige Männer damit gebrüstet, eine der dreizehn auf der Flucht erschlagen oder gefangen und gehenkt, gevierteilt oder ersäuft zu haben, verbrannt oder gepfählt. Von diesen Berichten gibt es allein in unserer Bibliothek weit mehr als dreizehn, und wir besitzen nur einen Bruchteil der Schriften, die über die Zeit nach Ycenas Ende berichten. Ich habe alle Berichte verglichen, um zu sehen, ob sich mehrere auf dasselbe Ereignis beziehen, denn ich dachte, so würde ich die Wahrheit finden. Fälschlicherweise bin ich davon ausgegangen, dass die Hinrichtung einer derart berühmten Hexe hätte Aufsehen erregen müssen, dass Hunderte zu dieser Hinrichtung gekommen wären. Auf schriftlich überlieferte Gerichtsurteile durfte ich nicht hoffen, es war das dunkle Jahrhundert. Es herrschte Krieg, und schon bald kam die Rote Pest hinzu. Manche haben auch dafür die Hexen verantwortlich gemacht, aber die Rote Pest hat genauso in anderen Ländern gewütet, und so denke ich, dass sie eher von Söldnern oder Seeleuten eingeschleppt worden ist. Nach und nach ist mir aufgegangen, dass, hätte jemand eine Hexe erwischt, er sie auf der Stelle erschlagen hätte, bevor sie ihn verzaubern konnte. Die Menschen hatten panische Angst vor ihnen und ihrer Zauberkraft, niemand hätte ihnen Gelegenheit gegeben, sich zu wehren. Diese Angst hat dazu geführt, dass Hunderte, vielleicht Tausende von Frauen erschlagen worden sind, und hinterher wurde immer gesagt, es sei eine Hexe gewesen, denn das hat für den Täter den Unterschied zwischen Held und Mörder gemacht. Ich glaube, dass diesem Morden auch die dreizehn Hexen zum Opfer gefallen sind, wenn auch unerkannt. Durch ihre Untat hatten sie eine rasende Wut auf jede Art von Hexerei entfacht, und ich glaube nicht, dass sie dieser Wut entkommen sind. Zwar gibt es spätere Berichte von Zeugen, die eine der dreizehn Hexen gesehen haben wollen, aber sie erscheinen nicht wahrer als die Berichte jener, die sie getötet haben wollen, was eine merkwürdige Ironie in sich birgt. Es gibt Geschichten von entführten Kindern, gerade Erstgeborene sollen in großer Zahl aus den Dörfern um Ycena herum geraubt worden sein, und das haben viele für das Werk der dreizehn gehalten, aber noch einmal: Es herrschten Krieg und Angst, und ich glaube, das sind nicht mehr als Schauermärchen. Entscheidend ist, dass nach dem Ende Ycenas keine Taten bezeugt sind, die der Macht der dreizehn entsprechen würden. Kein neuer Schlaf, keine zauberische Wendung in den zahlreichen Scharmützeln, keine übernatürliche Hilfe bei einer Belagerung, keine getöteten Herrscher, Fürsten oder Anführer, nichts. Nicht eine einzige Tat, die auf jemanden mit ihrer Macht schließen ließe, und das war für mich immer der entscheidende Beweis, dass sie tot sind.« Er verstummte und trank einen Schluck Wasser. Es war noch immer kühl.

»Aber wieso haben sie das Kaiserreich gestürzt? Wenn sie so mächtig waren, hätten sie das Mädchen doch einfach töten können, ohne alle mit in den Untergang zu reißen.«

»Das glaube ich auch. Und ich weiß nicht, weshalb sie es getan haben. Das habe ich nie herausgefunden.«

Anthia schwieg und trank. Im Fenster landete eine Schwalbe, sah sich um und flog wieder davon. Anthia erschlug eine Fliege auf ihrem Arm. Dann fragte sie: »Glaubst du, der Kaiser war ein gerechter Mann? Einer, der sein Wort gehalten hat?«

»Ich denke, ja«, antwortete Inrico, überrascht von der Wendung, die das Gespräch nahm.

»Gut.« Sie zögerte. »Und …«

»Ja?«

»Vielleicht später.«

»Später?« Musste man ihr wirklich jedes Wort entreißen?

»Ich muss darüber nachdenken.« Sie trank noch einen Schluck Wasser und sah sich um. Die Wände waren noch immer kahl, manche Tische waren von Lesenden besetzt, andere standen verwaist. Inrico betrachtete sie. Mit jeder Frage, die sie stellte, fühlte er sich stärker zu ihr hingezogen.

3

Anthia dachte nach. Sie wusste, dass sie dem Schreiber irgendwann mehr verraten musste, aber sie wusste nicht, ob sie es konnte. Warum musste es ausgerechnet der sein, der bei der Hinrichtung gewesen war? Wenn sie zu viel fragte, würde er erraten, wer sie war, schließlich hatte er schon gefragt, ob sie einander bereits einmal begegnet seien.

Dann bist du eben Grigos Schwester, na und?, dachte sie trotzig. *Was ist daran so schlimm? Du bist nicht dein Bruder, du bist nicht verurteilt worden, und niemand weiß, dass du dich, nachdem du ihn verlassen hattest, mit Wildern über Wasser gehalten hast.*

Aber wenn sie nicht vorsichtig war, konnte er aus ihren Fragen womöglich schließen, was sie vorhatte, und wenn er dem König treu war, wäre das ihr Ende. Allein kam sie nicht von den Felsen herunter, den Korb musste immer jemand kurbeln. Und warum sollte er König Tiban nicht treu sein? Er verfasste seine Chronik. Sie musste mehr über ihn erfahren, und vielleicht konnte sie ihn mit anderen Fragen in die Irre leiten. Dennoch musste sie vorsichtig sein. Zu Hause im Dorf hatte sie als schlau gegolten, aber das war ein Dorf gewesen. Die Menge an Büchern und Wissen hier schüchterte sie ein, ob sie es sich nun eingestehen wollte oder nicht.

»Warum weißt du so viel über die Kaiserzeit?«, fragte sie.

»Weil ich viel darüber gelesen habe.«

»Das dachte ich mir.« Sie lächelte. »Aber warum hast du gerade darüber so viel gelesen?«

»Ich bin an einer Ruine aufgewachsen, die mitten in meiner Heimatstadt stand.« Seine Augen leuchteten. »Mauerreste, dreimal so hoch wie unser Haus, und zwei gewaltige gemauerte Bögen, die so perfekt rund waren. Ich war dort jeden Tag mit meinen Freunden, wir haben Kaiser gespielt und sind geklettert, so hoch wir konnten. Mein Vater ist Steinmetz, er hat mir gezeigt, was er allein aus den Ruinen für seine Arbeit gelernt hatte, und ich war sicher, es musste ein Tempel oder der Palast eines hohen Fürsten gewesen sein. Aber er meinte, ein fahrender Gelehrter habe ihm erzählt, das seien Thermen gewesen, eine große Badeanlage, in der sich Hunderte Menschen waschen konnten. *So ein Unsinn*, hat mein Vater gesagt und gelacht, wo sich doch jeder viel einfacher in einem Zuber oder im Fluss waschen könne. Um mich dagegen war es in diesem Moment geschehen. Was musste das für eine Zeit gewesen sein, in der man etwas so Prächtiges errichtet hatte, nur um zu baden? Was war das für eine Zeit, in der ein solches Gebäude nicht für den Adel oder die Götter errichtet worden war? Für mich stand fest, dass das eine wunderschöne Zeit gewesen sein musste.« Er seufzte. »Und davon bin ich noch immer überzeugt. Heute kennt man vor allem den Kaiser, jeder Fürst träumt davon, seine Macht zu besitzen; jeder König weiß, dass er nur ein Dreizehntel des alten Reichs beherrscht, ein Bruchstück von etwas einstmals Großem, und diese Größe beeindruckt auch mich. Aber sie allein ist es nicht, was mich fasziniert. Die Menschen waren freier damals, ihre Bildung war größer, es gab so viele Wissensgebiete, und es gab diese Thermen. Ich habe inzwischen Pläne und Zeichnungen gesehen, sie waren prächtig und so viel mehr als Badeanstalten. Dort wurde gebadet und gerungen, eingekauft und Schwertkampf geübt, gesprochen und philosophiert. Ja, es gab eine ganze Reihe von Philosophen und ein schriftlich niedergelegtes Recht, dem alle unterworfen waren. Alle, wirklich alle, außer dem Kaiser natürlich.« Er lachte. »Aber sonst waren … Warte, ich muss dir die alten Bücher zeigen, dann verstehst du es.« Er sprang auf und eilte davon, und schon in diesem Moment verstand sie, denn er verhielt sich wie ein frisch Verliebter. Was auch immer er ihr gleich mit seinem Verstand erklären würde, war zweitrangig. Denn hier ging es nicht um den Verstand; Inrico hatte sein Herz an das Kaiserreich und die Vergangenheit verloren.

Keuchend und mit noch immer glänzenden Augen kehrte er zurück, fünf schwere Bücher auf dem Arm. Er legte das erste Buch vor ihr auf den Tisch und schlug es vorsichtig auf. Und da verstand sie seine Liebe. Das erste Bild zeigte einen gewaltigen Kampf, Einhörner und Menschen vereint gegen sich windende Lindwürmer. Die Gesichter waren so lebendig, wie sie es noch auf keinem Bild gesehen hatte. Jede Gefühlsregung konnte sie erkennen, sie sah das Spiel der Muskeln und spürte die Schwärze, die von den Lindwürmern ausging. Wie konnte irgendwer nur so malen?

»Das ist …«

Hastig blätterte er weiter, ohne sie ausreden zu lassen, aber sie wusste auch nichts zu sagen. Er zeigte ihr Ansichten eines überquellenden Marktplatzes, eine Zeichnung von einem Pferd, auf der jedes Detail zu erkennen war. Mit jedem Bild verstand sie seine Liebe besser, doch das änderte nichts daran, dass sie ihm nicht vertrauen konnte. Er war der Chronist des Königs.

»Warst du schon einmal am Richtturm von König Tiban?«, fragte er unvermittelt, und sie zuckte zusammen. Aber er sprach einfach weiter, er hatte das Bauwerk nicht erwähnt, weil er sich an sie erinnerte. »Dann kennst du den Sockel, die Fratzen, die Gesichter. Sie alle sind aus der Kaiserzeit, und auch wenn sie beschädigt sind, farblose Bruchstücke, ausgewaschen vom Regen – niemand verfügt heute noch über diese Fertigkeit im …« Plötzlich unterbrach er sich und sah sie an, den Mund noch halb geöffnet. Hatte er ihr Zucken doch bemerkt, oder kam ihm nun die Erinnerung? Er blinzelte.

»Du warst bei der Hinrichtung«, sagte er. »Du bist die Frau, die ihr Gesicht verhüllt hatte.«

Einen kurzen Augenblick lang wollte sie es leugnen, aber was sollte das helfen? Dann würde er wissen, dass sie etwas zu verbergen hatte, damit würde nur sein Misstrauen geweckt. Also nickte sie. Wenn er nicht weiter fragte, war sie sicher.

»Ich habe dich gezeichnet.« Er lächelte. »Ich habe dich gezeichnet und doch nicht erkannt.«

»Mich?« Sie stutzte. Noch nie hatte jemand sie gezeichnet. »Warum mich?«

»Weil du da warst. Ich habe mehr oder weniger alle gezeichnet. Aus der ganzen Menge natürlich nur eine Handvoll Männer und Frauen, die beispielhaft für die anderen stehen. Aber du hast dich abseits gehalten, warst nicht Teil von ihnen, und so habe ich dich auch gezeichnet.«

»Warum hast du mich nicht weggelassen, wenn ich nicht dazugehört habe?« Die Frage rutschte ihr einfach heraus, obwohl das nicht schlau war. Doch sie war noch nie gezeichnet worden, sie wollte es einfach wissen.

»Weil das Bild ohne dich unvollständig war. Weil du da warst und weil durch dich ein ganz anderer Eindruck von dem Geschehen entstanden ist. Ich kann es nicht besser sagen.« Plötzlich lächelte er. »So verhüllt hast du fast ausgesehen wie der Tod, der leibhaftig gekommen …«

»Nein!« Erschrocken sprang sie auf, der Stuhl fiel um, doch das war ihr egal. »Nicht ich! Ich war nicht der Tod, nicht ich!« Sie wollte sich auf ihn stürzen, ihn zwingen, das Bild zu zerreißen, aber sie blieb einfach stehen.

»Ruhe«, zischte ein Bibliothekar drei Tische weiter, auch andere mochten den Kopf schütteln, aber sie starrte nur Inrico an. Das Herz schlug ihr bis zum Hals, sie wusste nicht, was sie tun sollte.

»Das darfst du nicht, bitte.« Flehend sah sie ihn an. Sie durfte nicht als Tod ihres Bruders verewigt werden, das wäre wie ein Fluch.

»Beruhige dich!« In seinem Gesicht standen Verwirrung und Entsetzen zugleich. »Niemand erkennt dich, das ist es ja. Und ich habe dich nicht als Tod gemalt. Vielleicht wird dich jemand dafür halten, aber für mich warst du es nie und bist es auch auf dem Bild nicht.«

»Zeig es mir!« Sie musste es sehen. Jetzt war es auch schon egal, was er von ihr hielt.

»Es ist unten im Skriptorium.«

»Zeig es mir«, verlangte sie noch einmal, ruhiger nun. »Bitte.«

»Wenn du mir verrätst, warum dich das so aufbringt.«

Sie hob den Stuhl wieder auf und stellte ihn an den Tisch. »Zeig es mir erst, und ich erzähle es dir dann.«

»Gut.« Er stand auf, und sie folgte ihm nach draußen, die Steintreppen hinab und über die Hängebrücke zum nächsten Felsen. Die Wolke war weitergezogen, die Sonne brannte, Tauben gurrten, und weit unter ihnen meckerten Ziegen und muhten Kühe.

Im Skriptorium roch es fremd, das musste die Mischung aus Tinte und Farbe sein. Inrico führte sie geradewegs zu seinem Platz und deutete auf ein Bild, auf dem noch kaum etwas farbig war, nur der Henker war schon schwarz und der Schatten unter ihrem Tuch. Dort, wo ihr Gesicht hätte sein sollen, herrschte Schwärze. Ihr Herz, das sich auf dem Weg hier herunter beruhigt hatte, begann wieder schneller zu schlagen, sie war gesichtslos wie der Tod. Kurz sah sie zu ihrem baumelnden Bruder, aber sie konnte ihn nicht länger anschauen, wie er dort sterbend hing. Stattdessen sah sie wieder zu ihrer Gestalt und atmete durch. Der Schreiber hatte die Wahrheit gesagt, sie war nicht der Tod, in ihrer Haltung war nichts Bedrohliches, sie war lebendig. Es war ein gutes Bild, er war ein guter Zeichner, auch wenn ihm die Meisterschaft der Kaiserzeit fehlte, die sie oben gesehen hatte.

»Danke«, sagte sie, ohne den Blick von dem Bild zu heben. Sie sagte es, weil er es ihr gezeigt hatte und weil sie darauf nicht der Tod für ihren Bruder war. Erleichterung überschwemmte sie, und sie musste sich zusammenreißen, um nicht loszuweinen.

»Bitte«, sagte er. »Wenn ich dein Gesicht schon vor zwei Tagen gekannt hätte, hätte ich es gezeichnet. Und ich hätte es sehr viel lieber gezeichnet als den schwarzen Schatten.«

Sie blickte auf, und er errötete. Hastig sagte er: »Siehst du, dass du nicht der Tod bist?«

Sie nickte.

»Bist du beruhigt?«

»Ja.«

»Verrätst du mir nun, weshalb du verhüllt gekommen bist?«

Sie sah ihn an, die Röte war aus seinem Gesicht gewichen. Er wirkte nicht mehr unsicher. »Kann ich dir zuvor noch eine Frage stellen?«

»Noch eine?« Er hob die Augenbrauen.

»Ja. Es ist wichtig.«

»Wenn es wichtig ist …« Er sah sie verschmitzt an. »Aber du solltest wissen, dass mein Gedächtnis ausgezeichnet funktioniert. Auch wenn ich mich leicht ablenken lasse, ich vergesse nicht.«

Sie schaute sich kurz um, aber der nächste Schreiber saß drei Tische weiter. »Glaubst du, dass die Götter uns den Regen gebracht haben, weil dieser Räuber geopfert wurde?« Sie sprach leise und hoffte, dass niemand sonst sie hörte. Das Bild hatte ihr den Mut gegeben, ihm zu vertrauen, auch wenn sie nicht genau sagen konnte, weshalb.

Inrico zuckte zusammen und sah sich um. »Wieso fragst du?« Und dann schien er zu begreifen. »Du ähnelst ihm. Deshalb wolltest du nicht sein Tod sein. Du bist mit ihm verwandt.«

»Glaubst du, dass die Götter uns den Regen geschenkt haben, weil er gehenkt wurde?«, wiederholte sie, und sie zitterte, weil er wieder schneller gewesen war.

»Seine Cousine?«, fragte Inrico. »Seine Schwester?«

Sie taxierten einander, keiner beantwortete die Fragen des anderen. Doch sie wusste, dass es egal war, ob sie schwieg oder antwortete. Er hatte es wieder zu schnell erraten, er war ein guter Beobachter, wie auch sein Bild zeigte.

»Seine Schwester«, sagte sie. »Ich verteidige nicht, was er getan hat, aber er war mein Bruder. Ich musste mich von ihm verabschieden.«

»Natürlich«, sagte er. »Komm mit.«

»Was ist mit dem Opfer?«

»Komm mit«, wiederholte er. »Nicht hier.«

Und er führte sie schweigend wieder hinauf zur Bibliothek und dort in ein kleines sechseckiges Gebäude ganz am Rande. Die Tür quietschte, als er sie öffnete, und drinnen erwarteten sie große Regale aus dunklem Holz. In den Regalen stapelten sich Bücher und einzelne Pergamentseiten, auf einem Brett reihten sich zugebundene Rollen aneinander, und am anderen Ende lagen offenbar verknotete Seile und Schnüre. Niemand schien hier zu sein, die Bücher wirkten staubig.

»Was willst du mir hier zeigen?«, fragte sie.

»Nichts.«

»Warum sind wir dann hier?«

»Dies«, er deutete in alle Richtungen, als präsentiere er einen bedeutenden Schatz, »ist die Abteilung für unlesbare Schriften.«

»Für was?«

»Unlesbare Schriften. Hier lagern Bücher in fremden Sprachen und verschlüsselte Briefe, sogar eine runde Tonscheibe mit seltsamen Zeichen, die schneckenförmig nach innen verlaufen. Hier ist alles versammelt, was für uns keinen Sinn ergibt. Ein Haus voll unzugänglichem Wissen, beruhigend und zum Verzweifeln zugleich.«

»Aber was wollen wir, wenn …?«

»Unsere Ruhe, denn die hat man hier fast immer.«

Sie durchquerten den Hauptraum und warfen einen Blick in jedes Nebengelass. Das Gebäude war menschenleer. Inrico führte sie in den hintersten Raum, dessen Fenster sich zum Felsenrand hin öffnete. Auch von dort würde sie niemand belauschen. Inrico setzte sich, aber Anthia blieb stehen, die Schulter gegen die Außenwand gelehnt.

»Nein«, nahm Inrico ohne große Umschweife ihr altes Gespräch wieder auf, »ich glaube nicht, dass der Tod deines Bruders uns den Regen beschert hat. Die Wolke war da, lange bevor überhaupt von einem Opfer die Rede war. Außerdem war das Ganze sowieso die Idee des Narren, und ich bezweifle, dass er es ernst gemeint hat. Dass die Menge es getan hat, bedeutet nicht, dass auch die Götter es getan haben.«

Und der König, dachte sie, aber das sagte sie nicht. Sie nickte nur.

»Ich glaube aber auch nicht, dass du hergekommen bist, um mich das zu fragen. Weshalb bist du also hier?«

»Ich …« Sie wusste nicht, wie sie fragen sollte, allein der Gedanke war gefährlich. »Das Märchen. Du hast gesagt, dass der Kaiser zu seinem Wort steht. Wenn also jemand seine Tochter aufweckt, dann …«

Er lächelte.

»Was?«, fragte sie.

»Darüber machst du dir Gedanken? Nicht über die unüberwindliche Hecke voll spitzer Dornen und scharfer Klingen, nicht darüber, dass sie in vierhundert Jahren verhungert sein könnte, nicht über die allgegenwärtige Hexerei?«

»Ich weiß nicht. Wer wollte denn alles riskieren, wenn das Versprechen letztlich von einem Lügner stammt? Zuerst überlegt man doch, ob man dem, mit dem man Geschäfte macht, trauen kann. Und letzten Endes ist es ein Geschäft, oder nicht?«

Inrico lachte. Er versuchte, leise zu lachen, aber es platzte aus ihm heraus.

»Warum lachst du?«

»Weil du, obwohl du nicht lesen kannst, eine wesentliche Frage zu der alten Geschichte gestellt hast. Und zwar eine, die vielleicht zum ersten Mal gestellt worden ist, denn ich habe sie noch von keinem von uns je gehört, von keinem Bibliothekar, keinem Schreiber und keinem Gelehrten.«

»Von keinem?« Sie konnte es nicht glauben.

»Nein. Wir haben uns wieder und wieder andere Dinge überlegt. Es gibt mehrere Abhandlungen darüber, ob man einen vierhundertjährigen Schlaf überleben kann, und lange Beweisführungen, warum das nicht möglich ist. Es gibt die unterschiedlichsten Berechnungen und Theorien, wann die Magie nachlassen wird, aber niemand hat sich deine Frage gestellt.«

»Warum nicht?«

»Weil … Ich glaube, um die Aussage des Märchens zu begreifen, braucht man das nicht zu wissen, und um sich über den Wahrheitsgehalt der Geschichte Gedanken zu machen, auch nicht. Es wäre nur wichtig, wenn man tatsächlich vorhätte, die Kaisertochter zu wecken. Wenn …« Er sah sie an, und sein Mund klappte auf. »Du? Aber …«

»Verrätst du mich?« Sie löste sich von der Wand und machte einen kleinen Schritt auf ihn zu.

»Verraten?« Er wirkte verwirrt. »Was soll ich verraten? Und wem?«

»Egal, wem.«

»Nein.« Er erhob sich und stand ihr direkt gegenüber. »Du bist hergekommen, weil du Wissen suchst, und wir sind da, um unser Wissen zu teilen. Wir sind Buchbewahrer, keine Verräter. Was du als Besucherin wissen willst, ist allein deine Sache, wir haben uns in unseren Regularien verpflichtet, darüber gegenüber Außenstehenden zu schweigen. Manchmal müssen wir uns untereinander beraten, um Antwort geben zu können, aber jeder sollte alles wissen dürfen, das ist unsere Einstellung. Wir bewahren Bücher, wir sammeln Wissen, und wir geben es weiter, ohne Fragen zu stellen.«

»Alles Wissen? Auch wie man tödliche Gifte mischt?«

Er zuckte mit den Schultern. »Wer zu uns kommt, weiß, dass er mit seiner Frage auch immer etwas über sich preisgibt. Ein Giftmischer, der wirklich unentdeckt bleiben will, sollte sich das Wissen also besser woanders besorgen.« Er lächelte wieder. »Außerdem ist das kein geheimes Wissen. Jedes Kind wird vor giftigen Pflanzen gewarnt, und damit kennt es Gifte. Und wer sagt, dass der Suchende mit dem Wissen selbst ein bestimmtes Gift mischen will? Vielleicht geht es nur darum, ein Gegenmittel dafür zu entwickeln oder den Tod einer Verwandten aufzuklären? Welches Wissen jemand sucht, sagt nicht immer etwas über seine Absichten aus.«

Sie schüttelte den Kopf. »Du wirst also niemandem verraten, was ich dich gefragt habe?«

»Nein.«

»Und niemandem erzählen, was ich dir gesagt habe?«, hakte sie nach, denn auch wenn er ihr ehrlich vorkam, er wirkte auch spitzfindig.

»Nun, es gibt ein paar Bibliothekare, mit denen würde ich gern über deine Frage diskutieren, ob der Kaiser die Wahrheit gesagt hat, weil ihre Antworten und Spekulationen sehr vergnüglich werden könnten. Und weil sie sich über das Gedankenspiel freuen würden. Aber auf keinen Fall werde ich verraten, dass ich die Frage von dir habe, und ich werde sie erst in einigen Wochen stellen, lange nachdem du uns verlassen hast. Wäre das in Ordnung?«

»Erzählst du ihnen, dass du dich das selbst gefragt hast?«

»Wenn du das möchtest.«

»Ja.« Sie nickte und ging ans Fenster. Höhe hatte ihr noch nie etwas ausgemacht, und als sie sich mit ihrem Bruder im Wald versteckt hatte, waren sie zum Schlafen oft hoch in die Bäume geklettert, um nicht zufällig entdeckt zu werden. Aber einen derart freien Blick hatte sie noch nie gehabt. Sie beneidete die Bibliothekare und die Vögel, die das immer hatten. Langsam drehte sie sich wieder um. »Ich habe das Märchen vom letzten Kaiser oft gehört, als Kinder haben wir es ständig gespielt, und so, wie ich es kenne, sagt der Kaiser nie, dass es ein Mann sein muss. Er sagt, er gibt demjenigen seine Tochter, der sie mit einem Kuss weckt, und das könnte doch auch eine Frau sein, oder?«

»Eine Frau?« Er wirkte vollkommen verdattert.

»Es heißt doch nur, man muss die Kaisertochter küssen. Ich könnte sie wie eine Schwester küssen, oder?« Sie sah Inrico, der nur verwirrt blinzelte und nichts erwiderte, in die Augen. Leiser, aber bestimmt fuhr sie fort: »Wenn der Kuss leidenschaftlich sein muss, kann ich das auch, solange ich nur Kaiserin werde.«

Immer noch starrte Inrico sie entgeistert an, zu verwirrt, um zu antworten. Die Liebe unter Frauen war wie die unter Männern verpönt.

»Oder muss es unbedingt ein Mann sein, der sie küsst?«

»Ich ... ich weiß es nicht. Das wird allgemein angenommen, aber ...« Er hob die Hand und verdrehte die Augen, bewegte lautlos die Lippen, schien nachzudenken und den vertrauten Text zu rezitieren, vielleicht betete er auch nur. Dann zeigte sich Verblüffung auf seinen Zügen. »Nein, nein, im Text selbst, und zwar in der ältesten Fassung, die wir hier haben, die der Zeit von Kaiser Cletian am nächsten ist, steht nichts von einem Mann. Ob es wortwörtlich das ist, was der Kaiser gesagt hat, weiß natürlich niemand, aber ... Alle Betrachtungen dazu gehen von einem Mann aus, aber ...«

»Aber es muss keiner sein?«

»Nein. Und ...« Er zögerte, dann sah er sie an. Er wirkte unsicher. »Ach, was soll's. Ich zeige dir jetzt etwas, aber es wäre mir recht, wenn du es nicht weitererzählen würdest.«

Dass sie nickte, sah er schon nicht mehr. Er hatte sich abgewandt und den Stuhl gepackt und trug ihn zu dem Regal an der gegenüberliegenden Wand. Sie folgte ihm.

»Ich war noch jung, als ich es hier versteckt habe.« Er stieg auf den Stuhl, stellte sich auf die Zehenspitzen und tastete auf dem Regal entlang, genau konnte sie es nicht sehen. Dann schien er etwas hochzuholen, das hinter der Rückwand klemmte. Offenbar ein Buch.

»Was ist das?«

»Wart es ab.« Grinsend wie ein Junge stieg er vom Stuhl herunter. Seine Arme waren voller Staub, und er hielt ein schlichtes Buch in der Hand. Der Einband war schwarz, die Schrift auf dem Rücken golden.

»Ich denke, die Bücher hier sind unlesbar?«

»Dieses nicht. Es stammt aus dem Kaiserreich und gehört nicht hierher. Aber es geht auch nicht um den Text.« Er blies den Staub von dem Buch und schlug es weit vorn auf.

Anthia verstummte und hielt die Luft an. Auf der Seite standen nur wenige Buchstaben, fast allen Platz nahm die Darstellung eines nackten Mannes ein, der einen riesigen Penis in eine ebenfalls nackte Frau einführte. Ihre Beine waren weit gespreizt, die Brüste groß und rund und sie wölbte sich ihm entgegen. Die Zeichnung war so gut ausgeführt, dass Anthia die Lust auf beiden Gesichtern erkannte. So etwas hatte sie noch nie gesehen, das hatte nichts mit den Kritzeleien an vielen Stadtmauern zu tun. Rasch sah sie weg, dann wieder hin. Bezweckte der Schreiber damit etwas?

»Das ist es nicht.« Hastig blätterte er weiter, ohne Anthia anzusehen. Sie roch seinen Schweiß, das Pergament raschelte, sonst war nichts zu hören.

»Da!«

Auch auf der nun aufgeschlagenen Seite gab es kaum Schrift. Sie zeigte zwei nackte Frauen, die die Beine ineinander verschlungen hatten und sich mit langen Zungen lustvoll küssten. Anthia stieß einen überraschten Laut aus und errötete.

»Und da!« Schnell blätterte Inrico um, doch auch die neue Seite zeigte zwei Frauen. Eine leckte die andere zwischen den Beinen. Beide trugen sie Schmuck aus Gold, und Anthia wusste nicht, warum gerade das ihr auffiel. Ihr Mund war trocken.

»Und da!« Noch einmal blätterte er um, und auch die nächste Seite zeigte zwei nackte Frauen, auch wenn Anthia nicht sofort begriff, was sie taten.

»Verstehst du?«

Sie schüttelte den Kopf. Unwillkürlich leckte sie sich über die trockenen Lippen, ließ es aber, als es ihr bewusst wurde, sofort wieder sein.

»Das ist ein Buch über die Kunst der körperlichen Liebe aus dem alten Kaiserreich. Es ist wohl zweihundert Jahre vor Kaiser Cletian verfasst worden, aber wenn sich die sittlichen Vorstellungen erhalten haben, dann war die Liebe zwischen Frauen so weit toleriert, dass man sie den Frauen sogar beibrachte.«

»Ein Buch, um zu lernen, wie man vögelt?« Die Vorstellung war ihr fremd. »Warum haben sie es nicht einfach getan?«

»Das haben sie sicher auch.«

»Haben sie das an einer Schule unterrichtet?«

»Soweit ich weiß, nicht.«

Das aufgeschlagene Buch zwischen sich auf dem Tisch, saßen sie da, nickten und mieden den Blick des jeweils anderen.

»Also«, sagte er, »mir ist nichts bekannt von einer Heirat zwischen zwei Frauen, aber ich denke, wenn du die Kaisertochter wirklich erweckst, wird Cletian darüber hinwegsehen, dass du kein Mann bist. Mut und Raffinesse galten viel im Kaiserreich, und was du versuchst, erfordert beides.«

Ihr Blick hing wieder an dem Bild von den beiden Frauen. Inzwischen hatte sie begriffen, welches Körperteil zu wem gehörte. Sie fragte: »Gibt es das auch mit Männern?«

»Was?«

»Solche Bilder. Mit zwei nackten Männern.«

»Ja. Aber da muss ich länger suchen.« Er fand sie, und sie sah sich an, wie ein Mann den Penis des anderen fest in der Hand hielt, während dieser seinen im Mund hatte.

Sie merkte, wie die Atmosphäre im Raum sich aufheizte, sie spürte Inricos Nähe und trat einen Schritt zurück. Sie wollte nicht, dass die Bilder zu etwas führten, das sie später bedauern würde. »Danke«, sagte sie, »das hat mir wirklich geholfen.«

Er klappte das Buch zu, zögerte kurz und stieg dann wieder auf den Stuhl, um es hinter dem Regal zu verbergen. Schließlich brachte er den Stuhl zurück an seinen Platz und klopfte sich den Staub von den Armen, so gut es ging. »Willst du es wirklich versuchen?«

»Ja.«

»Willst du dann noch etwas anderes sehen?«, fragte er. »Ein Bild von der Hecke vielleicht? Damit du weißt, worauf du dich einlässt?«

Sie wusste nicht, ob sie das wissen wollte. Wenn sie an der Hecke scheiterte, dann sollte es so sein, doch sie wollte sich nicht von einem Bild Angst machen lassen. »Eine Karte wäre wichtiger«, antwortete sie. »Eine Karte, die mir zeigt. wie ich nach Ycena finde.«

»Gut. Ich suche dir eine heraus und helfe dir, eine Kopie davon zu erstellen. Die Kopie kannst du dann mitnehmen.«

Und damit führte er sie hinaus in die Sonne.

4

Am Abend kam mit einer weißen Taube eine Nachricht aus Freybruck. Der König hatte den Königsorden ausgeschickt, um verstärkt nach Räubern zu suchen.

Er verlange, dass der Richtturm in sieben Tagen ausgelastet sei, hieß es in dem Schreiben, jeder Galgen solle belegt sein pünktlich zum heiligen Fest des geflügelten Gottes Stacchos, des Herrn über den Himmel, über Wolken, Donner und Blitz, des Sternenstürzers und Bruders von Fida, der Göttin der Verlässlichkeit und Treue, der Schwurwahrerin.

Mehr Regen verlange mehr Opfer.

5

Inrico lag auf seiner Pritsche und konnte nicht schlafen. Zu viele Gedanken gingen ihm durch den Kopf, abwechselnd und zugleich und durcheinander. Er dachte an Anthia und an die alten Ruinen, in denen er als Kind gespielt hatte. Er erinnerte sich an das Glück, das er dort empfunden hatte, das Gefühl von Erhabenheit, und an den Moment, als er von ihrem Ursprung als Thermen erfahren hatte. Daran, wie er sich wieder und wieder ausgemalt hatte, wie diese Thermen ausgesehen haben mochten, ein Luxus für einfache Jungen, wie er selbst einer war.

Er dachte an König Tiban, der allem Anschein nach gerade Menschenopfer in Lathien einführte, und daran, dass aus Angst vor dem drohenden Hunger und seiner Macht so viele jubelten. Es waren ja nur Räuber, die geopfert wurden, und der Schrei nach Blut tönte in schlechten Zeiten lauter als in guten.

Inrico dachte an den zappelnden Grigo Blutmond.

Er dachte daran, dass der Erste Bibliothekar die Nachricht der Brieftaube höchstselbst mit seiner gestochenen Schrift in die Chronik übertragen hatte und wie am Esstisch darüber diskutiert worden war. Manche wie er fühlten sich unwohl beim Gedanken an Menschenopfer, andere wollten kein frühzeitiges Urteil fällen, wieder andere fanden es gut, dass König Tiban wenigstens etwas versuchte, um den drohenden Hunger abzuwenden, dass er handelte, statt abzuwarten.

»Aber das Wetter ist nicht in seiner Hand«, hatte Inrico eingewandt. »Das Wetter kann man nur abwarten. Handeln ist nur dann sinnvoll, wenn es etwas bewirkt.«

»Die Götter können alles bewirken, ein Opfer ist immer einen Versuch wert«, hatte Rhija gesagt, eine Schreiberin mit besonders filigraner Schrift. »Mit diesem Räuber, der sich Blutmond nennt, hat es doch geklappt, oder?«

»Dafür gibt es keinen Beweis.«

»Für das Gegenteil auch nicht.«

Nein, dafür gab es auch keinen.

Einige hatten darüber gesprochen, ob Handeln an sich bei Herrschern schon eine Tugend war, aber Inrico hatte sich nicht beteiligt. Er glaubte nicht, dass man Handeln an und für sich bewerten konnte, ohne die konkrete Handlung zu betrachten.

Er dachte an Anthia, die sich allein auf den Weg machte, um etwas Aussichtsloses anzugehen, und damit handelte. War Handeln also nicht doch mehr zu loben als Untätigkeit?

Er dachte an die rasende Menge, an ihre Schreie: »Hängt ihn! Hängt ihn!«

Daran, wie er fast mitgerissen worden wäre, letztlich aber doch weiter nur beobachtet und später alles so notiert und gezeichnet hatte, wie der König es wünschte.

Das Schreiben ist das Handeln des Gelehrten, dachte er, *denn es setzt Wissen und Gedanken in die Welt.* Einsame Gedanken dagegen bewegten niemanden, sie waren keine Handlung, sondern konnten nur deren Vorbereitung sein. Wenn man also das eine dachte und dann doch schrieb, was ein anderer verlangte und dachte, handelte man nicht selbst, sondern beschränkte sich darauf, das Werkzeug eines anderen zu sein oder auch sein willenloser Schatten.

Inrico wollte nicht um des Handelns willen handeln, aber er wollte auch nicht das willenlose Werkzeug eines Königs sein, der wieder Menschenopfer einführte, Opfer, die in Ycena noch vor der Kaiserzeit, noch vor der Republik und am Ende des frühen Königtums abgeschafft worden waren.

Er fragte sich, wie viele Chronik-Einträge vor dem seinen auf vergleichbare Weise entstanden waren. Wie viele Aufzeichnungen enthielten nicht das, was der Chronist gesehen hatte, sondern das, was der König gesehen haben wollte?

Er dachte an das versteckte Buch über die Kunst des Liebens und berührte seinen wachsenden Schwanz. Seine Gedanken wanderten zu Anthia, und dann drängte sich wieder ihr Bruder in seinen Kopf und mit ihm die anderen baumelnden Toten und die tanzenden Menge, und er ließ seinen Schwanz los.

Er dachte an König Tiban und daran, dass er keine Menschenopfer in Lathien wollte, immer heftiger dachte er das, aber wie sollte ein Schreiber wie er das verhindern?

Er dachte an den Narren, der mit all dem angefangen hatte, und fragte sich, ob das Land in Wahrheit vielleicht von einem Narren beherrscht wurde.

Oder von einem Tyrannen.

Er wollte kein Werkzeug sein.

Er wünschte sich ins alte Kaiserreich, er sehnte sich danach wie seit seiner Kindheit nicht mehr. Ycena war der Ort seiner Träume, doch er war nie dort gewesen, sein Ycena war vor Jahrhunderten untergegangen. Selbst die Ruinen hätte er gern gesehen, aber es war Anthia, die sie sehen würde. Anthia, der er geholfen hatte und die nun seine Karte in der Tasche trug. Anthia, die handelte. Er selbst dagegen würde nicht aufbrechen, er würde hierbleiben, ein nützliches Werkzeug seines Königs und des Ersten Bibliothekars. Und er würde weiter über Ycena lesen und diskutieren und sich an das Glück erinnern, das er als Kind in den Ruinen empfunden hatte. Ruinen, wie sie in Ycena noch immer standen, wenn auch von alter Hexerei verseucht – was auch immer das genau bedeuten mochte.

Wieder dachte er an Anthia und an das versteckte Buch und …

»Es reicht«, sagte er schließlich. Er sprach es tatsächlich aus, wenn auch nur flüsternd. Kurz entschlossen stand er auf, zog Hemd und Hose über und machte sich auf den Weg ins Skriptorium. Der Mond leuchtete hell, die Höfe und Hängebrücken waren verlassen.

Auch im Skriptorium war niemand. Inrico entzündete die Öllampe an seinem Arbeitsplatz und betrachtete das Bild von der Hinrichtung. Er war ein gutes Werkzeug gewesen. Langsam öffnete er das Tintenfass und tauchte die Feder hinein. Noch immer stand der Anblick des Narren vor seinem geistigen Auge. Mit sicherem Strich bannte er es auf das Pergament, zeichnete den Narren, wie er über den höchsten Galgen turnte, ein breites Grinsen im Gesicht und die Arme ausgebreitet, als würde er alles umfassen, alles segnen, alles gutheißen, alles verlachen. Nun standen die drei zentralen Figuren – König, Grigo und Henker – im Schatten des Narren, die vormals klare Aussage des Bildes war nicht mehr eindeutig, alles war dem Lachen preisgegeben, der Tod, das Rauben und das Herrschen, vielleicht sogar der Narr selbst.

Inrico lächelte zufrieden und besah sich das Bild noch eine Weile. Dann löschte er das Licht und ging durch die Nacht zurück in seine Zelle. Er packte seine Sachen, zählte sein Geld und wartete auf den nahenden Morgen. Als es dämmerte, ging er zu den Gästekammern und suchte Anthia. Sie war bereits beim Frühstück und sah ihn freundlich an. »Guten Morgen, Schreiber. Schon wach?«

»Guten Morgen«, erwiderte er, um dann ohne Umschweife zu fragen: »Kann ich dich begleiten?«

Ihr Lächeln erlosch, und Misstrauen huschte über ihre Züge. »Warum?«

Er sah sich rasch um und setzte sich zu ihr. »Ich habe die ganze Nacht wach gelegen und nachgedacht. Es wird Zeit, dass ich Ycena endlich sehe, ich will nicht mehr nur darüber lesen oder davon träumen. Und wenn ich es jetzt nicht tue, dann, fürchte ich, breche ich nie auf.«

»Das ist der einzige Grund?«

Er beugte sich zu ihr, damit niemand sonst ihn hörte. »Ich will kein Kaiser werden, ganz sicher nicht, da musst du nichts befürchten. Aus dem Palast will ich nur die Bücher, alles andere kannst du haben. An den Büchern hast du vermutlich kein Interesse?«

»Nein.« Sie lächelte.

»Also? Die Straßen sind gefährlich, zu zweit sind wir sicherer.«

Sie nickte. »Unter einer Bedingung.« Sie hatten die Köpfe dicht zusammengesteckt, und sie flüsterte, wie er es getan hatte.

»Die da wäre?«

»Wenn du dich geirrt hast und mein Kuss doch nicht ausreicht, um die Kaisertochter zu wecken, dann küsst du sie für mich, egal, ob du Kaiser werden willst oder nicht. Ich habe meinem Bruder unter dem Galgen einen Kaiser versprochen, und einen Kaiser soll er bekommen.«

»Einverstanden«, sagte Inrico, ohne zu zögern, und streckte ihr die Hand hin. Dieses Versprechen ließ sich leicht geben, denn er glaubte nicht, dass die Tochter noch lebte, dass irgendein Kuss sie wecken konnte. Doch als Anthia einschlug, überlief ihn trotzdem ein Schauer, und er dachte: *Was, wenn doch?*

Sie aßen gemeinsam, ohne weiter über ihr Vorhaben zu reden. Anschließend holte Inrico so viel Reiseproviant, wie sie ihm in der Küche geben wollten. Den Bibliothekaren sagte er nur, er habe einen Hinweis auf wertvolle Bücher erhalten, dem er nachgehen wolle, bevor es zu spät sei. Bücher, von denen man nur träumen könne.

»Dann geh«, sagten sie.

Und so folgte er Anthia, die die Bibliothek kurz zuvor verlassen hatte und auf der Straße auf ihn warten wollte. Am Himmel war keine Wolke zu sehen.

RUINEN UND DORNEN

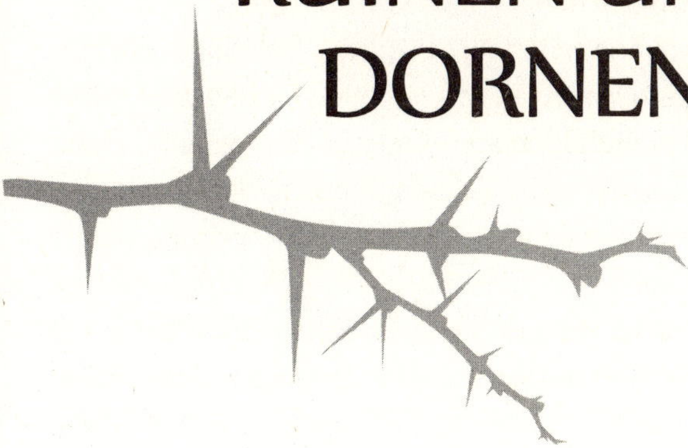

1

Am späten Vormittag erreichte Ukalion die Kuppe einer Hügelkette und erblickte dahinter die Ruinen von Ycena.

Endlos schienen sie sich zu seinen Füßen zu erstrecken, durch das gesamte Tal und über die nächsten vier, fünf Hügel, die sich in mehreren Meilen Entfernung erhoben. Wie das Meer, nur nicht so friedlich, wie der Wilde Wald, nur nicht so lebendig. Ein Gebäude schloss sich ans nächste an, dazwischen Ruinen, und zwischen ihnen hindurch führten gepflasterte Straßen mit abgesetzten Fußwegen am Rand. Hier und da standen Bäume oder Büsche, Ranken kletterten an Wänden empor, doch kaum eine Mauer schien ganz überwuchert, und trotz mancher Ruine oder eingestürzten Mauer wirkte alles weit weniger zerstört, als nach all der Zeit zu vermuten gewesen war. Nur die Farbe war überall abgeblättert, die Wände waren bleich wie Knochen. Es schien, als schlafe selbst der Verfall in Ycena, als habe die Stadt ihr eigenes Ende träumend überdauert und warte nur auf die Rückkehr der Bewohner, um erneut zu erwachen. Als sei sie eine ewige Stadt, und selbst die Zeit könne ihr nichts anhaben.

Menschen waren nicht zu sehen.

Ukalion stand auf dem Hügel und starrte hinab, überwältigt von der schieren Größe. Nichts, was er bislang gesehen hatte, hatte ihn auf das hier vorbereitet, nicht einmal die Überreste des Aquädukts. Schwanklipp erschien ihm nun winzig, und die Klagesäulen zu Hause, immerhin groß genug, um Fünfsäulen seinen Namen zu geben, wären hier nicht aufgefallen.

Wie sollte er in diesem Meer aus Stein den Kaiserpalast finden? Langsam ließ er den Blick schweifen, doch nirgends machte er eine Burg oder Ähnliches aus. Der Palast musste irgendwo jenseits der Hügel liegen, von denen nur einer bewachsen war, die anderen waren alle bebaut. Ukalion erkannte kein Ende der Stadt.

Auf halbem Weg zwischen hier und dem ersten Hügel schlängelte sich ein Fluss durch die Ruinen, über den mehrere Brücken führten.

Dort musste er hinüber. Langsam setzte er sich wieder in Bewegung, folgte der verfallenen Straße, die den Hügel hinab und nach Ycena hinein führte. Sein Herz schlug schneller.

Die Sonne brannte vom Himmel, und doch wirkte die Luft, kaum dass er die ersten Häuser erreichte, merkwürdig gedämpft, fast diesig, als liege eine gewaltige unsichtbare Glocke über der Stadt. Für einen Moment kribbelten seinen Glieder, als wären sie eingeschlafen, und dann war es schon wieder vorbei. Kein Lüftchen regte sich, dabei hatte oben auf dem Hügel ein sanfter Wind geweht, da war sich Ukalion sicher.

Hexerei, dachte er, doch er ging weiter, die Hand auf dem Beil an seinem Gürtel, auch wenn ihn das kaum beruhigte. Gräser drängten sich aus den Ritzen in der Straße, Wurzeln hatten einige Pflastersteine emporgehoben, andere Steine hatte die Zeit gebrochen. Kleine schwarze Echsen saßen auf den Mauern in der Sonne, Fliegen schwirrten durch die Luft, Käfer und Spinnen huschten über den warmen Stein. Wären die Tiere nicht gewesen, hätte Ukalion gedacht, er hätte die Welt der Lebenden verlassen. Die Luft flirrte, und seine Schritte klangen viel zu laut in der verlassenen Stadt. Die ansonsten herrschende Stille machte ihm bewusst, wie allein er war. Einen Moment lang fühlte er sich verloren, doch dann wurde er von einer Ehrfurcht ergriffen, die selbst den Hass und die Trauer überlagerte.

Ycena, dachte er, *ich bin tatsächlich in Ycena!* Und er lachte laut, denn das Unwirkliche der Stadt, die Leere, die viel zu gut erhaltenen Bauten, das Kribbeln, das alles zusammen wirkte genau so, wie nach dem Märchen zu erwarten gewesen war. Wenn von Ycena noch so viel stand, dann doch gewiss auch der Palast. Dann konnte die Kaisertochter darin tatsächlich noch immer schlafen. Dann hatte er sich nicht verzweifelt an ein erfundenes Kindermärchen geklammert, sondern das Märchen war wahr.

Die Sonne stand im Zenit, sodass die Häuser nur kleine Schatten warfen. Erstaunlich viele Türen waren nach den Jahrhunderten noch immer geschlossen, doch manche standen auch offen, teils beschädigt oder aus den Angeln gerissen, und einige fehlten ganz. Im Dämmerlicht hinter einer zersplitterten Tür schien sich für einen Moment etwas zu bewegen, doch zu hören war nichts.

»Hallo?«, sagte Ukalion, bekam aber keine Antwort. Nichts rührte sich, selbst die Luft stand still. Hatte er sich die Bewegung nur eingebildet?

»Hallo?«, fragte Ukalion noch einmal, unsicher, ob er sein Beil ziehen sollte. Er wollte nicht wie ein Angreifer wirken, hatte aber auch nicht vor, sich erschlagen zu lassen, sollte dort jemand lauern. Eine schwarze Echse, so groß wie eine Hand, huschte über die Mauer, und Ukalion atmete durch.

Ein Tier, dachte er, *nur ein winziges Tier*. Und dann dachte er an Hexerei und zog das Beil doch aus dem Gürtel. Er nahm es locker in die Hand und ging weiter. Mehrmals drehte er sich um, doch es trat niemand aus dem dunklen Hauseingang.

Lange folgte er der Straße in die Stadt, sah hierhin und dorthin. Manche Häuser hatten drei oder vier Stockwerke und wirkten mit ihren schlichten Fassaden doch wie die Wohnhäuser einfacher Menschen. Wie viele Familien mochten hier zusammengelebt haben?

Ukalion überquerte Straßenkreuzungen und passierte die Überreste eines Tempels und einer Halle, deren Zweck ihm verschlossen blieb. Die Luft stand noch immer still, der Himmel war von so hellem Blau, als wollte er sich in nichts auflösen, und außer den Echsen und Insekten waren keine Tiere zu sehen, keine streunenden Hunde, keine Füchse oder Wildschweine; nur Vögel kreisten hoch oben in der Luft.

Weiter und weiter ging Ukalion, weder an der Halle noch an dem Tempel, noch sonst wo blieb er stehen. Zuerst musste er den Palast finden und sich mit dem Beil durch die Dornenhecke kämpfen.

Er fragte sich, ob die Echsen genießbar waren – falls es dauerte, den Palast zu finden oder die Hecke zu durchbrechen. Er fragte sich, ob der Fluss Fische führte oder ob es hier sonst etwas zu essen gab. Das klärte sich, als er kurz darauf am Rand eines Parks mehrere Pfirsichbäume entdeckte. Aufgrund der Trockenheit trugen sie nur wenige Früchte, aber für ihn waren es mehr als genug. Er legte das Beil beiseite und erntete ein gutes Dutzend, die er in seinem Rucksack verstaute. Dann pflückte er zwei weitere, um sie sofort zu essen. Sie waren süß und saftig, das Fleisch weich; Saft tropfte ihm über das Kinn. Langsam wischte er ihn mit dem Handrücken fort. Dann sah er tiefer im Park weitere Obstbäume, Pfirsiche, Kirschen und Aprikosen und wusste, er würde in Ycena nicht verhungern.

Schließlich erreichte er den Fluss, dessen Namen er nicht kannte. Das Ufer fiel mehrere Schritt steil ab, und der Fluss selbst war bestimmt siebzig Schritt breit, vielleicht auch hundert, breiter jedenfalls als der Vardoy. Die nächste Brücke zur Rechten war deutlich näher als die links, und so wandte Ukalion sich flussaufwärts. Er blieb auf der schmalen Straße oben am Ufer. Unten quakte ab und zu ein Frosch, und das hieß, es gab in Ycena mehr Tiere als Echsen und Insekten. Das Wasser plätscherte träge, und weiter flussaufwärts bemerkte er eine Gruppe schwarzer Enten, die sich nahe am gegenüberliegenden Ufer von der Strömung treiben ließen.

Bald erreichte er die Brücke, und sie schien intakt. Sie war so breit, dass darauf leicht vier Fuhrwerke nebeneinander gepasst hätten, und wirkte noch immer stabil. Ukalion hielt sich am linken Rand und sah immer wieder über die hüfthohe Steinbrüstung in die Tiefe. Die Sonne glitzerte auf den Wellen und ließ die Wasseroberfläche leuchten. Unvermittelt dachte er an zu Hause, an den Vardoy, auch wenn der Fluss hier dunkler war, grüner. Dann erinnerte er sich daran, dass die Krampmühle nicht mehr sein Zuhause war. Als er die Flussmitte erreichte, meinte er für einen Moment einen Schemen im Wasser zu sehen, dunkel und deutlich größer als ein Mensch, sich schlängelnd und schnell wie ein Fisch. Ukalion blinzelte, und der Schemen war verschwunden.

Hinter ihm schnatterten Enten, und er eilte zur anderen Brüstung hinüber, das Beil nun fest mit der Rechten umklammernd. Als er die Linke auf die Mauer legte, löste sich ein Stein und stürzte hinab. Platschend schlug er aufs Wasser, Ukalion schaute hinunter und dann nach den Enten, die inzwischen aufgeregt am Ufer entlangwatschelten. Waren sie aus dem Wasser geflohen? Wovor? Er überlegte, ob es weniger waren als zuvor, konnte sich aber nicht erinnern. Dann sah er wieder ins Wasser, aber da war nichts, nur das Glitzern der Sonne auf der Oberfläche. Was darunter lag, konnte er nicht erkennen. Anders als im Vardoy würde er hier niemals schwimmen.

Schließlich trat er von der Brüstung zurück und ging weiter, ohne noch einmal hinabzusehen. Er verließ die Brücke und den Fluss und folgte der breiten Straße tiefer nach Ycena hinein.

2

Die Sonne wanderte über den Himmel, die Schatten der Häuser wuchsen, die Luft stand weiter still. Die Straße führte über eine große Kreuzung, in deren Mitte sich eine hohe Säule mit einem ausladenden Kapitell mit quadratischer Grundfläche erhob. Einst mochte auf ihr eine Statue gestanden haben, doch nun lagen lediglich Marmorbruchstücke um sie herum, die Ukalion nicht genau zuordnen konnte. Er blieb stehen und nahm einen langen Zug aus seinem Wasserschlauch. Wenn er keine andere Wasserquelle fand, würde er doch noch zum Fluss zurückkehren müssen.

Er betrachtete die Bruchstücke. Eins von der Größe seines Torsos erinnerte ihn an einen Ellbogen, unweit davon lag etwas, das ein halber Huf sein konnte, daneben Undefinierbares. *Kaum etwas könnte die Verlassenheit der Ruinenstadt besser zeigen*, dachte Ukalion und steckte den Schlauch wieder ein. Käfer und Fliegen krabbelten über die Steine, und Ukalion setzte sich wieder in Bewegung.

Er passierte den ersten Hügel, auf dessen Kuppe ein großer Tempel stand. In die Flanke waren halbkreisförmige Sitzreihen eingearbeitet, zu deren Füßen sich eine freie Fläche erstreckte, umschlossen von schlanken, reich verzierten Säulen.

Für einen kurzen Moment dachte er, von einer der Säulen hinge eine Schlinge wie von einem Galgen, und meinte die Jubelschreie aufgebrachter Zuschauer zu hören. Er sah Ckarya vor sich, das blutige Geweih auf dem Kopf, und eine Fliege kroch laut summend in sein Ohr. Er schlug nach ihr. Es klatschte, die Fliege fiel tot zu Boden, und der Spuk war vorbei. Der Platz war verlassen, von keiner Säule hing eine Schlinge.

»Verdammt.« Er hatte plötzlich den Geschmack von etwas Verdorbenem auf der Zunge und spuckte aus. Langsam verflüchtigte sich der Geschmack, während er weiterging.

Er war noch nicht weit gekommen, da hörte er ein Schlagen von Stein auf Stein, dann war es wieder still. Hatte ein Tier eine weitere Statue umgestoßen? Langsam, das Beil fest umklammernd, setzte er seinen Weg fort. Er trat so leise auf, wie er konnte.

Wieder hörte er einen Schlag, dann auch ein Schleifen und einen hohen Schrei, der fast menschlich klang. War dort vorn ein Mensch, ein Tier oder etwas ganz anderes? Hexerei?

Vorsichtig schlich er weiter, angespannt und ebenso bereit, das Beil zu benutzen wie zu fliehen. Als er die Abzweigung einer schmaleren Straße erreichte, bemerkte er ein kleines Mädchen, vielleicht sieben Jahre alt, blond und drahtig. Keuchend schleppte sie einen steinernen Kopf aus dem zweiten, unauffälligen Haus auf der rechten Seite und hievte ihn auf einen hölzernen Wagen. Der Kopf hatte sich windende Schlangen als Haare, manche Mäuler waren aufgerissen. Das Mädchen war von Kopf bis Fuß voller Staub. Überrascht trat Ukalion einen halben Schritt aus der Deckung.

Als die Kleine sich aufrichtete, sah sie ihn. Sie legte den Kopf leicht schief und sagte: »Das ist meiner.« Ihr Gesicht schien auf die Entfernung hübsch, ihre Miene entschlossen.

»Klar«, sagte Ukalion. »Ich wollte ihn dir nicht wegnehmen.«

»Könntest du auch nicht.« Sie sagte es im Brustton der Überzeugung, obwohl er viel größer war und ein Beil in der Hand hielt. Er hielt es locker und gesenkt, aber es war dennoch ein Beil mit einer scharfen Klinge.

Ukalion lächelte.

»Lach nicht!« Ihre Augen blitzten.

»Tu ich nicht«, versicherte er, aber er konnte nicht aufhören zu grinsen. Er hatte das Schlimmste erwartet, und nun hatte er inmitten des Meeres aus Ruinen und verlassenen Häusern ein kleines Mädchen getroffen.

»Doch, tust du!« Sie verschränkte die Arme und stand breitbeinig da.

Ukalion bemühte sich, ernst zu gucken, aber es wollte ihm nicht gelingen.

»Du glaubst also, dass du ihn mir wegnehmen könntest?«

»Nein.« Er schüttelte den Kopf. »Ich könnte es nicht, und ich käme nie auf die Idee, es zu versuchen.«

Sie musterte ihn kurz, dann sagte sie: »Gut.«

»Was willst du mit dem Kopf?«, fragte Ukalion und ging ein, zwei Schritte auf sie zu.

Verwirrt sah sie ihn an. »Bist du neu?«

»Neu?«

»Ja.« Sie nickte selbstsicher. »Du bist neu.«

»Und du?«

»Ich nicht. Ich bin schon lange hier.«

»Bist du allein?« Er ging noch einen Schritt auf sie zu, dann blieb er stehen, um sie nicht zu erschrecken.

»Warum willst du das wissen?« Misstrauisch musterte sie ihn.

»Isa!«, drang da eine tiefe Stimme laut aus dem Haus. »Führst du wieder Selbstgespräche statt zu helfen?«

»Nein!«, rief sie. »Ich rede mit …« Sie drehte sich wieder zu Ukalion. »Wie heißt du?«

»Ukalion«, sagte er.

»Ukalion!«, rief sie.

»Mit wem?«

»Einem Neuen!«

»Einem Neuen?« Die Stimme klang argwöhnisch.

»Er wollte wissen, ob ich allein bin!«

»Was?« Drinnen polterte es, und schwere Schritte rumpelten herbei.

Ukalion trat ein Stück zurück, und ein gewaltiger Mann erschien im Hauseingang. Er war fast einen Kopf größer als er und hatte breite Schultern, ein menschlicher Riese mit wildem schwarzem Bart und langen struppigen Haaren, die von einem blutroten Band zusammengehalten wurden. »Was willst du von meiner Tochter?«

»Nichts«, antwortete Ukalion schnell und blickte zwischen den beiden hin und her. Sie sah so ganz anders aus als der Riese.

»Warum quatschst du sie dann an?« Er machte einen Schritt auf Ukalion zu.

»Ich … Sie war einfach der erste Mensch, den ich in Ycena getroffen habe.«

»Mhm.«

»Er weiß, dass das unser Kopf ist und dass er ihn nicht haben kann«, sagte Isa. »Er heißt Ukalion.«

»Das hast du schon gesagt.«

»Und du hast es dir gemerkt?«

»Werd nicht frech.«

»Wie heißt er also?«

Der Riese starrte seine Tochter an, dann Ukalion. Er kratzte sich am Kopf. »Mit Namen hab ich's nicht so.«

»Ukalion«, sagte Ukalion.

»Telamon«, sagte der Riese.

»Was wollt ihr mit dem Kopf?«, erkundigte sich Ukalion und trat wieder näher. Die Schlangen sahen fast lebensecht aus, das Gesicht wirkte menschlich und war von Wut verzerrt, im aufgerissenen Mund reihten sich spitze Zähne aneinander.

»Verkaufen, was sonst?«, sagte Isa.

»Du suchst keine Köpfe?«, fragte Telamon.

»Nein.«

»Was dann? Den Palast?«

»Was?« Sah man ihm das so deutlich an?

»Neue wollen immer den Palast plündern.«

Immer? Plündern? Was war mit der Kaisertochter, war sie tot? Ukalion überlief es kalt. »Hat ihn schon jemand geplündert?«, fragte er und versuchte, beiläufig zu klingen. Plötzlich fürchtete er, dass längst jemand im Palast gewesen war, vor Jahren, Jahrzehnten oder gar Jahrhunderten.

»Natürlich nicht«, sagte Isa, und Ukalion spürte, wie ihn die Erleichterung überrollte. »Niemand kommt durch die Hecke.«

»Wieso nicht?«

»Es ist die Hecke.« Isa klang, als würde das alles erklären.

Zweifelnd sah Ukalion zu Telamon, und der sagte: »Wenn du uns kurz hilfst, zeigen wir dir den Weg, dann kannst du dich selbst überzeugen.« Er deutete ins Haus. »Der zweite Kopf ist deutlich größer.«

»Abgemacht.« Schneller würde er die Hecke allein nie finden. Er steckte das Beil weg, blieb aber auf der Hut, als er den beiden ins Haus folgte. Doch niemand lauerte ihm auf.

Die Tür führte in einen großen staubigen Raum, der sich als die Werkstatt eines Steinmetzes entpuppte. In der Rückwand klaffte ein Loch, durch das man auf einen verlassenen Innenhof blickte. In der Mitte der Werkstatt stand ein massiver Basaltpfeiler, dessen oberes Drittel zu einem Lindwurmkopf mit gefletschten krummen Zähnen gearbeitet war. Vielleicht sollte es auch ein Drache sein, da war sich Ukalion nicht sicher. Der untere Teil des Pfeilers war unbearbeitet, so als habe der Steinmetz mitten in der Arbeit alles hingeworfen.

Neben dem Pfeiler stand ein weiterer Handkarren, größer als der vor der Tür und mit eisenverstärkten Rädern ausgestattet.

Ein Stück neben dem Loch in der Wand lagerte die pferdegroße Marmorstatue eines weißen Einhorns. Es warf den Kopf in den Nacken und schien zu wiehern – falls Einhörner wieherten, das wusste Ukalion nicht. Die Mähne war lang und schien im Sturm zu wehen. Ein Ohr und zwei Hufe waren abgebrochen.

»Das auch?«, fragte Ukalion.

»Erst einmal nicht«, sagte Telamon. »Viel zu schwer. Und Fratzen, Ungeheuer und schmerzerfüllte Gesichter bringen mehr ein.«

»Warum das?«

»Wegen König Tibans Richtturm. Dort sind solche Statuen verbaut, und jeder, der in Freybruck war, sagt, der Bau sei gewaltig. Groß und Furcht einflößend und unübertroffen. Alle Adligen eifern Tiban nach. Wer immer über Gerichtsbarkeit verfügt, will nun auch einen Furcht einflößenden Galgen mit Fratzen aus dem alten Kaiserreich. Und die besten Fratzen gibt es in Ycena.«

»Aber das ist unser Fundort«, sagte Isa. »Du darfst dir hier nichts holen, auch nicht das Einhorn.«

»Tu ich nicht.« Ukalion sah ihr in die Augen. »Versprochen.«

»Gut.« Sie nickte, und ein kurzes Lächeln huschte über ihr Gesicht. Auch aus der Nähe betrachtet war sie hübsch, trotz all des Staubs und Drecks. Er sah, dass ihr mindestens zwei obere Schneidezähne fehlten.

Telamon packte Hammer und Meißel und löste Schlag um Schlag den Kopf von der Basaltsäule.

»Im Ganzen ist er zu schwer«, erklärte Isa. »Und wir müssen schnell machen. Damit wir vor der Dunkelheit zu Hause sind. Bevor sie kommen.«

»Wer?«, fragte Ukalion und machte sich auf die Suche nach einem zweiten Hammer und Meißel.

»Sie«, wiederholte Isa. »Morgen wirst du es verstehen.«

»Morgen?« Ukalion fand das Werkzeug und trat zu Telamon. Er versuchte so zu stehen, dass die Splitter ihm nicht ins Auge spritzten.

»Ja«, sagte Telamon. »Du musst sie sehen, um zu verstehen.«

Schweigend arbeiteten sie weiter, bis sie den Kopf vom Pfeiler gelöst hatten. Gemeinsam wuchteten sie ihn auf den Wagen. Dann zog Telamon ihn auf die Straße, Ukalion schob von hinten.

»Wohin?«, fragte er.

»Zum Palast. Da leben alle.«

»Alle?«

»Oder fast.«

Und sie machten sich auf den Weg.

3

Unterwegs erklärte Isa Ukalion einiges über die Siedlung am Palast, und Telamon ergänzte manches, brummte jedoch meist nur zustimmend. Seit wann die Siedlung bestand, wusste niemand, und es war auch keine Siedlung im eigentlichen Sinn. Vielmehr handelte es sich um leerstehende Gebäude in der Nähe des alten Kaiserpalasts, die von Suchern ausgebessert und bewohnt wurden. Über zweihundert Sucher lebten dort; viele fühlten sich wohler, wenn sie nachts in Ycena nicht völlig allein waren. Der Fluss Tivere lag nah und sorgte für Wasser, zudem gab es alte Thermen, deren Becken als Zisternen genutzt wurden. In den vorderen Räumen der Anlage betrieb der ehemalige Seemann Labuz das Wirtshaus *Zehn Kerzen*, in dem man essen, trinken und spielen konnte. Weiter hinten in den weitläufigen Thermen war ein Bordell untergebracht, das dem Messersammler Yulis gehörte.

Die Händlerin Lycinia fuhr mit einem Pferdewagen regelmäßig in die nächsten Dörfer und Städte, um dort zu kaufen, was gebraucht wurde oder wovon sie sich einen guten Gewinn versprach. Sie kannte die Sucher und ihre Bedürfnisse. Wer wollte, konnte bei ihr bestellen, und sie bemühte sich, das Gewünschte aufzutreiben.

»Gibt es viele Frauen hier?«, fragte Ukalion.

»Mehr Männer«, antwortete Telamon. »Deutlich mehr. Darum läuft das Bordell auch so gut.«

»Da wohnen mehr Frauen«, erklärte Isa.

»Das dachte ich mir«, sagte Ukalion.

»Aber nicht nur«, sagte Isa.

»Ich hab dir gesagt, du sollst dich von dort fernhalten«, knurrte Telamon.

»Das habe ich nur gehört«, verteidigte Isa sich rasch, und dann sprach sie sofort über Früchte, um das Thema zu wechseln. Früchte wuchsen zahlreich in Ycena, Pfirsiche wie Äpfel, Aprikosen wie Kirschen, auch Walnüsse und Oliven. Die alten Gärten waren längst verwildert, und zwischen Zedern, Pinien, Zypressen, Steineichen und einer Handvoll Palmen wuchsen zahlreiche Obstbäume. Roter und grüner Wein rankte an zahlreichen brüchigen Mauern, und manche Sucher hatten begonnen, eigenes Gemüse anzubauen, doch meist wurde das, was nicht wild wuchs, in den umliegenden Dörfern eingekauft; das Leben in Ycena war zu gefährlich, als dass man hier lebte, um sich nur um Pflanzen zu kümmern. In diesen Tagen der Dürre gab es jedoch nur wenig zu kaufen, und viele sammelten Früchte, fischten im Fluss oder jagten Tiere.

»Ich habe nur diese schwarzen Echsen gesehen«, sagte Ukalion.

»Nachtsalamander.« Isa nickte wissend. »Die liegen überall auf den warmen Steinen herum. Ich glaube, die fressen Sonnenstrahlen und Mondschein, und darum flirrt am Tag die Luft und die Schatten und die Nacht sind so dunkel. Aber Papa sagt, das stimmt nicht und dass das alles an der alten Hexerei liegt. Manchmal sieht man streunende Hunde auf der Straße, aber die meisten Tiere leben in den Parks und dem alten Stadion. Aber nicht viele, Tiere mögen die Hexerei nicht.«

»Niemand mag die Hexerei«, brummte Telamon. »Wir Menschen halten sie nur aus, weil wir uns von den Funden etwas erhoffen. Aber was will ein Hund mit hässlichen Steinfratzen?«

Ukalion erfuhr, dass der fahrende Händler, der die Statuen ankaufte, seine Geschäfte ebenfalls in den Thermen abwickelte, mal im Wirtshaus, mal im Bordell.

Als sie die Siedlung am späten Nachmittag erreichten, wurde Ukalion neugierig beäugt, und Isa sagte jedem: »Das ist Ukalion, er ist neu.«

Telamon ergänzte: »Wir laden erst ab und sehen uns nachher in den *Kerzen*.«

Die Leute nickten und fragten nicht weiter.

Isa sagte trotzdem: »Er hat die Hecke noch nicht gesehen«, und die Männer nickten noch einmal. Viele waren staubig, die Kleidung mehrfach geflickt, die Haare wild. Jeder trug eine Waffe, viele ein richtiges Schwert, kein Handwerkerbeil wie Ukalion.

Sie fuhren die beiden Karren in ein schmales Haus mit Säulen vor dem Eingang und luden dort die Köpfe ab. Als sie in ihrer Ecke standen, die furchterregenden Gesichter nach Isas Wunsch zur Wand gedreht, brachten Isa und Telamon Ukalion vor die Tür und ein paar Schritte weiter die Straße hinunter. An einer Kreuzung bemerkte Ukalion drei abgemagerte Jungen, kaum älter als Isa, die auf einer Mauer saßen und ihn beobachteten. Sie wirkten, als könnten sie jederzeit davonrennen.

»Wer ist das?«, fragte er.

»Streuner«, sagte Isa. »Straßenratten. Sie sind nicht zum Suchen hier, sie sind einfach nur da und lungern herum. Ich glaube, sie klauen.«

»Nichts Wertvolles.« Telamon zuckte mit den Schultern. »Das sind Rumtreiber aus den umliegenden Dörfern, die nicht mehr zurückwollen oder -können, andere sind Waisen oder verstoßene Kinder aus dem Bordell.«

»Andere? Es gibt mehr als die drei?«

»Zehn oder zwanzig, ich hab sie nicht gezählt. Manche suchen nach dem großen Schatz aus Gold und Edelsteinen, aber die meisten lassen sich vor allem für Hilfsdienste anheuern oder pflücken einem Obst für ein, zwei Münzen, die sie dann als Fund ausgeben.«

»Und nachts?«

»Haben sie ihren Unterschlupf wie alle. Gibt ja genug freie Häuser, Hauptsache, die Türen und Fenster schließen.« Telamon deutete die Straße hinab. »Dahinten ist der Palast.«

Gut hundert Schritt entfernt sah Ukalion den grünen Hügel, den er schon bei seiner Ankunft bemerkt, aber bislang nicht sonderlich beachtet hatte. Das musste der verwilderte Palastgarten sein, von einem Palast oder einer Burganlage war nichts zu entdecken, kein Turm erhob sich aus dem Grün. »Hinter dem Hügel?«

»Er ist der Hügel. Der Palast erstreckte sich über die halbe Flanke und die ganze Kuppe, sagen die, die in alten Büchern gelesen haben. Und die andere Hälfte haben die kaiserlichen Gärten und die Stallungen eingenommen. Sehen kann man das nicht, alles ist überwuchert.«

Ukalion machte sich auf den Weg, den Blick fest auf den Hügel geheftet.

4

Die Hexen aber lachten und ließen um den Palast eine undurchdringliche Hecke wachsen, die in wenigen Augenblicken die hohen Mauern überwuchert hatte und bis hinauf zu den höchsten Dächern reichte. So hatte seine Mutter das Märchen immer erzählt, und daher hatte Ukalion sich die Hecke als Kind wie eine riesige zweite Mauer aus Pflanzen vorgestellt, höher als die dicken Palastmauern und dornig, aber doch von einer klar erkennbaren Form. Eine Hecke, das war etwas, das ein Gärtner anlegte, etwas von Menschenhand Kontrolliertes, und diese Vorstellung hatte er auch als Erwachsener beibehalten, ohne dass er groß darüber nachgedacht hatte. Doch als er vor dem Palasthügel stand, konnte er nur schwer die ordnende Hand eines Gärtners entdecken.

Zwar erhob sich vor ihm eine mehrere Schritt hohe Wand aus dicht ineinander verschlungenen Pflanzen, doch damit nicht genug. Dicke, dichte Ranken wucherten dahinter über den gesamten Hügel und überdeckten alles, was dort einst gestanden haben mochte. Die Hecke besaß grüne, schmutzig rot geränderte Blätter, die gezackt waren wie eine Säge. Ukalion sah dünne Zweige und fingerdicke Äste, und an allen wuchsen spitze Dornen so groß wie der Lindwurmzahn, den Mart am Rand des Wilden Walds gefunden und ihm stolz gezeigt hatte. Die Blätter wirkten so saftig und frisch, als gäbe es die Dürre nicht.

Ukalion nahm das Beil und schob die obersten Äste zur Seite, doch darunter konnte er nicht weit sehen. Zu dicht war das Gewirr, Ast folgte auf Ast, sie wanden sich nebeneinander in die Höhe oder schlangen sich ineinander und bildeten ein undurchdringliches Dickicht. Ukalion meinte zu sehen, dass die Dornen tiefer in der Hecke nur noch größer wurden und die Äste dicker. Unmöglich, zwischen ihnen hindurchzusehen, schon nach wenigen Handbreit war nur noch Schwärze zu erkennen, nicht das geringste Fünkchen Licht drang von der anderen Seite herüber.

Dann entdeckte er ein Blinken in der Schwärze und beugte sich ein

Stück vor, bis sein Gesicht fast die ersten Blätter berührte. Das Blinken stammte von einer abgebrochenen Schwertspitze, die wie angewachsen aus einem knotigen Ast ragte, ganz so, wie es im Märchen hieß: *Und die Schwerter und Messer der Helden, ihre Zähne und zersplitterten Knochen wurden zu tödlichen Dornen in der Hecke.*

Ukalion richtete sich auf. Diesen Teil hatte er für eine Ausschmückung gehalten, die das Geschehen dramatischer gestalten sollte. Er hatte nicht damit gerechnet, dass tatsächlich Bruchstücke von Schwertern im Geäst hingen. Hastig suchte er weiter und entdeckte auch Zähne, die in einem Ast steckten und deren blutige Wurzeln wie Dornen in die Höhe ragten. Das war weniger bedrohlich als die Splitter einer Schwertklinge, doch der Anblick von Überresten jener, die vor ihm gescheitert waren, war beunruhigend. Ihn schauderte, und er zog das Beil zurück, sodass die Hecke sich wieder schloss. Die Blätter raschelten, und Ukalion hatte die Vorstellung, sie würden miteinander flüstern: *Der Neue, der Neue ist hier.*

Er sah sich um. Hinten bei der Siedlung lag die Straße verlassen da. Telamon und Isa waren gegangen, nur die drei Streuner saßen noch auf der Mauer. Ob sie zu ihm blickten, konnte er nicht erkennen.

Ukalion ging an der Hecke entlang und schob ein Stück weiter wieder mit dem Beil die obersten Äste zur Seite. Schritt um Schritt untersuchte er die Hecke, mal in Kniehöhe, mal über seinem Kopf. Und er fand alles aus dem Märchen und noch mehr, er fand zerbrochene Messer, lange Haarnadeln, rostige Gürtelschnallen und zersplitterte, spitze Knochen, die zu Dornen geworden waren. Er fand ein verschmiertes, zerrissenes Hemd, das vor langer Zeit einmal weiß gewesen sein mochte und nun in den Dornen hing. Er sah Knöpfe, Ringe und weiteren Schmuck, der, teils von den Dornen gehalten, in den Zweigen hing.

In die Schwärze zwischen den Ästen zu starren, war, als blicke man in eine tiefe Schlucht. Sie wollte einen verleiten zu springen. Manchmal schienen die Äste sich trotz der Windstille zu bewegen.

Einmal, als er die Hand zurückzog, schnitt Ukalion sich an der scharfen Kante eines Blatts. Er starrte auf die Wunde in seinem Zeigefinger, und ein Blutstropfen fiel zu Boden. Den Rest Blut wischte er ab, und der Riss schloss sich schon wieder. Er war nicht tief und es tat nicht weh, doch Ukalion war nun vorsichtiger.

Ein Stück weiter legte er sich auf den Boden, um ganz unten in die Hecke hineinzusehen, doch selbst hier waren die Äste und Zweige dicht ineinandergeschlungen. Kurz meinte er einen dicken Stamm zu erkennen, aber dann war es doch nur die Dunkelheit der Hecke.

Langsam erhob er sich und schritt weiter an der Hecke entlang. Er umrundete den gesamten Hügel, ohne einen einzigen Schwachpunkt zu finden. Doch langsam nahm er im Grün Konturen wahr. Hier entdeckte er etwas, das ein überwuchertes Tor sein konnte, dort etwas, das an ein langes Dach erinnerte. Immer wieder erahnte er gerade Linien im Gewächs, das mussten die Bauten des Kaiserpalasts darunter sein. An der Mündung einer breiten Straße überwucherte die Hecke etwas, das womöglich ein riesiges Tor von über fünfzehn Schritt Höhe war. Türme sah er nirgends. Ob es irgendwo Innenhöfe oder Freiflächen gab, die nicht von Dornengestrüpp bedeckt waren, konnte er nicht erkennen.

Er fragte sich, ob die Pflanzen der kaiserlichen Gärten in der Hecke aufgegangen waren oder ob diese sie erstickt hatte.

An einer schwer einzusehenden Stelle unweit des Flusses, zwischen einem Theater und einer eingestürzten Ruine, nahm er sein Beil und schwang es zweimal durch die Luft. Dann holte er weit aus und ließ es mit aller Macht auf einen der dicken äußeren Äste niedersausen. Mit einem dumpfen Schlag traf die scharfe Klinge auf, und der Ast federte zurück. Das Beil rutschte ab, Ukalion wäre beinahe vom eigenen Schwung mitgerissen worden und schnitt sich ein zweites Mal an den Blättern.

»Ah!« Er fluchte und ließ das Beil fallen. Wieder waren die Schnitte nicht tief und verheilten rasch.

Er hob das Beil auf und stocherte damit vorsichtig in der Hecke herum, suchte die Stelle am Ast, die er getroffen hatte. Endlich bemerkte er eine winzige Kerbe in der dunklen Rinde. Das Holz darunter schimmerte hell, fast gelblich. Es musste härter sein als eine alte

Steineiche, wenn ein solcher Schlag es kaum mehr ritzte als die Blätter Ukalions Haut.

Er atmete tief durch und trat einen Schritt zurück. Mit jedem neuen Blick fand er die Hecke dichter, schienen die Blätter saftiger und die Dornen größer. Er hatte keine Ahnung, wie er sie überwinden sollte. Natürlich hatte er nicht erwartet, dass es einfach sein würde, doch er hatte gehofft, wenn er die Hecke umrundete, wenigstens eine Idee zu bekommen. Einen Gedanken, was er tun könnte, doch der Anblick hatte ihm mehr Hoffnung genommen als gegeben.

Sie ist zu groß, dachte er niedergeschlagen, *zu gewaltig, zu mächtig.* Es war vollkommen unmöglich, sich durch sie hindurch zu hacken, und ebenso wenig sah er eine Möglichkeit, sie zu überwinden, konnte er doch nicht fliegen wie ein Vogel. Und selbst wenn, schien sie ja sogar die Palastdächer zu bedecken. Er musste einen anderen Weg hinein finden, wusste jedoch nicht, wo und wie.

Grübelnd ging er zurück in die Siedlung. Die Sonne stand tief, und nach Telamons deutlichen Worten wollte er sich vor Anbruch der Dunkelheit ein Haus gesucht haben.

IM WILDEN WALD

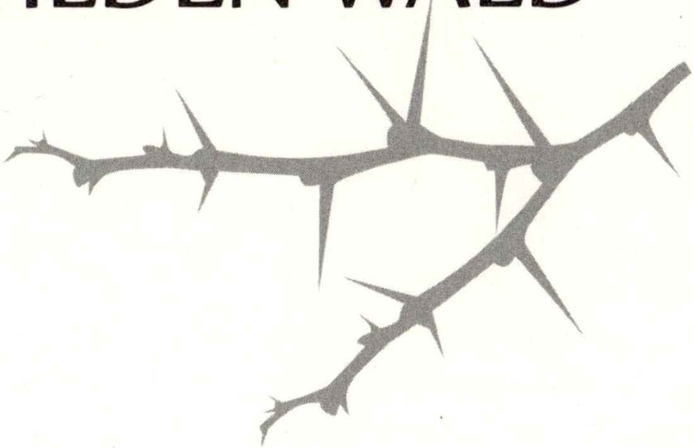

1

Die Bäume waren hoch und ihre Kronen so dicht, dass man den Himmel nicht sah. Selbst wenn die Sonne schien, herrschte am Boden des Wilden Walds ein merkwürdiges Dämmerlicht. Seit drei Tagen hatten Perle und Ion keine Spur von einem Menschen gesehen, weder vom Vogt und seinen Leuten noch von Wilderern oder Gesetzlosen, die sich im Wald versteckten. Doch so tief im Wald waren es nicht mehr die Menschen, die sie fürchteten, nun war es der Wald selbst.

Wenn nachts die Bäume knarzten und die Eulen riefen, wenn es in den Blättern raschelte und irgendetwas unten im Dreck schnüffelte, dann lagen Perle und Ion wach in der Astgabel, die sie zu ihrem Nachtlager erkoren hatten. Dann spürte Perle, wie ihr Bruder ihre Nähe suchte, auch wenn er nicht zu reden wagte. Tagsüber dagegen stapfte er hinter ihr her und vermied jede Berührung, als wollte er beweisen, dass er kein Kind mehr war.

Der Wald gab ihnen genug zu essen, damit sie nicht verhungerten, sie fanden Früchte, Pilze und Nüsse, Löwenzahn und auch immer wieder Wasser. Einmal erlegte Perle mit der Schleuder ein Kaninchen, Ion versuchte vergebens, in einem Bach Fische zu fangen. Sie stießen auf Bäume, die seit Anbeginn aller Zeiten zu wachsen schienen, so dick waren die Stämme, so ausladend die knorrigen Äste, und Perle wurde von Ehrfurcht gepackt und die Liebe zum Wald wallte erneut in ihr auf.

Aber kaum gingen sie weiter, kroch die Dunkelheit des Walds wieder in ihre Herzen. Sie wichen Wildschweinen aus, flohen einmal vor einem Bären, hüteten sich vor Wölfen und Schlangen und anderen Tieren. Manchmal hoffte Perle, ein Einhorn zu sehen, aber sie fanden nicht einmal eine Fährte. Sie sahen die schönsten Blüten, verschlungene Bäume, und eines Morgens sogar einen jungen Feuerhirsch beim Trinken, und der Anblick hätte Perle beinahe zum Weinen gebracht, so glücklich war sie darüber. In diesem Moment war Hernoth vergessen, der Verrat des Mannes, der einst ihr Vater gewesen war, und dass sie für Wilderer gehalten wurden, ja dass sie vielleicht auch welche waren. Es war, als sei sie doch Waldläuferin und frei. Doch dann sprang der Feuerhirsch davon, und alle schweren Gedanken kehrten zurück.

Überall konnte eine Gefahr lauern, und so waren sie jeden Augenblick auf der Hut, und das zehrte an ihren Nerven. Das und die ständige Dämmerung unter dem drückenden Blätterdach.

So schnell wie möglich wollten sie den Wald wieder verlassen, aber nicht da, wo sie gesucht wurden, nicht in der Nähe von Greiffensturz und nicht an der Burg des Vogts. Am liebsten wollten sie ganz auf der anderen Seite herauskommen, wo niemand sie als Leibeigene kannte und der Wilderei beschuldigte, sondern wo sie frei unter Menschen leben konnten. Aber sie hatten sich längst verirrt, und Ion gab Perle die Schuld.

»Ich habe mich auf dich verlassen! Vater hat doch dir gezeigt, wie man sich im Wald zurechtfindet, dir und nicht mir!«

»Du wolltest es ja nicht wissen!«, giftete Perle zurück. »Du wolltest immer nur im Bach plantschen! Und nenn ihn nicht so!«

»Wie denn dann? Er ist unser Vater.«

»Nein, meiner nicht mehr!« Sie blieb stehen. »Er ist nur noch der Mann, der einst mein Vater war.«

Ion sah sie an. »Das ist zu lang. Wie nennst du ihn?«

»Ich will nicht über ihn reden.«

»Aber wir tun es gerade. Und *der Mann, der einst dein Vater war* ist zu lang.«

Das gab Perle zu. Aber seinen Namen wollte sie auch nicht benutzen. Über ihnen raschelte es, aber es waren nur zwei Feuerhörnchen.

»Wollen wir ihn den Alten nennen?«, fragte Ion. Er grinste, die Vorwürfe von eben schienen vergessen.

»Den Lügner«, erwiderte sie.

»Den Verräter.«

»Tochterhändler.«

»Kinderhändler«, verbesserte Ion.

»Den Spieler.«

»Den Verlierer. Oder Pechvogel.«

»Nein, das klingt, als könnte er nichts dafür.«

»Dann einfach Arschfratze?«

»Mäusepimmel.«

Im Weitergehen warfen sie einander immer neue Beschimpfungen für ihren Vater zu, ohne jedoch die passende zu finden. Schließlich einigten sie sich darauf, ihn einfach nur Er zu nennen, weil er keinen Namen verdient hatte.

Schweigend gingen sie weiter. Sie sprachen weder über Ihn noch über Ions Vorwürfe, doch Perle wusste, dass sie wieder hochkommen würden. Und sie fühlte sich auch verantwortlich, sie war die Ältere, sie war die, die den Wald kannte und sie hergeführt hatte. Aber dass Ion so jammerte und motzte, ging ihr auf die Nerven. Sie hatte nicht wissen können, wie wild der Wilde Wald so tief drinnen wirklich war. Es fehlten nicht nur Sonne und Sterne, an denen sie sich hätte orientieren können, es ging auch ständig bergauf und bergab, Erhebungen folgten auf Senken, tempelgroße Felsen auf tiefe Gräben und Abhänge. Oft war das Unterholz so dicht, dass man es nicht durchqueren konnte. Von Menschenhand angelegte Wege gab es nicht, und die wenigen Wildwechsel, auf die sie stießen, verliefen selten gerade. Außerdem wollten sie die nicht nutzen, liefen auf ihnen doch Wildschweine oder andere, vielleicht noch gefährlichere Tiere.

Stießen sie auf einen Fluss oder Bach, floss er in zahlreichen Windungen zwischen den Bäumen hindurch. Auch besaßen die Bäume hier keine Wetterseite, anhand derer sie die Himmelsrichtung hätte bestimmen können; die Moose wuchsen überall.

Eine grobe Orientierung bot sich nur, wenn ein besonders großer Baum oben aus dem Laubmeer herausragte, doch das ließ sich von unten nur manchmal an der außergewöhnlichen Dicke eines Stamms vermuten. Trafen sie auf einen solchen Baum und war er zu besteigen, kletterte Perle hinauf, höher und höher, bis die Äste so dünn wurden, dass sie sie kaum noch tragen konnten. In dieser Höhe war das Blätterdach nicht mehr ganz so dicht, und sie konnte die Richtung der Sonne bestimmen. Während sie wieder hinunterkletterte, versuchte sie, genau auf der Sonnenseite des Stamms zu bleiben, um die Orientierung nicht wieder zu verlieren, aber ein Baum war keine Leiter, die Äste wuchsen, wie sie wuchsen, krumm und ungleich verteilt. Zurück auf dem Boden wusste Perle dann meist nur noch ungefähr, wo die Sonne stand.

Längst war ihnen nicht mehr klar, wie weit nördlich oder südlich, westlich oder östlich sie im Wald waren, nur dass sie tief drinnen steckten. Als Perle das sagte, gab Ion ihr wieder die Schuld.

»Du führst uns immer weiter hinein«, behauptete er.

»Dann geh doch du vor, großer Waldläufer!«

Schmollend stapfte Ion an ihr vorbei. Schweigend folgte sie ihm und träumte davon, reich zu werden. Sie träumte davon, ein Einhornhorn zu finden, einen verlassenen Räuberschatz oder den Hort eines Lindwurms. Oder eine Nachtbirke, auch wenn sie sich nicht auf das Glück verlassen wollte, das die brachte. *Ich bin verkauft worden, weil jemand an das Glück geglaubt hat*, dachte sie, aber dann fiel ihr ein, dass Er daran geglaubt hatte, ohne es zu besitzen; es war längst in Hernoths Händen gewesen, und der hatte gewonnen. Nun wollte sie ihr Glück finden und mit ihm genug Geld, um sich die Freiheit zurückzukaufen – und mehr.

Zurückkaufen, dachte sie bitter, denn darum ging es letztlich. Der Makel, nicht immer frei gewesen zu sein, eine Freigekaufte zu sein, würde selbst dann noch an ihr haften. Auch wenn sie Hernoth nicht einen Augenblick Gehorsam gezollt hatte, würde sie für immer eine Leibeigene sein. Auch als Ehemalige konnte man das nicht abschütteln, jeder, der es wusste, würde sie mit anderen Augen betrachten.

Elender Gehorsam, dachte sie und spuckte dreimal aus.

2

Ion war bestimmt eine Stunde lang vorausgelaufen, immer stur in eine Richtung, auch durch Unterholz und über einen breiten rissigen Felsen hinweg, als er plötzlich stehen blieb.

»Riechst du das auch?«, fragte er. Sein Gesicht war zerkratzt vom Unterholz, ein Finger blutig vom Klettern.

Perle sog die Luft ein und nickte. Unter die Gerüche des Walds hatte sich ein beißender geschlichen, dazu eine Note von kaltem Fieberschweiß. Und von verbranntem Haar.

»Was ist das?«, wollte Ion wissen.

Sie schüttelte den Kopf. »Das habe ich noch nie gerochen.«

Diesmal sagte er nicht, dass sie doch ständig im Wald gewesen sei, dass sie das wissen müsse.

Vorsichtig gingen sie weiter und ließen die Blicke schweifen. Sie lauschten auf alles, vernahmen jedoch nichts Ungewöhnliches. Der Geruch wurde mit jedem Schritt durchdringender, bis sie auf eine breite Spur stießen, die quer durch den Wald verlief. Die Gräser und Moose in der Mitte der Spur waren verdorrt und schwarz, an den Rändern hatten sich große Klauenabdrücke tief in den Boden gegraben.

»Ist das …?« Ion starrte auf einen Abdruck in seiner Nähe. Seine Stimme zitterte, und er verstummte mitten im Satz.

»Ich glaube, ja.« Perle sprach leise und zog Ion einen Schritt zurück. »So hat er sie immer beschrieben.«

»Ein Lindwurm?« Jetzt wollte Ion doch sichergehen. »Ein echter Lindwurm?«

Sie nickte. »Nur ein Lindwurm tötet das Grün, über das sein Körper schleift.«

Ion zog sich noch einen Schritt weiter zurück. Er kannte zahlreiche Geschichten von Lindwürmern, er hatte sie alle aufgesogen, seit er ein kleiner Junge gewesen war. Nicht von Drachen oder Einhörnern hatte er hören wollen, sondern von dunklen, kriechenden, Furcht einflößenden Lindwürmern, von ihrem Heim, dem labyrinthischen Felsenmeer tief im Wilden Wald, von ihrem Hunger und dem giftigen Atem, von ihrer Hinterlist und den spitzen Zähnen, die krumm und in mehreren Reihen hintereinander wuchsen. Er hatte gejubelt, wenn ein Ritter einen Lindwurm tötete, und ihn hatte geschaudert, wenn der Lindwurm die Bauern oder Jungfrauen fraß, aber er hatte alles hören wollen und ebenso oft Ritter gespielt wie Lindwurm; nur ein Bauer hatte er nie sein wollen.

»Sind wir so nah am dunklen Herz des Walds?«, fragte er mit bebender Stimme. Jetzt, da es kein Spiel war, war er weder der Ritter noch der Lindwurm.

»Es sieht so aus«, sagte sie. Ohne ein weiteres Wort machten sie kehrt und eilten zurück. Alles war besser, als weiterzugehen, aber schon bald wussten sie nicht mehr, woher sie gekommen waren. Mussten sie links oder rechts um dieses Unterholz herum?

»Links«, sagte Perle.

»Rechts«, sagte Ion mit Nachdruck.

Und sie gingen rechts, Perle wusste es ja auch nicht. Kaum hatten sie das Unterholz umrundet, hörten sie von vorn ein lautes Kreischen und machten einen noch größeren Bogen, weiter und weiter nach rechts. Sie rannten, bis das Kreischen immer leiser wurde und in der Ferne verklang.

»War das der Lindwurm?«, fragte Ion. »Oder etwas, das er gefressen hat?«

»Ich glaube nicht«, sagte Perle, aber das beruhigte sie nicht. Was mochte hier noch lauern?

Weiter und weiter eilten sie, bis erneut der scharfe Geruch von Verbranntem in der Luft lag und sie auf die Lindwurmfährte stießen. Daneben lagen drei tote Eichhörnchen, über die zahlreiche Fliegen krochen. Ängstlich folgte Perle der Fährte mit dem Blick, doch nirgendwo war die Kreatur zu sehen. Perle schätzte, dass die Klauen anderthalb Schritt auseinander standen, und sie waren viel größer als jede Spur, die sie je gesehen hatte, viel größer gar als die Abdrücke von Wolf und Bär.

»Weiter«, sagte sie, und weiter irrten sie durch den Wald, rutschten Abhänge herunter und umkreisten gewaltige Felsen, bis sie irgendwann erneut auf eine Lindwurmfährte stießen. Perles Herz klopfte wie wild, ihr Atem ging schwer vom Rennen, und sie wollte schreien vor Angst. Gingen sie immer im Kreis? Liefen sie unausweichlich wieder und wieder auf das Herz des Walds zu?

»Ist das derselbe?«, fragte Ion leise. Er stand ganz nah neben ihr und war bleich.

»Ich hoffe es. Ich will nicht, dass hier zwei oder noch mehr Lindwürmer herumstreifen.«

»Heißt das, dass wir ihm gar nicht entkommen können? Dass wir wieder und wieder auf die Spur stoßen, bis wir auf den Lindwurm treffen? Das ist doch viel schlimmer!«

»Nein, es ist nur ein dummer Zufall«, murmelte Perle, aber sie wusste es nicht. Der beißende Geruch stieg ihr zu Kopf, sodass ihr schummrig wurde.

»Das Herz«, flüsterte Ion. »Es kommt immer näher.« Als würden nicht sie sich bewegen, sondern der Wald.

Konnte das Herz des Walds Verirrte in seine Richtung locken wie ein großes schwarzes Irrlicht?

In der Ferne erklang ein Fauchen, und die großen blauen Blüten der Blumen vor ihnen schlossen sich. Ein kalter Schauer überlief Perle, und sie rannten davon. Fort, nur fort von der Fährte. Äste schlugen ihnen ins Gesicht, aber sie kümmerten sich nicht darum, sie rannten. Irgendwann fiel Ion über eine Wurzel und schrie: »Perle! Warte!«

Sie drehte sich um und blieb stehen. Ion rappelte sich auf und lief zu ihr, während sie keuchend zu Atem und wieder zu Verstand kam.

»Wir müssen uns von den Felsen fernhalten«, sagte sie, dort hausten die Lindwürmer.

Ion nickte. In seinem Gesicht stand blanke Angst. »Was ist, wenn es dunkel wird?«

Sie wusste es nicht, und sie wollte auch nicht daran denken. Gemeinsam irrten sie weiter. Weiter und weiter. Sie stießen auf einen

Luchs, der sie in Ruhe ließ, und hörten ein paar Wildschweine rechtzeitig, um ihnen auszuweichen, indem sie auf Bäume kletterten. Sie sahen eine Schlange, die ihnen zischend drohte und dann davonkroch. Ion wurde von irgendetwas gestochen. Ausgelaugt trat Perle in ein Loch, brach sich den Fuß aber glücklicherweise nicht. Sie hinkte nur eine Weile, dann konnte sie normal weiterlaufen. Sie rannten nicht mehr, dafür waren sie zu erschöpft.

»Warum finden wir nicht raus?«, jammerte Ion. Er sagte *wir*, nicht *du*, aber Perle wusste trotzdem, dass es ihr galt.

»Keine Angst«, sagte sie.

»Ich hab keine«, fauchte er. »Ich will nur dem Lindwurm nicht begegnen. Das ist keine Angst, das ist schlau.«

»Ja«, sagte Perle. Sie war es leid zu streiten. Sie hatte jedes Richtungsgefühl verloren, sie wusste nicht mehr, wo Norden oder Süden war, und auch nicht, wo die Lindwurmfährte verlief, obwohl sie eigentlich darauf geachtet hatte. Der Wald führte sie in die Irre. Alles, was sie gelernt hatte und was an seinem lichten Rand noch galt, schien hier nutzlos zu sein.

»Riechst du das?«, fragte Ion nach einer Weile.

Nicht schon wieder, dachte Perle und schnupperte, aber sie nahm den Lindwurmgeruch nicht wahr. Müde schüttelte sie den Kopf.

»Das riecht wie Kaninchen.«

»Kaninchen? Hast du jetzt Angst vor Kaninchen?«

Ion lachte kurz auf. »Nein. Wie gebratenes Kaninchen. So wie zu Hause, wenn … so wie früher.«

Da nahm sie es auch wahr. Nur ganz leicht, aber sie sog den Duft ein. Es roch wirklich wie früher, wie damals, als noch alles in Ordnung gewesen war, als sie noch nicht verkauft gewesen war und es noch Regen gegeben hatte. »Wo kommt das her?«

»Ich weiß nicht.«

Sie schnupperten hier und da und gingen dahin, wohin der Duft sie führte. Immer stärker wurde er, und als sie an einem riesigen Ölbaum vorbeikamen, sahen sie, dass sich der Wald vor ihnen lichtete.

»Sind wir draußen?«, fragte Ion voller Hoffnung, während sie die letzten Schritte auf die Helligkeit zugingen.

»Nein«, erwiderte Perle. »Dafür sind wir noch zu nah am Herzen.«

Und sie hatte recht. Es war nur eine kleinere Lichtung, die sich vor ihnen öffnete. Doch zum ersten Mal seit Tagen sahen sie den Himmel, er war blau und klar, und über den Wipfeln der hohen Bäume hing die Sonne. Ihr Licht war so grell, dass Perle und Ion die Augen zukniffen und nur langsam wieder öffneten.

Auf der Lichtung wuchsen ein gutes Dutzend Obstbäume, die voll saftiger Früchte hingen, Pfirsiche, Oliven und Aprikosen, rote Äpfel und Granatäpfel. Es wuchs sattes, saftig grünes Gras, in dem weiße und schwarze Kaninchen umherhoppelten. Dazwischen staksten große Hühner und ein schwarz gefiederter Hahn, der seinen prächtigen roten Kamm stolz in die Höhe reckte und laut krähte. Etwas abseits, neben einem gemauerten und überdachten Brunnen, graste eine gescheckte Ziege.

In der Mitte stand ein Haus, dessen Wände mit Wein bewachsen waren; zahlreiche große Trauben hingen an den Reben. Das Spitzdach war mit dunkelroten Ziegeln gedeckt, und aus dem Giebel vorn ragten zwei schwarze Fratzen hervor, die wie Lindwurmköpfe aussahen. Sie wirkten beinahe lebensecht und Furcht einflößend, so als sollten sie Eindringlinge abschrecken. Aus dem hohen Schornstein rauchte es, und alle Fenster standen offen, wobei sich dennoch das Sonnenlicht in ihnen zu spiegeln schien.

Perle und Ion blieben im Schatten der Bäume stehen und sahen hinüber. Es roch köstlich. Und der Himmel über dem Haus war so offen, so klar und so herrlich weit.

3

»Was machen wir?«, fragte Ion und leckte sich über die Lippen. Sehnsüchtig starrte er zu dem Haus hinüber.

»Wir warten«, bestimmte Perle, doch auch ihr lief das Wasser im Mund zusammen. Der Anblick eines menschlichen Hauses war nach den Tagen in der Wildnis tröstlich und berührend. Sosehr sie den Wald an seinem Rand auch liebte, die Angst vor seiner Dunkelheit tiefer drinnen hatte sich in ihr festgesetzt. Sie merkte, wie sehr sie ein richtiges Haus vermisst hatte. Nur – wer wohnte so tief im Wilden Wald?

»Worauf warten wir?«

»Vielleicht sehen wir die Besitzer. Vielleicht sind es Räuber«, sagte Perle vorsichtig.

Die Kaninchen hoppelten friedlich über die Wiese, die Hühner pickten irgendetwas vom Boden, der Hahn stolzierte zwischen ihnen umher, die Ziege meckerte friedlich. Und über allem lag der verlockende Duft nach Kaninchenbraten.

»Ich schließe mich lieber Räubern an, als mich von einem Lindwurm fressen zu lassen«, sagte Ion.

Perle wusste, dass sie nicht einfach weitergehen würden, aber sie wollte doch Vorsicht walten lassen. »Wir schauen erst durch ein Fenster und lauschen, dann entscheiden wir.«

Gebückt huschten sie über die Wiese, und die Kaninchen hoppelten ein Stück zur Seite, aber weiter ließen sie sich nicht beirren. Auch die Hühner und der Hahn, selbst die Ziege gerieten nicht in Aufregung.

Als Perle und Ion das größte Fenster erreichten, kauerten sie sich darunter auf den Boden. Sie lauschten, doch von drinnen war nichts zu hören. Eine leichte Brise kam auf und wehte über die Lichtung, die Weinranken raschelten. Vorsichtig richtete Perle sich ein Stück auf und lugte ins Haus. Sie sah einen gemütlichen Wohnraum mit einem Tisch und vier Stühlen, einer Bank und einem wärmenden Teppich auf dem Boden. Es war niemand zu sehen. Eine Tür in der Wand gegenüber führte ins nächste Zimmer.

Ihr Blick fiel auf das Fenster selbst, und sie stellte verblüfft fest, dass es kein fein gegerbtes Papier war und kein Pergament, das in den Holzrahmen geklemmt war, sondern etwas ganz anderes. Es war klarer, und man konnte hindurchsehen. Behutsam berührte sie das Material mit den Fingerspitzen, es war hart und glatt. Was konnte das sein?

»Was macht ihr hier?«, erklang plötzlich eine Stimme hinter ihnen, und Perle zuckte zusammen, während Ion keuchte. Es war eine tiefe, kräftige Frauenstimme, der Ton scharf.

Sie wirbelten herum und sahen eine hochgewachsene Gestalt mit langen weißblonden Haaren, die Perle auf den ersten Blick für einen Geist oder Dämon hielt, so schrecklich war ihr Gesicht, das wie das Zerrbild eines Menschen schien. Doch dann erkannte sie, dass es sich um eine Frau handelte, die von zahlreichen Narben entstellt war. Runde Narben um die Augen, gerade Linien über den Nasenrücken, wulstige Verlängerungen der Lippen im Mundwinkel und ein Gewirr von verheilten Schnitten über Wangen und Stirn, rot und weiß und ausgefranst.

»Bitte …«, flehte Ion und verstummte, bevor er herausgebracht hatte, um was er bat.

»Wir haben uns im Wald verirrt«, erklärte Perle. »Und dann haben wir das Kaninchen gerochen.«

»Ihr habt also Hunger?« Die Frau zeigte ihnen ein Lächeln. Ihre Augen waren leuchtend grün und strahlten, doch das vernarbte Gesicht blieb trotz der lächelnden Lippen nahezu reglos wie eine Maske. Ein Gesicht wie aus Stein, der Kopf einer monströsen Statue aus dem Kaiserreich, wären da nicht diese lebendigen Augen gewesen.

»Ja«, sagte Perle.

Ion hatte die Sprache noch nicht wiedergefunden und nickte nur.

»Dann kommt herein.« Die narbige Frau drehte sich um und führte sie in den Raum, den sie von draußen gesehen hatten. Sie bedeutete ihnen, sich zu setzen, und stellte ihnen Wasser und Wein hin.

Dabei sah Perle, dass auch ihre Arme von langen Narben gezeichnet waren, lediglich die Hände waren verschont geblieben. Wer hatte ihr das angetan? Und warum? Was musste die Frau durchgestanden haben? Perle wagte nicht zu fragen, sie sagte schlicht danke für die Getränke.

»Trinkt«, sagte ihre Gastgeberin und verschwand im Nebenraum.

Ion griff nach dem Wasser, doch Perle schüttelte den Kopf. »Wir warten«, sagte sie.

»Aber sie hat gesagt …«

»Wir warten. Das ist höflich.«

Bedauernd stellte Ion den Becher wieder ab. Perle sah sich um. Die Ecken des Raums waren mit sich windenden Ranken verziert, an einer Wand stand ein Regal voller Tiegel, Tontöpfe und Amphoren, an der gegenüberliegenden hingen die ausgestopften Köpfe eines Wolfs, eines Bären und eines Keilers. Dazwischen entdeckte sie die Köpfe einer Maus und eines Froschs, die ebenso wie die Trophäen gefährlicher Tiere präsentiert wurden, und musste lächeln. An der dritten Wand hingen Dinge, die Perle noch nie gesehen hatte, und die vierte war mit vielen kleinen Szenen bemalt.

Bevor sie die näher betrachten konnte, kehrte die Frau mit dem Braten zurück und stellte ihn in die Mitte des Tisches. Sie holte sich ebenfalls einen Becher und setzte sich. »Ihr seid gerade rechtzeitig gekommen. Lasst es euch schmecken.«

So aßen und tranken sie, und das Kaninchen schmeckte besser als jedes, das Perle je gekostet hatte. Der Wein war süß und fruchtig und vertrieb die Dunkelheit des Walds aus ihren Gedanken.

»Woher kommt ihr?«, fragte ihre Gastgeberin nach einer Weile. »Und wie heißt ihr?«

»Ion«, sagte Ion mit vollem Mund. Bratensaft lief ihm über das Kinn, und er wischte ihn mit der Hand weg.

»Perle«, sagte Perle. »Wir wollten quer durch den Wald, weil wir zu Hause nicht mehr … erwünscht sind. Wir …« Sie verstummte.

»Ausreißer.« Die Frau nickte. »Dann seid mir doppelt willkommen.«

»Danke.« Perle betrachtete sie. Sie ertrug den Anblick der Narben nur schwer, aber sie schaute nicht weg. Die Frau wirkte ungebrochen und stark. »Dürften wir erfahren, wer du bist?«

»Ich bin Kataskia.« Sie sah sie prüfend an, als erwarte sie eine Reaktion.

Doch Perle kannte niemanden mit diesem Namen, auch wenn sie glaubte, ihn schon einmal gehört zu haben. »Und du wohnst hier ganz allein im Wilden Wald?«

»Ja.«

»Wieso?«, platzte Ion heraus. »Ist das nicht gefährlich, so nahe bei den Lindwürmern?«

»Sie kommen nicht hierher.«

»Nicht?«

»Nicht mehr. Vor langer Zeit sind zwei gekommen, aber jetzt nicht mehr.«

»Zwei? Und was ist passiert? Wie hast du …?« Ion erbleichte. »Die Fratzen auf dem Dach …«

»Ihre abgeschlagenen Köpfe, ja.« Sie lächelte wieder, doch diesmal war es kein freundliches Lächeln.

»Seid Ihr so etwas wie ein Ritter?«, fragte Ion ehrfürchtig und verfiel sogar in die höflichere Anredeform.

»Nein.« Sie schüttelte den Kopf. »Nichts dergleichen. Aber reden wir erst von euch. Warum seid ihr ausgerissen?«

Und Perle erzählte. Vielleicht war es der Wein, vielleicht die Ausstrahlung der vernarbten Frau, deren Alter sie nicht zu schätzen vermochte und die ganz allein im Wald lebte, die sie freundlich aufgenommen und zwei Lindwürmer getötet hatte, wenn man ihren Worten glauben durfte. Vielleicht war es der Anblick des offenen Himmels und der Sonne, der sie selbst offen sein ließ. Was auch immer es war, sie erzählte ausführlich vom Handel des Mannes, der einst ihr Vater gewesen war, und von ihrer Flucht, von den Erlebnissen im Wald und der Fährte des Lindwurms. Ion schwieg und warf Kataskia schüchterne Blicke zu.

Nach dem Essen war die Sonne hinter den Bäumen verschwunden, und Kataskia bot ihnen an, über Nacht zu bleiben. Dankbar nahmen sie an.

Ion ging noch einmal vor die Tür, um die Lindwurmköpfe zu betrachten, die am Giebel hingen. Perle und Kataskia folgten ihm.

»Sie sehen so lebendig aus«, sagte er und sah hinauf zu den aufgerissenen Mäulern mit den wuchernden Zähnen. Die schwarzen Augen schillerten im Licht der tief stehenden Sonne. »Gar nicht wie tote Tiere.«

»Es sind Lindwürmer«, sagte Kataskia, als erkläre das alles. Dann fügte sie hinzu: »Und ich weiß, wie man präpariert.«

»Hast du sie wirklich allein getötet? Ganz ohne Hilfe?« Jetzt, da sie kein Ritter war, war Ion wieder beim vertraulicheren Du.

»Ja.«

Beeindruckt nickte er und fragte nicht weiter. In seinen Geschichten waren die Helden immer Ritter gewesen, nie Frauen.

Aber Perle fragte: »Woraus sind die Fenster gemacht?«

»Aus Glas.«

»Glas? Ich habe gehört, es ist so teuer, dass es nur in Tempeln und Palästen verwendet wird.«

»Heutzutage, ja. Aber im späten Kaiserreich waren Glasscheiben weit verbreitet, auch in normalen Wohnhäusern. Und dieses Haus ist schon alt.«

Unwillkürlich sah Perle zum Haus hinüber, dann wanderte ihr Blick über die Lichtung. Sie wirkte friedlich, ein Ort der Ruhe inmitten der bedrohlichen Dunkelheit des Walds. Sie schaute den Kaninchen zu, die am Gras knabberten und vor sich hin mümmelten, die kreuz und quer umherhoppelten und sich nur manchmal aufrichteten, um kurz zum Waldrand zu spähen. Plötzlich fiel Perle auf, dass es keinen Zaun gab, der sie am Weglaufen gehindert und wilden Tieren das Betreten der Lichtung verwehrt hätte. Auf zwei Seiten der Lichtung bildete ein Bach die Begrenzung, doch er war zu schmal, um größere Raubtiere fernzuhalten. Und zwei Seiten waren völlig ungeschützt.

»Hast du keine Angst, dass deine Tiere morgen weg sind?«, fragte Perle. »Fortgelaufen oder gefressen?«

»Nein«, sagte die Frau knapp. »Ich habe keine Angst.«

Sie hätte gern mehr gefragt, aber sie tat es nicht.

Zwei Kaninchen richteten sich auf und boxten kurz miteinander. Das unterlegene floh auf die andere Seite der Lichtung, aber vor dem Waldrand machte es halt.

»Siehst du?«, sagte Kataskia. »Sie laufen nicht weg. Und die wilden Tiere nähern sich den Lindwürmern nicht.«

Perle nickte, dann gähnte sie. Auch Ion gähnte.

»Ich zeig euch euer Zimmer«, sagte Kataskia, drückte ihnen drinnen zwei prall gestopfte Säcke und dünne Decken in die Hand und brachte sie in eine kleine Kammer unter dem Dach. Die Säcke sollten ihnen als Matratzen dienen.

»Bleibt über Nacht oben«, sagte sie. »Und erschreckt nicht, wenn ihr mich hört. Manchmal träume ich schlecht, dann schrecke ich hoch, rede im Schlaf oder ächze vielleicht. Das ist kein Grund zur Beunruhigung.« Sie lächelte. »Aber euch wünsche ich angenehme Träume. Schlaft gut, bis Wüstling euch weckt.«

»Wüstling?«

»Der Hahn. Der Name schien mir passend.«

Perle lächelte, und sie wünschten Kataskia eine gute Nacht.

Als sie das Zimmer verlassen hatte, sagte Ion: »Ich frage mich, wie sie die Lindwürmer getötet hat.«

»Und ich frage mich, woher sie die Narben hat«, erwiderte Perle.

»Vielleicht aus dem Kampf?«

»Dafür sehen sie zu gleichmäßig aus. Nach einer Klinge, nicht nach Zähnen und Klauen.«

»Vielleicht ist sie gefoltert worden?«, vermutete Ion.

»Vielleicht.« Bei dem Gedanken zog sich ihr der Magen zusammen. Es waren viele Narben. Wer war sie, und was tat sie hier ganz allein im Wilden Wald?

Obwohl sie sich sicher fühlten, schoben sie ihre Matratzen nah zueinander und legten sich schlafen. Trotz des geöffneten Fensters war es heiß unter dem Dach. Draußen ging die Sonne unter, und der Himmel färbte sich rot und dunkel. Doch davon bekamen sie nicht mehr viel mit, sie waren eingeschlafen, bevor die Dunkelheit das Zimmer ganz einnahm.

4

Perle erwachte von einem furchtbaren Schrei. Einem spitzen, schmerzerfüllten Schrei, der in ein Jammern und Flehen umschlug.

»Nein!«, rief irgendwer, und dann: »Bitte!«

Ion klammerte sich an sie, und einen Augenblick später erst begriff Perle, wo sie war und wer da schrie.

»Schlechte Träume«, flüsterte Ion.

Der Schrei war verklungen, aber nun hörte Perle ein leises Stöhnen, ein Ächzen, das die Wände heraufzukriechen schien. Im Dachgebälk knackte es. Draußen leuchteten hell die Sterne.

»Sie ist unheimlich, oder?« Ion suchte ihre Hand.

»Unheimlich? Du meinst bemitleidenswert?«

»Auch. Aber auch unheimlich.«

»Sie hat uns aufgenommen.«

»Trotzdem«, sagte Ion leise.

Sie hörten schweres Atmen und angsterfülltes Keuchen und wieder: »Nein.«

»Du bist undankbar«, sagte Perle. Natürlich war Kataskias Anblick unheimlich, aber deswegen war die Frau es doch nicht.

Irgendwann verstummte Kataskia, und Ion schlief wieder ein. Perle lauschte in die Nacht und dachte, wenn eine Frau mit so vielen Narben sich nicht unterkriegen ließ, würde sie das auch nicht tun. Sie würde dem Wald entkommen und alles daransetzen, reich zu werden. Sie wollte genug Geld haben, um ihre Freiheit von Hernoth zurückzukaufen, und seinen ganzen Hof gleich mit. Genug Geld, um ihren Vater im Spiel zu ruinieren, und dann sollte er in den Turm geworfen werden, wenn er dort nicht schon längst saß, oder er sollte zwangsweise beim Straßenbau helfen, bis er vor Erschöpfung zusammenbrach. Sie wollte nicht ewig fliehen müssen, sie wollte Rache, und sie wollte zurückkehren, damit alle sahen, dass sie nicht arm war. Über diesen Gedanken an Geld schlief sie ein.

5

Am nächsten Morgen konnte Perle sich nicht an ihre Träume erinnern, auch wenn sie kurz nach dem Aufwachen die Ahnung von etwas Dunklem in sich trug. Doch das verblasste im Licht des Tages, sobald sie aus dem Fenster sah. Die Sonne stand höher als erwartet, sie musste so müde gewesen sein, dass sie das Krähen des Hahns Wüstling und das Erwachen des Walds verschlafen hatte. Der tiefe Schlaf hatte ihr gutgetan, sie fühlte sich erholt.

Sie weckte Ion, indem sie ihm ins Ohr blies und lachte. Er schreckte hoch und sah sie verwirrt an. Einen Moment lang schien er sich vor ihr zu fürchten, er japste und hob abwehrend die Hände. »Nicht …«

Sie dachte: *Er ist noch immer ängstlich für sein Alter*, und fragte: »Schlecht geträumt?«

»Ich … ich weiß es nicht.« Er schüttelte sich und rappelte sich auf.

Leise stiegen sie die Treppe hinunter, um Kataskia, sollte sie noch schlafen, nicht zu stören. Doch sie war längst wach und hatte den Tisch gedeckt. Gekochte Eier lagen ebenso bereit wie rechteckige Gebäckstücke aus haselnussbraunem Teig, die Perle nicht kannte. Er roch nach Mandeln und Zimmet.

»Was ist das?«, fragte Ion und setzte sich wie selbstverständlich.

»Guten Morgen«, wünschte Perle. »Hast du gut geschlafen?«

»Guten Morgen«, gab Kataskia zurück, »besser als sonst, danke. Ihr auch?«

»Ja«, sagte Perle, und Ion nickte.

»Gut.« Und dann beantwortete sie Ions Frage: »Honigkuchen mit geraspelten Mandeln.«

»Kenne ich nicht.«

»Dann wird es Zeit.«

Sie aßen, und schon nach dem ersten Bissen legte sich ein Lächeln auf Ions Lippen. »Lecker«, sagte er mit vollem Mund, Brösel fielen heraus, und er fing sie auf, um sie sich erneut in den Mund zu stopfen.

Perle verdrehte die Augen. Sie hatte zuerst das Ei gegessen. Als sie nun in ihren Honigkuchen biss, breitete sich in ihrem Mund wohlige Süße aus. Sie lächelte, während sie weiterkaute, sie konnte nicht anders. Plötzlich war sie glücklich und wollte nur immer noch mehr Honigkuchen verdrücken. »Ist das gut!«, rief sie aus.

»Besser als gut«, bekräftigte Ion.

»Dann esst«, sagte Kataskia. »Es ist genug da.«

Ion mampfte einen Honigkuchen nach dem anderen, sodass er den Mund kaum noch zubekam und ihm wieder und wieder Stückchen herunterfielen. Perle kaute langsamer, aber auch sie aß so viel, dass ihr Bauch zu platzen drohte, und dann noch einen Honigkuchen mehr.

Nach dem Essen gingen sie gemeinsam hinaus, und Ion lief zum Bach hinüber, um nach schönen Steinen zu suchen und nach Stöcken, die man schnitzen konnte.

Perle und Kataskia setzten sich auf eine Bank vor dem Haus, und Kataskia sagte: »Ja, so sind Jungen eben.«

»Wie meinst du das?«

»Steine und Stöcke, Messer und Sammler.« Kataskia lächelte.

»Ja«, erwiderte Perle und lächelte ebenfalls, obwohl sie es nicht ganz verstand. Trotzdem fühlte sie sich von der Frau verstanden.

»Wenn ihr wollt, könnt ihr noch bleiben«, bot Kataskia an.

»Ich muss mit Ion reden, aber …« Sie sah zu ihm hinüber. Er stapfte durch den Bach, dass es nur so platschte, wurde nass und wirkte vergnügt. Er war wieder ganz Kind.

»Du willst also den Mann der Familie entscheiden lassen?«, fragte Kataskia, und es klang herausfordernd.

»Nein, ich …«

»Du bist die Ältere, oder?« Sie sah zu Ion hinüber. »Und er bleibt da, wo er die schöneren Steine findet, glaubst du nicht?«

»Vermutlich.« Perle grinste.

Ion schlug mit einem Stock aufs Wasser und drohte unsichtbaren Feinden.

»Wenn ihr bleibt, kann ich dir vielleicht helfen, mächtig zu werden.«

»Mächtig?« Perle zwinkerte verwirrt, der Vorschlag hatte sie überrumpelt. Ihr Bauch drückte von den vielen Honigkuchen.

»Nun ja, ich kann dich nicht zu einer Herrscherin über andere machen, aber stark genug, dass kein Mann dich jemals wieder an einen anderen verkaufen wird, weil die Gesetze eines dritten Mannes das verlangen.« Das sagte sie so ruhig, als böte sie ihr einen weiteren Honigkuchen an.

»Dafür will ich reich werden«, erwiderte Perle, die Geld mehr vertraute als Macht. Macht konnte man im Unterschied zu Geld nicht zählen, und es gab immer einen noch Mächtigeren, aber ein Beutel voller Gold war immer ein Beutel Gold, auch wenn der König es truhenweise besaß. Mit Geld konnte sie sich freikaufen. »Sie haben mich für Geld verschachert, und nun will ich es ihnen mit Geld heimzahlen. Wenn deine Macht mir Geld verschafft, dann soll mir das recht sein.«

»Welche Macht tut das nicht?« Kataskia lächelte wieder. »Macht und Geld hängen immer zusammen.«

Zweifelnd sah Perle sie an. »Du lebst allein im Wald. Wie willst du mir zu Macht verhelfen?«

»Glaubst du, ich belüge dich?«

»Nein.«

»Gut.« Kataskia erhob sich. »Könntest du mir zunächst bei etwas anderem helfen?«

»Ja, aber …«

»Eines nach dem anderen.«

Perle nickte und stand auf, obwohl sie den Gedanken an Macht und Freiheit kaum aus dem Kopf bekam. Konnte diese einsame, vernarbte Frau ihr wirklich zu Reichtum und Freiheit und Rache verhelfen? »Was soll ich tun?«

»Ein Huhn schlachten.«

»Schon wieder essen?«, stieß Perle hervor.

»Nicht jetzt«, entgegnete Kataskia amüsiert. »Heute Abend.«

»Ich glaube, da bin ich noch immer satt.«

»Wart es ab.« Kataskia blickte umher. »Magst du eines aussuchen?«

Perle ließ den Blick über die Tiere schweifen. »Welches legt die wenigsten Eier?«

Kataskia nickte zufrieden. »Du bist klug.« Dann deutete sie auf eine fette Henne, die am Rand der Lichtung umherstakste, und Perle fing sie ein. Sie packte das Tier und presste ihm die Flügel fest gegen den Körper, sodass es nicht fortfliegen konnte. So trug sie es zum Hackstock hinter dem Haus, wo Kataskia mit dem Beil auf sie wartete.

»Magst du?«, fragte sie.

»Ich kann es machen«, erwiderte Perle, die sie nicht enttäuschen wollte. Sie nahm das Beil, holte weit aus und schlug dem gackernden Tier den Kopf ab. Stumm fiel er zu Boden, und Perle ließ das sterbende Tier los. Zusammen verfolgten sie, wie der Körper kopflos umhertapste, bis er zuckend umfiel.

Perle sah zu dem Haus mit den wundersamen Glasfenstern, sah zu den Bäumen voller Früchte und dem dunklen Wald jenseits der Lichtung. Und dann schaute sie zu ihrer Gastgeberin, die sich trotz ihrer Narben nicht unterkriegen ließ und ihr angeboten hatte, ihr einen Weg in die Freiheit zu zeigen. Sie würde nicht abwarten, was Ion dazu sagte, sie wollte auf niemanden mehr hören. Ihr war diese Macht angeboten worden, nicht ihm, und sie würde nicht darauf verzichten. Mit Wucht schlug sie das blutige Beil in den Hackstock und entschied: »Wir bleiben.«

»Schön«, sagte Kataskia.

Ion spielte noch immer am Bach und erschlug eingebildete Feinde, wahrscheinlich Lindwürmer.

DIE STADT DER TRÄUMER

1

An seinem ersten Abend in den *Zehn Kerzen* sagte Ukalion nicht viel. Er hatte sich einen Spaten gekauft und sich auf Telamons Rat hin ein Haus gesucht. Er war nicht wählerisch gewesen, sondern hatte das nächstbeste freie genommen, denn er hatte nicht vor, lange zu bleiben. Die Überreste der ehemaligen Besitzer waren ihm gleichgültig, nur die Fensterscheiben aus Glas hatte er bewundert. Und nun saß er bei Telamon und Isa und wurde mehreren Suchern vorgestellt. Jedes Mal nannte er seinen Namen und sagte, er komme aus einem winzigen Dorf weit weg, doch die meiste Zeit hörte er zu. Draußen war es noch hell, denn sobald die Dunkelheit kam, würde jeder in seinem Haus sein und sich vor den Kreaturen der ycenischen Nacht verstecken. Und weil die Dunkelheit schnell kam, wurde noch schneller getrunken.

Ukalion jedoch trank wenig, er wollte bei klarem Verstand sein, falls die Kreaturen kamen.

»Sie kommen immer!«, sagte Isa.

»Und das Trinken hilft beim Schlafen«, erklärte Levith Montanis, ein ehemaliger Gladiator aus Freybruck, dessen linke Gesichtshälfte verbrannt war und dem der kleine Finger der rechten Hand fehlte.

»Schlafen?«

»Wenn die Türen und Fenster geschlossen sind, kommen sie nicht herein.«

»Trink oder trink nicht«, sagte Telamon und leerte seinen Becher mit einem Zug. »In der ersten Nacht wirst du sowieso nicht schlafen.«

Alle, die ihn hörten, nickten und lachten.

»Und in der zweiten wirst du trinken«, ergänzte der Wirt Labuz und grinste breit.

Wieder wurde gelacht, lauter diesmal, und Ukalion versprach: »Morgen werde ich trinken.«

An den hinteren Tischen wurde Karten gespielt und gewürfelt um das, was am Tag gefunden worden war. Dabei wurde so viel geflucht wie gelacht, geschimpft wie gesoffen. Einer sprang nach einer gewonnenen Runde auf und rannte ins Bordell, ein anderer rief ihm hinterher: »Renn, damit du noch vor der Dunkelheit kommst!«

Das gesamte Nachtleben anderer Städte wurde hier in die zwei Stunden vor Sonnenuntergang gepresst.

»Und?«, fragte Telamon. »Was sagst du zur Hecke?«

»Undurchdringlich«, gab Ukalion zu. Er behielt für sich, dass er es am nächsten Tag dennoch versuchen würde, denn er hatte rasch begriffen, dass niemand wegen der schlafenden Kaisertochter hier war. Sollte doch einer der Sucher ursprünglich ihretwegen gekommen sein, so hatte er angesichts der undurchdringlichen Dornen aufgegeben und sich darauf verlegt, nach alten Überresten zu suchen, so wie es alle hier taten. Sie lebten in der Nähe des Palasts, aber für keinen von ihnen war er das Ziel; sie versuchten jeder woanders ihr Glück. Jeder Sucher, der ihn bisher begrüßt hatte, prahlte mit seinen Funden aus Stein oder Metall.

»Die Kaisertochter ist tot, ein Märchen ist ein Märchen«, sagte der ehemalige Gladiator Levith. »Niemand überlebt schlafend Jahrhunderte. Niemand ist wegen eines Märchens hier, das er als Kind gehört hat. Wir sind keine Träumer.«

Die Umstehenden nickten, auch Ukalion. Das war ihm nur recht, so konnte er sich allein daranmachen, die Kaisertochter zu wecken, ohne dass ein anderer sie ihm streitig machte. Er sagte auch nicht, dass sie seiner Überzeugung nach alle wegen des Märchens hier waren. Auch wenn sie nicht an die Kaisertochter glaubten, sie hatten alle als Kind von Ycena gehört und waren hier, weil sie glaubten, was sie gehört hatten; sie waren wegen der Reichtümer hier, über die das Kaiserreich verfügt haben sollte, wegen der Schönheit, die in den Ruinen noch immer zu erkennen war, wegen der Vorstellung, die sie von jener anderen Zeit hatten, die besser gewesen sein musste, als ihre eigene es war. Und diese Vorstellung hatte immer mit einer Ruine oder diesem Märchen begonnen. Sie hofften auf ein besseres Leben, auf Reichtum, auf den großen Fund, der alles verändern würde, und deshalb waren sie letztlich doch Träumer, egal wie lautstark Levith das bestritt. Ycena, das einstige politische und kulturelle Zentrum der bekannten Welt, war eine Stadt der Träumer geworden.

Veteranen fanden sich hier ebenso wie Verstoßene und Verarmte, Verbrecher wie Einsame, Verlorene und Spieler, ehemalige Gladiatoren und Abenteurer aus allen Königreichen, Getriebene wie Vertriebene. Viele in einer ähnlichen Lage waren anderswo Räuber geworden, gedungene Mörder oder Schläger, doch die Sucher von Ycena hatten einen Traum, dem sie folgten. Manche mochten nur hier sein, weil sie in ihrer Heimat wegen eines Verbrechens gesucht wurden und ihre Jäger sich nicht nach Ycena hineinwagten, aber auch sie hatten als Kind das Märchen gehört und waren bereit, sich für die Ruinen von Ycena der alten Hexerei auszusetzen.

»Wenn einer irgendwo buddelt, gehört die Stelle ihm. Hat Telamon dir das gesagt?«, wurde er mindestens dreimal gefragt, und jedes Mal antwortete er: »Hat er.«

Dann erzählten sie von ihren größten Funden, einige auch von den Mädchen im Bordell, und Ukalion nickte und hörte zu, aber er dachte nur daran, wie er die Dornen überwinden konnte, um zur Kaisertochter zu gelangen. Einer der Männer sprach ausschließlich in Reimen.

Auch eine suchende Frau sah er, sie trug Männerkleidung und würfelte den ganzen Abend, ohne einmal das Gesicht zu verziehen, weder aus Ärger noch aus Freude.

Als die Dämmerung einsetzte, erhoben sich alle wie abgesprochen, leerten ihren Becher mit einem Zug und brachen auf. Labuz schloss hinter ihnen ab und verrammelte die Fenster.

»Geh nachts nicht auf die Straße«, warnte Isa Ukalion noch einmal, dann verschwand sie mit Telamon in ihrem Haus.

Ukalion ging weiter bis zu dem nahe gelegenen kleinen Haus mit den zwei Säulen, das er sich ausgesucht hatte, und verbarrikadierte nach dem Vorbild der anderen die Tür. Im Gebäude schräg gegenüber verschwand Levith mit einem Mann, der den ganzen Abend an den Spieltischen gesessen hatte.

Ukalion vergewisserte sich, dass kein Fenster mehr offen stand, und wartete oben im ersten Stockwerk. Als die Nacht sich endgültig über die Stadt senkte, wurde es finsterer, als Ukalion es je erlebt hatte. Die Sterne leuchteten schwach und kalt, und der Mond war nicht zu sehen, obwohl Ukalion sicher war, dass nicht Neumond war.

Irgendetwas flog über die Häuser hinweg und verdunkelte für einen Augenblick die Sterne, während Ukalion schweren Flügelschlag hörte. Wind pfiff, und etwas Schweres schrappte über die Straßen. Ukalion blickte hinunter, aber es war zu dunkel; allenfalls einen Schemen konnte er erahnen. Es wirkte, als würde eine gewaltige Schlange, dicker als eine Tempelsäule, durch die Straßen kriechen, und Ukalion erstarrte. Er rührte sich nicht, bis der Schemen verschwunden war, und auch dann blieb er am Fenster stehen.

Drei brennende Gestalten taumelten schreiend durch die Nacht und erleuchteten die Szenerie. Ihre Schreie waren qualvoll, aber sie starben nicht; und das Haus gegenüber war über und über mit Heuschrecken bedeckt. Angst packte ihn, und Schweiß trat ihm auf die Stirn.

Auch als die Flammengestalten längst verschwunden waren, lag noch der Gestank von verbranntem Fleisch in der Luft, und Ukalion starrte angestrengt auf die Mauern gegenüber, doch er konnte die Heuschrecken nicht mehr sehen. Waren sie auch auf seinem Haus? Gab es Ritzen, durch die sie hereinkonnten?

Er stolperte durch alle Zimmer, überprüfte im Dunkeln noch einmal die Tür und jedes Fenster, das er fand. Alles schien sicher zu sein.

Würde das alte Glas halten, wenn der ganze Schwarm dagegen krachte? Es wirkte stabiler als Pergament, aber er wusste es nicht.

Nichts kann herein, dachte er. *Sie haben gesagt, es kann nichts herein.* Er starrte weiter hinaus, wartete auf die Insekten, und die Dunkelheit kroch in ihn hinein.

Draußen näherte sich etwas mit schweren Schritten. Sein Herz schlug schneller, und er zog sich vom Fenster zurück, setzte sich zu seinem Beil, das er neben der Schlafstatt abgelegt hatte. Er versuchte, leise zu atmen, aber der Herzschlag wurde lauter und lauter, bis er glaubte, es sei ein Gong. Die Schritte verklangen, und die lauernde Schwärze, die ihnen folgte, kam nicht herein, sondern wälzte sich draußen weiter.

Drinnen brummte eine Fliege, und etwas, das ein Nachtsalamander sein konnte, huschte über die Wände. Draußen herrschte Stille. Dann hörte Ukalion einen Mann laut stöhnen, dann einen zweiten, und er wusste nicht, ob sie Schmerzen hatten oder Sex.

Der Wind pfiff nicht mehr, er heulte, und in dem Heulen vernahm Ukalion einen mit Wutschreien durchsetzten Jubel, der ihn an Ckaryas Hinrichtung erinnerte und auch wieder nicht. Dann ging jedes Geräusch in gellenden Schreien und angsterfülltem Keuchen unter, und der Wind heulte noch minutenlang weiter, bevor er verstummte. Etwas Schweres klatschte mit einem dumpfen Schlag gegen eine Wand, und dann herrschte wieder Stille.

Nichts war mehr zu hören, nicht das Geringste, so als sei alles und jeder tot. Auch die Männer stöhnten nicht mehr. Ukalion wartete auf ein Geräusch, irgendein Zeichen von Leben, doch es kam lange keins.

»Ckarya«, murmelte er, »Ckarya.« Weil er die lauernde Stille nicht ertrug und ihr Name ihn beruhigte. »Keine Angst, ich lass dich nicht im Stich, ich werde nicht fliehen, ich werde die Hecke überwinden.«

Und in seinem Kopf sagte sie: »Ich weiß.«

Viel später heulte in der Ferne etwas, und ein Fauchen antwortete, und er wünschte sich die Stille zurück.

Die Fliege umkreiste ihn, und er schlug nach ihr, traf aber nicht. Und dann waren es zwei Fliegen, schließlich drei. Etwas schnüffelte, etwas bellte, etwas knurrte, etwas schmatzte.

Dann wieder Stille. Wie lange, wusste Ukalion nicht, er hatte jedes Zeitgefühl verloren. Alles, was zählte, war, dass es noch dunkel war. Zu dunkel, um zu sehen.

Er wollte fortrennen, doch er hatte Ckarya versprochen zu bleiben.

Er wollte saufen, wie er noch nie gesoffen hatte.

Eine Ente schnatterte laut und schlug wild mit den Flügeln.

Dann ein Schnappen und wieder Stille.

Irgendwer lachte. Wieso ließen die Fenster all die Geräusche so deutlich durch? *Hexerei*, dachte er.

Und Stille.

Ukalion kroch zurück ans Fenster, um hinauszusehen, doch dann starrte ein Toter zu ihm hinein, sie kauerten Nase an Nase. Ukalion schrie, und der Tote schrie, die Gesichtszüge verfault, die Lippen vertrocknet, und Ukalion begriff, dass das sein Spiegelbild war, und es war zu dunkel, um etwas zu erkennen, und der Tote war weg, und er wusste nicht, ob er je da gewesen war.

Irgendwo brannte es, und der Schatten eines Puppenspielers mit breitkrempigem Hut kroch über die Wand; er zerrte ein Dutzend Puppen, groß wie Kinder, an Fäden hinter sich her, bis das Feuer erlosch und der Schatten in der Schwärze der Nacht aufging.

Eine Flöte erklang, laut und schrill und falsch.

Ukalion kroch in eine Ecke, das Beil auf den Knien, hielt sich die Ohren zu und wartete auf den Morgen. Er würde nicht schlafen, und er bezweifelte, dass er es in Ycena jemals tun würde.

Aber trinken würde er.

2

Am nächsten Morgen schaute Ukalion bei Sonnenaufgang aus dem Fenster, und alle Kreaturen der Nacht waren verschwunden, auch die Heuschrecken von der gegenüberliegenden Wand. Die Straßen lagen verlassen, noch schien keiner der Sucher wach. Das war wenig überraschend, wenn sie alle so getrunken hatten, wie Ukalion es beobachtet hatte.

Vorsichtig trat er ins Freie und sah sich um. Drei Häuser weiter waren schwarze Flecken an der Wand wie Ruß, aber er wusste nicht, ob die aus der vergangenen Nacht stammten. Weitere Spuren fand er nicht.

Das Beil in der rechten Hand, den Spaten in der linken und den Bogen auf dem Rücken, ging er zur Dornenhecke und an ihr entlang bis auf die andere Seite des Palasthügels. Dort suchte er einen passenden Ort, um unauffällig zu graben, und fand ihn zwischen zwei eingestürzten Mauern und dem Schutt einer Ruine.

Er sah sich um und unterdrückte ein Gähnen. Dann schüttelte er sich, als könnte er die Müdigkeit so loswerden, und stieß den Spaten zwei Schritt vor der Hecke in den Boden. Es knirschte, der Boden war steinig, trocken und hart, und Ukalion fluchte, aber er grub. Tiefer und tiefer grub er, während die Sonne höher und höher stieg. Wenn er weder durch die Hecke hindurch noch über sie hinweg konnte, weil ihm die Schwingen eines Vogels fehlten, dann würde er eben unter ihr hindurch gelangen.

Die Fliegen und die Hitze plagten ihn, Schweiß rann ihm über den ganzen Körper, die erschöpften Muskeln zitterten unter der Anstrengung, aber er schuftete ohne Pause, um nicht an die Nacht zu denken, an das, was er andeutungsweise gesehen und deutlich gehört hatte. Solange er arbeitete, gelang ihm das.

Egal, auf welches Hindernis er stieß, er machte stur weiter und grub – unterbrochen nur von einer Pause, in der er sich frische Früchte und Wasser vom Fluss holte – bis zum späten Nachmittag. Bis er nicht mehr konnte. Dann schlich er ins Gasthaus, um zu trinken. Er lachte mit den anderen, obwohl er nicht wusste, worüber, denn er war zu müde, um den Gesprächen zu folgen. Aber trinken konnte er, und das tat er, und es machte ihn noch müder.

Bei Sonnenuntergang war er zu Hause und so ausgelaugt, dass er einschlief, noch bevor er die nächtlichen Kreaturen hören konnte.

Im Schlaf wurde er von Albträumen geplagt, und in ihnen tauchte auch alles auf, was er letzte Nacht gehört und gesehen oder geahnt hatte. Und jedes der Wesen war hinter ihm her, und jedes war in seinem Kopf größer, deutlicher und furchterregender als auf den Straßen. Darüber hinaus träumte er von Ckaryas Tod, und das war schlimmer als alle Kreaturen. Diesmal sah er sie sterben. Er stand in der Menge und tat nichts, um ihren Tod zu verhindern, er konnte nichts tun, und sie starb zuckend und mit blutigem Geweih auf dem Kopf, ihre Augen quollen heraus.

Er träumte und träumte und träumte, und er erwachte erst am späten Morgen, als die Sonne hereinschien und Fliegen über sein Gesicht krochen. Ein Nachtsalamander huschte davon.

Ukalion wischte die Fliegen fort und stand auf. Sein Kopf war schwer und schmerzte. Er trank alles Wasser, das er im Haus hatte, und aß etwas. Dann ging er hinaus, grüßte einen Sucher, den er traf, und sah hinüber zu den zwei Streunern auf der anderen Straßenseite, die ihn nicht grüßten, aber beobachteten. Auf die Entfernung konnte er nicht sagen, ob es Jungen oder Mädchen waren. Als er an ihnen vorbei war, sprang einer der beiden auf und kam ihm hinterher. Ukalion wartete.

»Soll ich dir einen Tempel zeigen, in dem große Schätze liegen?«, fragte das Kind, das von der Stimme und Körperhaltung her ein Junge zu sein schien. Er war schmächtig und schmutzig und höchstens neun. Die Nase sah aus, als sei sie bereits mehrmals gebrochen gewesen.

»Warum holt ihr sie nicht selbst?«

Der Junge drehte sich kurz nach dem anderen Kind um, dann sagte er leise: »Sie weiß es nicht, nur ich. Und ich trau mich dort nicht hinein, da ist alles verschüttet und dunkel.«

»Danke«, sagte Ukalion, »aber ich schau mich lieber selbst um, ich …«

»Ich will nicht viel dafür, nur ein paar Münzen. Es ist ein unberührter Tempelschatz, das schwöre ich.«

Ukalion lächelte. Er war sicher, sie hatten ihn für die Geschichte ausgesucht, weil er neu war in Ycena. Ein Ahnungsloser, den man noch austricksen konnte. »Warum verrätst du es nicht einem anderen?«

Der Junge zuckte mit den Schultern. »Wenn du nicht willst.« Und damit trottete er zurück zu seiner Gefährtin.

Ukalion ging weiter und drehte sich mehrmals um, um zu sehen, ob sie ihm folgten. Das taten sie nicht. Sogar einen kleinen Umweg zu seiner Grabungsstelle nahm er in Kauf, um jeden möglichen Verfolger abzuschütteln, und er ging über einen offenen Platz, wo kein Verfolger Deckung gefunden hätte. Niemand kam hinter ihm her.

Als er das Loch an der Hecke erreichte, war es später, als er ursprünglich gehofft hatte, aber es sah nicht so aus, als sei in der Zwischenzeit ein anderer hier gewesen. Erleichtert grub er weiter. Er grub den ganzen Tag, er grub so lange, bis das Loch tiefer war als er groß und der Rand fast die Hecke erreicht hatte. Er sprach viel mit Ckarya. Dann brach der Abend an, und Ukalion eilte zurück.

In den *Zehn Kerzen* fragte ihn Telamon: »Suchst du schon irgendwo?«

»Ja.« Ukalion nickte und leerte seinen Becher mit einem langen Zug. Er war spät gekommen und wollte mehr als nur einen trinken.

»Hast du deine Stelle markiert?«, fragte Isa.

»Markiert?«

»Ja, mit deinem Namen.«

»Warum soll ich das tun?«

»Das hab ich doch gesagt!« Sie klang ungeduldig. »Dann ist die Stelle deine, und niemand darf sie dir wegnehmen.«

»Und das tut dann auch niemand?«

Sie legte den Kopf schief. »Keiner, der sich an die Regeln hält.«

»Aber jeder weiß, dass da etwas zu finden ist, auch die, die sich nicht an die Regeln halten, weil da meine Markierung hängt?«

Sie sah ihn misstrauisch an.

Telamon nickte und sagte: »Das Risiko gehst du ein.«

»Mhm.« Ukalion trank noch einen Wein und ließ sich vom Wirt eine Markierungsfahne geben, auf die er seinen Namen schrieb, das Einzige, das er sicher schreiben konnte. Dann trank er noch einen dritten Wein, bevor die untergehende Sonne alle in ihre Häuser trieb.

In der Nacht träumte er wieder schrecklich und von der sterbenden Ckarya, und am Morgen brach er früh auf, wieder in eine andere Richtung. Die Streuner waren nirgends zu sehen. Ukalion ging zu einer eingestürzten Ruine ein Stück flussabwärts und befestigte dort seine Markierungsfahne, um die anderen in die Irre zu führen. Er glaubte nicht daran, dass die Menschen sich an Regeln und Absprachen hielten, Ckaryas Hinrichtung und alle Ereignisse darum herum hatten ihn gelehrt, dass das Leben anders lief. Auch die, denen er behilflich gewesen war, hatten ihn hängen wollen, und so wusste er nun, dass letztens jeder allein war und für sich kämpfen musste. Deshalb wollte er, dass die anderen dachten, er würde hier suchen, während er eigentlich von unten in den Palast eindrang.

Über Umwege eilte er zur Hecke und sprang, den Spaten in der Hand, in sein Loch. Dort grub er nun in Richtung der Hecke und nach schräg unten, um noch etwas tiefer zu gelangen. Erde und kleine Steine rieselten auf ihn herab, fielen auf seinen Kopf und die Schultern, doch er ließ sich nicht beirren und grub weiter.

»Ich werde dich rächen«, versprach er Ckarya. »Ich werde sie wecken und dich rächen.«

»Du willst eine andere heiraten?«, fragte Ckarya plötzlich und unterbrach damit die Arbeit.

»Für dich«, sagte er, »doch nur für dich. Könnte ich dich noch heiraten, wäre ich doch nicht hier.«

»Das solltest du ihr besser nicht verraten.« Sie lächelte.

Er erwiderte das Lächeln und stieß den Spaten ins Erdreich. Immer neue Steinchen fielen herab, und zum ersten Mal kam ihm der Gedanke, dass man einen unterirdischen Tunnel abstützen sollte. Wütend auf sich selbst, weil er nicht von Anfang an daran gedacht hatte, rammte er den Spaten noch einmal mit Wucht in die Erde und traf auf etwas Hartes. Der Spaten fiel ihm aus der Hand, und er stieß einen Schmerzensschrei aus.

Sofort hob er den Spaten auf und kratzte vorsichtig die Erde von dem Hindernis ab. Er legte eine dicke Wurzel frei und neben ihr eine weitere und dann noch eine. Vor ihm erstreckte sich ein ganzes Geflecht aus dicken, ineinander verschlungenen Wurzeln, das so dicht und undurchdringlich schien wie die Hecke selbst.

Fluchend schlug er die scharfe Kante des Spatens in die nächstbeste Wurzel, doch es entstand nur ein kleiner Kratzer in der Oberfläche.

»Nein!«, knurrte er. »Verdammter Dreck! Nein!«

Er nahm sein Beil und hieb damit auf die Wurzeln ein, einmal, zweimal, dreimal, viermal. Nur mit Mühe durchdrang die Schneide die Rinde. Ein zäher schwarzer Brei floss heraus und verschloss den Riss wieder. Es roch nach Verwesung und Tod.

Ukalion ließ das Beil sinken und fiel auf die Knie. Hinter den Wurzeln warteten weitere Wurzeln, und sie waren unten ebenso dick wie weiter oben, was vermuten ließ, dass sie noch weit in den Boden reichten, tiefer, als ein Mensch graben konnte. Der Dornenthron war unerreichbar, das ging ihm schlagartig auf, er war nur ein Traum, ein Märchen, eine Geschichte.

Ukalion wurde von Hoffnungslosigkeit gepackt. Alles war sinnlos, die Hecke war nicht zu überwinden. Wie hatte er nur glauben können, er sei der Erste in Jahrhunderten, dem das gelang? Ein Bastard, ein vertriebener Müllerssohn. Tränen stiegen ihm in die Augen, dagegen konnte er nichts tun, er wollte es nicht einmal. Er weinte hemmungslos, und wieder und wieder schluchzte er: »Es tut mir leid, Ckarya, es tut mir leid.«

Immer wieder – es war wie eine Beschwörung, wie der Sprechgesang eines Trauerchors.

»Es tut mir leid, Ckarya, es tut mir leid.«

Sie antwortete nicht, er wusste nicht, was, und sie hätte es wahrscheinlich auch nicht gewusst.

Die Tränen tropften auf den trockenen Boden und versickerten direkt bei den Wurzeln. Als Ukalions Tränen versiegt waren, war die Wunde der Wurzel geheilt. Er stand auf und kletterte aus dem Loch. An diesem Tag würde er früher trinken, und er würde so lange saufen, bis er umfiel. Alles andere spielte keine Rolle mehr. Nichts spielte mehr eine Rolle.

3

So viele Städte in so vielen Ländern hatte Tyra gesehen, am Meer und in den Bergen, am Rand der Wüste und mitten im Wald, und doch hatte keine sie auf Ycena vorbereitet. Die schiere Größe, die untergegangene Pracht verschlug ihr die Sprache; und Belizar an ihrer Seite erging es ebenso. Der Wind stand still, und die Luft flirrte, Tyra spürte die Magie fast körperlich, während sie über die breiten holprigen Straßen ins Zentrum zuckelte.

Mit Belizar zusammen saß sie auf dem Wagen des Händlers Sol Neratyen, den sie unterwegs zufällig getroffen und der sie mitgenommen hatte. Er hatte ihnen viel über die alte Kaiserstadt erzählt, über die Gemeinschaft der Sucher und seine Geschäfte mit alten Statuen und sonstigen Fundstücken, auch Schauergeschichten über dunkle Kreaturen, aber Schauergeschichten hatten Tyra und Belizar schon viele gehört. Nur so eine Stadt hatten sie noch nie gesehen.

Sol nahm sie mit bis zu den *Zehn Kerzen,* die sie am späten Nachmittag erreichten und die er lachend als das trunkene Herz der Suchergemeinde bezeichnete.

»Wir hatten Glück, dass wir dich getroffen haben«, sagte Belizar und wollte ihn und seine Leute auf einen Wein einladen, aber Sol winkte ab.

»Dafür fehlt mir heute die Zeit, wann anders gern«, entgegnete er, und schon kamen die ersten Sucher zu ihm und prahlten mit ihren neuesten Funden. Seine Leute machten den Eindruck, als hätten sie den Wein gern angenommen.

Tyra und Belizar gingen hinein, um sich bei dem Wirt nach Gahadh zu erkundigen. Der Raum war riesig und die gewölbte Decke hoch. Es roch nach Essen und Schweiß.

»Er weiß am ehesten Bescheid, zu ihm kommen alle«, hatte Sol gesagt, der zwar meinte, von einem Gahadh gehört zu haben, aber nicht sicher war.

Nahe dem Eingang saß ein verdreckter Sucher allein mit einem Becher Wein, und die glänzenden Augen ließen darauf schließen, dass dies nicht sein erster Becher war. Der Mann wirkte wie ein knurrender Hund, dem man besser nicht zu nahe kam; seine Augen waren rot unterlaufen. Tyra wusste nicht, ob er zwanzig war oder schon dreißig.

An einem Tisch weiter hinten würfelten drei Sucher lautstark, und hinter dem Tresen auf halber Höhe wusch ein weiterer Mann Becher, allem Anschein nach der Wirt Labuz. Ansonsten war die Gastwirtschaft leer, obwohl die Tische Platz für bestimmt hundert Leute boten.

Tyra stapfte zum Tresen. »He, Wirt«, rief sie, »wir suchen einen Mann namens Gahadh. Gahadh Durnis.«

»Und zwei Becher Wein«, fügte Belizar hinzu.

»Warum?«, erwiderte der Wirt und musterte sie abweisend. Er fragte, *warum*, und sagte nicht, dass er Gahadh nicht kenne, was Tyra verriet, dass sie hier tatsächlich richtig waren. Wie war so viel Glück möglich?

»Zum Trinken«, antwortete Belizar lachend.

»Ich muss ihn was fragen«, sagte Tyra ohne den diplomatischen Umweg einer Bestellung.

»Hab ihn schon lange nicht mehr gesehen«, erwiderte der Wirt und wandte sich ab, um einen Becher in das Regal hinter sich zu stellen.

»Such doch mich, schöne Fremde«, rief einer der Spieler herüber. »Frag mich, und ich sage auf jeden Fall Ja.«

Tyra drehte sich langsam um und hob eine Augenbraue. »Auch wenn ich dich frage, ob du Ärger willst?«

Der Spieler lachte. »Warum nicht? Du scheinst ihn wert zu sein.«

»Wie kommst du darauf?«

»Du bist eine Frau«, mischte sich ein anderer Spieler ein. »Das reicht ihm im Allgemeinen.«

Alle lachten, und Tyra versuchte zu lächeln.

»Wem nicht?«, fragte der erste.

»Parikles«, rief der andere, und wieder lachten sie.

»Und?«, setzte der erste Spieler nach. »Wo bleibt meine Frage?«

»Da ich deine Antwort schon kenne, muss ich die Frage ja nicht mehr stellen«, sagte Tyra und wandte sich wieder dem Wirt zu. »Aber hier ist noch eine Frage offen, und ich weiß nicht, ob er auch Ja sagt.«

Die Spieler lachten, der Wirt nickte und stellte zwei gefüllte Becher hin. Tyra bezahlte deutlich zu viel.

»Was wollt ihr von Gahadh?«, fragte der Wirt noch einmal.

»Wie gesagt, ihn etwas fragen.«

»Etwa, ob er Ärger will?«, nahm er Tyras Scherz von eben auf.

»Nein. Mir hat jemand anders Ärger eingebrockt, und Gahadh weiß vielleicht, wer das war. Wir kennen uns von früher, als er Soldat war.«

»Du warst beim Heer?«

»Nein. Aber wir sind uns damals begegnet.«

Der Wirt nickte. »Wie gesagt, ich habe ihn seit Wochen nicht gesehen. Er war wohl auch nicht in seinem Haus. Wenn er für die Nächte keinen anderen Unterschlupf gefunden hat, sehe ich schwarz für ihn. Oder er hat den großen Schatz gefunden und ist gegangen, ohne sich zu verabschieden. Soll es ja geben.«

Ja, dachte Tyra, *das würde zu dem Gahadh, den ich kannte, passen.* Nirgends verwurzelt. *Vielleicht hat er auch ein paar Nächte draußen geschlafen*, dachte sie, aber das sagte sie nicht. Stattdessen fragte sie: »Kann er nicht woanders trinken?«

»Nur, wenn er allein trinken will.«

»Und wenn er in den Außenbezirken nach Überresten gräbt? Wäre das nicht zu weit, um abends herzukommen?«

»Wäre es«, sagte der Wirt. »Aber da ist weniger zu finden.«

Weitere Gäste betraten die *Zehn Kerzen*, und Tyra und Belizar setzten sich an einen Tisch. Jeder, der neu hereinkam, sah Tyra an und musterte dann Belizar, um ihn einzuschätzen. Belizar reckte sich.

»Die scheinen dich zu mögen«, raunte er Tyra zu.

»Dich nicht«, raunte sie zurück und grinste.

Sie tranken, und dann fragte Belizar: »Und jetzt?«

»Fragen wir den Nächsten, ob er Gahadh gesehen hat. Und den Nächsten und den Nächsten.«

Nach dem Hexer wollten sie nicht direkt fragen. Wenn der wirklich von hier kam, hatte er vielleicht Gehilfen, die ihm von solchen Nachfragen berichteten. Sie hielten Maß, während der Betrunkene zwei Tische weiter laut nach Wein rief und ihn bekam.

»Ich schau mal zu ihm, bevor er gar nichts mehr versteht«, sagte Tyra und ging hinüber. »Na, heute schon was gefunden, Sucher?«

»Ja«, stieß er hervor. »Das Ende meines Wegs.«

»Dann wünsche ich dir, dass du bald einen neuen Weg findest«, sagte sie, dachte aber: *So betrunken, wie der ist, erfahre ich hier nichts. Oder alles Mögliche.*

»Und wenn alle Wege an das Ende führen? Da ist kein Kratzer, nicht der kleinste Kratzer, dabei hat mein Vater das Beil gut geschliffen. Mein Vater, hörst du? Mein echter Vater, nicht der, der mich gezeugt hat! Der beste Schleifer am Fluss! Hörst du?«

»Ja, ich hör dich.« Tyra seufzte, das hatte keinen Zweck. Trotzdem fragte sie: »Hast du Gahadh gesehen?«

»Wen?«

»Gahadh.«

»Ahab?«

»Gahadh!«

»Nie gesehen, nein.«

»Nie?«

Er hob den Zeigefinger und stierte sie an. »Weißt du, dass wir hier alle Träumer sind? Träumer, keine Sucher! Und wer was anderes sagt, der irrt.« Er hickste, dann fragte er: »Kennen wir uns?«

»Nein.«

»Gut. Sonst hätte ich dich nämlich vergessen, und das wäre nicht gut.«

Sie stand auf.

Der Betrunkene murmelte vor sich hin: »Warum nennen sich alle Sucher immer nur Sucher und nicht Finder? Suchen kann jeder, es geht ums Finden. Wir müssten alle Finder sein, verdammte Dreckswurzel. Was hilft denn das Suchen allein?«

Tyra ging und fragte einen der neuen Gäste nach Gahadh und dann den nächsten. Die Wirtsstube füllte sich immer mehr, es wurde laut, und sie sprach jeden auf Gahadh an, und jeder fragte sie, woher sie komme, und jeder Zweite, ob sie schon was vorhabe, wo doch der gesuchte Gahadh nicht auftauche.

»Hast du schon eine Unterkunft für heute Nacht?«, wurde sie mehrmals gefragt, manchmal fast besorgt, und jeden dieser Annäherungsversuche schmetterte sie ab mit: »Ja.«

Ein Sucher ging direkt zu Belizar, deutete auf Tyra und fragte: »Ist sie deine?«

»Nein«, antwortete Belizar, »ich bin ihrer.«

Der Sucher runzelte verwirrt die Stirn. »Und was heißt das?«

»Das, was es heißt.«

Er wandte sich ab und verlangte nach einem Wein.

Als die Dämmerung kam, verließen alle die *Zehn Kerzen*. Manche eilten, manche schlurften, wenige torkelten, nur der Betrunkene an der Tür starrte mit schweren Lidern reglos vor sich hin. Er wirkte nicht mehr gefährlich, auf seinen Lippen lag ein albernes Grinsen.

»Ukalion! Raus, bevor die Dunkelheit kommt!«, mahnte der Wirt. »He!«

»Mhm.«

»Dämmerung!«

»Oh.« Beim Aufstehen warf er den Stuhl um. Schwankend stand er da und hielt sich am Tisch fest.

»Wo liegt euer Haus?«, fragte der Wirt Tyra. »Könntet ihr ihn vielleicht heimbringen?«

»Haus? Wir haben keins.«

»Keins?« Er riss die Augen auf. »Aber ihr sagtet doch …«

»Wir legen uns irgendwo hin, das haben wir auf dem ganzen Weg hierher gemacht.«

»Ihr könnt nicht über Nacht draußen bleiben, nicht in Ycena.«

»Warum?«

»Ihr könnt mit zu mir«, mischte der Betrunkene sich ein.

»Sicher?«, fragte der Wirt. »Du kennst sie nicht.«

»Das stimmt.« Er kicherte. »Und sie mich nicht, das passt.«

»Aber du bist allein und betrunken!«

»Natürlich bin ich betrunken! Du verdünnst deinen Wein ja nicht!«

»Raus jetzt, es ist spät!«, drängte der Wirt und sah Tyra und Belizar an. »Ich will Ukalion morgen gesund wiedersehen, verstanden?«

Verwirrt nickten sie.

Schließlich schob er sie auf die Straße und schloss hinter ihnen ab. Die Straße lag verlassen, alle anderen waren in ihren Häusern. Tyra begriff, wie ernst es dem Händler mit den Kreaturen der Nacht gewesen war. Wie ernst es allen damit war. Der Himmel war dunkel, und Wolken zogen auf, schwere graue Wolken, die nach Regen aussahen.

»Wohin?«, fragte sie.

»Zu mir, oder nicht?«, erwiderte Ukalion. Sabber lief ihm aus dem Mundwinkel, und er wischte ihn ab.

»Und wo ist das?«

»Wo? Ich weiß nicht.« Er kicherte.

»Was?«

»Ich hab es vergessen.« Überrascht starrte er sie an, dann kicherte er wieder. »Einfach vergessen.«

Wind kam auf, und das Licht verschwand. Belizar packte Ukalion und zerrte ihn in eine willkürlich gewählte Richtung. »Da lang?«

»Nein, nein«, protestierte Ukalion. »Jetzt weiß ich es wieder.« Wankend führte er sie in die entgegengesetzte Richtung. Schon nach wenigen Schritten wandte er sich zum ersten Hauseingang.

»Da?«, fragte Tyra.

»Nein«, sagte er und erbrach sich.

Danach gingen sie weiter, und die Dämmerung wurde schnell zur Nacht. Ukalion kicherte nicht mehr, plötzlich stand ihm die Angst im Gesicht, und er stolperte weiter und weiter, bis er durch eine Tür trat und in den Raum dahinter torkelte. Tyra und Belizar drängten sich nach ihm ins Haus, in der Ferne fauchte ein Tier.

Belizar warf die Tür zu und schob den Riegel vor, und Ukalion lallte: »Alle Fenster zu, dann können sie nicht rein.« Er stieß eine Mischung aus Kichern und Schnauben aus. »Ihr werdet nicht schlafen, aber ich schon.« Damit taumelte er die Treppe hinauf und ins nächstbeste Zimmer, wo er sich in einer Ecke auf den Boden legte, weit weg von den Fenstern.

Tyra und Belizar rannten durchs Haus und sahen nach den Fenstern.

4

Eine Stunde später waren Tyra und Belizar noch wach, während Ukalion im Nebenraum schnarchte. Draußen hatte Regen eingesetzt, und etwas Gewaltiges schob sich durch die nassen Straßen, groß wie ein Wal. Es schmatzte und knirschte, und Tyra glaubte rote Augen zu erkennen. Sie zog sich vom Fenster zurück.

»Was bei allen Göttern ist das?«, keuchte Belizar und folgte ihr.

Sie schüttelte den Kopf, auch wenn er das in der Dunkelheit nicht sehen konnte. Von solchen Kreaturen erzählten nur betrunkene Seeleute anderen Betrunkenen. Auf keiner Reise hatte sie etwas auch nur annähernd Ähnliches gesehen. Selbst den schrecklichsten Lindwurm hatte sie sich nie so Furcht einflößend vorgestellt. Es war wie ein lebendig gewordener Albtraum, auch wenn sie selbst noch nie von solch einem Wesen geträumt hatte.

Hexerei, dachte sie, *jetzt weiß ich, was gemeint ist, wenn es heißt, Ycena ist von Hexerei verseucht*. Sie wusste es, obwohl sie die Kreatur nicht wirklich gesehen hatte, eher geahnt und gehört und gerochen. Selbst durch die geschlossenen Fenster roch es nach faulenden Blättern im Herbst, nach Moor und Hunderten verwesenden Ratten.

Zitternd setzte Tyra sich auf den Boden. Sie musste an den Namenlosen denken, der ihr Dario gestohlen hatte, denn in diesem Augenblick fühlte sie sich ähnlich hilflos wie damals bei ihm. Nicht zur Reglosigkeit verdammt, aber doch ähnlich. Die Dunkelheit nagte an ihr.

Das Schnarchen setzte aus, das Schmatzen draußen verlor sich in der Ferne, auch der Geruch verblasste.

Belizar ertastete sie und setzte sich zu ihr. Obwohl er flüsterte, hörte sie, dass seine Stimme zitterte. »Ich würde gern eine Kerze anzünden, aber ich habe in keinem Fenster einen Lichtschein gesehen. Besser, wir zeigen nicht, dass jemand hier ist.«

Die Wolken verdeckten Sterne und Mond, sodass so gut wie kein

Licht hereinfiel. Tyra ahnte Belizar mehr, als dass sie ihn sah, obwohl er direkt neben ihr saß. Sie roch ihn, hörte seinen Atmen und war dankbar, ihn an ihrer Seite zu haben.

»Gahadh war vor Kurzem tatsächlich noch hier«, sagte sie, weil sie etwas Aufbauendes sagen wollte und ihr nichts anderes einfiel.

»Glück«, erwiderte Belizar, »obwohl ich nicht weiß, was daran Glück sein sollte, hier zu sein.«

Schwer wie ein Schwarm Insekten klatschte der Regen gegen das Fenster. Vielleicht waren es auch Insekten, sie sahen nicht nach. Der Wind heulte auf und übertönte alle Geräusche mit Ausnahme des Prasselns an der Scheibe. Plötzlich legte sich der Wind, und ein Schrei drang herein, drang Tyra ins Herz und in die Eingeweide, und sie wurde von Angst geschüttelt. Wieder dachte sie an den Namenlosen, obwohl der nie geschrien hatte, nur sie hatte geschrien, und auch nur innerlich, laut erst dann, als er weg gewesen war; er hatte sie einfach so gebannt, plaudernd und ohne zu schreien, und doch, und doch, und doch … Vielleicht war es etwas an dem Geruch?

Sie zog die Knie an den Körper und umfing sie fest mit den Armen. Dazu schloss sie die Augen, obwohl das in der Dunkelheit kaum einen Unterschied machte, und presste die Lippen fest aufeinander. Mit einem Mal war sie überzeugt, dass der Namenlose von hier stammte, dass er zu jenen gehörte, die die ycenische Nacht beherrschten, und dass diese zu ihm gehörten.

»Ich dachte, er ist allein«, murmelte sie. Allein war er schon schlimm genug gewesen, und sie hatte nicht gewusst, wie sie ihn besiegen sollte, nur dass sie das musste, wenn sie Dario nicht anders befreien konnte. Sie hatte gewusst, dass sie Belizar und das Glück auf ihrer Seite hatte, und geglaubt, das sei genug. Aber jetzt? Jetzt fragte sie sich, wie viele von denen, die so waren wie er und doch ganz anders, noch dort draußen waren. Sie tastete nach der Münze in ihrem Gürtel, als könnte sie so das Glück herbeizwingen.

Belizar legte ihr die Hand auf die Schulter, und im ersten Moment zuckte sie zusammen. Dann lehnte sie sich an ihn. Er roch nach Schweiß, doch das störte sie nicht.

»Wir finden ihn«, versprach er leise, aber sie wusste nicht, ob er Gahadh meinte oder den Namenlosen oder Dario.

»Es sind so viele«, erwiderte Tyra, dann dachte sie an Dario und fragte sich, ob er noch am Leben war und wo und wie, sie konnte nicht anders. Sie wollte sich an etwas Schönes erinnern, an sein Lachen und einen der vielen Tage, an denen sie zusammen glücklich gewesen waren, aber das war unmöglich, die Erinnerungen wurden von anderen Bildern überlagert, vom Bild ihres toten Sohnes, der irgendwo am Ufer eines schwarzen, von Ungeheuern wimmelnden Meeres lag, zerschmettert vom Sturm, so wie sie es auf dem Weg nach Ycena mehrmals geträumt hatte. Am Ufer eines Meeres, das nach verrottetem Tang und Blut roch. Die Vorstellung saß in ihrem Kopf und in ihrem Herzen, und sie wurde sie nicht los, egal, wie oft sie sich sagte, dass es nicht stimmen könne, dass es dieses Meer nicht gebe – das interessierte ihre Angst nicht.

Sie gestand sich auch nicht ein, dass diese Träume an manchen Tagen etwas erschreckend Tröstliches gehabt hatten, denn sie wollte sich nicht vorstellen, was der namenlose Hexer mit Dario tun konnte, etwas, das viel schlimmer war als ein Tod auf dem Meer.

Tyra klammerte sich an Belizar und weinte und hasste sich für ihre Schwäche und ihre Ängste, und Belizar klammerte sich an sie.

5

Der träumende Dario kauerte versteckt unter dichten Ästen und hoffte, die wimmelnde Horde würde ihn nicht finden.

6

Ukalion träumte, dass er von schwarzen Wurzeln wie von Schlangen umschlungen wurde; sie hielten ihn fest, pressten ihm die Luft aus der Brust und quetschten seine Rippen, dass sie zersplitterten und sein Herz platzte. Er träumte, dass Prinz Aurel mit Ckarya vögelte und dass es ihr gefiel, und er träumte, dass seine Mutter tot einen Fluss hinabtrieb und er nicht wusste, warum und wohin. Er träumte von verschlossenen Türen und einem Labyrinth aus schwarzen Schatten, in dem er sich verirrte. Und am Eingang oder am Ausgang, das wusste er nicht, stand ein Galgen, an dem baumelte Ckarya, das Geweih auf dem Kopf.

Er wimmerte und warf sich hin und her, aber er erwachte nicht, und niemand weckte ihn auf, bis es am Morgen die Sonne tat.

7

Schon in der Nacht hatte es aufgehört zu regnen, der Himmel war nun klar. Tyra stand am geschlossenen Fenster und hielt das Gesicht in die Sonne. Ihr Körper saugte das Licht auf, das durch die Scheibe fiel und ganz langsam die Dunkelheit in ihr durchdrang. Die Angst um Dario beherrschte sie noch immer, lähmte sie aber nicht mehr. Belizar stand neben ihr und wirkte stärker erschüttert als nach dem Sturm auf dem Meer.

»Wer seid ihr?«, fragte da eine Stimme hinter ihnen.

Sie drehten sich um und erblickten ihren Gastgeber, der sie mit verquollenen Augen misstrauisch musterte.

»Deine Gäste.«

»Gäste?« Er wirkte verwirrt, dann atmete er auf. »Ihr seid die Neuen. Ich erinnere mich.« Er hielt sich den Kopf. »Danke fürs Herbringen. Wollt ihr Wasser?«

»Danke fürs Aufnehmen«, erwiderte Belizar.

Tyra nickte einfach, ihr Kopf wurde noch immer von den Eindrücken der Nacht beherrscht, sie wollte nicht reden.

»Ich konnte euch ja schlecht draußen lassen. Platz ist hier genug.«

»Ist es jede Nacht so?«

»Soviel ich weiß, ja.« Er ging in den Nebenraum, wo sein Rucksack lag und eine Wasserkaraffe und ein Becher standen. Die Karaffe war mit Bildern von Einhörnern und einer Frau mit Laute bemalt, der Becher mit den Konturen von Weinranken. »Ich habe nur die erste Nacht wach erlebt, dann habe ich gesoffen wie alle hier, damit ich schlafen konnte. Wasser?«

»Jede Nacht gesoffen?«, fragte Belizar weiter.

»Wollt ihr lieber noch eine weitere wach erleben?« Ukalion erwartete keine Antwort, sondern goss sich den einzigen Becher auf dem Tisch voll und deutete auf den alten verzogenen Schrank an der hinteren Wand. »Da ist Geschirr drin. Vieles ist kaputt, aber es müsste noch unbeschädigte Becher geben.«

Tyra und Belizar fanden zwei und nahmen sich Wasser.

»Und du bist zum Suchen hier?«, fragte Belizar, während Tyra weiter versuchte, das Bild des toten Dario aus dem Kopf zu bekommen.

»Sind wir das nicht alle?«, erwiderte Ukalion und leerte den Becher. »Die Frage ist nur, ob wir finden, was wir suchen.«

»Das ist entscheidend, ja«, mischte sich Tyra ein. Langsam löste sich das schwarze Meer in ihr auf. »Ich würde den Mann, den ich suche, wirklich gern finden.«

»Nicht Ahab, das weiß ich noch.«

»Gahadh«, sagte Tyra.

»Gahadh«, wiederholte Ukalion und rieb sich mit beiden Händen die Schläfen. »Warum sucht ihr ihn noch mal?«

Tyra wollte erst ausweichend antworten, doch dann dachte sie: *Was, wenn Darios Glücksmünze mich hergeführt hat?* Sosehr ihr diese Bezeichnung anfangs widerstrebt hatte, so wenig bestritt sie inzwischen, dass sie auf ihrer Suche immer wieder Glück gehabt hatten, unverschämtes Glück sogar. Anfangs hatte sie überlegt, ob es ein Gott war, der sie leitete und schützte, doch kein Gott hatte sich ihnen offenbart, kein Gott hätte einen Grund gehabt, ihr zu helfen, so wenig, wie die Götter Grund gehabt hatten, sie bei Darios Geburt zu verfluchen. Doch die Münze war vom Beginn der Suche an da gewesen, Dario hatte ihr die glücksbringenden Kräfte zugeschrieben, und um Dario ging es. Spätestens seit dem Kastell Wellenbruch hatte sie selbst begonnen, von ihr als Glücksmünze zu denken. Wenn also die Münze sie hierhergeführt hatte, zu Ukalion, dann musste sie ihm vertrauen. Er hatte ihnen Unterschlupf gewährt, und warum hätte er das tun sollen, wenn er für den Namenlosen oder die anderen Nachtkreaturen arbeitete? Sie konnten die Hilfe eines Ansässigen gut gebrauchen, und ihm vertraute sie mehr als all den anderen vom Abend zuvor. »Gahadh ist der Vater meines Sohnes Dario, und er hat ihn an einen Mann verkauft, den wir für einen Hexer halten. Oder für etwas anderes als einen Menschen.«

Als sie das sagte, ging mit Ukalion eine Veränderung vor sich. Seine Züge wurden hart, und in seinem Blick lag eine kalte Wut, wie sie sie nur selten gesehen hatte.

8

»Was ist das für ein Vater?«, stieß Ukalion aus. »Wie kann er das tun?« Sein Kopf schmerzte noch immer vom Wein des Vorabends, aber die Wut überdeckte das. Sie überlagerte auch die Hoffnungslosigkeit, die er am Vorabend gefühlt hatte.

»Um sein Leben zu retten.«

»Sein Leben gegen das des eigenen Sohnes? Was für eine Arschfratze!«

»Er hat unseren Sohn nie gesehen, Dario ist allein bei mir aufgewachsen, und …«

»Ein Bastard?« Ukalion erstarrte. Ein Bastard wie er selbst, von Geburt an vom Vater ignoriert.

»Ja, und?«, fuhr Tyra ihn an. »Willst du ihm das vorwerfen?«

»Dem Jungen? Bestimmt nicht.« Fast hätte er gelacht, aber er tat es nicht. In diesem Moment, als sie ihren Sohn verteidigte, so, wie sie ihn herausfordernd ansah, wie ihre Augen blitzten, erinnerte sie ihn an Ckarya. Natürlich war sie älter, deutlich älter und nicht so schön wie Ckarya, doch sie schien über dieselbe Unerschrockenheit zu verfügen. Vielleicht war es Einbildung, aber plötzlich sah er in ihr die Frau, zu der Ckarya hätte heranwachsen können. Sie wäre viel eher wie Tyra geworden und nicht wie ihre Mutter. Er biss sich auf die Lippe und kratzte sich an der Nase. »Ist er … ist er tot oder …?«

»Nein!«, stieß sie hervor, als könnte sie dadurch schon den Gedanken ersticken. Heftig schüttelte sie den Kopf. »Das wüsste ich, ich hätte es gespürt. Aber …« Sie konnte nicht weiterreden, und Ukalion sah die Angst in ihren Zügen.

»Du wüsstest es«, bestätigte er, aber was konnte ein Hexer schon mit einem Kind wollen? Das wollte er sich nicht vorstellen.

»Für mich ist es zu spät«, sagte Ckarya plötzlich in seinem Kopf. »Für ihn vielleicht noch nicht.«

»Ihn kenne ich doch gar nicht«, entgegnete Ukalion. Er wollte nicht hören, dass es für sie zu spät war, obwohl er es wusste.

»Du hast immer alle wildern lassen, nicht nur mich.«

»Das war zu Hause, das …«

»Dafür habe ich dich geliebt.«

Verzweifelt packte er seinen schmerzenden Kopf. Er murmelte: »Und ich liebe dich noch immer!«

»Was hast du gesagt?« Tyra sah ihn argwöhnisch an.

»Ich? Nichts.« Er schüttelte den Kopf. Hatte er wirklich laut mit Ckarya gesprochen? Hatte sie auch mit ihm gesprochen, oder war das alles Einbildung gewesen? Jetzt war sie fort, er spürte sie nicht mehr. Er lief im Zimmer auf und ab und ballte die Hände zu Fäusten, wieder und wieder. Sie hatte ihn aufgefordert, dem armen Jungen zu helfen, und der Junge war ein Bastard wie er selbst. Unvermittelt blieb er stehen und sah Tyra an. »Ich helfe euch, ihn zu finden. Wenn ihr mögt.«

Sie verschränkte die Arme und musterte ihn stumm. Vermutlich grübelte sie noch über sein Verhalten.

»Warum?«, fragte Belizar, der bisher geschwiegen hatte. »Warum solltest du uns helfen wollen? Warum solltest du deine Suche nach Reichtümern unterbrechen für etwas, bei dem es für dich nichts zu gewinnen gibt?«

»Für mich gibt es nirgends mehr etwas zu gewinnen«, sagte Ukalion ruhig. Ckarya war tot, der Dornenthron unerreichbar, die geplante Rache unmöglich. »Ich habe alles verloren, was ich verlieren konnte, bis auf mein Leben. Und das, weil ich ein Bastard bin, verraten von meinem Vater und seinem legitimen Sohn.«

Das Misstrauen war noch nicht ganz aus Belizars Gesicht gewichen, aber er nickte.

9

»Ich danke dir«, sagte Tyra. Wieder hatte die Glücksmünze sie zum richtigen Ort geführt. Sie setzte sich, trank Wasser und erzählte ausführlich von dem Namenlosen und wie er sich Dario geholt hatte, von Gahadh und ihrer bisherigen Suche. Nur die Münze verschwieg sie, denn wenn die wirklich so viel Glück brachte, war sie wertvoller als alles andere hier, und sie wollte niemanden in Versuchung führen. In Ycena suchte jeder irgendetwas, und jeder konnte Glück gebrauchen. »Weißt du, wo wir mit der Suche nach Gahadh beginnen sollten?«, fragte sie. »Oder hast du schon von diesem Hexer gehört?«

»Nein. Ich bin noch nicht lange genug hier, um mich gut auszukennen.« Ukalion zuckte mit den Schultern.

»Seit wann bist du denn hier?«, fragte Belizar.

»Seit drei Tagen.«

So viel zu dem Glück, ihn gefunden zu haben, dachte Tyra.

»Aber ich glaube, es gibt jemanden, dem ihr vertrauen könnt«, fuhr Ukalion fort und goss sich neues Wasser ein. »Ein Sucher namens Telamon. Und wir sollten uns bei den Streunern umhören, die beobachten und sehen viel.«

»Streuner?«

»Kinder, die allein leben. Straßenratten.«

»Gehen wir zu diesem Telamon«, entschied Tyra fest, die nicht wusste, ob sie sich auf die Verschwiegenheit von Straßenkindern verlassen wollte.

Als sie Telamons Haus erreichten, war er schon aufgebrochen, nur Isa war zu Hause. Sie hatte die Tür verschlossen und sah misstrauisch zum Fenster heraus, doch sobald sie Ukalion erkannte, öffnete sie.

»Ich putze die letzten Funde, damit wir für sie einen höheren Preis erzielen«, erklärte sie, ohne gefragt worden zu sein.

»Und dein Vater?«, fragte Ukalion.

»Ist noch einmal los, um einen Lindwurmkopf zu holen.« Isa schüttelte den Kopf. »Jeder will gerade Lindwürmer, sagt Sol.«

»Weißt du, wann er wiederkommt?«, fragte Ukalion und stellte Tyra und Belizar vor. »Die beiden wollten ihn etwas fragen.«

»Er wird bald da sein.«

»Was schätzt du, wann?«, mischte sich Tyra ein. Das verstaubte Mädchen erinnerte sie an Dario.

»Mittags vielleicht? Er ist ganz früh los, aber ich weiß nicht, wie schnell er den Kopf aus der Wand gelöst bekommt. Und wie lange er ohne meine Hilfe mit dem Wagen braucht, es ist ein ganzes Stück von hier, und der Marmor ist schwer, ich glaube, der schwarze ist manchmal noch schwerer als die anderen Sorten.«

»Dann kommen wir mittags wieder.«

»Ich sag's ihm«, versprach Isa. »Am Nachmittag wollte Sol kommen, und das verpasst Papa nicht. Ich bin nur da für den Fall, dass Sol früher kommt.«

Sie verabschiedeten sich und machten sich auf die Suche nach irgendjemanden, den sie nach Gahadh fragen konnten. Tyra war zu unruhig, um einfach zu warten.

10

Telamon hatte den schwarzen Lindwurmkopf fast aus dem Schutthaufen herausgelöst, als ein Junge hereingestürzt kam. Es war Wolf, ein schmächtiger Streuner mit mehrfach gebrochener Nase, der hin und wieder mit Isa spielte.

»Telamon!«, keuchte er mit entsetzter Miene.

»Was gibt's?«

»Die Neuen! Die Neuen haben Isa!«

»Was?« Telamon ließ Hammer und Meißel fallen und packte Wolf an den Schultern. »Wo?«

»Sie haben sie entführt. Ich habe es zufällig gesehen, als ich für Maec ein Geschenk holen wollte. Sie wollen irgendetwas aus ihr herauspressen. Mit Gewalt.«

»Wo?« Er schüttelte den Jungen.

»Au!«

»Wo?«

»Auf der anderen Seite vom Fluss. Ich führ dich hin.«

»Sag doch, wo!«

»Ich kann es nicht erklären. Aber ich finde es.«

»Dann lauf!«

Und Wolf rannte los, Telamon hinterher. Der Junge war flink für sein Alter, er jagte durch Gassen, bald an Ruinen vorbei, die Telamon nicht kannte, und zum Fluss. Telamon stürzte und riss sich beim Sturz das Lederband vom Hals, an dem die allererste Scherbe hing, die Isa in Ycena gefunden hatte. Sie hatte sie gleich bei den ersten Häusern von der Straße aufgelesen, rote Keramik mit schwarzen Linien, die von einem Einhorn stammen mochten. Stolz hatte sie sie ihm gezeigt, aber dann hatte sie sie wegwerfen wollen, weil sie nichts wert war. Er hatte sie um die Scherbe gebeten und daraus eine Kette gemacht, die er seitdem trug.

Hastig rappelte Telamon sich auf, sah das Band nicht sofort und rannte weiter, es war nur eine Scherbe, eine Erinnerung, nicht Isa selbst. Er folgte Wolf über eine Brücke in die Außenbezirke, wohin sich nur selten ein Sucher verirrte.

»Ist es noch weit?«, fragte er, sobald er aufgeschlossen hatte und neben Wolf herlief. Er musste die ganze Zeit daran denken, wie sein Mädchen gefoltert wurde. Was wollten sie von ihr? Sie war ein Kind!

»Nein.« Wolf keuchte und wäre fast gestolpert.

»Nicht nachlassen!«, rief Telamon. »Schneller!«

Und Wolf rannte weiter. Führte ihn in ein Viertel, in dem mehr Häuser eingestürzt waren als sonst wo in Ycena. An einem halb verfallenen Theater stürmten sie vorbei und zwischen hohen Säulen hindurch, die einst irgendwelche Therme begrenzt haben mochten. Sie rannten und rannten, und Wolf japste: »Nicht mehr weit!«

Isa, dachte Telamon, *meine kleine Isa!* Er flehte, dass sie ihr noch nichts getan hatten. Und er verfluchte die Neuen, die gekommen waren, um einen Mann zu suchen, Gahadh, keine Reichtümer. *Menschen, die Menschen suchen, kann man nicht trauen*, dachte er, aber was hatte Isa mit Gahadh zu schaffen?

»Vorsicht!«, schrie Wolf plötzlich und sprang zur Seite, aber für Telamon kam die Warnung zu spät. Der Boden brach unter ihm ein, und er suchte vergebens Halt. Seine Hände griffen ins Leere oder erwischten nur Hölzer, die mit ihm in die Tiefe stürzten. Hölzer und eine Stoffplane und Straßenstaub, und noch im Sturz wurde Telamon klar, dass es sich um eine Fallgrube handelte, die mit Staub bedeckte Plane hatte ihm festen Boden vorgegaukelt.

Er schrie und stürzte lange, dann landete er in einem Netz, das quer durch den Schacht gespannt war. Er verdrehte sich den Fuß und prellte sich die Hand, irgendwas knallte ihm auf den Kopf, und die Luft blieb ihm weg. Das Netz gab nach, bremste den Fall langsam aus und federte wieder nach oben. Telamon wurde durchgeschüttelt und hob benommen die Hände über den Kopf, um sich zu schützen. Sand drang ihm in die Augen, und er schloss sie. Irgendwann kam er zum Stillstand, öffnete die Augen wieder und rieb den Sand raus.

Er lag in einem runden Schacht von vielleicht fünf Schritt Durchmesser, und das Netz spannte sich über die ganze Breite. Gut zehn

Schritt über ihm befand sich die Öffnung des Schachts, den Grund konnte er nicht erkennen. Trotz der Mittagssonne verlor sich der Schacht wie ein endloser Brunnen in der Dunkelheit. Telamons gesamter Körper schmerzte, aber zum Glück schien nichts gebrochen.

»Wolf!«, rief er. »Wir brauchen ein Seil!« Der Kopf dröhnte ihm noch, aber sie hatten keine Zeit zu verlieren.

Keine Antwort.

»Hallo! Hol mich hier raus!«

Wo blieb der Junge nur? Er musste hinauf, musste Isa retten. Was taten sie ihr an?

»Wolf!«

Wolf antwortete nicht. War auch ihm etwas passiert?

Hastig kletterte Telamon auf dem Netz zum Rand des Schachts und ging einmal vorsichtig an ihm entlang, tastete in den Wänden nach Vertiefungen, die er zum Klettern nutzen könnten, doch vergebens. Es gab keinen Weg hinauf. Er besah sich die Aufhängung des Netzes, konnte aber keine Haken ausmachen, die Seile schienen direkt aus dem Stein zu wachsen oder dort festzukleben. Er konnte ein Seil aus dem Netz schneiden, um sich daran hochzuziehen, aber dafür brauchte er jemanden, der es oben irgendwo befestigte.

»Wolf!«, schrie er. »Wolf! Du musst mir helfen! Wir müssen Isa retten!«

Niemand erschien oben am Schacht, er sah nur den klaren blauen Himmel. Wie hatte er nur so unaufmerksam sein können, in die alte Fallgrube zu geraten? Dabei hatte Wolf ihn noch gewarnt!

Was würden sie Isa antun?

Nein!, dachte er. *Nein, nein, nein!*

Gehetzt sah er sich um, gebeutelt von Angst um seine Tochter. Er musste hinaus, sofort hinaus, nur wie?

Ganz langsam dämmerte ihm eine andere Möglichkeit. Was, wenn das keine alte Falle für irgendwen war? Wenn sie ihm gegolten hatte? Doch wer hätte das tun sollen? Wolf? Nein. Er hatte ihn doch gewarnt.

Aber wo war der Junge jetzt? Wenn er nicht gestürzt war, warum sah er nicht nach ihm? Wie hatte er die Falle gesehen? Zweifel keimten in Telamon. Warum? Hatte irgendwer Wolf bezahlt, oder war auch er in eine Falle gelockt worden? Aber wenn das eine Falle eigens für ihn war, warum kam dann niemand, um nach ihm zu sehen?

»Isa!«, rief Telamon, doch dann fragte er sich, ob sie wirklich in Gefahr war. Er wusste es nicht, er konnte es nicht wissen, aber er konnte auch nicht darauf vertrauen, dass sie es nicht war.

Wieso hätte Wolf lügen sollen? Ihm fiel kein Grund ein, und das hieß, seine Kleine war in Gefahr.

Dann wurde ihm klar, dass das Netz nicht wie das eines Fischers geknüpft war, es wirkte überhaupt nicht wie von Menschenhand gemacht, sondern eher wie ein Spinnennetz. Doch das konnte nicht sein, ein Spinnennetz war klebrig. Zur Sicherheit betastete er noch einmal die Seile. Sie fühlten sich anders an als alles, was er kannte, staubig, aber nicht klebrig. Er wollte nicht glauben, dass es Spinnen von solcher Größe gab, aber er war in Ycena. Zu seiner Angst um Isa gesellte sich erstmals Angst um ihn selbst. So nachdrücklich er sich auch sagte, dass es nicht sein konnte, sie war da und hatte sich in ihm festgesetzt.

Das Netz klebt einfach so an der Wand!

»Wolf!«, schrie er, und dann: »Hilfe!«

Irgendwo hörte er ein leises, beständiges Plätschern, und er fragte sich, ob das unter ihm war, ob er wirklich in einem Brunnenschacht festsaß.

»Hilfe!«, schrie er erneut und starrte hinauf.

Niemand kam.

So ging es Stunde um Stunde. Telamon war längst heiser, und die Angst in ihm wuchs. Immer stärker wurde die Ahnung, dass es wirklich ein Spinnennetz war, und immer näher rückte die Nacht.

Endlich, als er schon nicht mehr daran glauben wollte, erschien oben am Rand ein Mann mit einem breitkrempigen Hut. Hut, Statur und Körperhaltung erinnerten Telamon an einen fahrenden Barden, den er als Kind gesehen hatte. Damals hatte der Mann alle zum Lachen gebracht und zum Weinen, und ihn hatte er auf seiner Laute spielen lassen. Alle hatten lange am Feuer gefeiert, die Funken waren geflogen, hoch zu den Sternen, und Telamon war sicher gewesen, dass er im Schatten jenseits des Feuers ein Einhorn sah. Er hatte sich nicht gerührt, hatte nur geschaut, und plötzlich war der Barde neben ihm gewesen und hatte gesagt: »Sie sind wunderschön, oder?« Und auch wenn ihm niemand sonst geglaubt hatte, als er es am nächsten Tag erzählte, nicht seine Eltern und nicht seine Freunde, dank des Barden wusste er, dass das Einhorn wirklich da gewesen war.

»Den Göttern sei Dank!«, krächzte Telamon. »Hilf mir hier raus!«

»Wie bist du da reingeraten?«, fragte der Mann, dessen Gesicht im Schatten lag. Auch die Stimme und der Tonfall erinnerten an den Barden.

»Gestürzt«, sagte Telamon. »Es war eine Falle, und … Hilf mir raus, dann erzähl ich es dir. Ich muss schauen, ob es meiner Tochter gut geht.«

»Das verstehe ich«, sagte der Mann und setzte sich auf den Rand der Grube. Er ließ die Beine baumeln und pfiff vor sich hin.

»Hast du …«, setzte Telamon an, dann verstummte er. Er fragte direkt: »Hilfst du mir?«

»Ich müsste erst ein Seil holen.«

»Das kann ich aus dem Netz schneiden.«

»Wenn du es auch heraufwerfen kannst«, sagte der Mann. »Die Frage ist: Was gibst du mir dafür, dass ich dich hochziehe?«

»Was willst du denn?«, knurrte Telamon. »Ich hab keine Zeit für lange Verhandlungen.«

»Dann will ich es kurz machen: dein erstgeborenes Kind.«

»Was?«

»Dein erstgeborenes Kind. Tochter oder Sohn, ist mir egal.«

»Das ist lächerlich!«

»Das ist mein Angebot. Ich hole dich heraus, wenn du mir dein erstgeborenes Kind überlässt.«

»Ich hab nur eins, und ich will hier raus, um sie zu retten! Es ergibt wenig Sinn, wenn ich sie dann dir überlasse, oder?«

»Wieso?« Die Stimme klang beinahe amüsiert, auch wenn Telamon nicht erkennen konnte, ob der Mann lächelte. »Wer sagt denn, dass ich etwas Schlimmes mit ihr anstelle?«

»Wenn du es gut meinen würdest, würdest du mich einfach herausholen und mir helfen, sie zu retten.«

»Nein, das ist nicht meine Art«, gab der Mann zu. »Leben gegen Leben, so sehe ich das.«

»Aber nicht ihres gegen meines. Sie ist meine Tochter«, sagte Telamon und fragte sich, ob es dieser Fremde gewesen war, der ihn in die Falle gelockt hatte. Der ihn gefangen hatte, um seine Tochter zu bekommen, aber das ergab keinen Sinn. Hätte er dann nicht einfacher gleich Isa entführt? Und wer war der Kerl? Er hatte ihn noch nie gesehen.

»Bist du dir sicher?«, fragte der Mann. Sein Gesicht lag noch immer im Schatten.

»Natürlich. Ich verrate sie nicht.«

»Das meine ich nicht.« Der Mann, der nicht der Barde war, zog die Beine aus dem Schacht. »Bist du dir sicher, dass sie deine Tochter ist?«

»Was?«

»Was, wenn deine Frau es mit einem anderen getrieben hat?«

»Sie ist meine Tochter!«, rief Telamon wütend. »Sie ist es und wird es immer sein, egal, was du sagst!«

»Gut, aber wenn sie nicht deine leibliche Tochter ist, dann will ich sie gar nicht. Dann kannst du sie retten, vor wem auch immer, und ich warte auf deinen wahren Erstgeborenen.«

Stumm starrte Telamon hinauf; es hatte ihm die Sprache verschlagen. Was, wenn der Gesichtslose recht hatte? War das möglich?

»Entscheide dich schnell. Die Nacht rückt näher, und wenn deine Tochter irgendwo im Freien festsitzt, dann …«

»Nein«, keuchte Telamon. »Sie ist meine Tochter, ich weiß es.«

»Und du sitzt in einem Spinnennetz. Aber das weißt du ebenso, oder?« Langsam erhob sich der Mann. »Also, was sagst du?«

»Nein!«

»Dann komme ich morgen wieder. Vielleicht änderst du ja deine Meinung. Falls du dann noch lebst.« Pfeifend verschwand er aus Telamons Blickfeld. Oben am Himmel zog eine Wolke vorbei.

AM HOF UND IM LAND

1

Der Narr Arlac stand an der Wand des Königssaals kopf, und König Tiban lachte. Er lachte lange, und solange er lachte, durfte Arlac den Kopfstand nicht beenden, denn wer war er, dass er das Amüsement des Monarchen unterbrach? Das Blut lief ihm in den Kopf, es rauschte in seinen Ohren, der Steinboden drückte gegen die Schädeldecke. Tiban lächelte unermüdlich, so als wollte er warten, bis der Narr umkippte, das hilflose Umkippen als Höhepunkt erleben, ein letztes Lachen über die Schwäche des hässlichen Idioten. Oder als warte er darauf, dass der Kopf platzte.

»Jetzt wird sogar seine weiße Gesichtshälfte rot!«, rief Prinz Aurel und lachte ebenfalls, und mit ihm lachten alle anderen, die an der langen Tafel saßen, auch des Königs Lächeln an der Stirnseite wurde breiter, in seinen Augen blitzte es.

Das Rauschen in Arlacs Ohren nahm zu, ihm war schwindlig, und die Schläfen pochten. Er drohte zu fallen, aber er wollte keine Schwäche zeigen, der König verabscheute Schwäche, und Arlac verabscheute den Prinzen.

»Aber mein Schwengel wird nun bleich sein wie das Gesicht eines Mannes, der vor drei Tagen gehenkt worden ist«, keuchte er, und die Anwesenden lachten noch lauter. Er hätte den Scherz auch über die Füße machen können, denn eigentlich waren ja sie am weitesten vom Kopf entfernt, aber solche Feinheiten interessierten niemanden; der Gedanke eines totenbleichen Schwengels erheiterte die Leute einfach mehr, weil der Gedanke an einen Schwengel sie immer eher erheiterte als der an Füße. Schwengel, Ärsche, Brüste, Mösen, die brachten die Lacher, allen voran der Schwengel eines hässlichen Narren, der von niemandem begehrt werden konnte. Ihm war es egal, über welches Körperteil sie lachten, ihm war nur der Vergleich mit einem Gehenkten wichtig gewesen, denn damit hoffte er, die Gedanken des Königs zurück auf das eigentliche Anliegen der Versammlung zu lenken – die Hinrichtungen. Und es klappte.

Noch immer über seinen Narren grinsend wandte Tiban sich an die anwesenden Priester des großen Rats. »Dann bestätigt ihr also demnächst öffentlich, dass die Götter die vergangenen Hinrichtungen als Opfer angenommen haben. Und dass sie es auch in Zukunft tun werden.«

Es war keine Frage, sondern der König stellte fest, was er entschieden hatte. Der Große Rat kam seit dem Ende des dunklen Jahrhunderts regelmäßig zusammen, doch hatte er längst nicht mehr den Einfluss auf die Entscheidungen des Königs wie damals. Seit Jahren holte Tiban sogar den Narren zur Unterhaltung dazu, und Arlac vermutete, das zeigte sehr gut, was er von dem Rat hielt: Die Beratungen dienten zur Belustigung, und jeder Narr war willkommen. Der König verkaufte dem Rat eine Beleidigung als Vergnügung, und alle dankten ihm. Sie hielten es für eine gute Idee, wie sie alles für eine gute Idee hielten, was Tiban vorschlug. Zumindest hier im Rat und draußen vor dem Volk; was hinter verschlossenen Türen besprochen wurde, wusste Arlac nicht. Aber er konnte sich schwer vorstellen, dass die buckelnden Höflinge dort ihrem König laut widersprachen, allenfalls, dass sie ihm schmeichelten, andere anschwärzten und versuchten, ihm Ideen in den Kopf zu setzen.

»Wir bestätigen es«, sagte einer der Priester, doch Arlac sah nicht, wer, er sah längst nur noch verschwommen. Aber da nun alle sich wieder dem Gespräch am Tisch zugewandt hatten und der König nicht mehr lachte, ließ er sich lautlos zu Boden gleiten. Er setzte sich, den Rücken an die Wand gelehnt, und wartete darauf, dass das Blut seinen Kopf verließ. Vor seinen Augen tanzten Sterne, und über ihm hing der Kopf eines gewaltigen Keilers, den Tiban als junger Mann erlegt hatte. Drei der vier Wände waren mit zahlreichen Trophäen geschmückt, mit den Schwertern und Schilden besiegter Edelleute, Geweihen von Hirschen und Rehböcken, Köpfen von Bären, Keilern und einem gybthischen Krokodil. Die Wand hinter der königlichen Stirnseite der Tafel war dagegen einem einzigen Kopf vorbehalten, dem eines Einhorns, das Tiban auf Anweisung seines Vaters mit sechzehn getötet hatte, um seine Stärke zu demonstrieren.

Während langsam das Blut aus seinem Kopf floss, starrte Arlac das Einhorn an.

»Für zukünftige Opfer würde ich jedoch vorschlagen, dass wir uns auf zwei Dinge einigen«, sagte der Priester.

»Auf welche?«, fragte der König ruhig.

»Zunächst sollten wir feststellen, dass ein solches Opfer nur angenommen wird, wenn zum einen wenigstens ein Priester anwesend ist, der sichtbar für die Verbindung zu den Göttern steht, und zum anderen sollte die Bedeutung eurer Anwesenheit betont werden, Königliche Hoheit. Das einfache Aufknüpfen eines Strauchdiebs durch irgendeinen Bauern hat keinen so weit reichenden Einfluss auf die Götter. Ihr verkörpert das Land, und nur Ihr könnt es retten.«

Arlac fragte sich, ob das reine Schmeichelei war oder vorher mit dem König abgesprochen. Noch immer war ihm schwindlig, doch inzwischen erkannte er in dem Sprecher Fado, den Hohepriester des Himmelsgottes Stacchos, der die Wolken brachte.

König Tiban nickte, er schien nicht überrascht. »So war es bei den bisherigen Hinrichtungen, und so soll es auch in Zukunft bleiben.«

»Zudem ist die Priesterschaft überzeugt, dass die Götter das Opfer angenommen haben, weil die Gehängten keine Unschuldigen waren, sondern Räuber und Wegelagerer, Wilderer und Mörder. Dabei muss es bleiben, nur ein solches Opfer ist ihnen wohlgefällig.«

»Warum sollten wir auch Unschuldige hängen?« König Tiban lächelte dünn. »Die Menschheit bringt schließlich genug Verbrecher hervor. Und wie wäre es mit Hexen?«

»Hexen?« Fado schien überrumpelt.

»Ja, Hexen.« Der König lächelte dünn.

»Nun ja, also«, stammelte Fado, dann hatte er sich gefangen. »Letztlich hat Hexerei das Jahrhundert der Dunkelheit heraufbeschworen, Hexen wären ein gutes Opfer.«

Genau in diesem Moment setzte draußen Regen ein, und alle sahen hinaus.

»Wenn das kein Zeichen ist!«, rief der König aus und klatschte in die Hände. »Haben wir derzeit Hexen im Kerker?«

»Leider nein«, sagte der alte Hofmeister Chimedes, der einen Überblick über alle Finanzen und sämtliche Zahlen hatte, über Angestellte, Tiere und Vorräte.

»Was haben wir dann?«

Chimedes wirkte nervös. »Nur noch zwei Räuber und einen Wilderer, und einer der Räuber ist ein junges Mädchen. Alle anderen Kerkerinsassen habt ihr bereits letzte Woche gehenkt, Majestät.« Es klang, als rede er über den Inhalt der königlichen Goldtruhen, und Arlac war versucht zu rufen: »Ausgegeben, nicht gehenkt.« Aber er hielt ausnahmsweise lieber den Mund.

»Und jetzt regnet es!« Mit triumphierender Miene deutete der König aus dem Fenster. »Ich habe geopfert, und es regnet, oder nicht?«

»Es stürmt sogar beinahe, Majestät«, rief einer der Barone eilfertig.

»Wenn Ihr weiter so opfert, Eure kerkerleerende Galgenheit«, sagte Arlac, der einfach nicht an sich halten konnte, »dann müssen wir in einem Monat ein paar Leute hängen, um die Sonne zurückzuholen, weil niemand mehr den Regen sehen kann.«

Tiban lachte und alle mit ihm. Es hatte am Vortag geregnet, und jetzt tat es das wieder, allen war nach Lachen und Fröhlichkeit zumute. Die zweite Ernte war wohl noch zu retten, die Dürre würde gerade noch abgewendet, sofern der Regen anhielt. Und daran zweifelte keiner, hatte man doch die Kunst des Regenmachens entdeckt.

»So weit sind wir noch nicht«, sagte der König, als das Lachen verstummte. »Noch kämpfen wir um unsere Ernte, und wir werden nicht aufhören, solange die Speicher nicht wieder gefüllt sind! Nicht jedes Opfer führt sofort zu Regen, wir dürfen nicht nachlassen! Sonne wird der Sommer uns noch genug bringen, das tut er immer, nur um den Regen müssen wir uns sorgen. Und das werden wir mit aller Macht und Stärke!« Er ließ seinen Blick über den Großen Rat schweifen und fragte: »Wenn uns die Räuber und Wilderer ausgehen, wen können wir noch entbehren? Hexen gibt es nicht sonderlich viele, wie Chimedes uns eben bewiesen hat.«

Chimedes errötete.

»Ich glaube, sie verstecken sich«, sagte die lathische Hohepriesterin der Haspor, Vilana Mokusa. Sie war die jüngste Priesterin, die das Königreich je gesehen hatte, und ehrgeizig. »Man müsste sie nur auftreiben.«

»Das soll mir schon gelingen«, versprach Prinz Aurel und sah zu seinem Vater. »Und ich denke, Krüppel können wir entbehren.«

»Entbehren schon«, bemerkte Vilana spitz, »doch was sollen die Götter von einem so schwachen Opfer halten?«

»Wenn wir sie ganz unten hängen?«, fragte König Tiban. »Nur um die Galgen aufzufüllen, damit keine Schlinge leer bleibt?«

»Nicht mehr als drei auf einmal«, verlangte der Hohepriester Fado nachdrücklich, vermutlich um wettzumachen, dass er sich von der Frage nach Hexen hatte überrumpeln lassen und jetzt eine jüngere Frau größere Stärke zeigte.

»Gut.« Der König nickte.

Arlac schwieg. Er erinnerte sich gut an die Zeit, als er durch die Straßen gejagt, als Krüppel gehänselt und verspottet worden war, obwohl er trotz seiner krummen Beine besser rennen konnte als viele mit geraden Gliedmaßen. Er erwartete, dass der Rat nun zu ihm sah, aber niemand tat es, nicht einmal der Prinz, der sonst keine Gelegenheit ausließ, ihn zu demütigen. Niemand sah in ihm einen Krüppel, Arlac gehörte nicht zu ihnen, er war jetzt am Hof. Dass aber in diesem Augenblick niemand zu ihm sah, bewies, dass er auch nicht hier dazugehörte. Wenn er keine Scherze für sie trieb, war er Luft. Er war der Narr, er stand außerhalb jeder Gruppe, er verlachte die Schwäche ebenso wie die Stärke.

Er fragte sich, ob Tiban tatsächlich glaubte, dass die Menschenopfer den Regen gebracht hatten, obwohl das alles als alberner Scherz bei einer Hinrichtung begonnen hatte. Glaubte er, dass das der Humor der Götter war, oder meinte er nur, dass das Volk an die Macht der Menschenopfer glaubte, und spielte mit, um das Volk hinter sich zu bringen?

Krüppel, dachte Arlac, *warum Krüppel?* Er verstand es nicht, und er verbiss sich jeden Scherz, denn im Moment wollte er nicht von ihnen angesehen werden. Zu den Hinrichtungen würde er wieder den Narr geben, er würde Krüppel verspotten, die wie er schon hundert Mal durch die Straßen gejagt und verspottet worden waren; er würde lachen wie immer, würde tanzen und springen, um nicht mit ihnen zu hungern. Er würde spotten, bis ihn ein jüngerer Narr ablöste, weil seine Gelenke schmerzten und seine Gedanken langsam wurden.

Versunken in diese Überlegungen, hatte er einen Teil der Beratung versäumt, aber jetzt hörte er König Tiban sagen: »Dann keine Krüppel. Findet mir genug Verbrecher und Hexen, zur Not auch einen kleinen Taschendieb vom Markt.«

Für einen kurzen Moment fühlte Arlac Erleichterung, dann war das Gefühl verschwunden. Und er fragte sich, was die Krüppel gerettet hatte.

2

Tief im Süden, in einer Gegend, die der Regen des Königs nicht erreichte, hatten die braven Leute aus dem Dorf Silija einen Wegelagerer gefangen, der noch wenige Wochen zuvor ein Bauer gewesen war, ein Mann aus ihrem Dorf. Sie hatten ihn nicht an den Königsorden übergeben, wie von ihnen erwartet wurde, sondern ihn eigenhändig aufgehängt, mittags auf dem Dorfplatz, sodass jeder es sehen konnte, auch die Götter.

Als es zwei Tage später regnete und in den umliegenden Dörfern der König gefeiert wurde, wussten die Leute von Silija, dass die Götter gesehen hatten und dass eigentlich sie es gewesen waren, die den Regen gebracht hatten. Und weil sie stolze Leute waren, erzählten sie es weiter, und die Nachbardörfer waren uneins, ob sie ihnen oder dem König dankbar sein sollten, aber sie waren dankbar, dass jemand den Göttern geopfert hatte.

3

Seit drei Tagen regnete es in der *Kornkammer der Kriege,* und im Dorf Fünfsäulen erbarmte sich der Bauer Orinth Quins der Krampmühle und brachte sein Getreide dorthin.

»Wirst du Ärger bekommen?«, fragte Gajus.

»Wenn, dann sage ich, ich habe mich verfahren, weil ich mit dem einen Auge nicht so gut sehe.« Orinth lachte.

»Dann danke ich deinem schlechten Auge«, sagte Gajus, und sie lachten zusammen.

Viel mehr sprachen sie nicht, und keiner von beiden erwähnte Ukalion, es reichte, dass Gajus sich nach dessen Verschwinden einmal von ihm losgesagt hatte, es war schließlich nicht sein leiblicher Sohn.

4

Weit im Norden von Lathien, beinahe an der Grenze zu Allya, zerrten ein halbes Dutzend Männer des Königsordens eine blonde Frau aus ihrem Haus am Dorfrand, hinaus in den strömenden Regen.

»Bringen wir sie zum König, damit er sie für Regen opfert.«

»Aber es regnet«, kreischte die Frau. »Es regnet doch!«

»Der König will verhindern, dass es aufhört.«

»Aber das ist doch …«

»Vorausschauend«, knurrte einer der Männer.

»Nein, bitte!« Sie fiel auf die Knie, wurde aber wieder hochgerissen. »Warum mich? Warum denn mich?«

»Du bist eine Hexe.«

»Nein!«

»So haben wir es gehört.« Die Männer knebelten sie, bevor sie sie aufs Pferd setzten und mit ihr nach Freybruck zurückritten.

5

Es dämmerte bereits, als Inrico mit der verwundeten Anthia in das befestigte Wirtshaus *Am Olivengrund* stolperte.

»Was ist geschehen?«, riefen die Gäste.

»Räuber! Ein Überfall!« Mehr erzählte Inrico nicht, für mehr blieb keine Zeit. Anthia sank mit blutendem Arm auf einen Stuhl, und Inrico verlangte nach Wasser, um die Wunde zu säubern, nach Nadel und Faden und einem Verband.

»Sind sie euch gefolgt?«, rief der Wirt und verrammelte die Tür.

»Ich weiß es nicht.« Inrico kümmerte sich um Anthia, während die anderen Gäste die Waffen zogen und in die aufziehende Dunkelheit spähten.

Anthia hatte viel Blut verloren, aber Inrico stellte fest, dass die Knochen und Sehnen unversehrt waren.

»Du wirst es schaffen«, sagte er, dann führte er sie auf ein Zimmer und blieb bei ihr, auch nachdem sie eingeschlafen war. Die Wirtin brachte ihm zu essen und fragte, ob er auch bezahlen könne.

»Ja«, sagte er.

»Ich dachte nur, wegen der Räuber«, erklärte sie.

Er nickte. Er würde bei Anthia bleiben, bis sie wieder auf den Beinen war.

HEXEREI

1

Sie hatte das Sonnenfestkleid aus ihrem Rucksack noch nicht ein einziges Mal getragen. Der Wald war dafür der falsche Ort gewesen, doch jetzt holte Perle es heraus und ließ den grünen Stoff durch die Finger gleiten. Schultern und Ausschnitt waren mit gestickten Blüten und Blättern verziert, die Borte an den Ärmeln war den Federn verschiedener Waldvögel nachempfunden. In diesem Kleid hatte sie zu einer Frau werden sollen, aber sie fühlte sich noch immer wie ein Mädchen.

Sie war froh, dass Kataskia sie aufgenommen hatte, sie wollte die Verantwortung für Ion und sich selbst nicht allein schultern. Seit zwei Tagen waren sie nun hier. Gestern hatten sie geholfen, die Ziege zu melken, und Eier eingesammelt, den Rest der Zeit jedoch hatten sie meist faulenzend verbracht. Sie hatten im Fluss nach bunten Steinen gesucht, die Hühner und Kaninchen beobachtet und von Reichtum und Rache geträumt. Kataskia hatte ihr nicht verraten, wie sie ihr zu Macht verhelfen wollte, und Perle hatte nicht weiter nachgefragt.

In der Nacht waren sie erneut von der schreienden und wimmernden, von Albträumen geplagten Kataskia geweckt worden. Die Schreie waren Perle durch Mark und Bein gefahren, aber danach war sie bald wieder eingeschlafen, in Gedanken bei Reichtümern und ihrer triumphalen Rückkehr nach Greiffensturz.

Während sie das Kleid betrachtete, fiel ihr Ophilia ein, die ihr beim Nähen und Sticken geholfen hatte und dann Ion hatte verkaufen wollen. Zögernd betrachtete sie das Kleid. Trotz allem war es das schönste, das sie je besessen hatte.

»Was ist?«, fragte Ion, der bereits fertig war und zum Frühstück wollte, aber nicht allein.

»Ich weiß nicht, ob ich das anziehen soll.«

»Warum nicht?«

»Weil … es war für das Sonnenfest.«

»Warum hast du es mitgenommen, wenn du es nicht tragen willst?«

»Weil es richtig schien.«

»Mädchen.« Ion seufzte, und dann drängte er: »Zieh es an oder was anderes, aber komm.«

Langsam legte sie das Kleid zurück und schlüpfte in Hemd und Hose. Ion war keine Hilfe, er schien nicht zu begreifen, dass das Kleid nicht einfach ein Kleid war. Sie fragte besser Kataskia, was sie tun sollte, Kataskia war eine Frau, sie würde verstehen. Schließlich gingen sie hinunter.

In der Nacht hatte es geregnet, und die Luft, die durch die offenen Fenster hereinkam, roch noch immer feucht. Sie machte hungrig, und die beiden aßen reichlich.

»Kannst du heute abräumen und das Geschirr waschen, Ion?«, fragte Kataskia nach dem Essen.

»Allein?«

»Ja. Perle kann mir draußen beim Holzhacken helfen.«

»Aber das ist Männerarbeit!«, protestierte Ion. »Das mach ich lieber als das Geschirr. Können wir nicht tauschen?«

»Nein«, sagte Kataskia. »Ich mach es auch lieber, und Perle schwingt das Beil gut, wie ich gestern gesehen habe. Du weißt doch, wie man abwäscht, oder?«

»Ja«, murmelte Ion und verschwand mit hängenden Schultern in der Küche.

Auf dem Weg zum Hackstock sagte Kataskia: »Ich verstehe nicht, wieso dein Vater ihn zum Waldläufer machen wollte, nicht dich.«

»Ich bin ein Mädchen«, erwiderte Perle und fügte leiser hinzu: »Und er ist nicht mehr mein Vater.«

»Gut.« Kataskia sah sie an. »Sehr gut. Aber macht es dich nicht wütend, dass das der einzige Grund ist? Dass du eigentlich besser geeignet wärst, das aber nicht zählt?«

»Doch«, gab Perle zu. »Manchmal war ich deswegen richtig sauer auf Ihn. Aber noch mehr auf Ion, der Waldläufer werden durfte, obwohl er nichts dafür tat. Der nicht einmal in den Wald wollte, nur immer am Fluss spielen, Steine sammeln, Floß fahren. Ich war die, die mit in den Wald durfte. Aber dann habe ich den Groll runtergeschluckt. Er kann ja nichts dafür, dass die Welt so ist, oder?«

»Nein.« Kataskia lächelte. »Nicht mehr als jeder von uns.«

Sie waren auf der Rückseite des Hauses angekommen, und Kataskia zeigte Perle das Holz, das sie spalten und unter dem Dach aufschichten sollte. Es war ein großer Haufen, sie aßen viel, und der Ofen war groß und wurde oft angefeuert.

»Wärst du eigentlich Waldläuferin geworden, wenn du das einzige Kind deiner Eltern geblieben wärst?«, fragte Kataskia, während sie ihr das Beil in die Hand drückte. »Wenn es keinen Jungen gegeben hätte?«

»Das weiß ich nicht«, antwortete Perle zögernd.

»Dann hattest du nie das Gefühl, dass er dir allein mit seiner Geburt etwas weggenommen hat?« Kataskia hob das erste Scheit auf den Klotz.

»Nein.« Perle schüttelte den Kopf, aber sie spürte, wie sich der alte Groll in ihr regte. »Warum fragst du das?«

»Weil du wütend bist und ich wissen will, ob diese Wut nur deinem Vater gilt.«

»Ich habe gesagt, er ist nicht mehr mein Vater«, knirschte Perle, hob das Beil und schlug mit aller Wucht so zu, dass die zwei Hälften vom Block spritzten und über das Gras hüpften. Ein Huhn floh gackernd, Kaninchen sprangen davon, und Wüstling krähte vorwurfsvoll. Die Ziege sah nur kurz auf, sie schien zu lachen.

»Dann werde ich ihn nicht mehr so nennen«, versprach Kataskia.

Stumm arbeiteten sie eine ganze Weile weiter. Perle hing ihren Gedanken nach und erinnerte sich an die Tage, an denen sie Groll gegen Ion gehegt hatte, weil er der Waldläufer werden sollte. Und sie merkte, dass der Groll noch immer da war, er brodelte unter der Wut auf Ihn und Hernoth, und er schien in ihrem Schatten zu wachsen. Und da fiel ihr wieder ein, was sie hatte fragen wollen.

»Ich habe mein Kleid oben im Rucksack, mein Kleid für das Sonnenfest«, fing sie an, während sie weiter Holz hackte. Die Scheite waren trocken und ließen sich leicht teilen. Nur wenige hatten ein hartes

Astloch, das gegen die Maserung lief. »Jetzt weiß ich nicht, ob ich es tragen soll. Ich habe den Segen Haspors nicht empfangen und den rituellen Tanz zur Frau nicht getanzt. Außerdem habe ich das Kleid zusammen mit meiner Stiefmutter gemacht, und mit ihr will ich ebenso wenig mehr zu schaffen haben wie mit dem, der mein Vater war.«

»Lass das Holz«, sagte Kataskia, nahm ihr das Scheit aus der Hand und legte es auf den Hackstock. »Das kann Ion später machen, das wollte er sowieso.«

Perle sah sie an, aber es fiel ihr schwer. Nicht wegen der Narben, die Ion so beunruhigten, sondern wegen der Augen, die so freundlich und so streng blicken konnten und die ihr immer so voller Schmerz zu sein schienen. Aber das konnte auch Einbildung sein, denn die zahlreichen Narben ließen einen unweigerlich an Schmerz denken.

»Was du versäumt hast, ist eine Zeremonie von Menschen. Vielleicht beachten die Götter sie, vielleicht auch nicht, das ist nicht entscheidend. Entscheidend ist, dass du deinen kleinen Bruder und dich durch den Wilden Wald geführt hast, dass ihr es ohne fremde Hilfe bis zu mir geschafft habt. Das macht dich viel mehr zu einer Frau, als jede Zeremonie es könnte, du kannst dein Kleid also mit jedem Recht und mit mehr Stolz tragen als alle jungen Frauen in deinem Dorf das ihre. Sie sind noch viel mehr Mädchen als du.«

Perle spürte, wie sich in ihrem Hals ein Kloß bildete.

»Und was deine Stiefmutter anbelangt«, fuhr Kataskia fort, »deine Vergangenheit ist deine Vergangenheit, daran kannst du nichts ändern, wie sehr du es dir auch wünschen magst. Das ist keine große Weisheit, und du weißt es selbst. Ändern kannst du nur die Zukunft, und das hast du getan, indem du dich von dem, der nicht dein Vater ist, und seiner Frau losgesagt hast. Das bedeutet, du wirst dein nächstes Kleid, den nächsten Mantel oder eine Hose selbst nähen. Wenn du aber dieses Kleid, in das du selbst so viel Arbeit gesteckt hast, ihretwegen nicht trägst, dann nimmst du auch deiner eigenen Arbeit die Bedeutung, und das solltest du nicht tun. Es ist nun einmal dein Sonnenfestkleid, und das wird es immer bleiben, du wirst nie ein anderes haben. Als du es in deinen Rucksack getan hast, hast du es als deines erkannt, denn das ist es, nicht ihres. Du solltest es also unbedingt tragen.«

»Danke«, sagte Perle schlicht. Der Kloß im Hals war noch immer da. Im Kern hatte sie das alles gewusst oder geahnt, aber es war gut, dass eine ältere, weisere Frau es aussprach. Sie hätte sie gern umarmt, traute sich aber nicht.

Kataskia winkte ab. Dann murmelte sie: »Wo bleibt denn der Bursche?«

»Wer?«

»Ion. Er müsste doch längst fertig sein.« Und sie rief laut: »Ion!«

Einen Augenblick herrschte Stille, dann hörte man drinnen etwas scheppern.

»He, Ion!«

»Was?«

»Bist du fertig?«

»Ja.«

»Dann komm raus, Holz hacken! Das wolltest du doch. Und deine Schwester hat was anderes zu tun.«

Perle sah sie an, und Kataskia lächelte. »Dein Kleid anziehen. Jetzt will ich es auch sehen.«

Glücklich eilte Perle ins Haus. In der Tür wäre sie beinahe mit Ion zusammengestoßen. Er wirkte bleich und verstört.

»Pass doch auf«, fuhr sie ihn an.

»Schau in den Keller«, flüsterte er und sah sie eindringlich an.

»Was soll ich?«

»Pst, leise.« In seinem Blick lag Angst. »Keller. Aber lass dich nicht erwischen. Ich lenk sie ab.« Ohne weitere Erklärungen rannte er hinaus. »Ich komme!«

Verdattert sah sie ihm hinterher.

2

Perle stand vor der hölzernen Bodenklappe in der Küche und zögerte. In Kellern lagerten gewöhnlich die Vorräte, die in der Hitze leicht verdarben, was sollte dort schon zu finden sein? Was hatte Ion so verstört, was hatte er überhaupt dort gewollt? Ärger darüber, dass er geschnüffelt hatte, wallte in ihr auf, und sie wollte schon umdrehen und zu ihrem Kleid gehen. Kataskia hatte sie aufgenommen und bewirtet, als Gast sollte sie ohne ihre Erlaubnis nirgendwo eindringen.

Aber ihre Neugier war zu groß, sie musste einfach wissen, was Ion gesehen hatte, und sie sagte sich, dass Kataskia ihnen den Keller auch nicht ausdrücklich verboten hatte. Falls sie erwischt wurde, konnte sie ja sagen, sie habe nur etwas aufräumen wollen. Schnell sah sie sich in der Küche um, ob vielleicht etwas Verderbliches herumstand, doch zuerst fielen ihr nur die Wasserspritzer ins Auge, die Ion nach dem Abwaschen nicht aufgewischt hatte. Dann bemerkte sie den Weinkrug vom Vorabend und griff danach. Es war nur noch ein kläglicher Rest darin, aber sie würde einfach behaupten, sogar die wären bei ihnen immer zurück in den Keller geschafft worden.

Leise öffnete sie die Klappe. Eine schmale steile Holztreppe, kaum mehr als eine Leiter, führte in die Tiefe. Die Stufen waren ungeschliffen und staubig. Perle hielt den Krug fest und stieg hinab in einen niedrigen Raum, wie sie ihn aus den Häusern der reicheren Bauern kannte; ihr eigener Keller war kleiner gewesen und hatte sich hinter dem Haus befunden. Sonnenlicht fiel herab auf Regale, die ringsum bis zur Decke reichten. In ihnen stapelten sich die Vorräte dicht an dicht. Mit einem Blick erfasste Perle unterschiedliche Früchte und Gemüse, Mehl und Zucker, getrocknete Pilze und gedörrtes Fleisch, Eier und verschiedene verschlossene Büchsen und Amphoren, deren Inhalt von außen nicht zu erkennen war. In einer Ecke stand ein größeres Fass, vermutlich der Wein, von dem sie am

Vortag getrunken hatten. Kataskia hatte ihn selbst aus ihren Trauben hergestellt.

An der Wand gegenüber führte eine schwarz bemalte Tür aus dem Raum hinaus, und das wunderte Perle. Niemand, den sie kannte, besaß einen zweiten Kellerraum, den musste Ion gemeint haben. Sie fragte sich, welche Vorräte dort lagern konnten. Oder was sonst hatte Ion veranlasst, sie hier herunter zu schicken?

Einen Moment lang dachte sie, dass dort vielleicht die fehlenden Überreste zu den Lindwurmköpfen lagen, aber dann fragte sie sich, warum Kataskia die hätte aufheben sollen. Und hätte Ion dann nicht eher beeindruckt gewirkt? Oder waren dort drinnen weitere Köpfe, die Kataskia präpariert hatte? Sie stellte den Weinkrug ins nächste Regal, öffnete die Tür und erstarrte.

Der Raum dahinter war etwa so groß wie der Vorratsraum, vielleicht vier auf vier Schritt, und in ihn fiel weit weniger Sonnenlicht als in den ersten. Doch es war hell genug, dass Perle alles Wesentliche erkennen konnte. In der Mitte stand ein schwarzer würfelförmiger Basaltblock mit einer Kantenlänge von etwa einem Schritt. Auf dem Block lagen ein silberner Spiegel und ein langes Messer mit einem ebenfalls schwarzen Griff. Die Klinge war breit, und auch wenn Perle sie nicht berührte, war sie überzeugt, dass sie schärfer war als das Jagdmesser des Mannes, der ihr Vater gewesen war. Die ursprünglich weißen Wände waren übersät mit schwarzen und rostroten Schriftzeichen aus getrocknetem Blut, Handabdrücken und stilisierten Bildern von Tieren, Schädeln, Häusern, Blumen, zerrissenen Herzen, gebrochenen Knochen und Tropfen, die sowohl Regen als auch Tränen darstellen konnten. Die Luft war drückend wie kurz vor einem Gewitter, und doch war es kalt, kälter als im Vorratsraum.

Perle stand auf der Schwelle und rührte sich nicht. Ein Schauer überlief sie, und ihr Herz schlug plötzlich so schnell, als sei ein Lindwurm hinter ihr her. Vor dem Basaltblock empfand sie eine Scheu, wie sie sie als Kind in einem Tempel empfunden hatte, nur stärker. Ähnlich wie das, das sie damals am Baum der Nymphe empfunden hatte, als sie geglaubt hatte, die Nymphe sei hinter ihr, nur stärker.

Eine Aura von der Größe wie das erste Mal, als sie tiefer im Wilden Wald gewesen war, nur anders. Von dem Raum ging eine Macht aus, wie sie sie nie zuvor gespürt hatte.

»Hexerei«, entfuhr es ihr, und das war alles, was sie denken konnte. *Hexerei.* Wozu sollte ein Raum mit Blut an den Wänden sonst dienen?

Was würde Kataskia mit ihr tun, wenn sie sie hier unten erwischte? Sie zitterte, aber sie wusste nicht, ob vor Angst oder vor Ehrfurcht.

Macht, dachte sie, *davon hat sie gesprochen*. Und sie war versucht, auf die Knie zu fallen.

Dann griff die Angst wieder nach ihr, und sie schloss die Tür. Sie eilte die Treppe hinauf, schlug sich das Schienbein an den Stufen auf und zog sich einen Splitter ein. Als sie die Klappe schließen wollte, fiel ihr Blick auf den Weinkrug, und obwohl sich alles in ihr dagegen sträubte, noch einmal hinunterzusteigen, holte sie ihn. Andernfalls wüsste Kataskia, dass sie unten gewesen war, und das wollte sie auf keinen Fall.

Eine Hexe!

War sie deshalb so zugerichtet worden? Schwer atmend stellte Perle den Krug ab und hätte ihn fast umgestoßen. So leise wie möglich schloss sie die Klappe. Von draußen drangen die Schläge der Axt herein, laut und rasch aufeinanderfolgend.

Sie verließ die Küche und stieg hinauf unters Dach. Sie ging in ihr Zimmer und holte das Kleid aus dem Rucksack. Hastig riss sie sich Hemd und Hose vom Leib. Ihre Hände zitterten noch immer, als sie in das Kleid schlüpfte. Kataskia wartete; wenn sie kein Misstrauen erregen wollte, durfte Perle nicht zu lange brauchen. Wie sollte sie ihr nur in die Augen sehen? Sie würde es ahnen, sie würde wissen, dass sie im Keller gewesen war, sie war eine Hexe. Oder war sie selbst nur Opfer der Hexerei, die von dem Keller ausging?

Was sollten sie tun?

Perle atmete tief durch, um sich zu beruhigen. Eigentlich wusste sie nichts über Hexen und Hexerei. Sie erinnerte sich an die Ehrfurcht, die sie einen Moment lang empfunden hatte, an das Gefühl von Macht, das von dem Raum ausging. Vielleicht war das ja Einbildung gewesen, vielleicht schlachtete Kataskia dort nur manchmal, vielleicht … Vielleicht hatte er dem Vorbesitzer gehört und war nun mal da und … Ja, das konnte sein. Vielleicht war Kataskia dort gefoltert worden und hatte den Folterer besiegt und sein Haus übernommen, dann war sie selbst gar keine Hexe.

Nur warum lag dann das Messer noch dort unten und war sauber geputzt?

Warum ein Spiegel?

Hexerei, den Gedanken bekam Perle nicht aus dem Kopf. Sie konnte fliehen, sofort, bevor sie sich verriet. Nur wohin? Der Wilde Wald erschien ihr zu groß und dunkel, dorthin wollte sie nicht zurück, schon gar nicht allein. Und sie konnte Ion nicht einfach zurücklassen. Hätte er doch bloß die Kellertür nicht geöffnet!

Was für eine Macht!, fuhr es ihr durch den Kopf, aber sie schüttelte den Gedanken ab. Vielleicht konnten sie in der Nacht gemeinsam fliehen, aber auch dafür schien ihr der Wald zu gefährlich. Ihr ging es wie den Hühnern und Kaninchen, sie wollte von der Lichtung nicht weg, hier fühlte sie sich sicher und geborgen.

Vielleicht, dachte sie, *tut Kataskia uns ja gar nichts*. Bislang hatte sie ihnen nichts Böses angetan, sie hatte sie aufgenommen und ihnen reichlich zu essen gegeben. Hätte sie das gewollt, hätte sie das Essen längst vergiftet haben können.

Sie strich sich noch einmal über den Rock ihres Kleides und rückte alles gerade, dann ging sie nach unten. Länger durfte sie nicht mehr warten. Am Fuß der Treppe setzte sie ein Lächeln auf und hoffte, dass Kataskia es nicht durchschaute.

3

»Du siehst wunderschön aus«, rief Kataskia, als Perle hinter das Haus trat. Im Hintergrund hackte Ion Holz wie ein Besessener, Scheit um Scheit zerlegte er.

»Danke«, sagte Perle und drehte sich um sich selbst. Der Rock schwang hoch durch die Luft wie auch ihr Zopf, und mit dem Drehen verflog auch ein Teil der Angst.

Wüstling krähte laut, und Kataskia sagte: »Na, Wüstling, alter Charmeur, dir gefällt sie wohl auch?«

Er stolzierte im Kreis um Perle herum, und sie musste lachen, laut und mit sich überschlagender Stimme, sie konnte nicht anders. Und das Lachen vertrieb ein weiteres Stück der Angst.

»So ist Wüstling eben«, sagte Kataskia, als Perle sich wieder beruhigt hatte. »Hält sich für den König der Lichtung, weil er der einzige Mann ist.«

»Und die Kaninchen?«

»Ach, Kaninchen zählt er nicht.« Kataskia winkte ab und rief: »Ion, was sagst du zu deiner Schwester?«

»Hübsch«, murmelte er und griff nach dem nächsten Scheit, ohne überhaupt hinzusehen.

»Nur hübsch? Das kannst du besser.«

Ion hielt inne und schaute Perle an. In seinem Blick lag noch immer Angst, aber er sagte: »Zu Hause wärst du die Schönste im ganzen Dorf, Schwesterherz.«

»Zu Hause im Dorf?«, fragte Kataskia. »Da seid ihr nicht mehr. Wie ist es hier?«

Ion sah sie entsetzt an, sein Mund klappte auf.

Kataskia ließ ihn einen Augenblick zappeln, dann schnaubte sie amüsiert. »Früher war ich schön, so schön, dass du nicht hättest wegsehen können, selbst wenn du es gewollt hättest, aber ich weiß nur zu gut, wie es jetzt um mich bestellt ist. Hier wäre Perle auch mit einem Sack über dem Kopf die Schönste.«

Perle lächelte, und die Angst, die sie im Keller empfunden hatte, war beinahe verschwunden. Sie war so geschrumpft, dass Perle sich zu fragen traute: »Wer hat dir das angetan?« Zwei Tage lang hatte sie das aus Höflichkeit nicht gewagt, doch jetzt rutschte es ihr einfach heraus. Vielleicht, weil sie es jetzt wissen musste. Sie sah, wie Ion erstarrte.

»Das ist nicht leicht zu beantworten«, sagte Kataskia, die die Frage aufnahm, als habe sie sie erwartet. »Das Messer habe ich geführt, aber es geschah nicht immer freiwillig.«

»Nicht immer?«

»Hast du noch nicht erraten, wer ich bin? Oder, besser, wer ich war?«

Perle schüttelte den Kopf. Sie dachte an den Keller und die blutigen Zeichen an der Wand.

Kataskia stieß einen gespielten Seufzer aus. »Es gab eine Zeit, da kannte man meinen Namen.«

»Tut mir leid«, sagte Perle. Ihr Mund war trocken.

»Heute erzählt man sich wohl nur noch Lügen über unsere Tat, und unsere Namen sind vergessen.«

Kataskia?, dachte Perle, *Kataskia?* Sie wusste, dass sie den Namen schon einmal gehört hatte, nur wo? Ihr Blick fiel auf die Fensterscheiben, von denen Kataskia gesagt hatte, dass sie im späten Kaiserreich überall verwendet worden seien, und plötzlich erinnerte sie sich. Ein fahrender Barde hatte ihr einmal die Namen der dreizehn Hexen verraten, die den Kaiserpalast in Schlaf versetzt hatten und die im Märchen nur noch namenlos waren. Perle meinte, Kataskia sei einer davon gewesen, oder klang er nur so ähnlich? Nein, das konnte nicht sein!

Die Bestürzung musste ihr anzusehen sein, denn Kataskia sagte: »Du weißt es also.«

»Nein.« Sie schüttelte den Kopf. »Das ist nicht möglich!« Mit einem Mal war die Angst zurück und ließ sie zittern. Sie dachte an das Messer im Keller und das Blut an den Wänden, dachte an Flucht, rührte sich jedoch keinen Schritt. Sie würden sterben, jetzt, und wieder und wieder dachte sie: *Nein!*

Wüstling krähte laut.

»Was?«, rief Ion, der nicht wissen konnte, was sie gedacht hatte. »Was ist?«

Niemand beachtete ihn.

»Ich habe dir gesagt, ich kann dich mächtig machen«, sagte Kataskia.

Mächtig machen? Hieß das, sie wollte sie nicht töten?

»Was ist?«, rief Ion, seine Stimme überschlug sich beinahe vor Angst.

»Ich bin eine der Dreizehn, die Ycena zu Fall gebracht haben«, erklärte Kataskia ruhig, ohne sich zu ihm umzudrehen. »Aber den Ofen würde ich gern ohne Hexerei anzünden. Hackst du jetzt also weiter Holz, wenn du mitessen willst?«

Ion starrte sie an, er stand, das Beil in der Hand, nur zwei Schritte hinter ihr, aber obwohl sie das wissen musste, wirkte sie nicht beunruhigt. Hilflos sah er zu Perle, und die nickte.

Ion stellte ein Scheit auf den Hackblock, aber er zitterte so stark, dass es herunterfiel. Schnell hob er es auf und ließ es ein zweites Mal fallen, bis es ihm schließlich gelang, es aufrecht hinzustellen. Doch sein Schlag mit dem Beil ging daneben, er streifte das Scheit nur und es fiel wieder herunter.

»Krötenkack!«, schrie er und klaubte das Holz wieder auf. Mit angstzitternder Stimme versprach er: »Ich schaff es, ich schaff es!«

»Hack dir nicht ins Bein«, sagte Kataskia, und an Perle gewandt: »Komm mit.«

Sie führte sie zu der Bank, auf der sie auch am Vortag gesessen und gesprochen hatten. Die Kaninchen hoppelten umher, Wüstling stolzierte, die Ziege graste, und die Hennen pickten. Der Himmel war klar, und ein sanfter Wind bewegte die dunklen Wipfel ringsum.

»Du brauchst dich nicht zu fürchten«, versicherte Kataskia. »Ich werde dir nichts tun.«

Perle nickte, aber alles, was sie denken konnte, war: *Sie ist eine der Dreizehn! Sie hat das Jahrhundert der Dunkelheit heraufbeschworen! Sie hat einen schwarzen Basaltblock im blutverschmierten Keller! Sie hat das Kaiserreich gestürzt!* Obwohl das alles nicht sein konnte, zweifelte sie keinen Augenblick daran. Im Keller hatte sie die Macht gespürt.

»Was weißt du über das Kaiserreich?«, fragte Kataskia.

Perle zuckte mit den Schultern, sah sie aber nicht an. Sie wollte nicht, dass die Hexe die Angst in ihrem Blick sah; die Angst, die sie trotz der Versicherung, ihr werde nichts geschehen, empfand.

4

»Nun, wir Hexen waren damals angesehen, nicht nur als der Hexerei mächtige Frauen, sondern auch als Ratgeberinnen«, begann Kataskia. »In vielen größeren Dörfern und in jeder Stadt gab es eine Hexe. Die meisten von ihnen beherrschten nur ein wenig Magie, nur kleinere Zauber, aber viele waren weise oder konnten mit geschickten Worten zumindest den Anschein von Weisheit erwecken. Manche verfügten über größere Kräfte, doch wirklich mächtig waren nur die Großen Vierzehn, die Hexen von Ycena und den dreizehn Provinzen. Wir waren alt, so alt wie das ycenische Reich selbst. Wir hatten die Gründung des Reichs miterlebt, die Vertreibung der Könige, das Entstehen der Republik und deren Ende und die Zeit der Kaiser. Äußerlich sind wir nicht gealtert, und viele dachten, wir seien unsterblich. Manche hatten Angst vor uns, andere haben uns beinahe für göttlich gehalten.

Jede von uns hat mit Zauberei und Rat für ihre Provinz gesorgt, und gemeinsam haben wir den Kaiser und damit das gesamte Reich beraten. Die wechselnden Herrscher waren immer männlich gewesen, wir aber waren weiblich und ewig – so schien es damals zumindest. Als nun Kaiser Cletian an die Macht kam, war er ein Herrscher, wie wir einige vor ihm gesehen hatten, gebildet und gut auf das Amt vorbereitet, ein klarer Verstand, aber kein außergewöhnlicher, machtbewusst, aber nicht rücksichtslos, hart gegen seine politischen Gegner und Feinde, aber nicht ausdrücklich grausam. Seine Ehe war aus politischer Vernunft geschlossen, er handelte und regierte, wie der Verstand es verlangte. Er war berechenbar, und wir haben ihn gern beraten.

Doch dann wurde seine Tochter geboren, und damit hat sich alles geändert. Er war völlig vernarrt in die Kleine, nannte sie nach seiner Mutter Pola und sagte, sie sei ihm mindestens so lieb wie ein Sohn. Er ließ zu, dass sie von Beginn an bei seinen Geschäften dabei war, sprach von ihr als seiner Nachfolgerin, auch wenn er sie noch nicht öffentlich dazu ernannt hatte. Manchen missfiel das, es war ein Bruch mit der Tradition, und es wurde getuschelt. Von uns Hexen kam kein Widerstand, manchen gefiel die Vorstellung von einer Kaiserin sogar. Doch schon bald hat sich herausgestellt, dass das Mädchen zwar hübsch lächeln konnte, aber eigentlich dumm und eingebildet war, egoistisch und grausam. Verliebt in den eigenen Anblick in ihrem goldenen Spiegel und immer nur interessiert am nächsten Tanz. Alle haben es gesehen, nur Cletian nicht. Er hat sie weiter verwöhnt und, kaum dass sie zehn Jahre alt war, verkündet, dass er sie an ihrem sechzehnten Geburtstag zu seiner Erbin und Nachfolgerin ernennen würde.«

Kataskia schüttelte den Kopf. »Wir vierzehn sind untereinander in Streit geraten, ob wir abwarten sollten, wie sie sich entwickelte, oder gleich das Gespräch mit dem Kaiser suchen. Weil wir uneins waren und dem Reich zu der Zeit von außen keine Gefahr drohte, haben wir abgewartet. Doch als die Kleine, kaum zwölf Jahre alt, sagte, sie würde als Kaiserin zunächst die Provinzen direkt sich selbst unterstellen, um das Reich zu stärken, und ihr Vater da nicht widersprach, sondern nur bewundernd sagte, sie habe Mut, wussten wir, dass wir kämpfen mussten. Denn offiziell haben wir zwar nur die wechselnden Verwalter der Provinzen beraten, aber letzten Endes waren wir die Provinzen, wir waren ihr Gedächtnis, ihr Einfluss in Ycena, wir waren ihre Beständigkeit, ihre Verkörperung.

Folgerichtig haben wir von Cletian verlangt, er solle eine andere

Tochter oder einen Sohn adoptieren, so wie es die Kaiser vor ihm traditionell getan hatten. Es war damals nicht üblich, sich auf die Blutlinie zu verlassen; die Kaiser hatten sich immer nach einem jungen Mann umgesehen, der einen guten Herrscher abgeben würde, und dann hatten sie ihn adoptiert. Bevorzugt Neffen, Cousins oder andere Verwandte, aber letztlich kam jeder infrage. Cletian hat das nicht interessiert, er meinte, seine Tochter sei seine Tochter, seine Erstgeborene, sein Blut, und sie sei besser geeignet als jeder andere. Er war besessen von ihr, für sie war er bereit, mit der Tradition der Adoptionen ebenso zu brechen wie mit der Vorstellung von einem männlichen Kaiser. Er, der sich für so vernünftig hielt, war zum Narren eines dummen, selbstverliebten Mädchens geworden.« Kataskia schnaubte verächtlich.

»Wir haben ihn gewarnt«, fuhr sie fort, »eindringlich, und es kam zum Streit. Ohne ihn zu lösen, sind wir wieder abgefahren, und kurz darauf hörten wir von Aisia, der Hexe von Ycena, der Kaiser habe sie aufgefordert, seine Tochter auszubilden, obwohl sie nur ein begrenztes Talent zur Magie zeigte. Natürlich hielt Cletian sie für überaus begabt, aber sie besaß in erster Linie die Macht, ihren Vater zu bezaubern und zu blenden. Drei Jahre lang ist sie ausgebildet worden, und Aisia hat versucht, ihr auch Verantwortungsgefühl und etwas Verstand mitzugeben, doch vergeblich. Und der Kaiser hatte noch immer keinen Adoptivsohn gefunden. Er richtete im Namen seiner Tochter Gladiatorenspiele aus, ließ große Heldentaten aus Ycenas Vergangenheit inszenieren, pompös und im Stadion, wo auch wöchentlich Pferderennen abgehalten wurden. Alles in Polas Namen. Sie wuchs zur Frau heran und entwickelte den Charme, Massen zu bezaubern. Wer sich nicht bezaubern ließ, wurde unterdrückt, eingesperrt, gebrochen.

Dann ist Aisia gestorben, obwohl die Haut einer Hexe nicht einfach zu durchdringen war und die meisten Gifte uns nichts anhaben konnten. Wir erfuhren nicht, wie sie den Tod gefunden hatte, und ihr angeblicher Mörder wurde auf der Flucht erschlagen. Sie wurde begraben, bevor wir ihren Leichnam sehen konnten, und ihr Verlust lautstark beklagt. Zugleich wurde gefragt, wie sie hatte sterben können, eine der Alten, und von da an wurde die Größe unserer Macht von manchen infrage gestellt. Uns traf ihr Tod hart, und noch während wir trauerten, ernannte dieser Narr Cletian seine Tochter zur neuen Hexe von Ycena, ohne uns zu konsultieren. Wir haben mit den Zähnen geknirscht, aber wir schluckten die öffentliche Beleidigung. Wir kannten hundert bessere Kandidatinnen, aber wir haben so getan, als wäre sie auch unsere Wahl gewesen, die letzte Schülerin Aisias. Wir schwiegen, weil wir dachten, als Hexe könnte sie wenigstens nicht Kaiserin werden, beide Ämter mussten unabhängig voneinander besetzt werden. Doch Cletian hat weiter darauf beharrt mit der Begründung, schließlich habe er es ihr schon versprochen.

In Ycena gab es Jubelfeiern, doch in den Provinzen wurde laut gemurrt. Sie wurde zu jung genannt, eine Frau, eine Hexe, ein Mädchen, die Tochter eines Narren. Andere, auch Bewohner der Kaiserstadt, erinnerten an die Zeit, als das ycenische Reich noch eine Republik gewesen war, und verwiesen darauf, dass nicht alle Macht in einer Hand liegen durfte. Angesichts dessen erwachte ein Fünkchen von Cletians altem Verstand, und der Kaiser versprach, dass der Ehemann seiner Tochter zum Mitregenten ernannt würde. Pola, das verzogene Gör, hat trotzig erklärt, wenn das so sei, dann werde sie eben ihr Lieblingspferd heiraten, das sei gut zugeritten und mache immer, was sie wolle. Cletian konnte ihr das ausreden, und später wurde der Ausspruch der Kaisertochter immer als Scherz von ihr hingestellt, doch er war in der Welt, und die Wände der Stadt waren vollgekritzelt mit Sprüchen wie: *Ich würde mich auch gern zum Kaiser zureiten lassen.* Als ein solcher Schmierfink erwischt wurde, hat sie ihn von ihrem Pferd tottrampeln lassen, während sie auf seinem Rücken saß, und dann ist sie über seine ganze Familie geritten.

Cletian hat ihr versprechen müssen, dass sie ihren Mann frei wählen durfte. Sie begann, nach Männern zu suchen, die ihr nicht widersprachen, und sie hat wieder vermehrt davon geredet, die Provinzen direkt der Kaiserin zu unterstellen und dass die ycenische Hexe die oberste Hexe zu sein habe. Und da haben wir beschlossen, dass es genug war. Es war nicht Neid, was uns dazu getrieben hat, wie das Märchen behauptet, es war Wut. Wir waren Jahrhunderte alt, für wen hielt sie uns? Für wen hielt sie sich selbst, die verzogene Fratze? Wir hatten nicht vor, uns weiter demütigen zu lassen! Denn es war eine Demütigung, dass Cletian uns bei jeder Entscheidung überging. Das hatte vor ihm noch kein Kaiser gewagt.

Noch während der Vorbereitungen zu Polas Geburtstagsfeier, auf der sie zur angehenden Kaiserin ernannt werden sollte, wurden die ersten Schritte zur Entmachtung der Provinzen eingeleitet. Uns kam der Gedanke, dass Pola nicht einfach dumm war, sondern durchtrieben, aber das änderte nichts an ihrer Unfähigkeit; sie trieb das Reich rücksichtslos in einen Bürgerkrieg. Also haben wir allen davon abgeraten, zur Feier zu gehen, und der Kaiser, der das als Provokation verstand, hat von den Geladenen verlangt, dass sie zu erscheinen hätten, wenn ihnen ihre Freiheit lieb sei. Und er hat weitere Gäste eingeladen, nur um uns zu beweisen, dass sie ihm gehorchten, nicht uns. Jeder Würdenträger war geladen, selbst die Verwalter der Provinzen, nur wir nicht. Was dachte er, dass wir tun würden? Klein beigeben vor einem Mädchen und einem senilen Narren?

Nein, wir haben uns zu einem Zauber zusammengetan, wie es ihn noch nie gegeben hatte. Und weil wir am Morgen auch noch erfuhren, dass es Pola gewesen war, die Aisia in einen Hinterhalt gelockt und sie hatte töten lassen, haben wir in den Zauber alle Macht gelegt, die wir entfesseln konnten. Ich habe meine Schönheit geopfert, jede etwas anderes. Aisias alter Schutzzauber wurde durchbrochen wie nichts, und Polas Versuche einer magischen Abwehr waren lächerlich. Unser Schlaf fegte durch den Palast und warf jeden, der sich dort aufhielt, zu Boden, die kaiserliche Familie ebenso wie die Gäste und alle Bediensteten, sogar die Tiere im Stall und die freien Vögel auf den Dächern. Hundert Jahre sollte der Schlaf dauern, das war unser Plan, doch unsere Magie hat gewütet, befeuert von unserem Zorn über Aisias Tod und die Demütigungen, die wir hatten hinnehmen müssen. Die ganze Hexerei ist völlig außer Kontrolle geraten, sie hat nicht nur den Palast in einen hundertjährigen Schlaf geschickt, wie wir geplant hatten, sondern ist von dort in die ganze Stadt geschwappt. Hexerei ist nicht Kochen und keine Mathematik. Sie folgt keinem Rezept, keinen klaren Regeln und keiner eindeutigen Kausalität, sie ist nicht in Formeln zu pressen, sosehr kleine Geister dies auch versuchen. Hexerei ist rohe, entfesselte Macht, sie arbeitet mit Wünschen und Ängsten und Wut, und sie wird dirigiert und befeuert durch Opfer, je größer, desto besser, und durch die Bereitschaft, das Opfer zu bringen. Und wir hatten gemeinsam geopfert, so viel wie noch nie, und unser Zorn brach sich Bahn.«

Kataskia schüttelte den Kopf, und Perle versuchte in ihrem Gesicht zu lesen, aber die Narben machten das unmöglich.

»Es war zu viel, die Magie hat sich verselbstständigt.« Kataskia schnaubte. »Sie hat sich mit Aisias Schutzzaubern verbunden, und eine undurchdringliche Dornenhecke ist über den gesamten Palast hinweg gewuchert. All die schlafenden Würdenträger waren eingesperrt, die wichtigsten Künstler und Philosophen des Kaiserreichs, herausragende Astronomen, Architekten, Grammatiker, Physiker, Offiziere, Politiker, Ingenieure, Rhetoriker, Geldverleiher, Theaterschreiber, Anwälte, Geographen, Ärzte, Händler. Niemand von ihnen konnte mehr herausgeholt werden, auch nicht die Verwalter der dreizehn Provinzen, die alle gekommen waren.

Wir dreizehn waren völlig ausgelaugt, innerlich zerrissen und tagelang unfähig, irgendetwas zu tun. Daran, einen Zauber zu wirken, war wochenlang nicht zu denken, und dann waren die Wut und der Hass auf uns so groß, dass niemand mehr einen Ratschlag wollte. Alle hatten Angst vor unserer Macht und machten Jagd auf uns, und wir haben uns versteckt, verwirrt, voneinander getrennt, von unzähligen Albträumen geplagt. Denn wir hatten die Albträume der im Palast Schlafenden auf uns nehmen müssen, dazu hatte die Magie uns verpflichtet, und es waren die Albträume von Hunderten für jede von uns. Ich war stark, so wie Lathien immer stark gewesen war, ich hatte schon damals einen Lindwurm verzehrt, ich habe es verkraftet, aber so war es nicht bei allen von uns. Endasyana hat versucht, die Albträume an andere zu verschachern, und Perseiis hat sich tagelang aus Feigheit geweigert zu schlafen.« In Kataskias Stimme lag Verachtung.

»Die Provinzen sahen ihre Gelegenheit gekommen, und schnell haben sich großsprecherische Kriegstreiber zu neuen Herrschern aufgeschwungen. Jeder von denen wollte selbst der neue Kaiser werden, solange die Macht im Zentrum des Reichs schlief, denn niemand wusste, wie lange der Schlaf dauern würde. Als die Ersten auf Ycena zumarschierten, hat die Magie sich verselbstständigt. Die Schlafenden haben Schreckliches geträumt, und wir haben nicht alle Albträume gebändigt, das machten sich Aisias Schutzzauber zunutze. Manche Albträume haben Form angenommen und sind durch die Hecke nach draußen gelangt, aufgestachelt von den Schutzzaubern, jedoch nicht unter Kontrolle. Sie haben die Eindringlinge vertrieben und sich dann in Ycena festgesetzt, und schon bald war die ganze Stadt im Griff der Hexerei. Die Nächte wurden dunkler, Müdigkeit schwappte aus dem Palast, und die Bewohner flohen.

Im dunklen Jahrhundert, das darauf folgte, ist so vieles verloren gegangen, was Ycena hervorgebracht hatte: Recht und Gesetz, Kunst, Architektur, Philosophie, Wissenschaft und das Vertrauen in die Hexerei. Wer nun ein Wunder wollte, der musste sich an die Götter wenden, und so haben die Priester an Macht gewonnen, vor allem die der Götter, die ihren Ursprung in einer Region hatten oder vom lokalen Adel besonders verehrt wurden. Aus den Provinzen sind Königreiche geworden, die Grenzen umkämpft geblieben, und der Kaiser wurde ausschließlich als mächtiger Herrscher vergangener Größe und Stärke verehrt, nicht als der vergangener Kultur und vergangenen Wissens. Der Hass auf uns ist geblieben, die Angst vor uns, und so haben wir beschlossen, nicht mehr als Ratgeber zur Verfügung zu stehen. Seitdem leben wir unerkannt in unseren Provinzen und haben uns nicht mehr wiedergesehen.«

5

Kataskia verstummte, und auch Perle schwieg. Sie glaubte der Hexe. Sie glaubte ihr, weil sie die Macht im Keller gespürt hatte und weil die Erzählung wie die Wahrheit geklungen hatte – so verrückt das erschien. Welchen Grund hätte sie auch gehabt, sich als eine der dreizehn verhassten Hexen auszugeben, wenn sie keine war?

»Aber die Narben?«, fragte Perle und fand es selbst lächerlich, dass sie nach der langen Geschichte gerade darauf zurückkam. »Du wolltest erzählen, wie du sie dir zugezogen hast.«

»Das habe ich schon«, sagte Kataskia, »aber wohl nicht deutlich genug. Als Hexe musst du stets etwas opfern, etwas von dir. Was dir nichts bedeutet, etwa das namenlose Schwein eines Nachbarn, ist auch kein Opfer. Dein eigener Hund jedoch, von dir ausgebildet und großgezogen, jahrelang gefüttert und mit einem Namen ausgestattet, ist ein Opfer, denn sein Tod verursacht auch dir Schmerz, und aus deinem Schmerz kommt deine Kraft. Meist nutzen wir das eigene Blut, gerade bei kleineren Zaubern reicht ein kleiner Schnitt. Bleibt eine Narbe, setzt du mehr Magie frei. Und ich habe zudem meine Schönheit geopfert, indem ich mir das Gesicht zerschnitten habe. Ein Gesicht, in das sich Hunderte von Männern und Dutzende von Frauen verliebt hatten, eine im Kaiserreich sprichwörtliche Schönheit. Und weil so viele sie besungen hatten, war sie zu zerstören ein größeres Opfer, als wenn ich nur einfach schön gewesen wäre.«

Perle nickte, um zu zeigen, dass sie verstanden hatte.

»Hast du noch Angst vor mir?«, fragte Kataskia unvermittelt.

»Nicht mehr so viel wie vorhin.«

Die Hexe lächelte. »Jetzt weißt du also, wer ich bin. Wer du bist und was du willst, hast du mir erzählt, und wer du sein kannst, das wusste ich, kaum dass ich dich gesehen habe. Du besitzt die Gabe zur Hexerei, das spüre ich, und sie ist groß in dir. Soll ich dir also zeigen, was ich dich lehren kann?«

»Jetzt?«, fragte Perle überrumpelt, ihr Herz schlug schneller.

»Oder morgen. Übermorgen, wenn du willst. Ich habe Zeit.«

Perle überlegte nicht, sie sagte: »Jetzt.«

»Dann warte.« Kataskia ging ins Haus, und als sie kurz darauf zurückkehrte, hatte sie das Messer aus dem Keller in der Rechten. Die lange Klinge blitzte hell in der Sonne. In der Linken hielt sie etwas, das nach einer kleinen Holzkiste aussah, helle, fast gelbliche Zeder, mit Messingscharnieren und einem Rasthaken.

Perles Blick kehrte zu dem Messer zurück. »Was hast du vor?«

»Du willst reich werden, hast du gesagt. Du brauchst genug Geld, um dich freizukaufen, und dann noch viel mehr, um dich zu rächen. Ja?«

Perle nickte. Ihr Mund war trocken, sie konnte den Blick kaum von der Klinge wenden.

»Dann gib mir deine Hand.« Kataskia klappte das Ding auf, das Perle für ein Kästchen gehalten hatte. Doch es war beinahe massiv und enthielt keinen richtigen Hohlraum, sondern nur eine münzgroße Vertiefung, die aus Eisen bestand. In sie schienen seltsame Schriftzeichen und ein Bild eingeritzt zu sein.

Perle streckte den rechten Arm aus, und Kataskia packte sie mit der Linken am Handgelenk und zog sie über die Schachtel. Ihr Griff war fest.

»Bist du bereit, für deine Freiheit zu bluten?«, fragte Kataskia. Sie sprach langsam und betont und sah ihr in die Augen.

»Ja«, erwiderte Perle feierlich. Es klang wie eine rituelle Antwort.

»Dann blute.« Langsam schnitt Kataskia ihr über den Handrücken und ließ das Blut in die eiserne Vertiefung tropfen.

Der Schnitt brannte, und Perle verzog das Gesicht, zuckte aber nicht zurück und gab keinen Laut von sich. Sie dachte: *Schmerz ist gut, der Schmerz ist Magie, das hat Kataskia gesagt.* Und sie hieß ihn willkommen.

Erst als die Vertiefung ganz voll war, gab Kataskia sie frei. »Stopp die Blutung«, sagte sie, klappte den Deckel zu und schob den Haken in die Öse. »Aber schau mir weiter zu.«

Perle presste die Linke auf die Wunde, Kataskia schnitt sich selbst in den linken Mittelfinger und ließ ihr Blut auf das merkwürdige Kästchen tropfen. Dabei sprach sie Worte in einer fremden Sprache. Perle lauschte aufmerksam, obwohl sie den Sinn nicht verstand.

Es dauerte nicht lange, dann wischte Kataskia das Messer im Gras ab und leckte einmal über den blutigen Schnitt in ihrem Finger. Die Wunde schloss sich, und Kataskia schob das Kästchen Perle zu. »Öffne es.«

Das Kästchen war warm, beinahe hatte Perle das Gefühl, es sei lebendig. Vorsichtig schob sie den Haken aus der Öse und klappte den Deckel auf. In der Vertiefung lag eine Münze aus Gold. Sie glitzerte im Sonnenlicht, heller als die Klinge, und beinahe hätte Perle das Kästchen fallen lassen.

»Nimm sie raus«, forderte Kataskia sie auf, und Perle tat es. Auch die Münze war warm, doch fühlte sie sich nicht lebendig an. Schwer lag sie in Perles Hand. Die eine Seite zeigte einen Hahn, die andere ein Einhorn.

»Aber wie …?«, keuchte Perle. Das war mehr Geld, als ihr Vater in einem ganzen Monat nach Hause gebracht hatte.

»Ich habe dir gesagt, Blut ist entscheidend für Hexerei. Natürlich könnte man Gold auch aus Blei herstellen, aber das dauert viel länger und verlangt siebenmal so viel Blut. Das versuchen nur Ahnungslose.«

Noch immer starrte Perle auf die makellose Münze. Sie konnte leicht mehr Blut erübrigen, als sie für ihre Freiheit Gold benötigte. Gold in Mengen! Eine wilde Euphorie durchfuhr sie, ihr ganzer Körper kribbelte. Sie würde ihre Rache bekommen!

»Können wir noch mehr machen?«, stieß sie hervor.

»Nicht gemeinsam«, erwiderte Kataskia, und jähe Enttäuschung packte Perle. »Die nächste Münze musst du selbst herstellen. Es ist deine Freiheit und deine Rache.«

Perle wollte protestieren und flehen, aber dann dachte sie, dass sie das lernen konnte, dass sie selbst mächtig werden konnte. Und sie dachte, wie viel süßer die Rache sein würde, wenn sie sie ganz und gar selbst bewältigte. »Kannst du es mir wirklich beibringen?«

»Ja.«

»Wie schnell?«

»Wahrscheinlich nicht ganz so schnell, wie du hoffst.« Kataskia zwinkerte amüsiert. »Aber es dauert auch nicht ewig. Die Frage ist nur, bist du bereit, immer wieder etwas von dir zu opfern? Blut ist einfach, aber Schmerz ist etwas anderes, großer Schmerz. Auch deine Jungfräulichkeit, falls die noch zur Verfügung steht, und … anderes mehr.«

Perle drehte die Münze in der Hand. Gold, echtes Gold. So würde sie das nötige Geld zusammenbekommen für jede Rache, die sie sich ausmalte. Sie dachte an Hernoth und Ihn, an Ophilia und ganz Greiffensturz, und sie dachte, dafür würde sie den Schmerz ertragen. Sie dachte, dass sie es satthatte, gehorsam zu sein, und daran, dass Kataskia und die anderen ihren Stolz und die Freiheit über den Gehorsam gegenüber den Kaiser gestellt hatten. Sie dachte daran, dass zu Hause alle die Hexen fürchteten und dass sie selbst gefürchtet werden wollte. Und sie sagte: »Ja.«

»Dann soll deine Ausbildung morgen beginnen.«

Sie gingen zu Ion und erklärten es ihm.

Entsetzt sah er von einer zur anderen, dann schluckte er. »Soll ich auch Hexe werden? Oder Hexer?«

»Das kannst du nicht«, sagte Kataskia kalt. »Du bist ein Junge, und von euch haben nur die wenigsten die Gabe zur Hexerei. Aber du darfst gern hierbleiben und deine Schwester unterstützen.«

Ion nickte, und es war nicht zu erkennen, ob er erleichtert war oder sich zurückgesetzt fühlte. Dann hob er das Beil und hackte weiter Holz. Das meiste hatte er bereits geschafft.

6

Kaum waren sie am Abend ins Bett gegangen, fragte Ion leise: »Wann wollen wir los?«

»Los?«

»Je früher wir fliehen, desto weiter sind wir weg, wenn sie morgen erwacht.« Draußen war es dunkel. Am Abend waren sogar Wolken aufgezogen, und so herrschte in ihrem Zimmer unter dem Dach Finsternis. Obwohl das Fenster offen stand, war die Luft drückend.

»Wieso fliehen?«, erwiderte Perle. »Hast du nicht zugehört? Ich werde Hexe.«

»Ich dachte, das sagst du nur, um sie in Sicherheit zu wiegen.« Er drehte sich um, und sein Matratzensack raschelte laut; in ihrer Nase kribbelte Staub.

»Nein, ich will das …«

»Sie hat das Kaiserreich vernichtet!«, unterbrach er sie. Seine Stimme bebte vor Angst.

»Das sind nur Lügen«, sagte Perle und fasste für ihn zusammen, was Kataskia ihr erzählt hatte. Die Einzelheiten über Hexerei ließ sie aus, weil sie nicht wusste, ob sie die vor einem Außenstehenden ausbreiten durfte. Sie würde Kataskias Schülerin sein und er nicht.

»Und das glaubst du?«, fragte er ungläubig. »Was ist, wenn sie lügt?«

»Du bist doch nur eifersüchtig, dass sie mich auserwählt hat und dir nichts beibringt. Aber hier ist es nun mal anders als beim Waldläufer, hier hast du verloren.«

»Aber Hexerei ist böse!«

»Wer sagt das?«, fuhr sie ihn an und richtete sich auf. Es fiel ihr schwer, beim Flüstern zu bleiben. »Dieselben, die verbreiten, dass sie das Kaiserreich mit Absicht vernichtet hat.«

»Aber sie hat …«

»Sie waren doch gezwungen, sich zu wehren!«, ereiferte sie sich. »Hätte der Kaiser seinen Verstand eingeschaltet, statt dieses dumme

Mädchen auf den Thron zu setzen, wäre nichts passiert. Er war es, der angefangen hat!«

»Sie ist trotzdem eine Hexe«, stieß er aus.

»Eine Hexe, die uns besser behandelt als unsere elenden Eltern! Sie hat versprochen, mir zu meiner Freiheit und Rache zu verhelfen, und das ist auch deine.«

»Eine Hexe«, wiederholte er stur.

»Die dich füttert und bei sich wohnen lässt.« Der alte Groll kochte in ihr hoch und hatte sie plötzlich im Griff. Warum wollte er ihr alles vermiesen?

Draußen meckerte die Ziege.

»Sie macht mir Angst!«

»Weil du ein elender Schisser bist!«, warf sie ihm vor.

»Bin ich nicht! Und ich lass nicht zu, dass sie dich zu einer Hexe macht! Ich sorge dafür, dass sie dich rausschmeißt, und dann …«

»Wag das bloß nicht«, drohte Perle. Was bildete er sich ein, für sie zu entscheiden? »Wenn du gehen willst, dann hau ab. Verlauf dich meinetwegen im Wald und lass dich von einem Lindwurm fressen. Aber versau mir nicht die Gelegenheit hier, so wie du verhindert hast, dass ich Waldläufer werde.« Es spielte keine Rolle, dass sie das sowieso nicht geworden wäre, dass Er sie sowieso verkauft hätte; aber vielleicht wäre ohne Ion auch das anders gekommen.

»Sie ist …« Er klang jämmerlich.

»Hau schon ab, wenn du willst!« Sie wusste nicht, ob sie es meinte, aber es tat gut, es zu sagen. Es tat gut, ihn wegzustoßen, ihm zu zeigen, wer das Sagen hatte.

»Nicht allein«, sagte er, »ich lass dich nicht hier.«

»Du hast doch bloß Angst allein, Schisser«, höhnte sie. »Elender kleiner Schisser.«

Endlich schwieg er. Sie hörte, wie er sich umdrehte und leise weinte. Jammerlappen! Er würde sich schon wieder beruhigen und begreifen, wie viel Glück sie gehabt hatten, hierherzukommen.

Später schrie und heulte Kataskia im Schlaf, und Perle erwachte. Ihr lief ein Schauer über den Rücken, und einen Moment lang fragte sie sich, ob ihr auch solche Träume drohten. Aber dann sagte sie sich, das sei egal, wenn sie nur ihre Freiheit und Rache bekäme. Und dann fiel ihr ein, dass das die Albträume aus Ycena sein mussten, wo die Menschen noch immer schliefen, und ihr schauderte es. Kataskia träumte seit Jahrhunderten so. Rasch dachte Perle an etwas anderes. Sie malte sich ihre Rache aus, bis sie erneut eingeschlafen war.

Ion hatte aufgehört zu weinen.

7

Am nächsten Morgen war Wüstling tot. Zerstückelt. Teile von ihm lagen um den blutigen Hackstock herum, einzelne Federn klebten an frischen Scheiten, der Kopf thronte auf dem Hackstock, daneben steckte das fleckige Beil tief im Holz. Kataskia klagte laut.

»Wer von euch war das?«, schrie sie, und Zorn funkelte in ihrem Blick. Wut strahlte von ihr ab wie sengende Hitze.

»Ich nicht«, versicherte Perle entsetzt. Sie war noch gar nicht ganz wach, frisch aus dem Schlaf gerissen von Kataskias Klagen.

»Ich auch nicht!«, rief Ion und sah zu Boden, ein verängstigtes Tier, das sich vor einem Räuber duckte, ein Schisser wie so oft. Doch auf seinem Hemd fanden sich Blutflecken.

»Warum?«, fauchte Perle ihn an. »Warum?« Natürlich hatte er es getan, denn sie war es nicht gewesen, und sonst war niemand da. Auch hatte er in der Nacht angekündigt, etwas zu tun, und jetzt, da er die Wut der Hexe sah, fürchtete er sich vor den Konsequenzen. Warum hatte sie ihn nicht ernst genommen, warum hatte sie es nicht verhindert?

»Mein einziger Hahn«, knurrte Kataskia und fuhr sich mit beiden Händen durchs Haar. »Der einzige. Das hättest du nicht tun sollen.« Sie starrte Ion an. »Nicht Wüstling.«

»Aber wie? Wieso?« Ion duckte sich, sah zu dem zerstückelten

Hahn hinüber, sah auf seine Hände, auf die Blutflecken dort, nur nicht zu ihr. Er wirkte ebenso verstört wie ängstlich.

»Wieso?«, fauchte Perle. Wie konnte er das fragen? Die Wut über seinen Verrat wuchs und wuchs. »Er hatte einen Namen, verdammt!« Mit ihm hätte Kataskia zaubern können, sein Tod bedeutete Verlust und Schmerz, das hatte sie ihr noch gestern eingeschärft. Den Schmerz konnte man in ihren Augen lesen, das vernarbte Gesicht zeigte wie immer keine Regung.

»Aber ich …«

»Perle«, wandte sich Kataskia an sie, schwer atmend vor beherrschter Wut. »Du verstehst, dass ich ihn bestrafen muss? Und du bist einverstanden?«

»Mehr als einverstanden. Er hat es nicht anders verdient.«

»Dann komm!« Kataskia packte Ion und zerrte ihn zu den Hühnerställen; er wehrte sich nicht, er erstarrte wie ein verängstigtes Rehkitz. »Du hast mir den Hahn genommen, und daran soll dich deine Strafe erinnern. Strafe und Buße.«

»Nein«, flehte Ion, »bitte nicht.«

Sie drückte seinen Kopf nach unten und stieß ihn in einen Käfig, der gerade mal einen guten Schritt hoch war und kaum breiter.

»Bitte nicht«, wiederholte Ion.

Kataskia schloss ab und sagte: »Wüstling ist tot, da hast du es besser getroffen, oder? Also halt's Maul.«

»Ja, halt's Maul«, setzte Perle nach.

Ion schwieg.

Kataskia spießte Wüstlings Kopf auf einen Stock und rammte den kurz vor Ions Käfig in den Boden, die toten Augen des Hahns auf den Jungen gerichtet. Ion kroch nach ganz hinten und drehte den Kopf weg, das Gesicht vor Entsetzen verzerrt.

»Wenn Wüstlings Kopf verfault ist, kommst du frei«, sagte Kataskia.

Ion wimmerte.

»Zu essen bringt Perle dir so, wie es ihr angemessen erscheint«, fügte Kataskia hinzu und wandte sich ab. Dann sammelte sie die restlichen Überbleibsel des Hahns auf und brachte sie mit Perle in die Küche, wo sie das Fleisch in eine Schale legte.

»Fürs Abendessen«, erklärte sie. »Indem wir ihn verzehren, nehmen wir den Schmerz über seinen Tod auf, und Schmerz ist, wie ich bereits sagte, Magie.«

Perle nickte, ohne es ganz zu verstehen.

»Ion bekommt auch etwas, aber für ihn ist es eine Erinnerung an seine Tat, eine Aufforderung, sich damit auseinanderzusetzen. Er hat nicht getötet, um zu essen, also muss er es. Hätte er getötet, um zu essen, dürfte er nichts bekommen. Verstehst du das?«

Wieder nickte Perle, obwohl sie nicht sicher war. Sie dachte noch nicht wie eine Hexe.

»Das ist keine Hexerei im eigentlichen Sinn, aber es ist Handeln nach demselben Prinzip. Ein bewusstes Handeln, um Dinge miteinander zu verknüpfen. Auch bei der Hexerei wird verknüpft, Schmerz und Opfer werden verbunden mit einem Wunsch, was geschehen soll.« Kataskia räumte die Schale mit Wüstlings Fleisch beiseite und holte Brot und Käse. »Aber erst wird gefrühstückt, dann beginnt der Unterricht.«

Sie aßen, und Perle brachte Ion nichts, er sollte ruhig bis zum Mittag warten. Schmerz und Opfer.

8

»Wann lerne ich die Worte, die du gestern gesprochen hast?«, fragte Perle, als die Mittagsstunde nahte. Kataskia hatte ihr noch mehr über Schmerz erzählt, hatte seelischen von körperlichem Schmerz unterschieden und geschildert, wie sie beim Zerstören ihres Gesichts körperlichen Schmerz mit seelischem verbunden und ihre berühmte Schönheit unwiederbringlich geopfert hatte.

»Was war das überhaupt für eine Sprache?«

»Langsam, langsam, eins nach dem anderen. Ich habe genug geredet, nun kommen wir zu deinem Schmerz und dem, was du selbst noch opfern kannst. Erzähl mir von deiner Familie, von Tieren, die du liebst oder geliebt hast, und ob du noch Jungfrau bist. Nach dem Mittagessen suchen wir dir dann eine Klinge aus, und du darfst sie schleifen und den Griff selbst herstellen. Denn erst kommt das Messer, und dann kommen die Worte, so verlangt es die Hexerei.«

Also erzählte Perle vom Tod ihrer Mutter und dem Verrat durch ihren Vater, von ihrer Stiefmutter und dem Stein der Nymphe.

»Ich wusste, dass deine Gabe stark ist«, sagte Kataskia, als Perle die Präsenz der Nymphe erwähnte, die sie gespürt hatte. Und Perle war stolz und froh, bestätigt zu bekommen, dass sie sich damals nichts eingebildet hatte.

Nach dem Essen brachte sie ihrem Bruder Früchte zu essen, dazu einen Kanten Brot und ein paar Nüsse. Ion kauerte mit rot verquollenen Augen auf dem Boden und sah sie, statt etwas zu sagen, nur vorwurfsvoll an. Der Käfig war zu klein, als dass er aufrecht hätte stehen können. Über Wüstlings Kopf krabbelten zahlreiche Fliegen, die im Sonnenlicht grün schillerten. Perle verscheuchte sie, aber sie kamen sofort wieder.

Als Perle zu Kataskia zurückkehrte, fragte diese: »Wie ist es für dich, deinen Bruder so zu sehen?«

»Er hat es verdient«, sagte Perle.

»Das habe ich nicht gefragt.«

»Nicht?«

»Nein. Ich wollte wissen, ob du Mitleid empfindest, wenn du ihn so siehst.«

»Nein«, sagte Perle schnell, weil sie noch immer wütend auf ihn war und nicht wollte, dass Kataskia dachte, sie werfe ihr die Bestrafung vor. Kataskia sollte wissen, dass sie mit dem Verrat nichts zu tun hatte. Dabei empfand sie trotz allem Mitleid mit ihm, weil er sich nicht aufrichten konnte, weil er so eingepfercht war, aber das sagte sie nicht, denn sie wollte Hexe werden. »Er ist selbst schuld. Kann ich jetzt meine Klinge bekommen?«

»Ja.« Kataskia stieg in den Vorratskeller und brachte eine kleine Kiste herauf. Daraus holte sie drei unterschiedliche Messerklingen und legte sie nebeneinander auf den Tisch. Die erste war lang und schmal wie ein Fischmesser und lief spitz zu, die zweite war groß wie der Dolch des Vogts und mit zwei scharfen Schneiden versehen, und die dritte war breit, einseitig geschliffen und leicht geschwungen, sie erinnerte Perle an ein Jagdmesser. Alle Klingen waren alt und fleckig und wirkten stumpf. Die schmale sah am elegantesten aus, aber Perle wählte die letzte. Ein Jagdmesser passte zu ihr, die Klinge repräsentierte das, was sie war, so viel besser, als Eleganz oder eine Erinnerung an den Vogt es hätte tun können.

Anschließend zeigte Kataskia ihr sieben unterschiedliche Stücke Holz für den Griff, und Perle wählte das Stück Olivenholz, das von einem Baum aus dem Herzen Ycenas stammte. Zuletzt würde der Griff mit Leder umwickelt werden, und Kataskia gab ihr dafür ein Stück von der Lindwurmhaut, die sie auch für ihr eigenes Ritualmesser verwendet hatte.

»Du bist meine Schülerin, diese Entscheidung fälle ich für dich.«

»Danke«, sagte Perle glücklich.

Dann durfte sie ihre Klinge schleifen. Kataskia ließ sie allein, damit sie sich ganz auf die Tätigkeit konzentrierte. Perle schliff und schliff, bis die Klinge glänzte wie ein Spiegel und die Schneide widerstandslos durch Fleisch fuhr. Danach schnitzte sie an ihrem Griff bis kurz vor Sonnenuntergang, und Kataskia rupfte die Federn aus Wüstlings Überresten und briet die Stücke, ohne sie zu würzen.

Der Hahn wurde ohne jede Beilage serviert, denn es ging darum, Wüstling zu verzehren, den Schmerz und die Erinnerung aufzunehmen. Sie aßen langsam und schweigend, und Perle dachte über Schmerz nach, wie Kataskia es verlangte. Zugleich dachte sie jedoch an ihr Messer und dass sie am nächsten Tag den Griff fertig bekommen würde, und das machte sie glücklich. Sie würde eine Hexe werden.

Sie brachte Ion auch einen Schenkel und einen Flügel hinaus. Ion aß, redete aber noch immer nicht mit ihr. Die Fliegen summten um Wüstlings Kopf, und Perle ließ sie dort.

Nach dem Essen erzählte Kataskia ihr mehr über die Hexerei und betonte weiter die Bedeutung von Opfern. Sie erklärte ihr den Unterschied zu religiösen Opfern, die sich immer an einen Gott richteten, eine Gabe für jemanden waren, ein Geschenk, und dass man Geschenke üblicherweise passend zum Beschenkten aussuchte.

»Wenn du einem Gott etwas darbringst, soll ihn das erfreuen, sagen die Priester, es soll zu ihm passen, nicht unbedingt zu dir. Aber ich weiß nicht, ob das immer so ist. Was will ein Gott mit tausend gleichen Rindern, die zu seinem Ehrentag an tausend gleichen Altären geopfert werden? Er verspeist sie nicht, wie sollte er auch? Ein Gott will, dass du seine Macht anerkennst, und das tust du, indem du ihm etwas gibst, das er gar nicht benötigt, das aber für dich einen Verlust darstellt. Die Idee des Opferns ist hier also: Du erniedrigst dich in der Hoffnung, einen Gott so sehr zu beeindrucken, dass er sich gnädig dir zuwendet. Warum sollte er aber gerade dein Rind für etwas Besonderes halten, wenn er Tausende bekommt? Nein, ich glaube, du wirst einen Gott nur dann beeindrucken, wenn du etwas von dir opferst, das wollen nur die Priester nicht hören. Es ist wie Hexerei, nur dass wir Hexen uns nicht der Gnade eines höheren Wesens ausliefern, sondern die Magie nutzen, um das Wunder aus uns selbst zu schöpfen.«

»Aber so viele Opfer an einen Gott haben doch etwas bewirkt?«, fragte Perle, die nicht glauben wollte, dass Götter einen Menschen nur erniedrigen wollten. Aber in der Tat fiel ihr beim besten Willen nicht ein, was ein Gott mit tausend toten Rindern sollte.

»Vielleicht haben sie das«, erwiderte Kataskia, »vielleicht auch nicht. Denk an Seeleute in der Flaute, gefangen auf hoher See, die Vorräte werden knapp, und sie hängen fest. Also opfern sie einen Teil der Vorräte, vielleicht auch ein Tier, das sie an Bord haben, und vermutlich opfern sie es Suula. In der Nacht kommt plötzlich Wind auf, und alle danken überschwänglich der Göttin. Doch wer sagt uns, dass sie ihn geschickt hat? Wir wissen, dass der Wind irgendwann kommt, so war es schon immer. Seit ich lebe, ist keine Windstille von Dauer gewesen. Es mag sein, dass eine gnädige Göttin sie früher beendet, aber das wissen wir nicht, denn nicht jedes Opfer wird erhört. Vielleicht ist der Wind also reiner Zufall.«

Als es dunkel wurde, ging Perle allein die Treppe hinauf unters Dach und legte sich hin. Zum ersten Mal fragte sie sich, ob die Strafe für Ion zu hart war, aber dann dachte sie, dass er ja nicht ewig eingesperrt bleiben würde und dass er nun einmal zu weit gegangen war. Es war heiß, Wüstlings Kopf würde schon bald vergammelt sein. Ihre Gedanken wanderten zu ihrer neuen Klinge, und sie malte sich die Berge von Gold aus, die sie aus ihrem Blut erschaffen würde.

AUF DER SPUR
DES NAMENLOSEN

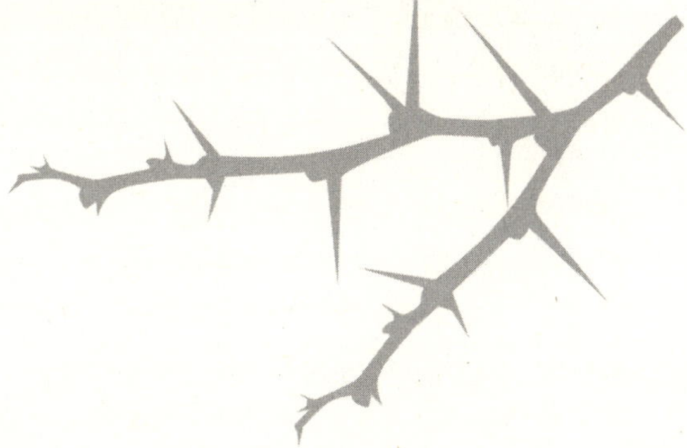

1

»Er muss gleich kommen«, empfing Isa sie an der Tür, konnte aber nicht verbergen, dass sie nervös war. Sie stieg von einem Fuß auf den anderen und sah an ihnen vorbei, die Straße hinab.

»Soll ich dir mit dem Säubern helfen?«, fragte Ukalion, und auch Belizar bot sich an.

»Ich bin fertig«, sagte Isa, aber dann wollte sie doch noch einmal alles putzen. »Der Stein muss glänzen! Papa will den Händler beeindrucken.«

Während sie einen schwarzen Lindwurmkopf schrubbten und an einem unheimlichen Frauenkopf mit Schlangenhaaren mit kleinen Bürsten jede Schuppe säuberten, brachte Belizar ihnen ein schmutziges Seemannslied bei, das er bei seiner ersten Fahrt gelernt haben wollte, ein Lied über viel Alkohol und noch mehr mystische Wesen aus dem Meer, von dem Isa nur einen Teil verstand, über das sie aber umso lauter lachte. Doch immer wieder huschte ihr Blick zur Tür oder zu einem Fenster. Die Zeit verstrich, der Mittag ging vorüber und sie lachte immer weniger, da Telamon nicht kam.

»Vielleicht klemmt der Kopf«, sagte sie, »oder er hat hinter dem Lindwurm einen riesigen Schatz gefunden, den er allein nicht tragen kann und wieder verstecken muss.«

»Dann sollten wir schauen, ob er Hilfe benötigt«, schlug Ukalion vor. »Du weißt doch, wo er ist?«

Isa schüttelte den Kopf. »Ja, aber ich habe Papa versprochen, hierzubleiben, bis er zurück ist. Er kommt immer zurück! Wenn ich nicht da bin, macht er sich Sorgen.«

»Wenn du uns verrätst, wo er ist, gehen wir allein, und du bleibst hier. Nicht dass er sich den Fuß eingeklemmt hat und Hilfe braucht.«

Isa sah ihn unsicher an, auf ihrem Gesicht zeigte sich Angst, und sie wirkte plötzlich klein und zerbrechlich. Tyra erkannte, dass die Angst nicht nur dem Fernbleiben des Vaters galt, sondern dass sie nicht wieder allein sein wollte.

»Sollen wir die Männer schicken und ich bleibe bei dir?«, fragte sie. »Ich kann dir bei den Verhandlungen helfen, wenn Sol zu früh kommt.«

Isa nickte und sah sie dankbar an. Dann fragte sie: »Kannst du überhaupt verhandeln?«

»Ich habe ein paar Jahre mit Parfüm gehandelt. Und davor habe ich überall in der Welt welches gesucht.«

»Du warst überall in der Welt?«, staunte Isa.

»Nicht überall, aber ...«

»Erzählst du ihr davon, wenn wir weg sind?«, unterbrach Ukalion sie und bat Isa, zu beschreiben, wo sie Telamon finden würden. Dann brachen sie auf, um ihn zu holen.

Tyra überredete Isa, sich ruhig hinzusetzen, und flocht ihr einen Zopf. Dabei erklärte sie ihr, dass sie einst Duftfinderin gewesen war, und erzählte von den Nachtblüten aus den nhybirischen Sümpfen, deren Duft nur in dunklen Neumondnächten zu gewinnen war. Dario mochte diese Geschichte besonders, und auch Isa lauschte aufmerksam.

»Warum hast du aufgehört zu suchen?«, fragte sie und betrachtete ihren Zopf in einem alten Spiegel. »Wolltest du lieber Händler sein?«

»Nein. Ich habe einen Sohn bekommen, und mit einem Säugling konnte ich schlecht auf Abenteuerfahrt gehen, oder? Wie alt warst du, als dein Vater mit dir aufgebrochen ist?«

»Vier«, sagte Isa und löste den Zopf wieder auf. »Da ist meine Mutter gestorben.«

»Und ihr wolltet nicht mehr zu Hause bleiben?«

Isa schüttelte den Kopf, sagte aber nichts mehr dazu. Sie fragte: »Wie heißt dein Sohn?«

»Dario.«

»Und ist er bei seinem Vater?«

»Nein«, sagte Tyra, »er ist entführt worden.«

Isa zuckte zusammen. »Von wem?«

»Ich bin mir nicht sicher«, wich Tyra aus gewohnter Vorsicht aus. Aber dann dachte sie, dass das Mädchen ihr vielleicht helfen konnte, und den Vater wollte sie sowieso gleich einweihen. »Von einem bösen Mann, der seinen Namen nicht genannt hat, aber ich glaube, er stammt aus Ycena. Und ich glaube, er ist ein Hexer und gehört zu den Kreaturen der Nacht.«

»Das ist schlecht.« Ängstlich sah Isa sie an. »Sehr schlecht.«

»Er hat einen Hut mit einer breiten Krempe getragen.« Tyra beschrieb ihn, so gut sie es eben vermochte. »Kennst du ihn?«

Isa verneinte.

»Und kennst du Gahadh Durnis?«

»Natürlich.«

»Hast du ihn in letzter Zeit gesehen?«, fragte sie voller Hoffnung, obwohl sie es nicht glaubte.

»Nein. Warum?«

»Weil er vielleicht mehr über den Entführer weiß.«

»Gahadh ist nett«, sagte Isa. »Er hilft dir bestimmt.«

»Er ist nett?« Das hatte Tyra weder damals gedacht, als sie mit ihm geschlafen hatte, noch konnte sie es jetzt recht glauben.

»Ja. Er spricht manchmal mit uns Kindern.« Sie ging zum Lindwurmkopf hinüber und wischte mit dem Ärmel über die Nüstern.

»Mit dir und welchen Kindern sonst?«

»Mit den Streunern.«

Tyra dachte, dass sie Ukalions Rat gleich hätte folgen und diese Straßenratten befragen sollen.

»Erzählst du mir noch mal von deinen Reisen?«, bat Isa und kam zurück, und Tyra erfüllte ihr den Wunsch. In Gedanken jedoch war sie bei Dario. Sie wollte los und den nächstbesten Streuner nach Gahadh befragen, aber sie konnte Isa nicht allein lassen. Die anderen mussten doch jeden Augenblick zurückkommen!

Tatsächlich war sie mit ihrer Erzählung nicht weit gekommen, als Ukalion und Belizar an die Tür pochten. Sie atmeten schwer, und ihre Mienen verhießen nichts Gutes.

»Wo ist Papa?«, fragte Isa.

»Wir wissen es nicht«, gestand Ukalion und ging vor ihr auf die Knie. »Er war nicht da, nur sein Wagen. Das Werkzeug lag herum, als wollte er sofort wiederkommen, und der Lindwurmkopf hing nur noch locker in der Wand. Ich dachte erst, er erleichtert sich nur irgendwo, aber er ist nicht zurückgekommen. Wir haben nach ihm gerufen und die Häuser daneben und gegenüber abgesucht. Blut war nirgends zu sehen, immerhin das, also sind wir schnell in die *Zehn Kerzen* gelaufen, aber da war er auch nicht, und niemand hatte ihn gesehen.«

»Was soll er da?«, rief Isa. »Habt ihr überall gesucht?«

»Ja.«

»Auch im Keller und ganz oben?« Tränen liefen ihr übers Gesicht, und sie versuchte, sie zu ignorieren. Sie schrie und jammerte nicht, wie ein Kind es in einer solchen Situation tun sollte.

»Ja.«

Tyra wollte sie in den Arm nehmen, doch Isa strampelte sich frei. »Lass mich!«

»Wir finden ihn«, versprach Tyra. Es rutschte ihr heraus, obwohl sie doch Dario finden musste, aber sie konnte das Mädchen nicht allein lassen. Und Telamon war der Mann, den sie um Hilfe bitten wollte, also ließ sie Dario nicht im Stich, wenn sie Isa half, ganz im Gegenteil.

»Ja«, bestätigte Ukalion. »Wir finden ihn.«

»Ich komme mit«, bestimmte Isa.

»Ich denke, du darfst hier nicht weg?«

»Papa ist nicht zurückgekommen!«

Sie hinterließen beim Wirt Labuz eine Nachricht für Sol Neratyen und eine für Telamon, dass Isa sicher sei, dann machten sich auf die Suche. Labuz wünschte ihnen viel Glück, die Männer an den Tischen spielten, niemand bot an, sie zu begleiten.

»Er kommt doch immer zurück«, sagte Isa, als sie die alte Therme verließen, und Angst lag in ihrer Stimme. Sie ging ganz nah neben Tyra und sagte: »Es wäre gut, wenn du noch so riechen könntest.«

»Ja, das wäre es.« Tyra strich ihr übers Haar und dachte an Dario. Tief sog sie die Luft ein, aber sie konnte nicht wittern wie früher, sie roch nur das, was alle rochen, und das war inmitten von so viel Stein und Staub nicht viel.

Zunächst suchten sie da, wo Telamon und Isa ihre anderen Fundstellen hatten, auch wenn das wenig Sinn ergab. Es gab keinen Grund, warum er dort hätte hingehen sollen, ohne vorher zu Isa zurückzukehren, ohne an den Händler zu denken. *Er muss überfallen worden sein*, dachte Tyra. An einen Unfall glaubte niemand mehr.

»Ich hoffe, dass nicht die Schatten ihn geholt haben«, sagte Isa. Wieder liefen ihr Tränen übers Gesicht.

»Das glaube ich nicht, wir haben jetzt Tag, nicht Nacht, oder?«

»Ja.« Sie schniefte. »Aber Wolf und Maec haben gesagt, manchmal kommen sie auch tagsüber raus. In Kellern und in der Kanalisation und wenn man allein ist.«

»Wer sind Wolf und Maec?«

»Freunde«, sagte Isa, »Streuner.«

»Dein Vater war nicht in der Kanalisation, er war in einem Haus«, erinnerte Ukalion sie.

»Glaubst du, er ist tot?«, fragte Isa ihn unvermittelt. Sie sprach leise, ansonsten herrschte Stille. In der Ferne wurde gehämmert, Eisen auf Stein, aber das war kaum zu vernehmen. »Sonst wäre er doch nach Hause gekommen.«

»Er ist nicht tot«, sagte Ukalion. »Wäre er tot, hätten wir ihn gefunden. Tote laufen nicht weg und werden auch nicht verschleppt. Und wir haben keine Blutspuren gesehen.«

»Glaubst du, er ist tot?«, fragte Isa nun auch Tyra, als könne sie einem allein nicht glauben. Aber ihre Stimme war schon fester.

»Nein.« Dass ein gebrochenes Genick keine Blutspuren hinterließ, sagte sie nicht.

»Vielleicht ist er entführt worden, von jemandem, der glaubt, ihr würdet den Fundort eines großen Schatzes kennen«, vermutete Ukalion. »Und der das Geheimnis von ihm zu erfahren hofft.«

»Aber wir haben keinen Schatz!«, rief Isa.

»Das weiß der Entführer vielleicht nicht. Weißt du einen Ort, an dem man einen Gefangenen verstecken könnte?«

»Überall«, sagte Belizar und deutete reihum. »Wir sind in Ycena.« Verlassene Gebäude erstreckten sich in alle Richtungen, so weit das Auge reichte.

»Wir müssen ihn finden!«, drängte Isa, und ihre Tränen liefen unaufhörlich. »Ich will nicht, dass sie ihn foltern!«

Tyra empfand Mitleid und dachte an Dario. Sie fühlte sich Isa verbunden, obwohl sie nicht davon überzeugt war, dass Telamon entführt war. Aber Isa glaubte es, und so musste sie fast das Gleiche fühlen wie sie selbst, nur dass es in ihrem Fall der Vater war und nicht der Sohn. Vorsichtig tastete sie nach der Glücksmünze in ihrem Gürtel. Selbst durch den Stoff hindurch glaubte sie etwas zu spüren. Herausholen wollte sie sie vor Ukalion und Isa noch immer nicht.

»Vertraut ihr mir?«, fragte sie und löste die Hand wieder von der Münze.

»Ja«, sagte Isa.

Belizar lächelte nur.

Ukalion zögerte, dann nickte er.

»Dann folgt mir.« Sie ging voraus und ließ sich von ihrem Gefühl leiten, von Darios Glücksmünze. Wenn eine Eingebung ihr nahelegte, nach links oder rechts zu gehen, tat sie es, ansonsten folgte sie der Straße geradeaus.

»Warst du schon mal hier?«, fragte Isa.

»Nein«, antwortete Tyra.

»Wie willst du ihn dann finden?«

»Wir brauchen Glück, und Glück habe ich in letzter Zeit so viel, dass ich darauf vertrauen kann.«

»Dann tu ich das auch.« Isa lächelte sie bewundernd an, das Glück schien ihr so recht wie der Geruchssinn eines Hundes. Ukalions Blick dagegen war zweifelnd, doch er sagte nichts.

»Erzählst du mir von Gahadh?«, bat Tyra, und Isa erzählte, aber es war nichts Hilfreiches dabei. Sie kannte die Orte, an denen er gesucht und doch nie viel gefunden hatte, so wie die meisten. Das, was er gefunden hatte, hatte er verspielt oder ins Bordell getragen. Trotzdem hatte er immer an den großen Fund geglaubt, hatte sich wegen Beleidigungen geprügelt – und mit jedem, den er verdächtigte, ihn beschissen zu haben, oder der ihn verdächtigte. Den Streunern dagegen hatte er, wenn er gewonnen hatte, kleine Münzen zugesteckt, und auch mit Isa hatte er immer freundlich gesprochen. Er hatte gesagt, er wäre gern Vater geworden, aber seine Frau sei gestorben, und seitdem sei er zu traurig, um Vater zu werden. Aber wenn er den großen Schatz fände, würde er die Traurigkeit hinter sich lassen, hatte er hinzugefügt und dabei laut Isa sehr traurig ausgesehen. Tyra schwieg dazu und dachte, was für ein verlogener Verräter er doch sei.

Als der Nachmittag weit fortgeschritten war, überquerten sie den Fluss auf einer schmalen Brücke mit lückenhafter Brüstung, passierten ein verwittertes Aquädukt und kamen in ein Viertel, in dem viele Häuser nur noch teilweise standen. Die meisten Fenster waren zerbrochen, die Nachtsalamander zahlreich und die Fliegen überall. Der Regen der Nacht war vergessen, der Himmel klar und die Sonne heiß. Wo immer es möglich war, hielten sie sich im Schatten der Ruinen.

Irgendwann stießen sie auf eine Dachkonstruktion, die über einem Brunnen errichtet schien. Weiter östlich musste sich ein Tempel oder ein anderes großes Gebäude befunden haben, das eingestürzt war, doch Tyra drängte es zu dem seltsamen Dach, das von acht schlichten Marmorsäulen getragen wurde. Moose und Blumen wuchsen auf dem Dach, doch sie waren vertrocknet und ihr Duft verkümmert, es stank nach Verwesung. Käfer krochen über den Stein, Spinnennetze hingen zwischen Säulen und Dach, und doch schwirrten die Fliegen hier noch zahlreicher als anderswo.

Tyra trat an den Rand der Brunnenumrandung, und der Gestank nahm zu. Sie blickte hinunter und erstarrte. Obwohl das Dach einen Schatten in die Tiefe warf, konnte sie den Boden erahnen. Dort war kein Wasser, sondern etwas, das wie eine menschliche Gestalt aussah.

»Hallo«, rief sie, aber die Gestalt rührte sich nicht.

»Papa?« Isa war schon neben ihr und kletterte auf die Brüstung, weil sie anders nichts hätte sehen können. »Papa!«

»Vorsicht!« Tyra hielt sie an der Schulter fest, doch Isa riss sich los und wäre, als sie sich vorbeugte, fast hinabgestürzt. »Papa!«

»Pass auf!« Tyra packte sie erneut, und diesmal wehrte Isa sich nicht. Sie sah einfach weinend in die Tiefe.

»Telamon?«, fragte Ukalion neben ihnen, aber auch er konnte es nicht erkennen.

»Papa!«, schrie Isa und versuchte wieder, sich von Tyra loszureißen. »Das ist kein Glück! Das ist kein Glück!« Und sie schrie und weinte, aber Tyra ließ nicht los.

Schweigend ging Belizar auf die andere Seite des Schachts und griff nach einem Seil, das er dort entdeckt hatte. Er prüfte den Knoten und schwang sich über die Brüstung. Geschickt kletterte er hinunter. Tyra und Ukalion sahen ihm zu, Isa schluchzte und wollte hinterher, aber Tyra ließ sie nicht los.

»Er ist es nicht«, rief Belizar, als er unten angekommen war.

»Bist du sicher?«, fragte Tyra.

»Nicht?« Isa hickste, sie zitterte.

»Der hier ist seit Wochen tot.«

Isa schrie vor Freude, und Tyra ließ sie los. Lachend und weinend zugleich hüpfte Isa um die Brüstung herum. »Papa lebt, Papa lebt, Papa lebt.«

»Was siehst du noch?«, fragte Tyra.

»Nicht viel. Einen Gang, der aber verschüttet ist. Und der Boden ist mit Knochen übersät. Von kleinen Tieren, aber auch von Menschen.« Belizar nahm das Seilende und band es dem Toten um die Brust. »Zieht ihn hoch. Er soll ein richtiges Begräbnis bekommen.«

Sie holten den Fremden heraus, lösten das Seil und warfen das Ende wieder zu Belizar hinab. Er sammelte, was dem Toten gehört hatte, in dessen Rucksack, warf ihn sich über und kam heraufgeklettert.

Isa hielt in ihrem Freudentanz inne und starrte den Toten an. Sein Gesicht war bis zur Unkenntlichkeit verwest, die Augen waren vertrocknet, und Maden krochen über seinen Leib. Die Fliegen setzten sich auf ihn, und Isa sagte: »Gahadh.«

»Was?«, entfuhr es Tyra.

Isa nickte, gebannt von dem Anblick. »Das sind seine Kleider. Und seine Haare.«

Tyra starrte ihn an, aber den Mann, mit dem sie geschlafen hatte, erkannte sie nicht.

»Und das ist sein Dolch«, fügte Isa hinzu, als Belizar wieder bei ihnen war und den Rucksack ausleerte. »Den hat er immer rumgezeigt.«

Das Erbstück, dachte Tyra. Sie erinnerte sich, er hatte ihn ihr gezeigt, um sie zu beeindrucken, dabei hatte sie nur vögeln wollen, und ... Wieso war er tot? Sie hatte ihn befragen wollen, und sie sollte doch Glück haben, und alles ging in ihrem Kopf durcheinander. Ihre Brust krampfte sich zusammen, Gahadh stank.

Isa warf ihr einen misstrauischen Blick zu. »Hast du deinem Glück gesagt, dass du Papa finden willst? Oder doch nur Gahadh, weil Papa dir egal ist?«

»Ist er nicht.« Tyra schüttelte den Kopf. »Aber ich kann dem Glück nichts befehlen, ich verstehe es nicht. Warum ist er tot?«

»Warum findest du nicht Papa? Das ist kein Glück!«, schrie Isa.

Tyra ging in die Hocke und hielt sich den Kopf mit beiden Händen, die Finger tief im Haar vergraben. Warum hatte sie einen Toten gefunden statt Telamon – oder gleich Dario? Was war das für ein Glück? Oder war es doch keines, alles nur Betrug, die Spielerei eines Hexers, eines Schattens, eines Dämons? Was sollte ihr ein toter Gahadh helfen? Verhöhnte die Münze sie? Sie ließ sich auf den Boden sinken und lehnte sich an die Brüstung. »Gahadh hat Dario verkauft. Gahadh war sein Vater und hat ihn verkauft.«

Isa sah sie ungläubig an. »Mein Papa würde das nie tun. Niemals!«

Tyra nickte. *Er hat ihn verkauft, um sein eigenes Leben zu retten*, hatte der Hexer über Gahadh gesagt, *dabei hat er nicht einmal einen besonders guten Handel abgeschlossen. Er wollte eben nicht sterben, da überlegen die wenigsten richtig*. Die Worte hatten sich ihr eingebrannt, und es war ihr immer selbstverständlich erschienen, dass es kein guter Handel war, sein Kind zu verkaufen, aber plötzlich kam ihr der Gedanke, dass es dem Hexer tatsächlich um das rein Geschäftliche gegangen war, nicht um irgendeine Moral. Gahadh hatte sich sein Leben erkauft und war trotzdem gestorben. Er hatte Dario völlig umsonst verraten. Tyra weinte, sie konnte nicht anders, und dann sprang sie auf, von Wut gepackt, und ging mit den Füßen auf Gahadh los. Wieder und wieder trat sie in den stinkenden Leib, spuckte auf ihn und schrie: »Elende Arschfratze! Du feiger Verräter! Du wirst kein Begräbnis bekommen, nein!«

Keiner hielt sie zurück, Isa trat sogar neben sie und spuckte Gahadh auch an. »Arschfratze!«

»Du bist nicht Darios Vater, du warst es nie, und ich bin froh, dass du tot bist. Ich hoffe, du hast gelitten.« Sie schleifte ihn zur Brüstung und wehrte jede Hilfe ab. »Das mache ich allein!« Sie packte ihn unter den Achseln und wuchtete den Oberkörper über die Brüstung, schob ihn weiter und weiter, bis er kippte und Kopf voraus fiel. Mit einem dumpfen Laut schlug er unten auf. Tyra murmelte: »Mögest du ewig in dem Loch schmoren.«

Belizar nickte, Isa spuckte noch einmal hinab, und Ukalion schwieg.

»Hältst du mich für grausam?«, fragte Tyra.

»Nein.« Ukalion schüttelte den Kopf.

Unvermittelt fragte sie sich, ob Telamon in Gefahr war, ob der Hexer auch ihm sein Leben für das seines Kindes versprach. Sie wusste nicht, wie der Handel abgelaufen war, egal, wie oft sie versucht hatte, es sich vorzustellen, aber plötzlich war sie sicher, dass der Hexer einen solchen Handel auch anderen angeboten hatte, die in Schwierigkeiten waren, und dass er es weiter tat. Es konnte nicht Dario allein sein!

Wozu benötigt er Kinder?

Tyra durchsuchte den Rucksack, aber sie konnte nichts finden, das ihr einen Hinweis geliefert hätte. Sie warf alles zu Gahadh hinab, nur nicht den Dolch, der ihm so viel bedeutet hatte, den sollte er nicht bekommen. Sie fragte Isa: »Sind Kinder verschwunden, seitdem du hier bist?«

»Ein Streuner und, ich glaube, ein Säugling aus dem Bordell, aber da darf ich nicht hin.«

»Und sind Erwachsene verschwunden oder gestorben?«

»Manchmal stirbt ein Sucher, aber es war keiner dabei, den ich kannte«, sagte Isa. »Nargemmnon hat Goldschmuck gefunden und ist nach Freybruck zurück.« Sie zog die Nase hoch. »Und Cornella war so verschuldet, dass sie ins Loch geworfen wurde und verkauft werden sollte. Aber ein Fremder hat ihre Schulden bezahlt, und danach hat niemand sie wiedergesehen. Den Fremden auch nicht, den kannte keiner. Alle sagen, sie sind zusammen weg, nur Maec meint, sie hat Cornella gesehen, wie sie allein aus Ycena rausgerannt ist, ohne den Fremden.«

»Hatte sie ein Kind?«

»Nein. Aber sie war schwanger.«

Er ist ein verdammter Hexer, dachte Tyra, *er ist eine der Nachtkreaturen. Er rettet sie, aber sie flieht. Hat auch sie ihr Kind verkauft, das ungeborene? Ist sie geflohen, weil sie dachte, sie könnte dem Fremden entkommen, bevor das Kind geboren würde? War der Fremde wirklich der Hexer?*

Alles ging in ihrem Kopf durcheinander, die tief stehende Sonne blendete sie, und sie hatte noch immer Gahadhs Gestank in der Nase, er klebte an ihren Händen und in ihrer Kleidung.

Er kauft Kinder, dachte sie weiter und versuchte die Gedanken zu ordnen, *auch ungeborene. Er muss sie kaufen, er darf sie nicht entführen, aber warum? Hexerei?* In Ycena war es einfach, an Hexerei zu denken. *Und jetzt will er Isa. Er ist es, der Telamon hat, kein Sucher, der ihm einen Schatz abpressen will, den es nicht gibt. Die Sucher kennen sich untereinander, und außer ihnen ist niemand hier, nur der Händler, die Huren und andere, die zu den Suchern gehören. Ein Bauer aus einem nahen Dorf? Ein Räuber?* Nein, er war es, der Hexer, davon war sie überzeugt. Sie sah Isa an und wusste nicht, wie sie es ihr beibringen sollte.

»Wir gehen zurück, bevor die Nacht hereinbricht«, sagte sie nur.

»Aber Papa!«

»Solange das Licht es zulässt, suchen wir, aber vielleicht ist er ja schon im Haus. Oder er verkriecht sich in einem sicheren Versteck, da hilfst du ihm nicht, wenn du dich den Schatten auslieferst.«

Sie nahmen einen anderen Weg zurück und riefen immer wieder laut nach Telamon, aber sie fanden ihn nicht. Er war auch nicht zu Hause, und auch im Wirtshaus wusste niemand etwas.

»Bleibt wer bei mir?«, fragte Isa. »Bitte.«

Sie blieben alle, auch Ukalion, der nicht in sein Haus zurückkehrte.

Der Schlaf kam erst spät, und sie träumten schlecht. Tyra träumte, wie Dario verschlungen wurde, und als sie deswegen aufwachte, hörte sie Ukalion am anderen Ende des Raums keuchen. Isa neben ihr wimmerte im Schlaf. Tyra hoffte, sie konnte Dario finden und entführen, ohne sich dem Hexer stellen zu müssen. Dann dämmerte sie wieder weg.

2

Telamon hockte in der Dunkelheit und lauschte auf die Geräusche der Nacht. Er hatte sich ganz an den Rand des Netzes gesetzt, den Rücken zur Wand und eine Klinge in der Hand, falls er kämpfen musste. Er wartete und versuchte, kein Geräusch zu machen. Welche Kreaturen würden ihn finden?

Seine Lippen waren dick und trocken vor Durst, der Magen knurrte, aber es gab nichts zu essen. Wieder und wieder fragte er sich, wo Isa war, ob entführt und in Gefahr, oder ob das alles eine Lüge gewesen war und sie nun allein im Haus auf ihn wartete und ängstlich und verweint in die Nacht starrte, weil sie nicht schlafen konnte. Oder war jemand bei ihr?

Warum hatte er nicht aufgepasst und die Fallgrube gesehen?

Er dachte an seine verstorbene Frau, die er in Isas Lachen so deutlich wiedererkannte, in ihrer Art, den Kopf zu halten, und in der Furche über der Nase, wenn sie zornig war. Isa hatte ihre Ohren und Augen, und er wollte nicht glauben, dass sie ihn betrogen hatte, obwohl er nicht wusste, was Isa äußerlich von ihm hatte. Dennoch glaubte er nicht, dass sie von einem anderen Mann war. So oft sah er sich selbst in ihr, wenn sie die Straßen hinabrannte wie er früher oder die Würfel beim Spiel gegen die Wand rollen ließ, wenn sie lachende Ungeheuerfratzen an Hauswände kritzelte oder Pfirsichkerne von hoch oben aus Fenstern spuckte und dabei so viele Pfirsiche aß, dass ihr schlecht wurde. Das und hundert andere Kleinigkeiten. Oder sah er nur das, was er sehen wollte?

Nein, Isa war seine, das konnte nicht anders sein. Aber wo war sie?

Und wer war der gesichtslose Kerl, der seine Erstgeborene gewollt hatte? Ein Sucher war es nicht, ein Bauer aus dem Umland auch nicht, und fahrendes Volk kam nicht nach Ycena. Auch hätte ein jeder aus diesen Gruppen Isa einfach entführt. Telamon vermutete, dass der Kerl wegen der Hexerei hier war, denn wer außer einem Hexer hätte ihm einen solchen Handel angeboten? Wer auch immer es war, von ihm war keine Hilfe zu erwarten.

Der verdrehte Knöchel pochte, die Hand schmerzte, und sein Körper war es leid, auf diesem Netz zu sitzen. Unter sich hörte er ein Schaben, das langsam lauter wurde. Es klang, als käme etwas den Schacht herauf, etwas Großes.

Leise erhob er sich und stellte sich ganz an den Rand, sodass sein Rücken den Stein berührte. Er hoffte, auf diese Weise von unten nicht gesehen zu werden. Immer näher kam das Schaben, ganz langsam, und Telamon schielte nach unten, aber es war zu dunkel, um etwas zu erkennen, so furchtbar dunkel, nichts als Schwärze. Er dachte an einen schweren Körper, der über Stein schliff, eine gewaltige Spinne, die sich den Schacht heraufschob, Beine voller Borsten, ein Maul, aus dem Gift tropfte, aber er sah nichts, gar nichts, nicht einmal einen Schemen. Er hielt die Luft an und verfluchte die Dunkelheit, Angst kroch ihm unter die Haut.

Etwas knirschte, etwas klackte, ganz nah, und dann berührte etwas das Netz. Es rüttelte daran, und das Netz wackelte. Telamon presste sich gegen die Wand und versuchte, weiterhin nicht zu atmen, kein Geräusch zu machen. Noch immer sah er rein gar nichts, und die Angst hatte ihn vollkommen durchdrungen, er wollte schreien und um sich schlagen wie ein kleines Kind, aber er riss sich zusammen, um zu überleben.

Ein warmer, feuchter Hauch drang zu ihm herauf, und er hörte ein Schnaufen. Es stank nach Fäulnis.

Atmeten Spinnen?

Telamon presste die Lippen aufeinander und umklammerte den Dolch fester, bereit zuzustoßen, so hoffnungslos das auch sein mochte. Schweiß drang ihm aus allen Poren, und sein Herz pochte wild.

Plötzlich hörte das Rütteln auf, und Telamon hörte, wie sich das Schaben wieder entfernte, schneller, als es gekommen war, und doch dauerte es, bis es ganz verklang. Der Schacht musste tief hinab führen. Schließlich war nur noch das stetige Plätschern zu hören.

Irgendwann drang von oben ein Fauchen herein, aber das schien weit weg zu sein. Telamon dachte noch immer an das, was zu ihm heraufgekrochen war, und die Angst ließ ihn nicht los. Er glaubte nicht mehr, dass das Ding die Spinne zu seinem Netz gewesen war, es war größer gewesen, viel größer, und das Netz war da, damit es nicht durchkam, nicht hinauf in die Stadt. Das Netz schützte ihn, sie alle.

Isa, dachte er, *ich hoffe, du bist in Sicherheit*. Bei dem Gedanken, dass sie in einem ähnlichen Loch stecken könnte wie er, vielleicht ohne ein schützendes Netz, unten bei einer solchen Kreatur, wollte er wieder schreien und um sich schlagen, aber er tat es nicht, aus Angst vor dem Ding aus der Tiefe, aus Angst, es könnte ihn hören.

Isa, dachte Telamon, immer wieder: *Isa*. Und der Gedanke an sie war der einzige tröstliche und der schlimmste zugleich. War sie in Sicherheit oder gefangen?

Warum hätte Wolf lügen sollen?

Wenn er nicht an der Falle beteiligt war, warum hatte er ihn nicht gerettet?

Was war mit Isa?

Es waren dieselben Fragen, die ihn unaufhörlich quälten.

Und dann begannen die Schreie. Hohe, schmerzerfüllte Schreie eines Menschen, und sie kamen aus der Tiefe. Von da, wohin das schabende Geräusch verschwunden war. Minutenlang hielten sie an, und Telamon fragte sich, ob das Isa sein konnte, und er wollte das Netz durchreißen und hinab zu ihr, aber sie war es nicht.

Oder doch?

Aber er konnte nicht hinab, er konnte keine Wände erklimmen, und bevor er sich anschickte, es dennoch zu versuchen, erkannte er, dass sie es nicht war, die Schreie kamen von jemand anderem. Er spürte Erleichterung und Dankbarkeit, und die Schreie verstummten. Kurze Zeit darauf setzten sie erneut ein, schrill und durchdringend. Telamon hielt sich die Ohren zu und dachte an Isas Lachen, aber ganz konnte er die Schreie nicht aussperren, und sie wollten kein Ende finden.

Sei doch still!, dachte Telamon. *Sei endlich still!* Und er wünschte dem Schreienden, er möge endlich sterben, denn er konnte sich nur vorstellen, dass im Vergleich zu dem, was dem Armen gerade widerfuhr, der Tod eine Erleichterung war.

Aber er starb nicht. Erst als der Morgen dämmerte, verstummten die Schreie, und Telamon kippte vor Erschöpfung um, seine Beinmuskeln zitterten und verkrampften sich. Er rollte auf den Rücken, umklammerte das Messer und hielt es über der Brust, damit es nicht in die Tiefe fiel.

So lag er noch da, als der Mann mit Hut auftauchte. Doch bevor der seine Frage stellen konnte, sagte Telamon mit krächzender Stimme: »Nein! Du bekommst Isa nicht. Über alles andere können wir reden.«

»Mich interessiert nur dein Erstgeborener.«

»Nein«, wiederholte Telamon. Sein Mund war so trocken, dass er es nicht so laut sagen konnte, wie er wollte.

»Wir werden sehen. Ich komme wieder.« Damit verschwand er pfeifend aus Telamons Sichtfeld.

3

Am Morgen sah Ukalion mit Isa und Belizar zu, wie Tyra in den *Zehn Kerzen* zu den Suchern sprach. Es waren vielleicht zwei Dutzend gekommen, um zu frühstücken und um sich nach Telamon zu erkundigen. Tyra stand auf einem Stuhl und erzählte von Gahadhs Verrat, jedoch nicht, dass er tot war. Ohne Scheu redete sie vor den fremden

Männern und mit klarer Stimme, und hätte Ukalion nicht schon längst beschlossen gehabt, ihr zu helfen, ihr und Isa, dann hätte er es jetzt getan. Er wollte Dario unbedingt retten, wenn er schon bei Ckarya versagt hatte.

Tyra fragte, ob sonst jemand sein Kind verkauft habe, aber die meisten sahen sie nur abweisend an.

»Gahadh hat kein Kind«, sagte einer und zog die Nase hoch.

»Doch«, widersprach Tyra. »Er wusste es nur nicht, bis der Käufer ihm davon erzählt hat.«

»Das sagst du.« Trotzig streckte der Mann das Kinn vor. »Ich sage, wenn er nichts wusste, konnte er den Jungen auch nicht verkaufen.«

Ein anderer, muskulös und ohne Hemd, meinte: »Ich kenne Gahadh, aber dich kenne ich nicht. Wer sagt uns, dass nicht du selbst deinen Jungen verkauft hast und es ihm in die Schuhe schieben willst? Gahadh ist ein guter Mann.«

»Ich habe Dario nicht verkauft!«, erwiderte sie scharf.

»Und was willst du von uns?«, rief ein dritter und sprang auf. Stand breitbeinig da und fasste sich in den Schritt. »Ein neues Kind?«

Wenige lachten, einige grinsten.

»Ich will wissen, ob auch zu euch jemand gekommen ist, der Kinder kaufen will. Oder ob ihr davon gehört habt.«

»Nein«, sagte einer, »was immer sie draußen über uns Sucher erzählen, hier verkauft keiner Kinder.«

Zustimmendes Gemurmel erhob sich, manche Mienen zeigten Verärgerung, andere blieben verschlossen. Es waren müde Gesichter, die von wenig Schlaf und viel Wein am Vorabend zeugten, mehr Wein als üblich.

»Ich habe nicht gesagt, dass irgendwer darauf eingegangen ist. Ich will nur wissen, ob es jemandem angeboten wurde.«

Einige schüttelten den Kopf, manche aßen und tranken unbeteiligt weiter. Ein Glatzkopf sagte: »Die meisten von uns haben keine Kinder, und hier schon gar nicht. Nur Telamon. Und wahrscheinlich die Huren.«

»Das ist eine gute Idee«, brummte ein Mann mit geröteten Augen und wildem Bart direkt vor Ukalion und stand auf. »Huren. Die quatschen nicht so viel.« Als er ging, kratzte er sich am Hintern.

Eine andere Antwort bekam Tyra nicht, und so stieg sie vom Stuhl und kam zu ihnen herüber.

Isa rannte zu dem frei gewordenen Stuhl, kletterte hinauf und rief: »Wer hilft mir, Papa zu finden?«

Die Sucher sahen sie unschlüssig an.

»Er ist weg, und ihr kennt ihn alle!«

Ein paar senkten den Kopf, andere aßen weiter, und zwei oder drei versprachen, Ausschau zu halten, wenn sie rausgingen. Sie wussten, dass Telamon in der Nacht nicht zurückgekehrt war. Ukalion fragte sich, wie viele von ihnen daraus schlossen, dass er tot war, das Isa aber nicht sagen wollten. Fassungslos sah sie die sitzenden Männer an. Nur eine Handvoll fand sich zu einem Suchtrupp zusammen.

»Wir suchen im Westen, ihr im Osten?«, schlug Ukalion vor, und sie nickten; sie wussten nichts, sie wollten nur etwas tun, weil sie Telamon leiden konnten. Im Westen lag der Lindwurmkopf, den Telamon ausgegraben hatte, als er verschwunden war, und dort, fand Ukalion, sollten sie selbst suchen.

Am Grabungsort hatte sich nichts verändert, der marmorne Kopf hing noch immer aus dem Gemäuer, selbst das Werkzeug hatte niemand angerührt. Vergebens suchten sie nach Hinweisen, auf dem Steinboden Spuren zu lesen war unmöglich.

Isa sah Tyra bittend an und fragte: »Willst du Papa wirklich finden?«

»Ja.«

»Er hilft dir dann auch, Dario zu finden, das verspreche ich.«

»Ich weiß.« Tyra lächelte.

»Kannst du dann vorausgehen und Glück haben?«

»Ich kann es versuchen, aber ich weiß nicht, ob sich das Glück erzwingen lässt.«

Ukalion folgte ihnen, obwohl er an der Geschichte mit dem Glück zweifelte. Zwar hatte es ihnen am Vortag fraglos geholfen, aber er glaubte nicht, dass es einem Menschen treu war. Es sei denn, es ging nicht mit natürlichen Dingen zu und Tyra war eine Hexe. Konnte das sein? Oder spielte sie Isa etwas vor, um ihr nicht die Hoffnung zu nehmen?

Er beobachtete sie, wie sie vorausging, den Blick auf den Boden geheftet, als suche sie etwas. An der ersten Kreuzung zögerte sie, sah nach rechts und links, sah geradeaus und drehte sich schließlich um. »Ich glaube, wir sind falsch. Noch mal zurück.«

Diesmal brachen sie von der Grabungsstelle in die andere Richtung auf, und Tyra ließen bei jedem Schritt den Blick schweifen. Sie alle riefen immer wieder: »Telamon!«

Niemand antwortete, nur ein paar Vögel krächzten hoch über ihnen. Der Himmel war wieder blau und wolkenlos.

4

Telamons Zunge war geschwollen vor Durst. Er hatte nach Hilfe geschrien, doch niemand war gekommen, er konnte nicht sagen, wie lange. Stunden, aber wie viele?

Er klammerte sich an den Gedanken, dass Isa frei war, dass es ihr gut ging, dass sie ihn suchte, zusammen mit anderen, die ihn seit Jahren kannten, und dass sie ihn finden würden. Doch weshalb sollte irgendwer so weit außerhalb nach ihm suchen, jenseits des Flusses? Hier war er sonst nie, hier kam niemand her.

»Hilfe«, krächzte er, die Kehle war zu trocken, um zu schreien. Er kroch wieder an den Rand, um den Schacht zum hundertsten Mal nach einem Weg hinaus abzusuchen, als würden Leitern irgendwann einfach so aus dem Stein wachsen. Aber was sollte er sonst tun?

Auch diesmal fand er keine Nische, keine Vertiefung und keinerlei andere Trittmöglichkeit.

Isa, dachte er, *sei am Leben*, und dann riss das Seil unter seinem rechten Fuß von der Wand. Er verlor den Halt, knickte ein und schlug sich den Ellbogen blutig. Zum Glück war das Loch zu klein, um ganz hindurchzustürzen, und so fing er sich und zog das Bein wieder hinauf. Sein Atem ging schneller.

Auf den Knien besah er sich das Seilende und die Wand, und auch jetzt war weder Haken noch Öse zu finden, nicht einmal ein Loch im Stein. Alles deutete darauf hin, dass das Ende wie ein Spinnennetz angeklebt gewesen war. Doch jetzt klebte es nicht mehr. Telamon ließ das Ende los und rückte ein Stück weiter.

Wenige Minuten später löste sich das zweite Seil von der Wand, das direkt daneben. Nun war das Loch groß genug für einen ausgewachsenen Mann.

Weit unten in der Tiefe rauschte das Wasser, und Telamon erinnerte sich an die Schreie und das Schaben in der Nacht.

5

Tyra führte die anderen immer weiter vom Zentrum fort, aber sie war nicht sicher, ob sie das Richtige tat. Zum ersten Mal seit Tagen zweifelte sie an ihrem Glück. Konnte sie sich wirklich immer weiter auf ihr Glück verlassen? Blind darauf vertrauen? Am Vortag hatte sie es gekonnt, ja, aber davor hatte sie immer zuerst einen Plan gehabt, als sie das Schiff bestiegen hatte, als sie zum Kastell gegangen war, sie war nicht ziellos umhergeirrt. Doch wo konnte sie Telamon suchen, wohin war er gegangen?

Er war nicht gegangen, er war verschleppt worden. Oder fortgelockt.

Der Fremde, bei dem es sich wohl um den Hexer handelte, hatte die Schwangere, deren Namen Tyra wieder vergessen hatte, aus einer Zwangslage befreit, aus einem Loch im Boden, während Gahadh nicht befreit worden war, er war in seinem Loch gestorben. Aber beide hatten sie in einem Loch gesteckt, tief in der Erde.

»Kennst du hier weitere Schächte oder Brunnen?«, fragte sie Isa, als sie sich dem Fluss und damit den Außenbezirken näherten. Isa kannte sich in Ycena aus, es war besser, ihr zu folgen als dem Zufall. »Solche wie den, in dem Gahadh lag?«

»Mehrere.«

»Dann führ uns hin.«

»Warum?«

Tyra erklärte es, und sie kehrten um, kurz bevor die Straße auf eine Brücke führte. Eine Brücke, vor der eine Scherbe an einem Lederband im Staub lag.

Isa brachte sie zurück in die Bereiche, in denen sie sich auskannte.

6

Das Netz hatte sich zur Hälfte vom Stein gelöst und hing bis zur Mitte hinab. Mittag war längst vorüber, und Telamon saß am Rand und wartete auf das Ende. Er hatte Hunger und Durst und keine Hoffnung mehr. Die Luft war stickig, er konnte nicht mehr klar denken und wartete darauf, dass er in die Tiefe stürzte. Und er wünschte sich, dass er beim Aufprall starb, denn die Schreie der vergangenen Nacht hallten noch immer in seinem Kopf wider.

Das nächste Seil löste sich.

Isa, es tut mir leid, dachte er, *ich wollte dich hier nicht allein lassen.*

Noch einmal versuchte er, um Hilfe zu schreien, aber er bekam nur ein Krächzen heraus, das draußen gewiss nicht zu hören war. Er wünschte, er hätte Isa nie nach Ycena gebracht.

»Und?«, unterbrach eine Stimme seine Gedanken. Der Mann mit Hut. Er beugte sich zu ihm herab, und es sah so aus, als spiele er mit etwas in seiner rechten Hand, einer Münze vielleicht. »Willst du leben?«

Telamon antwortete nicht, er sah stumm hinauf. Er wollte, dass Isa lebte.

»Überlass mir deinen Erstgeborenen, und du stürzt nicht. Lange wird das Netz nicht mehr halten.«

»Nein.«

Ein weiteres Seil riss.

»Bist du dir sicher? Du weißt nicht, ob Isa deine Tochter ist, du hast nur das Wort deiner Frau.«

Wortlos nahm Telamon seinen Dolch und schnitt das nächste Seil selbst durch, während er unverwandt nach oben starrte.

»Einmal komme ich noch«, sagte der Mann, »wenn das Netz nur noch an einem Seil hängt. Dann bekommst du deine letzte Chance.« Er verschwand aus Telamons Sichtfeld. »Und du wirst nicht sofort tot sein, wenn du fällst. Nicht sofort. Darauf brauchst du nicht zu hoffen.«

Telamon sackte in sich zusammen. Ein Hauch von Fäulnis quoll aus der Tiefe herauf, wie der Atem eines sterbenden Lindwurms.

7

Dreimal waren sie in die Kanalisation gestiegen, hatten aber nichts gefunden. Zwei Brunnen hatten sie vergeblich aufgesucht und drei Schächte, deren Zweck niemand mehr erriet. Sie waren auf ein Sucherpaar getroffen, doch auch sie hatten Telamon nicht gesehen. In unzählige Häuser hatten sie geblickt, aber es gab einfach zu viele. Ycena war ein Meer aus Ruinen und verlassenem Stein.

»Bist du sicher, dass wir auf dem richtigen Weg sind?«, fragte Belizar.

»Ja«, sagte Tyra, obwohl sie es nicht war. Irgendetwas stimmte nicht, es war Nachmittag, und sie hatten noch nichts gefunden. Die Sonne brannte heißer als an den vergangenen Tagen. Leichter Wind war aufgekommen, aber er brachte nur die Hitze aus dem Süden, keine Andeutung eines erlösenden Gewitters.

Isa weinte nicht, sie jammerte nicht, sie sagte gar nichts, und Tyra wusste nicht, ob sie noch viel wahrnahm, ob sie hörte, was gesprochen wurde. Stur trottete sie weiter voran, vor Erschöpfung zitternd, aber nicht bereit, ihren Vater oder das Glück aufzugeben.

»Telamon!«, schrie Ukalion, dessen Stimme auch nach tausend Rufen noch weit trug. Er hatte gesagt, er habe sein Leben lang das knirschende Malwerk einer Mühle am Fluss übertönen müssen.

Und beim Gedanken daran kam Tyra plötzlich der Fluss in den Sinn und dass sie Gahadh in den Außenbezirken gefunden hatten, da, wo niemand hinging, da, wo man einen Entführten, der nicht entdeckt werden sollte, verstecken würde.

»Kennst du auch Schächte in den Außenbezirken?«, rief sie.

Isa schüttelte den Kopf.

»Egal, wir finden sie. Wo ist die nächste Brücke?«

Isa deutete hinter sich, und Tyra lief los, zog die anderen mit. Sie rannten beinahe, und Isa geriet vor Erschöpfung ins Taumeln. Ukalion packte sie und setzte sie sich auf die Schultern; sie wog nicht mehr als ein Mehlsack. Immer weiter rannten sie, und das Mädchen hing auf ihm und klammerte sich mit letzter Kraft fest.

Sie erreichten den Fluss bei der Brücke, vor der sie wenige Stunden zuvor umgekehrt waren, und Tyra blieb stehen, weil sie etwas im Staub liegen sah, eine Scherbe an einem Lederband.

»Papa«, keuchte Isa. »Papa!« Sie strampelte sich von Ukalions Schultern herunter und riss die Scherbe an sich. »Das ist seine Kette, er war hier!« Alle Müdigkeit schien wie fortgeblasen, und sie stürmte über die Brücke. »Papa!«

Tyra verfluchte sich dafür, vorher an ihrem Glück gezweifelt und zur Umkehr gedrängt zu haben, und folgte ihr wie auch Ukalion und Belizar.

Tyra überholte die anderen und übernahm die Führung. Sie rannten durch ein Viertel, in dem zahlreiche Gebäude verfallen waren, hier wirkte die Stadt nicht schlafend, wie überall sonst, sondern tot. Sie passierten Ruinen, die ein Theater oder Tempel gewesen sein mochten, und kamen an den Säulen ehemaliger Thermen vorbei.

Plötzlich stieg Tyra ein schwacher, kaum wahrnehmbarer Geruch von Fäulnis in die Nase, und unter der Fäulnis lag etwas, das sie an den Hexer erinnerte. Sie hielt inne und nahm Witterung auf wie ein Hund, wie früher.

»Da lang!« Nun verließ sie den Weg und folgte dem Geruch, stürmte zwischen den Säulen hindurch und weiter, direkt gegen den Fäulnis bringenden Wind. Der Geruch wurde stärker, inzwischen nahmen sie ihn alle wahr, und dann kamen sie zu einem Loch im Boden, mitten auf dem Weg.

»Papa!«, schrie Isa, und sie hörten ein Krächzen, auch wenn kein Wort zu verstehen war.

Sie traten an das Loch heran und sahen hinab. Es war dunkel. Noch einmal erklang das Krächzen, und es war ein Schluchzen und klang wie »Isa«.

Tyra legte sich auf den Bauch und senkte den Kopf, sodass die Sonne sie nicht mehr blendete. Als die Augen sich an die Dunkelheit gewöhnt hatten, sah sie zehn Schritt unter sich einen Mann auf einem Netz kauern, das nur ein Fünftel des Schachtdurchmessers bedeckte. Isa lag neben ihr und heulte vor Freude. »Papa, Papa!«

Sie hatten ihn gefunden, sie hatten ihn tatsächlich gefunden. Er war gerettet, und wenn sie ihn retten konnten, dann konnten sie auch Dario retten. Alles würde gut werden!

Da ging ein Ruck durch das Netz, eine Verankerung löste sich aus der Wand, und Tyra sah, dass der Großteil des Netzes in die Tiefe hing und nun noch ein Stück mehr. *Es reißt, es reißt immer weiter, und Telamon stürzt.*

»Wir brauchen ein Seil!«, schrie sie, aber sie hatten keins. Sie hatten Telamon gefunden, doch ohne Seil würden sie ihn nicht retten können, sie würden zusehen müssen, wie er in der Tiefe verschwand, schreiend, bis er irgendwo aufschlug. Auch seine Tochter würde zusehen müssen. Der Hohn daran war, dass Telamon auf Unmengen von Seil saß, aber selbst wenn er es aus dem Netz schnitte, würde er es nicht bis zu ihnen hinauf werfen können. Hilflos würde er mit dem, was seine Rettung hätte sein können, fallen.

Eine weitere Verankerung löste sich.

»Tu was!«, flehte Isa.

Aber Tyra wusste nicht, was. An Gahadhs Schacht lag ein Seil, aber der war viel zu weit entfernt.

Telamon krächzte: »Es tut mir leid, Isa, es tut mir leid, aber ich habe dich nicht verkauft.«

»Papa!«

»Er war hier?«, stieß Tyra aus. Sie hatte richtig vermutet.

»Er kommt wieder.« Telamon krächzte und hustete und war kaum zu verstehen.

»Wo ist ein Seil?« Isa rannte umher. »Such doch, Tyra, such, du hast Glück!«

Tyra wollte so vieles von Telamon wissen, wollte ihn fragen, wie Dario zu retten war, aber sie richtete sich auf und half bei der verzweifelten Suche, während unten im Schacht die nächste Aufhängung riss. Es waren nicht mehr viele, die Telamon am Leben hielten. Ohne viel Hoffnung schaute Tyra sich um, bis Belizar sich das Hemd über den Kopf riss.

»Ausziehen!«, rief er und schlüpfte aus der Hose. »Alle ausziehen!«

Und sie begriffen und taten es ihm nach, und keiner überlegte lange. Nackt knoteten sie ihre Hemden, Hosen und Gürtel aneinander, sodass ein buntes Tau entstand. Das eine Ende band Belizar zur Schlinge, seine Knoten waren fest und Tyras Glück groß. Sie warfen das Ende mit der Schlinge hinunter, und es reichte gerade bis zu Telamon.

Unsicher erhob er sich und schlüpfte in die Schlinge, so, dass sie unter seinen Achseln saß. Stück für Stück zogen sie ihn nach oben, zunächst selbst liegend, doch als sie sich hinknien und dann aufstellen konnten, wurde es leichter. Isa zog so fest, dass sie rot anlief.

Kaum hatten sie ihn über den Rand gezogen, warf sie sich auf ihren liegenden Vater und umklammerte ihn, und er umklammerte sie.

»Du hast mich gerettet«, flüsterte er.

»Ja«, sagte sie.

»Danke.« Er blickte auf. »Wir müssen weg.«

»Wollte er Isa kaufen?«, fragte Tyra, während Belizar ihre Kleidungsstücke wieder voneinander löste.

Telamon sah sie überrascht an und nickte.

»Meinen Sohn hat er. Nicht von mir, aber er hat ihn. Wir müssen bleiben, bis er kommt. Weißt du, was er mit den Kindern macht?«

Telamon schüttelte den Kopf und rappelte sich auf. Isa hielt seine Hand, ganz loslassen wollte sie ihn noch nicht.

Sie schlüpften in Hemden und Hosen und versteckten sich in den nächstgelegenen Ruinen, von wo aus sie den Schacht im Auge behalten konnten.

Ukalion nahm seinen Bogen und legte einen Pfeil ein. »Wir könnten ihn befragen.«

»Nein«, sagte Tyra, »wir folgen ihm heimlich. Ich muss wissen, wo sein Versteck ist. Und ihn anzusprechen ist gefährlich, er verhext einen.« Mit Grauen und Scham erinnerte sie sich an die Hilflosigkeit, zu der er sie verdammt hatte, als er Dario holen kam, die Unfähigkeit, sich zu rühren. Wie sollten sie ihn besiegen? Dass sie Dario mit einem Opfer würde freikaufen können, daran glaubte sie längst nicht mehr.

Schweigend warteten sie, und es dauerte nicht lange, bis der Hexer kam. Tyra erkannte ihn sofort, obwohl er sie nicht mehr an den Puppenspieler aus ihrer Kindheit erinnerte.

»Letzte Gelegenheit zu leben«, rief er und trat an den Rand des Schachts. Dann seufzte er. »Ach, Telamon. Bist du wirklich gesprungen? Jetzt brauche ich einen anderen Erstgeborenen, meine haben bald keine Träume mehr.«

Und ohne sich umzusehen, sprang er selbst in den Schacht, dorthin, wohin ihm kein Mensch ohne Hexenkraft folgen konnte.

TRÄUME

1

Das Messer, scharf geschliffen und der neue Griff mit Lindwurmhaut umwickelt, lag neben Perle, während sie aufmerksam und stolz Kataskia lauschte. Es war der dritte Tag ihrer Ausbildung, sie hatte Ion ein Frühstück in den Käfig gereicht, und er hatte sie angefleht, ihn herauszulassen, aber sie hatte nur auf den aufgespießten Hahnenkopf gezeigt.

»Er verwest nicht«, hatte Ion geflüstert, »er verwest nicht. Das hat er mir selbst gesagt.«

»Er macht dir nur Angst, weil du ihn getötet hast«, hatte Perle geantwortet, denn Kataskia hatte ihr gesagt, dass das geschehen könnte, und dann war sie gegangen. Seitdem saß sie mit Kataskia im Schatten vor dem Haus, und die Hexe sprach zum ersten Mal von ihrer Initiation.

»Je größer dein Opfer ist, desto mächtiger wirst du. Die Gabe in dir ist groß, aber dein Opfer zeigt, ob du bereit bist, sie zu nutzen. Wer mit einem kleinen, vorsichtigen Opfer beginnt, wird immer klein bleiben. Große Macht entsteht aus einem großen Opfer. Du musst dich also jetzt entscheiden, wie mächtig du werden willst.«

»Mächtig«, sagte Perle sofort. Sie würde Blut opfern, bis sie umfiel, und sollte Kataskia verlangen, dass sie sich das Gesicht zerschnitt, würde sie es tun. Bei dem Gedanken spürte sie kurz Panik in sich aufsteigen, aber sie blieb dabei, sie würde es tun, für die Macht und für Kataskia. Tagsüber verehrte sie sie, weil ihr angesichts ihres Alters, ihrer Macht und ihrer Größe nichts anderes übrig blieb. Nur nachts, wenn sie allein unter dem Dach lag und die Schreie und das Wimmern der Hexe das Haus beherrschten, fürchtete sie sie. »Was soll ich opfern?«

»Das legen wir später fest.«

»Wann später?«

»Zu deiner Initiation.«

»Und wann …?«

»Heute Abend«, fiel Kataskia ihr ins Wort und funkelte sie an.

»Heute?« Perle sprang auf.

»Setz dich«, verlangte Kataskia, und Perle tat wie geheißen. »Erst musst du noch lernen, was alles schiefgehen kann bei der Hexerei. Was du erreichen kannst, das hast du an der blutgeborenen Münze gesehen, aber du musst die Gefahren kennen, denn es geht darum, sie im Zaum zu halten. Zu wissen, wie die Magie sich selbstständig machen kann, und das erkläre ich dir anhand des Gärtners von Ycena.«

Sie erzählte noch einmal vom Untergang der Kaiserstadt, und dabei brodelte es in ihren Augen. Ihre Stimme aber zitterte nicht, und ihr Gesicht blieb reglos wie immer.

»Du erinnerst dich an das Durcheinander aus unserer Magie, den ycenischen Schutzzaubern und den Albträumen? Die Albträume der Schlafenden sollten auch dazu dienen, die Dornenhecke zu füttern, denn allein mit Wasser und Erde konnte sie nicht wachsen, selbst Blut reichte nicht aus. Doch die Albträume liefen frei durch die Ruinen oder quälten uns, die wir sie in den Schlaf gesandt hatten, und so benötigte die Hecke eigene Albträume, um länger als hundert Jahre Bestand zu haben, und das wollte sie. Als nun der erste Mann – der mutige, aber bedeutungslose Sohn eines bedeutungslosen Steuereintreibers – versuchte, sie zu durchqueren, und darin starb, brachte die Hecke ihn zurück. Er war nicht mehr tot und auch nicht am Leben, ein Gaukler, der sich unbeholfen in die Gestalt schöner Erinnerungen hüllte, der das Leben nur nachäffte. Er war das Zerrbild eines Hexers, eine Marionette, die als Puppenspieler erscheint, äußerst mächtig und dennoch unfähig, diese Macht für sich selbst zu nutzen, der Gärtner der Hecke, einzig erschaffen, um ihr zu dienen. Er erschien Gauklern, Puppenspielern und Barden im Traum und flüsterte ihnen ein, sie sollten die Geschichte der schlafenden Kaisertochter in die Welt tragen. Die Leute sollten kommen und in der Hecke sterben, und so bekamen die durstigen Dornen ihr Blut. Doch mussten die Leute freiwillig kommen.

Für die Albträume wollte der Gärtner Kinder, denn die Albträume von Kindern sind nahrhafter als die von Erwachsenen, Kinder erleben im Traum größere Schrecken, selbst wenn es kleinere sind. Nur konnte er die Kinder nicht entführen, denn um die Magie der Hecke zu erhalten, musste man ihm die Kinder aus freien Stücken überlassen, sie ihm schenken oder verkaufen, ich glaube, stets für eine Gegenleistung und eine Münze. Und die Kinder mussten irgendeine Verbindung zu Ycena haben. So hat er manche Sucher und Huren von Ycena sowie einige Männer und Frauen aus den umliegenden Dörfern dazu gebracht, ihm ihre Erstgeborenen zu überlassen. Erstgeborene, weil Pola eine Erstgeborene war und weil Erstgeborene etwas Besonderes sind. Sie herzugeben ist das größere Opfer. Verstehst du?«

Perle nickte langsam, und dann fragte sie: »Wenn die Sucher nicht selbst gezaubert haben, weshalb war es dann wichtig, dass sie etwas opferten?«

»Weil bei der Hexerei Opfer und Verknüpfungen immer wichtig sind und sie sich in bestimmten Situationen auch aus dem Opfer anderer nähren kann. *Schwarze Magie* nennen das jene, die meinen, die ganze Welt in Schwarz und Weiß einteilen zu können – und zu müssen. In einem solchen Fall ist ein Opfer umso wirkungsvoller, je länger der Opfernde sich dagegen sträubt. Bringt er es bereitwillig und sofort, ist es zu klein. Will er es zunächst gar nicht bringen, weil es ihm zu wertvoll ist, und tut es letztlich doch, dann ist es groß. Und der Gärtner ist gut darin, große Opfer zu bekommen.«

Wieder nickte Perle. Die Bewunderung, die in Kataskias Worten über den Gärtner anklang, konnte sie nicht teilen, aber sie würde ja später keine Kinder kaufen müssen, um Hexerei zu wirken. Für das Gold brauchte sie nur ihr Blut. Sie fragte: »Was ist mit den Kindern geschehen?«

»Ihre Albträume sind an die Hecke verfüttert worden, das werden sie bis heute.«

»Und die Kinder?«

»Sie träumen, bis sie tot sind«, sagte Kataskia kalt. »Wenn du mehr wissen willst, musst du selbst nach Ycena gehen.«

Perle schwieg, sie wollte Kataskia nicht verärgern.

»Dann frage ich dich jetzt noch einmal, obwohl du schon geantwortet hast. Nun aber mit den vorgegebenen rituellen Worten: Willst du meine Schülerin sein? Willst du von mir lernen und mir gehorchen?«

Beim Wort *gehorchen* zuckte Perle zusammen. Sie dachte an ihre Mutter, die ihr aufgetragen hatte, Ihm zu gehorchen. Dann schüttelte sie den Gedanken ab, denn welcher Lehrer hätte keinen Gehorsam verlangt? Über sich selbst lächelnd, sagte sie: »Ja.«

»Dann gib mir dein Messer.«

Kataskia schnitt sich selbst in die Hand und presste Perle die Wunde auf den Mund, damit sie von dem Blut trank. Perle zögerte überrascht, aber dann leckte sie ein paar Tropfen von der salzigen Haut und schluckte sie. Sie schmeckten nach Erde, Wein und Eisen. Anschließend griff Kataskia sich Perles Hand und setzte einen Schnitt. Die Klinge war scharf, es ging schnell. Sofort zog Kataskia die Hand an ihre Lippen und saugte heftig. Die Wunde brannte, der Puls an Perles Handgelenk pochte.

»Ah!« Seufzend ließ Kataskia Perles Hand los, und die Wunde schloss sich beinahe sofort. »Nun bist du also meine Schülerin, und ich bin deine Meisterin. Und heute Abend mache ich dich zur Hexe. Das wird dann etwas feierlicher.«

Perle reinigte das Messer, und sie aßen gemeinsam zu Mittag und kümmerten sich um die Tiere und Ion.

Später erinnerte Perle sich an das Fluchzeichen, das sie beim Aufbruch an ihr Elternhaus geschmiert hatte, und sie fragte Kataskia, ob der Fluch noch nachträglich wirken könne, wenn sie jetzt eine Hexe wurde und Magie sich selbstständig machen konnte.

»Vermutlich nicht, denn damals warst du keine Hexe und damit war gar keine Magie im Spiel. Es sei denn, das Holz der Tür stammt von einem magischen Baum oder eine Hexe hat sie in einem offenen Ritual gefertigt und die Bewohner des Hauses haben sie noch keinem Zweck zugeführt, dann hättest du mit deinem Fluch die Magie leiten können. Wozu offene Rituale dienen, erkläre ich dir später, mächtige Hexen verwenden sie manchmal, damit sich ein anderer in die Magie verstrickt; ich glaube, der Gärtner der Dornen tut das mit Vergnügen mit seinen Münzen. Entscheidend in jedem dieser Fälle wäre wieder einmal, dass du etwas geopfert hast, egal, ob du dir dessen bewusst warst oder nicht. Du hast dein Elternhaus ebenso aufgegeben wie deine Heimat. Weil du gerade verkauft worden warst, hast du es vielleicht nicht als Opfer wahrgenommen, aber das spielt für die Magie keine Rolle. Du musst nur eine Tür oder einen der seltenen Gegenstände finden, die darauf warten, einem magischen Zweck zugeführt zu werden. Dieses Glück haben Uneingeweihte nur sehr, sehr selten.«

2

Tyras ganze Hoffnung hing an der Münze, die Dario kurz vor seiner Entführung mit blutig aufgeschürfter Hand zur Glücksmünze erklärt hatte, denn Glück war alles, was ihr geblieben war. Sie war dem Hexer nicht in das Loch gefolgt, und sie hatten vergebens darauf gewartet, dass er wieder heraufkam. Sie hatte keine Idee, wie sie ihn aufspüren sollte, sie war nur überzeugt, dass er irgendwo unter der Erde hauste. Doch wo? Sie wusste es nicht. Nach seinen Worten, auch wenn sie sie nicht ganz verstanden hatte, wusste sie nur, dass die Zeit drängte.

Telamon lief gestützt auf Belizar und Ukalion und erzählte ihnen in knappen Worten, wie er in die Falle gegangen war. Sie waren auf dem Weg zurück ins Zentrum, um sich zu verkriechen, denn in wenigen Stunden würde die Dunkelheit hereinbrechen.

Als Tyra in ein verlassenes Haus am Straßenrand ging, um zu pinkeln, stieß sie auf einen Streuner, der sich dort sein Versteck eingerichtet hatte, weit weg von den anderen.

»Hast du einen Fremden mit Hut gesehen?«, fragte sie.

»Nein.« Hastig schüttelte er den Kopf, er wirkte wie ein in die Ecke getriebenes Tier.

»Wie heißt du?«, fragte sie möglichst beiläufig.

»Wie heißt du?«, gab er zurück, Argwohn im Blick.

»Tyra.« Sie lächelte. »Und du?«

»Wolf.«

Kaum hatte er das gesagt, sprang sie ihn an und überrumpelte ihn. Er wehrte sich, schlug um sich, aber sie war viel größer und stärker und hielt ihn unerbittlich fest. Sie riss ihm die Arme auf den Rücken, dass er schrie, und zerrte ihn auf die Straße. »Schaut mal, wen ich da habe.«

Als Wolf Telamon entdeckte, erbleichte er.

»Wolf.« In Telamons Augen trat ein grimmiges Funkeln. »So ein Glück, dich zu treffen. Isa war gar nicht entführt.«

Belizar sagte nichts, er zog nur ganz langsam seinen Dolch.

Wolf wand sich in Tyras Griff, doch sie ließ nicht los. Isa rannte auf ihn zu und trat ihm mit voller Wucht zwischen die Beine. Wolf krümmte sich vor Schmerzen.

»Du Drecksack!« Wieder trat sie zu. »Arschfratze!«

Ukalion legte ihr die Hand auf die Schulter und zog sie weg. Sie ließ es geschehen, spuckte nur noch einmal nach Wolf, doch der Mund war so trocken, dass sie kaum Speichel hatte.

Wolf hing heulend in Tyras Griff und flehte: »Bringt mich nicht um, bringt mich nicht um.«

»Du wolltest mich sterben lassen«, sagte Telamon, bevor Tyra nach dem Hexer fragen konnte. Es war nur ein kratziges Flüstern, aber es machte Wolf sichtlich Angst. Schritt für Schritt schlurfte Telamon auf den Jungen zu.

»Er wollte es!«, kreischte Wolf. »Er hat mich gezwungen!«

»Wer?«

»Er!« Tränen und Rotz liefen ihm übers Gesicht.

»Ich sollte sterben.«

»Ich wollte das nicht, bitte! Ich habe dich doch gewarnt!«

»Und warum hast du mich nicht gerettet?«

»Ich konnte nicht! Er hätte mich …«

»Du hast mich von Anfang an in die Falle gelockt, das war keine Warnung!«

Er fiel auf die Knie, als Tyra ihn losließ, auf die grauen brüchigen Pflastersteine. Ein Nachtsalamander floh aufgeschreckt aus einer Ritze. »Bitte! Er wollte es doch, er allein, und ich hätte sonst unter die Hecke gemusst.« Sein dürrer Körper bebte.

»Unter die Hecke?«

»Wie die anderen!«

»Welche anderen?« Tyra packte ihn und riss ihn zu sich herum.

Telamon, zitternd vor Wut, blieb stehen und überließ den Jungen ihr; sie hatte ihn gerettet.

»Die sterbenden Träumer.« Wolf schluchzte. »Die, die in den Wurzeln schlafen. Die von der Hecke gefressen werden. Ich hab's gesehen.«

»Wer?«, donnerte Tyra.

Hoch über ihnen zog ein Schwarm krächzender Krähen vorbei.

»Ich weiß es nicht, ich kenne sie doch nicht! Kinder, die er gekauft hat wie mich.« Wolf fiel in sich zusammen, lag auf der Straße, die Hände vor das Gesicht geschlagen.

Tyra ging in die Hocke, drehte ihn auf den Rücken und zog ihm unerbittlich die Hände vom Gesicht. Die Augen waren verquollen und voller Angst. »Ist da ein Junge dabei?«

»Ich weiß es nicht, ich war es nicht.«

»Rede, oder ich brech dir jeden Knochen.«

»Ich weiß es doch nicht! Er sagt es mir immer, wenn ich jemanden wohin locken soll oder wenn ich etwas sagen oder hören soll. Aber ich gehe nicht mehr hinunter, nein.«

»Jetzt schon«, sagte Tyra und zog ihn auf die Füße.

»Ich …«

»Eines der Kinder ist mein Sohn. Du wirst mir den Weg zeigen.«

Er wich ihrem Blick aus und sah zu Telamon, zu Isa und den anderen, sein Blick huschte hierhin und dorthin. »Er wird erst euch umbringen und dann mich.«

»Wenn wir Glück haben, nicht.« Tyra verzog den Mund zu einem Lächeln. »Aber wenn du uns nicht hinbringst, wirst jedenfalls du keins haben.«

»Wenn wir ihren Sohn retten, dann lasse ich dich leben«, versprach Telamon. »Mehr kannst du nicht erwarten.«

Wolf schüttelte den Kopf, schniefte, biss sich auf die Lippe und sah zu Isa, die ausspuckte, obwohl sie gar keinen Speichel mehr hatte. Langsam stand er auf und zog den Rotz hoch. Mit hängenden Schultern ging er voraus.

3

Die Schatten der Bäume wurden länger und schoben sich immer weiter auf die Lichtung. Die Hühner gackerten wie immer, die Kaninchen hoppelten wie immer, doch Kataskia hatte sich verändert. Sie schien größer zu sein als noch am Morgen, jünger und zugleich älter. Immer deutlicher strahlte sie die Macht aus, die Perle von Anfang an gespürt hatte und zu der sie sich hingezogen fühlte. Nun sah Perle in ihr die Frau, die zum Ende des Kaiserreichs beigetragen hatte, und sie war sicher, dass selbst Vogt Farnoh sich in ihrer Nähe klein gefühlt hätte und vielleicht auch der König.

»Es ist an der Zeit, dich vorzubereiten«, verkündete Kataskia. »Ich habe dir versprochen, dich groß zu machen, und du hast akzeptiert, meine gehorsame Schülerin zu sein. Ich habe die Größe deiner Begabung gesehen und das Opfer gefunden, das dieser Größe angemessen ist, das der Schülerin einer der Alten Hexen angemessen ist. Bist du bereit, meinen Entschluss zu hören?«

Perle nickte. Sie hatte gedacht, sie würden das Opfer gemeinsam besprechen, aber Kataskia war die Meisterin. Perle hoffte, sie würde sich nicht das Gesicht zerschneiden oder einen Finger abhacken müssen, sie hoffte, Blut würde reichen, und war bereit, so viel zu geben, dass sie dem Tode nahe kam.

»Ich kannte wenige, die groß werden konnten wie du, und diese deine Begabung verpflichtet dich, sie auch anzunehmen. Du hast deine Eltern verloren und dein Dorf, du hast niemanden mehr außer Ion, und deshalb wirst du ihn opfern.«

Für einen Moment setzte Perles Herzschlag aus. Sie wollte Ion nicht auch noch verlassen müssen, und er brauchte sie und … Erst dann begriff sie. »Nein.«

»Doch.« Kataskia nickte. »Wenn du ihn eigenhändig tötest, wirst du groß werden, und ich will, dass meine Schülerin groß wird.«

»Er ist mein Bruder!«

»Ebendarum! Durch ihn wirst du mächtig, und das ist es, was du willst! Du hast es befürwortet, ihn in einen Hühnerkäfig zu sperren, du hast ihn eigenhändig gemästet. Da war ich sicher, du bist wie ich, du bist bereit zur Größe!« In Kataskias Blick lag Gier. »Egal, wie sehr du dich gegen den Gedanken sträubst, du bist seit Tagen bereit, es zu tun. Du hast begriffen, dass er dir im Weg ist, und er hat bewiesen, dass er dich von der Macht, die dir gebührt, fernhalten will, obwohl er dein Bruder ist. Du liebst ihn trotz allem, und deshalb ist er das perfekte Opfer. Du wirst ihn schlachten und ausnehmen, und wir werden ihn gemeinsam verzehren.«

»Gibt es nichts anderes?«, flehte Perle. Sie zitterte. »Mein Blut oder meine Jungfräulichkeit.«

»Deine Jungfräulichkeit? Womit denn? Mit dem Griff deines Messers? Ich habe keinen Schwanz, und der deines Bruders ist mickrig.« Kataskia sah sie verächtlich an. »Das sind Initiationsopfer für eine gewöhnliche Dorfhexe, aber du bist meine Schülerin, meine! Du wirst meinem Namen keine Schande machen, das lasse ich nicht zu.«

»Aber …«

»Ein richtiges Opfer muss wehtun, das habe ich dir wieder und wieder gesagt, und du musst dich erst dagegen wehren. Aber sobald die Macht in dir erwacht, wirst du mir danken. Wirst du es also tun?« Ihr Blick bohrte sich in Perles, und in den grünen Augen schien es zu lodern.

»Ja«, sagte Perle leise, weil sie nicht Nein sagen konnte, nicht unter diesem Blick.

»Und jetzt geh in dein Zimmer«, befahl Kataskia. »Zieh dein Kleid an, mach dir die Haare, und denk allein über dein Opfer nach, denn die Einsamkeit gehört zum Dasein als Hexe dazu. Begreif das Opfer, lass den Schmerz zu, empfang ihn wie einen Freund, denn er wird dir wahre Größe schenken.«

Perle ging, sie brauchte keine zweite Aufforderung, beinahe rannte sie die Stufen hinauf, nur fort von der Hexe. Was hatte sie nur getan?

Allein im Zimmer, lief sie hin und her, ballte die Hände zu Fäusten und biss hinein. Sie wollte sich Schmerz zufügen und dann wieder nicht, weil Kataskia den Schmerz guthieß. Angewidert riss sie die Hand aus dem Mund, die Zähne hatten sich tief ins Fleisch gegraben. Noch immer wollte sie Macht und Reichtum, aber sie wollte doch Ion nicht töten!

»Es tut mir leid«, murmelte sie. Sie wollte ihn nicht opfern, aber Kataskia hatte gesagt, sie würde nicht zulassen, dass sie es nicht tat. Würde sie sie töten, wenn sie sich weigerte?

»Es tut mir leid«, murmelte sie noch einmal, als könnte Ion sie dort draußen im Käfig hören. Sie sah ihn vor ihrem geistigen Auge und wusste nicht, wie das gehen sollte. Er war mit ihr gekommen, er war ihr Bruder, und sie wollte auch keinen anderen Jungen opfern, niemanden. Sie dachte an das Beil und den Hackstock, aber vermutlich sollte sie es mit dem Messer tun, dem Messer, das sie zukünftig für alle Opfer gebrauchen würde, mit dem sie Kataskia Gehorsam zugesagt hatte.

Nie wieder, schwor sie sich, nie wieder würde sie irgendwem Gehorsam versprechen. Aber was nutzte das noch, jetzt, da sie ihr Leben lang Kataskia Folgschaft schuldete?

Ihr Blick fiel auf den Lindwurm, den Ion ihr geschnitzt hatte, und sie nahm ihn in die Hand. Glück solle er ihr bringen und ihr Stärke verleihen, hatte Ion gesagt, aber Ion war kein Hexer und seine Wünsche waren einfach nur Wünsche, keine Magie. Tränen liefen ihr übers Gesicht. Sie küsste den Lindwurm und stellte ihn vorsichtig ab. Dann zog sie sich aus und sah lange aus dem Fenster. Der Wilde Wald war dunkel und dicht, aber nun erschien er ihr viel freundlicher als die Lichtung, die ihr bei ihrer Ankunft wie die Rettung erschienen war. Sie stellte sich vor, wie sie Ion tötete, ihn aß, und ihr wurde schlecht. Sie würgte und erbrach sich, wollte nichts mehr in sich haben, das Kataskia zubereitet hatte. Sie wollte den Schmerz nicht, aber sie hatte Angst vor dem Tod.

Du könntest mächtig sein, flüsterte Kataskias Stimme in ihrem Kopf, und sie klang wie ihre eigene und brachte sie zum Schweigen. Sie schlüpfte in das Sonnenfestkleid und ruckelte es zurecht. Sorgfältig überprüfte sie alle Schnüre und Verzierungen und strich es glatt. Dann steckte sie den Lindwurm ein.

»Es tut mir leid, Ion, dass ich zugelassen habe, dass sie dich einsperrt. Ich werde versuchen, es wiedergutzumachen.«

Sie konnte ihn nicht töten, sie konnte nicht. Bedächtig nahm sie das Messer, das bei ihrer Initiation zu einem Opfermesser werden würde. Sie nahm es und schnitt sich ganz leicht. Blut tropfte zu Boden, aber ein Teil blieb an der Klinge haften, und sie sagte: »Nimm das Blut als letztes Opfer, denn du sollst kein Opfermesser sein, sondern ein Hexentöter, der Hexenhaut durchdringen kann. Dafür gebe ich dieses Blut und meine Gabe, die laut Kataskia groß sein soll. Und ich gebe die Macht auf, die Kataskia mir verleihen will, und wenn nötig, gebe ich auch mein Leben, wenn ich damit Ion retten kann.« Sie zögerte, und dann sagte sie: »Klinge, dein Name sei *Ungehorsam*.«

Dann machte sie sich auf den Weg nach unten.

4

Das schmale Loch im Boden war zwischen den Häusern gut verborgen und beinahe zugewachsen. Ukalion und Belizar drückten das Gesträuch zur Seite, während Tyra den Deckel hob, der auf dem Loch lag. Steinerne Tritte führten in die Dunkelheit hinab.

Belizar ging als Erster, und er nahm eine Fackel mit, die sie aus Telamons nahegelegenem Haus geholt hatten. Sie waren nur wenige hundert Schritt vom Palasthügel entfernt. Der Abend kam mit schnellen Schritten, die Sonne war längst hinter den Häusern verschwunden, und Schatten wuchsen.

»Keine Gefahr«, rief Belizar, und Tyra folgte ihm, noch ehe er es vollständig ausgesprochen hatte. Nach ihr kam Wolf, Ukalion dicht hinter ihm.

»Ihr bleibt hier«, sagte Tyra zu Telamon und Isa, die sich anschickten, ihnen zu folgen.

»Aber ich habe versprochen, dass Papa hilft«, erwiderte Isa. »Und ich will auch helfen.«

»Ihr habt geholfen«, versicherte Tyra, »mehr als irgendjemand sonst. Aber dein Vater ist völlig erschöpft, und du musst auf ihn aufpassen.«

»Ich stehe zu meinem Wort«, entgegnete Telamon. »Selbst wenn Isa es an meiner Stelle gegeben hat.«

»Willst du sie in seine Nähe bringen?«, fragte Tyra. »Du hast ihn gesehen, du weißt, dass du keinen Kampf gegen ihn bestehst.«

»Und du?«

Tyra zuckte mit den Achseln. »Deine Tochter ist frei, mein Sohn nicht. Ich habe nicht die Wahl.«

Telamon nickte, seine Gesichtszüge waren gegen das Licht nicht zu erkennen. »Ich hoffe, ihr könnt ihn retten.«

Plötzlich löste Isa sich von ihrem Vater, und bevor er sie daran hindern konnte, kletterte sie zu ihnen hinab. Sie fiel Tyra um den Hals und klammerte sich mit den Beinen fest. »Danke, Papafinderin!«

Tyra drückte sie fest an sich, sie roch nach Staub und Schweiß und Mauerlilien. »Ich danke dir.«

Isa löste sich von ihr und umarmte schnell Ukalion und sogar Belizar, ohne ein Wort zu sagen. Dann stieg sie schweigend wieder aus der Kanalisation. Telamon sagte mit rauer Stimme: »Tötet ihn.«

Noch einmal hoben sie die Hände zum Gruß, dann folgten sie Wolf und dem alten Kanal in Richtung Palast. Die Wände waren aus dunkelroten Ziegeln gemauert, die Decke bildete ein Gewölbe. Der Boden war von vertrocknetem Schlamm und Dreck überzogen, nichts deutete darauf hin, dass hier einst Abwasser aus der Stadt geschwemmt worden war. Die Luft war stickig, aber es stank nicht. Das Licht der Fackel reichte nicht weit, und ihre Schatten zitterten über Wände und Boden. Ratten, Mäuse und Insekten flohen vor ihren Schritten und dem Licht, zumindest dachte Tyra, dass es Ratten, Mäuse und Insekten waren.

Sie hatten keinen Plan, sie hatten nur das Glück, auf das sie vertrauen mussten. Zügig passierten sie mehrere Abzweigungen, die sie ignorierten. Tiere raschelten jenseits des Fackelscheins. Irgendwann stießen sie auf eine T-Kreuzung, und Wolf deutete auf eine schwere Tür in der Wand gegenüber. In seinem Gesicht stand unverändert Angst. Tyra meinte in der dunklen Maserung der Tür mehrere langgezogene Fratzen zu erkennen, die Münder und Mäuler zum Schrei aufgerissen.

»Wenn du ihn warnst, bist du tot«, sagte Belizar, der seinen Dolch in der Hand hatte.

»Ich bin tot, wenn ihr ihn nicht tötet«, erwiderte Wolf leise.

Die Tür war nicht verschlossen, und sie traten hindurch und folgten dem Gang dahinter. Er führte sie weiter in Richtung Palast, zuerst geradeaus, dann in Windungen; Abzweigungen gab es keine mehr. Ihre Schatten schienen sich zu Ungeheuern zu formen, in der Luft schien ein Flüstern und Rauschen zu liegen, es roch süßlich und nach schwarzen Moortulpen, die aus verloschenen Irrlichtern wuchsen. Tiere sahen sie hier nicht, die Wände waren staubig und verdreckt, aber frei von Spinnweben. Keiner von ihnen sprach ein Wort, Wolf sah sich immer wieder gehetzt um.

Schließlich erreichten sie einen Raum, der keinen zweiten Ausgang hatte. Die Wände im vorderen Bereich bestanden aus den vertrauten Ziegeln, doch in der hinteren Hälfte war alles von schwarzer Erde überzogen, so als gehe der Raum hier in eine Höhle über. Die Decke war hoch, und die jenseitige Wand schien ganz aus dichtem Wurzelwerk zu bestehen. Armdicke Wurzeln kamen aus der Decke und verschwanden im Boden, wo sie wer weiß wie weit in die Tiefe reichten. Aus dem Geflecht schienen Schatten herauszutreten, wie ein schwarzer Nebel, der sich zu dichten Waben formte und wieder auflöste. In der Luft lagen Wimmern und Ächzen und angsterfülltes Stöhnen. Sie waren am Ziel, und der Hexer war nicht hier, das Glück war ihnen weiter treu.

Belizar packte Wolf an der Schulter: »Wenn das eine Falle ist …«

»Nein«, flüsterte Tyra und trat auf die Wurzeln zu. Inmitten der Schatten hatte sie ein Knäuel entdeckt, von dem das Wimmern zu kommen schien. Es war seltsam geformt, und etwas, das an einen winzigen Arm erinnerte, schien Teil davon zu sein, Haut, keine Rinde. Als sie näher kam und gezielt zwischen die Wurzeln leuchtete, erkannte sie einen Säugling, der von den Wurzeln wie von Krakenarmen umfangen war, nur ein Fuß, ein Arm und der Kopf ragten aus der Umklammerung. Das Gesicht war grau und runzlig wie das eines Alten. Kälte griff nach Tyras Herz. Die Augen waren geschlossen, die Lippen zitterten, das Wimmern schwoll an.

»Hier«, keuchte sie, und dann ging sie weiter, immer an den Wurzeln entlang, denn das Jammern kam nicht nur von dem Säugling. Sie erinnerte sich vage an einen Traum, in dem Dario gefangen gewesen war, und hielt die Fackel so nahe an die Wurzeln, dass sie sie um ein Haar angezündet hätte. »Dario!«, keuchte sie. »Wo bist du, Dario?«

Die Kälte breitete sich in ihr aus, und die Angst, zu spät zu sein, wurde übermächtig. War Dario auch hier, war er hier gestorben, was musste er hier ertragen haben? Das Ächzen und Stöhnen schien überall zu sein.

»Dario!«

Die Suche dauerte nur wenige Augenblicke, doch es war eine Ewigkeit, bis sie ihn fand, und dann schnappte die Angst noch einmal nach ihr. Dario war von den Wurzeln umschlossen wie der Säugling, sein Körper vom Hals bis zu den Füßen eingeschnürt, sodass er sich unmöglich bewegen konnte. Seine Augen waren fest geschlossen, und dünne schwarze Wurzeln lagen auf seinem Kopf wie tastende Finger; die Spitzen drückten auf Stirn und Schläfen, als versuchten sie, ins Innere seines Kopfes zu dringen. Sein Gesicht war grau wie das des Säuglings und verzerrt vor Schmerz und Panik. Die

Haut wirkte trocken wie ein zerknittertes Pergament, von dem jede Schrift abgekratzt worden war. Und das Stöhnen aus seinem Mund war kläglich, so voller Angst und doch so schwach, bar jeder Hoffnung.

»Dario!« Tyra ließ die Fackel fallen, und sie brannte mit kleinerer Flamme auf dem Boden weiter. Er reagierte nicht. Mit beiden Händen packte sie die Wurzeln und versuchte, sie von ihrem Sohn fortzuzerren, aber sie ließen sich nicht bewegen, Tyra riss sich nur die Finger auf.

»Dario!« Tränen rannen ihr über die Wangen. Hastig zog sie das Jagdmesser aus dem Gürtel und schlug damit auf die Wurzeln ein. Sie schlug schräg von oben, um Dario nicht zu verletzen, um das Holz Stück für Stück abzusplittern, doch die Klinge glitt von der harten Rinde ab, ohne den geringsten Schaden anzurichten.

Dario rührte sich nicht. Aus dem Stöhnen wurde ein Schluchzen.

»Diese verdammten Wurzeln«, knurrte Ukalion, während er versuchte, den Säugling zu befreien.

Belizar eilte zu Tyra, um ihr zu helfen, und Wolf murmelte unentwegt: »Beeilt euch. Beeilt euch, bevor er kommt.«

Doch das Wurzelwerk schien undurchdringlich, und sie konnten weder Dario noch den Säugling aus seinem Griff befreien. *Wo ist nun mein Glück?*, fragte sich Tyra und tastete nach der Münze in ihrem Gürtel. Wo war es, so kurz vor dem Ziel?

Und dann war er da. Plötzlich stand er hinter ihnen, ohne dass sie ihn hatten kommen hören.

»Soso«, sagte er, und sie alle wirbelten herum.

Tyra wollte das Messer nach ihm schleudern, doch ihr Arm wurde von Schwäche erfasst, einer Schwäche, die ihr vertraut war und die sie mit Grauen erfüllte. *Nicht jetzt*, dachte sie verzweifelt, *nicht noch einmal.* Aber sie war erstarrt wie ein Kind angesichts Hunderter schrecklicher Albträume, ein Kaninchen vor einer vielköpfigen Schlange.

Auch die anderen rührten sich nicht, Ukalion hatte den Arm mit dem Beil halb erhoben, aber er ließ ihn wieder sinken, während Belizar einfach nichts tat.

Wolf sank weinend zu Boden. »Bitte, bitte nicht.«

Die Wurzeln in seiner Nähe tasteten nach ihm, ihre Schatten züngelten schon über sein Gesicht.

Dario schluchzte, der Säugling weinte, und der namenlose Hexer lächelte.

5

Als Perle ihren Bruder unter Kataskias Augen aus dem Hühnerkäfig zerrte, konnte er sich nicht allein aufrichten. Zu lange war er in der Enge eingesperrt gewesen, sitzend, kniend oder auf dem harten Boden zusammengerollt wie ein Tier. Er stank nach Kot und Urin, denn in den vergangenen Tagen hatte niemand den Stall gesäubert. Ion hatte den Dreck zwar notdürftig zwischen den Gitterstäben hinausgeschoben, aber er hatte nur die trockene Streu gehabt, um sich abzuwischen, das wenige Wasser hatte er lieber getrunken.

Die Dämmerung setzte ein, und auf Kataskias Befehl hin hatte Perle hinter dem Haus ein offenes Feuer entzündet. Neben dem Feuer stand ein langer Spieß bereit, eingehängt in zwei eisernen Stützen und groß genug für ausgewachsene Wildschweine – groß genug für einen Jungen.

Wüstlings Kopf war verschrumpelt, die Flammen spiegelten sich in seinen toten schwarzen Augen.

»Bitte nicht«, flüsterte Ion und sah Perle an. Der Feuerschein erhellte sein angstverzerrtes Gesicht. »Bitte.«

»Siehst du seinen Schmerz?«, fragte Kataskia und warf eins von den Scheiten, die Ion selbst gehackt hatte, ins Feuer. »Spürst du deinen? Spürst du die wartende Macht? Selbst der Wald schweigt voll Vorahnung.«

Und tatsächlich herrschte völlige Windstille, die hohen Bäume ringsum rührten sich nicht, und auch die wilden Tiere schienen sich von der Lichtung fernzuhalten. Die Kaninchen kauerten reglos in der Wiese, auch die Hühner und die Ziege schwiegen.

»Bitte«, wiederholte Ion. Er war auf die Knie gesunken und weinte.

»Dein Bitten ändert nichts an meinem Entschluss.« Perle konnte ihn nicht ansehen, ihr Herz klopfte wild vor Angst. Sie durfte sich nicht verraten. Sie trat hinter ihn und fesselte ihm die Hände auf den Rücken. Er wehrte sich nicht. »Aber wenn ich den vernichte, der einst unser Vater war, werde ich das auch für dich tun. Und ich werde es ihn wissen lassen.«

»Das ist mir doch egal, ich will nur leben.«

»Tu es, tu es jetzt«, rief Kataskia. »Jetzt, da er den Willen zum Leben ausspricht!«

Perle packte Ion im Haar und riss ihn die zwei Schritt zum Hackstock hinüber. Er schrie auf, strampelte wild, und Kataskia jauchzte. Sie durfte nicht zögern, ihre Hand durfte nicht zittern. Sie stieß ihren Bruder auf den Hackstock, und er wehrte sich nicht mehr, sondern wurde von Weinkrämpfen geschüttelt. Dann stellte sie sich so, dass ihr Schatten auf sein Gesicht fiel.

»Ich sehe nichts«, beschwerte sich Kataskia und trat einen Schritt näher.

Jetzt, dachte Perle. Sie hoffte, dass die Hexerei so wirkte, wie sie es verstanden hatte, hoffte, *Ungehorsam* war wirklich in der Lage, eine Hexe zu töten, hoffte, dass alles gut ging, hoffte, sie würde nicht zittern, hoffte, dass ihr von irgendwoher das nötige Glück zuflog und noch mehr, hoffte, hoffte, hoffte … Hoffend wirbelte sie herum und stieß Kataskia mit einem Schrei der Wut das Messer in die Brust. Sie traf mit Glück genau zwischen zwei Rippen, und die Klinge drang tief da hinein, wo das Herz sein musste.

Überrumpelt und verständnislos sah Kataskia sie an. Als sei ihr unbegreiflich, wie jemand so viel Macht ausschlagen konnte, wie jemand es wagen konnte, sie anzugreifen, wie ein einfaches Messer sie verletzen konnte.

Noch immer schreiend riss Perle das Messer heraus und stieß wieder zu, wieder und wieder. Blut quoll aus den Wunden, spritzte bis auf ihre Hand, aber die Hexe wollte nicht umfallen, wollte einfach nicht sterben.

Die Ziege schrie, die Hühner gackerten und schlugen mit den Flügeln, Wind kam auf und fegte raschelnd durch die Baumwipfel, verdorrtes Laub regnete auf die Lichtung und fiel ins Feuer. Irgendwo im Wald riefen Eulen, etwas anderes fauchte laut.

Noch immer stand Kataskia reglos da und starrte Perle einfach nur an. Perle meinte in ihren Zügen Schmerz und Angst wahrzunehmen, noch immer Verblüffung und Enttäuschung, Wut und auch Erlösung, aber das konnte Einbildung sein. Und dann lächelte die tausendjährige Hexe, obwohl ihr Blut über die Lippen floss, lächelte und öffnete den Mund. Perle fragte sich, ob sie zaubern wollte, all den Schmerz und das Blut in einen gewaltigen Hexenfluch bannen, und stieß einen noch lauteren Schrei aus.

»Stirb doch endlich!«, kreischte sie und stieß noch einmal zu, entsetzt darüber, dass Kataskia immer noch stand, voller Angst vor einem Fluch. Und dann schubste sie die Hexe mit aller Kraft nach hinten, stieß sie ins Feuer, und Kataskia stolperte in die Flammen, aber sie fiel noch immer nicht. Die Haare brannten im Nu, die Kleider fingen Feuer, und endlich brach Kataskia zusammen, fiel auf die Knie, bevor sie irgendeinen Zauber sprechen konnte, die alten Narben platzten auf und Kataskia starb – blutend, brennend und heulend, niedergestreckt von *Ungehorsam*.

Perle weinte und keuchte, ließ die Klinge fallen und wollte sich zu Ion umdrehen, aber der stand, noch immer gefesselt, plötzlich neben ihr und lehnte sich an sie, weinte und lachte und schmierte seinen Rotz an sie. Sie schlang die Arme um ihn, presste ihn an sich, ohne das Feuer aus den Augen zu lassen, und dann ging sie in die Knie, hob das Messer auf und durchtrennte Ions Fesseln. Sie umarmten einander und weinten gemeinsam, während über der Lichtung die Nacht anbrach.

6

Irgendetwas war geschehen, das alles änderte. Ein Ächzen ging durch die Wurzeln und übertönte für einen Moment Darios Schluchzen und das Wimmern des Säuglings. Es knackte wie Holz, das trocknete, oder wie Holz, das verbrannte. Der Namenlose griff sich an den Kopf und taumelte, für einen Augenblick war es, als lösten seine Konturen sich auf, als habe er einen Teil seiner Essenz verloren, er flackerte wie eine Flamme im Wind, und Tyra fühlte, wie die Starre von ihr abfiel und sie ihre Schwäche abschütteln konnte. Das Glück war zurück!

Ohne zu zögern, stürzte sie auf den Hexer zu, der langsam wieder festen Stand fand. Sie riss das Schwert aus der Scheide, um es im Lauf in ihn zu rammen, und hoffte, dass sie schneller war als dass die Schwäche zurückkehrte.

Wolf rappelte sich auf und brachte sich aus der Reichweite der Wurzeln, die in ihrer Bewegung erstarrten. Ukalion wankte und fing sich, packte das Beil fester und riss es hoch in die Luft, während er hinter Tyra her auf den Hexer zurannte.

Belizar jedoch stürmte nicht sofort los, er warf erst seinen langen Dolch, und der flog an Ukalion und Tyra vorbei und traf den Hexer mitten in die Brust. Schwarzes Harz quoll hervor, und der Hexer packte den Dolch, riss ihn heraus und wehrte mit ihm Tyras Angriff ab, schmetterte ihr Schwert mit unmenschlicher Wucht zur Seite. Dann hob er den Dolch, um auf Tyra einzustechen, doch Ukalion warf sich ihm in den Arm und umklammerte ihn. Aber gleich darauf wurde er mühelos fortgeschleudert, schlug mit Wucht gegen die Wurzelwand und ging dort zu Boden. Blut spuckend rappelte er sich auf und sank wieder auf die Knie, tastete nach dem Beil, das er verloren hatte.

Tyra schlug mit dem Krakenschwert nach dem Hexer, der nicht mehr zu flackern schien, aber doch wankte und trotzdem ausweichen konnte. Die Schwäche wollte wieder nach Tyra greifen, konnte sich aber nicht behaupten. Das Lächeln war aus dem Gesicht des Hexers gewischt, kurz schien das ganze Gesicht fortgewischt, nur blanker Schädel war da, doch dann kehrte das Gesicht zurück, vor Wut verzerrt, und der Hexer stach nach Tyra, und sie wich aus, langsam und wie halb im Schlaf, albträumend, geschwächt und immer noch schwächer werdend, steif und unbeweglich, und der Hexer hob den Dolch erneut, und Belizar war da, er warf sich auf ihn und wurde von seinem eigenen Dolch im Bauch getroffen. Brüllend klammerte er sich an den Arm des Hexers, verhinderte, dass dieser den Dolch aus ihm herausziehen und erneut einsetzen konnte, klammerte sich an den Arm, damit der nicht nach Tyra schlagen konnte, und die Schwäche verließ sie, und alles war ein Durcheinander von Schreien und Schlägen und dem Geruch von offener Erde, Harz und Blut. Belizar lachte dem Hexer schreiend ins Gesicht oder schrie lachend, bis der den Dolch in ihm drehte. Röchelnd fiel Belizar zu Boden.

Tyra aber nutzte den Moment, den er ihr verschafft hatte, und hieb zu. Sie traf, und die Klinge drang in den Hals des Hexers wie eine Axt in ein Scheit Holz. Schwarz und zähflüssig quoll es auch aus dieser Wunde, und Tyra riss die Klinge heraus und schlug wieder zu und wieder, und auch Ukalion war da, das Beil in der Hand, und drosch es dem Hexer, der kein Mensch war, mit der ganzen Kraft eines Müllersgehilfen in den Schädel, während Wolf ihm schreiend ein Messer in den Rücken rammte, woher auch immer er es haben mochte. Gemeinsam hieben und stachen sie auf den Namenlosen ein, bis er zu Boden sank und zerfiel. Von ihm blieb nichts als eine Pfütze klebriges schwarzes Harz und bleiche Knochen.

Tyra riss Ukalion das Beil aus der Hand und rannte zu Dario, der heftig atmete und nach Luft japste. Doch der Griff der Wurzeln hatte sich gelockert, und als sie nach ihnen schlug, drang die Schneide tiefer ins Holz ein als zuvor. Vorsichtig hackte sie sich voran, bis die Gefahr, Dario zu verletzen, zu groß wurde.

»Helft ihr, nicht mir!«, scheuchte Belizar Ukalion und Wolf hinüber und presste sich die Hände auf den Bauch, um das Blut aufzuhalten. Einen Augenblick später waren sie bei ihr und drückten und zerrten die Wurzeln beiseite. Schwarze Erde prasselte auf sie herab, und Tyra beugte sich tief ins Wurzelwerk, griff nach Dario und löste ihn aus der letzten Umklammerung. Es roch nach feuchten Höhlen und Pisse, nach Blut und Verwesung, nach wuchernden Moortulpen und rottendem Tang. Tyra zerbrach die Wurzeln an Darios Stirn, und endlich hielt sie ihren Sohn im Arm und taumelte ein paar Schritte zurück, nur weg von der Hecke. Ukalion und Wolf ließen die Wurzeln los, und sie schnellten in die Lücke, wo eben noch Dario gehangen hatte.

»Dario!« Sie hielt ihn, so fest sie konnte, ohne ihn zu zerquetschen, und strich ihm zärtlich durchs Haar. Sie küsste ihn auf die Stirn und murmelte: »Ich bin da, alles wird gut, ich bin da.« Auch wenn sie nicht wusste, wie gut es werden würde. Er hielt die Augen weiter geschlossen, aber sein Atem beruhigte sich, und da seine Brust an ihre gepresst war, spürte sie sein Herz schlagen. Laut und schnell. »Alles wird gut«, flüsterte sie ihm ins Ohr, denn sie musste es selbst hören.

Er antwortete nicht.

Aus dem Augenwinkel sah sie, wie Ukalion sich um Belizar kümmerte, der noch immer blutend am Boden lag, und wie Wolf sich mühte, den Säugling aus der Hecke zu befreien.

»Dario, mein Dario.« Tyra hielt ihn, küsste ihn und wiegte sich mit ihm im Arm. »Alles wird gut.«

Ukalion verband Belizar und half Wolf, den Säugling zu befreien. Sie gingen die Hecke ab, fanden jedoch keine weiteren träumenden Kinder.

Tyra hielt ihren Jungen umfangen, flüsterte immer wieder seinen Namen, sagte ihm, dass alles gut werden würde, und weinte stumm.

Endlich zuckte Darios Arm, dann seine Beine, und er schlug die Augen auf. »Mama?«

Tyra schrie auf und weinte laut vor Glück und lachte. Und er klammerte sich an sie und weinte auch.

ABSCHIED UND AUFBRUCH

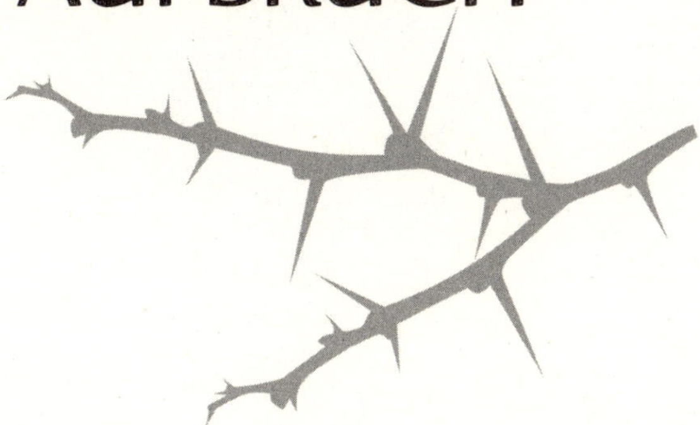

1

Das Feuer war heruntergebrannt, und die Knochen der Hexe lagen in der Asche. Die Ziege hatte sich losgerissen und war in den Wald gelaufen, Kaninchen und Hühner aber waren auf der Lichtung geblieben. Der Wind hatte sich gelegt, und die Luft stand wieder still.

Perle und Ion gingen ins Haus. Sie hatte sich wieder und wieder bei ihm entschuldigt, und er konnte sich einfach nicht erinnern, ob er den Hahn getötet hatte.

»Und du bist jetzt keine Hexe mehr?«, fragte er.

»Nein, ich war nie eine«, erwiderte sie. »Ich habe meine Gabe aufgegeben, um *Ungehorsam* zu erschaffen.«

»Dann warst du aber eine Hexe«, beharrte er und lächelte sie an. »Und darüber bin ich froh.«

Beim Licht einer Öllampe betraten sie zum ersten Mal Kataskias Schlafzimmer. Es war schlicht eingerichtet, und die Wände waren vollkommen schwarz gestrichen. So dunkel, dass man an ihnen keine Schatten erkennen konnte.

Neben dem Bett stand eine schwere Kiste, und sie hofften, darin Juwelen und Gold zu finden, Schmuck und Münzen aus alten Zeiten. Doch die Kiste war verschlossen.

Perle zog ihr Messer und hebelte an dem Schloss herum. »Wenn da keine Schätze drin sind, dann werden wir auf andere Weise reich. Ich will noch immer reich werden, verstehst du?«

»Ich will auch reich werden«, sagte Ion und kniete sich neben sie. »Und ich werde nie wieder einem Erwachsenen vertrauen.«

»Und mir?«, fragte sie bang und unterbrach ihre Arbeit. Sie hatte ihn zwar gerettet, aber zuvor hatte sie ihn doch verraten.

»Dir immer. Du hast für mich eine der dreizehn Hexen getötet. Du bist meine Schwester.«

Sie hatte einen Kloß im Hals. »Und du bist mein Bruder. Für immer.«

Und sie umarmten sich und hielten einander fest. »Wir zwei gegen den Rest der Welt«, murmelte Perle, und Ion nickte.

»Wir zwei.«

So legten sie den Namen des Mannes ab, der einst ihr Vater gewesen war. Wohin auch immer sie von hier aus gingen, sie würden es nicht als Perle und Ion Umbrenis tun, lieber keine Familie als seine.

Perle wandte sich wieder der Kiste zu, und bald hatte sie sie geöffnet. Es waren jedoch keine Schätze darin, sondern nur alte Bücher, fremdartige Kleidung und ein seltsames Kartenspiel. Enttäuscht durchwühlten sie alles noch einmal, denn sie konnten nicht lesen.

Schließlich entdeckten sie eine alte Karte. Die Beschriftung sagte ihnen zwar nichts, doch anhand der Zeichnungen am Rand und der plastischen Darstellung errieten sie schnell, dass es sich bei dem, was da abgebildet war, um den Kaiserpalast von Ycena handelte. Bald begriffen sie auch, welche der Linien Mauern darstellen sollten, was der Park war und wo die Ställe lagen. Und dann sahen sie zwei parallele Linien, die gestrichelt waren und die sie nicht verstanden. Nach einer Weile Grübeln gaben sie auf und legten sich schlafen.

Kurz nach Sonnenaufgang wurde Perle von Ion wachgerüttelt.

Er japste: »Ich weiß es, ich weiß es!«

»Was?«

»Ein Geheimgang! Die Linien sind ein Geheimgang.« Er erzählte von einer Rittergeschichte, in der ein geheimer Gang in eine Burg führte, und Perle nickte. Das war es.

»Vielleicht hat ihr Tod auch die Magie in Ycena und die wandernden Albträume geschwächt«, sagte sie hoffnungsvoll.

Beim Frühstück beschlossen sie, nach Ycena zu gehen. Die Hecke fürchteten sie nicht, denn sie wollten mittels des geheimen Gangs in den Palast gelangen, unter der Hecke hindurch. Sie würden die Kaisertochter nicht wecken, denn Perle glaubte, dass Kataskia über sie die Wahrheit gesagt hatte, wie auch über die Albträume, die dort frei durch die Straßen streiften. Aber sie hatten eine der Hexen besiegt, sie besaßen das Messer *Ungehorsam,* und sie würden sich in den Palast schleichen, um an Reichtümer zu kommen. Dort musste es mehr Gold geben, als sie tragen konnten, viel mehr, als sie brauchten, um ganz Greiffensturz zu kaufen.

Sie packten ihre Sachen und Vorräte, so viel sie tragen konnten. Ganz unten in den Rucksack legte Perle lächelnd das Kleid, in dem sie nicht zur Frau und nicht zur Hexe geworden war. Das Kleid, in dem sie den ersten Schritt in Richtung Freiheit getan hatte und in dem sie auch den letzten tun wollte; in diesem Kleid würde sie sich freikaufen.

Noch vor dem Mittag machten sie sich auf den Weg nach Nordosten. Sie wussten, dort lag Ycena, wo märchenhafte Reichtümer auf sie warteten.

2

Über Ycena ging die Sonne auf, und Tyra trat mit Dario auf die Straße. Er wollte die Strahlen spüren und sich nach der langen Zeit in der Umklammerung der Wurzeln frei bewegen.

Am Abend hatten sie es gerade so aus der Kanalisation und zu Telamon geschafft, wo sie alle die Nacht verbracht hatten. Alle außer Wolf, der trotz der Zusicherung, dass ihm nichts geschehen werde, in die Dunkelheit geflohen war. Ob er der Zusicherung nicht geglaubt hatte, ob er sich seiner Taten schämte, Tyra wusste es nicht. Trotz der Müdigkeit hatten sie nicht geschlafen – nur der noch immer ausgelaugte Telamon. Und Belizar war immer wieder weggedämmert, sobald seine Schmerzen es zugelassen hatten.

»Er wird überleben«, hatte Telamon am Abend versprochen, und am Morgen hatte es noch immer so ausgesehen, auch wenn er nicht hatte aufstehen können.

Tyra und Dario hatten sich aneinandergeschmiegt und nicht aus dem Fenster gesehen. Er wollte nicht über die Träume reden, aber wissen, was geschehen war, und so hatte sie erzählt. Er hatte Unmengen von Telamons Vorräten gegessen, und sie hatten sich um den Säugling gekümmert. Es war ein Mädchen mit laubgrünen Augen, und Dario hatte ihr immer wieder vorsichtig über den Kopf gestrichen und gesagt, dass alles gut werden würde, aber sie hatte hungrig geschrien. Im Morgengrauen war Isa losgerannt, um bei Labuz Milch zu holen.

Dario hielt sich ganz bei Tyra, als sie die Straße hinabgingen. Sie führte ihn zu einem kleinen Park, an dessen Rand Pfirsichbäume standen.

»Pfirsiche.« Dario lächelte und pflückte zwei Früchte vom Baum. Eine warf er Tyra zu, und sie fing sie und biss hinein. Sie setzten sich auf die Überreste einer alten Mauer. Der Stein war noch nicht aufgeheizt von der Sonne, sondern angenehm.

»Hat die Kleine keine Mutter?«, fragte Dario. Seine Haut war noch immer ein wenig grau.

»Ich weiß es nicht. Telamon will im Bordell fragen, aber … Es ist gut möglich, dass es seine Mutter war, die sie verkauft hat.«

»Du hast mich nicht verkauft«, stellte Dario schmatzend klar. Er deutete mit der angebissenen Frucht auf sie.

»Aber dein Vater.«

»Vielleicht war es bei ihr genauso.«

»Vielleicht, ja.« Sie wollte ihm nicht widersprechen, sie wollte ihn einfach reden lassen und hören.

»Und wenn sie niemanden hat?«, fragte Dario. »Nehmen wir sie dann mit?«

Überrascht sah sie ihn an. Die Frage traf sie unvorbereitet.

»Bitte«, sagte Dario. »Sie hat geträumt wie ich. Ich will nicht, dass sie allein bleiben muss.« In seinem Blick lagen so viel Mitgefühl und Angst.

Tyra drückte ihn an sich, küsste ihn auf den Scheitel und versprach es, weil sie ihm an diesem Tag alles versprochen hätte. Was letztlich mit dem Säugling geschehen würde, konnten sie später entscheiden, wenn sie wieder in Myrthago waren.

»Es ist schön hier«, sagte Dario, als sie ihn wieder losgelassen hatte, und beobachtete einen Nachtsalamender, der langsam eine einsame Säule hinaufkroch. Er kaute den letzten Bissen Pfirsich und schleuderte den Kern, so weit er konnte, die Straße hinab. Dann legte er sich auf den Rücken und bettete den Kopf in Tyras Schoß.

»Ja«, sagte sie und strich ihm durchs Haar. »Am Tag ist es das.«

Er nickte, in seinem Blick war eine Traurigkeit, die früher nicht da gewesen war. »Können wir trotzdem bald wieder heim? Ich vermisse den Hafen.«

Tyra lächelte und versprach es. Dabei fiel ihr wieder die Münze ein, und sie fragte, woher er gewusst hatte, dass es sich um eine Glücksmünze handelte.

»Das habe ich mir nur ausgedacht«, erwiderte er und blinzelte in die Sonne. »Es war ein Spiel. Ich wollte einfach, dass sie Glück bringt.«

Tyra lächelte und wunderte sich, wie es hatte geschehen können, dass sein Spiel Wirklichkeit geworden war. Aber dann ließ sie den Gedanken wieder fallen und war einfach glücklich, dass sie so viel Glück gehabt hatten.

3

Drei Tage nachdem sie Dario gerettet hatten, verließ der Händler Sol Neratyen die alte Kaiserstadt und bot Tyra und Dario einen Platz auf seinem Wagen an. Dankend nahmen sie an.

Belizar lag noch immer in Telamons Haus und wartete darauf, dass sein Leib zusammenwuchs und er wieder aufstehen konnte. Er hatte Fieber und Schmerzen, aber er lebte und konnte reden.

Tyra kniete sich neben sein Bett und nahm seine Hand. »Wir brechen auf«, sagte sie. »Ich bin gekommen, um mich zu verabschieden. Und um mich ein letztes Mal zu bedanken.«

»Das hast du oft genug«, wehrte er lächelnd ab.

»Ohne dich hätte ich es nie geschafft. Ohne dich wäre ich unterwegs verzweifelt.«

Seine Augen glänzten, Schweißperlen standen ihm auf der Stirn. »Wärst du nicht. Du bist stark – und du hattest das Glück auf deiner Seite.«

»Etwas, das ich ohne deine Hilfe nicht einmal gemerkt hätte.« Sie drückte seine Hand, und er drückte schwach die ihre. Seine Wangen waren eingefallen, aber er wirkte merkwürdig zufrieden.

»Ich stehe in deiner Schuld«, sagte sie.

»Nein.« Kaum merklich schüttelte er den Kopf. »Ich habe nur meine abgegolten, du hast mir das Leben gerettet.«

»Das war Zufall oder Glück. Aber du hast alles riskiert, um Dario zu retten. Das vergesse ich dir nicht.« Sie lächelte. »Also stirb mir bloß nicht.«

»Jetzt auch nicht mehr«, erwiderte er und mühte sich um ein Grinsen, was ihn zum Husten brachte.

»Was wirst du tun, wenn du genesen bist?«, fragte Tyra. Sie hatte Telamon Geld für ihn dalassen wollen, aber davon hatte der nichts wissen wollen. Belizar habe geholfen, ihn zu retten, er könne bleiben, solange er wolle. »Hierbleiben und suchen oder auf einem neuen Schiff anheuern?«

Belizar zuckte mit den Schultern.

»Komm nach Myrthago. Ich finde für dich jederzeit Arbeit, und bei uns bist du immer willkommen.«

»Ich habe gesagt, du stehst nicht in meiner Schuld.«

»Ich weiß. Aber ich habe nicht viel Freunde wie dich. Und Dario würde bestimmt gern mit dir in den Hafen gehen.«

Noch einmal drückte er ihre Hand. »Irgendwann werde ich kommen. Ich habe auch nicht viele Freunde wie dich.«

Kurz darauf betrat Dario den Raum. Er setzte sich auf die Bettkante, verabschiedete sich und umarmte Belizar.

»Du schwitzt«, stellte er fest und löste sich wieder von ihm. »Telamon sagt, du wirst gesund. Stimmt das?«

»Ja«, versprach Belizar.

»Gut.« Er rannte wieder hinaus.

Auch Tyra wandte sich zum Gehen.

»Er ist ein toller Junge«, sagte Belizar. »Er ist das alles wert.«

»Vergiss nicht, uns zu besuchen.« Sie ging hinaus in die Sonne.

Dort sagten sie allen anderen noch einmal Lebewohl und stiegen zu Sol auf den schwer beladenen Wagen, auf dem sich auch Telamons Lindwurmkopf befand. Das Mädchen mit den laubgrünen Augen nahmen sie mit, denn niemand in Ycena wusste etwas über ihre Eltern, und Tyra hatte es Dario versprochen. Sie nannten sie Ckarya.

4

Ukalion stand mit Telamon und Isa an der Straße und winkte Tyra und Dario, bis der Wagen nicht mehr zu sehen war. Telamon hatte sich wieder erholt und Ukalion angeboten, er könne zusammen mit Isa und ihm nach verschütteten Marmorfratzen suchen, aber er hatte abgelehnt.

Tyra hatte ihm angeboten, mit ihr zu kommen, sie könne ihm eine gute Arbeit in Myrthago verschaffen, weit weg von Lathien und König Tiban, aber auch das hatte er abgelehnt.

»Wenn du es dir anders überlegst, du bist jederzeit willkommen.«

»Danke«, hatte er gesagt, und vielleicht würde er irgendwann darauf zurückkommen. Aber nicht jetzt. Am Morgen nach Darios Rettung war er noch einmal mit dem Beil in die Kanalisation gestiegen und bis unter die Hecke gelaufen. Die Knochen des Namenlosen waren noch dort gewesen, doch das schwarze Harz war verschwunden. Vielleicht war es im Boden versickert, auch wenn Ukalion das nicht glauben konnte. Die Wurzeln waren verheilt gewesen, aber nicht spurlos; er hatte Narben in der Rinde gefunden. Er hatte mit dem Beil auf die Wurzeln eingeschlagen, und sie waren wieder hart und unverwundbar gewesen. Aber er wusste, dass sie es einmal geschafft hatten, es konnte also erneut gelingen. Er würde in Ycena bleiben, denn dass es ihnen gelungen war, Dario zu retten, hatte ihm die Hoffnung zurückgegeben.

»Was wirst du jetzt tun?«, fragte Isa, als der Wagen des Händlers nicht mehr zu sehen war.

»Suchen.«

»Warum nicht mit uns?«

»Ich suche etwas anderes.«

»Wenn du Hilfe brauchst, sind wir für dich da«, sagte Telamon. »Das schulde ich dir.«

»Wir«, sagte Isa. »Wir schulden dir das.« Und sie kletterte auf einen Stein, sprang ihrem Vater auf den Rücken und klammerte sich dort fest. Lachend gingen sie so nach Hause, um nach Belizar zu sehen.

Ukalion blickte ihnen nach und winkte Isa, die sich noch einmal kurz zu ihm umdrehte. Dann ging er in Richtung des Palasthügels. Groß und von Dornen überwuchert erhob der sich vor ihm, und je näher er kam, desto größer wurde er. Fliegen schwirrten umher, und die Nachtsalamander lagen träge in der Sonne. Eine Streunerin beobachtete ihn stumm aus der Ferne.

Ukalion lächelte. Die Pracht Ycenas, die selbst in den Ruinen zu erkennen war, erstaunte ihn auch nach Tagen noch immer aufs Neue. Und der Dornenthron war mehr als ein Märchen, der Dornenthron war seine Hoffnung, Tiban eines Tages zu stürzen.

Er umfasste das Beil fester und schritt schneller aus.

5

Der Narr Arlac stand am Fenster seines Turmzimmers, hoch über der Stadt und allen, und lachte, weil es das war, was Narren eben taten. Jenseits der fernen Stadtmauer sah er winzige Tote am fratzenreichen Richtturm hängen. Die Krähen auf den Balken sah er nicht, dafür waren sie zu weit entfernt, aber er wusste, dass sie da waren, sie sammelten sich dort seit Wochen. Sie waren so zahlreich wie die Hingerichteten, die niemand mehr zählte und die nicht mehr baumelten, bis sie verrotteten, denn zu schnell wurden die Galgen für neue Opfer gebraucht. Sie verrotteten nun wieder draußen beim alten Galgenberg, wohin man sie schaffte, statt sie ordentlich zu bestatten.

Arlac lachte, weil alles mit einem Scherz begonnen hatte, und er lachte, weil das alles ein Scherz sein musste, und er lachte, weil es das war, was er tat, um nicht zu hungern, denn er war der Narr.

Er lachte, um nicht zu weinen.

6

Inrico und Anthia verließen das befestigte Wirtshaus *Am Olivengrund* und machten sich auf den Weg nach Ycena. Anthia trug den Arm in einer Schlinge, und die Wachhunde bellten ihnen laut hinterher.

7

Woche für Woche opferte König Tiban Räuber und Hexen, Wilderer und Krüppel, doch der Regen kehrte nicht zurück. Unerbittlich brannte die Sonne vom Himmel.

8

In der Dornenhecke um den Kaiserpalast vertrocknete unbemerkt ein erstes Blatt und fiel zu Boden.

Fortsetzung folgt …

DANKSAGUNG

Egal wie sehr man sich als Autor bemüht, neue Geschichten zu finden, neue Figuren, für einen selbst neue Ansätze und neue Ideen, in der Danksagung geschieht es regelmäßig, dass man sich wiederholt. Denn oft sind es dieselben Menschen, mit denen man über sein Manuskript spricht, die einen beeinflussen, ermutigen, inspirieren und unterstützen.

Doch die Danksagung hier kann ich mit neuen Namen beginnen, denn es ist mein erster Roman, der im Knaur Verlag erscheint. Hier gilt mein Dank zunächst Jennifer Jäger, die sich dort vom ersten Moment an von der Romanidee begeistert zeigte und mir so viel Vertrauen entgegenbrachte, wie man sich nur wünschen kann.

Dank geht auch an meine Lektorin Susanne Wallbaum, mit der ich zum ersten Mal zusammenarbeiten durfte und die sich meine sprachlichen Irrtümer, grammatikalischen Fehltritte und stilistischen Fragwürdigkeiten sowie diverse Wortwiederholungen mit nachdrücklicher Freundlichkeit vorknöpfte.

Roswitha Kern von der Agence Hoffman sei für zahlreiche Telefonate, geduldiges Zuhören, Input und das Aushandeln des Romanvertrags gedankt. Und ja: neue Agentin, neue Agentur.

Dank gebührt auch Christian von Aster und Markolf Hoffmann, meinen fantastischen Kollegen aus dem Stirnhirn-hinter-Zimmer, in dessen Rahmen ich mich zum ersten Mal fragte, was eigentlich mit dem Königreich geschieht, während Dornröschen und das ganze Schloss hundert Jahre schlafen. Aber hier gilt: alte Lesebühne, alte Kollegen-Freunde.

Und damit sind wir in vertrauten Gewässern angekommen.

Dank geht auch diesmal an die Berliner Buchhandlung Otherland für Inspiration und jahrelangen Input und dafür, dass sie wieder die Buchpremiere ausrichten werden.

Dank an meine Eltern für Unterstützung, Gespräche und überhaupt.

Dank – wie immer – an Kathleen Weise, selbst Autorin, die das Manuskript wieder einmal zuerst las, für wertvolle Hinweise, für zahllose Gespräche über das Schreiben und Literatur, für ihre Unterstützung – und für alles jenseits der Literatur.

Und Dank an unsere gemeinsame Tochter Elli für all die unbewusste Inspiration, die sie mit ihren vier Jahren und endloser Energie versprüht. Das Buch ist für dich, auch wenn es noch Jahre dauert, bis ich es dir in die Hand geben werde …

Boris Koch, im Dezember 2019